GOLDMANN KLASSIKER
Band 7506

Grimmelshausen
Abenteuerlicher Simplicius Simplicissimus

HANS JAKOB CHRISTOFFEL VON GRIMMELSHAUSEN

Ausgewählte Werke in zwei Bänden:

Abenteuerlicher Simplicius Simplicissimus (7506)

Lebensbeschreibung der Erzbetrügerin
und Landstörzerin Courage (2523)

HANS JAKOB CHRISTOFFEL
VON GRIMMELSHAUSEN

Abenteuerlicher
Simplicius Simplicissimus

Roman

WILHELM GOLDMANN VERLAG
MÜNCHEN

Bei der Abbildung auf Seite 8 handelt es sich um eine einfarbige
Wiedergabe der Titelseite aus der Erstausgabe des »Simplicius
Simplicissimus« von 1669.

7055 · Made in Germany · X · 1561165
Lizenzausgabe mit Genehmigung des Albert Langen – Georg Müller Verlages,
München. Bearbeitet von Engelbert Hegauer. Umschlagentwurf: Ilsegard Rei-
ner. Satz und Druck: Presse-Druck, Augsburg. Verlagsnummer: 7506 · MV/pap
ISBN 3-442-07506-8

EINLEITUNG

Das Zeitalter des Barock, das uns in den Denkmälern der bildenden Kunst als eine glänzende und heitere Epoche erscheint, als eine Zeit sprühender Lebenslust und Sinnenfreude, war zugleich eine Zeit des Elends und tiefster Finsternis, eine Zeit unversöhnlicher Gegensätze. Die mittelalterliche Ordnung, in der alles seinen bestimmten Platz hatte – Himmel und Erde, das Gute und das Böse, das Hohe und das Niedrige – diese Ordnung war durch die Reformation in ihren Grundfesten erschüttert. Bedeutete dies einerseits eine religiöse Verinnerlichung, so war damit andererseits ein zunehmender Sinn für das Leben in seiner Buntheit und Mannigfaltigkeit verbunden. Aber an die Stelle des diesseitsfreudigen Optimismus, der das 16. Jahrhundert als eine Zeit des Neubeginns kennzeichnet, traten im Barock – unter dem Eindruck umwälzender historischer Ereignisse – Pessimismus und Weltverachtung.

Besonders eindringlich mußte dieses Erlebnis in dem von Glaubenskämpfen zerrütteten und vom Krieg verwüsteten Deutschland werden. Drei Jahrzehnte lang waren die Söldnerheere mordend, sengend und plündernd durch das Land gezogen. Die Städte waren in Flammen aufgegangen, die Äcker lagen brach, Hunger und Pest hatten Millionen dahingerafft. Das „Heilige Römische Reich Deutscher Nation" war zur Bedeutungslosigkeit herabgesunken, der Kaiser machtlos, die Fürsten so gut wie selbständig. England, Spanien und Frankreich erlebten während des 17. Jahrhunderts ihre dichterische Blütezeit; die Höfe in London, Madrid und Paris wurden zu Brennpunkten des kulturellen Lebens. Deutschland dagegen war eine Wüstenei – ohne Mittelpunkt, ohne Hauptstadt. Es war das Land der einsamen Gottsucher: eines Jacob Böhme, eines Andreas Gryphius, eines Christoph von Grimmelshausen.

Diesen geschichtlichen Hintergrund muß man sehen, wenn man das Werk Grimmelshausens verstehen will. Sein derber Realismus, seine düstere Grundstimmung stehen zum höfischen Barock im Widerspruch, sie sind aber zutiefst Audruck seiner Zeit. Den Gestalten seiner Romane haftet ein gewisser Erdgeruch an, es sind ganz einfach Menschen, in ihrer Triebhaftigkeit, im Glückstaumel und in der Todesangst. Grimmelshausen gehört zu den Dichtern, die im 17. Jahrhundert eine bürgerlich-realistische Richtung vertreten und damit an die Tradition der spätmittelalterlichen Schwankdichtung anknüpfen. Die entscheidende Anregung zu seinem Hauptwerk, dem „Simplicissimus" bekam er indessen durch die in Spanien entstandene Gattung des Schelmenromans. In lockerer Szenenfolge werden hier die Abenteuer des „Picaro", des Glücksritters, geschildert. Ein Kind seiner Zeit, der Epoche der sozialen Umwälzungen, kommt er von einem Land ins andere, erlebt er die Höhen und Tiefen des menschlichen Daseins. Es ist nicht verwunderlich, daß Grimmelshausen die Form des Schelmenromans aufgriff, war doch sein eigenes Leben bunt und bewegt wie ein Roman. Vieles im „Simplicissimus" beruht auf eigenen Erlebnissen des Dichters.

Die Aufhellung der Lebensgeschichte Grimmelshausens hat der Forschung einige Schwierigkeiten bereitet, denn der Dichter hat seine Bücher unter Pseudonymen herausgegeben. Aber all die verschiedenen, oft wunderlich klingenden Namen – German Schleifheim von Sulsfort, Samuel Greifnsohn von Hirschfelt, Melchior Sternfels von Fugshaim – ließen sich durch Buchstabenvertauschung auf Christoffel von Grimmelshausen zurückführen. An Hand von Urkunden konnte man nun den Lebenslauf des Dichters rekonstruieren. Grimmelshausen wurde 1621 oder 1622 in Gelnhausen geboren. 1634 wird er bei der Erstürmung der Stadt durch die Kroaten von seiner Familie getrennt und kommt zu den Soldaten. Den Winter 1634/35 verbringt er in der Feste Hanau. Für diesen Zeitraum stimmen Roman und Wirklichkeit weitgehend überein. Das gilt auch für die Reise nach Magdeburg, wo der Dichter im Mai 1636 im kaiserlichen Lager auftaucht. Dann geht er nach Westfalen und kommt gegen Ende des Krieges nach Oberdeutschland. 1649 heiratet er. In der Folgezeit ist er Gutsverwalter, Pferdehändler, Weinbauer, Gastwirt und seit 1667 bischöflich straßburgischer Stadtschultheiß in Renchen am Schwarzwald, wo er am 17. August 1676 in angesehenen Verhältnissen stirbt.

Hatte Grimmelshausen die Form des Schelmenromans mit eigenem Erleben gefüllt und damit ein hochaktuelles Werk geschaffen, so ist der „Simplicissimus" doch mehr als eine bloße Folge von Bildern aus dem Dreißigjährigen Krieg. Durch die religiöse Entwicklung des Helden werden die einzelnen Szenen zu einer festen Einheit zusammengefügt. Simplicissimus tritt in die Welt als „reiner Tor", unwissend um das Böse und die Schlechtigkeit. Durch diesen Abstand wirkt das bunte Treiben, das der Dichter an uns vorüberziehen läßt, wie ein Schauspiel, dem der Einfältige mit Staunen gegenübersteht, um ihm schließlich zu verfallen. Das Leben als „Welttheater", auf dem jeder seine Rolle zu spielen hat, war eine Lieblingsidee jener Zeit. Auch andere Formelemente im „Simplicissimus" sind durchaus bezeichnend für das Barock. So die allegorischen Gestalten des Herzbruders und des Olivier, die das Gute und das Böse verkörpern, oder die Allegorie des irdischen Daseins in der Gestalt des Bald-anders. Zwar sind diese Figuren bei Grimmelshausen keine blassen Schemen, sondern Menschen von Fleisch und Blut; aber ihnen kommt die Aufgabe zu, treibende Kräfte und Gegensätze sinnfällig zu machen.

Der „Simplicissimus" ist der große deutsche Entwicklungsroman des Barock, er ist für seine Zeit das, was der »Parzival« Wolfram von Eschenbachs für das Mittelalter ist. Auch Parzival tritt unwissend in die Welt, auch er verfällt ihr und führt ein zügelloses Leben. Aber nach seiner Läuterung wird er König des Grals, der das Symbol christlicher Ritterschaft ist. Für die Menschen der Stauferzeit waren Diesseits und Jenseits ein Ganzes, war das „Heilige Römische Reich" schon die „civitas Dei", der Gottesstaat. Eben dieses Reich aber war im Dreißigjährigen Krieg zusammengebrochen, und in diesem Zusammenbrechen offenbarte sich für die Menschen jener Zeit die Vergänglichkeit alles Irdischen schlechthin. Hinter aller vordergründigen Narrheit, hinter all den derben Späßen und Kapriolen steht die bange Frage nach dem Ewigen, dem Bleibenden, nach dem Heil der Seele. Simplicissimus durchschaut den blendenden Trug und Schein. Eindringlich, bisweilen leidenschaftlich klingt die Absage an die Welt: das „Adieu, Welt! Behüte dich Gott, Welt!", das Grimmelshausen aus einer Schrift des spanischen Bischofs Guevara übernahm. Simplicissimus kehrt dahin zurück, woher er gekommen ist – er wird Einsiedler.

Damit schließt der „Simplicissimus Teutsch", die Urfassung von 1669. Zwei Jahre später erschien die um das sechste Buch erweiterte zweite Auflage. Noch einmal folgen wir Simplicissimus in die weite Welt hinaus. Nach einem Schiffbruch rettet er sich auf eine einsame Insel, wo er nun endgültig ein Einsiedlerdasein führt. Grimmelshausen hatte damit die erste deutsche Robinsonade geschaffen.

1670–72 folgten die sogenannten „Simplicianischen Schriften": die „Landstörtzerin Courasche", „Der seltsame Springinsfeld" und „Das wunderbarliche Vogelnest". Alle diese Werke zeichnen sich durch ihre Lebensnähe und die meisterhafte Darstellung urwüchsiger Charaktere aus; aber sie erreichen nicht die Geschlossenheit und religiöse Tiefe des „Simplicissimus", der nicht nur der bedeutendste deutsche Roman des 17. Jahrhunderts ist, sondern zu den unvergänglichen und stets lebendigen Werken unserer Literatur überhaupt zählt.   *Kurt Waselowsky*

Der Abentheurliche
SIMPLICISSIMUS
Teutsch/

Das ist:
Die Beschreibung deß Lebens eines seltzamen Vaganten/ genant Melchior Sternfels von Fuchshaim/ wo und welcher gestalt Er nemlich in diese Welt kommen/ was er darinn gesehen/ gelernet/ erfahren und außgestanden/ auch warumb er solche wieder freywillig quittirt.

Uberauß lustig/ und männiglich nutzlich zu lesen.

An Tag geben
Von
GERMAN SCHLEIFHEIM
von Sulsfort.

Monpelgart/
Gedruckt bey Johann Fillion/
Im Jahr M DC LXIX.

ERSTES BUCH

Das I. Kapitel

*Simplex erzählt sein bäurisch Herkommen,
was er vor Sitten hab an sich genommen*

Es eröffnet sich zu dieser Zeit (von welcher man glaubet, daß es die letzte sei) unter geringen Leuten eine Sucht, in deren die Patienten, wann sie daran krank liegen und so viel zusammengeraspelt und erschachert haben, daß sie neben ein paar Hellern im Beutel ein närrisches Kleid auf die neue Mode mit tausenderlei seidenen Bändern antragen können oder sonst etwan durch Glücksfall mannhaft und bekannt worden, gleich rittermäßige Herren und adeliche Personen von uraltem Geschlecht sein wollen; da sich doch oft befindet, daß ihre Voreltern Schornsteinfeger, Taglöhner, Karchelzieher und Lastträger; ihre Vettern Eseltreiber, Taschenspieler, Gaukler und Seiltänzer; ihre Brüder Büttel und Schergen; ihre Schwestern Näherin', Wäscherin', Besenbinderinnen oder wohl gar Huren; ihre Mütter Kupplerinnen oder gar Hexen; und in summa ihr ganzes Geschlecht von allen zweiundreißig Ahnen her also besudelt und befleckt gewesen, als des Zuckerbackers Zunft zu Prag immer sein mögen; ja sie, diese neue Nobilisten seind oft selbst so schwarz, als wann sie in Guinea geboren und erzogen wären worden.

Solchen närrischen Leuten nun mag ich mich nicht gleichstellen; obzwar, die Wahrheit zu bekennen, nicht ohn ist, daß ich mir oft eingebildet, ich müsse ohnfehlbar auch von einem großen Herrn oder wenigst einem gemeinen Edelmann meinen Ursprung haben, weil ich von Natur geneigt, das Junkern-Handwerk zu treiben, wann ich nur die Hülfen und den Werkzeug darzu hätte. Zwar ungescherzt, mein Herkommen und Auferziehung läßt sich noch wohl mit eines Fürsten vergleichen, wann man nur den großen Unterschied nicht ansehen wollte. Was? Mein Knan (denn also nennet man die Väter im Spessert) hatte einen eignen Palast so wohl als ein andrer, ja so sondrer Art, dergleichen ein jeder König mit eigenen Händen zu bauen nicht vermag, sondern solches in Ewigkeit wohl unterwegen lassen wird; er war mit Lehm gemalet und anstatt des unfruchtbaren Schiefers, kalten Bleies und roten Kupfers mit Stroh bedeckt, darauf das edel Getreid wächst; und damit er, mein Knan, mit seinem Adel und Reichtum recht prangen möchte, ließ er die

Maur um sein Schloß nicht mit Maursteinen, die man am Weg findet oder an unfruchtbaren Orten aus der Erde gräbt, viel weniger
mit liederlichen gebackenen Steinen, die in geringer Zeit verfertigt
und gebrannt werden können, wie andere große Herren zu tun pflegen, aufführen; sondern er nahm Eichenholz darzu, welcher nutzliche edle Baum, als worauf Bratwürste und fette Schunken wachsen, bis zu seinem vollständigen Alter über hundert Jahre erfodert.
Wo ist ein Monarch, der ihm dergleichen nachtut? Wo ist ein Potentat, der ein Gleiches ins Werk zu richten begehret? Seine Zimmer,
Säl und Gemächer hatte er inwendig vom Rauch ganz erschwärzen
lassen, nur darum, dieweil dies die beständigste Farbe von der Welt
ist und dergleichen Gemäld bis zu seiner Perfektion mehr Zeit brauchet, als ein künstlicher Maler zu seinen trefflichen Kunststücken
erheischet. Die Tapezereien waren das zärteste Geweb auf dem ganzen Erdboden; denn diejenige, die Spinn', machte uns solche, die sich
vor alters vermaß, mit der Minerva selbst um die Wette zu spinnen. Seine Fenster waren keiner andern Ursach' halber dem Sant
Nichtglas gewidmet als darum, dieweil er wußte, daß ein solches,
vom Hanf- oder Flachssamen an zu rechnen, bis es zu seiner voll-
kommenen Verfertigung gelanget, weit mehrere Zeit und Arbeit
kostet als das beste und durchsichtigste Glas von Muran; denn
sein Stand macht' ihm ein Belieben zu glauben, daß alles dasjenige,
was durch viel Mühe zuwege gebracht würde, auch schätzbar und
desto köstlicher sei; was aber köstlich sei, das sei auch dem Adel
am anständigsten. Anstatt der Pagen, Lakaien und Stallknechte
hatte er Schaf, Böcke und Säu, jedes fein ordentlich in seine natürliche Liverei gekleidet, welche mir auch oft auf der Waid aufgewartet, bis ich, ihres Dienstes ermüdet, sie von mir gejaget und heimge-
trieben. Die Rüst- oder Harnisch-Kammer war mit Pflügen, Kär-
sten, Äxten, Hauen, Schaufeln, Mist- und Heugabeln genugsam
versehen, mit welchen Waffen er sich täglich übete; denn Hacken
und Reuten war seine Disciplina militaris wie bei den alten Römern
zu Friedenszeiten; Ochsen-Anspannen war sein hauptmannschaft-
liches Kommando; Mist-Ausführen sein Fortifikationswesen und
Ackern sein Feldzug; Holz-Hacken war sein tägliches Exercitium
corporis, das Stall-Ausmisten aber seine adeliche Kurzweil und Tur-
nierspiel. Hiermit bestritt er die ganze Weltkugel, so weit er reichen
konnte, und jagte ihr damit alle Ernt' eine reiche Beute ab. Dieses
alles setze ich hintan und überhebe mich dessen ganz und gar nicht,
damit niemand Ursach habe, mich mit andern neuen Nobilisten
meinesgleichen auszulachen; denn ich schätze mich nicht besser, als

mein Knan war, welcher diese seine Wohnung an einem sehr lustigen Ort, nämlich im Spessert (allwo die Wölfe einander gute Nacht
geben) liegen hatte. Daß ich aber nichts Ausführliches von meines
Knans Geschlecht, Stamm und Namen vor diesmal docirt, beschihet
um geliebter Kürze willen, vornehmlich weil es ohndas allhier um
keine adeliche Stiftung zu tun ist, darauf ich soll schwören; genug
ist es, wann man weiß, daß ich im Spessert geboren bin.

Gleichwie nun aber meines Knans Hauswesen sehr adelich vermerkt wird, also kann ein jeder Verständiger auch leichtlich schließen, daß meine Auferziehung derselben gemäß und ähnlich gewesen; und wer solches davor hält, findet sich auch nicht betrogen;
denn in meinem zehenjährigen Alter hatte ich schon die Principia in
obgemeldten meines Knans adelichen Exercitien begriffen; aber der
Studien halber konnte ich neben dem berühmten Dummkopf
Amplistidi hin passiren, von welchem Suidas meldet, daß er nicht
über fünfe zählen konnte; denn mein Knan hatte vielleicht einen
viel zu hohen Geist und folgte dahero dem gewöhnlichen Gebrauch
jetziger Zeit, in welcher viel vornehme Leut mit Studieren, oder wie
sie es nennen, mit Schulpossen sich nicht viel zu bekümmern pflegen, weil sie ihre Leute haben, der Plackscheisserei abzuwarten.
Sonst war ich ein trefflicher Musicus auf der Sackpfeifen, mit der
ich schöne Jammer-Gesäng machen konnte, auch darinnen dem vortrefflichen Orpheus nichts nachgab, also daß wie dieser auf der
Harpfe, ich auf der Sackpfeifen excellirte. Aber die Theologiam an-
belangend lasse ich mich nicht bereden, daß einer meines Alters
damals in der ganzen Christenwelt gewesen sei, der mir darin hätte
gleichen mögen; denn ich kannte weder Gott noch Menschen, weder
Himmel noch Hölle, weder Engel noch Teufel und wußte weder
Gutes noch Böses zu unterscheiden: Dahero ohnschwer zu gedenken,
daß ich vermittelst solcher Theologiä wie unsere erste Eltern im
Paradies gelebet, die in ihrer Unschuld von Krankheit, Tod und
Sterben, weniger von der Auferstehung, nichts gewußt. O edels
Leben! (Du mögst wohl Eselsleben sagen, in welchem man sich auch
nichts um die Medizin bekümmert.) Eben auf diesen Schlag kann
man meine Erfahrenheit in dem Studio legum und allen andern
Künsten und Wissenschaften, soviel in der Welt sein, auch verstehen. Ja ich war so perfekt und vollkommen in der Unwissenheit,
daß mir unmüglich war zu wissen, daß ich so gar nichts wußte. Ich
sage noch einmal: O edels Leben, das ich damals führete!

Aber mein Knan wollte mich solche Glückseligkeit nicht länger
genießen lassen, sondern schätzte billig sein, daß ich meiner ade-

lichen Geburt gemäß auch adelich tun und leben sollte; derowegen
fing er an, mich zu höheren Dingen anzuziehen und mir schwerere
Lektiones aufzugeben.

Das II. Kapitel

Simplex wird zu einem Hirten erwählet
und das Lob selbigen Lebens erzählet

Er begabte mich mit der herrlichsten Dignität, so sich nicht allein
bei seiner Hofhaltung, sondern auch in der ganzen Welt befand,
nämlich mit dem uralten Hirtenamt: Er vertrauete mir erstlich
seine Säu, zweitens seine Ziegen und zuletzt seine ganze Herde
Schaf, daß ich selbige hüten, weiden und vermittelst meiner Sackpfeifen (welcher Klang ohnedas, wie Strabo schreibet, die Schafe
und Lämmer in Arabia fett machet) vor dem Wolf beschützen
sollte. Damals gleichete ich wohl dem David – außer daß jener anstatt der Sackpfeife nur eine Harfe hatte –, welches kein schlimmer Anfang, sondern ein gut Omen für mich war, daß ich noch mit
der Zeit, wann ich anders das Glück darzu hätte, ein weltberühmter
Mann werden sollte; denn von Anbeginn der Welt seind jeweils
hohe Personen Hirten gewesen, wie wir denn vom Abel, Abraham,
Isaak, Jakob, seinen Söhnen und Moise selbst in der Heiligen
Schrift lesen, welcher zuvor seines Schwähers Schafe hüten mußte,
eh er Heerführer und Legislator über sechshunderttausend Mann in
Israel ward.

Ja, möchte mir jemand vorwerfen, das waren heilige, gotterge-
bene Menschen und keine Spesserter Bauernbuben, die von Gott
nichts wußten. Ich muß gestehen und kann es nicht in Abrede sein;
aber was hat meine damalige Unschuld dessen zu entgelten? Bei den
alten Heiden fand man sowohl solche Exempla als bei dem auserwählten Volk Gottes. Unter den Römern seind vornehme Ge-
schlechter gewesen, so sich ohn Zweifel Bubulcos, Statilios, Pompo-
nios, Vitulos, Vitellios, Annios, Capros und dergleichen genennet,
weil sie mit dergleichen Viehe umgangen und solches auch vielleicht
gehütet. Fürwahr Romulus und Remus sein selbst Hirten gewesen;
Spartacus, vor welchem sich die ganze römische Macht so hoch entsetzet, war ein Hirt. Was? Hirten sind gewesen (wie Lucianus in seinem Dialogo Helenae bezeuget) Paris, Priami des Königs Sohn, und
Anchises, des trojanischen Fürsten Aeneae Vater. Der schöne Endy-
mion, um welchen die keusche Luna selbst gebuhlet, war auch ein
Hirt. Item, der greuliche Polyphemus. Ja die Götter selbst (wie

Phornutus saget) haben sich dieser Profession nicht geschämet: Apollo hütete Admeti, des Königs in Thessalia, Kühe; Mercurius, sein Sohn Daphnis, Pan und Proteus waren Erzhirten; dahero seind sie noch bei den närrischen Poeten der Hirten Patronen; Mesa, König in Moab, ist, wie man im zweiten Buch der Könige lieset, ein Hirt gewesen; Cyrus, der gewaltige König Persarum, ist nicht allein vom Mithridate, einem Hirten, erzogen worden, sondern hat auch selbst gehütet; Gyges war ein Hirt und hernach durch Kraft eines Rings ein König. Ismael Sophi, ein persischer König, hat in seiner Jugend ebenmäßig das Viehe gehütet, also daß Philo, der Jud, in Vita Moysis trefflich wohl von der Sache redet, wann er saget: Das Hirtenamt sei eine Vorbereitung und Anfang zum Regiment; denn gleichwie die Bellicosa und Martialia Ingenia erstlich auf der Jagd geübt und angeführt werden, also soll man auch diejenigen, so zum Regiment gezogen sollen werden, erstlich in dem lieblichen und freundlichen Hirtenamt anleiten. Welches alles mein Knan wohl verstanden haben muß und mir noch bis auf diese Stunde keine geringe Hoffnung zu künftiger Herrlichkeit macht.

Aber indessen wieder zu meiner Herde zu kommen, so wisset, daß ich den Wolf ebensowenig kannte als meine eigne Unwissenheit selbsten; derowegen war mein Knan mit seiner Instruktion desto fleißiger. Er sagte: „Bub, bis flissig, los die Schoff nit ze wit vunananger laffen un spill wacker uff der Sackpfiffa, daß der Wolf nit komm und Schada dau, dan he is a sölcher veirboinigter Schelm und Dieb, der Menscha und Vieha frißt; un wann dau awer farlässi bißt, so will eich dir da Buckel abrauma."

Ich antwortet mit gleicher Holdseligkeit: „Knano, sag mir aa, wei der Wolf seihet? Eich hun noch kan Wolf gesien." – „Ah, dau grober Eselkopp", replicirt er hinwieder, „dau bleiwest dein lewelang a Narr; geit meich Wunner, was aus dir wera wird! Bist schun su a grußer Dölpel un waist noch neit, was der Wolf für a veirfeußiger Schelm iß." Er gab mir noch mehr Unterweisungen und ward zuletzt unwillig, maßen er mit einem Gebrümmel fortging, weil er sich bedünken ließ, mein grober und ungehobelter Verstand könnte seine subtilen Unterweisungen nicht fassen noch zu dieser Zeit derselbigen fähig sein.

Das III. Kapitel

Simplex pfeift tapfer auf seiner Sackpfeifen,
bis die Soldaten ihn mit sich fortschleifen

Da fing ich an mit meiner Sackpfeifen so gut Geschirr zu machen,
daß man den Krotten im Krautgarten damit hätte vergeben mögen,
also daß ich vor dem Wolf, welcher mir stetig im Sinn lag, mich
sicher genug zu sein bedünkte; und weilen ich mich meiner Meuder
erinnert (also heißen die Mütter im Spessert und am Vogelsberg),
daß sie oft gesagt, sie besorge, die Hühner würden dermaleins von
meinem Gesang sterben, als beliebte mir auch zu singen, damit das
Remedium wider den Wolf desto kräftiger wäre, und war ein solch
Lied, das ich von meiner Meuder selbst gelernet hatte:

Du sehr verachter Baurenstand,
Bist doch der beste in dem Land.
Kein Mann dich gnugsam preisen kann,
Wann er dich nur recht siehet an.

Wie stünd es jetzund um die Welt,
Hätt Adam nicht gebaut das Feld!
Mit Hacken nährt sich anfangs der,
Von dem die Fürsten kommen her.

Es ist fast alles unter dir:
Ja was die Erde bringt herfür,
Wovon ernähret wird das Land,
Geht dir anfänglich durch die Hand.

Der Kaiser, den uns Gott gegeben,
Uns zu beschützen, muß doch leben
Von deiner Hand; auch der Soldat,
Der dir doch zufügt manchen Schad.

Fleisch zu der Speis zeugst auf allein;
Von dir wird auch gebaut der Wein,
Dein Pflug der Erden tut so not,
Daß sie uns gibt genugsam Brot.

Die Erde wär ganz wild durchaus,
Wann du auf ihr nicht hieltest haus;
Ganz traurig auf der Welt es stünd,
Wann man kein Bauersmann mehr fünd.

Drum bist du billig hoch zu ehr'n,
Weil du uns alle tust ernehr'n;
Natur, die liebt dich selber auch,
Gott segnet deinen Baurenbrauch.

Vom bitterbösen Podagram
Hört man nicht, daß an Bauren kam,
Das doch den Adel bringt in Not
Und manchen Reichen gar in Tod.

Der Hoffart bist du sehr befreit,
Absonderlich zu dieser Zeit,
Und daß sie auch nicht sei dein Herr,
So gibt dir Gott des Kreuzes mehr.

Ja der Soldaten böser Brauch
Dient gleichwohl dir zum besten auch;
Daß Hochmut dich nicht nehme ein,
Sagt er: Dein Hab und Gut ist mein.

Bis hierher und nicht weiter kam ich mit meinem lieblich tönenden Gesang; denn ich ward, gleichsam in einem Augenblick, von einem Trupp Kürassierer samt meiner Herde Schafen umgeben, welche im großen Wald verirret gewesen und durch meine Musik und Hirtengeschrei wieder waren zurechtgebracht worden.

Hoho, gedachte ich, dies seind die rechten Käuz! Dies seind die vierbeinigte Schelmen und Dieb, davon dir dein Knan sagte; denn ich sahe anfänglich Roß und Mann (wie hiebevor die Amerikaner die spanische Kavallerie) vor eine einzige Kreatur an und vermeinete nicht anders, als es müßten Wölfe sein; wollte derowegen diese schröcklichen Centauri ins Bockshorn weisen und sie wieder abschaffen. Ich hatte aber zu solchem Ende meine Sackpfeife kaum aufgeblasen, da ertappte mich einer aus ihnen beim Flügel und schleudert mich so ungestüm auf ein leer Baurenpferd, so sie neben andern mehr auch erbeutet hatten, daß ich auf der andern Seite wieder herab auf meine liebe Sackpfeife fallen mußte, welche so erbärmlich anfing zu schreien und einen so kläglichen Laut von sich zu geben, als wann sie alle Welt zur Barmherzigkeit hätte bewegen wollen; aber es half nichts, wiewohl sie den letzten Atem nicht sparete, mein Ungefäll zu beklagen; ich mußte einmal wieder zu Pferd, Gott geb!, was mein Sackpfeife sang und sagte. Und was mich zum meisten verdroß, war dieses, daß die Reuter vorgaben, ich hätte der

Sackpfeife im Fallen weh getan, darum sie dann so ketzerlich geschrien hätte. Also ging meine Mähr mit mir dahin in einem stetigen
Trab, wie das Primum mobile, bis in meines Knans Hof. Wunder-
seltsame Dauben und kauderwelsche Grillen stiegen mir damals ins
Hirn; denn ich bildete mir ein, weil ich auf einem solchen Tier säße,
dergleichen ich niemals gesehen hatte, so würde ich auch in einen
eisernen Kerl verändert werden, indem ich diejenigen, die mich
fortführten, auch ganz eisern sah. Weil aber solche Verwandlung
nicht folgte, kamen mir andere Grillen in Kopf; ich gedachte, diese
fremden Dinger wären nur zu dem Ende da, mir die Schafe helfen
heimzutreiben, sintemal keiner von ihnen keines hinwegfraß, sondern alle so einhellig, und zwar des geraden Wegs, meines Knans
Hof zueileten. Derowegen sahe ich mich fleißig nach meinem Knan
um, ob er und meine Meuder uns nicht bald entgegengehen und uns
willkommen sein heißen wollten; aber vergebens, er und meine
Meuder samt unserm Ursele, welches meines Knans einzige Tochter
war, hatten die Hintertür getroffen, das Reißaus gespielt und wollten dieser heillosen Gäste nicht erwarten.

Das IV. Kapitel

Simplicii Residenz wird ausgeplündert –
niemand da, der die Soldaten verhindert

Wiewohl ich nicht bin gesinnet gewesen, den friedliebenden Leser
mit diesen Reutern in meines Knans Haus und Hof zu führen, weil
es schlimm genug darin hergehen wird: So erfodert jedoch die
Folge meiner Historiae, daß ich der lieben Posterität hinterlasse,
was vor abscheuliche und ganz unerhörte Grausamkeiten in diesem
unserm teutschen Krieg hin und wieder verübet worden, zumalen
mit meinem eigenen Exempel zu bezeugen, daß alle solche Übel von
der Güte des Allerhöchsten zu unserm Nutz oft notwendig haben
verhängt werden müssen. Denn, lieber Leser, wer hätte mir gesagt,
daß ein Gott im Himmel wäre, wann keine Krieger meines Knans
Haus zernichtet und mich durch solche Fahung unter die Leut gezwungen hätten, von denen ich genugsamen Bericht empfangen?
Kurz zuvor konnte ich nichts anders wissen noch mir einbilden, als
daß mein Knan, Meuder, Ursele, ich und das übrige Hausgesind
allein auf Erden sei, weil mir sonst kein Mensch, noch ein einzige
andre menschliche Wohnung bekannt war als meines Knans zuvor
beschriebner adeliger Sitz, darin ich täglich aus und ein ging. Aber

bald hernach erfuhr ich die Herkunft der Menschen in diese Welt, und daß sie keine bleibende Wohnung hätten, sondern oftermals, eh sie sich's versehen, wieder daraus müßten; ich war nur mit der Gestalt ein Mensch und mit dem Namen ein Christenkind, im übrigen aber nur eine Bestia! Aber der Allerhöchste sahe meine Unschuld mit barmherzigen Augen an und wollte mich zu Seiner und meiner Erkenntnis bringen. Und wiewohl Er tausenderlei Wege hierzu hatte, wollte Er sich doch ohn Zweifel nur desjenigen bedienen, in welchem mein Knan und Meuder, andern zum Exempel, wegen ihrer liederlichen Auferziehung gestraft würden.

Das erste, das diese Reuter taten und in dem schwarzgemalten Zimmer meines Knans anfingen, war, daß sie ihre Pferde einställeten; hernach hatte jeglicher seine sondre Arbeit zu verrichten, deren jede lauter Untergang und Verderben anzeigte. Denn obzwar etliche anfingen zu metzgen, zu sieden und zu braten, daß es sahe, als sollte ein lustig Banquet gehalten werden, so waren hingegen andere, die durchstürmten das Haus unten und oben; ja das heimliche Gemach war nicht sicher, gleichsam als wäre das gülden Fell von Colchis darin verborgen. Andere machten von Tuch, Kleidungen und allerlei Hausrat große Päck zusammen, als ob sie irgends einen Krempelmarkt anrichten wollten; was sie aber nicht mitzunehmen gedachten, ward zerschlagen und zugrunde gerichtet; etliche durchstachen Heu und Stroh mit ihren Degen, als ob sie nicht Schafe und Schweine genug zu stechen gehabt hätten; etliche schütteten die Federn aus den Betten und fülleten hingegen Speck, andere dürr Fleisch und sonst Gerät hinein, als ob alsdann besser darauf zu schlafen wäre. Andere schlugen Ofen und Fenster ein, gleichsam als hätten sie einen ewigen Sommer zu verkündigen; Kupfer- und Zinngeschirr schlugen sie zusammen und packten die gebogene und verderbte Stücken ein; Bettladen, Tisch, Stühl und Bänk verbrannten sie, da doch viel Klafter dürr Holz im Hof lag; Häfen und Schüsseln mußte endlich alles entzwei, entweder weil sie lieber Gebraten aßen oder weil sie bedacht waren, nur eine einzige Mahlzeit allda zu halten.

Unsre Magd ward im Stall dermaßen traktirt, daß sie nicht mehr daraus gehen konnte, welches zwar eine Schande ist zu melden! Den Knecht legten sie gebunden auf die Erd, steckten ihm ein Sperrholz ins Maul und schütteten ihm einen Melkkübel voll garstig Mistlachenwasser in Leib; das nannten sie einen Schwedischen Trunk, der ihm aber gar nicht schmeckte, sondern in seinem Gesicht sehr wunderliche Mienen verursachte; wodurch sie ihn zwungen, eine Partei anderwärts zu führen, allda sie Menschen und Viehe hinwegnahmen und in unsern Hof brachten, unter welchen mein Knan, meine Meuder und unsre Ursele auch waren.

Da fing man erst an, die Steine von den Pistolen und hingegen an deren Statt der Bauren Daumen aufzuschrauben und die armen Schelmen so zu foltern, als wenn man hätte Hexen brennen wollen, maßen sie auch einen von den gefangenen Bauren bereits in Backofen steckten und mit Feuer hinter ihm her waren, ohnangesehen er noch nichts bekannt hatte. Einem andern machten sie ein Seil um den Kopf und reitelten es mit einem Bengel zusammen, daß ihm das Blut zu Mund, Nas und Ohren heraussprang. In summa, es hatte jeder seine eigne Invention, die Bauren zu peinigen, und also auch jeder Baur seine sonderbare Marter. Allein mein Knan war meinem damaligen Bedünken nach der glücklichste, weil er mit lachendem Munde bekannte, was andere mit Schmerzen und jämmerlicher Weheklage sagen mußten; und solche Ehre widerfuhr ihm ohne Zweifel darum, weil er der Hausvater war; denn sie setzten ihn zu einem Feur, banden ihn, daß er weder Hände noch Füße regen konnte, und rieben seine Fußsohlen mit angefeuchtem Salz, welches ihm unsre alte Geiß wieder ablecken und dadurch also kützeln mußte, daß er vor Lachen hätte zerbersten mögen. Das kam so artlich und mir so anmutig vor (weil ich meinen Knan niemals ein solches langwieriges Gelächter verführen gehöret und gesehen), daß ich Gesellschaft halber, oder weil ich's nicht besser verstund, von Herzen mitlachen mußte. In solchem Gelächter bekannte er seine Schuldigkeit und öffnete den verborgenen Schatz, welcher von Gold, Perlen und Kleinodien viel reicher war, als man hinter den Bauren hätte suchen mögen. Von den gefangenen Weibern, Mägden und Töchtern weiß ich sonderlich nichts zu sagen, weil mich die Krieger nicht zusehen ließen, wie sie mit ihnen umgingen. Das weiß ich noch wohl, daß man teils hin und wieder in den Winkeln erbärmlich schreien hörte; schätze wohl, es sei meiner Meuder und unserm Ursele nit besser gangen als den andern. Mitten in diesem Elend wandte ich Braten und war um nichts bekümmert, weil ich noch nit recht verstunde, wie dieses alles gemeinet wäre; ich half auch nachmittag die Pferd tränken, durch welches Mittel ich zu unsrer Magd in Stall kam, welche wundermerklich zerstrobelt aussahe; ich kannte sie nicht, sie aber sprach zu mir mit kränklicher Stimm: „O Bub, lauf weg, sonst werden dich die Reuter mitnehmen; guck, daß du davon kommst, du siehest wohl, wie es so übel ..." Mehrers konnte sie nicht sagen.

Das V. Kapitel

Simplex das Reißaus behändiglich spielet,
wenn Bäum sich regen, er Herzens-Angst fühlet

Da machte ich gleich den Anfang, meinen unglücklichen Zustand, den ich vor Augen sahe, zu betrachten und zu gedenken, wie ich mich förderlichst ausdrehen möchte. Wohin aber? Dazu war mein Verstand viel zu gering, einen Vorschlag zu tun; doch hat es mir so weit gelungen, daß ich gegen Abend in Wald bin entsprungen, und hat mich meine liebe Sackpfeif auch in diesem äußersten Elend nicht verlassen. Wo nun aber weiters hinaus? Sintemal mir die Wege und der Wald so wenig bekannt waren als die Straße durch das gefrorne Meer hinter Nova Zembla bis gen China hinein. Die stockfinstre Nacht bedeckte mich zwar zu meiner Versicherung, jedoch bedäuchte sie meinem finstern Verstand nicht finster genug; dahero verbarg ich mich in ein dickes Gesträuch, da ich sowohl das Geschrei der gedrillten Bauren als den Gesang der Nachtigallen hören konnte, welche Vögelein die Bauren (von welchen man teils auch Vögel zu nennen pflegt) nicht angesehen hatten, mit ihnen Mitleiden zu tragen oder ihres Unglücks halber den lieblichen Gesang einzustellen; darum legte ich mich auch ohn alle Sorge auf ein Ohr und entschlief. Als aber der Morgenstern im Osten herfürflackerte, sahe ich meines Knans Haus in voller Flamme stehen, aber niemand, der zu löschen begehrte; ich begab mich herfür in Hoffnung, jemand von meinem Knan anzutreffen, ward aber gleich von fünf Reutern erblickt und angeschrieen: „Jung, komm heröfer, oder skall mi de Tüfel halen, ick schiete dik, dat di de Dampf tom Hals utgaht."

Ich hingegen blieb ganz stockstill stehen und hatte das Maul offen, weil ich nicht wußte, was der Reuter wollte oder meinte; und indem ich sie so ansahe wie eine Katz ein neu Scheurtor, sie aber wegen eines Morastes nicht zu mir kommen konnten, welches sie ohn Zweifel rechtschaffen vexirte, lösete der eine seinen Karabiner auf mich, von welchem urplötzlichen Feur und unversehnlichen Klapff, den mir Echo durch vielfältige Verdoppelung noch grausamer machte, ich dermaßen erschröckt ward (weil ich dergleichen niemals gehöret oder gesehen hatte), daß ich alsbald zur Erden niederfiel und alle viere von mir streckete, ja ich regete vor Angst keine Ader mehr: und wiewohl die Reuter ihres Wegs fortritten und mich ohn Zweifel vor tot liegenließen, so hatte ich jedoch denselbigen ganzen Tag das Herz nicht, mich aufzurichten. Als mich aber die Nacht wieder ergriff, stund ich auf und wanderte so lang im

Wald fort, bis ich von fern einen faulen Baum schimmern sahe, welcher mir ein neue Forcht einjagte; kehrete derowegen sporenstreichs wieder um und ging so lang, bis ich wieder einen andern dergleichen Baum erblickte, von dem ich mich gleichfalls wieder fortmachte, und auf diese Weise die Nacht mit Hin- und Widerrennen, von einem faulen Baum zum andern, vertrieb; zuletzt kam mir der liebe Tag zu Hülf, welcher den Bäumen gebot, mich in seiner Gegenwart unbetrübt zu lassen. Aber hiermit war mir noch nichts geholfen, denn mein Herz stak voll Angst und Forcht, die Schenkel voll Müdigkeit, der leere Magen voll Hunger, das Maul voll Durst, das Hirn voll närrischer Einbildung und die Augen voller Schlaf. Ich ging dannoch fürder, wußte aber nicht wohin; je weiter ich aber ging, je tiefer ich von den Leuten hinweg in Wald kam. Damals stund ich aus und empfand (jedoch ganz unvermerkt) die Würkung des Unverstands und der Unwissenheit; wann ein unvernünftig Tier an meiner Stell gewesen wär, so hätt es besser gewußt, was es zu seiner Erhaltung hätt tun sollen als ich; doch war ich noch so witzig, als mich abermal die Nacht ereilte, daß ich in einen hohlen Baum kroch, meine werte liebe Sackpfeife fleißig in acht nahm und also mein Nachtläger darein zu halten gänzlich entschlossen war.

Das VI. Kapitel

Simplex hört Worte, die seind andächtig,
sieht den Einsiedel, pfeift und wird ohnmächtig

Kaum hatte ich mich zum Schlaf bequemet, da hörete ich folgende Stimme: »O große Liebe gegen uns undankbare Menschen! Ach mein einziger Trost, meine Hoffnung, mein Reichtum, mein Gott!" Und so dergleichen mehr, das ich nicht alles merken noch verstehen können.

Dieses waren wohl Worte, die einen Christenmenschen, der sich in einem solchen Stand wie ich mich dazumal befunden, billig aufmuntern, trösten und erfreuen hätten sollen. Aber, o Einfalt und Unwissenheit! Es waren mir nur böhmische Dörfer und alles ein ganz unverständliche Sprache, aus deren ich nicht allein nichts fassen konnte, sondern auch ein solche, vor deren Seltsamkeit ich mich entsatzte. Da ich aber hörete, daß dessen, der sie redete, Hunger und Durst gestillet werden sollte, riet mir mein ohnerträglicher Hunger, mich auch zu Gast zu laden; derowegen faßte ich das Herz, wieder aus meinem hohlen Baum zu gehen und mich der gehörten Stimme zu nähern. Da wurde ich eines großen Mannes gewahr in langen schwarzgrauen Haaren, die ihm ganz verworren auf den Achseln herum lagen; er hatte einen wilden Bart, fast formirt wie ein Schweizer Käs; sein Angesicht war zwar bleichgelb und mager, aber doch ziemlich lieblich und sein langer Rock mit mehr als tausend Stückern von allerhand Tuch überflickt und aufeinandergesetzt; um Hals und Leib hatte er eine schwere eiserne Ketten gewunden wie Sant Wilhelmus und sahe sonst in meinen Augen so scheußlich und förchterlich aus, daß ich anfing zu zittern wie ein nasser Hund; was aber meine Angst mehrete, war, daß er ein Crucifix, ungefähr sechs Schuh lang, an seine Brust druckte; und weil ich ihn nicht kannte, konnte ich nichts anders ersinnen, als dieser alte Greis müßte ohn Zweifel der Wolf sein, davon mir mein Knan kurz zuvor gesagt hatte. In solcher Angst wischte ich mit meiner Sackpfeif herfür, welche ich als meinen einzigen Schatz noch vor den Reutern salvirt hatte; ich blies zu, stimmte an und ließ mich gewaltig hören, diesen greulichen Wolf zu vertreiben, über welcher jählingen und ungewöhnlichen Musik an einem so wilden Ort der Einsiedel anfänglich nicht wenig stutzte, ohn Zweifel vermeinend, es sei etwan ein teuflisch Gespenst hinkommen, ihn, wie etwan dem großen Antonio widerfahren, zu tribuliren und seine Andacht zu zerstören. Sobald er sich aber wieder erholete, spottete er meiner, als seines Versuchers im hohlen Baum, wohinein ich mich wieder retiriret hatte; ja er war so getrost, daß er gegen mir ging, den Feind des menschlichen Geschlechts genugsam auszuhöhnen: „Ha!" sagte er. „Du bist ein Gesell darzu, die Heiligen ohn göttliche Verhängnus . . ." Mehrers habe ich nicht verstanden, denn seine Näherung ein solch Grausen und Schröcken in mir erregte, daß ich des Amts meiner Sinne beraubt ward und dorthin ihn Ohnmacht niedersank.

Das VII. Kapitel

Simplex wird in einer Herberg traktiret,
obgleich wird sehr großer Mangel gespüret

Wasgestalten mir wieder zu mir selbst geholfen worden, weiß ich nicht, aber dieses wohl, daß der Alte meinen Kopf in seinem Schoß und vorn meine Juppen geöffnet gehabt, als ich mich wieder erholete. Da ich den Einsiedler so nahe bei mir sahe, fing ich ein solch grausam Geschrei an, als ob mir im selben Augenblick das Herz aus dem Leib hätte reißen wollen. Er aber sagte: „Mein Sohn, schweig! Ich tue dir nichts, sei zufrieden ...« Je mehr er mich aber tröstete und mir liebkoste, je mehr ich schrie: »O du frißt mich! O du frißt mich! Du bist der Wolf und willst mich fressen." – „Ei ja wohl nein, mein Sohn", sagte er, „sei zufrieden, ich friß dich nicht." – Dies Gefecht und erschöckliches Geheule währete lang, bis ich mich endlich so weit ließ weisen, mit ihm in seine Hütte zu gehen; darin war die Armut selbst Hofmeisterin, der Hunger Koch und der Mangel Küchenmeister; da wurde mein Magen mit einem Gemüs und Trunk Wassers gelabet und mein Gemüt, so ganz verwirrt war, durch des Alten tröstliche Freundlichkeit wieder aufgerichtet und zurechtgebracht. Derowegen ließ ich mich durch die Anreizung des süßen Schlafes leicht betören, der Natur solche Schuldigkeit abzulegen. Der Einsiedel merkte meine Notdurft, darum ließ er mir den Platz allein in seiner Hütte, weil nur einer darin liegen konnte; ungefähr um Mitternacht erwachte ich wieder und hörete ihn folgendes Lied singen, welches ich hernach auch gelernet:

Komm Trost der Nacht, o Nachtigall!
Laß deine Stimm mit Freudenschall
Aufs lieblichste erklingen!
Komm, komm und lob den Schöpfer dein,
Weil andre Vöglein schlafen sein
Und nicht mehr mögen singen:
   Laß dein Stimmlein
     Laut erschallen; denn vor allen
      Kanstu loben
Gott im Himmel hoch dort oben.

Obschon ist hin der Sonnenschein,
Und wir im Finstern müssen sein,
So können wir doch singen
Von Gottes Güt und seiner Macht,
Weil uns kann hindern keine Nacht,
Sein Lob zu vollenbringen.
   Drum dein Stimmlein
     Laß erschallen; denn vor allen
      Kanstu loben
Gott im Himmel hoch dort oben.

Echo, der wilde Widerhall,
Will sein bei diesem Freudenschall
Und lässet sich auch hören;
Verweist uns alle Müdigkeit,
Der wir ergeben allezeit,
Lehrt uns den Schlaf betören.
    Drum dein Stimmlein etcetera.

Die Sterne, so am Himmel stehn,
Sich lassen zum Lob Gottes sehn
Und Ehre ihm beweisen;
Die Eul auch, die nicht singen kann,
Zeigt doch mit ihrem Heulen an,
Daß sie Gott auch tu preisen.
    Drum dein Stimmlein etcetera.

Nur her, mein liebstes Vögelein,
Wir wollen nicht die Fäulsten sein
Und schlafend liegen bleiben;
Vielmehr, bis daß die Morgenröt
Erfreuet diese Wälder öd,
In Gottes Lob vertreiben.
    Laß dein Stimmlein
       Laut erschallen; denn vor allen
          Kanstu loben
Gott im Himmel hoch dort oben.

Unter währendem diesem Gesang bedunkte mich wahrhaftig, als wann die Nachtigall sowohl als die Eule und Echo mit eingestimmet hätten; und wann ich den Morgenstern jemals gehöret oder dessen Melodei auf meiner Sackpfeife aufzumachen vermöcht, so wäre ich aus der Hütte gewischt, meine Karte mit einzuwerfen, weil mich diese Harmonia so lieblich zu sein bedunkte; aber ich entschlief und erwachte nicht wieder bis wohl in den Tag hinein, da der Einsiedel vor mir stund und sagte: „Auf, Kleiner, ich will dir Essen geben und alsdann den Weg durch den Wald weisen, damit du wieder zu den Leuten und noch vor Nacht in das näheste Dorf kommest." Ich fragte ihn: „Was sind das für Dinger, Leuten und Dorf?" Er sagte: „Bist du dann niemalen in keinem Dorf gewesen und weißt auch nicht, was Leute oder Menschen seind?" – „Nein", sagte ich, „nirgends als hier bin ich gewesen; aber sage mir doch, was seind Leute, Menschen und Dorf?" – „Behüte Gott", antwortete der

Einsiedel, „bist du närrisch oder gescheid?" – „Nein", sagte ich, „meiner Meuder und meines Knans Bub bin ich, und nicht der Närrisch oder der Gescheid." Der Einsiedel verwunderte sich mit Seufzen und Bekreuzigung und sagte: „Wohl, liebes Kind, ich bin gehalten, dich um Gottes willen besser zu unterrichten." Darauf fielen unsere Reden und Gegen-Reden wie folgend Kapitel ausweiset.

Das VIII. Kapitel

Simplex giebt seinen Verstand an den Tag
durch seine törichte Antwort und Frag

Einsiedel: Wie heißest du? – Simplex: Ich heiße Bub. – Einsiedel: Ich sehe wohl, daß du kein Mägdlein bist; wie hat dir aber dein Vater und Mutter gerufen? – Simplex: Ich habe keinen Vater oder Mutter gehabt. – Einsiedel: Wer hat dir dann das Hemd gegeben? – Simplex: Ei, mein Meuder. – Einsiedel: Wie hieße dich dann dein Meuder? – Simplex: Sie hat mich Bub geheißen, auch Schelm, langöhriger Esel, ungehobelter Rülp, ungeschickter Dölpel und Galgenvogel. – Einsiedel: Wer ist dann deiner Mutter Mann gewesen? – Simplex: Niemand. – Einsiedel: Bei wem hat dann deine Meuder des Nachts geschlafen? – Simplex: Bei meinem Knan. – Einsiedel: Wie hat dich dann dein Knan geheißen? – Simplex: Er hat mich auch Bub genennet. – Einsiedel: Wie hieß aber dein Knan? – Simplex: Er heißt Knan. – Einsiedel: Wie hat ihn aber dein Meuder gerufen? – Simplex: Knan, und auch Meister. – Einsiedel: Hat sie ihn niemals anders genennet? – Simplex: Ja, sie hat. – Einsiedel: Wie dann? – Simplex: Rülp, grober Bengel, volle Sau, alter Scheißer, und noch wohl anders, wann sie haderte. – Einsiedel: Du bist wohl ein unwissender Tropf, daß du weder deiner Eltern noch deinen eignen Namen nicht weißt! – Simplex: Eia, weißt du's doch auch nicht. – Einsiedel: Kannst du auch beten? – Simplex: Nein, unser Ann und mein Meuder haben als das Bette gemacht. – Einsiedel: Ich frage nicht hiernach, sondern ob du das Vaterunser kannst? – Simplex: Ja ich. – Einsiedel: Nun, so sprich's dann. – Simplex: Unser lieber Vater, der du bist Himmel, heiliget werde Nam, zu kommes dein Reich, dein Will scheh Himmel ad Erden, gib uns Schuld, als wir unsern Schuldigern geba, führ uns nicht in kein böß Versucha, sondern erlös uns vom Reich und die Kraft, und die Herrlichkeit in Ewigkeit, Ama. – Einsiedel: Bist du nie in die Kirchen gangen? – Simplex: Ja ich kann wacker stei-

24

gen und hab als ein ganzen Busem voll Kirschen gebrochen. – Einsiedel: Ich sage nicht von Kirschen, sondern von der Kirchen. – Simplex: Haha, Kriechen; gelt es seind so kleine Pfläumlein? Gelt du? – Einsiedel: Ach daß Gott walte, weißt du nichts von unserm Herrgott? – Simplex: Ja, er ist daheim an unsrer Stubentür gestanden auf dem Helgen; mein Meuder hat ihn von der Kürbe mitgebracht und ihn gekleibt. – Einsiedel: Ach gütiger Gott, nun erkenne ich erst, was vor eine große Gnade und Wohltat es ist, wem du deine Erkanntnus mitteilest, und wie gar nichts ein Mensch sei, dem du solche nicht giebest. Ach Herr, verleihe mit deinen heiligen Namen also zu ehren, daß ich würdig werde, um diese hohe Gnade so eifrig zu danken, als freigebig du gewesen, mir solche zu verleihen! Höre du Simplici (denn anders kann ich dich nicht nennen), wann du das Vaterunser betest, so mußt du also sprechen: Vater unser, der du bist im Himmel, geheiliget werde dein Name, zukomme uns dein Reich, dein Wille geschehe auf Erden wie im Himmel, unser täglich Brot gieb uns heut . . . Simplex: Gelt du, auch Käs darzu? – Einsiedel: Ach liebes Kind, schweig und lerne, solches ist dir viel nötiger als Käs; du bist wohl ungeschickt, wie dein Meuder gesagt hat; solchen Buben wie du bist, steht nicht an, einem alten Mann in die Rede zu fallen, sondern zu schweigen, zuzuhören und zu lernen; wüßte ich nur, wo deine Eltern wohneten, so wollt ich dich gern wieder hinbringen und sie zugleich lehren, wie sie Kinder erziehen sollten. – Simplex: Ich weiß nicht, wo ich hin soll: Unser Haus ist verbrannt, und mein Meuder hinweggeloffen und wieder kommen mit dem Ursele, und mein Knan auch, und unsere Magd ist krank gewesen und ist im Stall gelegen. – Einsiedel: Wer hat dann das Haus verbrannt? – Simplex: Ha, es sind so eiserne Männer kommen, die seind so auf Dingern gesessen, groß wie Ochsen, haben aber keine Hörner; dieselbe Männer haben Schafe und Kühe und Säu gestochen, und da bin ich auch weggeloffen, und da ist darnach das Haus verbrannt gewesen. – Einsiedel: Wo war dann dein Knan? – Simplex: Ha, die eiserne Männer haben ihn angebunden, da hat ihm unsere alte Geiß die Füße gelecket, da hat mein Knan lachen müssen und hat denselben eisernen Männern viel Weißpfennige geben, große und kleine, auch hübsche gelbe und sonst schöne klitzerichte Dinger und hübsche Schnüre voll weiße Kügelein. – Einsiedel: Wann ist dies geschehen? – Simplex: Ei, wie ich der Schafe habe hüten sollen; sie haben mir auch meine Sackpfeife wollen nehmen. – Einsiedel: Wann hast du der Schafe sollen hüten? – Simplex: Ei, hörst du es nicht? Da die eiserne Männer kommen sind! Und darnach hat unsere strobelkopfigte Ann gesagt, ich soll auch weglaufen, sonst würden mich die Krieger mitnehmen, sie hat aber die eiserne Männer gemeinet, und da sein ich weggeloffen und sein hierherkommen. – Einsiedel: Wohinaus willst du aber jetzt? – Simplex: Ich weiß weger nit, ich will bei dir hierbleiben. – Einsiedel: Dich hierzubehalten, ist weder meine noch deine Gelegenheit; iß, alsdann will ich dich wieder zu Leuten führen. – Simplex: Ei, so sage mir dann auch, was Leute vor Dinger sein? – Einsiedel: Leute seind Menschen wie ich und du; dein Knan, deine Meuder und eure Ann seind Menschen, und wann deren viel beieinander seind, so werden sie Leute genennet. – Simplex: Haha. – Einsiedel: Nun gehe und iß.

Dies war unser Diskurs, unter welchem mich der Einsiedel oft mit dem allertiefsten Seufzen anschauete; nicht weiß ich, ob es darum geschahe, weil er ein so groß Mitleiden mit meiner überaus großen Einfalt und Unwissenheit hatte, oder aus der Ursache, die ich erst über etliche Jahre hernach erfuhr.

Das IX. Kapitel

Simplex ein Christenmensch anfängt zu werden,
als er ein Bestia vor war auf Erden

Ich fing an zu essen und hörete auf zu papplen, welches nicht länger währete, als bis ich nach Notdurft gefüttert hatte und mich der Alte fortgehen hieß. Da suchte ich die allerzartesten Worte herfür, die mir meine bäurische Grobheit immer mehr eingeben konnte, welche alle dahin gingen, den Einsiedel zu bewegen, daß er mich bei ihm behielte. Obzwar nun es ihm beschwerlich gefallen, meine verdrüßliche Gegenwart zu gedulden, so hat er jedoch beschlossen, mich bei ihm zu leiden, mehr, daß er mich in der christlichen Religion unterrichtete, als sich in seinem vorhandenen Alter meiner Dienste zu bedienen; seine größte Sorge war, meine zarte Jugend dörfte eine solche harte Art zu leben in die Länge nicht ausharren mögen.

Eine Zeit von ungefähr drei Wochen war mein Probierjahr, in welcher eben Santa Gertraud mit den Gärtnern zu Feld lag, also daß ich mich auch in deren Profession gebrauchen ließ; ich hielt mich so wohl, daß der Einsiedel ein sonderliches Gefallen an mir hatte, nicht zwar der Arbeit halber, so ich zuvor zu vollbringen gewohnet war, sondern weil er sahe, daß ich ebenso begierig seine Unterweisungen hörete, als die wachsweiche, und zwar noch glatte

Tafel meines Herzens solche zu fassen sich geschickt erzeigte. Solcher Ursachen halber ward er auch desto eifriger, mich in allem Guten anzuführen; er machte den Anfang seiner Unterrichtung vom Fall Luzifers, von dannen kam er in das Paradeis, und als wir mit unsern Eltern daraus verstoßen wurden, passierte er durch das Gesetz Mosis und lernete mich vermittelst der zehen Gebote Gottes und ihrer Auslegungen (von denen er sagte, daß sie eine wahre Richtschnur sein, den Willen Gottes zu erkennen und nach denselben ein heiliges, Gott wohlgefälliges Leben anzustellen) die Tugenden von den Lastern zu unterscheiden, das Gute zu tun und das Böse zu lassen. Endlich kam er auf das Evangelium und sagte mir von Christi Geburt, Leiden, Sterben und Auferstehung; zuletzt beschloß er's mit dem Jüngsten Tag und stellete mir Himmel und Hölle vor Augen, und solches alles mit gebührenden Umständen, doch nicht mit gar zu überflüssiger Weitläufigkeit, sondern wie ihm dünkte, daß ich's am allerbesten fassen und verstehen möchte. Wann er mit einer Materia fertig war, hub er ein andre an und wußte sich bisweilen in aller Geduld nach meinen Fragen so artlich zu regulieren und mit mir zu verfahren, daß er mir's auch nicht besser hätte eingießen können. Sein Leben und seine Reden waren mir eine immerwährende Predigt, welche mein Verstand, der eben nicht so gar dumm und hölzern war, vermittelst göttlicher Gnade nicht ohn Frucht abgehen ließ, allermaßen ich alles dasjenige, was ein Christ wissen soll, nicht allein in gedachten dreien Wochen gefasset, sondern auch eine solche Liebe zu meinem Unterrichter und zu dessen Unterricht gewonnen, daß ich des Nachts nicht davor schlafen konnte.

Ich habe seithero der Sache vielmal nachgedacht und befunden, daß Aristoteles lib. 3. de Anima wohl geschlossen, als er die Seele eines Menschen einer leeren unbeschriebenen Tafel verglichen, darauf man allerhand notieren könne, und daß solches alles darum von dem höchsten Schöpfer geschehen sei, damit solche glatte Tafel durch fleißige Impression und Übung gezeichnet und zur Vollkommenheit und Perfektion gebracht werde; dahero dann auch sein Commentator Averroes lib. 2. de Anima (da der Philosophus saget, der intellectus sei als potentia, werde aber nichts in actum gebracht als durch die scientia; das ist, es sei des Menschen Verstand allerdings fähig, könne aber nichts ohne fleißige Übung hineingebracht werden) diesen klaren Anschlag giebet: nemlich, es sei diese scientia oder Übung die Perfektion der Seele, welche für sich selbst überall nichts an sich habe. Solches bestätiget Cicero lib. 2. Tuscul. quaest., welcher die Seele des Menschen ohn Lehre, Wissenschaft und Übung einem solchen Feld vergleichet, das zwar von Natur fruchtbar sei, aber wann man es nicht baue und besame, gleichwohl keine Frucht bringe.

Solches alles erwiese ich mit meinem eigenen Exempel; denn daß ich alles so bald gefasset, was mir der fromme Einsiedel vorgehalten, ist daher kommen, weil er die geschlichte Tafel meiner Seele ganz leer und ohn einzige zuvor hineingedruckte Bildnüssen gefunden, so etwas anders hineinzubringen hätte hindern mögen; gleichwohl aber ist die pure Einfalt gegen andern Menschen zu rechnen noch immerzu bei mir verblieben, dahero der Einsiedel (weil weder er noch ich meinen rechten Namen gewußt) mich nur Simplicium genennet.

Mithin lernete ich auch beten, und als er meinem steifen Vorsatz, bei ihm zu bleiben, ein Genügen zu tun entschlossen, baueten wir vor mich eine Hütte gleich der seinigen von Holz, Reisern und Erde, fast formirt wie die Musquetirer im Feld ihre Zelten oder, besser zu sagen, die Bauren an teils Orten ihre Rubenlöcher haben, zwar so nieder, daß ich kaum aufrecht darin sitzen konnte; mein Bette war von dürrem Laub und Gras und ebenso groß als die Hütte selbst, so daß ich nicht weiß, ob ich dergleichen Wohnung oder Höhlen eine bedeckte Lägerstatt oder eine Hütte nennen soll.

Das X. Kapitel

Simplex lernt wunderlich lesen und schreiben,
will auch beim Einsiedel willig verbleiben

Als ich das erste Mal den Einsiedel in der Bibel lesen sahe, konnte ich mir nicht einbilden, mit wem er doch ein solch heimlich und meinem Bedünken nach sehr ernstlich Gespräch haben müßte; ich sahe wohl die Bewegung seiner Lippen, hörte auch das Gebrummel, hingegen aber sahe und hörte ich niemand, der mit ihm redete, und obzwar ich nichts vom Lesen und Schreiben gewußt, so merkte ich doch an seinen Augen, daß er's mit etwas in selbigem Buch zu tun hatte. Ich gab Achtung auf das Buch, und nachdem er solches beigelegt, machte ich mich darhinter, schlug's auf und bekam im ersten Griff das erste Capitel des Hiobs und die davorstehende Figur, so ein feiner Holzschnitt und schön illuminiert war, in die Augen; ich fragte dieselbigen Bilder seltsame Sachen, weil mir aber keine Antwort widerfahren wollte, ward ich ungeduldig und sagte eben, als der Einsiedel hinter mich schlich: „Ihr kleine Hudler, habet ihr dann keine Mäuler mehr? Habet ihr nicht allererst mit meinem Vater (denn also mußte ich den Einsiedel nennen) lang genug schwätzen können? Ich sehe wohl, daß ihr auch dem armen Knan seine Schafe heimtreibet und das Haus angezündet habet. Halt, halt, ich will dies Feur noch wohl löschen und euch Einhalt tun, damit es nicht weiter Schaden tue." Damit stund ich auf, Wasser zu holen, weil mich die Not vorhanden zu sein dünkte. „Wohin Simplici?" sagte der Einsiedel, den ich hinter mir nicht wußte. „Ei Vater", sagte ich, „da sind auch Krieger, die haben Schafe und wollen sie wegtreiben, sie haben's dem armen Mann genommen, mit dem du erst geredet hast; so brennet sein Haus auch schon lichterlohe, und wann ich nicht bald lösche, so wird's verbrennen." Mit diesen Worten zeigte ich ihm mit dem Finger, was ich sahe. „Bleib nur", sagte der Einsiedel, „es ist noch keine Gefahr vorhanden." Ich antwortete meiner Höflichkeit nach: „Bist du dann blind? Wehre du, daß sie die Schafe nicht forttreiben, so will ich Wasser holen!" – „Ei", sagte der Einsiedel, „diese Bilder leben nicht, sie seind nur gemacht, uns vorlängst geschehene Dinge vor Augen zu stellen." Ich antwortete: „Du hast ja erst mit ihnen geredet; warum wollten sie dann nicht leben?"

Der Einsiedel mußte wider seinen Willen und Gewohnheit lachen und sagte: „Liebes Kind, diese Bilder können nicht reden; was aber ihr Tun und Wesen sei, kann ich aus diesen schwarzen Linien sehen, welches man lesen nennet, und wann ich dergestalt lese, so hältest du davor, ich rede mit den Bildern, so aber nicht ist." Ich antwortete: „Wann ich ein Mensch bin wie du, so müßte ich auch an den schwarzen Zeilen können sehen, was du kannst. Wie soll ich mich in dein Gespräch richten? Lieber Vater, berichte mich doch eigentlich, wie ich die Sache verstehen solle?" Darauf sagte er: „Nun wohlan, mein Sohn, ich will dich lehren, daß du so wohl als ich mit diesen Bildern wirst reden und, was sie bedeuten, wirst verstehen können; allein wird es Zeit brauchen, in welcher ich Geduld und du Fleiß anzulegen nötig haben werden." Demnach schrieb er mir ein Alphabet auf birkene Rinden nach dem Druck formiert, und als ich die Buchstaben kannte, lernete ich buchstabieren, folgends lesen und endlich besser schreiben, als es der Einsiedel selbst konnte, weil ich alles dem Druck nachmalete.

Das XI. Kapitel

Simplex erzählet Speis, Hausrat und Sachen,
die der Mensch sich zu Nutzen kann machen

Zwei Jahre ungefähr, nämlich bis der Einsiedel gestorben, und
etwas länger als ein halbes Jahr nach dessen Tod bin ich in diesem
Wald verblieben; derohalben siehet mich vor gut an, dem curiosen
Leser, der auch oft das Geringste wissen will, unser Tun, Handel
und Wandel, und wie wir unser Leben durchgebracht, zu erzählen.

Unsre Speise war allerhand Gartengewächs: Rüben, Kraut, Bohnen, Erbsen, Linsen, Hirse und dergleichen; wir verschmäheten auch
keine Buchen, wilde Äpfel, Birn, Kirschen, ja die Eicheln machte
uns der Hunger oft angenehm; das Brot, oder besser zu sagen, unsere Kuchen buken wir in heißer Asche aus zerstoßenem welschen
Korn; im Winter fingen wir Vögel mit Sprinkeln und Stricken, im
Frühling und Sommer aber bescherte uns Gott Junge aus den
Nestern; wir behalfen uns oft mit Schnecken und Fröschen; so war
uns auch mit Reusen und Angeln das Fischen nicht zuwider, indem
unweit von unsrer Wohnung ein fisch- und krebsreicher Bach hin-
floß, welches alles unser grob Gemüs hinunter convojiren mußte.
Wir hatten auf eine Zeit ein junges wildes Schweinlein aufgefangen,
welches wir in einen Pferch versperret, mit Eicheln und Buchen auferzogen, gemästet und endlich verzehrt, weil mein Einsiedel
wußte, daß solches keine Sünde sein könnte, wann man genießet,
was Gott dem ganzen menschlichen Geschlecht zu solchem End erschaffen. Salz brauchten wir wenig und von Gewürz gar nichts,
denn wir dörften die Lust zum Trunk nicht erwecken, weil wir keinen Keller hatten; die Notdurft an Salz gab uns ein Pfarrer, der
ungefähr drei Meil Wegs von uns wohnete, von welchem ich noch
viel zu sagen habe.

Unsern Hausrat Betreffende, dessen war genug vorhanden; denn
wir hatten eine Schaufel, eine Haue, eine Axt, ein Beil und einen
eisernen Hafen zum Kochen, welches zwar nicht unser eigen, sondern von obgemeldtem Pfarrer entlehnet war; jeder hatte ein abge-
nütztes, stumpfes Messer, selbige waren unser Eigentum, und sonsten nichts; ferner bedorften wir auch weder Schüsseln, Teller, Löffel, Gabeln, Kessel, Pfannen, Rost, Bratspieß, Salzbüchs, noch ander Tisch- und Küchengeschirr, denn unser Hafen war zugleich
unsere Schüssel, und unsere Hände waren auch unsere Gabeln und
Löffel; wollten wir aber trinken, so geschahe es durch ein Rohr aus
dem Brunnen, oder wir henkten das Maul hinein wie Gideons

Kriegsleute. Von allerhand Gewand, Wolle, Seide, Baumwolle und Leinen, beides zu Betten, Tischen und Tapezereien hatten wir nichts, als was wir auf dem Leib trugen, weil wir für uns genug zu haben schätzten, wann wir uns vor Regen und Frost beschützen könnten. Sonsten hielten wir in unserer Haushaltung keine gewisse Regul oder Ordnung, außerhalb an Sonn- und Feiertägen, an welchen wir schon um Mitternacht hinzugehen anfingen, damit wir noch frühe genug ohn männigliches Vermerken in obgemeldten Pfarrherrn Kirche, die etwas vom Dorf abgelegen war, kommen und dem Gottesdienst abwarten können; in derselben verfügten wir uns auf die zerbrochene Orgel, an welchem Ort wir sowohl auf den Altar als zu der Kanzel sehen konnten. Als ich das erste Mal den Pfarrherrn auf dieselbige steigen sahe, fragte ich meinen Einsiedel, was er doch in demselben großen Zuber machen wollte? Nach verrichtetem Gottesdienst aber gingen wir ebenso verstohlen wieder heim, als wir hinkommen waren, und nachdem wir mit müdem Leib und Füßen zu unserer Wohnung kamen, aßen wir mit guten Zähnen übel; alsdann brachte der Einsiedel die übrige Zeit zu mit Beten und mich in gottseligen Dingen zu unterrichten.

An den Werktagen täten wir, was am nötigsten zu tun war, je nachdem sich's fügte und solches die Zeit des Jahrs und unsere Gelegenheit erforderte; einmal arbeiteten wir im Garten, das ander Mal suchten wir den feisten Grund an schattigen Orten und aus hohlen Bäumen zusammen, unsern Garten anstatt der Dung damit zu bessern; bald flochten wir Körbe oder Fisch-Reusen oder machten Brennholz, fischten oder täten ja so etwas wider den Müßiggang. Und unter allen diesen Geschäften ließ der Einsiedel nicht ab, mich in allem Guten getreulichst zu unterweisen; unterdessen lernete ich in solchem harten Leben Hunger, Durst, Hitze, Kälte und große Arbeit, ja alles Ungemach überstehen und zuvorderst auch Gott erkennen, und wie man Ihm rechtschaffen dienen sollte, welches das vornehmste war. Zwar wollte mich mein getreuer Einsiedel ein Mehrers nicht wissen lassen, denn er hielte darvor, es sei einem Christen genug, zu seinem Ziel und Zweck zu gelangen, wann er nur fleißig bete und arbeite; dahero es kommen, obzwar ich in geistlichen Sachen ziemlich berichtet ward, mein Christentum wohl verstand und die teutsche Sprache so schön redete, als wann sie die Orthographia selbst ausspr-äche, daß ich dannoch der Einfältigste verblieb; gestalten ich, wie ich den Wald verlassen, ein solcher elender Tropf in der Welt war, daß man keinen Hund mit mir aus dem Ofen hätte locken können.

Das XII. Kapitel

*Simplex merkt eine Art, selig zu sterben,
auch ein Begräbnis leicht zu erwerben*

Zwei Jahre ungefähr hatte ich zugebracht und das harte eremitische Leben kaum gewohnet, als mein bester Freund auf Erden seine Haue nahm, mir aber die Schaufel gab und mich seiner täglichen Gewohnheit nach an der Hand in unsern Garten führete, da wir unser Gebet zu verrichten pflegten: „Nun, Simplici, liebes Kind", sagte er, „dieweil gottlob die Zeit vorhanden, daß ich aus dieser Welt scheiden, die Schuld der Natur bezahlen und dich in dieser Welt hinter mir verlassen solle, zumalen deines Lebens künftige Begegnüssen beiläufig sehe und wohl weiß, daß du in dieser Einöde nicht lang verharren wirst, so habe ich dich auf dem angetretenen Weg der Tugend stärken und dir einige Lehren zum Unterricht geben wollen, vermittelst deren du als nach einer unfehlbaren Richtschnur zur ewigen Seligkeit zu gelangen dein Leben anstellen sollest, damit du mit allen heiligen Auserwählten das Angesicht Gottes in jenem Leben ewiglich anzuschauen gewürdiget werdest."

Diese Worte setzten meine Augen ins Wasser wie hiebevor des Feindes Erfindung die Stadt Villingen; einmal, sie waren mir so unerträglich, daß ich sie nicht ertragen konnte, doch sagte ich: „Herzliebster Vater, willst du mich dann allein in diesem wilden Wald verlassen? Soll dann . . ." Mehrers vermochte ich nicht herauszubringen, denn meines Herzens Qual ward aus überflüssiger Lieb, die ich zu meinem getreuen Vater trug, also heftig, daß ich gleichsam wie tot zu seinen Füßen niedersank. Er hingegen richtete mich wieder auf, tröstete mich, so gut es Zeit und Gelegenheit zuließ und verwiese mir gleichsam fragend meinen Fehler, ob ich nämlich der Ordnung des Allerhöchsten widerstreben wollte? „Weißt du nicht", sagte er weiters, „daß solches weder Himmel noch Hölle zu tun vermügen? Nicht also mein Sohn! Was unterstehest du dich, meinem schwachen Leib (welcher vor sich selbst der Ruhe begierig ist) aufzubürden? Vermeinest du, mich zu nötigen, länger in diesem Jammertal zu leben? Ach nein, mein Sohn, laß mich fahren, sintemal du mich ohn das weder mit Heulen noch Weinen und noch viel weniger mit meinem Willen länger in diesem Elend zu verharren wirst zwingen können, indem ich durch Gottes ausdrücklichen Willen daraus gefodert werde. Folge anstat deines unnützen Geschreis meinen letzten Worten, welche seind, daß du dich je länger, je mehr selbst erkennen sollest, und wanngleich du so alt als Mathusalem würdest, so laß solche Übung nicht aus dem Herzen; denn daß die meisten Menschen verdammt werden, ist die Ursache, daß sie nicht gewußt haben, was sie gewesen und was sie werden können oder werden müssen." Weiters riete er mir gertreulich, ich sollte mich jederzeit vor böser Gesellschaft hüten, denn derselben Schädlichkeit wäre unaussprechlich. Er gab mir dessen ein Exempel und sagte: „Wann du einen Tropfen Malvasier in ein Geschirr voll Essig schüttest, so wird er alsbald zu Essig; wirst du aber so viel Essig in Malvasier gießen, so wird er auch unter dem Malvasier hingehen. Liebster Sohn", sagte er, „vor allen Dingen bleib standhaftig, denn wer verharret bis ans Ende, der wird selig; geschihet's aber wider mein Verhoffen, daß du aus menschlicher Schwachheit fällst, so bleibe ja nicht boshafterweise in deinen Sünden stecken, sondern stehe durch eine rechtschaffene Buße geschwind wieder auf."

Dieser sorgfältige, fromme Mann hielt mir allein dies wenige vor, nicht zwar, als hätte er nichts mehrers gewußt, sondern darum, dieweil ich ihn erstlich meiner Jugend wegen nicht fähig genug zu sein bedünkte, ein mehrers in solchem Zustand zu fassen, und dann weil wenig Worte besser als ein langes Geplauder im Gedächtnus zu behalten seind und, wann sie anders Saft und Nachdruck haben, durch das Nachdenken größern Nutzen schaffen als ein langer Sermon, den man ausdrücklich verstanden hat und bald wieder zu vergessen pfleget.

Diese drei Stücke: sich selbst erkennen, böse Gesellschaft meiden und beständig verbleiben, hat dieser fromme Mann ohn Zweifel deswegen vor gut und nötig geachtet, weil er solches selbsten practiciret, und daß es ihm dabei nicht mißlungen ist; denn nachdem er sich selbst erkannt, hat er nicht allein böse Gesellschaften, sondern auch die ganze Welt geflohen, ist auch in solchem Vorsatz bis an das Ende verharret, an welchem ohn Zweifel die Seligkeit hänget! Welchergestalt aber, folget hernach.

Nachdem er mir nun obige Stücke vorgehalten, hat er mit seiner Reuthaue angefangen, sein eigenes Grab zu machen; ich half, so gut ich konnte, wie er mir befahl, und bildete mir doch dasjenige nicht ein, worauf es angesehen war; indessen sagte er: „Mein lieber und wahrer einziger Sohn (denn ich habe sonsten kein Kreatur als dich zu Ehren unsers Schöpfers erzeuget), wann meine Seele an ihren Ort gangen ist, so leiste meinem Leib deine Schuldigkeit und die letzte Ehre; scharre mich mit derjenigen Erde wieder zu, die wir anjetzo aus dieser Grube gegraben haben." Darauf nahm er mich in seine Arme und druckte mich küssend viel härter an seine Brust, als einem

Mann, wie er zu sein schiene, hätte müglich sein können. „Liebes
Kind", sagte er, „ich befehle dich in Gottes Schutz und sterbe um
soviel fröhlicher, weil ich hoffe, er werde dich darin aufnehmen."
Ich hingegen konnte nichts anders als klagen und heulen; ich hing
mich an seine Ketten, die er am Hals trug, und vermeinte ihn damit
zu halten, damit er mir nicht entgehen sollte. Er aber sagte: „Mein
Sohn, laß mich, daß ich sehe, ob mir das Grab lang genug sei."
Legte demnach die Ketten ab samt dem Oberrock und begab sich in
das Grab, gleichsam wie einer, der sich sonst schlafen legen will,
sprechend: „Ach großer Gott, nun nimm wieder hin die Seele, die
du mir gegeben, Herr, in deine Hände befehl ich meinen Geist . . ."
Hierauf beschloß er seine Lippen und Augen sänftiglich. Ich aber
stund da wie ein Stockfisch und meinte nicht, daß seine liebe Seele
den Leib gar verlassen haben sollte, dieweil ich ihn öfters in dergleichen Verzuckungen gesehen hatte.

Ich verharrte, wie meine Gewohnheit in dergleichen Begebenheiten war, etliche Stunden neben dem Grab im Gebet; als sich aber
mein allerliebster Einsiedel nicht mehr aufrichten wollte, stieg ich
zu ihm ins Grab hinunter und fing an ihn zu schütteln, zu küssen
und zu liebeln; aber da war kein Leben mehr, weil der grimmige,
unerbittliche Tod den armen Simplicium seiner holden Beiwohnung
beraubet hatte. Ich begoß, oder besser zu sagen, ich balsamirte den
entseelten Körper mit meinen Zähren, und nachdem ich lang mit
jämmerlichem Geschrei hin und her geloffen und mich mit Haar-
Ausraufen übel gebärdet, fing ich an, ihn mit mehr Seufzen als
Schaufeln voller Grund zuzuscharren, und wann ich kaum sein Angesicht bedeckt hatte, stieg ich wieder hinunter, entblößte es wieder,
damit ich's noch einmal sehen und küssen möchte. Solches trieb ich
den ganzen Tag, bis ich fertig worden und auf diese Weise die fune-
ralia, exequias und luctus gladiatorios allein geendet, weil ohn das
weder Bahre, Sarg, Decke, Lichter, Totenträger, noch Geleitsleute
und auch keine Clerisey vorhanden gewesen, die den Toten besun-
gen hätten.

Das XIII. Kapitel

Simplex will seine Einöde verlassen,
pflegt doch bald andere Gedanken zu fassen

Über etliche Tage nach meines werten und herzlieben Einsiedels Ab-
leiben verfügte ich mich zu obgemeldtem Pfarrer und offenbarte
ihm meines Herrn Tod, begehrte benebens Rat von ihm, wie ich

mich bei so gestalter Sache verhalten sollte? Unangesehen er mir nun stark widerraten, länger im Wald zu verbleiben, und mir die augenscheinliche Gefahr, darinnen ich schwebte, vorhielte, so bin ich jedoch tapfer in meines Vorgängers Fußstapfen getreten, maßen ich den ganzen Sommer hindurch tät, was ein frommer Monachus tun soll. Aber gleich wie die Zeit alles ändert, also ringerte sich auch nach und nach das Leid, so ich um meinen Einsiedel trug, und die äußerliche scharfe Winterskälte löschte die innerliche Hitze meines steifen Vorsatzes zugleich aus. Je mehr ich anfing zu wanken, je träger ward ich in meinem Gebet, weil ich, anstatt göttliche und himmlische Dinge zu betrachten, mich die Begierde, die Welt auch zu beschauen, überherrschen ließ; und als ich dergestalt nichtsnutz wurde, im Wald länger gut zu tun, gedachte ich wieder zu gedachtem Pfarrer zu gehen, zu vernehmen, ob er mir noch wie zuvor aus dem Wald raten wollte? Zu solchem Ende machte ich mich seinem Dorf zu, und als ich hinkam, fand ich's in voller Flamme stehen, denn es eben eine Partei Reuter ausgeplündert, angezündet, teils Bauren niedergemacht, viel verjaget und etliche gefangen hatten, darunter auch der Pfarrer selbst war. Ach Gott! Wie ist das menschliche Leben so voll Mühe und Widerwärtigkeit! Kaum hat ein Unglück aufgehöret, so stecken wir schon in einem andern; mich verwundert nicht, daß der heidnische Philosophus Timon zu Athen viel Galgen aufrichtete, daran sich die Menschen selber aufknüpfen und also ihrem elenden Leben durch eine kurze Grausamkeit ein Ende machen sollten. Die Reuter waren eben wegfertig und führten den Pfarrer wie einen armen Sünder an einem Strick daher; unterschiedliche schrien: Schieß den Schelmen nieder! Andere aber wollten Geld von ihm haben; er aber hub die Hände auf und bat um des Jüngsten Gerichts willen um Verschonung und christliche Barmherzigkeit. Aber umsonst. Denn einer ritte ihn übern Haufen und versetzte ihm zugleich eins an Kopf, daß der rote Saft danach ging und er im Fallen alle vier von sich streckte und Gott seine Seele befahl. Den andern noch übrigen gefangenen Bauren ging's gar nicht besser.

Da es nun sahe, als ob diese Reuter in ihrer tyrannischen Grausamkeit ganz unsinnig worden wären, kam ein solcher Schwarm bewehrter Bauren aus dem Wald, als wann man in ein Wespen-Nest gestochen hätte. Die fingen an so greulich zu schreien, so grimmig darein zu setzen und darauf zu schießen, daß mir alle Haar gen Berg stunden, weil ich noch niemals bei dergleichen Kürben gewesen, denn die Spessarter und Vogelsberger Bauren lassen sich fürwahr so wenig als die Hessen, Sauerländer und Schwarzwälder auf ihrem Mist foppen. Davon rissen die Reuter aus und ließen nicht allein das eroberte Rindviehe zurück, sondern warfen auch Sack und Pack von sich, schlugen also ihre ganze Beute in Wind, damit sie nicht selbst den Bauren selbst zur Beute würden; doch kamen ihnen teils in die Hände, mit denen sie übel umgingen.

Diese Kurzweil benahm mir beinahe die Lust, die Welt zu beschauen; denn ich gedachte, wann es so darin hergehet, so ist die Wildnus weit anmutiger. Doch wollte ich auch hören, was der Pfarrer dazu sagte. Derselbe war wegen empfangener Wunden und Stöße ganz matt, schwach und kraftlos, doch hielt er mir vor, daß er mir weder zu helfen noch zu raten wisse, weil er damalen selbst in einen solchen Stand geraten wäre, in welchem er besorglich das Brot am Bettelstab suchen müßte, und wanngleich ich noch länger im Wald verbleiben würde, so hätte ich mich seiner Hülfleistung nichts zu getrösten, weil, wie ich vor Augen sehe, beides, seine Kirche und Pfarrhof, im Feur stünde.

Hiermit verfügte ich mich ganz traurig gegen dem Wald zu meiner Wohnung, und demnach ich auf dieser Reis sehr wenig getröstet, hingegen aber um viel andächtiger worden, beschloß ich bei mir, die Wildnüs nimmermehr zu verlassen, sondern mein Leben gleich meinem Einsiedel in Betrachtung göttlicher Dinge zu beschließen; maßen ich schon nachgedachte, ob nicht müglich wäre, daß ich ohn Salz (so mir bisher der Pfarrer mitgeteilet hatte) leben und also aller Menschen entbehren könnte?

Das XIV. Kapitel

Simplex erzählt mit Entsetzen und Grausen,
wie die Soldaten mit fünf Bauren hausen

Damit ich aber diesem meinem Entschluß nachkommen und ein rechter Wald-Bruder sein möchte, zog ich meines Einsiedlers hinterlassen hären Hemd an und gürtete seine Kette darüber; nicht zwar als hätte ich sie bedörft, mein unbandig Fleisch zu mortificiren, sondern damit ich meinem Vorfahren sowohl als im Leben als im Habit gleichen, mich auch durch solche Kleidung desto besser vor der rauhen Winters-Kälte beschützen möchte.

Den andern Tag, nachdem obgemeldtes Dorf geplündert und verbrannt worden, als ich eben in meiner Hütte saß und zugleich neben dem Gebet gelbe Rüben zu meinem Aufenthalt im Feuer briet, umringten mich bei vierzig oder fünfzig Musquetirer; diese, obzwar sie ob meiner Person Seltsamkeit erstauneten, so durchstürmten sie doch meine Hütte und suchten, was da nicht zu finden war; denn nichts als Bücher hatte ich, die sie mir durcheinandergeworfen, weil sie ihnen nichts taugten. Endlich, als sie mich besser betrachteten und an meinen Federn sahen, was vor einen schlechten Vogel sie gefangen hätten, konnten sie leicht die Rechnung machen, daß bei mir eine schlechte Beute zu hoffen. Demnach verwunderten sie sich über mein hartes Leben und hatten mit meiner zarten Jugend ein großes Mitleiden, sonderlich der Officirer, so sie commandirte; ja er ehrte mich und begehrte gleichsam bittend, ich wollte ihm und den Seinigen den Weg wieder aus dem Wald weisen, in welchem sie schon lang in der Irre herumgangen wären. Ich widerte mich ganz nicht, sondern damit ich dieser unfreundlichen Gäste nur desto eher wieder loswerden möchte, führte sie den nächsten Weg gegen dem Dorf zu, allwo der obgemeldte Pfarrer so übel tractirt worden, dieweil ich sonst keinen andern Weg wußte. Eh wir aber vor den Wald kamen, sahen wir ungefähr einen Bauren oder zehen, deren ein Teil mit Feurrohren bewehrt, die übrigen aber geschäftig waren, etwas einzugraben; die Musquetirer gingen auf sie los und schrien: Halt! Halt! Jene aber antworteten mit Rohren; und wie sie sahen, daß sie von den Soldaten übermannet waren, gingen sie schnell durch, also daß die müden Musquetirer keinen von ihnen ereilen konnten. Derowegen wollten sie wieder herausgraben, was die Bauren eingescharret; das schickte sich um soviel desto besser, weil sie die Hauen und Schaufeln, so sie gebraucht, liegenließen. Sie hatten aber wenig Streiche getan, da höreten sie eine Stimme von unten herauf, die sagte: „O ihr leichtfertige Schelmen! O ihr Erz-Bösewichter! Vermeinet ihr wohl, daß der Himmel eure unchristliche Grausamkeit und Bubenstücke ungestraft hingehen lassen werde? Nein, es lebet noch mancher redlicher Kerl, durch welche eure Unmenschlichkeit dermaßen vergolten werden soll, daß euch keiner von euren Neben-Menschen mehr den Hintern lecken dörfe." Hierüber sahen die Soldaten einander an, weil sie nicht wußten, was sie tun sollten. Etliche vermeinten, sie hätten ein Gespenst, ich aber gedachte, es träume mir. Ihr Officier hieß tapfer zugraben. Sie kamen gleich auf ein Faß, schlugen's auf und fanden einen Kerl darin, der weder Nasen noch Ohren mehr hatte und gleichwohl noch lebte. Sobald sich derselbe ein wenig ermunterte und vom Haufen etliche kannte, erzählete er, wasmaßen die Bauern den vorigen Tag, als einige seines Regiments auf Fütterung gewesen, ihrer sechs gefangen bekommen, davon sie allererst vor einer Stund fünfe, so hintereinander stehen müssen, totgeschossen; und weil die Kugel ihn, weil er der sechste und letzte gewesen, nicht erlanget, indem sie schon zuvor durch fünf Körper gedrungen, hätten sie ihm Nasen und Ohren abgeschnitten, zuvor aber gezwungen, daß er ihrer fünfen (s. v.) den Hintern lecken müssen. Als er sich nun von den Ehr- und Gottsvergessenen Schelmen so gar geschmähet gesehen, hätte er ihnen, wiewohl sie ihn mit dem Leben davonlassen wollten, die allerunnützesten Worte gegeben, die er erdenken mögen, und sie alle bei ihrem rechten Namen genennet, der Hoffnung, es würde ihm etwan einer aus Ungeduld eine Kugel schenken; aber vergebens. Sondern nachdem er sie verbittert gemacht, hätten sie ihn in gegenwärtig Faß gesteckt und also lebendig begraben, sprechend: Weil er des Todes so eifrig begehr, wollten sie ihm zum Possen hierin nicht willfahren.

Indem dieser seinen überstandenen Jammer also klagte, kam eine andre Partei Soldaten zu Fuß überzwerchs den Wald herauf; die hatten obgedachte Bauren angetroffen, fünf davon gefangen bekommen und die übrigen totgeschossen. Unter den Gefangenen waren vier, denen der übel zugerichte Reuter kurz zuvor so schändlich zu Willen sein müssen. Als nun beide Parteien aus dem Anschreien einander erkannten, einerlei Volk zu sein, traten sie zusammen und vernahmen wiederum vom Reuter selbst, was sich mit ihm und seinen Kameraden zugetragen. Da sollte man seinen blauen Wunder gesehen haben, wie die Bauren gedrillt und geschurigelt wurden; etliche wollten sie gleich in der ersten Furi totschießen, andere aber sagten: „Nein, man muß die leichtfertigen Vögel zuvor rechtschaffen quälen und ihnen eintränken, was sie an diesem Reuter verdienet haben." Indessen bekamen sie mit den Musqueten so treffliche Rippstöße, daß sie hätten Blut speien mögen; zuletzt trat ein Soldat hervor und sagte: „Ihr Herren, dieweil es der ganzen Soldateska eine Schande ist, daß diesen Schurken (deutet damit auf den Reuter) fünf Bauren so greulich gedrillt haben, so ist billig, daß wir solchen Schandflecken wieder auslöschen und diese Schelme den Reuter wieder hundert Mal lecken lassen." Hingegen sagte ein anderer: „Dieser Kerl ist nicht wert, daß ihm solche Ehre widerfahre, denn wäre er kein Bärnhäuter gewesen, so hätt er allen redlichen Soldaten zu Spott diese schändliche Arbeit nicht verrichtet, sondern wäre tausendmal lieber gestorben." Endlich ward einhellig beschlossen, daß ein jeder von den sauber gemachten Bauren, solches an zehen Soldaten also wettmachen und zu jedemmal sagen sollte: „Hiermit lösche ich wieder aus und wische ab die Schande, die sich die Soldaten einbilden empfangen zu haben, als uns ein Bärnhäuter hinten leckte." Nachgehends wollten sie sich erst resolviren, was sie mit den Bauren weiters anfahen wollten, wann sie diese saubere Arbeit würden verrichtet haben.

Hierauf schritten sie zur Sache; aber die Bauren waren so halsstarrig, daß sie weder durch Verheißung, sie mit dem Leben davonzulassen, noch durch einzigerlei Marter hierzu gezwungen werden kunnten. Einer führete den fünften Bauer, der nicht geleckt war worden, etwas beiseits und sagte zu ihm: „Wann du Gott und alle seine Heiligen verleugnen wilt, so werde ich dich laufen lassen, wohin du begehrest." Hierauf antwortete der Bauer, er hätte sein Lebtage nichts auf die Heilige gehalten und auch bisher noch geringe Kundschaft mit Gott selbst gehabt, schwur auch darauf solenniter, daß er Gott nicht kenne und kein Teil an seinem Reich zu haben begehre. Hierauf jagte ihm der Soldat eine Kugel an die Stirn, welche aber so viel effectuirt, als wann sie an einen stählernen Berg gangen wäre; darauf zuckte er seine Plaute und sagte: „Holla, bist du der Haar? Ich habe versprochen, dich laufen zu lassen, wohin du begehrest; sihe, so schicke ich dich nun ins höllische Reich, weil du nicht in Himmel willt" und spaltete ihm damit den Kopf bis auf die Zähne voneinander; als er dort hinfiel, sagte der Soldat: „So muß man sich rächen und diese lose Schelmen zeitlich und ewig strafen."

Indessen hatten die andern Soldaten die übrigen vier Bauren, so geleckt waren worden, auch unterhanden; die banden sie über einen umgefallenen Baum mit Händen und Füßen zusammen, so artlich, daß sie (s. v.) den Hintern gerad in die Höhe kehrten, und nachdem sie ihnen die Hosen abgezogen, nahmen sie etliche Klafter Lunten, machten Knöpfe daran und fiedelten ihnen so unsauberlich durch solchen hindurch, daß der rote Saft hernach ging. „Also", sagten sie, „muß man euch Schelmen den gereinigten Hintern auströcknen." Die Bauren schrien zwar jämmerlich, aber es war kein Erbarmen, sondern den Soldaten nur ein Kurzweil, denn sie höreten nicht auf zu sägen, bis Haut und Fleisch ganz auf das Bein hinweg waren. Mich aber ließen sie wieder nach meiner Hütte gehen, weil die letztgemeldte Partei den Weg wohl wußte; also kann ich nicht wissen, was sie endlich mit den Bauren vollends angestellet haben.

Das XV. Kapitel

Simplex wird von Soldaten spolirt;
ihme träumt, wie's im Krieg trieben wird

Als ich wieder heimkam, befand ich, daß mein Feurzeug und ganzer Hausrat samt allem Vorrat an meinen armseligen Essensspeisen, die ich den Sommer hindurch in meinem Garten erzogen und auf künftigen Winter vor mein Maul ersparet hatte, miteinander fort war. Wo nun hinaus? gedachte ich; damals lernete mich die Not erst recht beten. Ich gebot all meinen wenigen Witz zusammen, zu beratschlagen, was mir zu tun oder zu lassen sein möchte? Gleichwie aber meine Erfahrenheit schlecht gering war, also konnte ich auch nichts Rechtschaffenes schließen; das Beste war, daß ich mich Gott befahl und mein Vertrauen allein auf ihn zu setzen wußte, sonst hätte ich ohn Zweifel desperiren und zugrund gehen müssen. Über das lagen mir die Sachen, mit dem verwundeten Pfarrer und denen fünf so erbärmlich gefiedelten Bauren, so ich denselben Tag gehöret und gesehen, ohn Unterlaß im Sinn; ich dachte nicht soviel um Essensspeise und meiner Erhaltung nach als derjenigen Antipathia, die sich zwischen Soldaten und Bauren enthält; doch konnte meine Alberkeit nichts ersinnen, als daß ich schloß, es müßten ohnfehlbar zweierlei Menschen in der Welt sein, so nicht einerlei Geschlechts von Adam her, sondern Wilde und Zahme wären, wie andere unvernünftige Tiere, weil sie einander so grausam verfolgen.

In solchen Gedanken entschlief ich vor Unmut und Kälte mit einem hungerigen Magen; da dünkte mich gleichwie in einem Traum, als wann sich alle Bäume, die um meine Wohnung stunden, gähling veränderten und ein ganz ander Ansehen gewönnen; auf jedem Gipfel saß ein Cavalier, und alle Äste wurden anstatt der Blätter mit allerhand Kerlen gezieret; von solchen hatten etliche lange Spieße, andere Musqueten, kurze Gewehr, Partisanen, Fähnlein, auch Trommeln und Pfeifen. Dies war lustig anzusehen, weil alles so ordentlich und fein gradweis sich auseinander teilete; die Wurzel aber war von ungültigen Leuten, als Handwerkern, Taglöhnern, mehrenteils Bauren und dergleichen, welche nichts destoweniger dem Baum seine Kraft verliehen und wieder von neuem mitteilten, wann er solche zuzeiten verlor; ja sie ersetzten den Mangel der abgefallenen Blätter aus den ihrigen zu ihrem eigenen noch größern Verderben. Benebens seufzeten sie über diejenige, so auf dem Baum saßen, und zwar nicht unbillig, denn die ganze Last des Baums lag auf ihnen und druckte sie dermaßen, daß ihnen alles

Geld aus den Beuteln, ja hinter sieben Schlössern herfürging. Wann es aber nicht herfürwollte, so striegelten sie die Commissarii mit Besen, die man militärische Exekution nennet, daß ihnen die Seufzer aus dem Herzen, die Tränen aus den Augen, das Blut aus den Nägeln und das Mark aus den Beinen herausging. Noch dannoch waren Leute unter ihnen, die man Fatzvögel nannte; diese bekümmerten sich wenig, nahmen alles auf die leichte Achsel und hatten in ihrem Kreuz anstatt des Trostes allerhand Gespei.

Das XVI. Kapitel

Simplex träumt ferner vom kriegerischen Leben, daß man Geringe nicht pfleg' zu erheben

Also mußten sich die Wurzeln dieser Bäume in lauter Mühseligkeit und Lamentiren, diejenigen aber auf den untersten Ästen in viel größrer Mühe Arbeit und Ungemach gedulden und durchbringen; doch waren diese jeweils lustiger als jene, darneben aber auch trotzig, tyrannisch, mehrenteils gottlos und der Wurzel jederzeit eine schwere unerträgliche Last; um sie stund dieser Reim:

Hunger und Durst auch Hitz und Kält
Arbeit und Armut, wie es fällt,
Gewalttat, Ungerechtigkeit
treiben wir Landsknecht allezeit.

Diese Reimen waren um soviel destoweniger erlogen, weil sie mit ihren Werken übereinstimmten; denn fressen und saufen, Hunger und Durst leiden, huren und buben, raßlen und spielen, schlemmen und demmen, morden und wieder ermordet werden, totschlagen und wieder zutot geschlagen werden, tribuliren und wieder gedrillt werden, jagen und wieder gejaget werden, ängstigen und wieder geängstiget werden, rauben und wieder beraubt werden, plündern und wieder geplündert werden, sich förchten und wieder geförchtet werden, Jammer anstellen und wieder jämmerlich leiden, schlagen und wieder geschlagen werden, und in summa nur verderben und beschädigen, und hingegen wieder verderbt und beschädigt werden: war ihr ganzes Tun und Wesen. Woran sie sich weder Winter noch Sommer, weder Schnee noch Eis, weder Hitze noch Kälte, weder Regen noch Wind, weder Berg noch Tal, weder Felder noch Morast, weder Gräben, Pässe, Meer, Mauren, Wasser, Feur noch Wälle, weder Vater noch Mutter, Brüder und Schwestern, weder Gefahr ihrer eigenen Leiber, Seelen und Gewissen, ja weder Verlust des Lebens noch des Himmels, oder sonst einzig ander Ding, wie das Namen haben mag, verhindern ließen. Sondern sie weberten in ihren Werken immer emsig fort, bis sie endlich nach und nach in Schlachten, Belägerungen, Stürmen, Feldzügen und in den Quartieren selbsten (so doch der Soldaten irdische Paradeis sind, sonderlich wann sie fette Bauren antreffen) umkamen, starben, verdarben und krepirten; bis auf etliche wenige, die in ihrem Alter, wann sie nicht wacker geschunden und gestohlen hatten, die allerbesten Bettler und Landstörzer abgaben.

Zunächst über diesen mühseligen Leuten saßen so alte Hühnerfänger, die sich etliche Jahre mit höchster Gefahr auf den untersten Ästen beholfen, durchgebissen und das Glück gehabt hatten, dem Tod bis dahin zu entlaufen; diese sahen ernstlich und etwas reputirlicher aus als die Unterste, weil sie um einen Gradum hinaufgestiegen waren. Aber über ihnen befanden sich noch Höhere, welche auch höhere Einbildungen hatten, weil sie die Unterste zu kommandiren; diese nannte man Wammesklopfer, weil sie den Picquenirern mit ihren Prügeln und Höllenpotzmartern den Rucken sowohl als den Kopf abzufegen und den Musquetirern Baumöl zu geben pflegten, ihr Gewehr damit zu schmieren. Über diesen hatte des Baumes Stamm einen Absatz oder Unterscheid, welches ein glattes Stück war ohn Äste, mit wunderbarlichen Materialien und seltsamer Seifen der Mißgunst geschmieret, also daß kein Kerl, er sei denn vom Adel, weder durch Mannheit, Geschicklichkeit noch Wissenschaft hinaufsteigen konnte, Gott geb, wie er auch klettern könnte; denn es war glätter polirt als eine marmorsteinerne Säul oder stählerner Spiegel. Über demselben Ort saßen die mit den Fähnlein, deren waren teils jung und teils bei ziemlichen Jahren; die Junge hatten ihre Vettern hinaufgehoben, die Alte aber waren zum Teil von sich selbst hinaufgestiegen, entweder auf einer silbernen Leiter, die man Schmiralia nennet, oder sonst auf einem Steg, den ihnen das Glück aus Mangel anderer gelegt hatte. Besser oben saßen noch Höhere, die auch ihre Mühe, Sorge und Anfechtung hatten; sie genossen aber diesen Vorteil, daß sie ihre Beutel mit demjenigen Speck am besten spicken können, welchen sie mit einem Messer, das sie Kontribution nannten, aus der Wurzel schnitten; am tunlichsten und geschicktesten fiel es ihnen, wann ein Kommissarius daherkam und eine Wanne voll Geld über den Baum abschüttete, solchen zu erquicken, daß sie das Beste von oben herab auffingen und den Untersten so viel als nichts zukommen ließen; dahero pflegten von den Untersten mehr Hungers zu sterben, als ihrer vom Feind umkamen, welcher Gefahr miteinander die Höchste entübrigt zu sein schienen. Dahero war ein unaufhörliches Gekrabbel und Aufklettern an diesen Baum, weil jeder gern an den obristen glückseligen Orten sitzen wollte; doch waren etliche faule, liederliche Schlingel, die das Kommiß-Brot zu fressen nicht wert waren, welche sich wenig um eine Oberstelle bemüheten und einen Weg als den andern tun mußten, was ihre Schuldigkeit erforderte. Die Unterste, was ehrgeizig war, hoffeten auf der Oberen Fall, damit sie an ihren Ort sitzen möchten; und wann es unter zehentausenden einem geriet, daß er so weit gelangte, so geschahe solches erst in ihrem verdrüßlichen Alter, da sie besser hintern Ofen taugten, Äpfel zu braten, als im Feld vorm Feind zu liegen; und wann schon einer wohl stund und seine Sache rechtschaffen verrichtete, so ward er von andern geneidet oder sonst durch einen unversehenlichen unglücklichen Dunst beides, der Charge und des Lebens, beraubt. Nirgends hielt es härter, als an obgemeldtem glatten Ort, denn welcher einen guten Feldwaibel oder Schergeanten hatte, verlor ihn ungern, welches aber geschehen mußte, wann man einen Fähnrich aus ihm gemacht hätte. Man nahm dahero anstatt der alten Soldaten viel lieber Plackscheißer, Kammerdiener, erwachsene Pagen, arme Edelleute, irgends Vettern und sonst Schmarotzer und Hungerleider, die denen, so etwas meritirt, das Brot vorm Maul abschnitten und Fähnrich wurden.

Das XVII. Kapitel

Simplex versteht, nicht der Adel allein im Kriege pflegt beehret zu sein

Dieses verdroß einen alten und unedlen Feldwaibel so sehr, daß er trefflich anfing zu schmälen; aber Adelhold sagte: „Weißt du nicht, daß man je und allwegen die Kriegs-Ämter mit adeligen Personen besetzt hat, als welche hierzu am tauglichsten sein? Graue Bärte schlagen den Feind nicht, man könnte sonst eine Herde Böcke zu solchem Geschäft dingen; es heißt;

> Ein junger Stier wird vorgestellt
> dem Haufen als erfahren,
> den er auch hübsch beisammenhält
> trotz dem von vielen Jahren.

Der Hirt darf ihm vertrauen auch
ohn Ansehen seiner Jugend,
man judicirt nach bösem Brauch
aus Altertum die Tugend.

Sage mir, du alter Krachwadel", fragte der Adelhold ferner, „ob
nicht edelgeborene Officirer von der Soldateska besser respectiret
werden als diejenige, so zuvor gemeine Knechte gewesen? Und was
ist von Kriegsdisziplin zu halten, wo kein rechter Respekt ist? Darf
nicht der Feldherr einem Cavalier mehr vertrauen als einem Bauren-
buben, der seinem Vater vom Pflug entlaufen und seinen eigenen
Eltern kein guttun wollen? Ein rechtschaffener Edelmann, eh er seinem Geschlecht durch Untreu, Feldflucht oder sonst etwas dergleichen einen Schandflecken anhenkte, eh'r würd er ehrlich sterben.
Zudem gebührt dem Adel der Vorzug in allwege, wie solches leg.
honor. dig. de honor. zu sehen. Johannes de Platea will ausdrücklich, daß man in Bestallung der Ämter dem Adel den Vorzug lassen
und die Edelleute den Plebejis schlicht soll vorziehen; ja solches ist
in allen Rechten bräuchlich und wird in Heiliger Schrift bestätiget,
denn: Beata terra, cujus Rex nobilis est, saget Sirach, Kap. 10, welches ein herrlich Zeugnüs ist des Vorzugs, so dem Adel gebühret.
Und wann schon einer von euch ein guter Soldat ist, der Pulver riechen und in allen Begebenheiten treffliche Anschläge geben kann, so
ist er darum nicht gleich tüchtig, andere zu commandiren; dahingegen diese Tugend dem Adel angeboren oder von Jugend auf ange-
wöhnet wird. Seneca saget: Habet hoc proprium generosus animus,
quod concitatur ad honesta et neminem excelsi ingenii virum humi-
lia delectant et sordida; das ist: Ein heroisches Gemüt hat diese
Eigenschaft an sich, daß es zur Ehrerjagung aufgemuntert wird; so
hat auch kein hoher Geist einiges Belieben an geringen und nichts-
würdigen Dingen. Welches auch Faustus Poeta in diesem Dysticho
exprimiret hat:

Si te rusticitas vilem genuisset agrestis,
nobilitas animi non foret ista tui.

Über das hat der Adel mehr Mittel, ihren Untergehörigen mit Geld
und den schwachen Kompagnien mit Volk zu helfen als ein Baur.
So stünde es auch nach dem gemeinen Sprüchwort nicht fein, wann
man den Baur über den Edelmann setzte; auch würden die Bauren

viel zu hoffärtig, wenn man sie so strack zu Herren machte, denn man saget:

> Es ist kein Schwert, das schärfer schirt,
> als wann ein Baur zum Herren wird.

Hätten die Bauren durch lang hergebrachte löbliche Gewohnheit die Kriegs- und andere Ämter in possessione wie der Adel, so würden sie gewißlich sobald keinen Edelmann einkommen lassen; zudem, obschon man euch Soldaten von Fortun (wie ihr genennet werdet) oft gern helfen wollte, daß ihr zu höhern Ehren erhaben würdet, so seid ihr aber alsdann gemeiniglich schon so abgelebt, wenn man euch probiret hat und eines Bessern würdig schätzet, daß man Bedenken haben muß, euch zu befördern; denn da ist die Hitze der Jugend verloschen, und ihr gedenket nur dahin, wie ihr eueren kranken Leibern, die durch viel erstandene Widerwärtigkeit ausgemergelt und zu Kriegs-Diensten wenig mehr nutz sein, gütlich tun und wohl pflegen möget, Gott gebe, wer fechte und Ehre einlege; hingegen aber ist ein junger Hund zum Jagen viel freudiger als ein alter Löw."

Der Feldwaibel antwortete: „Welcher Narr wollte dann dienen und sich in augenscheinliche Todesgefahr begeben, wann er nicht hoffen darf, durch sein Wohlverhalten befördert und also um seine getreue Dienste belohnt zu werden. Der Teufel hole solchen Krieg! Auf diese Weise gilt es gleich, ob sich einer wohl hält oder nicht oder einer dem Feind frisch unter die Augen tritt oder das Hasenpanir aufwirft. Ich habe von unserm alten Obristen vielmals gehöret, daß er keinen Soldaten unter sein Regiment begehre, der sich nicht festiglich einbilde, durch Wohlverhalten ein General zu werden. So muß auch alle Welt bekennen, daß diejenige Nationen, so gemeinen, aber doch rechtschaffenen Soldaten forthelfen und ihre Tapferkeit bedenken, gemeiniglich victorisiren, welches man an den Persern und Türken wohl siehet. Es heißt:

> Die Lampe leucht dir fein, doch mußt du sie auch laben
> mit fett Oliven-Saft; die Flamm sonst bald verlischt
> Getreuer Dienst durch Lohn gemehrt wird und erfrischt;
> Soldaten-Tapferkeit will Unterhaltung haben."

Adelhold antwortete: „Wenn man eines redlichen Mannes rechtschaffene Qualitäten siehet, so wird er freilich nicht übersehen, maßen man heutigen Tags viel findet, welche vom Pflug, von der Nadel, von dem Schuster-Leist und vom Schäferstecken zum Schwert gegriffen, sich wohl gehalten und durch solche ihre Tapferkeit weit über den gemeinen Adel in Grafen- und Freiherren-Stand geschwungen. Wer war der kaiserliche Johann von Werd? Wer der schwedische Stallhans? Wer der hessische kleine Jacob und Sant Andreas? Ihresgleichen sind noch viel bekannt, die ich Kürze halber nicht alle nennen mag. Ist also gegenwärtiger Zeit nichts Neues, wird auch bei der Posterität nicht abgehen, daß geringe, doch redliche Leute durch Krieg zu hohen Ehren gelangen, welches auch bei den Alten geschehen: Tamerlanes ist ein mächtiger König und schröckliche Forcht der ganzen Welt worden, der doch zuvor nur ein Säuhirt war; Agathokles, König in Sicilien, ist eines Häfners Sohn gewesen; Thelephas, ein Wagner, ward König in Lydien; deß Kaisers Valentiniani Vater war ein Seiler; Mauritius Cappadox, ein leibeigener Knecht, ward nach Tiberio Kaiser; Johannes Zemisces kam aus der Schule zum Kaisertum. So bezeuget Flavius Vobiscus, daß Bonosus Imperator eines armen Schulmeisters Sohn gewesen sei; Hyperbolus, Chermidis Sohn, war erstlich ein Laternenmacher und nachgehends Fürst zu Athen; Justinus, so vor Justiniano regirte, war vor seinem Kaisertum ein Säuhirt; Hugo Capetus eines Metzgers Sohn, hernach König in Frankreich; Pizarrus gleichfalls ein Schweinhirt und hernach Markgraf in den West-Indischen Ländern, welcher das Gold mit Zentnern auszuwägen hatte."

Der Feldwaibel antwortete: „Dies alles lautet zwar wohl auf meinen Schrot, indessen sehe ich aber, daß uns die Türen, zu ein und anderer Würde zu gelangen, durch den Adel verschlossen gehalten werden. Man setzet den Adel, wann er nur aus der Schale gekrochen, gleich an solche Örter, da wir uns nimmermehr keine Gedanken hin machen dörfen, wanngleich wir mehr getan haben als mancher Nobilist, den man jetzt für einen Obristen vorstellet. Und gleichwie unter den Bauren manch edel Ingenium verdirbt, weil es aus Mangel der Mittel nicht zu den Studiis angehalten wird: also veraltet mancher wackerer Soldat unter seiner Musquet, der billiger ein Regiment meritirte und dem Feldherrn große Dienste zu leisten wüßte."

Das XVIII. Kapitel

Simplex das erstemal in die Welt springt,
welches ihm aber gar übel gelingt

Ich mochte dem alten Esel nicht mehr zuhören, sondern gönnete ihm, was er klagte, weil er oft die armen Soldaten prügelte wie die Hunde. Ich wandte mich wieder gegen die Bäume, deren das ganze Land voll stund, und sahe, wie sie sich bewegten und zusammenstießen; da prasselten die Kerl haufenweise herunter, Knall und Fall war eins; augenblicklich frisch und tot, in einem Hui verlor einer einen Arm, der ander ein Bein, der dritte den Kopf gar. Als ich so zusahe, bedäuchte mich, alle diejenige Bäume, die ich sahe, wären nur ein Baum, auf dessen Gipfel saße der Kriegs-Gott Mars und bedeckte mit des Baums Ästen ganz Europam. Wie ich davor hielt, so hätte dieser Baum die ganze Welt überschatten können, weil er aber durch Neid und Haß, durch Argwahn und Mißgunst, durch Hoffart, Hochmut und Geiz und andere dergleichen schöne Tugenden gleichwie von scharfen Nordwinden angewehet ward, schien er gar dünn und durchsichtig, dahero einer folgende Reime an den Stamm geschrieben hat:

> Die Stein-Eich, durch den Wind getrieben und verletzet,
> ihr eigen Äst abbricht, sich ins Verderben setzet.
> Durch innerliche Krieg und brüderlichen Streit,
> wird alles umgekehrt und folget lauter Leid.

Von dem gewaltigen Gerassel dieser schädlichen Winde und Zerstümmlung des Baums selbsten ward ich aus dem Schlaf erweckt und sahe mich nur allein in meiner Hütte. Dahero fing ich wieder an zu gedenken und in meinem Hirnhäuselein zu überschlagen, was ich doch immermehr anfangen sollte? Im Wald zu bleiben war mir unmüglich, weil mir alles so gar hinweggenommen worden, daß ich mich nicht mehr aufhalten konnte; nichts war mehr übrig als noch etliche Bücher, welche hin und her zerstreut und durcheinandergeworfen lagen. Als ich solche mit weinenden Augen wieder auflase und zugleich Gott inniglich anrufte, er wollte mich doch leiten und führen, wohin ich sollte, da fand ich ungefähr ein Brieflein, das mein Einsiedel bei seinem Leben noch geschrieben hatte, das lautet also: „Lieber Simplici, wann du dies Brieflein findest, so gehe alsbald aus dem Wald und errette dich und den Pfarrer aus gegenwärtigen Nöten, denn er hat mir viel Gutes getan. Gott, den du allweg vor Augen haben und fleißig beten sollest, wird dich an ein Ort bringen, das dir am bequemsten ist. Allein habe denselbigen stets vor Augen und befleißige dich, ihm jederzeit dergestalt zu dienen, als wann du noch in meiner Gegenwart im Wald wärest; bedenke und tue ohn Unterlaß meine letzte Reden, so wirst du bestehen mögen. Vale!"

Ich küßte dies Brieflein und des Einsiedlers Grab zu vieltausend Malen und machte mich auf den Weg, Menschen zu suchen, bis ich deren finden möchte; ging also zween Tage einen geraden Weg fort, und wie mich die Nacht begriff, suchte ich einen hohlen Baum zu meiner Herberge; meine Zehrung war nichts anders als Buchen, die ich unterwegs auflase. Den dritten Tag aber kam ich ohnweit Gelnhausen auf ein ziemlich eben Feld, da genosse ich gleichsam eines hochzeitlichen Mahls, denn es lag überall voller Garben auf dem Feld, welche die Bauren, weil sie nach der namhaften Schlacht vor Nördlingen verjagt worden, zu meinem Glück nicht einführen können. In deren einer machte ich mein Nachtlager, weil es grausam kalt war, und sättigte mich mit ausgeriebenen Weitzen, welches mir die delikateste Speise war, dergleichen ich lang nicht genossen.

Das XIX. Kapitel

Simplex wird in dem Schloß Hanau gefangen,
saget, wie er damals einhergegangen

Da es tagete, fütterte ich mich wieder mit Weitzen, begab mich zum nächsten auf Gelnhausen und fand daselbst die Tore offen, welche zum Teil verbrannt und jedoch noch halber mit Mist verschanzt waren. Ich ging hinein, konnte aber keines lebendigen Menschen gewahr werden, hingegen lagen die Gassen hin und her mit Toten überstreut, deren etliche ganz, etliche aber bis aufs Hemd ausgezogen waren. Dieser jämmerliche Anblick war mir ein erschröcklich Spektakul, maßen sich jedermann selbsten wohl einbilden kann; meine Einfalt konnte nicht ersinnen, was vor ein Unglück das Ort in einen solchen Stand gesetzt haben müßte. Ich erfuhr aber unlängst hernach, daß die kaiserlichen Völker etliche Weimarische daselbst überrumpelt und also erbärmlich mit ihnen umgangen. Kaum zween Steinwürfe weit kam ich in die Stadt, als ich mich derselben schon satt gesehen hatte; derowegen kehrete ich wieder um, ging durch die Aue neben hin und kam auf eine gänge Landstraße, die mich vor die herrliche Festung Hanau trug. Sobald ich deren er-

48

ste Wacht ersahe, wollte ich durchgehen; aber mir kamen gleich zween Musquetirer auf den Leib, die mich anpackten und in ihre Corps de Garde führten.

Ich muß dem Leser nur auch zuvor meinen damaligen visirlichen Aufzug erzählen, eh daß ich ihm sage, wie mir's weiterging; denn meine Kleidung und Gebärden waren durchaus seltsam, verwunderlich und widerwärtig, so daß mich auch der Gouverneur abmalen lassen: Erstlich waren meine Haare in dritthalb Jahren weder auf griechisch, teutsch noch französisch abgeschnitten, gekampelt noch gekräuselt oder gebüfft worden, sondern sie stunden in ihrer natürlichen Verwirrung noch, mit mehr als jährigem Staub anstatt des Haar-Plunders, Puders oder Pulvers (wie man das Narren- oder Närrinwerk nennet) durchstreut, so zierlich auf meinem Kopf, daß ich darunter herfürsahe mit meinem bleichen Angesicht wie eine Schleier-Eule, die knappen will oder sonst auf eine Maus spannet. Und weil ich allzeit barhäuptig zu gehen pflegte, meine Haare aber von Natur kraus waren, hatte es das Ansehen, als wenn ich einen türkischen Bund aufgehabt hätte. Der übrige Habit stimmte mit der Hauptzier überein, denn ich hatte meines Einsiedlers Rock an, wann ich denselben anders noch einen Rock nennen darf, dieweil das erste Gewand, daraus er geschnitten worden, gänzlich verschwunden und nichts mehr davon übrig gewesen als die bloße Form, welche mehr als tausend Stücklein allerhandfärbiges zusammengesetztes oder durch vielfältiges Flicken aneinandergenähetes Tuch noch vor Augen stellte. Über diesem abgangenem und doch zu vielmalen verbessertem Rock trug ich das hären Hemd anstatt eines Schulter-Kleides (weil ich die Ärmel an Strümpfs Statt brauchte und dieselbe zu solchem Ende herabgetrennet hatte); der ganze Leib aber war mit eisernen Ketten hinten und vorn fein kreuzweis, wie man Sant Wilhelmum zu malen pfleget, umgürtet, so daß es fast eine Gattung abgab wie mit denen, so vom Türken gefangen und vor ihre Freunde zu bettln im Land umziehen. Meine Schuhe waren aus Holz geschnitten, und die Schuhbändel aus Rinden von Lindenbäumen gewebet; die Füße selbst aber sahen so krebsrot aus, als wann ich ein Paar Strümpfe von spanisch Leibfarbe angehabt oder sonst die Haut mit Fernambuk gefarbet hätte. Ich glaube, wann mich damals ein Gaukler, Marktschreier oder Landfahrer gehabt und vor einen Samojeden oder Grünländer dargeben, daß er manchen Narren angetroffen, der einen Kreuzer an mir versehen hätte. Obzwar nun ein jeder Verständiger aus meinem magern und ausgehungerten Anblick und hinlässiger Aufziehung unschwer schließen können, daß ich aus keiner Garküche oder aus dem Frauenzimmer, weniger von irgendeines großen Herrn Hofhaltung entlaufen, so ward ich jedoch unter der Wacht streng examiniret, und gleichwie sich die Soldaten an mir vergafften, also betrachtete ich hingegen ihres Officieres tollen Aufzug, dem ich Red und Antwort geben mußte. Ich wußte nicht, ob er Sie oder Er wäre, denn er trug Haare und Bart auf französisch; zu beiden Seiten hatte er lange Zöpfe herunterhangen wie Pferds-Schwänze, und sein Bart war so elend zugerichtet und verstümpelt, daß zwischen Maul und Nase nur noch etliche wenige Haare so kurz davonkommen, daß man sie kaum sehen konnte. Nicht weniger satzten mich seine weite Hosen seines Geschlechts halber in nicht geringen Zweifel, als welche mir vielmehr einen Weiber-Rock als ein Paar Manns-Hosen vorstelleten. Ich gedachte bei mir selbst: Ist dieser ein Mann, so sollte er auch einen rechtschaffenen Bart haben, weil der Geck nicht mehr so jung ist, wie er sich stellet. Ist es aber ein Weib, warum hat die alte Hure dann soviel Stoppeln ums Maul? Gewißlich ist es ein Weib, gedachte ich, denn ein ehrlicher Mann wird seinen Bart wohl nimmermehr so jämmerlich verketzern lassen; maßen die Böcke aus großer Schamhaftigkeit keinen Tritt unter fremde Herden gehen, wenn man ihnen die Bärte stutzet. Und demnach ich also im Zweifel stund und nicht wußte, was die jetzige Mode war, hielt ich ihn endlich vor Mann und Weib zugleich.

Dieses männische Weib oder dieser weibische Mann, wie er mir vorkam, ließ mich überall durchsuchen, fand aber nichts bei mir als ein Büchlein von Birkenrinden, darin ich meine tägliche Gebet geschrieben und auch dasjenige Zettelein liegen hatte, das mir mein frommer Einsiedel, wie in vorigem Kapitel gemeldet worden, zum Valete hinterlassen; solches nahm er mir. Weil ich's aber ungern verlieren wollte, fiel ich vor ihm nieder, faßte ihn um beide Knie und sagte: „Ach mein lieber Hermaphrodit, laßt mir doch mein Gebetbüchlein!" – „Du Narr", antwortete er, „wer Teufel hat dir gesagt, daß ich Hermann heiße?" Befahl darauf zweien Soldaten, mich zum Gubernator zu führen, welchen er besagtes Buch mitgab, weil der Phantast ohnedas, wie ich gleich merkte, selbst weder lesen noch schreiben konnte.

Also führete man mich in die Stadt, und jedermann lief zu, als wann ein Meerwunder auf die Schau geführet würde; und gleichwie mich jedweder sehen und meine wunderliche Gestalt genauer betrachten wollte, also machte auch jeder etwas Besonders aus mir; etliche hielten mich vor einen Spionen, andere vor einen Unsinni-

gen, andere vor einen wilden Menschen und aber andere vor einen
Geist, Gespenst oder sonst vor ein Wunder, welches etwas Besonders
bedeuten würde. Auch waren etliche, die hielten mich vor einen
Narren, welche wohl am nächsten zum Zweck geschossen haben
möchten, wann ich den lieben Gott nicht gekannt hätte.

Das XX. Kapitel

Simplex wird in das Gefängnis geführet,
mitten in Ängsten noch Linderung spüret

Als ich vor den Gubernator gebracht ward, fragte er mich, wo ich
herkäme? Ich aber antwortete, ich wüßte es nicht. Er fragte weiter:
„Wo willst du denn hin?" – Ich antwortete abermal: „Ich weiß
nicht." – „Was Teufel weißt du dann", fragte er ferner, „was ist
dann deine Hantierung?" – Ich antwortete noch wie vor, ich
wüßte es nicht. Er fragte: „Wo bist du zu Haus?" – Und als ich
wiederum antwortete, ich wüßte es nicht, veränderte er sich im Gesicht, nicht weiß ich, ob's aus Zorn oder Verwunderung geschahe.
Dieweil aber jedermann das Böse zu argwöhnen pfleget, zumalen der
Feind in der Nähe war, als welcher allererst, wie gemeldet, die
vorige Nacht Gelnhausen eingenommen und ein Regiment Dragoner darin zuschanden gemachet hatte, fiel er denen bei, die mich vor
einen Verräter oder Kundschafter hielten; befahl darauf, man sollte
mich besuchen. Als er aber von den Soldaten von der Wacht, so
mich zu ihm geführet hatten, vernahme, daß solches schon beschehen und anders nichts bei mir wäre gefunden worden als gegenwärtiges Büchlein, welches sie ihm zugleich überreichten, las er ein paar
Zeilen darin und fragte mich, wer mir das Büchlein geben hätte. Ich
antwortete, es wäre von Anfang mein eigen gewesen, denn ich hätte
es selbst gemacht und überschrieben. Er fragte: „Warum eben auf
birkene Rinden?" Ich antwortete: „Weil sich die Rinden von andern Bäumen nicht darzu schicken." – „Du Flegel", sagte er,
„ich frage, warum du nicht auf Papier geschrieben hast?" –
„Ei", antwortete ich, „wir haben keins mehr im Wald gehabt."
Der Gubernator fragte: „Wo? In welchem Wald?" – Ich antwortete wieder auf meinen alten Schrot, ich wüßte es nicht.

Da wandte sich der Gubernator zu etlichen von seinen Officirern, die ihm eben aufwarteten und sagte: »Entweder ist dieser ein
Erzschelm oder gar ein Narr! Zwar kann er kein Narr sein, weil er
so schreibt." Und indem als er so redet, blättert er in meinem Büch-

51

lein so stark herum, ihnen meine schöne Handschrift zu weisen, daß des Einsiedlers Brieflein herausfallen mußte; solches ließ er aufheben, ich aber entfärbte mich darüber, weil ich solches vor meinen höchsten Schatz und Heiligtum hielt; welches der Gubernator wohl in acht nahm, und daher noch einen größeren Argwahn der Verräterei schöpfte, vornehmlich als er das Brieflein aufgemacht und gelesen hatte. Denn er sagte: „Ich kenne einmal diese Hand und weiß, daß sie von einem mir wohlbekannten Kriegsofficier ist geschrieben worden, ich kann mich aber nicht erinnern, von welchem." So kam ihm auch der Inhalt selbst gar seltsam und unverständlich vor, denn er sagte: „Dies ist ohn Zweifel eine abgeredte Sprache, die sonst niemand verstehet als derjenige, mit dem sie abgeredet worden." Mich aber fragte er, wie ich hieße? Und als ich antwortete: „Simplicius", sagte er: „Jaja, du bist eben des rechten Krauts! Fort, fort, daß man ihn alsobald an Hand und Fuß in Eisen schließe, damit man etwas anders aus dem Gesellen bringen möge."

Also wanderten beide obgemeldte Soldaten mit mir nach meiner bestimmten neuen Herberge, nämlich dem Stockhaus zu und überantworteten mich dem Gewaltiger, welcher mich seinem Befehl gemäß mit eisernen Banden und Ketten an Händen und Füßen noch ein mehrers zierte, gleichsam als hätte ich nicht genug an deren zu tragen gehabt, die ich bereits um den Leib herumgebunden hatte.

Dieser Anfang, mich zu bewillkommnen, war der Welt noch nicht genug, sondern es kamen Henker und Steckenknechte mit grausamen Folterungsinstrumenten, welche mir, unangesehen ich mich meiner Unschuld zu getrösten hatte, meinen elenden Zustand allererst grausam machten. „Ach Gott!" sagte ich zu mir selber. „Wie geschiehet mir so recht! Simplicius ist darum aus dem Dienst Gottes in die Welt gelaufen, damit eine solche Mißgeburt des Christentums den billigen Lohn empfahe, den ich mit meiner Leichtfertigkeit verdienet habe. O du unglückseliger Simplici! Wohin bringet dich deine Undankbarkeit? Siehe, Gott hatte dich kaum zu seiner Erkenntnis und in seine Dienste gebracht, so laufst du hingegen aus seinen Diensten und kehrest ihm den Rücken! Hättest du nicht mehr Eicheln und Bohnen essen können wie zuvor, deinem Schöpfer unverhindert zu dienen? Hast du nicht gewußt, daß dein getreuer Einsiedel und Lehrmeister die Welt geflohen und sich die Wildnis auserwählet? O blinder Block, du hast dieselbe verlassen in Hoffnung, deinen schändlichen Begierden, die Welt zu sehen, genugzutun. Aber nun schaue, indem du vermeinest, deine Augen zu weiden, mußt du in diesem gefährlichen Irrgarten untergehen und verderben. Hast du unweiser Tropf dir nicht zuvor können einbilden, daß dein seliger Vorgänger der Welt Freude um sein hartes Leben, das er in der Einöde geführet, nicht würde vertauschet haben, wann er in der Welt den wahren Frieden, eine rechte Ruhe und die ewige Seligkeit zu erlangen getrauet hätte? Du armer Simplici, jetzt fahre hin und empfahe den Lohn deiner gehabten eitelen Gedanken und vermessenen Torheit. Du hast dich keines Unrechts zu beklagen, auch keiner Unschuld zu getrösten, weil du selber deiner Marter und darauffolgendem Tod bist entgegengeeilet."

Also klagte ich mich selbst an, bat Gott um Vergebung und befahl ihm meine Seele. Indessen näherten wir uns dem Diebsturm, und als die Not am größten, da war die Hülfe Gottes am nähesten; denn als ich mit den Schergen umgeben war und samt einer großen Menge Volks vorm Gefängnis stund, zu warten, bis es aufgemachet und ich hineingetan würde, wollte mein Pfarrherr, dem neulich sein Dorf geplündert und verbrannt worden, auch sehen, was da vorhanden wäre (denn er lag zunächst dabei auch im Arrest). Als dieser zum Fenster aussahe und mich erblickte, rufte er überlaut: „O Simplici, bist du es?" – Als ich ihn hörete und sahe, konnte ich nichts anders, als daß ich beide Hände gegen ihm aufhub und schrie: „O Vater! O Vater! O Vater!" Er aber fragte, was ich getan hätte? Ich antwortete, ich wüßte es nicht, man hätte gewißlich mich darum dahergeführet, weil ich aus dem Wald entlaufen wäre. Als er aber vom Umstand vernahm, daß man mich vor einen Verräter hielte, bat er, man wollte mit mir inhalten, bis er meine Beschaffenheit dem Herrn Gouverneur berichtet hätte, da solches zu meiner und seiner Erledigung taugen und verhüten würde, daß sich der Herr Gouverneur an uns beiden nicht vergreife, sintemal er mich besser kenne als sonst kein Mensch.

Das XXI. Kapitel

Simplex bekommt durch Gottes Geschick
von dem Glück einen sehr freundlichen Blick

Ihm ward erlaubt, zum Gubernator zu gehen, und über eine halbe Stunde hernach ward ich auch geholt und in die Gesindstube gesetzet, allwo sich schon zween Schneider, ein Schuster mit Schuhen, ein Kaufmann mit Hüten und Strümpfen und ein anderer mit allerhand Gewand eingestellt, damit ich ehest gekleidet würde. Da zog man mir meinen allenthalben zerlumpten und von vielfärbigen Flecken zusammengespickten Rock ab, samt der Ketten und dem härenen Hemd, auf daß die Schneider das Maß recht nehmen könnten. Folgends erschiene ein Feldscherer mit scharfer Lauge und wohlriechender Seife, und eben als dieser seine Kunst an mir üben wollte, kam ein andrer Befelch, welcher mich gräulich erschreckte, weil er lautete, ich sollte meinen Habit stracks wieder anziehen. Solches war nicht so bös gemeint, wie ich wohl besorgte, denn es kam gleich ein Maler mit seinem Werkzeug daher, nämlich mit Minien und Zinnober zu meinen Auglidern, mit Lack, Endig und Lasur zu meinen korallenroten Lippen, mit Auripigmentum, Rauschschütt und Bleigelb zu meinen weißen Zähnen, die ich vor Hunger bleckte, mit Kienruß, Kohlschwärz und Umbra zu meinen gelben Haaren, mit Bleiweiß zu meinen gräßlichen Augen und mit sonst vielerlei Farben zu meinem wetterfarbigen Rock; auch hatte er eine ganze Hand voll Pensel. Dieser fing an, mich zu beschauen, abzureißen, zu untermalen, den Kopf über eine Seite zu hängen, um seine Arbeit gegen meiner Gestalt genau zu betrachten; bald änderte er die Augen, bald die Haare, geschwind die Nasenlöcher und in summa alles, was er im Anfang nicht recht gemachet, bis er endlich ein natürliches Muster entworfen hatte, wie Simplicius eins war, daß ich mich über meine eigene gräßliche Gestalt heftig entsetzte. Alsdann dorfte allererst der Feldscherer auch über mich herwischen, derselbe zwackte mir den Kopf und richtete wohl anderthalb Stund an meinen Haaren; folgends schnitt er sie ab auf die damalige Mode, denn ich hatte Haar übrig. Nachgehends setzte er mich in ein Badstüblein und säuberte meinen magern, ausgehungerten Leib von mehr als drei- oder vierjährigem Unlust. Kaum war er fertig, da brachte man mir ein weißes Hemd, Schuhe und Strümpfe samt einem Überschlag oder Kragen, auch Hut und Feder; so waren die Hosen auch schön ausgemacht und überall mit Galaunen verbrämt, allein mangelt's noch am Wams, daran die Schneider zwar auf die Eil arbeiteten; der Koch stellete sich mit einem kräftigen Süpplein ein und die Kellerin mit einem Trunk. Da saß mein Herr Simplicius wie ein junger Graf, zum besten akkomodirt. Ich zehrte tapfer zu, unangesehen ich nicht wußte, was man mit mir machen wollte, denn ich wußte noch von keinem Henkermahl nichts. Dahero tät mir die Erkostung dieses herrlichen Anfangs so trefflich kirr und sanft, daß ich's keinem Menschen genugsam sagen, rühmen und aussprechen kann. Ja ich glaube schwerlich, daß ich mein Lebtag einzigesmal eine größere Wohllust empfunden als eben damals. Als nun das Wams fertig war, zog ich's auch an und stellete in diesem neuen Kleid ein solch unge-

schickte Postur vor Augen, daß es sahe wie ein Trophäum oder als
wann man einen Zaunstecken gezieret hätte, weil mir die Schneider
die Kleider mit Fleiß zu weit machen mußten, um der Hoffnung
willen, die man hatte, ich würde in kurzer Zeit zulegen, in welcher
gefaßten Hoffnung sie auch nicht betrogen wurden, sintemal ich bei
so guter Schnabelweid und Maulfutter augenscheinlich zunahm.
Mein Waldkleid samt der Ketten und aller Zugehör ward hingegen
in die Kunstkammer zu andern raren Sachen und Antiquitäten getan und mein Bildnis in Lebensgröße darnebengestellet.

Nach dem Nacht-Essen ward Mein-Herr (der war ich) in ein
Bette geleget, dergleichen mir niemals weder bei meinem Knan noch
Einsiedel zuteil worden. Aber mein Bauch knurrete und murrete die
ganze Nacht hindurch, daß ich nicht schlafen konnte, vielleicht keiner andern Ursache halber, als weil er entweder noch nicht wußte,
was gut war, oder weil er sich über die anmütige neue Speisen, die
ihm zuteil worden, verwunderte; ich blieb aber einen Weg als den
andern liegen, bis die liebe Sonne wieder leuchtete (denn es war
kalt), und betrachtete, was vor seltsame Anstände ich nun etliche
Tage gehabt und wie mir der liebe Gott so treulich durchgeholfen
und mich an ein so gutes Ort geführet hätte.

Das XXII. Kapitel

*Simplex hört, wer sein Einsiedler gewesen,
der ihn gelernet hat schreiben und lesen*

Denselben Morgen befahl mir des Gouverneurs Hofmeister, ich
sollte zu obgemeldtem Pfarrer gehen und vernehmen, was sein
Herr meinetwegen mit ihm geredet hätte. Er gab mir einen Leibschützen mit, der mich zu ihm brachte; der Pfarrer aber führete
mich in sein Museum, satzte sich, hieß mich auch sitzen und sagte:
„Lieber Simplici, der Einsiedel, bei dem du dich im Wald aufgehalten, ist nicht allein des hiesigen Gouverneurs Schwager, sondern
auch im Krieg sein Beförderer und wertester Freund gewesen; wie
dem Gubernator mir zu erzählen beliebet, so ist demselben von
Jugend auf weder an Tapferkeit eines heroischen Soldaten noch an
Gottseligkeit und Andacht, die sonst einem Religioso zuständig, niemal nichts abgangen, welche beide Tugenden man zwar selten beieinander zu finden pflegt. Sein geistlicher Sinn und widerwärtige
Begegnüsse hemmeten endlich den Lauf seiner weltlichen Glückseligkeit, so daß er seinen Adel und ansehentliche Güter in Schotten,

da er gebürtig, verschmähete und hintansetzte, weil ihm alle Welthändel abgeschmackt, eitel und verwerflich vorkamen. Er verhoffte mit einem Wort, seine gegenwärtige Hoheit um eine künftige bessere Glori zu verwechseln, weil sein hoher Geist einen Ekel an allem zeitlichen Pracht hatte; und sein Dichten und Trachten war nur nach einem solchen erbärmlichen Leben gerichtet, darin du ihn im Wald angetroffen und bis in seinen Tod Gesellschaft geleistet hast. Meines Erachtens ist er durch Lesung vieler papistischen Bücher von dem Leben der alten Eremiten (oder auch durch das widrige und ungünstige Glück) hierzu verleitet worden.

Ich will dir aber auch nicht verhalten, wie er in den Spessert und, seinem Wunsch nach, zu solchem armseligen Einsiedler-Leben kommen sei, damit du inskünftig auch andern Leuten etwas davon zu erzählen weißt. Die zweite Nacht hernach, als die blutige Schlacht vor Höchst verloren worden, kam er einzig und allein vor meinen Pfarrhof, als ich eben mit meinem Weib und Kindern gegen dem Morgen entschlafen war, weil wir wegen des Lärmens im Land, den beides die Flüchtige und Nachjagende in dergleichen Fällen zu erregen pflegen, die vorige ganze und auch selbige halbe Nacht durch und durch gewachet hatten. Er klopfte erstlich sittig an und folgends ungestüm genug, bis er mich und mein schlaftrunken Gesind erweckte, und nachdem ich auf sein Anhalten und wenig Wortwechseln, welches beiderseits gar bescheiden fiel, die Türe geöffnet, sah ich den Cavalier von seinem mutigen Pferd steigen; sein kostbarlich Kleid war ebensosehr mit seiner Feinde Blut besprengt als mit Gold und Silber verbrämt; und weil er seinen bloßen Degen noch in der Faust hielt, so kam mich Forcht und Schrecken an; nachdem er ihn aber einsteckte und nichts als lauter Höflichkeit vorbrachte, hatte ich Ursache, mich zu verwundern, daß ein so wackerer Herr einen schlechten Dorf-Pfarr so freundlich um Herberge anredete. Ich sprach ihn seiner schönen Person und seines herrlichen Ansehens halber vor den Mannsfelder selbst an; er aber sagte, er sei demselben vor diesmal nur in der Unglückseligkeit nicht allein zu vergleichen, sondern auch vorzuziehen. Drei Dinge beklagte er nämlich, seine verlorne hochschwangre Gemahlin, die verlorne Schlacht und daß er nicht gleich andern redlichen Soldaten in derselben vor das Evangelium sein Leben zu lassen das Glück gehabt hätte. Ich wollte ihn trösten, sahe aber bald, daß seine Großmütigkeit keines Trostes bedorfte; demnach teilte ich mit, was das Haus vermochte, und ließ ihm ein Soldaten-Bett von frischem Stroh machen, weil er in kein anders liegen wollte, wiewohl er der Ruhe sehr bedürftig war. Das erste, das er den folgenden Morgen tät, war, daß er mir sein Pferd schenkte und sein Geld (so er an Gold in keiner kleinen Zahl bei sich hatte) samt etlich köstlichen Ringen unter meine Frau, Kinder und Gesinde austeilete. Ich wußte nicht, wie ich mit ihm dran war, und konnte so geschwind nicht in ihn mich richten, weil die Soldaten viel eher zu nehmen als zu geben pflegen; trug derowegen Bedenkens, so große Verehrungen anzunehmen, und wandte vor, daß ich solches um ihn nicht meritiret, noch hinwiederum zu verdienen wisse; zudem sagte ich, wann man solchen Reichtum und sonderlich das köstliche Pferd, welches sich nicht verbergen ließe, bei mir und den Meinigen sehe, so würde männiglich schließen, ich hätte ihn berauben oder gar ermorden helfen. Er aber sagte, ich sollte diesfalls ohn Sorge leben, er wollte mich vor solcher Gefahr mit seiner eigenen Handschrift versichern, ja er begehre sogar nicht sein Hemd, geschweige seine Kleider aus meinem Pfarrhof zu tragen, und mit dem öffnete er mir seinen Vorsatz, ein Einsiedel zu werden. Ich wehrete mit Händen und Füßen, was ich konnte, weil mich bedünkte, daß solch Vorhaben zumal nach dem Papsttum schmecke, mit Erinnerung, daß er dem Evangelio mehr mit seinem Degen würde dienen können. Aber vergeblich; denn er machte so lang und viel mit mir, bis ich alles einging und ihn mit denjenigen Büchern, Bildern und Hausrat montirte, die du bei ihm gefunden, wiewohl er nur der wüllenen Decke, darunter er dieselbige Nacht auf dem Stroh geschlafen, vor all dasjenige begehrte, das er mir verehret hatte; daraus ließ er sich einen Rock machen. So mußte ich auch meine Wagenketten, die er stetig getragen, mit ihm um eine güldene, daran er seiner Liebsten Conterfait trug, vertauschen, also daß er weder Geld noch Geldeswert behielt; mein Knecht führte ihn an das einödeste Ort des Walds und half ihm daselbst seine Hütte aufrichten. Wasgestalt er nun sein Leben daselbst zugebracht und womit ich ihm zuzeiten an die Hand gangen und ausgeholfen, weißt du so wohl, ja zum Teil besser als ich.

Nachdem nun neulich die Schlacht vor Nördlingen verloren und ich, wie du weißt, rein ausgeplündert und zugleich übel beschädiget worden, habe ich mich hieher in Sicherheit geflehnet, weil ich ohn das schon meine beste Sachen hier hatte. Und als mir die baare Geldmittel aufgehen wollten, nahm ich drei Ringe und obgemeldte güldene Kette mitsamt dem anhangenden Conterfait, so ich von deinem Einsiedel hatte, maßen sein Petschier-Ring auch darunter war, und trugs zu einem Juden, solches zu versilbern; der hat es aber der Köstlichkeit und schönen Arbeit wegen dem Gubernator käuflich angetragen, welcher das Wappen und Conterfait stracks gekannt, nach mir geschickt und gefragt, woher ich solche Kleinodien bekommen? Ich sagte ihm die Wahrheit, wiese des Einsiedlers Handschrift oder Übergabs-Brief auf und erzählete allen Verlauf, auch wie er im Wald gelebet und gestorben. Er wollte solches aber nicht glauben, sondern kündete mir den Arrest an, bis er die Wahrheit besser erführe, und indem er im Werk begriffen war, eine Partei auszuschicken, den Augenschein seiner Wohnung einzunehmen und dich hieherholen zu lassen, so sehe ich dich in Turm führen. Weil dann der Gubernator nunmehr an meinem Vorgeben nicht zu zweifeln Ursache hat, indem ich mich auf den Ort, da der Einsiedel gewohnet, item auf dich und andere lebendige Zeugen mehr, insonderheit aber auf meinen Meßner berufen, der dich und ihn oft vor Tags in die Kirche gelassen, zumalen auch das Brieflein, so er in deinem Gebet-Büchlein gefunden, nicht allein die Wahrheit, sondern auch des seligen Einsiedlers Heiligkeit ein treffliches Zeugnüs gibet: Also will er dir und mir wegen seines Schwagers selig Gutes tun; du darfst dich jetzt nur resolviren, was du wilt, daß er dir tun soll. Willst du studiren, so will er die Unkosten darzu geben; hast du Lust, ein Handwerk zu erlernen, so will er dich eins lernen lassen; willst du aber bei ihm verbleiben, so will er dich wie sein eigen Kind halten; denn er sagte, wann auch ein Hund von seinem Schwager selig zu ihm käme, so wolle er ihn aufnehmen.

Ich antwortete, es gelte mir gleich, was der Herr Gubernator mit mir mache, das seie mir angenehm und könne mir nicht anders als beliebig fallen.

Das XXIII. Kapitel

Simplex wird zu einem Pagen erkoren.
Wie des Einsiedlers Frau wurde verloren

Der Pfarrer zögerte mich auf in seinem Losament bis zehn Uhr, ehe er mit mir zum Gouverneur ging, ihm meinen Entschluß zu sagen, damit er bei demselben, weil er eine freie Tafel hielt, zu Mittags Gast sein könne; denn es war damals Hanau blocquirt und eine solche klemme Zeit bei dem gemeinen Mann, bevorab den geflüchteten Leuten in selbiger Festung, daß auch etliche, die sich etwas einbildeten, die angefrorne Rübschälen auf der Gassen, so die Reichen etwan hinwarfen, aufzuheben nicht verschmäheten. Es glückte ihm auch so wohl, daß er neben dem Gouverneur selbst über der Tafel zu sitzen kam; ich aber wartete auf mit einem Teller in der Hand,

58

wie mich der Hofmeister anwiese, in welches ich mich zu schicken wußte wie ein Esel ins Schach-Spiel und ein Schwein zur Maultrommel. Aber der Pfarrer ersatzte allein mit seiner Zunge, was die Ungeschicklichkeit meines Leibs nicht vermochte. Er sagte, daß ich in der Wildnis erzogen, niemals bei Leuten gewesen und dahero wohl vor entschuldigt zu halten, weil ich noch nicht wissen könnte, wie ich mich halten sollte; meine Treue, die ich dem Einsiedel erwiesen, und das harte Leben, so ich bei demselben überstanden, wären verwundernswürdig und allein wert, nicht allein meine Ungeschicklichkeit zu gedulden, sondern auch mich dem feinsten Edelknaben vorzuziehen. Weiters erzählte er, daß der Einsiedel alle seine Freude an mir gehabt, weil ich, wie er öfters gesagt, seiner Liebsten von Angesicht so ähnlich sei und daß er sich oft über meine Beständigkeit und unveränderlichen Willen, bei ihm zu bleiben, und sonst noch über viel Tugenden, die er an mir gerühmt, verwundert hätte. In summa, er konnte nicht genugsam aussprechen, wie mit ernstlicher Inbrünstigkeit er kurz vor seinem Tod mich ihm Pfarrern recommendiret und bekannt hätte, daß er mich so sehr als sein eigen Kind liebe.

Dies kützelte mich dermaßen in Ohren, daß mich bedünkte, ich hätte schon Ergötzlichkeit genug vor alles dasjenige empfangen, das ich je bei dem Einsiedel ausgestanden. Der Gouverneur fragte, ob sein seliger Schwager nicht gewußt hätte, daß er derzeit in Hanau kommandire? „Freilich", antwortete der Pfarrer, „ich hab es ihm selbst gesagt. Er hat es aber (zwar mit einem fröhlichen Gesicht und kleinem Lächeln) so kaltsinnig angehört, als ob er niemals keinen Ramsay gekannt hätte, also daß ich mich noch, wann ich der Sache nachdenke, über dieses Manns Beständigkeit und festen Vorsatz verwundern muß, wie er nämlich über sein Herz bringen können, nicht allein der Welt abzusagen, sondern auch seinen besten Freund, den er doch in der Nähe hatte, so gar aus dem Sinn zu schlagen!" Dem Gouverneur, der sonst kein weichherzig Weiber-Gemüt hatte, sondern ein tapferer heroischer Soldat war, stunden die Augen voll Wasser. Er sagte: „Hätte ich gewußt, daß er noch im Leben und wo er anzutreffen gewest wäre, so wollte ich ihn auch wider seinen Willen haben zu mir holen lassen, damit ich ihm seine Guttaten hätte erwidern können; weil mir's aber das Glück mißgönnet, also will ich anstatt seiner seinen Simplicium versorgen und mich auch nach dem Tor auf solche Weise dankbar erzeigen. Ach!", sagte er weiters, „Der redliche Cavalier hat wohl Ursache gehabt, seine schwangere Gemahlin zu beklagen; denn sie ist von einer Partei kaiserlicher Reuter im Nachhauen, und zwar auch im Spessert, gefangen worden. Als ich solches erfahren und nichts anders gewußt, als mein Schwager sei bei Höchst tot geblieben, habe ich gleich einen Trompeter zum Gegenteil geschickt, meiner Schwester nachzufragen und dieselbe zu ranzionieren, habe aber nicht anders damit ausgerichtet, als daß ich erfahren, gemeldte Partei Reuter sei im Spessert von etlichen Bauren zertrennt und in solchem Gefecht meine Schwester von ihnen wieder verloren worden, also daß ich noch bis auf diese Stunde nicht weiß, wohin sie kommen."

Dieses und dergleichen war des Gouverneurs und Pfarrers Tisch-Gespräch von meinem Einsiedel und seiner Liebsten, welches Paar Ehevolk um so viel desto mehr bedauret wurde, weil sie einander nur ein Jahr gehabt hatten. Aber ich ward also des Gubernators Page und ein solcher Kerl, den die Leute, sonderlich die Bauren, wann ich sie bei meinem Herrn anmelden sollte, bereits Herr Jung nannten, wiewohl man selten einen Jungen siehet, der ein Herr gewesen, aber wohl Herren, die zuvor Jungen waren.

Das XXIV. Kapitel

Simplex durchziehet und tadelt die Leut,
sieht viel Abgötterei zu seiner Zeit

Damals war bei mir nichts Schätzbarliches als ein reines Gewissen und aufrichtig frommes Gemüt zu finden, welches mit der edlen Unschuld und Einfalt begleitet und umgeben war; ich wußte von den Lastern nichts anders, als daß ich sie etwan hören nennen oder davon gelesen hatte, und wann ich deren eins würklich begehen sahe, war mir's eine erschröckliche und seltene Sache, weil ich erzogen und gewöhnet worden, die Gegenwart Gottes allezeit vor Augen zu haben und aufs ernstlichste nach seinem heiligen Willen zu leben; und weil ich denselben wußte, pflegte ich der Menschen Tun und Wesen gegen demselben abzuwägen. In solcher Übung bedünkte mich, ich sehe nichts als eitel Greul. Herrgott! Wie verwunderte ich mich anfänglich, wann ich das Gesetz und Evangelium samt den getreuen Warnungen Christi betrachtete und hingegen derjenigen Werke ansahe, die sich vor seine Jünger und Nachfolger ausgaben. Anstatt der aufrichtigen Meinung, die ein jedweder rechtschaffener Christ haben soll, fand ich eitel Heuchelei und sonst so unzählbare Torheiten bei allen fleischlich gesinneten Welt-Menschen, daß ich auch zweifelte, ob ich Christen vor mir hätte oder nicht! Denn ich konnte leichtlich merken, daß männiglich den ernstlichen Willen Gottes wüßte, ich merkte aber hingegen keinen Ernst, denselben zu vollbringen.

Also hatte ich wohl tausenderlei Grillen und seltsame Gedanken in meinem Gemüt und geriet in schwere Anfechtung wegen des Befelchs Christi, da er spricht: „Richtet nicht, so werdet ihr auch nicht gerichtet!" Nichtsdestoweniger kamen mir die Worte Pauli zu Gedächtnis, die er zun Gal. am 5. Cap. schreibet: „Offenbar sind alle Werke des Fleisches, als das sind Ehebruch, Hurerei, Unreinigkeit, Unzucht, Abgötterei, Zauberei, Feindschaft, Hader, Neid, Zorn, Zank, Zweitracht, Rotten, Haß, Mord, Saufen, Fressen und dergleichen, von welchen ich euch habe zuvor gesagt und sage es noch wie zuvor, daß, die solches tun, werden das Reich Gottes nicht ererben!" Da gedachte ich, das tut ja fast jedermann offentlich, warum sollte dann ich nicht auch auf des Apostels Wort offenherzig schließen dörfen, daß auch nicht jedermann selig werde?

Nächst der Hoffart und dem Geiz, samt deren ehrbaren Anhängen, waren Fressen und Saufen, Huren und Buben bei den Vermüglichen eine tägliche Übung; was mir aber am aller-erschröcklichsten vorkam, war dieser Greuel, daß etliche, sonderlich Soldaten-Bursch, bei welchen man die Laster nicht am ernstlichsten zu strafen pfleget, beides aus ihrer Gottlosigkeit und dem heiligen Willen Gottes selbsten nur einen Scherz machten. Zum Exempel, ich hörete einsmals einen Ehebrecher, welcher wegen vollbrachter Tat noch gerühmt sein wollte, diese gottlose Worte sagen: „Es tut's dem geduldigen Hahnrei genug, daß er meinetwegen ein paar Hörner trägt; und wann ich die Wahrheit bekennen soll, so hab ich's mehr dem Mann zuleid als der Frau zulieb getan, damit ich mich an ihm rächen möge." – „O kahle Rache!" antwortete ein ehrbar Gemüt, so dabeistund, „dadurch man sein eigen Gewissen beflecket und den schändlichen Namen eines Ehebrechers überkommt!" – „Was Ehebrecher?" antwortete er ihm mit einem höhnischen Gelächter. „Ich bin darum kein Ehebrecher, wann schon ich diese Ehe ein wenig gebogen habe. Dies seind Ehebrecher, wovon das sechste Gebot saget, allwo es verbeut, daß keiner einem andern in Garten steigen und die Kirschen eher brechen solle als der Eigentums-Herr!" Und daß solches also zu verstehen sei, erklärte er gleich darauf nach seinem Teufels-Catechismo das siebente Gebot, welches diese Meinung deutlicher vorbringe, indem es saget: Du solt nicht stehlen und so weiter. Solcher Worte trieb er viel, also daß ich bei mir selbst seufzete und gedachte: O gotteslästerlicher Sünder! Du nennest dich

61

selbst einen Ehebieger und den gütigen Gott einen Ehebrecher, weil er Mann und Weib durch den Tod voneinander trennet! „Meinestu nicht", sagte ich aus übrigem Eifer und Verdruß zu ihm, wiewohl er ein Officier war, „daß du dich mit diesen gottlosen Worten mehr versündigest als mit dem Ehebruch selbst?" – Er aber antwortete mir: „Halt's Maul, du Mauskopf, soll ich dir ein paar Ohrfeigen geben?" Ich glaube auch, daß ich solche dicht und dutzendweis bekommen, wann der Kerl meinen Herrn nicht hätte förchten müssen. Ich aber schwieg still und sahe nachgehends, daß es gar keine seltene Sache war, wann sich Ledige nach Verehelichten und Verehelichte nach Ledigen umsahen und ihrer geilen Buhler-Liebe Zügel und Zaum schießen ließen.

Als ich noch bei meinem Einsiedel den Weg zum ewigen Leben studirete, verwunderte ich mich, warum doch Gott seinem Volk die Abgötterei so hochsträflich verboten? Denn ich bildete mir ein, wer einmal den wahren ewigen Gott erkannt hätte, der würde wohl nimmermehr keinen andern ehren und anbeten; schloß also in meinem dummen Sinn, dies Gebot sei unnötig und vergeblich gegeben worden. Aber ach, ich Narr wußte nicht, was ich gedachte; denn sobald ich in die Welt kam, vermerkte ich, daß (dies Gebot unangesehen) beinahe jeder Welt-Mensch einen besonderen Neben-Gott hatte; ja etliche hatten wohl mehr als die alte und neue Heiden selbsten. Etliche hatten den ihrigen in der Kisten, auf welchen sie allen Trost und Zuversicht satzten; mancher hatte den seinen bei Hof, zu welchem er alle Zuflucht gestellet, der doch nur ein Favorit und oft ein liederlicher Bärnhäuter war als sein Anbeter selbst, weil seine lüftige Gottheit nur auf des Prinzen aprilenwetterischer Gunst bestund; andere hatten den ihrigen in der Reputation und weltlichem Ansehen und bildeten sich ein, wann sie nur dieselbige erhielten, so wären sie selbst auch halbe Götter. Noch andere hatten den ihrigen im Kopf, nämlich diejenige, denen der wahre Gott ein gesund Hirn verliehen, also daß sie einige Künste und Wissenschaften zu fassen geschickt waren; dieselbe satzten den gütigen Geber auf eine Seite und verließen sich auf die Gabe, in der Hoffnung, sie würden ihnen alle Wohlfahrt verleihen. Auch waren viel, deren Gott ihr eigener Bauch war, welchem sie täglich die Opfer reichten, wie vorzeiten die Heiden dem Baccho und der Cereri getan, und wann solcher sich unwillig erzeigte oder sonst die menschliche Gebrechen sich anmeldeten, so machten die elenden Menschen einen Gott aus dem Medico und suchten ihres Lebens Aufenthalt in der Apotheke, aus welcher sie zwar öfters mit ihrer äußersten Ungeduld und Desperation zum

Tod befördert wurden. Manche Narren machten sich Göttinnen aus glatten Metzen; dieselben nannten sie mit andern Namen, beteten sie Tag und Nacht an mit viel tausend Seufzen und machten ihnen Lieder, welche nichts anders als ihr Lob in sich hielten, benebens einem demütigen Bitten, daß solche mit ihrer Torheit ein barmherziges Mitleiden tragen und auch zu Närrinnen werden wollten, gleichwie sie selbst Narren sein.

Hingegen waren Weibsbilder, die hatten ihre eigne Schönheit vor ihren Gott aufgeworfen; diese, gedachten sie, wird mich wohl vermannen, Gott im Himmel sage darzu, was er will. Dieser Abgott ward anstatt anderer Opfer täglich mit allerhand Schminke, Salben, Wassern, Pulvern und sonst Schmirsel unterhalten und verehret. Ich sahe Leute, die wohlgelegene Häuser vor Götter hielten, denn sie sagten, solang sie darin gewohnet, wäre ihnen Glück und Heil zugestanden und das Geld gleichsam zum Fenster hineingefallen; welcher Torheit ich mich höchstens verwunderte, weil ich die Ursache sahe, warum die Einwohner so guten Zuschlag gehabt. Ich kannte einen Kerl, der konnte in etlichen Jahren vor dem Tabak-Handel nicht recht schlafen, weil er demselben sein Herz, Sinne und Gedanken, die allein Gott gewidmet sein sollten, geschenket hatte; er schickte demselben so tags als nachts so viel tausend Seufzer, weil er dadurch prosperirte. Aber was geschahe? Der Phantast starb und fuhr dahin wie der Tabakrauch selbst. Da gedachte ich: O du elender Mensch! Wäre dir deiner Seelen Seligkeit und des wahren Gottes Ehre so hoch angelegen gewesen als der Abgott, der in Gestalt eines Brasilianers mit einer Rolle Tabak unterm Arm und einer Pfeifen im Maul auf deinem Laden-Schild stehet, so lebte ich der unzweiflichen Zuversicht, du hättest ein herrliches Ehren-Kränzlein, in jener Welt zu tragen, erworben. Ein ander Gesell hatte noch wohl liederlichere Götter; denn als bei einer Gesellschaft von jedem erzählet ward, auf was Weise er sich in dem greulichen Hunger und teuren Zeit ernähret und durchgebracht, sagte dieser mit teutschen Worten, die Schnecken und Frösche seien sein Herrgott gewesen, er hätte sonst in Mangel ihrer müssen Hungers sterben. Ich fragte ihn, was ihm dann damals Gott selbst gewesen wäre, der ihm solche Insecta zu seinem Aufenthalt bescheret hatte. Der Tropf aber wußte nichts zu antworten, und ich mußte mich um soviel desto mehr verwundern, weil ich noch nirgends gelesen, daß die alte abgöttische Egyptier noch die neulichste Americaner jemals dergleichen Ungeziefer vor Gott ausgeschrien, wie dieser Geck täte.

Ich kam einsmals mit einem vornehmen Herrn in eine Kunst-

Kammer, darin schöne Raritäten waren; unter den Gemälden gefiel mir nichts besser als ein Ecce-Homo! Wegen seiner erbärmlichen Darstellung, mit welcher es die Anschauer gleichsam zum Mitleiden verzückte. Darneben hing eine papierne Karte, in China gemalt, darauf stunden der Chineser Abgötter in ihrer Majestät sitzend, deren teils wie die Teufel gestaltet waren. Der Herr im Haus fragte mich, welches Stück in seiner Kunstkammer mir am besten gefiele. Ich deutete auf besagtes Ecce-Homo. Er aber sagte, ich irre mich, das Chineser Gemäld wäre rarer und dahero auch köstlicher, er wolle es nicht um zehen solcher Ecce-Homo manglen. Ich antwortete: „Herr, ist Euer Herz wie Euer Mund?" – Er sagte: „Ich versehe mich's." – Darauf sagte ich: „So ist auch Euers Herzens Gott derjenige, dessen Conterfait Ihr mit dem Mund bekennet das köstlichste zu sein." – „Phantast", sagte jener, „ich ästimire die Rarität!" – Ich antwortete: „Was ist seltener und verwundernswürdiger, als daß Gottes Sohn selbst unsertwegen gelitten, wie uns dies Bildnus vorstellet?"

Das XXV. Kapitel

Simplex kann sich in die Welt nicht recht schicken,
und die Welt pflegt ihn auch scheel anzublicken

So sehr wurden nun diese und noch eine größere Menge anderer Art Abgötter geehret, so sehr ward hingegen die wahre göttliche Majestät verachtet; denn gleichwie ich niemand sahe, der sein Wort und Gebot zu halten begehrte, also sahe ich hingegen viel, die ihm in allem widerstrebten und die Zöllner (welche zu den Zeiten, als Christus noch auf Erden wandelte, offene Sünder waren) mit Bosheit übertrafen. Christus spricht: „Liebet euere Feinde, segnet die euch fluchen, tut wohl denen, die euch hassen, bittet vor die, so euch beleidigen und verfolgen, auf daß ihr Kinder seid eures Vaters im Himmel; denn so ihr liebet, die euch lieben, was werdet ihr für Lohn haben? Tun solches nicht auch die Zöllner? Und so ihr euch nur zu eueren Brüdern freundlich tut, was tut ihr Sonderliches? Tun nicht die Zöllner auch also?" Aber ich fand nicht allein niemand, der diesem Befelch Christi nachzukommen begehrte, sondern jedermann tät gerad das Widerspiel; es hieß: viel Schwäger, viel Knebel-Spieß. Und nirgends fand sich mehr Neid, Haß, Mißgunst, Hader und Zank als zwischen Brüdern, Schwestern und andern angebornen Freunden, sonderlich wann ihnen ein Erb zu teilen zugefallen war; da stritten sie wohl Jahr und Tag miteinander mit solcher Verbitterung, daß sie in grimmer Wut die Türken und Tartern weit übertrafen. Auch sonst haßte das Handwerk allerorten einander, also daß ich handgreiflich sehen und schließen mußte, daß vor diesem die offenen Sünder, Publicanen und Zöllner, welche wegen ihrer Bosheit und Gottlosigkeit bei männiglich verhaßt waren, uns heutigen Christen mit Übung der brüderlichen Liebe weit überlegen gewesen; maßen ihnen Christus selbsten das Zeugnüs gibet, daß sie sich untereinander geliebet haben. Dahero betrachtete ich, wann wir keinen Lohn haben, so wir die Feinde nicht lieben, was vor große Strafen wir dann gewärtig sein müssen, wann wir auch unsere Freunde hassen; wo die größte Liebe und Treue sein sollte, fand ich die höchste Untreue und den gewaltigsten Haß. Mancher Herr schund seine getreue Diener und Untertanen, hingegen wurden etliche Untertanen an ihren frommen Herren zu Schelmen. Den continuirlichen Zank vermerkte ich zwischen vielen Eheleuten; mancher Tyrann hielt sein ehrlich Weib ärger als einen Hund, und manche lose Vettel ihren frommen Mann vor einen Narren und Esel. Viel hündische Herren und Meister betrogen ihre fleißigen Dienstboten um ihren gebührenden Lohn und schmälerten beides, Speis und Trank, hingegen sahe ich auch viel untreu Gesinde, die ihre frommen Herren entweder durch Diebstahl oder Fahrlässigkeit ins Verderben satzten. Die Handels-Leute und Handwerker rannten mit dem Juden-Spieß gleichsam um die Wette und sogen durch allerhand Wucher und Vörtel dem Bauersmann seinen sauren Schweiß ab; hingegen waren teils Bauren so gar gottlos, daß sie sich auch darum bekümmerten, wann sie nicht rechtschaffen genug mit Bosheit durchtrieben waren, andere Leute oder auch wohl ihre Herren selbst unterm Schein der Einfalt zu berufen. Ich sahe einsmals einen Soldaten einem andern eine dichte Maulschelle geben und bildete mir ein, der Geschlagene würde den andern Backen auch darbieten (weil ich noch niemal bei keiner Schlägerei gewesen). Aber ich irrete, denn der Beleidigte zog von Leder und versatzte dem Täter eine Wunde davor an Kopf. Ich schrie ihm überlaut zu und sagte: „Ach Freund, was machstu?" – „Da wär einer ein Bärnhäuter", antwortete jener; „ich will mich, der Teufel hol und so weiter, selbst rächen oder das Leben nicht haben! Hei, müßte doch einer ein Schelm sein, der sich so coujoniren ließe." Der Lärmen zwischen diesen zweien Duellanten ergrößerte sich, weilen beiderseits Beiständer samt dem Umstand und Zulauf einander auch in die Haare kamen; da hörete ich schwören bei Gott und ihren Seelen so leichtfertig, daß ich nicht glauben konnte, daß sie diese vor ihr edel-

stes Kleinod hielten. Aber das war nur Kinderspiel, denn es blieb bei
so geringen Kinderschwüren nicht, sondern es folgte gleich hernach:
Schlag mich der Donner der Blitz der Hagel; zerreiß und hol mich
der und so weiter ja nicht einer allein, sondern hunderttausend, und
führen mich in die Luft hinweg! Die heiligen Sacramenta mußten
nicht nur siebenfältig, sondern auch mit hunderttausenden, so viel
Tonnen Galeeren und Stadtgräben voll heraus, also daß mir abermal die Haare gen Berg stunden. Ich gedachte wiederum an den Befelch Christi, da er saget: „Ihr sollet allerdings nicht schwören,
weder bei dem Himmel, denn er ist Gottes Stuhl, noch bei der Erden, denn sie ist seiner Füße Schemel, noch bei Jerusalem, denn sie
ist eines großen Königs Stadt, auch sollt du nicht bei deinem Haupt
schwören, denn du vermagst nicht ein einziges Haar weiß oder
schwarz zu machen; eure Rede aber sei: Ja, ja! – Nein, nein; was
drüber ist, das ist vom Übel." Dieses alles, und was ich sahe und
hörete, erwug ich und schloß festiglich, daß diese Balger keine Christen sein, suchte derowegen eine andre Gesellschaft.

Zum allerschröcklichsten kam mir vor, wann ich etliche Groß-
sprecher sich ihrer Bosheit, Sünden, Schande und Laster rühmen
hörete, denn ich vernahm zu unterschiedlichen Zeiten, und zwar
täglich, daß sie sagten: „Potz Blut, wie haben wir gestern gesoffen!
Ich habe mich in einem Tag wohl dreimal vollgesoffen und ebenso-
vielmal gekotzt. Potz Stern, wie haben wir die Bauren, die Schelmen, tribulirt. Potz Strahl, wie haben wir Beuten gemacht. Potz
hundert Gift, wie haben wir einen Spaß mit den Weibern und Mägden gehabt. Item, ich habe ihn darniedergehauen, als wann ihn der
Hagel hätte niedergeschlagen. Ich habe ihn geschossen, daß er das
Weiße über sich kehrte. Ich habe ihn so artlich über den Tölpel geworfen, daß ihn der Teufel hätte holen mögen. Ich habe ihm den
Stein gestoßen, daß er den Hals hätte brechen mögen. Ich habe ihn
gedrillet, daß er hätte Blut spein mögen." Solche und dergleichen
unchristliche Reden erfülleten mir alle Tage die Ohren, und über
das so hörete und sahe ich auch in Gottes Namen sündigen, welches
wohl zu erbarmen ist; von den Kriegern ward es am meisten practicirt, wann sie nämlich sagten: „Wir wollen in Gottes Namen auf
Partei, plündern, mitnehmen, totschießen, niedermachen, angreifen,
gefangennehmen, in Brand stecken", und was ihrer schröcklichen
Arbeiten und Verrichtungen mehr sein mögen. Also wagen's auch
die Wucherer mit dem Verkauf in Gottes Namen, damit sie ihrem
teuflischen Geiz nach schinden und schaben mögen. Ich habe zween
Mausköpfe sehen henken, die wollten einsmals bei der Nacht steh-

len, und als sie die Leiter angestellet und der eine in Gottes Namen einsteigen wollte, warf ihn der wachtsame Hausvater in 's Teufels Namen wieder herunter, davon er ein Bein zerbrach und also gefangen und über etliche Tage hernach samt seinem Camerad aufgeknüpfet ward. Wann ich nun so etwas hörete, sahe und beredete und, wie meine Gewohnheit war, mit der Heiligen Schrift hervorwischte oder sonst treuherzig abmahnete, so hielten mich die Leute vor einen Narren und Schwärmer; ja ich ward meiner guten Meinung halber so oft ausgelachet, daß ich endlich auch unwillig ward und mir vorsatzte, gar zu schweigen, welches ich doch aus christlicher Liebe nicht halten konnte. Ich wünschete, daß jedermann bei meinem Einsiedel wäre auferzogen worden, der Meinung, es würde alsdann auch männiglich der Welt Wesen mit Simplicii Augen ansehen, wie ich's damals beschauete. Ich war nicht so witzig, wann lauter Simplici in der Welt wären, daß man alsdann auch nicht soviel Laster sehen werde. Indessen ist doch gewiß, daß ein Welt-Mensch, welcher aller Untugenden und Torheiten gewohnt und selbsten mitmachet, im wenigsten nicht empfinden kann, auf was vor einer bösen Straße er mit seinen Gefährten wandelt.

Das XXVI. Kapitel

Simplex hat von den Soldaten vernommen,
wie sie einander schön heißen willkommen

Als ich nun vermeinete, ich hätte Ursache, zu zweifeln, ob ich unter Christen wäre oder nicht, ging ich zu dem Pfarrer und erzählte alles, was ich gehöret und gesehen, auch was ich vor Gedanken hatte, nämlich daß ich die Leute nur vor Spötter Christi und seines Worts und vor keine Christen hielte, mit Bitte, er wolle mir doch aus dem Traum helfen, damit ich wisse, wovor ich meine Neben-Menschen halten sollte. Der Pfarrer antwortete: „Freilich sind sie Christen, und wollte ich dir nicht raten, daß du sie anderst nennen solltest." – „Mein Gott", sagte ich, „wie kann es sein? Denn wann ich einem oder dem andern seinen Fehler, den er wider Gott begehet, verweise und guter Meinung zu Gemüt führe, so werde ich verspottet und ausgelacht." – „Dessen verwundere dich nicht", antwortete der Pfarrer, „ich glaube, wann unsere erste frommen Christen, die zu Christi Zeiten gelebt, ja die Apostel selbst anjetzo auferstehen und in die Welt kommen sollten, daß sie mit dir eine gleiche Frage tun und endlich auch sowohl als du von jedermännig-

67

lich vor Narren gehalten würden; das, was du bisher siehest und hörest, ist eine gemeine Sache und nur Kinderspiel gegen demjenigen, das sonsten so heimlich als öffentlich und mit Gewalt wider Gott und den Menschen vorgehet und in der Welt verübet wird; aber laß dich das nicht ärgern, du wirst wenig Christen finden, wie Herr Samuel selig einer gewesen ist."

Indem als wir so miteinander redeten, führet man etliche, so vom Gegenteil waren gefangen worden, übern Platz, welches unsern Discurs zerstörete, weil wir die Gefangene auch beschaueten. Da vernahm ich eine Unsinnigkeit, dergleichen ich mir nicht hätte dörfen träumen lassen. Es war aber eine neue Mode, einander zu grüßen und zu bewillkommen, denn einer von unsrer Garnison, welcher hiebevor dem Kaiser auch gedienet hatte, kannte einen von den Gefangenen; zu dem ging er, gab ihm die Hand, druckte jenem die seinige vor lauter Freude und Treuherzigkeit und sagte: „Daß dich der Hagel erschlage (altteutsch), lebstu auch noch, Bruder? Potz Fickerment, wie führt uns der Teufel hier zusammen! Ich habe, schlag mich der Donner, vorlängst gemeint, du wärst gehenkt worden!" Darauf antwortete der ander: „Potz Blitz Bruder, bistus oder bistus nicht? Daß dich der Teufel hole, wie bistu hieherkommen? Ich hätte mein Lebtag nicht gemeint, daß ich dich wieder antreffen würde, sondern habe gedacht, der Teufel hätte dich vorlängst hingeführet." Und als sie wieder voneinandergingen, sagte einer zum andern anstatt behüte dich Gott: „Strick zu, Strick zu, morgen kommen wir vielleicht zusammen, dann wollen wir brav miteinander saufen und uns excellent lustig machen!"

„Ist das nicht ein schöner gottseliger Willkomm?" sagte ich zum Pfarrer. „Sind das nicht herrliche, christliche Wünsche? Haben diese nicht einen heiligen Vorsatz auf den morgenden Tag? Wer wollte sie vor Christen erkennen oder ihnen ohn Erstaunen zuhören? Wann sie einander aus christlicher Liebe so zusprechen, wie wird es dann hergehen, wenn sie miteinander zanken? Herr Pfarrer, wenn dies Schäflein Christi sind, Ihr aber dessen bestellter Hirt, so will Euch gebühren, sie auf eine bessere Weide zu führen." – „Ja", antwortete der Pfarrer, „liebes Kind, es gehet bei den gottlosen Soldaten nicht anders her, Gott erbarm es! Wanngleich ich etwas sagte, so wäre es soviel, als wann ich den Tauben predige, und ich hätte nichts anders davon als dieser gottlosen Bursch gefährlichen Haß." Ich verwunderte mich, schwätzte noch eine Weile mit dem Pfarrer und ging dem Gubernator aufzuwarten, denn ich hatte gewisse Zeiten Erlaubnüs, die Stadt zu beschauen und zum

68

Pfarrer zu gehen, weil mein Herr von meiner Einfalt Wind hatte und gedachte, solche würde sich legen, wann ich herumterminirte, etwas sähe, hörete und von andern geschulet, oder wie man saget, gehobelt und gerülpt würde.

Das XXVII. Kapitel

Simplex macht einen Rauch in die Cantzelei,
daß ihm auch selbsten ist übel dabei

Meines Herrn Gunst vermehrte sich täglich und ward je länger, je größer gegen mir, weil ich nicht allein seiner Schwester, die den Einsiedel gehabt hatte, sondern auch ihm selbsten je länger, je gleicher sahe, indem die gute Speisen und faule Täge mich in Kürze glatthärig machten und mich anmutig genug vorstelleten. Diese Gunst genosse ich bei jedermänniglich, denn wer etwas mit den Gubernator zu tun hatte, der zeigte sich auch mir günstig, und sonderlich mochte mich der Secretarius wohl leiden; indem mich derselbe rechnen lernen mußte, hatte er manche Kurzweile von meiner Einfalt und Unwissenheit. Er war erst von den Studien kommen und stak dahero noch voller Schulpossen, die ihm zuzeiten ein Ansehen gaben, als wann er einen Sparrn zuviel oder zuwenig gehabt hätte; er überredete mich oft, Schwarz sei weiß und Weiß sei schwarz; dahero kam es, daß ich ihm in der erste alles und aufs letzte gar nichts mehr glaubte. Ich tadelte ihm einsmals sein schmierig Tintenfaß, er aber antwortete, solches sei sein bestes Stück in der ganzen Cantzelei, denn aus demselben lange er heraus, was er begehre; die schönste Ducaten, Kleider, und in summa, was er vermöchte, hätte er nach und nach herausgefischt. Ich wollte nicht glauben, daß aus einem so kleinen verächtlichen Ding so herrliche Sachen zu bekommen wären; hingegen sagte er, solches vermöge der Spiritus Papyri (also nannte er die Tinte) und das Tintenfaß würde darum ein Faß genennet, weil es große Sachen fasse. Ich fragte, wie man's dann herausbringen könnte, sintemal man kaum zween Finger hineinstekken möchte? Er antwortete, er hätte einen Arm im Kopf, der solche Arbeit verrichten müsse, er verhoffe sich, bald auch eine schöne, reiche Jungfer herauszulangen, und wann er das Glück hätte, so getraue er, auch eigen Land und Leute herauszubringen, welches gar nichts Neues sei, sondern wohl ehemals geschehen wäre. Ich mußte mich über diese künstliche Griffe verwundern und fragte, ob noch mehr Leute solche Kunst könnten? „Freilich", antwortete er:

69

„Alle Canzler, Doctorn, Secretarii, Procuratorn oder Advocaten, Commissarii, Notarii, Kauf- und Handels-Herren und sonst unzählig viel andere mehr, welche gemeiniglich, wann sie nur fleißig fischen und ihr Interesse fleißig in acht genommen, zu reichen Herren daraus werden." Ich sagte: „So seind die Bauren und andere arbeitssame Leute nicht witzig, daß sie im Schweiß ihres Angesichts ihr Brot essen und diese Kunst nicht auch lernen." – Er antwortete: „Etliche wissen der Kunst Nutzen nicht, dahero begehren sie solche auch nicht zu lernen; etliche wollten's gern lernen, manglen aber des Arms im Kopf oder anderer Mittel; etliche lernen die Kunst und haben Arms genug, wissen aber die Griffe nicht, so die Kunst erfodert, wann man dadurch will reich werden; andere wissen und können alles, was dazu gehöret, sie wohnen aber an der Fehlhalden und haben keine Gelegenheit, wie ich, die Kunst rechtschaffen zu üben."

Als wir dergestalt vom Tintenfaß (welches mich allerdings an des Fortunati Säckel gemahnete) discurirten, kam mir das Titular-Buch ungefähr in die Hände; darin fand ich, meines damaligen Davorhaltens, mehr Torheiten, als mir bishero noch nie vor Augen kommen. Ich sagte zum Secretario: „Dieses alles sind ja Adams-Kinder und eines Machwerks miteinander, und zwar nur von Staub und Asche! Wo kommt dann ein so großer Unterscheid her? Allerheiligst, Unüberwindlichst, Durchleuchtigst! Sind das nicht göttliche Eigenschaften? Hier ist einer Gnädig, dort ist der ander Gestreng; und was muß allzeit das Geboren darbei tun? Man weiß ja wohl, daß keiner vom Himmel fällt, auch keiner aus dem Wasser entstehet und daß keiner aus der Erde wächst wie ein Krautskopf; warum stehen nur Hoch-Wohl-Vor- und Großge-Achte da und keine Ge-Neunte? Oder wo bleiben die Gefünfte, Gesechste und Gesiebente? Was ist das vor ein närrisch Wort: Vorsichtig? Welchem stehen denn die Augen hinten im Kopf?" Der Secretarius mußte meiner lachen und nahm die Mühe, mir eines und des andern Titul und alle Worte insonderheit auszulegen; ich aber beharrete darauf, daß die Titul nicht Recht geben würden; es wäre einem viel rühmlicher, wann er Freundlich tituliret würde als Gestreng. Item, wann das Wort Edel an sich selbsten nichts anders als hochschätzbarliche Tugenden bedeute, warum es dann, wann es zwischen Hochgeborn (welches Wort einen Fürsten oder Grafen anzeige) gesetzt werde, solchen fürstlichen Titul verringere? Das Wort Wohlgeboren sei eine ganze Unwahrheit; solches würde eines jeden Barons Mutter bezeugen, wann man sie fragte, wie es ihr bei ihres Sohns Geburt ergangen wäre?

Indem ich nun dieses also belachte, entrann mir unversehens ein solcher grausamer Leibs-Dunst, daß beides, ich und der Secretarius, darüber erschraken; dieser meldete sich augenblicklich sowohl in unsern Nasen als in der ganzen Schreibstube so kräftig an, gleichsam als wann man ihn zuvor nicht genug gehöret hätte. „Trolle dich, du Sau", sagte der Secretarius zu mir, „zu andern Säuen in Stall, mit denen, du Rülp, besser zustimmen als mit ehrlichen Leuten conversiren kannst!" Er mußte aber sowohl als ich den Ort räumen und dem greulichen Gestank den Platz allein lassen. Und also habe ich meinen guten Handel, den ich in der Schreibstube hatte, dem gemeinen Sprüchwort nach auf einmal verkerbt.

Das XXVIII. Kapitel

Simplex ganz wunderlich lernet wahrsagen,
pflegt auch noch eine Kunst davon zu tragen

Ich kam aber sehr unschuldig in dies Unglück, denn die ungewöhnlichen Speisen und Arzeneien, die man mir täglich gab, meinen zusammengeschrumpelten Magen und eingeschnorrtes Gedärm wieder zurechtzubringen, erregten in meinem Bauch viel gewaltige Wetter und starke Sturmwinde, welche mich trefflich quäleten, wann sie ihren ungestümen Ausbruch sucheten; und demnach ich mir nicht einbildete, daß es übelgetan sei, wann man dies Orts der Natur willfahre, maßen einem solchen innerlichen Gewalt in die Läng zu widerstehen ohndas unmüglich, mich auch weder mein Einsiedel (weil solche Gäste gar dünn bei uns gesäet wurden) niemal nichts davon unterrichtet noch mein Knan verboten, solche Kerl ihres Wegs nicht ziehen zu lassen, also ließ ich ihnen Luft und alles passiren, was nur fortwollte, bis ich erzähltermaßen mein Credit beim Secretario verloren. Zwar wäre dessen Gunst noch wohl zu entbehren gewesen, wann ich in keinen größern Unfall kommen wäre; denn mir ging's wie einem frommen Menschen, der nach Hof kommt, da sich die Schlange wider den Nasicam, Goliath wider den David, Minotaurus wider Theseum, Medusa wider Perseum, Circe wider Ulyssem, Ägisthus wider Agamemnon, Paludes wider Coräbum, Medea wider den Peliam, Nessus wider Herculem, und was mehr ist, Althea wider ihren eigenen Sohn Meleagrum rüstet.

Mein Herr hatte einen ausgestochenen Essig und durchtriebenen

Funken zum Page neben mir, welcher schon ein paar Jahre bei ihm gewesen; demselben schenkte ich mein Herz, weil er mit mir gleichen Alters war. Ich gedachte, dieser ist Jonathan und du bist David. Aber er eiferte mit mir wegen der großen Gunst, die mein Herr zu mir trug und täglich vermehrete; er besorgte, ich möchte ihm vielleicht die Schuhe gar austreten, sahe mich derowegen heimlich mit mißgünstigen, neidigen Augen an und gedachte auf Mittel, wie er mir den Stein stoßen und durch meinen Unfall dem seinigen vorkommen möchte. Ich aber hatte Tauben-Augen und auch einen andern Sinn als er, ja ich vertraute ihm alle meine Heimlichkeiten, die zwar auf nichts anders als auf kindischer Einfalt und Frömmigkeit bestunden, dahero er mir auch nirgends zukommen konnte. Einsmals schwätzten wir im Bette lange miteinander, eh wir entschliefen, und indem wir vom Wahrsagen redeten, versprach er, mich solches auch umsonst zu lernen; hieße mich darauf den Kopf unter die Decke tun, denn er überredete mich, auf solche Weise müßte er mir die Kunst beibringen. Ich gehorchte fleißig und gab auf die Ankunft des Wahrsager-Geistes genaue Achtung. Potz Glück! Derselbe nahm seinen Einzug in meiner Nase, und zwar so stark, daß ich unter dem Bett vor unleidlichem Gestank nicht mehr bleiben konnte, sondern den ganzen Kopf wieder unter der Decke herfürtun mußte. „Was ist es?" sagte mein Lehrmeister. Ich antwortete: „Du hast einen streichen lassen." – „Und du", antwortete er, „hast wahr gesagt und kannst also die Kunst am besten." – Dieses empfand ich vor keinen Schimpf, denn ich hatte damals noch keine Galle, sondern begehrte allein von ihm zu wissen, durch was vor einen Vorteil man diese Kerl so stillschweigend abschaffen könnte? Mein Camerad antwortete: „Diese Kunst ist gering, du darfst nur das linke Bein aufheben wie ein Hund, der an ein Eck brunzt, darneben heimlich sagen: Je pète, je pète, je pète, und mithin so stark gedruckt, als du kannst, so spaziren sie so stillschweigends dahin, als wann sie gestohlen hätten." – „Es ist gut", sagte ich, „und wannschon es hernach stinkt, so wird man vermeinen, die Hunde haben die Luft verfälscht, sonderlich wann ich das linke Bein fein hoch werde aufgehoben haben." Ach, dachte ich, hätte ich doch diese Kunst heute in der Schreibstuben gewußt!

Das XXIX. Kapitel

Simplex ein Auge vom Kalbskopf erschnappt,
über der Tafel das ander ertappt

Des andern Tages hatte mein Herr seinen Officirern und andern guten Freunden eine fürstliche Gasterei angestellet, weil er die angenehme Zeitung bekommen, daß die Seinigen das feste Haus Braunfels ohn Verlust einzigen Manns eingenommen; da mußte ich, wie dann mein Amt war, wie ein anderer Tisch-Diener helfen Speisen auftragen, einschenken und mit einem Teller in der Hand aufwarten. Den ersten Tag ward mir ein großer, fetter Kalbskopf (von welchen man zu sagen pfleget, daß sie kein Armer fressen dörfe) aufzutragen eingehändiget; weil nun derselbig ziemlich mürb gesotten war, ließ er das eine Aug mit zugehöriger ganzen Substanz ziemlich weit herauslappen, welches mir ein anmutiger und verführerischer Anblick war. Und weil mich der frische Geruch von der Speckbrühe und aufgestreutem Ingwer zugleich anreizete, empfand ich einen solchen Appetit, daß mir das Maul ganz voll Wasser ward. In summa, das Aug lachte meine Augen, meine Nase und meinen Mund zugleich an und bat mich gleichsam, ich wollte es doch meinem heiß-hungrigen Magen einverleiben. Ich ließ mir nicht lang den Rock zerreißen, sondern folgte meinen Begierden; im Gang hob ich das Aug mit meinem Löffel, den ich erst denselben Tag bekommen hatte, so meisterlich heraus und schickte es ohn Anstoß so geschwind an seinen Ort, daß es auch kein Mensch inward, bis das Schüppen-Essen auf den Tisch kam und mich und sich selbst verriet; denn als man ihn zerlegen wollte und eins von seinen allerbesten Gliedmaßen mangelte, sahe mein Herr gleich, warum der Vorschneider stutzte. Er wollte fürwahr den Spott nicht haben, daß man ihm einen einäugigen Kalbskopf aufzustellen das Herz haben sollte! Der Koch mußte vor die Tafel, und die, so aufgetragen hatten, wurden mit ihm examinirt; zuletzt kam das Facit über den armen Simplicium heraus, daß nämlich ihm der Kopf mit beiden Augen aufzutragen wäre gegeben worden, wie es aber weitergangen, davon wußte niemand zu sagen. Mein Herr fragte, meines Bedünkens mit einer schröcklichen Mine, wohin ich mit dem Kalbs-Aug kommen wäre? Ich ließe mich sein sauer sehendes Gesicht nicht erschrecken, sondern geschwind wischte ich mit meinem Löffel wieder aus dem Sack, gab den Kalbskopf den andern Fang und wiese kurz und gut, was man von mir wissen wollte, maßen ich das ander Aug gleichwie das erste in einem Hui verschlang. „Par Dieu", sagte mein Herr,

73

„dieser Akt schmäckt besser als zehen Kälber!" Die anwesende Herren lobten diesen Ausspruch und nannten meine Tat, die ich aus Einfalt begangen, eine wunderkluge Erfindung und Vorbedeutung künftiger Tapferkeit und unerschrockenen Resolution. Also daß ich vor diesmal meiner Strafe durch Wiederholung eben desjenigen, damit ich solche verdienet hatte, nicht allein glücklich entging, sondern auch von etlichen kurzweiligen Possenreißern, Fuchsschwänzern und Tisch-Räten dies Lob erlangte, ich hätte weislich gehandelt, daß ich beide Augen zusammen logirt, damit sie gleichwie in dieser, also auch in jener Welt einander Hülfe und Gesellschaft leisten könnten, worzu sie dann anfänglich von der Natur gewidmet wären. Mein Herr aber sagte, ich sollte ihm ein andermal nicht wieder so kommen.

Das XXX. Kapitel

Simplex sieht erstmals berauschte Leut,
meinet, sie seien nicht worden gescheit

Bei dieser Mahlzeit (ich schätze, es geschiehet bei andern auch) trat man ganz christlich zur Tafel, man sprach das Tisch-Gebet sehr still und allem Ansehen nach auch sehr andächtig. Solche stille Andacht continuirte so lang, als man mit der Suppe und den ersten Speisen zu tun hatte, gleichsam als wenn man in einem Capuciner-Convent gessen hätte. Aber kaum hatte jeder drei- oder viermal „Gesegne Gott" gesagt, da ward schon alles viel lauter. Ich kann nicht beschreiben, wie sich nach und nach eines jeden Stimme je länger, je höher erhub, ich wollte denn die ganze Gesellschaft einem Orator vergleichen, der erstlich sachte anfähet und endlich herausdonnert. Man brachte Gerichter, deswegen Vor-Essen genannt, weil sie gewürzt und vor dem Trunk zu genießen verordnet waren, damit derselbe desto besser ein- und fortginge. Item, Bei-Essen, weil sie bei dem Trunk nicht übel schmecken sollten, allerhand französischen Potagen und spanischen Olla Podriden zu geschweigen, welche durch tausendfältige künstliche Zubereitungen und unzählbare Zusätze dermaßen verpfeffert, überdummelt-vermummet, mixtirt und zum Trunk gerüstet waren, daß sie durch solche zufällige Sachen und Gewürz mit ihrer Substanz sich weit anders verändert hatten, als sie die Natur anfänglich hervorgebracht, also daß sie Cnäus Manlius selbsten, wannschon er erst aus Asia kommen wäre und die beste Köche bei sich gehabt, dannoch nicht gekannt hätte. Ich gedachte: Warum wollten diese einem Menschen, der sich solche und den Trunk dabei schmecken lässet (worzu sie dann vornehmlich bereitet sind), nicht auch seine Sinne zerstören und ihn verändern oder gar zu einer Bestia machen können? Wer weiß, ob Circe andere Mittel gebrauchet hat als ebendiese, da sie des Ulyssis Gefährten in Schweine veränderte?

Ich sahe einmal, daß diese Gäste das Aufgetragene fraßen wie die Säue, darauf soffen wie die Kühe, sich dabei stelleten wie die Esel und alle endlich kotzten wie die Gerberhunde! Den edlen Hochheimer, Bacheracher und Klingenberger gossen sie mit kübelmäßigen Gläsern in Mägen hinunter, welche ihre Würkungen gleich oben im Kopf verspüren ließen. Darauf sahe ich meinen Wunder, wie sich alles veränderte; nämlich verständige Leute, die kurz zuvor ihre fünf Sinne noch gesund beieinandergehabt, wie sie jetzt urplötzlich anfingen, närrisch zu tun und die alberste Dinge von der Welt vorzubringen; die große Torheiten, die sie begingen, und die große Trünke, die sie einander zubrachten, wurden je länger, je größer, also daß es schiene, als ob diese beide um die Wette miteinander stritten, welches unter ihnen am größten wäre; zuletzt verkehrte sich ihr Kampf in eine unflätige Sauerei. Nichts Artlichers war, als daß ich nicht wußte, woher ihnen der Daumel kam, sintemal mir die Würkung des Weins oder die Trunkenheit selbst noch allerdings unbekannt gewesen, welches dann lustige Grillen und Phantasten-Gedanken in meinem werklichen Nachsinnen satzte; ich sahe wohl ihre seltsame Mienen, ich wußte aber den Ursprung ihres Zustandes nicht. Bis dahin hatte jeder mit gutem Appetit das Geschirr geleert, als aber die Mägen gefüllet waren, hielt es härter als bei einem Fuhrmann, der mit geruhetem Gespann auf der Ebne wohl fortkommt, am Berg aber nicht hotten kann. Nachdem aber die Köpfe auch toll wurden, ersatzte ihre Unmüglichkeit entweder des einen Courage, die er im Wein eingesoffen; oder beim andern die Treuherzigkeit, seinem Freund eins zu bringen; oder beim dritten die teutsche Redlichkeit, ritterlich Bescheid zu tun. Nachdem aber solches die Länge auch nicht bestehen konnte, beschwur je einer den andern bei großer Herren und sonst lieber Freunde oder bei seiner Liebsten Gesundheit, den Wein maßweis in sich zu schütten, worüber manchem die Augen übergingen und der Angstschweiß ausbrach; doch mußte es gesoffen sein. Ja man machte zuletzt mit Trommeln, Pfeifen und Saitenspiel Lärmen und schoß mit Stücken darzu, ohn Zweifel darum, dieweil der Wein die Mägen mit Gewalt einnehmen mußte. Mich verwundert', wohin sie ihn doch alle schütten könnten, weil ich noch nicht wußte, daß sie solchen, eh er recht warm bei ihnen ward, wiederum mit großem Schmerzen aus ebendem Ort herfürgaben, wohinein sie ihn kurz zuvor mit höchster Gefahr ihrer Gesundheit gegossen hatten.

Mein Pfarrer war auch bei dieser Gasterei; ihm beliebte sowohl als andern, weil er auch sowohl als andere ein Mensch war, einen Abtritt zu nehmen. Ich ging ihm nach und sagte: „Mein Herr Pfarrer, warum tun doch die Leute so seltsam? Woher kommt es doch, daß sie so hin und her dorkeln? Mich dünkt schier, sie sein nicht mehr recht witzig, sie haben sich alle satt gegessen und getrunken und schwören bei Teufelholen, wann sie mehr saufen können, und dennoch hören sie nicht auf, sich auszuschoppen! Müssen sie es tun oder verschwenden sie Gott zu Trutz aus freiem Willen so unnützlich?" – „Liebes Kind", antwortete der Pfarrer, „Wein ein, Witz aus! Das ist noch nichts gegen dem, das künftig ist. Morgen gegen Tag ist's noch schwerlich Zeit bei ihnen, voneinander zu gehen; denn wann schon ihre Mägen gedrungen voll stecken, so sind sie jedoch noch nicht recht lustig gewesen." – „Zerbersten dann", sagte ich, „ihre Bäuche nicht, wann sie immer so unmäßig einschieben? Können dann ihre Seelen, die Gottes Ebenbild sein, in solchen Mastschwein-Körpern verharren, in welchen sie doch, gleichsam wie in finstern Gefängnissen und ungeziefermäßigen Diebs-Türmen, ohn alle gottselige Regungen gefangenliegen? Ihre edle Seelen, sage ich, wie mögen sich solche so martern lassen? Seind nicht ihre Sinne, welcher sich ihre Seelen bedienen sollten, wie in dem Eingeweid der unvernünftigen Tiere begraben?" – „Halt's Maul", antwortete der Pfarrer, „du dörftest sonst greulich Pumpes kriegen; hier ist keine Zeit zu predigen, ich wollt's sonst besser als du verrichten." Als ich dieses hörete, sahe ich ferner stillschweigend zu, wie man Speise und Trank mutwillig verderbte, unangesehen der arme Lazarus, den man damit hätte laben können, in Gestalt vieler hundert vertriebenen Wetterauer, denen der Hunger zu den Augen herausguckte, vor unsern Türen verschmachtete, weil Not im Schank war.

Das XXXI. Kapitel

Wie übel dem Simplicio die neu erlernte Kunst mißlingt und wie man ihm klopfende Passion singt

Als ich dergestalt mit einem Teller in der Hand vor der Tafel aufwartete und in meinem Gemüt von allerhand Tauben und werklichen Gedanken geplagt ward, ließ mich mein Bauch auch nicht zufrieden; er kurrete und murrete ohn Unterlaß und gab dadurch zu verstehen, daß Bursch in ihm vorhanden wären, die in freien Luft begehrten. Ich gedacht, mir von dem ungeheuren Gerümpel abzuhelfen, den Paß zu öffnen und mich dabei meiner Kunst zu bedienen, die mich erst die vorig Nacht mein Camerad gelernet hatte; solchem Unterricht zufolg hub ich das linke Bein samt dem Schenkel in alle Höhe auf, druckte von allen Kräften, was ich konnte, und wollte meinen Spruch „Je pète" zugleich dreimal heimlich sagen. Als aber der ungeheure Gespann, der zum Hintern hinauswischte, wider mein Verhoffen so greulich tönete, wußte ich vor Schröcken nicht mehr, was ich täte. Mir ward mit eins so bang, als wann ich auf der Leiter am Galgen gestanden wäre und mir der Henker bereits den Strick hätte anlegen wollen und in solcher gählingen Angst so verwirret, daß ich auch meinen eigenen Gliedern nicht mehr befehlen konnte, maßen mein Maul in diesem urplötzlichen Lärmen auch rebellisch wurde und dem Hintern nichts bevorgeben, noch gestatten wollte, daß er allein das Wort haben, es aber, das zum Reden und Schreien erschaffen, seine Reden heimlich brummlen sollte; derowegen ließ solches dasjenige, so ich heimlich zu reden im Sinn hatte, dem Hintern zu Trutz überlaut hören, und zwar so schröcklich, als wann man mir die Kehle hätte abstechen wollen. Je gräulicher der Unterwind knallete, je grausamer das „Je pète" oben herausfuhr, gleichsam als ob meines Magens Ein- und Ausgang einen Wettstreit miteinander gehalten hätten, welcher unter ihnen beiden die schröcklichste Stimme von sich zu donnern vermöchte. Hierdurch bekam ich wohl Linderung in meinem Eingeweid, dargegen aber einen ungnädigen Herrn an meinem Gouverneur. Seine Gäste wurden über diesem unversehenen Fall Trompetenschall und hintern Cartaunen-Knall fast wieder alle nüchtern; ich aber, weil ich mit aller meiner angewandten Mühe und Arbeit keinen Wind bannen können, ward in eine Futterwanne gespannet und also zerkarbatscht, daß ich noch bis auf diese Stunde daran gedenke. Solches waren die erste Bastonaden, die ich kriegte, seit ich das erstemal Luft geschöpft, weil ich denselben so abscheulich verderbt hatte, in welchem wir doch gemeinschaftlicherweise leben müssen. Da brachte man Rauchtäfelein und Kerzen, und die Gäste suchten ihre Bisemknöpfe und Balsambüchslein, auch sogar ihren Schnupftoback hervor, aber die besten Aromata wollten schier nichts erklecken. Also hatte ich von diesem Aktu, den ich besser als der beste Comödiant in der Welt spielte, Friede in meinem Bauch, hingegen Schläg auf den Buckel, die Gäste aber ihre Nasen voller

Gestank und die Aufwarter ihre Mühe, wieder einen guten Geruch ins Zimmer zu machen.

Das XXXII. Kapitel

*Simplex sieht seine Leut tapfer aussaufen,
daß auch der Pfarrer muß endlich weglaufen*

Wie dies vorüber, mußte ich wieder aufwarten wie zuvor; mein Pfarrer war noch vorhanden und wurd sowohl als andere zum Trunk genötigt, er aber wollte nicht recht daran, sondern sagte, er möchte so bestialisch nicht saufen. Hingegen erwiese ihm ein guter Zech-Bruder, daß er Pfarrer wie eine Bestia, er der Säufer und andere Anwesende aber wie Menschen söffen. „Denn", sagte er, „ein Vieh säuft nur soviel als ihm wohlschmecket und den Durst löschet, weil sie nicht wissen, was gut ist, noch den Wein trinken mögen; uns Menschen aber beliebt, daß wir uns den Trunk zunutz machen und den edlen Reben-Saft einschleichen lassen, wie unsere Vor-Eltern auch getan haben." – „Wohl", sagte der Pfarrer, „es gebühret mir aber rechte Maß zu halten." – „Wohl", antwortete jener, „ein ehrlicher Mann hält sein Wort" und ließ ihm darauf einen mäßigen Becher einschenken, denselben dem Pfarrer zuzuzottlen; er hingegen ging durch und ließ den Säufer mit seinem Eimer stehen.

Als dieser abgeschafft war, ging es drunter und drüber und ließe sich ansehen, als wann diese Gasterei eine bestimmte Zeit und Gelegenheit sein sollte, sich gegeneinander mit Vollsaufen zu rächen, einander in Schande zu bringen oder sonst einen Possen zu reißen; denn wann einer expedirt ward, daß er weder sitzen, gehen oder stehen mehr konnte, so hieß es: Nun ist es wett! Du hast mir's hiebevor auch so gekocht, jetzt ist dir's eingetränkt und so fortan und so weiter.

Welcher aber ausdauren und am besten saufen konnte, wußte sich dessen großzumachen und dünkte sich kein geringer Kerl zu sein; zuletzt daumelten sie alle herum, als wann sie Bilsensamen genossen hätten. Es war eben ein wunderliches Fasnacht-Spiel an ihnen zu sehen und war doch niemand, der sich darüber verwunderte als ich. Einer sang, der andere weinete, einer lachte, der andere traurete, einer fluchte, der ander betete, einer schrie überlaut Courage, der ander konnte nicht mehr reden, einer war stille und friedlich, der ander wollte den Teufel mit Rauf-Händeln bannen, einer schlief und schwieg still, der ander plauderte, daß sonst keiner vor ihm zukommen konnte. Einer erzählte seine liebliche Buhlerei, der ander seine erschröckliche Kriegs-Taten, etliche redeten von der Kirche und geistlichen Sachen, andere von Ratione Status, der Politik, Welt- und Reichs-Händeln; teils liefen hin und wider als ein Quecksilber und konnten an keiner Stelle bleiben, andere lagen und vermochten nicht, den kleinesten Finger zu regen, geschweige aufrecht zu gehen oder zu stehen; etliche fraßen wie die Dröscher, und als ob sie acht Tage Hunger gelitten hätten, andere kotzten wieder, was sie denselbigen ganzen Tag eingeschlucket hatten. Einmal, ihr ganzes Tun und Lassen war dermaßen possierlich, närrisch, seltsam und dabei so sündhaftig und gottlos, daß der mir entwischte üble Geruch, darum ich gleichwohl so greulich zerschlagen worden, nur ein Scherz dargegen zu rechnen. Endlich satzte es unten an der Tafel ernstliche Streit-Händel, da warf man einander Gläser, Becher, Schüsseln und Teller an die Köpfe und schlug nicht allein mit Fäusten, sondern auch mit Stühlen, Stuhl-Beinen, Degen und allerhand Sieben-Sachen drein, daß etlichen der rote Saft über die Ohren lief; aber mein Herr stillete den Handel gleich wiederum.

Das XXXIII. Kapitel

Simplex sieht, wie sein Herr ein Fuchsen schießet,
und er auch etliche Brocken genießet

Da es nun wieder Frieden worden, nahmen die Meister-Säufer die Spielleute samt dem Frauenzimmer und wanderten in ein ander Haus, dessen Saal auch zu einer andern Torheit erkoren und gewidmet war. Mein Herr aber satzte sich auf sein Lotter-Bette, weil ihm entweder vom Zorn oder der Überfüllung wehe war; ich ließ ihn liegen, wo er lag, damit er ruhen und schlafen könnte, war aber kaum unter die Tür des Zimmers kommen, als er mir pfeifen wollte und solches doch nicht konnte. Er rief, aber nicht anders als: Simpls! Ich sprang zu ihm und fand ihn die Augen verkehren wie ein Viehe, das man absticht. Ich stund da vor ihm wie ein Stockfisch und wußte nicht, was zu tun war; er aber deutet aufs Tresor und lallete: „Br-bra-bring da-das; du Schuft, la la lang langs Lavor, ich m-mu-muß e-ein Fu-Fuchs schießen." Ich eilete und brachte das Lavor-Becken, und als ich zu ihm kam, hatte er ein Paar Backen wie ein Trompeter. Er erwischte mich geschwind bei dem Arm und accommodirte mich zu stehen, daß ich ihm das Lavor gerad vors Maul halten mußte; solches brach ihm mit schmerzlichen Herz-Stößen unversehens auf und goß eine solche wüste Materi in bemeldtes Lavor, daß mir vor unleidlichem Gestank schier ohnmächtig ward, sonderlich weil mir etliche Brocken (sal. ven.) ins Gesicht sprützten. Ich hätte beinahe auch mitgemacht, aber als ich sahe, wie er verbleichte, ließe ich's aus Forcht unterwegen und besorgte, die Seel würde ihm samt dem Unflat durchgehen, weil ihm der kalte Schweiß ausbrach und sein Angesicht einem Sterbenden ähnlich sahe. Als er sich aber gleich wieder erholete, hieß er mich frisch Wasser bringen, damit er seinen Weinschlauch wieder ausspülete.

Demnach befahl er mir, den Fuchs hinwegzutragen, welcher mich, weil er in einem silbern Lavor lag, nichts Verächtliches, sondern eine Schüssel voller Vor-Essen vor vier Mann zu sein bedünkte, das sich beileib nicht hinwegzuschütten gebühre; zudem wußte ich wohl, daß mein Herr nichts Schlimmes in seinen Magen gesammlet, sondern herrliche und delicate Pastetlein, wie auch von allerhand Gebackens, Geflügel, Wildpret und zahmen Viehe, welches man alles noch artlich unterscheiden und kennen konnte; ich schummelte mich damit, wußte aber nicht, wohin oder was ich daraus machen sollte, dorfte auch meinen Herrn nicht fragen. Ich ging zum Hofmeister, dem wiese ich dieses schöne Tractament und fragte, was ich mit dem Fuchs machen sollte? Er antwortete: „Narr gehe und bring ihn dem Kürschner, daß er den Balg bereite." – Ich fragte, wo der Kürschner sei? „Nein", antwortete er, da er meine Einfalt sahe, „bring ihn dem Doctor, damit er daran sehe, was vor einen Zustand unser Herr habe." Solchen Aprilen-Gang hätte ich getan, wann der Hofmeister nicht was anders geförchtet hätte; er hieß mich derowegen den Bettel in die Küche tragen, mit Befelch, die Mägde sollten's aufheben und einen Pfeffer drüber machen, welches ich ernstlich ausrichtete und deswegen von den Schläppsäcken mächtig agiret worden."

Das XXXIV. Kapitel

Simplex kommt ohngefähr zu einem Tanz,
da er dann wieder versiehet die Schanz

Mein Herr ging eben aus, als ich meines Lavors losworden; ich trat ihm nach gegen einem großen Haus, allwo ich im Saal Männer, Weiber und ledige Personen so schnell untereinander herumhaspeln sahe, daß es frei wimmelte; die hatten ein solch Getrippel und Gejöhl, daß ich vermeinte, sie wären alle rasend worden, denn ich konnte nicht ersinnen, was sie doch mit diesem Wüten und Toben vorhaben möchten? Ja ihr Anblick kam mir so grausam förchterlich und schröcklich vor, daß mir alle Haare gen Berg stunden, und konnte nichts anders glauben, als sie müßten aller ihrer Vernunft beraubt sein. Da wir näher hinzukamen, sahe ich, daß es unsere Gäste waren, welche den Vormittag noch witzig gewesen. Mein Gott! gedachte ich. Was haben doch diese arme Leute vor? Ach, es hat sie gewißlich eine Unsinnigkeit überfallen. Bald fiel mir ein, es möchten vielleicht höllische Geister sein, welche in dieser angenommenen Weise dem ganzen menschlichen Geschlecht durch solch leichtfertig Geläuf und Affenspiel spotteten, denn ich gedachte, hätten sie menschliche Seelen und Gottes Ebenbild in sich, so täten sie auch wohl nicht so unmenschlich. Als mein Herr in den Hausflur kam und zum Saal eingehen wollte, hörete die Wut eben auf, ohn daß sie noch ein Zuckens und Duckens mit den Köpfen und ein Kratzens und Schuhschleifens mit den Füßen auf dem Boden machten, daß mich deuchte, sie wollten die Fußstapfen wieder austilgen, die sie in währender Raserei getreten. Am Schweiß, der ihnen über die Gesichter floß, und an ihrem Geschnäuf konnte ich abnehmen, daß sie sich stark zerarbeitet hatten; aber ihre fröhliche Angesichter gaben zu verstehen, daß sie solche Bemühungen nicht saur ankommen.

Ich hätte trefflich gern gewußt, wohin doch das närrische Wesen gemeint sein möchte? Fragte derowegen meinen Camerad und vermeinten aufrichtigen, vertrauten Herzbruder, der mich erst kürzlich das Wahrsagen gelernet, was solche Wut bedeute oder worzu dieses rasende Trippen und Trappen angesehen sei? Der berichtete mich vor eine gründliche Wahrheit, daß sich die Anwesende vereinbart hätten, dem Saal den Boden mit Gewalt einzutreten. „Warum vermeinst du wohl", sagte er, „daß sie sich sonst so tapfer tummeln sollten? Hastu nicht gesehen, wie sie die Fenster vor Kurzweile schon ausgeschlagen? Eben also wird es auch diesem Boden gehen." – „Herrgott", antwortete ich, „so müssen wir ja mit zu Grund gehen und im Hinunterfallen samt ihnen Hals und Bein brechen?" – „Ja", sagte mein Camerad, „darauf ist's angesehen, und da geheien sie sich den Teufel darum; du wirst sehen, wann sie sich also in Todes-Gefahr begeben, daß jeder eine hubsche Frau oder Jungfer erwischt, denn man sagt, es pflege denen Paaren, so also zusammenhaltend fallen, nicht bald wehe zu geschehen." Indem ich dieses alles glaubte, überfiel mich eine solche Angst und Todes-Sorge, daß ich nicht mehr wußte, wo ich bleiben sollte, und als die Musicanten,

deren ich bisher noch nicht wahrgenommen, noch darzu sich hören
ließen, auch die Kerl den Damen zuliefen wie die Soldaten ihrem
Gewehr und Posten, wann sie die Trommel hören Lärmen rühren,
und jeder eine bei der Hand ertappte, ward mir nicht anders, als
wann ich allbereit den Boden eingehen und mich und viel andere
mehr die Hälse abstürzen sähe. Da sie aber anfingen zu springen,
daß der ganze Bau zitterte, weil man eben ein drollichten Gassen-
hauer aufmachte, gedachte ich: Nun ist es um dein Leben geschehen! Ich vermeinte nicht anders, als der ganze Bau würde urplötzlich einfallen. Derowegen erwischte ich in der allerhöchsten Angst
eine Dame von hohem Adel und vortrefflichen Tugenden, mit welcher mein Herr eben conversirte, unversehens beim Arm wie ein Bär
und hielte sie wie eine Klette. Da sie aber zuckte und nicht wußte,
was vor närrische Grillen in meinem Kopf steckten, spielte ich das
Desperat und fing aus Verzweiflung an zu schreien, als wenn man
mich hätte ermorden wollen. Das war aber noch nicht genug, sondern es entwischte mir auch ungefähr etwas in die Hosen, so einen
über alle Maßen üblen Geruch von sich gab, dergleichen meine Nase
lange Zeit nicht empfunden. Die Musicanten wurden gählings still,
die Tänzer und Tänzerinnen höreten auf, und ehrliche Dame, deren
ich am Arm hing, befand sich offendirt, weil sie sich einbildete,
mein Herr hätte ihr solches zum Schimpf tun lassen. Darauf befahl
mein Herr, mich zu prügeln und hernach irgendhin einzusperren,
weil ich ihm denselben Tag schon mehr Possen gerissen hatte. Die
Fourirschützen, so exequiren sollten, hatten nicht allein Mitleid mit
mir, sondern konnten auch vor Gestank nicht bei mir bleiben; ent-
übrigten mich derohalben der Stöße und sperreten mich unter eine
Stege in Gänsstall. Seithero hab ich der Sache vielmals nachgedacht und bin der Meinung worden, daß solche Excremente, die
einem aus Angst und Schrecken entgehen, viel üblern Geruch von
sich geben, als wann einer eine starke Purgation eingenommen.

ENDE DES ERSTEN BUCHES

DAS ANDERE BUCH

Das I. Kapitel

Simplex pflegt Händel im Stall zu erfahren,
als sich ein Ganser und Gänsin will paaren

In meinem Gäns-Stall überlegte ich, was beides vom Tanzen und Saufen ich im ersten Teil meines „Schwarz und Weiß" hiebevor geschrieben; ist derowegen unnötig, diesorts etwas Fern'ers davon zu melden. Doch kann ich nicht verschweigen, daß ich damals noch zweifelte, ob die Tänzer den Boden einzutreten so gewütet oder ob ich nur so überredet worden? Jetzt will ich ferner erzählen, wie ich wieder aus dem Gäns-Kerker kam. Drei ganzer Stunden, nämlich bis sich das Praeludium Veneris (der ehrliche Tanz sollte ich gesagt haben) geendet hatte, mußte ich in meinem eigenen Unlust sitzen bleiben, eh einer herzuschlich und an dem Riegel anfing zu rappeln. Ich lauschte wie eine Sau, die ins Wasser harnt, der Kerl aber, so an der Tür war, machte solche nicht allein auf, sondern wischte auch ebenso geschwind hinein, als gern ich heraußen gewesen wäre, und schleppte noch darzu ein Weibsbild an der Hand mit sich daher, gleichwie ich beim Tanz hatte tun sehen. Ich konnte nicht wissen, was es abgeben sollte; weil ich aber vielen seltsamen Abenteuren, die meinem närrischen Sinn denselben Tag begegnet, schier gewohnt war und ich mich drein ergeben hatte, fürderhin alles mit Geduld und Stillschweigen zu ertragen, was mir mein Verhängnis zuschicken würde: also schmiegte ich mich zu der Tür, mit Forcht und Zittern das Ende erwartend; gleich darauf erhub sich zwischen diesen beiden ein Gelispel, daraus ich zwar nichts anders verstund, als daß sich das eine Teil über den bösen Geruch desselben Ortes beklagte und hingegen der ander Teil das erste hinwiederum tröstete: „Gewißlich, schönste Dame", sagte er, „mir ist versichert von Herzen leid, daß uns die Früchte der Liebe zu genießen vom mißgünstigen Glück kein ehrlicher Ort gegönnet wird; aber ich kann darneben beteuren, daß mir Ihre holdselige Gegenwart diesen verächtlichen Winkel anmutiger machet als das lieblichste Paradeis selbsten." Hierauf hörete ich küssen und vermerkte seltsame Posturen; ich wußte aber nicht, was es war oder bedeuten sollte, schwieg derowegen noch fürders so still als eine Maus. Wie sich aber auch sonst ein possirlich Geräusch erhub und der Gänsstall, so nur von Brettern unter die Stege getäfelt war, zu

krachen anfing, zumaln das Weibsbild sich anstellte, als ob ihr gar
weh bei der Sache geschehe, da gedachte ich: Das seind zwei von
denen wütenden Leuten, die den Boden helfen eintreten und sich
jetzt hieher begeben haben, da gleicherweis zu hausen und dich
ums Leben zu bringen. Sobald diese Gedanken mich einnahmen,
so bald nahm ich hingegen die Tür ein, dem Tod zu entfliehen,
dadurch ich mit einem solchen Mordio-Geschrei hinauswischte, das
natürlich lautete wie dasjenige, das mich an denselben Ort gebracht
hatte; doch war ich so gescheit, daß ich die Tür hinter mir wieder
zuriegelte und hingegen die offene Haustür suchte. Dieses nun war
die erste Hochzeit, bei deren ich mich mein Lebtag befunden,
unangesehen ich nicht darzu geladen worden, hingegen dorfte ich
aber auch nichts schenken, wiewohl mir hernach der Hochzeiter
die Zeche desto teurer rechnete, die ich auch redlich bezahlte.
Günstiger Leser, ich erzähle diese Geschichte nicht darum, damit
Er viel darüber lachen solle, sondern damit meine Histori ganz sei
und der Leser zu Gemüt führe, was vor ehrbare Früchte von dem
Tanzen zu gewarten sein. Dies halte ich einmal vor gewiß, daß bei
den Tänzen mancher schlimme und leichtfertige Kauf gemacht
wird, dessen sich hernach eine ganze Freundschaft zu schämen hat.

Das II. Kapitel

Simplex anzeiget, wann gut sei zu baden,
daß es dem Menschen werd nimmermehr schaden

Obzwar ich nun dergestalt aus dem Gänsstall glücklich entronnen,
so ward ich jedoch erst meines Unglücks recht gewahr, denn meine
Hosen waren voll, und ich wußte nicht wohin damit; in meines
Herrn Quartier war alles still und schlafend, dahero dorfte ich mich
zur Schildwacht, die vorm Haus stund, nicht nähern; in der Haupt-
wache, Corps de Guarde, wollte man mich nicht leiden, weil ich
viel zu übel stank, auf der Gasse zu bleiben, war mir's gar zu kalt
und unmüglich, also daß ich nicht wußte wo aus noch ein. Es war
schon weit nach Mitternacht, als mir einfiel, ich sollte meine Zuflucht zu dem vielgemeldten Pfarrer nehmen. Ich folgete meinem
Gutbefinden, vor der Tür anzuklopfen; damit war ich so importun,
daß mich endlich die Magd mit Unwillen einließ. Als sie aber roche,
was ich mitbrachte (denn ihre lange Nase verriet gleich meine
Heimlichkeit), ward sie noch schelliger. Derowegen fing sie an, mit
mir zu keifen, welches ihr Herr, so nunmehr fast ausgeschlafen

hatte, bald hörete. Er rufte uns beiden vor sich ans Bett, sobald er aber merkte, wo der Has im Pfeffer lag, und die Nase ein wenig gerümpft hatte, sagte er: Es sei niemals, unangesehen, was die Calender schreiben, besser baden als in solchem Stand, darin ich mich anjetzo befände; er befahl auch seiner Magd, und zwar gleichsam bittsweise, sie sollte, bis es vollends Tag würde, meine Hosen wäschen und vor den Stuben-Ofen hängen, mich selbst aber in ein Bett legen, denn er sähe wohl, daß ich vor Frost ganz erstarrt war. Ich war kaum erwarmt, da es anfing zu tagen, so stund der Pfarrer schon vorm Bette, zu vernehmen, wir mir's gangen und wie meine Händel beschaffen wären, weil ich meines nassen Hemdes und der Hosen halber nicht aufstehen konnte, zu ihm zu gehen. Ich erzählte ihm alles und machte den Anfang an der Kunst, die mich mein Camerad gelernet und wie übel sie geraten. Folgendes meldete ich, daß die Gäste, nachdem er, der Pfarrer hinweggewesen, ganz unsinnig wären worden und (maßen mich mein Camerad also berichtet) sich vorgenommen hätten, dem Haus den Boden einzutreten; item in was vor eine schröckliche Angst ich darüber geraten und auf was Weise ich mich vorm Untergang konservieren wollen, darüber aber in Gänsstall gesperret worden; auch was ich in demselben von den zweien, so mich wieder erlöset, vor Wort und Werke vernommen und welchergestalt ich sie beide an meine Statt eingesperret hätte. „Simplici", sagte der Pfarrer, „deine Sachen stehen lausig; du hattest einen guten Handel, aber ich sorge – ich sorge! –, es sei verscherzt; packe dich nur geschwind aus dem Bette und trolle dich aus dem Haus, damit ich nicht samt dir in deines Herrn Ungnade komme, wann man dich bei mir findet." Also mußte ich mit meinem feuchten Gewand hinziehen und zum erstenmal erfahren, wie wohl einer bei männiglich daran ist, wann er seines Herrn Gunst hat, und wie scheel einer hingegen angesehen wird, wann solche hinket.

Ich ging in meines Herrn Quartier, darin noch alles steinhart schlief bis auf den Koch und ein paar Mägd; diese putzten das Zimmer, darin man gestern gezecht, jener aber rüstete aus den Abschrötlin wieder ein Frühstück oder vielmehr ein Imbiß zu. Am ersten kam ich zu den Mägden; bei denen lag es hin und wieder voller zerbrochenen so Trink- als Fenster-Gläser; an teils Orten war es voll von dem, so unten und oben weggangen, und an andern Orten waren große Lachen von verschüttetem Wein und Bier, also daß der Boden einer Land-Karten gleichsahe, darin man unterschiedliche Meere, Insuln und truckene oder fußfeste Länder hätte abbilden und vor Augen stellen wollen. Es stank im ganzen Zimmer viel übler als in meinem Gänsstall; derowegen war auch meines Bleibens nicht lang daselbsten, sondern ich machte mich in die Küchen und ließ meine Kleider beim Feur am Leib vollends trücknen, mit Forcht und Zittern erwartend, was das Glück, wann mein Herr ausgeschlafen hätte, ferners in mir würken wollte. Darneben betrachtete ich der Welt Torheit und Unsinnigkeit und zog alles zu Gemüte, was mir verwichenen Tag und selbige Nacht begegnet war – auch was ich sonst gesehen, gehöret und erfahren hatte. Solche Gedanken verursachten, daß ich damals meines Einsiedlers geführtes dörftig und elend Leben vor glückselig schätzte und ihn und mich wieder in vorigen Stand wünschete.

Das III. Kapitel

Simplex des Pagen sein Lehrgeld erzählt;
er selbst wird zu einem Narren erwählt

Als mein Herr aufgestanden, schickte er seinen Leibschützen hin, mich aus dem Gänsstall zu holen; der brachte Zeitung, daß er die Tür offen und ein Loch hinter dem Rigel mit einem Messer geschnitten gefunden, vermittelst dessen der Gefangene sich selbst erlediget hätte. Ehe aber solche Nachricht einkam, verstund mein Herr von andern, daß ich vorlängst in der Küche gewesen. Indessen mußten die Diener hin und wider laufen, die gestrigen Gäste zum Frühestück einzuholen, unter welchen der Pfarrer auch war, welcher zeitlicher als andere erscheinen mußte, weil mein Herr meinetwegen mit ihm reden wollte, eh man zur Tafel säße. Er fragte ihn erstlich, ob er mich vor witzig oder vor närrisch hielte? Oder ob ich so einfältig oder so boshaftig sei? Und erzählete ihm damit alles, wie unehrbarlich ich mich den vorigen Tag und Abend gehalten, welches teils von seinen Gästen übel empfunden und aufgenommen werde, als wäre es ihnen zum Despect mit Fleiß so angestellet worden, item daß er mich hätte in einen Gänsstall versperren lassen, sich vor dergleichen Spott, so ich ihm noch hätte zufügen können, zu versichern, aus welchem ich aber gebrochen und nun in der Küchen umgehe wie ein Junker, der ihm nicht mehr aufwarten dörfe; sein Lebtag sei ihm kein solcher Posse widerfahren, als ich ihm in Gegenwart so vieler ehrlichen Leute gerissen; er wisse nichts anders mit mir anzufangen, als daß er mich lasse abprügeln und, weil ich mich so dumm anließe, wieder vor den Teufel hinjage.

Inzwischen als mein Herr so über mich klagte, sammleten sich die Gäste nach und nach, da er aber ausgeredet hatte, antwortete der Pfarrer: Wann ihm der Herr Gouverneur eine kleine Zeit mit ein wenig Geduld zuzuhören beliebte, so wollte er von Simplicio, der Sachen halber, eines und anders Lustiges erzählen, daß man nichts Artlichers erdenken könnte, daraus nicht allein seine Unschuld zu vernehmen sei, sondern auch denen, so sich seines Verhaltens halber disgustiret befinden wollten, alle ungleichen Gedanken benommen würden. Dies wurde beliebt, doch daß es über Tisch geschehe, damit die ganze Compagnia auch Part davon hätte.

Als man dergestalt oben in der Stube von mir redete, accordirte der tolle Fähnrich, den ich an meine Stelle selbander eingesperrt hatte, unten mit mir in der Küchen und brachte mich durch Drohworte und einen Taler, den er mir zusteckte, dahin, daß ich ihm versprach, von seinen Händeln reinen Mund zu halten.

Die Tafeln wurden gedeckt und wie den vorigen Tag mit Speisen und Leuten besetzt; Wermut-, Salbey-, Alant-, Quitten- und Citronen-Wein mußte eben dem Hippocras den Säufern ihre Köpfe und Mägen wieder begütigen, denn sie waren schier alle des Teufels Märtyrer. Ihr erstes Gespräch war von ihnen selbsten, nämlich wie sie gestern einander so brav voll gesoffen hätten, und war doch keiner unter ihnen, der gründlich gestehen wollte, daß er voll gewesen, wiewohl den Abend zuvor teils bei Teufelholen geschworen, sie könnten nicht mehr saufen, auch „Wein, mein Herr!" geschrien und geschrieben hatten. Etliche zwar sagten, sie hätten gute Räusche gehabt, andere aber bekannten, daß sich keiner mehr vollsöffe, sint die Räusche aufkommen. Als sie aber von ihren eigenen Torheiten, beides zu reden und zu hören, müde waren, mußte der arme Simplicius leiden. Der Gouverneur selbst erinnerte den Pfarrer, die lustigen Sachen zu eröffnen, wie er versprochen hätte.

Dieser bat zuvörderst, man wollte ihm nichts vor ungut halten, dafern er etwan Wörter reden müßte, die seiner geistlichen Person übel anständig zu sein vermerkt würden. Fing darauf an zu erzählen, erstlich aus was natürlichen Ursachen mich die Leibs-Dünste zu plagen pflegten; was ich durch solche dem Secretario vor eine Unlust in die Cantzelei angerichtet; was ich neben dem Wahrsagen vor eine Kunst darwider gelernet und wie schlimm solche in der Prob bestanden. Item wie seltsam mir das Tanzen vorkommen, weil ich dergleichen niemalen gesehen; was ich vor Bericht deshalber von meinem Cameraden eingenommen, welcher Ursachen halber ich dann die vornehme Dame ergriffen und darüber in Gänsstall kommen. Solches aber brachte er mit einer wohlanständigen Art zu reden vor, daß sie sich trefflich zerlachen mußten, entschuldigte dabei meine Einfalt und Unwissenheit so bescheidentlich, daß ich wieder in meines Herrn Gnade kam und vor der Tafel aufwarten dorfte; aber von dem, was mir im Gänsstall begegnet und wie ich wieder daraus erlöset worden, wollte er nichts sagen, weil ihn bedünkte, es hätten sich an seiner Person etliche saturnische Holzböcke geärgert, die da vermeinten, Geistliche sollten nur immer saur sehen. Hingegen fragte mich mein Herr, seinen Gästen einen Spaß zu machen, was ich meinem Camerad geben hätte, daß er mich so saubere Künste gelehret? Und als ich antwortete „Nichts!", sagte er: „So will ich ihm das Lehrgeld vor dich bezahlen", wie er ihn dann hierauf in eine Futterwanne spannen und allerdings karbaitschen ließ, wie man mir's den vorigen Tag gemacht, als ich die Kunst probirt und falsch befunden hatte.

Mein Herr hatte nunmehr genug Nachricht von meiner Einfalt, wollte mich derowegen stimmen, ihm und seinen Gästen mehr Lust zu machen; er sahe wohl, daß die Musicanten nichts galten, solang man mich unterhanden haben würde, denn ich bedünkte mit meinen närrischen Einfällen jedermann, über siebzehn Lauten zu sein. Er fragte, warum ich die Tür an dem Gäns-Stall zerschnitten und Reißaus gespielet hätte? Ich antwortete: „Das mag jemand anders getan haben." Er fragte: „Wer dann?" – Ich sagte: „Vielleicht der, so zu mir kommen." „Wer ist denn zu dir kommen?" Ich antwortete: „Das darf ich niemand sagen." Mein Herr war ein geschwinder Kopf und sahe wohl, wie man mir lausen mußte, derowegen übereilte er mich und fragte, wer mir solches denn verboten hätte? Ich antwortete gleich: „Der tolle Fähnrich." Demnach ich aber an jedermanns Gelächter merkete, daß ich mich gewaltig verhauen haben müßte, der tolle Fähnrich, so mit am Tisch saß, auch so rot ward wie eine glühende Kohle: als wollte ich nichts mehr schwätzen, es würde mir denn von demselben erlaubt. Es war aber nur um einen Wünk zu tun, den mein Herr dem tollen Fähnrich anstatt eines Befehls gab, da dorft ich reden, was ich wußte. Darauf fragte mich mein Herr, was der tolle Fähnrich bei mir im Gäns-Stall zu tun gehabt? Ich antwortete: „Er brachte eine Jungfer zu mir hinein." – „Was tät er aber weiter?" sagte mein Herr. Ich antwortete: „Mich deuchte, er wollte im Stall sein Wasser abgeschlagen haben." Mein Herr fragte: „Was tät aber die Jungfer dabei, schämte sie sich nicht?" – „Ja, wohl nein, Herr!" sagte ich. „Sie hub den Rock auf und wollte darzu (mein hochgeehrter, zucht-, ehr-

und tugendliebender Leser verzeihe meiner unhöflichen Feder, daß sie alles so grob schreibet, als ich's damals vorbrachte) scheißen." Hierüber erhub sich bei allen Anwesenden ein solch Gelächter, daß mich mein Herr nicht mehr hören, geschweige etwas weiters fragen konnte, und zwar war es auch nicht weiters vonnöten, man hätte denn die ehrliche fromme Jungfer (scil.) auch in Spott bringen wollen.

Hierauf erzählte der Hofmeister vor der Tafel, daß ich neulich vom Bollwerk oder Wall heimkommen und gesagt: Ich wüßte, wo der Donner und Blitz herkäme, ich hätte große Blöcker auf halben Wägen gesehen, die inwendig hohl gewesen, in dieselbe hätte man Zwiebelsamen samt einer eisernen weißen Rüben, deren der Schwanz abgeschnitten, gestopft, hernach die Blöcker hintenher ein wenig mit einem zinckichten Spieß gekützelt, davon wäre vornheraus Dampf, Donner und höllisch Feur geschlagen. Sie brachten noch mehr dergleichen Possen auf die Bahn, also daß man schier denselben ganzen Imbiß von sonst nichts als nur von mir zu reden und zu lachen hatte. Solches verursachte einen allgemeinen Schluß zu meinem Untergang, welcher war, daß man mich tapfer agiren sollte, so würde ich mit der Zeit einen raren Tischrat abgeben, mit dem man auch den größten Potentaten von der Welt verehren und die Sterbenden lachen machen könnte.

Das IV. Kapitel

Simplex vom Mann, der Geld giebet, berichtet;
was er dem Schweden vor Kriegsdienst verrichtet

Wie man nun also schlampamte und wieder wie gestern gut Geschirr machen wollte, meldet die Wacht mit Einhändigung eines Schreibens an den Gouverneur einen Commissarium an, der vor dem Tor sei, welcher von der Kron Schweden Kriegs-Räten abgeordet war, die Garnison zu mustern und die Festung zu visitiren. Solches versalzte allen Spaß, und alles Freuden-Gelach verlummerte wie ein Sackpfeifen-Zipfel, dem der Blast entgangen. Die Musicanten und die Gäste zerstoben, wie Tobak-Rauch verschwindet, der nur den Geruch hinter sich läßt; mein Herr trollte selbst mit dem Adjutanten, der die Schlüssel trug, samt einem Ausschuß von der Hauptwacht und vielen Windlichtern dem Tor zu, den Plackschmeißer, wie er ihn nannte, selbst einzulassen. Er wünschte, daß ihm der Teufel den Hals in tausend Stücken breche, eh er in die Festung käme!

Sobald er ihn aber eingelassen und auf der innern Fallbrücke bewillkommte, fehlte wenig oder gar nichts, daß er ihm nicht selbst an Stegreif griff, seine Devotion gegen ihm zu bezeugen; ja die Ehrerbietung ward augenblicklich zwischen beiden so groß, daß der Commissarius abstieg und zu Fuß mit meinem Herrn gegen sein Losament fortwanderte; da wollte jeder die linke Hand haben und so weiter.

Ach! gedachte ich, was vor ein wunderfalscher Geist regiret doch die Menschen, indem er je den einen durch den andern zum Narren machet! Wir näherten also der Haupt-Wacht, und die Schildwacht rufte ihr „Wer da?", wiewohl sie sahe, daß es mein Herr war. Dieser wollte nicht antworten, sondern jenem die Ehre lassen; daher stellete sich die Schildwacht mit Wiederholung ihres Geschreis desto heftiger. Endlich antwortete er auf das letzte Wer da?: „Der Mann, der's Geld gibt!" Wie wir nun bei der Schildwacht vorbeipassirten und ich so hinten nachzog, hörete ich ermeldte Schildwacht, die ein neugeworbener Soldat und zuvor ihres Handwerks ein wohlhäbiger junger Baursmann auf dem Vogelsberg gewesen war, diese Worte brummlen: „Du magst wohl ein verlogener Kund sein; ein Mann, der's Geld gibt! Ein Schindhund, der's Geld nimmt, das bist du! Soviel Gelds hastu mir abgeschweißt, daß ich wollte, der Hagel erschlüge dich, eh du wieder aus der Stadt kämest." Von dieser Stunde an faßte ich die Gedanken, dieser fremde Herr im sammeten Mutzen müsse ein heiliger Mann sein, weil nicht allein keine Flüche an ihm hafteten, sondern dieweil ihm auch seine Hasser alle Ehre, alles Liebes und alles Gutes erwiesen; er ward noch dieselbe Nacht fürstlich tractiret, blind vollgesoffen und noch darzu in ein herrlich Bette gelegt.

Folgende Tage ging's bei der Musterung bunt über Eck her; ich einfältiger Tropf war selbst geschickt genug, den klugen Commissarium (zu welchen Ämtern und Verrichtungen man wahrlich keine Kinder nimmt) zu betrügen und über den Tölpel zu werfen, welches ich eher als in einer Stunde lernete, weil die ganze Kunst nur in fünf und neun bestunde, selbige auf einer Trommel zu schlagen, weil ich noch zu klein war, einen Musquetirer zu präsentiren. Man staffirte mich zu solchem Ende mit einem entlehnten Kleid und auch mit einer entlehnten Trommel (denn meine geschürzte Page-Hosen taugten nichts zum Handel), ohn Zweifel darum, weil ich selbst entlehnt war; damit passirte ich glücklich durch die Musterung. Demnach man aber meiner Einfalt nicht zugetraute, einen fremden Namen im Gedächtnüs zu behalten, auf welchen ich antworten und hervortreten sollte, mußte ich der Simplicius verbleiben; den Zunamen ersatzte der Gouverneur selbsten und ließ mich Simplicius Simplicissimus in die Rolle einschreiben, mich also wie ein Hurenkind zum ersten meines Geschlechts zu machen, wiewohl ich seiner eigenen Schwester, seiner Selbst-Bekanntnus nach, ähnlich sahe. Ich behielt auch nachgehends diesen Namen und Zunamen, bis ich den rechten erfuhr, und spielte unter solchem meine Person zu Nutz des Gouverneurs und geringen Schaden der Kron Schweden ziemlich wohl, welches denn alle meine Kriegs-Dienste sein, die ich derselben mein Lebtag geleistet, derowegen ihre Feinde mich deswegen zu neiden keine Ursache haben.

Das V. Kapitel

Simplicius wird in die Hölle geführt
und mit Spanischem Wein tractirt·

Als der Commissarius wieder hinweg war, ließ vielgemeldter Pfarrer mich heimlich zu sich in sein Losament kommen und sagte: „O Simplici, deine Jugend dauret mich, und deine künftige Unglückseligkeit bewegt mich zum Mitleiden. Höre mein Kind und wisse gewiß, daß dein Herr dich aller Vernunft zu berauben und zum Narren zu machen entschlossen, maßen er zu solchem Ende bereits ein Kleid vor dich verfertigen lässet; morgen mußt du in diejenige Schule, darin du deine Vernunft verlernen sollt; in derselben wird man dich ohne Zweifel so greulich drillen, daß du, wann anders Gott und natürliche Mittel solches nicht verhindern, ohne Zweifel zu einem Phantasten werden mußt. Weil aber solches ein mißlich und sorglich Handwerk ist, als habe ich um deines Einsiedlers Frömmigkeit und um deiner eignen Unschuld willen aus getreuer christlicher Liebe dir mit Rat und notwendigen guten Mitteln beispringen und gegenwärtige Arznei zustellen wollen. Darum folge nun meiner Lehre und nimm dieses Pulver ein, welches dir das Hirn und Gedächtnis dermaßen stärken wird, daß du unverletzt deines Verstandes alles leicht überwinden magst. Auch hastu hierbei einen Balsam, damit schmiere die Schläfe, den Wirbel und das Genick samt den Naslöchern, und diese beide Stücke brauch auf den Abend, wann du schlafen gehest, sintemal du keine Stunde sicher sein wirst, daß du nicht aus dem Bette abgeholet werdest; aber siehe zu, daß niemand dieser meiner Warnung und mitgeteilten Arznei gewahr werde, es möchte sonst dir und mir übel ausschlagen; und wann man dich in dieser verfluchten Kur haben wird, so achte und glaube nicht alles, was man dich überreden will, und stelle dich doch, als wann du alles glaubtest; rede wenig, damit deine Zugeordnete nicht an dir merken, daß sie leer Stroh dröschen, sonsten werden sich deine Plagen verlängern, wiewohl ich nit wissen kann, auf was Weise sie mit dir umgehen werden. Wann du aber den Strauß und das Narrenkleid anhaben wirst, so komm wieder zu mir, damit ich deiner mit fernerm Rat pflegen möge. Indessen will ich Gott vor dich bitten, daß er deinen Verstand und Gesundheit erhalten wolle." Hierauf stellete er mir gemeldtes Pulver und Sälblein zu und wanderte damit wieder nach Haus.

Wie der Pfarrer gesagt hatte, also ging es. Im ersten Schlaf kamen vier Kerl in schröcklichen Teufels-Larven vermummt zu mir ins Zimmer vors Bette, die sprungen herum wie Gaukler und Fastnachts-Narren; einer hatte einen glühenden Haken und der ander eine Fackel in Händen, die andere zween aber wischten über mich her, zogen mich aus dem Bette, tanzten eine Weile mit mir hin und her und zwangen mir meine Kleider an Leib; ich aber stellete mich, als wann ich sie vor rechte natürliche Teufel gehalten hätte, verführte ein jämmerliches Zetergeschrei und ließ die aller-forchtsamsten Gebärden erscheinen; aber sie verkündigten mir, daß ich mit ihnen fortmüßte, hierauf verbanden sie mir den Kopf mit einem Handtuch, daß ich weder hören, sehen noch schreien konnte! Sie führten mich armen Tropfen, der wie ein Espenlaub zitterte, unterschiedliche Umwege viel Stegen auf und ab und endlich in einen Keller, darin ein großes Feur brannte, und nachdem sie mir das Handtuch wieder abgebunden, fingen sie an, mir in spanischem Wein und Malvasier zuzutrinken. Sie hatten mich gut überreden, ich wäre gestorben und nunmehr im Abgrund der Höllen, weil ich mich mit Fleiß also stellete, als wann ich alles glaubte, was sie mir vorlogen: „Sauf nur tapfer zu", sagten sie, „weil du doch ewig bei uns bleiben mußt; wilstu aber nicht ein gut Gesell sein und mitmachen, so mußtu in gegenwärtiges Feur!" Die armen Teufel wollten ihre Sprache und Stimme stellen, damit ich sie nicht kennen sollte; ich merkte aber gleich, daß es meines Herrn Fourierschützen waren, doch ließ ich's mich nicht merken, sondern lachte in die Faust, daß diese, so mich zum Narren machen sollten, meine Narren sein mußten. Ich trank meinen Teil mit vom spanischen Wein, sie aber soffen mehr als ich, weil solcher himmlischer Nektar selten an solche Gesellen kommt, maßen ich noch schwören dörfte, daß sie eher voll worden als ich. Da mich's aber Zeit zu sein bedünkte, stellete ich mich mit Hin- und Herdorkeln, wie ich's neulich an meines Herrn Gästen gesehen hatte, und wollte endlich gar nicht mehr saufen, sondern schlafen; hingegen jagten und stießen sie mich mit ihrem Haken, den sie allezeit im Feur liegen hatten, in allen Ecken des Kellers herum, daß es sahe, als ob sie selbst närrisch wären worden, entweder daß ich mehr trinken oder aufs wenigste nicht schlafen sollte, und wann ich in solcher Hatze niederfiel, wie ich denn oft mit Fleiß tät, so packten sie mich wieder auf und stelleten sich, als wann sie mich ins Feur werfen wollten. Also ging mir's wie einem Falken, dem man wacht, welches mein großes Kreuz war. Ich hätte sie zwar Trunkenheit und Schlafs halber wohl ausgedauret, aber sie verblieben nicht allweg beieinander, sondern lösten sich untereinander ab, darum hätte ich zuletzt den Kürzern ziehen müssen. Drei Täge und zwo Nächte habe ich in diesem raucherichten Keller zugebracht, welcher kein ander Licht hatte, als was das Feur von sich gab; der Kopf fing mir dahero an zu brausen und zu wüten, als ob er zerreißen wollte, daß ich endlich eine Fint ersinnen mußte, mich meiner Qual samt den Peinigern zu entledigen; ich machte es wie der Fuchs, welcher den Hunden ins Gesicht harnt, wenn er ihnen nicht mehr zu entrinnen getrauet; denn weil mich eben die Natur trieb, meine Notdurft (sit venia) zu tun, bewegte ich mich zugleich mit einem Finger im Hals zum Unwillen, dergestalt, daß ich auf einmal die Hosen (mit Gunst) vollhofierte und das Wamms vollkotzete, auch dergestalt mit einem unleidenlichen Gestank die Zeche bezahlte, also daß auch meine Teufel selbst schier nicht mehr bei mir bleiben konnten; damals legten sie mich in ein Lecklach und zerplotzten mich so unbarmherzig, daß mir alle innerliche Glieder samt der Seele heraus hätten fahren mögen. Wovon ich dermaßen aus mir selber kam und des Gebrauchs meiner Sinnen beraubt ward, daß ich gleichsam wie tot dalag; ich weiß auch nicht, was sie ferners mit mir gemacht haben, so gar war ich allerdings dahin.

Das VI. Kapitel

Simplex wird plötzlich in Himmel versetzet;
wird zum Kalb, als er mit Trank sich ergötzet

Als ich wieder zu mir selber kam, befand ich mich nicht mehr in dem öden Keller bei den Teufeln, sondern in einem schönen Saal unter den Händen dreier der allergarstigsten alten Weiber, so der Erdboden je getragen; ich hielt sie anfänglich, als ich die Augen ein wenig öffnete, vor natürliche höllische Geister; hätte ich aber die alte heidnische Poeten schon gelesen gehabt, so hätte ich sie vor die Eumenides oder wenigst die eine eigentlich vor die Thisiphone gehalten, welche mich, wie den Athamantem, meiner Sinne zu berauben aus der Höllen ankommen wäre, weil ich zuvor wohl wußte, daß ich darum da war, zum Narren zu werden. Diese hatte ein paar Augen wie zween Irrwische und zwischen denselben eine lange magere Habichts-Nase, deren Ende oder Spitze die untere Lefzen allerdings erreichte; nur zween Zähne sahe ich in ihrem Maul, sie waren aber so vollkommen lang, rund und dick, daß sich jeder beinahe der Gestalt nach mit dem Goldfinger, der Farb nach aber sich mit dem Gold selbst hätte vergleichen lassen. In summa, es war Gebeins genug vorhanden zu einem ganzen Maul voll Zähne, es war aber gar übel ausgeteilt; ihr Angesicht sahe wie spanisch Leder, und ihre weiße Haare hingen ihr seltsam zerstrobelt um den Kopf herum, weil man sie erst aus dem Bette geholet hatte; ihre langen Brüste weiß ich nichts anderm zu vergleichen als zweien lummerichten Küh-Blasen, denen zwei Drittel vom Blast entgangen; unten hing an jeder ein schwarz-brauner Zapf, halb Fingers lang. Wahrhaftig ein erschröcklicher Anblick, der zu nichts anders als vor eine treffliche Arznei wider die unsinnige Liebe der geilen Böcke hätte dienen mögen. Die andere zwo waren gar nicht schöner, ohne daß dieselbe stumpfe Affen-Näslein und ihre Kleider etwas ordentlicher angetan hatten. Als ich mich besser erholete, sahe ich, daß die eine unsre Schüsselwäscherin, die andern zwo aber zweier Fourierschützen Weiber waren. Ich stellete mich, als wann mir alle Glieder abgeschlagen wären und ich mich nicht zu regen vermöchte, wie mich denn in Wahrheit auch nicht tanzerte, als diese ehrliche alte Mütterlein mich splitter-nackend auszogen und von allem Unrat wie ein junges Kind säuberten. Doch tät mir solches trefflich sanft; sie bezeugten unter währender Arbeit eine große Geduld und treffliches Mitleiden, also daß ich ihnen beinahe offenbaret hätte, wie wohl mein Handel noch stünde; doch gedachte ich: nein Simplici! Vertraue keinem alten Weib, sondern gedenke, du habst Viktori genug, wann du in deiner Jugend drei abgefäumte, alte Vetteln, mit denen man den Teufel im weiten Feld fangen möchte, betrügen kannst; du kannst aus dieser Occasion Hoffnung schöpfen, im Alter mehrers zu leisten.

Da sie nun mit mir fertig waren, legten sie mich in ein köstlich Bette, darin ich ungewiegt entschlief; sie aber gingen und nahmen ihre Kübel und andere Sachen, damit sie mich gewaschen hatten, samt meinen Kleidern und allem Unflat mit sich hinweg. Meines Davorhaltens schliefe ich diesen Satz länger als vierundzwanzig Stunden, und da ich wieder erwachte, stunden zween schöne geflügelte Knaben vorm Bette, welche mit weißen Hemdern, taffeten Binden, Perlen, Kleinodien, güldenen Ketten und andern scheinbarlichen Sachen köstlich gezieret waren. Einer hatte ein vergüldtes Lavor voller Hippen, Zuckerbrot, Marzepan und anderm Confect, der ander aber einen vergüldten Becher in Händen. Diese als Engel, davor sie sich ausgaben, wollten mich bereden, daß ich nunmehr im Himmel sei, weil ich das Fegfeur so glücklich überstanden und dem Teufel samt seiner Mutter entgangen; derohalben sollte ich nur begehren, was mein Herz wünsche, sintemal alles, was mir nur beliebe, genug vorhanden wäre oder doch sonst herbeizuschaffen in ihrer Macht stünde. Mich quälete der Durst, und weil ich den Becher vor mir sahe, verlangte ich nur den Trunk, der mir auch mehr als gutwillig gereicht ward. Solches war aber kein Wein, sondern ein lieblicher Schlaftrunk, welchen ich unabgesetzt zu mir nahm und davon wieder entschlief, sobald er bei mir war erwärmet.

Den andern Tag erwachte ich wiederum (denn sonst schliefe ich noch), befand mich aber nicht mehr im Bette noch in vorigem Saal oder bei meinen Engeln, viel weniger im Himmelreich selbsten, sondern in meinem alten Gäns-Kerker; da war abermals eine greuliche Finsternus wie in vorigem Keller, und über das hatte ich ein Kleid an von Kalb-Fellen, daran das rauhe Teil auch auswendig gekehrt war; die Hosen waren auf polnisch oder schwäbisch und das Wams noch wohl auf eine närrischere Manier gemacht; oben am Hals stund eine Kappe wie ein Mönchsgugel, die war mir über den Kopf gestreift und mit einem schönen Paar großer Eselsohren gezieret. Ich mußte meines Unsterns selbst lachen, weil ich beides am Nest und den Federn sahe, was sich vor ein Vogel sein sollte. Damals fing ich erst an, in mich selbst zu gehen und auf mein Bestes zu gedenken, und gleichwie ich Ursach genug hatte, Gott zu danken, daß er mir meinen Verstand gesund erhalten, also war ich auch bedürftig, denselben inbrünstig zu bitten, daß er mich ferner behüten, regieren, leiten und führen wollte. Ich satzte mir vor, mich auf das närrischste zu stellen, als mir immer möglich sein möchte, und darneben mit Geduld zu erharren, wie sich mein Verhängnus weiters anlassen würde.

Das VII. Kapitel

Simplex in seinen recht kälbrischen Stand
schickt sich aufs beste, wird trefflich bekannt

Vermittelst des Lochs, so der tolle Fähnrich hiebevor in die Tür geschnitten, hätte ich mich wohl erledigen können, weil ich aber ein Narr sein sollte, ließ ich's bleiben und tät nicht allein wie ein Narr, der nicht so witzig ist, von sich selbst herauszugehen, sondern stellte mich gar wie ein hungrig Kalb, das sich nach seiner Mutter sehnet; mein Geplärr ward auch bald von denjenigen gehöret, die darzu bestellet waren, maßen zween Soldaten vor den Gäns-Stall kamen und fragten, wer darin wäre? Ich antwortete: „Ihr Narren, hört ihr denn nicht, daß ein Kalb da ist!" – Sie machten den Stall auf, nahmen mich heraus und verwunderten sich, daß ein Kalb sollte reden können! Welches ihnen anstund, wie die gezwungenen Actionen eines neu-geworbenen, ungeschickten Comödianten, der die Person, die er vertreten soll, nicht wohl agiren kann, also daß ich oft meinete, ich müßte ihnen selbst zum Possen helfen. Sie beratschlagten sich, was sie mit mir machen wollten, und wurden eins, mich dem Gubernator zu verehren, als welcher ihnen, weil ich reden könnte, mehr schenken würde, als ihnen der Metzger vor mich bezahlte. Sie fragten mich, wie mein Handel stünde? Ich antwortet: „Liederlich genug." – Sie fragten: „Warumb?" – Ich sagte: „Darum, dieweil hier der Brauch ist, redliche Kälber in Gäns-Stall zu sperren! Ihr Kerl müßt wissen, dafern man will, daß ein rechtschaffener Ochs aus mir werden soll, daß man mich auch aufziehen muß, wie einem ehrlichen Stier zustehet." Nach solchem kurzen Discurs führeten sie mich über die Gaß gegen des Gouverneurs Quartier zu; uns folgte eine große Schar Buben nach, und weil dieselbe ebensowohl als ich das Kälbergeschrei schrien, hätte ein Blinder aus dem Gehör urteilen mögen, man triebe eine Herde Kälber daher, aber dem Gesicht nach sahe es einem Haufen so junger als alter Narren gleich.

Also ward ich von den beiden Soldaten dem Gouverneur präsentirt, gleichsam als ob sie mich erst auf Partei erbeutet hätten; dieselbe beschenkte er mit einem Trinkgeld, mir selbst aber versprach er die beste Sach, so ich bei ihm haben sollte. Ich gedachte wie des Goldschmieds Jung und sagte: „Wohl Herr, man muß mich aber in keinen Gäns-Stall sperren, denn wir Kälber können solches nicht erdulden, wann wir anders wachsen und zu einem Stück Haupt-Viehe werden sollen." Der Gouverneur vertröstete mich eines Bessern und

96

dünkte sich gar gescheit sein, daß er einen solchen visirlichen Narren aus mir gemacht hätte; hingegen gedachte ich: Harre, mein lieber Herr, ich habe die Probe des Feurs überstanden und bin darin gehärtet worden; jetzt wollen wir probieren, welcher den andern am besten agiren wird können.

Indem trieb ein geflohener Baur sein Vieh zur Tränke; sobald ich das sahe, verließ ich den Gouverneur und eilete mit einem Kälber-Geplärr den Kühen zu, gleichsam als ob ich an ihnen saugen wollte; diese, als ich zu ihnen kam, entsatzten sich ärger vor mir als vor einem Wolf, wiewohl ich ihrer Art Haar trug, ja sie wurden so schellig und zerstoben dermaßen voneinander, als wann im Augusto ein Nest voll Hornüssen unter sie gelassen worden, also daß sie ihr Herr an selbigem Ort nicht mehr zusammenbringen konnte, welches einen artlichen Spaß abgab. In einem Hui war ein Haufen Volk beieinander, das der Gaukelfuhr zusahe, und als mein Herr lachte, daß er hätte zerbersten mögen, sagte er endlich: „Ein Narr macht ihrer hundert!" Ich aber gedachte: Zupf dich selber bei der Nase, denn ebendu bist derjenige, dem du jetzt wahrsagest.

Gleichwie mich nun jedermann von selbiger Zeit an das Kalb nannte, also nannte ich hingegen auch einen jeden mit einem besondern spöttischen Nach-Namen; dieselben fielen mehrenteils der Leute und sonderlich meines Herrn Bedünken nach gar sinnreich, denn ich taufte jedwedern, nach dem seine Qualitäten erforderten. Summariter davon zu reden, so schätzte mich männiglich vor einen ohnweisen Toren, und ich hielte jeglichen vor einen gescheiten Narren. Dieser Gebrauch ist meines Erachtens in der Welt noch üblich, maßen ein jeder mit seinem Witz zufrieden und sich einbildet, er sei der Gescheiteste unter allen.

Obige Kurzweile, die ich mit des Bauren-Rindern anstellte, machte uns den kurzen Vormittag noch kürzer, denn es war damals eben um die winterliche Sonnenwende. Bei der Mittags-Mahlzeit wartete ich auf wie zuvor, brachte aber benebens seltsame Sachen auf die Bahn, und als ich essen sollte, konnte niemand einzige menschliche Speise oder Trank in mich bringen; ich wollte kurzum nur Gras haben, so damals zu bekommen unmüglich war. Mein Herr ließ ein paar frische Kalbfell von den Metzgern holen und solche zweien kleinen Knaben über die Köpfe streifen. Diese satzte er zu mir an den Tisch, tractirte uns in der ersten Tracht mit Winter-Salat und hieß uns wacker zuhauen, auch ließ er ein lebendig Kalb hinbringen und mit Salz zum Salat anfrischen. Ich sahe so starr darein, als wann ich mich darüber verwunderte, aber der Umstand vermahnete mich mitzumachen. „Jawohl", sagten sie, wie sie mich so kaltsinnig sahen, es ist nichts Neues, wann Kälber Fleisch, Fische, Käse, Butter und anders fressen. Was? Sie saufen auch zuzeiten einen guten Rausch! Die Bestien wissen nunmehr wohl, was gut ist. – „Ja", sagten sie ferner, „es ist heutigen Tags so weit kommen, daß sich nunmehr ein geringer Unterschied zwischen ihnen und den Menschen befindet, wolltest du dann allein nicht mitmachen?"

Dieses ließe ich mich um soviel desto ehender überreden, weil mich hungerte, und nicht darum, daß ich hiebevor schon selbst gesehen, wie teils Menschen säuischer als Schweine, grimmiger als Löwen, geiler als Böcke, neidiger als Hunde, unbändiger als Pferde, gröber als Esel, versoffener als Rinder, listiger als Füchse, gefräßiger als Wölfe, närrischer als Affen und giftiger als Schlangen und Krotten waren, welche dennoch allesamt menschlicher Nahrung genossen und nur durch die Gestalt von Tieren unterschieden waren, zumalen auch die Unschuld eines Kalbs bei weitem nicht hatten. Ich fütterte mit meinen Mit-Kälbern, wie solches mein Appetit erfoderte, und wann ein Fremder uns unversehens also beieinander zu Tisch hätte sitzen sehen, so hätte er sich ohne Zweifel eingebildet, die alte Circe wäre wieder auferstanden, aus Menschen Tiere zu machen, welche Kunst damals mein Herr konnte und practicirte. Eben auf den Schlag, wie ich die Mittags-Mahlzeit vollbrachte, also ward ich auch auf den Nacht-Imbiß tractiret. Und gleichwie meine Mit-Esser oder Schmarotzer mit mir zehrten, damit ich auch zehren sollte, also mußten sie auch mit mir zu Bette, wann mein Herr anders nicht zugeben wollte, daß ich im Kühe-Stall über Nacht schliefe; und das tät ich darum, damit ich diejenigen auch genug narrete, die mich zum Narren zu haben vermeinten: Und machte diesen festen Schluß, daß der grundgütige Gott einem jeden Menschen in seinem Stand, zu welchem er ihn berufen, so viel Witz gebe und verleihe, als er zu seiner Selbst-Erhaltung, vonnöten; auch daß sich dannenhero, Doctor hin oder Doctor her, viele vergeblich einbilden, sie sein allein witzig und Hans in allen Gassen, denn hinter den Bergen wohnen auch Leute.

Das VIII. Kapitel

Simplex Discurs vom Gedächtnus hört an,
drauf von Vergessung wird Meldung getan

Am Morgen als ich erwachte, waren meine beide verkälberten
Schlaf-Gesellen schon fort, derowegen stund ich auch auf und
schlich, als der Adjutant die Schlüssel holete, die Stadt zu öffnen,
aus dem Haus zu meinem Pfarrer; demselben erzählte ich alles, wie
mir's sowohl im Himmel als in der Hölle ergangen. Und wie er sahe,
daß ich mir ein Gewissen machte, weil ich so viel Leute und sonderlich meinen Herrn betröge, wann ich mich närrisch stellete, sagte er:
„Hierum darfst du dich nicht bekümmern; die närrische Welt will
betrogen sein; hat man dir deine Witz noch übriggelassen, so ge-
brauche dich derselben zu deinem Vorteil und danke Gott, daß du
überwunden hast, als welche Gabe nicht jedem gegeben wird. Bilde
dir ein, als ob du gleich dem Phönix vom Unverstand zum Verstand
durchs Feur und also zu einem neuen menschlichen Leben auch neu
geboren worden seist. Doch wisse dabei, daß du noch nicht über den
Graben, sondern mit Gefahr deiner Vernunft in diese Narren-
Kappe geschloffen bist; die Zeiten sein so wunderlich, daß niemand
wissen kann, ob du ohn Verlust deines Lebens wieder herauskom-
mest; man kann geschwind in die Hölle rennen, aber wieder heraus-
zuentrinnen wird's Schnaufens und Bartwischens brauchen; du bist
bei weitem noch nicht so gemannet, deiner bevorstehenden Gefahr
zu entgehen, wie du dir wohl einbilden möchtest; darum wird dir
mehr Vorsichtigkeit und Verstand vonnöten sein als zu der Zeit, da
du noch nicht wußtest, was Verstand oder Unverstand war. Befehle deine Sache Gott, bete fleißig, bleib demütig und erwarte in
Geduld der künftigen Veränderung."

Sein Discurs war vorsätzlich so variabel, denn ich bilde mir ein,
er habe mir an der Stirn gelesen, daß ich mich groß zu sein bedünke,
weil ich mit so meisterlichem Betrug und seiner Kunst durchge-
schloffen. Und ich mutmaßete hingegen aus seinem Angesicht, daß
er unwillig und meiner überdrüssig worden; denn seine Mienen
gaben's, und was hatte er von mir? Derowegen veränderte ich auch
meine Reden und wußte ihm großen Dank vor die herrliche Mittel,
die er mir zu Erhaltung meines Verstandes mitgeteilet hatte, ja ich
tät unmügliche Promessen, alles, wie meine Schuldigkeit erfordere,
wieder dankbarlich zu verschulden. Solches kützelte ihn und
brachte ihn auch wieder auf eine andre Laune, denn er rühmte
gleich darauf seine Arznei, trefflich und erzählte mir, daß Simoni-

des Melicus eine Kunst aufgebracht, die Metrodorus Sceptius nicht ohn große Mühe perfectionirt hätte, vermittelst deren er die Menschen lehren können, daß sie alles, was sie einmal gehöret oder gelesen, bei einem Wort nachreden mögen, und solches wäre, sagte er, ohn hauptstärkende Arzneien, deren er mir mitgeteilet, nicht zugangen! Ja, gedachte ich, mein lieber Herr Pfarrer, ich habe in deinen eigenen Büchern bei meinem Einsiedel viel anders gelesen, worin Sceptii Gedächtnis-Gunst bestehe. Doch war ich so schlau, daß ich nichts sagte, denn wann ich die Wahrheit bekennen soll, so bin ich, als ich zum Narrn werden sollte, allererst witzig und in meinen Reden behutsamer worden. Er der Pfarrer fuhr fort und sagte mir, wie Cyrus einem jeden von seinen dreißigtausend Soldaten mit seinem rechten Namen hätte rufen, Lucius Scipio alle Bürger zu Rom bei den ihrigen nennen und Cyneas, Pyrrhi Gesandter, gleich den andern Tag hernach, als er gen Rom kommen, aller Ratsherren und Edelleute Namen daselbst ordentlich hersagen können. Mithridates, der König in Ponto und Bithynìa, sagte er, hatte Völker von zweiundzwanzig Sprachen unter sich, denen er allen in ihrer Zunge Recht sprechen und mit einem jeden insonderheit, wie Sabellicus lib. 10 cap. 9 schreibt, reden konnte. Der gelehrte Griech Charmides sagte einem auswendig, was einer aus den Büchern wissen wollte, die in der ganzen Liberei lagen, wannschon er sie nur einmal überlesen hatte. Lucius Seneca konnte zweitausend Namen herwieder sagen, wie sie ihm vorgesprochen worden und, wie Ravisius meldet, zweihundert Vers von zweihundert Schülern geredet vom letzten an bis zum ersten hinwiederum erzählen. Esdras, wie Eusebius lib. temp. fulg. lib. 8 cap. 7 schreibet, konnte die fünf Bücher Mosis auswendig und selbige von Wort zu Wort den Schreibern in die Feder dictiren. Themistocles lernete die persische Sprache in einem Jahr. Crassus konnte in Asia die fünf unterschiedliche Dialektos der griechischen Sprach ausreden und seinen Untergebenen darin Recht sprechen. Julius Cäsar las, dictirte und gab zugleich Audienz. Von Aelio Hadriano, Portio Latrone, den Römern und andern will ich nichts melden, sondern nur von dem heiligen Hieronymo sagen, daß er Hebräisch, Chaldäisch, Griechisch, Persisch, Medisch, Arabisch und Lateinisch gekönnt. Der Einsiedel Antonius konnte die ganze Bibel nur vom Hörenlesen auswendig. So schreibet auch Colerus, lib. 18 cap. 21, aus Marco Antonio Mureto, von einem Corsicaner, welcher sechstausend Menschen-Namen angehöret und dieselbige hernach in richtiger Ordnung schnell herwiedergesagt.

„Dieses erzähle ich alles darum", sagte er ferner, „damit du nicht vor unmüglich haltest, daß durch Medicin einem Menschen sein Gedächtnus trefflich gestärket und erhalten werden könne, gleichwie es hingegen auch auf mancherlei Weise geschwächet und gar ausgetilget wird, maßen Plinius, lib. 7 cap. 24, schreibet, daß am Menschen nichts so blöd sei als ebendas Gedächtnus und daß es durch Krankheit, Schröcken, Forcht, Sorge und Bekümmernus entweder ganz verschwinde oder doch einen großen Teil seiner Kraft verliere.

Von einem Gelehrten zu Athen wird gelesen, daß er alles, was er je studiert gehabt, sogar auch das Abc vergessen, nachdem ein Stein von oben herab auf ihn gefallen. Ein anderer kam durch eine Krankheit dahin, daß er seines Dieners Namen vergaß, und Messala Corvinus wußte seinen eigenen Namen nicht mehr, der doch vorhin ein gut Gedächtnus gehabt. Schramhans schreibet in Fasciculo Historiarum, fol. 60 (welches aber so aufschneiderisch klinget, als ob es Plinius selbst geschrieben), daß ein Priester aus seiner eigenen Ader Blut getrunken und dadurch schreiben und lesen vergessen, sonst aber sein Gedächtnus unverruckt behalten, und als er übers Jahr hernach eben an selbigem Ort und damaliger Zeit abermal dasselbigen Bluts getrunken, hätte er wieder wie zuvor schreiben und lesen können. Zwar ist es glaublicher, was Joh. Wierus de praestigiis daemon. lib. 3 cap. 8 schreibet, wann man Bären-Hirn einfresse, daß man dadurch in solche Phantasei und starke Imagination gerate, als ob man selbst zu einem Bären worden wäre, wie er dann solches mit dem Exempel eines spanischen Edelmanns beweiset, der, nachdem er dessen genossen, in den Wildnussen umgeloffen und sich nicht anders eingebildet, als er sei ein Bär. Lieber Simplici, hätte dein Herr diese Kunst gewüßt, so dörftestu wohl ehender in einen Bären wie die Callisto als in einen Stier wie Jupiter verwandelt worden sein."

Der Pfarrer erzählte mir des Dings noch viel, gab mir wieder etwas von Artznei und instruirte mich wegen meines fernern Verhalts; damit machte ich mich wieder nach Haus und brachte mehr als hundert Buben mit, die mir nachliefen und abermals alle wie Kälber schrien; derowegen lief mein Herr, der eben aufgestanden war, ans Fenster, sahe soviel Narren auf einmal und ließe ihm belieben, darüber herzlich zu lachen.

Das IX. Kapitel

*Simplex das Lob der Jungfrauen beschreibet
und die Zeit darmit sehr vielen vertreibet*

Sobald ich ins Haus kam, mußte ich auch in die Stube, weil adelich Frauenzimmer bei meinem Herrn war, welches seinen neuen Narrn auch gern hätte sehen und hören mögen. Ich erschiene und stund da wie ein Stummer, dahero diejenige, so ich hiebevor beim Tanz ertappet hatte, Ursache nahm zu sagen: Sie hätte ihr sagen lassen, dieses Kalb könne reden, so verspüre sie aber nunmehr, daß es nicht wahr sei. Ich antwortete: „So habe ich hingegen vermeinet, die Affen können nicht reden, höre aber wohl, daß dem auch nicht also sei." – „Wie", sagte mein Herr, „vermeinst du denn, diese Damen sein Affen?" – Ich antwortete: „Seind sie es nicht, so werden sie es doch bald werden; wer weiß, wie es fällt, ich habe mich auch nicht versehen, ein Kalb zu werden, und bin's doch!" – Mein Herr fragte, woran ich sehe, daß diese Affen werden sollen? Ich antwortete: „Unser Affe trägt seinen Hintern bloß, diese Damen aber allbereit ihre Brüste, denn andere Mägdlein pflegen ja sonst solche zu bedecken." – „Schlimmer Vogel", sagte mein Herr, „du bist ein närrisch Kalb, und wie du bist, so redestu; diese lassen billig sehen, was sehenswert ist; der Affe aber gehet aus Armut nackend; geschwind bringe wieder ein, was du gesündiget hast, oder man wird dich karbeitschen und mit Hunden in Gäns-Stall hetzen, wie man Kälbern tut, die sich nicht zu schicken wissen; laß hören, weißt du auch eine Dam zu loben, wie sich's gebührt?"

Hierauf betrachtete ich die Dame von Füßen an bis obenaus und hinwieder von oben bis unten, sahe sie auch so steif und lieblich an, als hätte ich sie heuraten wollen. Endlich sagte ich: „Herr, ich sehe wohl, wo der Fehler steckt; der Diebs-Schneider ist an allem schuldig, er hat das Gewand, das oben um den Hals gehört und die Brüste bedecken sollte, unten an dem Rock stehenlassen, darum schleift er so weit hinten hernach; man sollt dem Hudler die Hände abhauen, wann er nicht besser schneidern kann. Jungfer", sagte ich zu ihr selbst, „schafft ihn ab, wann er Euch nicht so verschänden soll, und sehet, daß Ihr meines Knans Schneider bekommt, der hieß Meister Paulchen; er hat meiner Meuder, unserer Ann und unserm Ursele so schöne Falten-Röcke machen können, die unten herum ganz eben gewesen sein, sie haben wohl nicht so im Dreck geschlappt wie Eurer; ja, Ihr glaubet nicht, wie er den Huren so schöne Kleider machen können, darinnen sie geprangt wie Barthel." Mein Herr fragte, ob dann meines Knans Ann und Ursele schöner gewesen als diese Jungfer? „Ach, wohl nein, Herr", sagte ich, „diese Jungfer hat ja Haar, das ist so gelb wie kleiner Kinder-Dreck, und ihre Scheiteln sind so weiß und so gerad gemacht, als wann man Säubürsten auf die Haut gekappt hätte; ja ihre Haare sein so hübsch zusammengerollt, daß es siehet wie hohle Pfeifen, oder als wann sie auf jeder Seite ein paar Pfund Lichter oder ein Dutzet Bratwürste hangen hätte. Ach sehet nur, wie hat sie so eine schöne glatte Stirn; ist sie nicht feiner gewölbet als ein fetter Arsbacken und weißer als ein Totenkopf, der viel Jahr lang im Wetter gehangen? Immer schad ist es, daß ihre zarte Haut durch das Haar-Puder so schlimm bemakelt wird, denn wann es Leute sehen, die es nicht verstehen, dörften sie wohl vermeinen, die Jungfer habe den Erbgrind, der solche Schuppen von sich werfe; welches noch größer Schade wäre vor die funkelnde Augen, die von Schwärze klärer zwitzern als der Ruß vor meines Knans Ofenloch, welcher so schröcklich glänzete, wann unser Ann mit einem Strohwisch davorstund, die Stube zu hitzen, als wann lauter Feur darinstecke, die ganze Welt anzuzünden. Ihre Backen sein so hübsch rotlecht, doch nicht gar so rot, als neulich die neue Nestel waren, damit die schwäbische Fuhrleute von Ulm ihre Lätz gezieret hatten. Aber die hohe Röte, die sie an den Lefzen hat, übertrifft solche Farbe weit, und wann sie lachet oder redet (ich bitte, der Herr gebe nur Achtung darauf), so siehet man zwei Reihen Zähne in ihrem Maul stehen, so schön zeilweis und zucker-ähnlich, als wann sie aus einem Stück von einer weißen Rübe geschnitzelt wären worden. O Wunderbild, ich glaube nicht, daß es einem wehe tut, wann du einen damit beißest. So ist ihr Hals ja schier so weiß als eine gestandene Saurmilch, und ihre Brüstlein, die darunter liegen, sein von gleicher Farbe und ohn Zweifel so hart anzugreifen wie ein Geiß-Wämm, die von übriger Milch strotzt. Sie seind wohl nicht so schlapp, wie die alte Weiber hatten, die mir neulich den Hintern putzten, da ich in Himmel kam. Ach Herr, sehet doch ihre Hände und Finger an, sie sind ja so subtil, so lang, so gelenk, so geschmeidig und so geschicklich gemacht, natürlich wie die Zigeinerinnen neulich hatten, damit sei einem in Schubsack greifen, wann sie fischen wollen. Aber was soll dieses gegen ihren ganzen Leib selbst zu rechnen sein, den ich zwar nicht bloß sehen kann! Ist er nicht so zart, schmal und anmutig, als wann sie acht ganzer Wochen die schnelle Catharina gehabt hätte?" Hierüber erhub sich ein solch Gelächter, daß man mich nicht mehr hören noch ich mehr reden

konnte; ging hiemit durch wie ein Holländer und ließ mich, so lang
mir's gefiel, von andern vexirn.

Das X. Kapitel

Simplex pflegt vieles von tapferen Helden
und auch von trefflichen Künstlern zu melden

Hierauf erfolgte die Mittags-Mahlzeit, bei welcher ich mich wieder
tapfer gebrauchen ließ, denn ich hatte mir vorgesetzt, alle Torheiten zu bereden und alle Eitelkeiten zu strafen, worzu sich dann
mein damaliger Stand trefflich schickte; kein Tischgenoß war mir
zu gut, ihm sein Laster zu verweisen und aufzurupfen, und wann
sich einer fand, der sich's nicht gefallen ließe, so ward er entweder
noch darzu von andern ausgelacht oder ihm von meinem Herrn
vorgehalten, daß sich kein Weiser über einen Narrn zu erzörnen
pflege. Den tollen Fähnrich, welcher mein ärgster Feind war, setzte
ich gleich auf den Esel. Der erste aber, der mir aus meines Herrn
Winken mit Vernunft begegnete, war der Secretarius; denn als ich
denselben einen Titul-Schmid nannte, ihn wegen der eiteln Titul
auslachte und fragte, wie man der Menschen ersten Vater tituliret
hätte?, antwortete er: „Du redest wie ein unvernünftig Kalb, weil
du nicht weißt, daß nach unsern ersten Eltern unterschiedliche Leute
gelebet, die durch seltene Tugenden, als Weisheit, mannliche Helden-Taten und Erfindung guter Künste, sich und ihr Geschlecht
dermaßen geadelt haben, daß sie auch von andern über alle irdische
Dinge, ja gar übers Gestirn zu Göttern erhoben worden. Wärest du
ein Mensch oder hättest aufs wenigste wie ein Mensch die Historien
gelesen, so verstündest du auch den Unterscheid, der sich zwischen
den Menschen enthält, und würdest dannenhero einem jeden seinen
Ehren-Titul gern gönnen; sintemal du aber ein Kalb und keiner
menschlichen Ehre würdig noch fähig bist, so redest du auch von
der Sache wie ein dummes Kalb und mißgönnest dem edlen menschlichen Geschlecht dasjenige, dessen es sich zu erfreuen hat."

Ich antwortete: „Ich bin so wohl ein Mensch gewesen als du, hab
auch ziemlich viel gelesen, kann dahero urteilen, daß du den Handel
entweder nicht recht verstehest oder durch dein Interesse abgehal-
ten wirst, anderst zu reden, als du weißt. Sage mir, was sein vor
herrliche Taten begangen und vor löbliche Künste erfunden worden, die genugsam sein, ein ganz Geschlecht etlich hundert Jahre
nacheinander, auf Absterben der Helden und Künstler selbst, zu ad-

len? Ist nicht beides: der Helden Stärke und der Künstler Weisheit und hoher Verstand mit hinweggestorben? Wann du dies nicht verstehest und der Eltern Qualitäten auf die Kinder erben, so muß ich davor halten, dein Vater sei ein Stockfisch und deine Mutter eine Flunder gewesen!" – „Ha", antwortete der Secretarius, „wann es damit wohl ausgericht sein wird, wann wir einander schänden wollen, so könnte ich dir vorwerfen, daß dein Knan ein grober Spesserter Baur gewesen, und obzwar es in deiner Heimat und Geschlecht die größte Knollfinken abgibt, daß du dich annoch noch mehr verringert habest, indem du zu einem unvernünftigen Kalb worden bist." – „Da recht", antwortete ich, „da hab' ich dich recht bei der Karthausen! Das ist es, was ich behaupten will, daß nämlich der Eltern Tugenden nicht allweg auf die Kinder erben und daß dahero die Kinder ihrer Eltern Tugend-Tituln auch nicht allweg würdig sein; mir zwar ist es keine Schande, daß ich ein Kalb bin worden, dieweil ich in solchem Fall dem großmächtigen König Nabuchodonosor nachzufolgen die Ehre habe; wer weiß, ob es nicht Gott gefällt, daß ich auch wieder wie dieser zu einem Menschen, und zwar noch größer werde, als mein Knan gewesen? Ich rühme einmal diejenige, die sich durch eigene Tugenden edel machen." – „Nun gesetzt, aber nicht gestanden", sagte der Secretarius, „daß die Kinder ihrer Eltern Ehren-Titul nicht allweg erben sollen, so mußt du doch gestehen, daß diejenige alles Lobs wert sein, die sich selbst durch Wohlverhalten edel machen; wenn dann dem also, so folget, daß man die Kinder wegen ihrer Eltern billig ehret, denn der Apfel fällt nicht weit vom Stamm. Wer wollte in Alexandri Magni Nachkömmlingen, wann anders noch einige vorhanden wären, ihres alten Ur-Ahnherrn herzhafte Tapferkeit im Krieg nicht rühmen? Dieser erwiese seine Begierde zu fechten in seiner Jugend mit Weinen, als er noch zu keinen Waffen tüchtig war, besorgend, sein Vater möchte alles gewinnen und ihm nichts zu bezwingen übriglassen. Hat er nicht noch vor dem dreißigsten Jahr seines Alters die Welt bezwungen und noch ein andere zu bestreiten gewünschet? Hat er nicht in einer Schlacht, die er mit den Indianern gehalten, da er von den Seinigen verlassen war, aus Zorn Blut geschwitzet? War er nicht anzusehen, als ob er mit lauter Feurflammen umgeben war, so daß ihn auch die Barbaren vor Furcht streitend verlassen mußten? Wer wollte ihn nicht höher und edler als andere Menschen schätzen, da doch Quintus Curtius von ihm bezeuget, daß sein Atem wie Balsam, der Schweiß nach Bisem und sein toter Leib nach köstlicher Specerei gerochen! Hier könnte ich auch einführen den Julium Caesarem und den Pompejum, deren der eine über und neben den Victorien, die er in den bürgerlichen Kriegen behauptet, fünfzigmal in offenen Feldschlachten gestritten und hundertfünfzehntausendzweihundert Mann erlegt und totgeschlagen hat; der ander hat neben neunhundertvierzig den Meer-Räubern abgenommenen Schiffen vom Alpgebürg an bis in das äußerste Hispanien achthundertsechsundsiebzig Städte und Flecken eingenommen und überwunden. Den Ruhm Marci Sergij will ich verschweigen und nur ein wenig von dem Lucio Sucio Dentato sagen, welcher Zunftmeister zu Rom war, als Spurius Turpejus und Aulus Eternius Burgermeister gewesen; dieser ist in hundertzehn Feld-Schlachten gestanden und hat achtmal diejenigen überwunden, so ihn herausgefodert; er konnte fünfundvierzig Wundmäler an seinem Leib zeigen, die er alle vor dem Mann und keine rückwärts empfangen; mit neun Obrist-Feld-Herren ist er in ihren Triumphen (die sie vornehmlich durch ihre Mannheit erlangt) eingezogen. Des Manlii Capitolini Kriegs-Ehre wäre nicht geringer, wann er sie im Beschluß seines Lebens nicht selbst verkleinert; denn er konnte auch dreiunddreißig Wundmäler zeigen, ohn daß er einsmals das Capitolium mit allen Schätzen allein vor den Franzosen erhalten. Wo bleibet der starke Hercules, Theseus und andere, die beinahe beides zu erzählen und ihr unsterbliches Lob zu beschreiben unmüglich! Sollten diese in ihren Nachkömmlingen nicht zu ehren sein?

Ich will aber Wehre und Waffen fahrenlassen und mich zu den Künsten wenden, welche zwar etwas geringer zu sein scheinen, nichtsdestoweniger aber ihre Meister ganz ruhmreich machen. Was findet sich nur für eine Geschicklichkeit am Zeuxe, welcher durch seinen kunstreichen Kopf und geschickte Hand die Vögel in der Luft betrog. Item, am Apelle, der eine Venus so natürlich, so schön, so ausbündig und mit allen Lineamenten so subtil und zart dahermalete, daß sich auch die Junggesellen darein verliebten. Plutarchus schreibet, daß Archimedes ein groß Schiff mit Kaufmanns-Waren beladen mitten über den Markt zu Syracusis nur mit einer Hand an einem einzigen Seil daher gezogen, gleich als ob er ein Saumtier an einem Zaum geführet, welches zwanzig Ochsen, geschweige zweihundert deinesgleichen Kälber nicht hätten zu tun vermöcht. Sollte nun dieser rechtschaffene Meister nicht mit einem besonderen Ehren-Titul seiner Kunst gemäß zu begaben sein? Wer wollte nicht vor andern Menschen preisen denjenigen, der dem persischen König Sapor ein gläsernes Werk machte, welches so weit und groß war, daß er mitten in demselben auf dessen Centro sitzen und unter seinen

Füßen das Gestirn auf- und niedergehen sehen konnte? Gedachter Archimedes machte einen Spiegel, damit er der Feinde Kriegsschiffe mitten im Meer anzündete. So gedenket auch Ptolomeus einer wunderlichen Art Spiegel, die so viel Angesichter zeigten, als Stunden im Tag waren. Welcher wollte den nicht preisen, der die Buchstaben zuerst erfunden? Ja, wer wollte nicht vielmehr den über alle Künstler erheben, welcher die edle und der ganzen Welt höchst nutzliche Kunst der Buchdruckerei erfunden? Ist Ceres, weil sie den Ackerbau und das Mühlwerk erfunden haben solle, vor eine Göttin gehalten worden, warum sollte dann unbillig sein, wann man andern ihren Qualitäten gemäß ihr Lob mit Ehren-Tituln berühmt? Zwar ist wenig daran gelegen, ob du großes Kalb solches in deinem unvernünftigen Ochsenhirn fassest oder nicht. Es gehet dir eben wie jenem Hund, der auf einem Haufen Heu lag und solches dem Ochsen auch nicht gönnete, weil er es selbst nicht genießen konnte; du bist keiner Ehre fähig, und eben dieser Ursachen halber mißgönnest du solche denenjenigen, die solcher wert sein."

Da ich mich so gehetzt sahe, antwortete ich: „Die herrliche Helden-Taten waren höchlich zu rühmen, wann sie nicht mit anderer Menschen Untergang und Schaden vollbracht wären worden. Was ist das aber vor ein Lob, welches mit so vielem unschuldig vergossenem Menschen-Blut besudelt? Und was ist das vor ein Adel, der mit so vieler tausend anderer Menschen Verderben erobert und zuwegen gebracht worden ist? Die Künste betreffend, was seind's anders als lauter Vanitäten und Torheiten? Ja sie seind eben so leer, eitel und unnütz als die Titul selbst, die einem von denselbigen zustehen möchten; denn entweder dienen sie zum Geiz oder zur Wollust oder zur Üppigkeit oder zum Verderben anderer Leute, wie dann die schröckliche Dinger auch sind, die ich neulich auf den halben Wägen sahe. So könnte man der Druckerei und Schriften auch wohl entbehren nach Ausspruch und Meinung jenes heiligen Manns, welcher davorhielt, die ganze weite Welt sei ihm Buchs genug, die Wunder seines Schöpfers zu betrachten und die göttliche Allmacht daraus zu erkennen."

Das XI. Kapitel

Simplex erzählet das mühselige Leben
eines Regenten, dem er ist ergeben

Mein Herr wollte auch mit mir scherzen und sagte: „Ich merke wohl, weil du nicht edel zu werden getrauest, so verachtest du des Adels Ehren-Titul." Ich antwortete: „Herr, wannschon ich in dieser Stunde an deine Ehrenstell treten sollte, so wollte ich sie doch nicht annehmen!" Mein Herr lachte und sagte: „Das glaube ich, denn dem Ochsen gehöret Haberstroh; wenn du aber einen hohen Sinn hättest, wie adelige Gemüter haben sollen, so würdest du mit Fleiß nach hohen Ehren und Dignitäten trachten. Ich meinen Teils achte es für kein Geringes, wann mich das Glück über andere erhebet." – Ich seufzete und sagte: „Ach, arbeitsselige Glückseligkeit! Herr, ich versichere dir, daß du der allerelendste Mensch in ganz Hanau bist!" – „Wieso? Wieso? Kalb", sagte mein Herr, „sag mir doch die Ursache, denn ich befinde solches bei mir nicht." – Ich antwortete: „Wann du nicht weißt und empfindest, daß du Gubernator in Hanau und mit wieviel Sorgen und Unruhe du deswegen beladen bist, so verblendet dich die allzu große Begierde der Ehre, deren du genießest, oder du bist eisern und ganz unempfindlich; du hast zwar zu befehlen, und wer dir unter Augen kommt, muß dir gehorsamen. Tun sie es aber umsonst? Bist du nicht ihrer aller Knecht? Muß du nicht vor einen jedwedern insonderheit sorgen? Schaue, du bist jetzt rund umher mit Feinden umgeben, und die Conservation dieser Festung lieget dir allein auf dem Hals; du mußt trachten, wie du deinem Gegenteil einen Abbruch tun mögest, und mußt darneben sorgen, daß deine Anschläge nicht verkundschaftet werden. Bedörfte es nicht öfters, daß du selber wie ein gemeiner Knecht Schildwacht stündest? Über das mußtu bedacht sein, daß kein Mangel an Geld, Munition, Proviant und Volk im Posten erscheine, deswegen du dann das ganze Land durch stetiges Exequiren und Tribuliren in der Contribution erhalten mußt. Schickest du die Deinige zu solchem Ende hinaus, so ist Rauben, Plündern, Stehlen, Brennen und Morden ihre beste Arbeit; sie haben erst neulich Orb geplündert, Braunfels eingenommen und Staden in die Asche gelegt; davon haben sie zwar sich Beuten, du aber eine schwere Verantwortung bei Gott gemachet. Ich lasse sein, daß dir vielleicht der Genuß neben der Ehre auch wohltut; weißt du aber auch, wer solche Schätze, die du etwan sammlest, genießen wird? Und gesetzt, daß dir solcher Reichtum verbleibt (so doch mißlich stehet), so mußtu ihn doch in der Welt lassen und nimmst nichts davon mit dir als die Sünde, dadurch du selbigen erworben hast. Hast du dann das Glück, daß du dir deine Beuten zunutz machen kannst, so verschwendest du der Armen Schweiß und Blut, die jetzt im Elend Mangel leiden oder gar verderben und Hungers sterben. O wie oft sehe ich, daß deine Gedanken wegen Schwere deines Amts hin und wieder zerstreut sein und daß hingegen ich und andere Kälber ohn all Bekümmernis ruhig schlafen. Tust du solches nicht, so kostet es deinen Kopf, dafern anders etwas verabsäumet wird, das zu Conservation deiner untergebenen Völker und der Festung hätte observirt werden sollen. Schaue, solcher Sorge bin ich überhoben! Und weil ich weiß, daß ich der Natur einen Tod zu leisten schuldig bin, sorge ich nicht, daß jemand meinen Stall stürmet oder daß ich mit Arbeit um mein Leben scharmützeln müsse; sterbe ich jung, so bin ich der Mühseligkeit eines Zug-Ochsen überhoben. Dir aber stellet man ohn Zweifel auf tausendfältige Weise nach, deswegen ist dein ganzes Leben nichts anders als eine immerwährende Sorge und Schlafbrechens, denn du mußt Freunde und Feinde förchten, die dich ohn Zweifel, wie du auch andern zu tun gedenkest, entweder um dein Leben oder um dein Geld oder um deine Reputation oder um dein Commando oder um sonsten etwas zu bringen nachsinnen. Der Feind setzt dir offentlich zu, und deine vermeinte Freunde beneiden heimlich dein Glück; vor deinen Untergebenen aber bistu auch nicht allerdings versichert. Ich geschweige hier, wie dich täglich deine brennende Begierden quälen und hin und wider treiben, wann du gedenkest, wie dir einen noch größern Namen und Ruhm zu machen, höher in Kriegs-Ämtern zu steigen, größern Reichtum zu sammlen, dem Feind einen Tuck zu beweisen, ein oder ander Ort zu überrumpeln und in summa fast alles zu tun, was andere Leute peiniget und deiner Seele schädlich, der göttlichen Majestät aber mißfällig ist! Und was das allerärgste ist, so bist du von deinen Fuchsschwänzern so verwähnt, daß du dich selbsten nicht kennest, und von ihnen so eingenommen und vergiftet, daß du den gefährlichen Weg, den du gehest, nicht sehen kannst; denn alles, was du tust, heißen sie recht, und alle deine Laster werden von ihnen zu lauter Tugenden gemachet und aufgerufen; Grimmigkeit ist ihnen eine Gerechtigkeit und wann du Land und Leute verderben lässest, so sagen sie, du seist ein braver Soldat, hetzen dich also zu anderer Leute Schaden, damit sie deine Gunst behalten und ihre Beutel darbei spicken mögen."

„Du Bärnhäuter, du Hudler", sagte mein Herr, „wer lernet dich so predigen?" – Ich antwortete: „Liebster Herr, sage ich nicht wahr, daß du von deinen Ohrenbläsern und Daumendrehern dergestalt verderbet seist, daß dir bereits nicht mehr zu helfen? Hingegen sehen andere Leute deine Laster gar bald und urteilen dich nicht allein in hohen und wichtigen Sachen, sondern finden auch genug in geringen Dingen, daran wenig gelegen, an dir zu tadeln. Hastu nicht Exempel genug an hohen Personen, so vor der Zeit gelebt? Die Athenienser murmelten wider ihren Simonidem, nur darum daß er zu laut redete; die Thebaner klagten über ihren Paniculum, dieweil er auswurf; die Lacedämonier schalten an ihrem Lycurgo, daß er allezeit mit niedergeneigtem Haupt daherging; die Römer vermeinten, es stünde dem Scipioni gar übel an, daß er im Schlaf so laut schnarche; es dünkte sie häßlich zu sein, daß sich Pompejus nur mit einem Finger kratzte; des Julii Caesaris spotteten sie, weil er seinen Gürtel nicht artig und lustig antrug; die Uticenser verleumdeten ihren guten Catonem, weil er, wie sie bedünkte, allzu geizig auf beiden Backen aß, und die Carthaginenser redeten dem Hannibali übel nach, weil er immerzu mit der Brust aufgedeckt und bloß daherging. Wie dünket dich nun, mein lieber Herr? Vermeinest du wohl noch, daß ich mit einem tauschen sollte, der vielleicht neben zwölf oder dreizehn Tisch-Freunden, Fuchsschwänzern und Schmarotzern mehr als hundert oder vermutlicher mehr als zehntausend so heimliche als offentliche Feinde, Verleumder und mißgünstige Neider hat? Zudem, was vor Glückseligkeit, was für Lust und was vor Freude sollte doch wohl ein solch Haupt haben können, unter welches Pfleg, Schutz und Schirm so viel Menschen leben? Ist's nicht vonnöten, daß du vor alle die Deinige wachest, vor sie sorgest und eines jeden Klage und Beschwerden anhörest? Wäre solches allein nicht müheselig genug, wannschon du weder Feinde noch Mißgönner hättest? Ich sehe wohl, wie sauer du dir's mußt werden lassen und wieviel Beschwerden du doch erträgst. Liebster Herr, was wird doch endlich dein Lohn sein, sage mir, was hast du davon? Wann du es nicht weißt, so laß dir's den griechischen Demosthenem sagen, welcher, nachdem er den gemeinen Nutzen und das Recht der Athenienser tapfer und getreulich befördert und beschützet, wider alles Recht und Billigkeit als einer, so eine greuliche Missetat begangen, des Landes verwiesen und in das Elend verjaget ward. Dem Socrati ward mit Gift vergeben; dem Hannibal ward von den Seinen so übel gelohnet, daß er elendiglich in der Welt landflüchtig herumschweifen mußte; also geschahe dem römischen Camillo; und dergestalt bezahlten die Griechen den Lycurgum und Solonem, deren der eine gesteiniget ward, dem andern aber, nachdem ihm ein Aug ausgestochen, wurde als einem Mörder endlich das Land verwiesen. Darum behalte dein Commando samt dem Lohn, den du davon haben wirst; du darfst deren keins mit mir teilen, denn wenn alles wohl mit dir abgehet, so hastu aufs wenigste sonst nichts, das du davon bringest, als ein böses Gewissen. Wirstu aber dein Gewissen in acht nehmen wollen, so wirstu als ein Untüchtiger beizeiten von deinem Commando verstoßen werden, nicht anders, als wenn du auch wie ich zu einem dummen Kalb wärest worden."

Das XII. Kapitel

Simplex zieht trefflich und rühmlich herfür den Verstand derer unvernünftigen Tier

Unter währendem meinem Discurs sahe mich jedermann an, und verwunderten sich alle Gegenwärtige, daß ich solche Reden sollte vorbringen können, welche wie sie vorgaben, auch einem verständigen Mann genug wären, wann er solche so gar ohn allen Vorbedacht hätte vortragen sollen. Ich aber machte den Schluß meiner Rede und sagte: „Darum denn nun, mein liebster Herr, will ich nicht mit dir tauschen; zwar ich bedarf's auch im geringsten nicht, denn die Quellen geben mir einen gesunden Trank anstatt deiner köstlichen Weine, und derjenige, der mich zum Kalb werden zu lassen beliebet, wird mir auch die Gewächse des Erdbodens dergestalt zu segnen wissen, daß sie mir wie dem Nabuchodonosore zur Speis und Aufenthalt meines Lebens auch nicht unbequem sein werden. So hat mich die Natur auch bereits mit einem guten Pelz versehen, da dir hingegen oft vor dem Besten ekelt, der Wein deinen Kopf zerreißt und dich bald in diese oder jene Krankheit wirft."

Mein Herr antwortete: „Ich weiß nicht, was ich an dir habe. Du bedünkest mich vor ein Kalb viel zu verständig zu sein; ich vermeine schier, du seist unter deiner Kalbs-Haut mit einer Schalks-Haut überzogen?" – Ich stellete mich zornig und sagte: „Vermeinet ihr Menschen denn wohl, wir Tiere sein gar Narren? Das dörft ihr euch wohl nicht einbilden! Ich halte davor, wann ältere Tiere als ich so wohl als ich reden könnten, sie würden euch wohl anders aufschneiden! Wann ihr vermeinet, wir sein so gar dumm, so saget mir doch, wer die wilden Block-Tauben, Häher, Amseln und Rebhühner gelernet hat, wie sie sich mit Lorbeer-Blättern purgiren sollen? Und die Tauben, Turteltäublein und Hühner mit Sankt Peters Kraut? Wer lehret Hunde und Katzen, daß sie das betaute Gras fressen sollen, wann sie ihren vollen Bauch reinigen wollen? Wer die Schildkrot, wie sie die Bisse mit Schirling heilen? Und den Hirsch, wann er geschossen, wie er seine Zuflucht zu dem Dictamno oder wilden Polei nehmen solle? Wer hat das Wieselin unterrichtet, daß es Raute gebrauchen solle, wann es mit der Fledermaus oder irgendeiner Schlange kämpfen will? Wer giebet den wilden Schweinen den Epheu und den Bären den Alraun zu erkennen und saget ihnen, daß es gut sei zu ihrer Arznei? Wer hat dem Adler geraten, daß er den Adlerstein suchen und gebrauchen soll, wann er seine Eier schwerlich legen kann? Und welcher giebet es der Schwalbe zu verstehen, daß sie ihrer Junge blöde Augen mit dem Chelidonio arzneien solle? Wer hat die Schlange instruirt, daß sie soll Fenchel essen, wann sie ihre Haut abstreifen und ihren dunkeln Augen helfen will? Wer lehret den Storch, sich zu clystiren, den Pelican, sich Ader zu lassen und den Bären, wie er sich von den Bienen solle schröpfen lassen? Was, ich dörfte schier sagen, daß ihr Menschen eure Künste und Wissenschaften von uns Tieren erlernet habet! Ihr freßt und sauft euch krank und tot, das tun wir Tiere aber nicht! Ein Löw oder Wolf, wann er zu fett werden will, so fastet er, bis er wieder mager, frisch und gesund wird. Welches Teil handelt nun am weislichsten? Über dieses alles betrachtet das Geflügel unter dem Himmel! Betrachtet die unterschiedliche Gebäue ihrer artlichen Nester, und weil ihnen ihre Arbeit niemand nachmachen kann, so müßt ihr ja bekennen, daß sie beides verständiger und künstlicher sein als ihr Menschen selbst. Wer sagt den Sommer-Vögeln, wann sie gegen dem Frühling zu uns kommen und Junge hecken? Und gegen dem Herbst, wann sie sich wieder von dannen in die warme Länder verfügen sollen? Wer unterrichtet sie, daß sie zu solchem Ende einen Sammelplatz bestimmen müssen? Wer führet sie oder wer weiset ihnen den Weg, oder leihet ihr Menschen vielleicht ihnen euren See-Compaß, damit sie unterwegs nicht irrfahren? Nein, ihr lieben Leute, sie wissen den Weg ohn euch, und wie lang sie darauf müssen wandern, auch wann sie von einem und dem andern Ort aufbrechen müssen; bedörfen also weder eures Compasses noch eures Calenders! Ferners beschauet die mühsame Spinne, deren Geweb beinahe ein Wunderwerk ist! Sehet, ob ihr auch einen einzigen Knopf in aller ihrer Arbeit finden möget? Welcher Jäger oder Fischer hat sie gelehret, wie sie ihr Netz ausspannen und sich, je nachdem sie sich eines Netzes gebrauchet, ihr Wildpret zu belaustern, entweder in den hintersten Winkel oder gar in das Centrum ihres Gewebs setzen solle? Ihr Menschen verwundert euch über den Raben, von welchem

Plutarchus bezeuget, daß er so viel Steine in ein Geschirr, so halb voll Wasser gewesen, geworfen, bis das Wasser so weit oben gestanden, daß er bequemlich habe trinken mögen. Was würdet ihr erst tun, wann ihr bei und unter den Tieren wohnen und ihre übrige Handlungen, Tun und Lassen ansehen und betrachten würdet? Alsdann würdet ihr erst bekennen, daß es sich ansehen lasse, als hätten alle Tiere etwas besonderer eigener natürlicher Kräften und Tugenden in allen ihren Affektionibus und Gemüts-Neigungen, in der Fürsichtigkeit, Stärke, Mildigkeit, Forchtsamkeit, Rauchheit, Lehre und Unterrichtung; es kennet je eines das andere, sie unterscheiden sich voreinander, sie stellen dem nach, so ihnen nützlich, fliehen, das schädlich, meiden die Gefahr, sammlen zusammen, was ihnen zu ihrer Nahrung notwendig ist, und betrügen auch bisweilen euch Menschen selbst. Dahero viel alte Philosophi solches ernstlich erwogen und sich nicht geschämet haben, zu fragen und zu disputiren, ob die unvernünftigen Tiere nicht auch Verstand hätten? Ich mag aber nichts mehr von diesen Sachen reden; gehet hin zu den Immen und sehet, wie sie Wachs und Honig machen, und alsdann sagt mir eure Meinung wieder."

Das XIII. Kapitel

Simplex erzählt viel; wer's alles will wissen,
laß es zu lesen ihm gar nicht verdrießen

Hierauf fielen unterschiedliche Urteile über mich, die meines Herrn Tischgenossen gaben; der Sekretarius hielt davor, ich sei vor närrisch zu halten, weil ich mich selbst vor ein unvernünftig Tier schätze und dargebe, maßen diejenige, so einen Sparrn zuviel oder zuwenig hätten und sich jedoch weis zu sein dünkten, die allerartlichste oder visirlichste Narren wären. Andere sagten, wann man mir die Imagination benehme, daß ich ein Kalb sei, oder mich überreden könnte, daß ich wieder zu einem Menschen worden wäre, so würde ich vor vernünftig oder witzig genug zu halten sein. Mein Herr selbst sagte: „Ich halte ihn vor einen Narrn, weil er jedem die Wahrheit so ungescheut sagt; hingegen seind seine Discursen so beschaffen, daß solche keinem Narrn zustehen." Und solches alles redeten sie auf Latein, damit ich's nicht verstehen sollte. Er fragte mich, ob ich studirt hätte, als ich noch ein Mensch gewesen? Ich wüßte nicht, was Studiren sei, war meine Antwort; „aber lieber Herr", sagte ich weiters, „sage mir, was Studen vor Dinger sein, damit man studiret? Nennest du vielleicht die Kegel so, damit man keglet?" – Hierauf antwortete der tolle Fähnrich: „Wat wolts met deesem Kerl sin, her hett den Tüfel in Liff, her ist beseeten, de Tüfel, de kühret (spricht) ut iehme." Dahero nahm mein Herr Ursache, mich zu fragen, sintemal ich denn nun mehr zu einem Kalb worden wäre, ob ich noch, wie vor diesem, gleich andern Menschen zu beten pflege und in Himmel zu kommen getraue? – „Freilich", antwortete ich, „ich habe ja meine unsterbliche menschliche Seele noch, die wird ja, wie du leichtlich gedenken kannst, nicht in die Hölle begehren, vornehmlich weil mir's schon einmal so übel darin ergangen. Ich bin nur verändert wie vor diesem Nabuchodonosor, und dörfte ich noch wohl zu einer Zeit wieder zu einem Menschen werden." – „Das wünsche ich dir", sagte mein Herr mit einem ziemlichen Seufzen, daraus ich leichtlich schließen konnte, daß ihn eine Reue ankommen, weil er mich zu einem Narrn zu machen unterstanden. „Aber laß hören", fuhr er weiter fort, „wie pflegst du zu beten?" Darauf kniete ich nieder, hub Augen und Hände auf gut einsiedlerisch gen Himmel, und weilen meines Herrn Reue, die ich gemerkt hatte, mir das Herz mit trefflichem Trost berührte, konnte ich auch die Tränen nicht enthalten, bat also dem äußerlichen Ansehen nach mit höchster Andacht nach gesprochenem Vater-unser vor alles Anliegen der Christenheit, vor meine Freunde und Feinde, und daß mir Gott in dieser Zeitlichkeit also zu leben verleihen wolle, daß ich würdig werden möchte, ihn in ewiger Seligkeit zu loben; maßen mich mein Einsiedel ein solches Gebet mit andächtigen concipirten Worten gelehret hat. Hiervon fingen etliche weichherzige Zuseher auch beinahe an zu weinen, weil sie ein trefflich Mitleiden mit mir trugen; ja meinem Herrn selbst stunden die Augen voller Wasser, dessen er sich, wie mich deuchte, selbst schämte und dahero sich entschuldigt mit Vorwand, sein Herz im Leib möchte ihm zerspringen, wann er eine solche betrübte Gestalt sehe, die seine verlorene Schwester so natürlich vor Augen stelle.

Nach der Mahlzeit schickte mein Herr nach obgemeldtem Pfarrherrn, dem erzählte er alles, was ich vorgebracht hatte, und gab damit zu verstehen, daß er besorge, es gehe nicht recht mit mir zu, und daß vielleicht der Teufel mit unter der Decke läge, dieweil ich vor diesem ganz einfältig und unwissend mich erzeigt, nunmehr aber Sachen vorzubringen wisse, daß sich darüber zu verwundern! Der Pfarrer, dem meine Beschaffenheit am besten bekannt war, antwortete: Man sollte solches bedacht haben, eh man mich zum Narrn zu machen unterstanden hätte; Menschen sein Ebenbilder

Gottes, mit welchen und bevorab mit so zarter Jugend nicht wie mit Bestien zu scherzen sei; doch wolle er nimmermehr glauben, daß dem bösen Geist zugelassen worden, sich mit in das Spiel zu mischen, dieweil ich mich jederzeit durch inbrünstiges Gebet Gott befohlen gehabt; sollte ihm aber wider Verhoffen solches verhängt und zugelassen worden sein, so hätte man es bei Gott schwerlich zu verantworten, maßen ohn das beinahe keine größere Sünde sei, als wann ein Mensch den andern seiner Vernunft berauben und also dem Lob und Dienst Gottes, darzu er vornehmlich erschaffen worden, entziehen wollte. „Ich habe hiebevor Versicherung getan (sagte er ferner), daß er Witz genug gehabt; daß er sich aber in die Welt nicht schicken können, war die Ursache, daß er bei seinem Vater, einem groben Baur, und bei euerm Schwager in der Wildnis in aller Einfalt erzogen worden; hätte man sich anfänglich ein wenig mit ihm geduldet, so würde er sich mit der Zeit schon besser angelassen haben; es war eben ein fromm-einfältig Kind, das die boshaftige Welt noch nicht kannte, doch zweifle ich gar nicht, daß er nicht wiederum zurechtzubringen sei, wann man ihm nur die Ein-bildung benehmen kann und ihn dahin bringet, daß er nicht mehr glaubet, er sei zum Kalb worden. Man lieset von einem, der hat festiglich geglaubt, er sei zu einem irdnen Krug worden, bat dahero die Seinigen, sie sollten ihn wohl in die Höhe stellen, damit er nicht zerstoßen würde. Ein anderer bildete sich nicht anders ein, als er sei ein Hahn, dieser krähete in seiner Krankheit Tag und Nacht; noch ein anderer vermeinte nicht anders, als er sei bereits gestorben und wandere als ein Geist herum, wollte derowegen weder Arznei noch Speise und Trank mehr zu sich nehmen, bis endlich ein kluger Arzt zween Kerl anstellete, die sich auch vor Geister ausgaben, darneben aber tapfer zechten, sich zu jenem gesselleten und ihn überredeten, daß jetziger Zeit die Geister auch zu essen und zu trinken pflegten, wodurch er dann wieder zurechtgebracht worden. Ich habe selbsten einen kranken Baur in meiner Pfarr gehabt; als ich denselben be-suchte, klagte er mir, daß er auf drei oder vier Ohm Wasser im Leib hätte; wann solches von ihm wäre, so getraute er wohl wieder ge-sund zu werden, mit Bitte, ich wollte ihn entweder aufschneiden lassen, damit solches von ihm laufen könnte, oder ihn in Rauch hän gen lassen, damit dasselbe auströckne. Darauf sprach ich ihm zu und überredete ihn, ich könnte das Wasser auf eine andre Manier wohl von ihm bringen; nahm demnach einen Hahn, wie man zu den Wein- oder Bier-Fässern brauchet, band einen Darm daran, und das ander Ende band ich an den Zapfen eines Bauch-Zubers, den ich zu solchem Ende voll Wasser tragen lassen, stellete mich darauf, als wann ich ihm den Hahn in Bauch steckte, welchen er überall mit Lumpen umwinden lassen, damit er nicht zerspringen sollte. Hierauf ließ ich das Wasser aus dem Zuber durch den Hahn hinweglaufen, darüber sich der Tropf herzlich erfreuete, nach solcher Verrichtung die Lumpen von sich tät und in wenig Tagen wieder allerdings zurechtkam. Auf solche Weise ist einem andern geholfen worden, der sich eingebildet, er habe allerhand Pferdgezeug, Zäume und sonst Sachen im Leib; demselben gab sein Doktor eine Purgation ein und legte dergleichen Dinge untern Nachtstuhl, also daß der Kerl glauben mußte, solches sei durch den Stuhlgang von ihm kommen. So saget man auch von einem Phantasten, der geglaubt habe, seine Nase sei so lang, daß sie ihm bis auf den Boden reiche, dem habe man eine Wurst an die Nase gehenkt, dieselbe nach und nach bis an die Nase selbst hinweggeschnitten, und als er das Messer an der Nase empfunden, hätte er geschrien, seine Nase sei jetzt wieder in rechter Form; kann also wie diesen Personen dem guten Simplicio wohl auch wieder geholfen werden."

„Dieses alles glaubte ich wohl", antwortete mein Herr; „allein liegt mir an, daß er zuvor so unwissend gewesen, nunmehr aber von Sachen zu sagen weiß, solche auch so perfekt daher erzählet, dergleichen man bei älteren, erfahrnern und belesneren Leuten, als er ist, nicht leichtlich finden wird; er hat mir viel Eigenschaften der Tiere erzählet und meine eigne Person so artlich beschrieben, als wann er sein Lebtag in der Welt gewesen, also daß ich mich darüber verwundern und seine Reden beinahe vor ein Orakul oder Warnung Gottes halten muß."

„Herr", antwortete der Pfarrer, „dieses kann natürlicher Weise wohl sein; ich weiß, daß er wohlbelesen ist, maßen er sowohl als sein Einsiedel gleichsam alle meine Bücher, die ich gehabt und deren zwar nicht wenig gewesen, durchgangen, und weil der Knabe ein gut Gedächtnüs hat, jetzo aber in seinem Gemüt müßig ist und seiner eignen Person vergißt, kann er gleich hervorbringen, was er hiebevor ins Hirn gefaßt; ich versehe mich auch, daß er mit der Zeit wieder zurechtzubringen sei." Also satzte der Pfarrer den Gubernator zwischen Forcht und Hoffnung, er verantwortete mich und meine Sache auf das beste und brachte mir gute Tage, ihm selbst aber einen Zutritt bei meinem Herrn zuwege. Ihr endlicher Schluß war, man sollte noch eine Zeitlang mit mir zusehen; und solches tät der Pfarrer mehr um seines als meines Nutzens wegen; denn mit diesem, daß er so ab- und zuging und sich stellete, als wann er meinethalben sich bemühe und große Sorge trage, überkam er des Gubernators Gunst; dahero gab ihm derselbige Dienste und machte ihn bei der Garnison zum Caplan, welches in so schwerer Zeit kein Geringes war und ich ihm herzlich wohl gönnete.

Das XIV. Kapitel

Simplex nach einem glückseligen Leben muß sich den tollen Croaten ergeben

Von dieser Zeit an besaß ich meines Herrn Gnade Gunst und Liebe vollkömmlich, dessen ich mich wohl mit Wahrheit rühmen kann; nichts mangelte mir zu meinem besserm Glück, als daß ich an meinem Kalbs-Kleid zuviel und an Jahren noch zuwenig hatte, wiewohl ich solches selbst nicht wußte; so wollte mich der Pfarrer auch noch nicht witzig haben, weil ihn solches noch nicht Zeit und seinem Nutzen vorträglich zu sein bedünkte. Und demnach mein Herr sahe, daß ich Lust zur Musik hatte, ließ er mich solche lernen und verdingete mich zugleich einem vortrefflichen Lautenisten, dessen Kunst ich in Bälde ziemlich begriff und ihn um soviel übertraf, weil ich besser als er darein singen konnte. Also dienete ich meinem Herrn zur Lust, Kurzweile, Ergetzung und Verwunderung. Alle Officirer erzeigten mir ihren geneigten Willen, die reichste Bürger verehrten mich, und das Hausgesind neben den Soldaten wollten mir wohl, weil sie sahen, wie mir mein Herr gewogen war; einer schenkte mir hier, der andere dort, denn sie wußten, daß Schalks-Narren oft bei ihren Herren mehr vermügen als etwas Rechtschaffenes, und dahin hatten auch ihre Geschenke das Absehen, weil mir etliche darum gaben, daß ich sie nicht verfuchsschwänzen sollte, andere aber eben deswegen, daß ich ihrentwegen solches tun sollte: Auf welche Weise ich ziemlich Geld zuwegen brachte, welches ich mehrenteils dem Pfarrer wieder zusteckte, weil ich noch nicht wußte, worzu es nutzete. Und gleichwie mich niemand scheel ansehen dörfte, als hatte ich auch von nirgends her keine Anfechtung Sorge oder Bekümmernüs. Alle meine Gedanken legte ich auf die Musik, und wie ich dem einen und dem andern seine Mängel artlich verweisen möchte, daher wuchs ich auf wie ein Narr im Zwiebel-Land, und meine Leibs-Kräfte nahmen handgreiflich zu; man sahe mir in Bälde an, daß ich mich nicht mehr im Wald mit Wasser, Eicheln, Buchen, Wurzeln und Kräutern mortificirte, sondern daß mir bei guten Bißlein der rheinische Wein und das hanauische Doppelbier wohl zuschlug, welches in so elender Zeit vor eine große Gnade von Gott zu schätzen war; denn damals stund ganz Teutschland in völligen Kriegsflammen, Hunger und Pestilenz, und Hanau selbst war mit Feinden umlagert, welches alles mich im geringsten nicht kränken konnte. Nach aufgeschlagner Beläagerung nahm sich mein Herr vor, mich entweder dem Cardinal Richelieu oder Herzog Bernhard von Weimar zu schenken, denn ohn daß er hoffte, einen großen Dank mit mir zu verdienen, gab er auch vor, daß ihm schier unmüglich wäre, länger zu ertragen, weil ich ihm seiner verlornen Schwester Gestalt, deren ich je länger, je ähnlicher würde, in so närrischem Habit täglich vor Augen stellete; solches widerriet ihm der Pfarrer, denn er hielt davor, die Zeit wäre kommen, in welcher er ein Miracul tun und mich wieder zu einem vernünftigen Menschen machen wollte; gab demnach dem Gubernator den Rat, er sollte ein paar Kalbfelle bereiten und solche andern Knaben antun lassen, hernach eine dritte Person bestellen, die in Gestalt eines Arztes, Propheten oder Landfahrers mich und bemeldte zween Knaben mit seltsamen Ceremonien ausziehe und vorwende, daß er aus Tieren Menschen und aus Menschen Tiere machen könnte; auf solche Weise könnte ich wohl wieder zurechtgebracht und mir ohn sonderliche große Mühe eingebildet werden, ich sei wie andere mehr wieder zu einem Menschen worden. Als sich der Gubernator solchen Vorschlag belieben ließe, communicirte mir der Pfarrer, was er mit meinem Herrn abgeredet hätte, und überredete mich leicht, daß ich meinen Willen darein gab. Aber das neidige Glück wollte mich so leichtlich auf meinem Narrenkleid nicht schlieffen noch mich das herrliche gute Leben länger genießen lassen; denn indem als Gerber und Schneider mit den Kleidern umgingen, die zu dieser Comödia gehörten, terminirte ich mit etlichen andern Knaben vor der Festung auf dem Eis herum; da führte, ich weiß nicht wer, unversehens eine Partei Croaten daher, die uns miteinander anpackten, auf etliche leere Bauren-Pferde satzten, die sie erst gestohlen hatten, und miteinander davonführeten. Zwar stunden sie erstlich im Zweifel, ob sie mich mitnehmen wollten oder nicht, bis endlich einer auf böhmisch sagte: „Mih wjeme doho blasna sebao, bowi deme ho glabo oberstvoi." Dem antwortete ein anderer: „Prschis ambambo ano, mi ho nagonie possadeime, van rosumi njemezki, on bude mit kratock ville sebao." Also mußte ich zu Pferd und innewerden, daß einem ein einzig unglückliches Stündlein aller Wohlfahrt entsetzen und von allem Glück und Heil dermaßen entfernen kann, daß es einem sein Lebtag nachgehet.

Das XV. Kapitel

*Simplex muß bei den Croatischen Scharen
Unfalls und Übel genugsam erfahren*

Obzwar nun die Hanauer gleich Lärmen hatten, sich zu Pferd herausließen und die Croaten mit einem Scharmützel etwas aufhielten und bekümmerten, so mochten sie ihnen jedoch nichts abgewinnen, denn diese leichte Ware ging sehr vorteilhaftig durch und nahm ihren Weg auf Büdingen zu, allwo sie fütterten und den Bürgern daselbst die gefangene hanauische reiche Söhnlein wieder zu lösen gaben, auch ihre gestohlene Pferde und andere Ware verkauften; von dannen brachen sie wieder auf, schier eh es recht Nacht, geschweige wieder Tag worden, gingen schnell durch den Büdinger Wald dem Stift Fulda zu und nahmen unterwegs mit, was sie fortbringen konnten; das Rauben und Plündern hinderte sie an ihrem schleunigen Fortzug im geringsten nichts, denn sie konnten's machen wie der Teufel, von welchem man zu sagen pflegt, daß er zugleich laufe und hofire und doch nichts am Wege versaume, maßen wir noch denselben Abend im Stift Hirschfeld, allwo sie ihr Quartier hatten, mit einer großen Beute ankamen; das ward alles partirt, ich aber ward dem Obristen Corpes zuteil.

Bei diesem Herrn kam mir alles widerwärtig und fast spanisch vor; die hanauische Schlecker-Bißlein hatten sich in schwarzes grobes Brot und mager Rindfleisch, oder wann's wohl abging, in ein Stuck gestohlnen Speck verändert; Wein und Bier war mir zu Wasser worden, und ich mußte anstatt des Bettes bei den Pferden in der Streu vorliebnehmen; vor das Lautenschlagen, das sonst jedermann belustiget, mußte ich zuzeiten gleich andern Jungen untern Tisch kriechen, wie ein Hund heulen und mich mit Sporen stechen lassen, welches mir ein schlechter Spaß war; vor das hanauische Spazirengehen dorfte ich mit auf Fourage reiten, mußte Pferde strigeln und denselben ausmisten; das Fouragirn aber ist nichts anders, als daß man mit großer Mühe und Arbeit, auch oft nicht ohn Leib- und Lebens-Gefahr hinaus auf die Dörfer schweifet, drischt, mahlt, backt, stiehlt und nimmt, was man findet, trillt und verderbt die Bauren, ja schändet wohl gar ihre Mägde, Weiber und Töchter! Zu welcher Arbeit ich aber noch zu jung war. Und wann den armen Bauren das Ding nicht gefallen will oder sie sich etwan erkühnen dörfen, einen oder den andern Fouragir über solcher Arbeit auf die Finger zu klopfen, wie es denn damals dergleichen Gäste in Hessen viel gab, so hauet man sie nieder, wann man sie hat, oder schicket aufs wenigste ihre Häuser im Rauch gen Himmel. Mein Herr hatte kein Weib (wie denn diese Art Krieger keine Weiber mitzuführen pflegen, weil die Nächste die Beste deren Stell vertreten müssen), keinen Page, keinen Kammerdiener, keinen Koch, hingegen aber einen Haufen Reutknechte und Jungen, welche ihm und den Pferden zugleich abwarteten, und schämte er sich selbst nicht, ein Roß zu satteln oder demselben Futter fürzuschütten; er schlief allezeit auf Stroh oder auf der bloßen Erde und bedeckte sich mit seinem Pelz-Rock; daher sahe man oft die Müllerflöhe auf seinen Kleidern herum wandern, deren er sich im geringsten nicht schämete, sondern noch darzu lachte, wann ihm jemand eine herablas; er trug kurze Haupt-Haar und einen breiten Schweizer-Bart, welches ihm wohl zustatten kam, weil er sich selbst in Bauren-Kleider zu verstellen und darin auf Kundschaft auszugehen pflegte. Wiewohl er nun, wie gehöret, keine Grandezza speisete, so ward er jedoch von den Seinen und andern, die ihn kannten, geehrt, geliebt und geförchtet. Wir waren niemals ruhig, sondern bald hier, bald dort; bald fielen wir ein, und bald ward uns eingefallen, so gar war keine Ruhe da, der Hessen Macht zu ringern; hingegen feirete uns Melander auch nicht, als welcher uns manchen Reuter abjagte und nach Cassel schickte.

Dieses unruhige Leben schmeckte mir ganz nicht, dahero wünschte ich mich oft vergeblich wieder nach Hanau; mein größtes Kreuz war, daß ich mit den Burschen nicht recht reden konnte und mich gleichsam von jedwederm hin und wider stoßen, plagen, schlagen und jagen lassen mußte; die größte Kurzweile, die mein Obrister mit mir hatte, war, daß ich ihm auf teutsch singen und wie andere Reuter-Jungen aufblasen mußte, so zwar selten geschahe; doch kriegte ich alsdann solche dichte Ohrfeigen, daß der rote Saft hernach ging und ich lang genug daran hatte.

Zuletzt fing ich an, mich des Kochens zu unterwinden und meinem Herrn das Gewehr, darauf er viel hielt, sauberzuhalten, weil ich ohndas auf Fourage zu reiten noch nichts nutz war; das schlug mir so trefflich zu, daß ich endlich meines Herrn Gunst erwarb, maßen er mir wieder aus Kalbfellen ein neu Narren-Kleid machen lassen mit viel größeren Esels-Ohren, als ich zuvor getragen. Und weil meines Herrn Mund nicht ekelicht war, bedorfte ich zu meiner Koch-Kunst desto weniger Geschicklichkeit; demnach mir's aber zum öftern am Salz, Schmalz und Gewürz mangelte, ward ich meines Handwerks auch müde, trachtete derowegen Tag und Nacht, wie ich mit guter Manier ausreißen möchte, vornehmlich weil ich den Frühling wieder erlanget hatte. Als ich nun solches ins Werk setzen wollte, nahm ich mich an, die Schaf- und Kühkutteln, deren es voll um unser Quartier lag, fern hinwegzuschleifen, damit solche keinen so üblen Geruch mehr machten. Solches ließ sich der Oberste gefallen; als ich nun damit umging, blieb ich, da es dunkel ward, zuletzt gar aus und entwischt in den nächsten Wald.

Das XVI. Kapitel

Simplex eine treffliche Beute erschnappet,
als ein Waldbruder viel Speisen ertappet

Mein Handel und Wesen ward aber allem Ansehen nach je länger, je ärger, ja so schlimm, daß ich mir einbildete, ich sei nur zum Unglück geboren, denn ich war wenig Stunden von den Croaten hinweg, da erhascheten mich etliche Schnapphahnen; diese vermeinten ohn Zweifel etwas Rechts an mir gefangen zu haben, weil sie bei finstrer Nacht mein närrisch Kleid nicht sahen und mich gleich durch zween aus ihnen an einen gewissen Ort weit in Wald hineinführen lassen. Als mich diese dahin brachten und es zugleich stockfinster ward, wollte der Kerl kurzum Geld von mir haben; zu solchem Ende legte er seine Handschuh samt dem Feuerrohr nieder und fing an, mich zu visitiren, fragend: „Wer bistu? Hastu Geld?" Sobald er aber mein haarig Kleid und die lange Eselsohren an meiner Kappe (die er vor Hörner gehalten) begriff und zugleich die hellscheinende Funken (welche gemeiniglich der Tiere Häute sehen lassen, wann man sie in der Finstre streichet) gewahr ward, erschrak er, daß er ineinander fuhr. Solches merkete ich gleich; derowegen strigelte ich, eh er sich wieder erholen oder etwas besinnen konnte, mein Kleid mit beiden Händen dermaßen, daß es schimmerte, als wann ich inwendig voller brennenden Schwefels gestocken wäre, und antwortete ihm mit erschröcklicher Stimme: „Der Teufel bin ich und will dir und deinem Gesellen die Hälse umdrehen!" Welches diese zween also erschreckte, daß sie sich alle beide durch Stöcke und Stauden so geschwind davon trolleten, als wann sie das höllische Feuer gejaget hätte. Die finstre Nacht konnte ihren schnellen Lauf nicht hindern, und obgleich sie oft an Stöcke, Steine, Stämme und Bäume liefen und noch öfter zuhaufen fielen, rafften sie sich doch geschwind wieder auf; solches trieben sie, bis ich keinen mehr hören konnte; ich aber lachte unterdessen so schröcklich, daß es im ganzen Wald erschallete, welches ohn Zweifel in einer solchen finstern Einöde förchterlich anzuhören war.

Als ich mich nun abwegs machen wollte, strauchelte ich über das Feuerrohr; das nahm ich zu mir, weil ich bereits mit dem Geschoß umzugehen bei den Croaten gelernet hatte; da ich weiterschritte, stieß ich auch an einen Knappsack, welcher gleich meinem Kleid von Kalbfellen gemacht war; ich hub ihn ebenmäßig auf und fand, daß eine Patron-Tasche, mit Pulver, Blei und aller Zugehör wohl versehen, unten daranhing. Ich hing alles an mich, nahm das Rohr auf die Achsel wie ein Soldat und verbarg mich unweit davon in einen dicken Busch, der Meinung, daselbst eine Weile zu schlafen.

Aber sobald der Tag anbrach, kam die ganze Partei auf vorbenannten Platz und suchten das verlorne Feurrohr samt dem Knappsack; ich spitzte die Ohren wie ein Fuchs und hielt mich stiller als eine Maus; wie sie aber nichts fanden, verlachten sie die zween, so von mir entflohen waren: „Pfui, ihr feige Tropfen", sagten sie, „schämet euch ins Herz hinein, daß ihr euch von einem einzigen Kerl erschröcken, verjagen und das Gewehr nehmen lasset!" – Aber der eine schwur, der Teufel sollt ihn holen, wann's nicht der Teufel selbst gewesen sei; er hätte ja die Hörner und seine rauhe Haut wohl begriffen. Der ander aber gehub sich gar übel und sagte: „Es mag der Teufel oder seine Mutter gewesen sein, wann ich nur meinen Ranzen wieder hätte." Einer von ihnen, welchen ich vor den Vornehmsten hielt, antwortete diesem: „Was meinestu wohl, daß der Teufel mit deinem Ranzen und dem Feur-Rohr machen wollte? Ich dörfte meinen Hals verwetten, wo nicht der Kerl, den ihr so schändlich entlaufen lassen, beide Stücke mit sich genommen." – Diesem hielt ein ander Widerpart: Es könne auch wohl sein, daß seither etliche Bauren dagewesen wären, welche die Sachen gefunden und aufgehoben hätten. Solchem ward endlich von allen Beifall gegeben und von der ganzen Partei festiglich geglaubt, daß sie den Teufel selbst unter Händen gehabt hätten, vornehmlich weil derjenige, so mich in der Finstere visitiren wollen, nicht allein solches mit grausamen Flüchen bekräftiget, sondern auch die rauhe funklende Haut und beide Hörner, als gewisse Wahrzeichen einer teuflischen Eigenschaft, gewaltig zu beschreiben und herauszustreichen wußte. Ich vermeine auch, wann ich mich unversehens hätte wiederum sehen lassen, daß die ganze Partei entlaufen wäre.

Zuletzt, als sie lang genug gesuchet und doch nichts funden hatten, nahmen sie ihren Weg weiters; ich aber machte den Ranzen auf, zu frühstücken, und langte im ersten Griff einen Seckel heraus, in welchem dreihundert und etliche sechzig Ducaten waren. Ob ich nun hierüber erfreuet worden, bedarf zwar keines Fragens. Aber der Leser sei versichert, daß mich der Knappsack viel mehr erfreuete, weil ich ihn mit Proviant so wohlversehen sahe, als diese schöne Summa Goldes selbst. Und demnach dergleichen Gesellen bei den gemeinen Soldaten viel zu dünn gesäet zu sein pflegen, daß sie solche mit sich auf Partei schleppen sollten, also machte ich mir die Gedanken, der Kerl müsse dieses Geld auf ebenderselbigen Partei erst heimlich erschnappt und geschwind zu sich in Ranzen geschoben haben, damit er solches mit den andern nicht partirn dörfe.

Hierauf zehrte ich fröhlich zu Morgen, fand auch bald ein lustig Brünnlein, bei welchem ich mich erquickte und meine schönen Ducaten zählete. Wann mir's allbereit das Leben gülte, ich sollte anzeigen, in welchem Land oder Gegend ich mich damals befunden, so könnte ich's nicht; ich blieb anfangs so lang im Wald, als mein Proviant währete, mit welchem ich sparsam haushielt; als aber mein Ranzen leer worden, jagte mich der Hunger in die Bauren-Häuser; da kroch ich bei Nacht in Keller und Küchen und nahm von Essenspeise, was ich fand und tragen mochte. Das schleppte ich mit mir in Wald, wo er am allerwildesten war, darin führte ich wieder überall ein einsiedlerisch Leben wie hiebevor, ohn daß ich sehr viel stahl und destoweniger betete, auch keine stetige Wohnung hatte, sondern bald hie, bald dorthin schweifte. Es kam mir trefflich wohl zustatten, daß es im Anfang des Sommers war, doch konnte ich auch mit meinem Rohr Feuer machen, wann ich wollte.

Das XVII. Kapitel

Simplex sieht Hexen zum Tanz hinwegfahren,
kommt auch zu ihren verteufelten Scharen

Unter währendem diesem meinem Umschweifen haben mich hin und wieder in den Wäldern unterschiedliche Baursleute angetroffen; sie seind aber allezeit vor mir geflohen. Nicht weiß ich, war's die Ursache, daß sie ohn das durch den Krieg scheu gemacht, verjagt und niemals recht beständig zu Haus waren; oder ob die Schnapphahnen dasjenige Abenteur, so ihnen mit mir begegnete, in dem Land ausgesprengt haben? Also daß hernach diese, so mich nachgehends gesehen, ingleichem geglaubt, der böse Feind wandere wahrhaftig in selbiger Gegend umher. Einsmals ging ich in dem Wald etliche Tage in der Irr herum, derowegen mußte ich sorgen, der Proviant möchte mir ausgehen und ich dadurch endlich ins äußerste Verderben kommen; ich wollte dann wieder Wurzeln und

Kräutern essen, deren ich nicht mehr gewohnt war. In solchen Gedanken hörete ich zween Holzhäuer, so mich höchlich erfreuete; ich ging dem Schlag nach, und als ich sie sahe, nahm ich eine Handvoll Ducaten aus meinem Säckel, schlich nahe zu ihnen, zeigte ihnen das anziehende Gold und sagte: „Ihr Herren, wann ihr meiner wartet, so will ich euch die Hand voll Gold schenken." – Aber sobald sie mich und mein Gold sahen, eben sobald gaben sie auch Fersengeld und ließen Schlegel und Keil samt ihrem Käs und Brot-Sack liegen; mit solchem versahe ich meinen Ranzen wieder, verschlug mich in den Wald und verzweifelte schier, mein Lebtag wieder einmal zu Menschen zu kommen.

Nach langem Hin- und Hersinnen gedachte ich: Wer weiß, wie dir's noch gehet; hastu doch Geld, und wann du solches zu guten Leuten in Sicherheit bringest, so kanstu ziemlich lang wohl darum leben. Also fiel mir ein, ich sollte es einnähen; derowegen machte ich mir aus meinen Eselsohren, welche die Leute so flüchtig machten, zwei Armbänder, gesellete meine hanauische zu den schnapphahnischen Ducaten, tät solche in besagte Armbänder wohl arrestiren und oberhalb den Elenbogen um meine Arme binden. Wie ich nun meinen Schatz dergestalt versichert hatte, fuhr ich den Bauren wieder ein und holte von ihrem Vorrat, was ich bedorfte und erschnappen konnte; und wiewohl ich noch einfältig gewesen, so war ich jedoch so schlau, daß ich niemal, wo ich einst einen Particul geholt, wieder an dasselbige Ort kam; dahero war ich sehr glückselig im Stehlen und ward niemals auf der Mauserei ertappt.

Einsmals zu Ende des Mai, als ich abermals durch mein gewöhnlich, obzwar verbotenes Mittel meine Nahrung holen wollte und zu dem Ende zu einem Baurn-Hof gestrichen war, kam ich auf das allerheimlichste in die Küche, merkte aber bald, daß noch Leute auf waren (nota, wo sich Hunde befanden, da kam ich wohl nicht hin); derowegen sperrete ich die eine Küchentüre, die in Hof ging, angelweit auf, damit wann es etwan Gefahr setzte, ich stracks ausreißen könnte, blieb also mausstill sitzen, bis ich erwarten möchte, daß sich die Leute niedergelegt hätten. Unterdessen nahm ich eines Spalts gewahr, den das Küchenschälterlein hatte, welches in die Stuben ging; ich schlich hinzu, zu sehen, ob die Leute nicht bald schlafen gehen wollten? Aber meine Hoffnung war nichts, denn sie hatten sich erst angezogen und anstatt des Lichts eine schweflichte blaue Flamme auf der Bank stehen, bei welcher sie Stecken, Besen, Gablen, Stühle und Bänke schmierten und nacheinander damit zum Fenster hinausflogen. Ich verwunderte mich schröcklich und empfand ein großes

Grauen; weil ich aber größerer Erschröcklichkeiten gewohnt war, zumal mein Lebtag von den Unholden weder gelesen noch gehöret hatte, achtete ich's nicht sonderlich, vornehmlich weil alles so still herging, sondern verfügte mich, nachdem alles davongefahren war, auch in die Stube, bedachte, was ich mitnehmen und wo ich solches suchen wollte, und satzte mich in solchen Gedanken auf eine Bank schrittlings nieder. Ich war aber kaum aufgesessen, da fuhr, ja schnurrte ich samt der Bank gleichsam augenblicklich zum Fenster hinaus und ließ meinen Ranzen und Feuer-Rohr, so ich von mir gelegt hatte, vor den Schmierlohn und so künstliche Salben dahinten. Das Aufsitzen, Davonfahren und Absteigen geschahe gleichsam in einem Nu! Denn ich kam, wie mich bedünkte, augenblicklich zu einer großen Schar Volks, es sei denn, daß ich aus Schröcken nicht geachtet habe, wie lang ich auf dieser weiten Reise zugebracht. Diese tanzten einen wunderlichen Tanz, dergleichen ich mein Lebtag nie gesehen, denn sie hatten sich bei den Händen gefaßt und viel Ring ineinander gemacht mit zusammengekehrtem Rücken, wie man die drei Grazien abmalet, also daß sie die Angesichter herauswarts kehrten; der inner Ring bestund etwa in sieben oder acht Personen, der ander hatte wohl noch soviel, der dritte mehr als diese beide und so fortan, also daß sich in dem äußern Ring über zweihundert Personen befanden; und weil ein Ring oder Kreis um den andern links- und die andern rechtsherum tanzten, konnte ich nicht sehen, wieviel sie solcher Ringe gemachet, noch was sie in der Mitten, darum sie tanzten, stehen hatten. Es sahe eben greulich seltsam aus, weil die Köpfe so possirlich durcheinanderhaspelten.

Und gleichwie der Tanz seltsam war, also war auch ihre Musik; auch sang, wie ich vermeinte, ein jeder am Tanz selber drein, welches eine wunderliche Harmoniam abgab. Meine Bank, die mich hintrug, ließ sich bei den Spielleuten nieder, die außerhalb der Ringe um den Tanz herumstunden; deren etliche hatten anstatt der Flöten, Zwerchpfeifen und Schalmeien nichts anders als Nattern, Vipern und Blindschleichen, darauf sie lustig daherpfiffen. Etliche hatten Katzen, denen sie in Hintern bliesen und auf den Schwanz fingerten, das lautete den Sackpfeifen gleich. Andere geigeten auf Roßköpfen wie auf dem besten Discant, und aber andere schlugen die Harfe auf einem Kühgerippe, wie solche auf dem Wasen liegen; so war auch einer vorhanden, der hatte eine Hündin unterm Arm, deren leierte er am Schwanz und fingerte ihr an den Dütten; darunter trompeteten die Teufel durch die Nase, daß es im ganzen Wald erschallete, und wie dieser Tanz bald aus war, fing die ganze höllische

Gesellschaft an zu rasen, zu rufen, zu rauschen, zu brausen, zu heulen, zu wüten und zu toben, als ob sie alle toll und töricht gewesen wären. Da kann jeder gedenken, in was Schröcken und Forcht ich gesteckt.

In diesem greulichen Lärmen kam ein Kerl auf mich dar, der hatte eine ungeheure Krotte unterm Arm, gern so groß als eine Heerpauke; deren waren die Därme aus dem Hintern gezogen und wieder zum Maul hineingeschoppt, welches so garstig aussahe, daß mich darob kotzerte: „Sieh Simplici", sagte er, „ich weiß, daß du ein guter Lautenist bist, laß uns doch ein fein Stückchen hören." Ich erschrack, daß ich schier umfiel, weil mich der Kerl mit Namen nannte, und in solchem Schröcken verstummte ich gar und bildete mir ein, ich läge in einem so schweren Traum, bat derowegen innerlich im Herzen Gott den Allmächtigen, daß er mich doch erwachen lassen und mir aus diesem Traum helfen wolle. Der mit der Krott aber, den ich steif ansahe, zog seine Nase aus und ein wie ein calecutscher Hahn und stieß mich endlich auf die Brust, daß ich bald davon erstickte; derowegen fing ich an, überhaupt zu Gott zu rufen, da verschwand das ganze Heer. In einem Hui war es stockfinster und mir so förchterlich ums Herz, daß ich zu Boden fiel und wohl hundert Kreuz vor mich machte.

Das XVIII. Kapitel

Simplex bitt, man woll ja etwan nicht meinen,
als woll' er mit großem Messer erscheinen

Demnach es etliche, und zwar auch vornehme gelehrte Leute darunter giebt, die nicht glauben, daß Hexen und Unholden sein, geschweige daß sie in der Luft hin und wider fahren sollten: als zweifele ich nicht, es werden sich etliche finden, die sagen werden, Simplicius schneide hier mit dem großen Messer auf. Mit denselben begehre ich nun nicht zu fechten, denn weil Aufschneiden keine Kunst, sondern jetziger Zeit fast das gemeinste Handwerk ist, also kann ich nicht leugnen, daß ich's nicht auch könnte, denn ich müßte ja sonst wohl ein schlechter Tropf sein. Welche aber der Hexen Ausfahren verneinen, die stellen sich nur Simonem den Zauberer vor, welcher vom bösen Geist in die Luft erhaben ward und auf S. Petri Gebet wieder heruntergefallen. Nicolaus Remigius, welcher ein tapferer, gelehrter und verständiger Mann gewesen und im Herzogtum Lothringen nicht nur ein halb Dutzend Hexen verbrennen lassen, erzählet von Johanne von Hembach, daß ihn seine Mutter, die eine Hexe war, im sechzehnten Jahre seines Alters mit sich auf ihre Versammlung genommen, daß er ihnen, weil er hatte lernen pfeifen, beim Tanz aufspielen sollte; zu solchem Ende stieg er auf einen Baum, pfiff daher und siehet dem Tanz mit Fleiß zu (vielleicht weil ihm alles so wunderlich vorkam). Endlich spricht er: „Behüte lieber Gott, woher kommt so viel närrisch und unsinniges Gesind?" Er hatte aber kaum die Worte ausgesaget, da fiel er vom Baum herab, verrenkte eine Schulter und rufte ihnen um Hülfe zu, aber da war niemand als er. Wie er dieses nachmals ruchbar machte, hielten's die meiste vor ein Fabel, bis man kurz hernach Catharinam Prävotiam Zauberei halber fing, welche auch bei selbigem Tanz gewesen; die bekannte alles, wie es hergangen, wiewohl sie von dem gemeinen Geschrei nichts wußte, das Hembach ausgesprengt hatte.

Majolus setzet zwei Exempel: von einem Knecht, so sich an seine Frau gehängt, und von einem Ehebrecher, so der Ehebrecherin Büchsen genommen, sich mit deren Salbe geschmiert, und also beide zu der Zauberer Zusammenkunft kommen sein. So sagt man auch von einem Knecht, der frühe aufgestanden und den Wagen geschmieret, weil er aber die unrechte Büchse in der Finstre ertappt, hat sich der Wagen in die Luft erhoben, also daß man ihn wieder herabziehen müssen. Olaus Magnus erzählet in lib. 3. Hist. de gentibus septentrional. I. c. 19., daß Hadingus, König in Dänemarck, wieder in sein Königreich, woraus er durch etliche Aufrührer vertrieben worden, fern über das Meer auf des Othini Geist durch die Luft gefahren, welcher sich in ein Pferd verstellet hätte. So ist auch mehr als genugsam bekannt, wasgestalt teils Weiber und ledige Dirnen in Böhmen ihre Beischläfer des Nachts einen weiten Weg auf Böcken zu sich holen lassen. Was Torquemadius in seinem Hexamerone von seinem Schulgesellen erzählet, mag bei ihm gelesen werden. Ghirlandus schreibt auch von einem vornehmen Mann, welcher, als er gemerkt, daß sich sein Weib salbe und darauf aus dem Haus fahre, habe er sie einsmals gezwungen, ihn mit sich auf der Zauberer Zusammenkunft zu nehmen. Als sie daselbst aßen und kein Salz vorhanden war, habe er dessen begehrt, mit großer Mühe auch erhalten und darauf gesagt: „Gott sei gelobt, jetzt kommt Salz!" Darauf die Lichter erloschen und alles verschwunden. Als es nun Tag worden, hat er von den Hirten verstanden, daß er nahend der Stadt Benevento im Königreich Neapolis und also wohl hundert Meil von seiner Heimat sei. Derowegen, obwohl er reich gewesen, habe er doch nach Haus betteln müssen, und als er heimkam, gab er alsbald sein Weib vor eine Zauberin bei der Obrigkeit an, welche auch verbrannt worden.

Wie Doctor Faust neben noch andern mehr, die gleichwohl keine Zauberer waren, durch die Luft von einem Ort zum andern gefahren, ist aus seiner Historia genugsam bekannt. So habe ich selbst auch eine Frau und eine Magd gekannt, seind aber, als ich dieses schreibe, beide tot, wiewohl der Magd Vater noch im Leben; diese Magd schmierte einsmals auf dem Herd beim Feuer ihrer Frau die Schuhe, und als sie mit einem fertig war und solchen beiseit setzte, den andern auch zu schmieren, fuhr der geschmierte unversehens zum Kamin hinaus; diese Geschicht ist aber vertuscht geblieben.

Solches alles melde ich nur darum, damit man eigentlich davorhalte, daß die Zauberinnen und Hexenmeister zuzeiten leibhaftig auf ihre Versammlungen fahren, und nicht deswegen, daß man mir eben glauben müsse, ich sei, wie ich gemeldet habe, auch so dahingefahren; denn es gilt mir gleich, es mag's einer glauben oder nicht; und wer's nicht glauben will, der mag einen andern Weg ersinnen, auf welchem ich aus dem Stift Hirschfeld oder Fulda (denn ich weiß selbst nicht, wo ich in den Wäldern herumgeschweift hatte) in so kurzer Zeit ins Erzstift Magdeburg marschirt sei.

Das XIX. Kapitel

Simplex wird wieder zum Narren erlesen, wie er zuvor auch einer gewesen

Ich fange meine Historia wieder an und versichere den Leser, daß ich auf dem Bauch liegen blieb, bis es allerdings heller Tag war, weil ich nicht das Herz hatte mich aufzurichten; zudem zweifelte ich noch, ob mir die erzählte Sachen geträumt hatten oder nicht? Und obzwar ich in ziemlichen Ängsten stak, so war ich doch so kühn zu entschlafen, weil ich gedachte, ich könnte an keinem ärgern Ort als in einem wilden Wald liegen, in welchem ich die meiste Zeit, sint ich von meinem Knan war, zubracht und dahero derselben ziemlich gewohnt hatte. Ungefähr um neun Uhr Vormittag war es, als etliche Fouragirer kamen, die mich aufweckten; da sahe ich erst, daß ich mitten im freien Feld war; diese nahmen mich mit ihnen zu etlichen Windmühlen und, nachdem sie ihre Früchte allda gemahlen hatten, folgends in das Lager von Magdeburg, allda ich einem Obristen zu Fuß zuteil ward; der fragte mich, wo ich her käme und was vor einem Herrn ich zugehörig wäre? Ich erzählte alles haarklein, und weil ich die Croaten nicht nennen konnte, beschrieb ich ihre Kleidungen und gab Gleichnussen von ihrer Sprache, auch daß ich von denselben Leuten geloffen wäre. Von meinen Ducaten schwieg ich still, und was ich von meiner Luftfahrt und dem Hexen-Tanz erzählete, das hielt man vor Einfälle und Narrenteidungen, vornehmlich weil ich auch sonst in meinem Discurs das Tausende ins Hunderte warf.

Indessen sammelte sich ein Haufen Volks um mich her (denn ein Narr machet tausend Narren), unter denselben war einer, so das vorige Jahr in Hanau gefangen gewesen und allda Dienste angenommen hatte, folgends aber wieder unter die Kaiserlichen kommen war; dieser kannte mich und sagte gleich: „Hoho, dies ist des Commandanten Kalb zu Hanau!" Der Obrist fragte ihn meinetwegen mehrere Umstände; der Kerl wußte aber nichts weiters von mir, als daß ich wohl auf der Laute schlagen könnte; item, daß mich die Croaten von des Obrist Corpes Regiment zu Hanau vor der Festung hinweggenommen hätten, sodann, daß mich besagter Commandant ungern verloren, weil ich gar ein artlicher Narr wäre. Hierauf schickte die Obristin zu einer andern Obristin, die ziemlich wohl auf der Laute konnte und deswegen stetigs eine nachführete; die ließe sie um ihre Laute bitten; solche kam und ward mir präsentiret, mit Befelch, ich sollte eins hören lassen. Aber meine Meinung war, man sollte mir zuvor etwas zu essen geben, weil ein leerer und ein dicker Bauch, wie die Laut einen hatte, nicht wohl zusammenstimmen würden. Solches geschahe, und demnach ich mich ziemlich bekröpft und zugleich einen guten Trunk Zerbster Bier verschlucket hatte, ließ ich mit der Lauten und meiner Stimme hören, was ich konnte; darneben redete ich allerlei untereinander, wie mir's einfiel, so daß ich mit geringer Mühe die Leute dahin brachte, daß sie glaubten, ich wäre von derjenigen Qualität, die meine Kleidung vorstellete. Der Obriste fragte mich, wo ich weiters hinwollte? Und da ich antwortete, daß es mir gleich gelte, wurden wir des Handels eins, daß ich bei ihm bleiben und sein Hof-Junker sein sollte. Er wollte auch wissen, wo meine Esels-Ohren hinkommen wären? –
„Ja", sagte ich, „wann du wüßtest, wo sie wären, so würden sie dir nicht übel anstehen." Aber ich konnte wohl verschweigen, was sie vermochten, weil all mein Reichtum darin lag.

Ich ward in kurzer Zeit bei den meisten hohen Officirern sowohl im Chursächsischen als kaiserlichen Läger bekannt, sonderlich bei dem Frauenzimmer, welches meine Kappe, Ärmel und abgestutzte Ohren überall mit seidenen Banden zierte von allerhand Farben, so daß ich schier glaube, daß etliche Stutzer die jetzige Mode darvon abgesehen. Was mir aber von den Officirern an Geld geschenkt ward, das teilte ich wieder mildiglich mit; denn ich verspendirte alles bei einem Heller, indem ich's mit guten Gesellen in Hamburger und Zerbster Bier, welche Gattungen mir trefflich wohl zuschlugen, versoffe; unangesehen ich an allen Orten, wo ich nur hinkam, genug zu schmarotzen hatte.

Als mein Obrister aber eine eigne Laute vor mich überkam, denn er gedachte, ewig an mir zu haben, da dorft ich nicht mehr in den beiden Lägern so hin und wieder schwärmen, sondern er stellete mir einen Hofmeister dar, der mich beobachten und dem ich hingegen gehorsamen sollte. Dieser war ein Mann nach meinem Herzen, denn er war still, verständig, wohlgelahrt, von guter, aber nicht überflüssiger Conversation und, was das größte gewesen, überaus gottesförchtig, wohl belesen und voll allerhand Wissenschaften und Künsten; bei ihm mußte ich des Nachts in seiner Zelten schlafen, und bei Tag dorfte ich ihm auch nicht aus den Augen. Er war eines vornehmen Fürsten Rat und Beamter, zumal auch sehr reich gewesen. Weil er aber von den Schwedischen bis in Grund ruiniret worden, zumaln auch sein Weib mit Tod abgangen und sein einziger Sohn Armut halber nicht mehr studiren konnte, sondern unter der chursächsischen Armee vor einen Musterschreiber diente, hielt er sich bei diesem Obristen auf und ließ sich vor einen Stallmeister gebrauchen, um zu verharren, bis die gefährliche Kriegsläufte am Elbstrom sich änderten und ihm alsdann die Sonne seines vorigen Glücks wieder scheinen möchte.

Das XX. Kapitel

Simplex geht mit seinem Hofmeister spazieren,
siehet Leut ihr Geld mit Würfeln verlieren

Weil mein Hofmeister mehr alt als jung war, also konnte er auch die ganze Nacht nicht durchgehend schlafen; solches war eine Ursache, daß er mir in der ersten Woche hinter die Briefe kam und ausdrücklich vernahm, daß ich kein solcher Narr war, wie ich mich stellete, wie er denn zuvor auch etwas gemerkt und von mir aus meinem Angesicht ein anders geurteilet hatte, weil er sich wohl auf die Physiognomiam verstund. Ich erwachte einsmals um Mitternacht und machte über mein eigen Leben und seltsame Begegnusse allerlei Gedanken, stund auch auf und erzählte Gott dem Allmächtigen danksagungsweise alle Guttaten, die er mir erwiesen, und alle Gefahren, aus welchen er mich errettet hatte, und bat nicht allein um Vergebung meiner Sünden, die ich in meinem Narren-Stand beginne, sondern auch daß mich Gott aus meinem Narrenkleid zu erretten gnädiglich belieben wolle. Legte mich hernach wieder nieder mit schweren Seufzen und schlief vollends aus.

Mein Hofmeister hörete alles, tät aber, als wann er hart schliefe; und solches geschahe etliche Nächte nacheinander, also daß er sich genugsam versichert hielt, daß ich mehr Verstand hätte als manch Betagter, der sich viel einbilde; doch redete er nichts mit mir im Zelt hiervon, weil es zu dünne Wände hatte und er gewisser Ursachen halber nicht haben wollte, daß noch zur Zeit und eh er meiner Unschuld versichert wäre, jemand anders dieses Geheimnus wüßte. Einsmals ging ich hinter das Lager spaziren, welches er gern geschehen ließ, damit er Ursache hätte, mich zu suchen, und also die Gelegenheit bekäme, allein mit mir zu reden. Er fand mich nach Wunsch an einem einsamen Ort, da ich meinen Gedanken Audienz gab, und sagte: „Lieber guter Freund, weil ich dein Bestes zu suchen unterstehe, erfreue ich mich, daß ich hier allein mit dir reden kann. Ich weiß, daß du kein Narr bist, wie du dich stellest, zumalen auch in diesem elenden und verächtlichen Stand nicht zu leben begehrest. Wann dir nun deine Wohlfahrt lieb ist, auch zu mir als einem ehrlichen Mann dein Vertrauen setzen willst, so kanstu mir deiner Sachen Bewandtnus erzählen, so will ich hingegen wo müglich mit Rat und Tat bedacht sein, wie dir etwan zu helfen sein möchte, damit du aus deinem Narrnkleid kommst."

Hierauf fiel ich ihm um den Hals und erzeigte mich vor übriger Freude nicht anders, als wann er ein Engel oder wenigst Prophet gewesen wäre, mich von meiner Narrn-Kappe zu erlösen; und nachdem wir uns auf die Erde gesetzt hatten, erzählete ich ihm mein ganzes Leben. Er beschauete meine Hände und verwunderte sich beides über die verwichenen und künftigen seltsamen Zufälle; wollte mir aber durchaus nicht raten, daß ich in Bälde mein Narrn-Kleid ablegen sollte, weil er, wie er sagte, vermittelst der Chiromantia sahe, daß mir mein Fatum eine Gefängnus androhe, die Leib- und Lebensgefahr mit sich brächte. Ich bedankte mich seiner guten Neigung und mitgeteilten Rats und bat Gott, daß er ihm seine Treuherzigkeit belohnen, ihn selber aber, daß er (weil ich von aller Welt verlassen wäre) mein getreuer Freund und Vater sein und bleiben wollte.

Demnach stunden wir auf und kamen auf den Spielplatz, da man mit Würfeln turniret und alle Schwüre mit hunderttausend mal tausend Galeeren, Rennschifflein, Tonnen und Stadtgräben voll und so weiter herausfluchte; der Platz war ungefähr so groß als der Alte

Markt zu Cöln, überall mit Mänteln überstreut und mit Tischen bestellt, die alle mit Spielern umgeben waren. Jede Gesellschaft hatte drei viereckigte Schelmenbeiner, denen sie ihr Glück vertrauten, weil sie ihr Geld teilen und solches dem einen geben, dem andern aber nehmen mußten. So hatte auch jeder Mantel oder Tisch einen Schunderer (Scholderer wollte ich sagen und hätte doch schier Schinder gesagt); dieser Amt war, daß sie Richter sein und zusehen sollten, daß keinem Unrecht geschehe; sie liehen auch Mäntel, Tische und Würfel her und wußten deswegen ihr Gebühr, so wohl vom Gewinn einzunehmen, daß sie gewöhnlich das meiste Geld erschnappten; doch faselte es nicht, denn sie verspielten's gemeiniglich wieder, oder wann's gar wohl angelegt ward, so bekam's der Marquetender oder der Feldscherer, weil ihnen die Köpfe so oft gewaltig geflickt wurden.

In diesen närrischen Leuten sahe man sein blaues Wunder, weil sie alle zu gewinnen vermeineten, welches doch unmüglich, sie hätten denn aus einer fremden Tasche gesetzt; und obzwar sie alle diese Hoffnung hatten, so hieß es doch: Viel Köpfe, viel Sinne, weil sich jeder Kopf nach seinem Glück sinnete: denn etliche trafen, etliche fehlten, etliche gewannen, etliche verspielten. Derowegen auch etliche fluchten, etliche donnerten; etliche betrogen und andere wurden besäbelt. Dahero lachten die Gewinner, und die Verspieler bissen die Zähne aufeinander; teils verkauften Kleider, und was sie sonst liebhatten, andere aber gewannen ihnen das Geld wieder ab; etliche begehrten redliche Würfel, andere hingegen wünschten falsche auf den Platz und führten solche unvermerkt ein, die aber andere wieder hinwegwurfen, zerschlugen und mit Zähnen zerbissen und den Scholderen die Mäntel zerrissen. Unter den falschen Würfeln befanden sich Niederländer, welche man schleifend hineinrollen mußte; diese hatten so spitzige Rucken, darauf sie die Fünfer und Sechser trugen, als wie die magern Esel, darauf man die Soldaten setzt. Andere waren Oberländisch, denselben mußte man die bayrische Höhe geben, wann man werfen wollte. Etliche waren von Hirschhorn, leicht oben und schwer unten gemacht. Andere waren mit Quecksilber oder Blei und aber andere mit zerschnittenen Haaren, Schwämmen, Spreu und Kohlen gefüttert; etliche hatten spitzige Ecken, an andern waren solche gar hinweggeschliffen; teils waren lange Kolben, und teils sahen aus wie breite Schildkrotten. Und alle diese Gattungen waren auf nichts anders als auf Betrug verfertigt; sie taten dasjenige, worzu sie gemacht waren, man mochte sie gleich wippen oder sanft schleichen lassen; da half kein

Knüpfens; geschweige jetzt deren, die entweder zween Fünfer oder zween Sechser und im Gegenteil entweder zwei As oder zwei Daus hatten. Mit diesen Schelmenbeinern zwackten, laureten und stahlen sie einander ihr Geld ab, welches sie vielleicht auch geraubt oder wenigst mit Leib- und Lebensgefahr oder sonst saurer Mühe und Arbeit erobert hatten.

Als ich nun so dastund und den Spielplatz samt den Spielern in ihrer Torheit betrachtete, sagte mein Hofmeister, wie mir das Wesen gefalle? Ich antwortete: „Daß man so greulich Gott lästert, gefällt mir nicht; im übrigen aber lasse ich's in seinem Wert und Un-wert beruhen, als eine Sache die mir unbekannt ist und auf welche ich mich noch nichts verstehe." – Hierauf sagte mein Hofmeister ferner: „So wisse, daß dieses der allerärgste und abscheulichste Ort im ganzen Lager ist, denn hier suchet man eines andern Geld und verlieret das seinige darüber. Wenn einer nur einen Fuß hiehersetzt, in Meinung zu spielen, so hat er das zehente Gebot schon übertreten, welches will: Du sollst deines Nächsten Gut nicht begehren! Spielest du und gewinnest, sonderlich durch Betrug und falsche Würfel, so übertrittest du das siebente und achte Gebot. Ja es kann kommen, daß du auch zu einem Mörder an demjenigen wirst, dem du sein Geld abgewonnen hast, wann nämlich dessen Verlust so groß ist, daß er darüber in Armut, in die äußerste Not und Desperation oder sonst in andere abscheuliche Laster gerät; davor die Ausrede nichts hilft, wann du sagest: Ich habe das Meinige daran gesetzt und red-lich gewonnen. Denn du Schalk bist auf den Spielplatz gangen der Meinung, mit eines andern Schaden reich zu werden. Verspielest du dann, so ist es mit der Buße darum nicht ausgericht, daß du des Dei-nigen entbehren mußt, sondern du hast es wie der reiche Mann bei Gott schwerlich zu verantworten, daß du dasjenige so unnütz ver-schwendet, welches er dir zu dein und der Deinigen Lebens-Aufent-halt verliehen gehabt! Wer sich auf den Spielplatz begibt, zu spie-len, der selbe begibt sich in eine Gefahr, darin er nicht allein sein Geld, sondern auch sein Leib, Leben, ja was das allerschrecklichste ist, so gar seiner Seelen Seligkeit verlieren kann. Ich sage dir dieses zur Nachricht, liebster Simplici, weil du vorgibst, das Spielen sei dir unbekannt, damit du dich all dein lebelang davor hüten sollest."

Ich antwortete: „Liebster Herr, wenn das Spielen ein so schröck-lich und gefährlich Ding ist, warum lassen's dann die Vorgesetzte zu?" – Mein Hofmeister antwortete mir: „Ich will nicht sagen darum, dieweil teils Officirer selbst mitmachen; sondern es geschie-het deswegen, weil es die Soldaten nicht mehr lassen wollen, ja auch nicht lassen können, denn wer sich dem Spielen einmal ergeben oder welchen die Gewohnheit oder vielmehr der Spiel-Teufel eingenommen, der wird nach und nach (er gewinne oder verspiele) so verpicht darauf, daß er's weniger lassen kann als den natürlichen Schlaf; wie man denn siehet, daß etliche die ganze Nacht durch und durch raßlen und vor das beste Essen und Trinken hinein spielen, und sollten sie auch ohn Hemd davongehen. Das Spielen ist bereits zu unterschiedlichen Malen bei Leib- und Lebensstrafe verboten und aus Befelch der Generalität durch Rumormeister, Profosen, Henker und Steckenknechte mit gewaffneter Hand offentlich und mit Gewalt verwehret worden. Aber das half alles nichts, denn die Spieler kamen anderwärts in heimlichen Winkeln und hinter den Hecken zusammen, gewannen einander das Geld ab, entzweiten sich und brachen einander die Hälse darüber. Also daß man solcher Mord und Todschläge halber und vornehmlich auch, weil mancher sein Gewehr und Pferd, ja sogar sein weniges Commiß-Brot verspielete, das Spielen nicht allein wieder offentlich erlauben, sondern sogar diesen eigenen Platz darzu widmen mußte, damit die Hauptwacht bei der Hand wäre, die allem Unheil, so sich etwan ereignen möchte, vorkäme, welche doch nicht allezeit verhüten kann, daß nicht einer oder der ander auf dem Platz bleibet. Und weil das Spielen des leidigen Teufels eigne Invention ist und ihm nicht wenig einträget, also hat er auch absonderliche Spiel-Teufel geordnet und in der Welt herumschwärmen, die sonst nichts zu tun haben, als die Menschen zum Spielen anzureizen; diesen ergeben sich unterschiedliche leichtfertige Gesellen durch gewisse Pacten und Bündnus, daß er sie gewinnen lasse; und wird man doch unter zehntausend Spielern selten einen reichen finden, sondern sie sind gewöhnlich im Gegenteil arm und dürftig, weil ihr Gewinn leichtgeschätzet und dahero gleich entweder wieder verspielet oder sonst liederlich verschwendet wird. Hiervon ist das allzu wahre, aber sehr erbärmliche Sprüchwort entsprungen: Der Teufel verlasse keinen Spieler, er lasse sie aber blutarm werden. Denn er raubet ihnen Gut, Mut und Ehre und verläßt sie alsdann nicht mehr, bis er sie endlich auch gar (Gottes unendliche Barmherzigkeit komme ihm denn zuvor) um ihrer Seelen Seligkeit bringt. Ist aber ein Spieler von Natur eines so lustigen Humors und so großmütig, das er durch kein Unglück oder Verlust zur Melancholei, Grillen, Schwermütigkeit, Unmut und andern hieraus entspringende schädlichen Laster gebracht werden mag, so läßt ihn der arglistige böse Feind deswegen tapfer gewinnen, damit er ihn durch Verschwendung, Hoffart, Fressen, Saufen, Huren und Buben endlich ins Netz bringe."

Ich verkreuzigte und versegnete mich, daß man unter einem christlichen Heer solche Sachen üben ließe, die der Teufel erfunden sollte haben, sonderlich weil augenscheinlich und handgreiflich soviel zeitliche und ewige Schäden und Nachteile daraus folgeten. Aber mein Hofmeister sagte, das sei noch nichts, was er mir erzählt hätte; wer alles Unheil beschreiben wollte, das aus dem Spielen entstünde, der nehme sich eine unmügliche Sache vor; weil man sagt, der Wurf, wann er aus der Hand gangen, sei des Teufels, so sollte ich mir nichts anders einbilden, als daß mit jedem Würfel (wann er aus des Spielers Hand auf dem Mantel oder Tisch daherrolle) ein kleines Teufelchen daherlaufe, welches ihn regire und Augen geben lasse, wie er seiner Principalen Interesse erfodere. Dabei sollte ich bedenken, daß sich der Teufel freilich nicht umsonst des Spielens so eifrig annehme, sondern ohn Zweifel seinen trefflichen Gewinn darbei zu schöpfen wisse. Dabei merke ferner, daß gleichwie neben dem Spielplatz auch einige Schacherer und Juden zu stehen pflegen, die von den Spielern wohlfeil aufkaufen, was sie etwan an Ringen, Kleidern oder Kleinodien gewonnen oder noch zu verspielen versilbern wollen, daß eben also auch allhier die Teufel aufpassen, damit sie bei den abgefertigten Spielern, sie haben gleich gewonnen oder verloren, andere seelen-verderbliche Gedanken erregen und hegen. Bei den Gewinnern zwar bauet er schröckliche Schlösser in die Luft; bei denen aber, so verspielt haben, deren Gemüt ohn das ganz verwirrt und desto bequemer ist, seine schädliche Eingebungen anzunehmen, setzet er ohn Zweifel lauter solche Gedanken und Anschläge, die auf nichts anders als das endliche Verderben zielen. Ich versichere dich, Simplici, daß ich willens bin, von dieser Materi ein ganz Buch zu schreiben, sobald ich wieder bei den Meinigen zu Ruhe komme; da will ich den Verlust der edlen Zeit beschreiben, die man mit dem Spielen unnütz hinbringet; nicht weniger die grausamen Flüche, mit welchen man Gott bei dem Spielen lästert. Ich will die Scheltworte erzählen, mit welchen man einander antastet, und viel schröckliche Exempel und Historias mit einbringen, die sich bei mit und in dem Spielen zutragen; dabei ich dann die Duell und Totschläge, so Spielens wegen entstanden, nicht vergessen will; ja ich will den Geiz, den Zorn, den Neid, den Eifer, die Falschheit, den Betrug, die Vortelsucht, den Diebstahl und mit einem Wort alle unsinnigen Torheiten der Würfel- und Kartenspieler mit ihren lebendigen Farben dermaßen abmalen und vor Augen stellen, daß dieje-

135

nigen, die solches Buch nur einmal lesen, ein solch Abscheuen vor
dem Spielen gewinnen sollen, als wann sie Säu-Milch (welche man
den Spielsüchtigen wider solche ihre Krankheit unwissend eingibt)
gesoffen hätten. Und also damit der ganzen Christenheit dartun,
daß der liebe Gott von einer einzigen Compagnia Spieler mehr gelä-
stert als sonst von einer ganzen Armee bedienet werde."

Ich lobte seinen Vorsatz und wünschte ihm Gelegenheit, daß er
solchen ins Werk setzen möchte.

Das XXI. Kapitel

Simplex macht mit dem Herzbruder Freundschaft,
welche ihm gabe vortreffliche Kraft

Mein Hofmeister ward mir je länger, je holder und ich ihm hingegen wiederum, doch hielten wir unsere Verträulichkeit sehr geheim;
ich agirte zwar einen Narrn, brachte aber keine grobe Zoten noch
Büffelspossen vor, so daß meine Gaben und Aufzüge zwar einfältig
genug, aber jedoch mehr sinnreich als närrisch fielen. Mein Obrister,
der eine treffliche Lust zum Waidwerk trug, nahm mich einsmals
mit, als er ausspazirte, Feldhühner zu fangen mit dem Tyras, welche
Invention mir trefflich wohl gefiel. Dieweil aber der vorstehende
Hund so hitzig war, daß er einzufallen pflegte, eh man tyrassiren
konnte, deswegen wir dann wenig fangen konnten: da gab ich dem
Obristen den Rat, er sollte die Hündin mit einem Falken oder Stein-
Adler belegen lassen, wie man mit Pferden und Eseln zu tun pflegte,
wenn man gern Maultiere hätte, damit die jungen Hunde Flügel bekämen, so könnte man alsdann mit denselbigen die Hühner in der
Luft fangen. Auch gab ich den Vorschlag, weil es mit Eroberung der
Stadt Magdeburg, die wir belagert hielten, so schläferig herginge,
man sollte ein mächtig langes Seil so dick als ein halb-füderiges Faß
verfertigen, solches um die Stadt ziehen und alle Menschen samt
dem Vieh in beiden Lägern daranspannen und dergestalt die Stadt
in einem Tag über Haufen schleifen lassen. Solcher närrischer Tauben und Grillen ersann ich täglich einen Überfluß, weil es meines
Handwerks war, so daß man meine Werkstatt nie leer fand. So gab
mir auch meines Herrn Schreiber, der ein arger Gast und durchtrie-
bener Schalk war, viel Materi an die Hand, dadurch ich auf dem
Weg, den die Narren zu wandeln pflegen, unterhalten ward; denn
was mich dieser Speivogel überredte, das glaubte ich nicht allein vor

mich selbsten, sondern teilte es auch andern mit, wann ich etwan discurirte und sich die Sache dahin schickte.

Als ich ihn einsmals fragte, was unser Regiments-Caplan vor einer sei, weil er mit Kleidungen von andern unterschieden?, sagte er: „Es ist der Herr Dicis et non facis, das ist auf teutsch so viel geredt als ein Kerl, der andern Leuten Weiber gibet und selbst keine nimmt. Dieser ist den Dieben spinnefeind, weil sie nicht sagen, was sie tun, er aber hingegen saget, was er nicht tut; so können ihm hingegen die Diebe auch nicht so gar hold sein, weil sie gemeiniglich gehenkt werden, wann sie die beste Kundschaft mit diesen Leuten haben."

Da ich nun nachgehends den guten ehrlichen Pater so nannte, ward er ausgelacht, ich aber vor einen bösen, schalkhaftigen Narren gehalten und seinetwegen gebaumölt. Ferners überredete er mich, man hätte die öffentliche gemeine Häuser zu Prag hinter der Maur abgebrochen und verbrannt, davon die Funken und der Staub wie der Samen eines Unkrauts in alle Welt zerstoben wäre. Item, es kämen von den Soldaten keine tapfere Helden und herzhafte Kerl in Himmel, sondern bloß einfältige Tropfen, feige Memmen, Bärnhäuter und dergleichen, die sich an ihrem Sold genügen ließen; sodann keine politische Alamode-Cavaliers und galante Dames, sondern nur geduldige Job, Siemänner, langweilige Mönche, melancholische Pfaffen, Bet-Schwestern, arme Bettelhuren, allerhand Auswürflinge, die in der Welt weder zu sieden noch zu braten taugen, und junge Kinder, welche die Bänke überall vollhofierten. Auch log er mir vor, man nenne die Gastgeber nur darum Würte, weil sie in ihrer Hantierung unter allen Menschen am fleißigsten betrachteten, daß sie entweder Gott oder dem Teufel zuteil würden. Vom Kriegswesen überredete er mich, daß man zuzeiten mit goldenen Kugeln schieße, und je kostbarer solche wären, je größern Schaden pflegten sie zu tun; ja, sagte er, man führet wohl eh ganze Kriegs-Heere mitsamt der Artollerei, Munition und Bagage an göldenen Ketten gefangen daher! Weiters überredete er mich von den Weibern, daß mehr als der halbe Teil Hosen trügen, obschon man sie nicht sehe, und daß viele ihren Männern, wannschon sie nicht zaubern könnten noch Göttinnen wären, als Diana gewesen, größere Hörner auf die Köpfe gaukelten, als Aktäon getragen. Welches ich ihm alles glaubte, so ein dummer Narr war ich.

Hingegen unterhielte mich mein Hofmeister, wann er allein bei mir war, mit viel einem andern Discurs; er brachte mich auch in seines Sohns Kundschaft, welcher, wie hiebevor gemeldet worden, bei der chur-sächsischen Armee ein Musterschreiber war und weit andere Qualitäten an sich hatte als meines Obristen Schreiber; dahero mochte ihn mein Obrister nicht allein gerne leiden, sondern er war auch bedacht, ihn von seinem Capitain loszuhandeln und zu seinem Regiments-Secretario zu machen, auf welche Stelle obgemeldter sein Schreiber sich auch spitzete.

Mit diesem Musterschreiber, welcher auch wie sein Vater Ulrich Herzbruder hieß, machte ich eine solche Freundschaft, daß wir ewige Brüderschaft zusammen schwuren, kraft deren wir einander in Glück und Unglück, in Liebe und Leid nimmermehr verlassen wollten. Und weil dieses mit Wissen seines Vaters geschahe, hielten wir den Bund desto fester und steifer; demnach lag uns nichts härter an, als wie wir meines Narrenkleids mit Ehren loswerden und einander rechtschaffen dienen möchten; welches aber der alte Herzbruder, den ich als meinen Vater ehrete und vor Augen hatte, nicht guthieß, sondern ausdrücklich sagte: Wenn ich in kurzer Zeit meinen Stand änderte, daß mir solches eine schwere Gefängnüs und große Leib- und Lebensgefahr gebären würde. Und weil er auch sich selbst und seinem Sohn einen großen bevorstehenden Spott prognosticirte und dahero Ursache zu haben vermeinete, desto vorsichtiger und behutsamer zu leben, also wollte er sich um soviel destoweniger in einer Person Sachen mischen, deren künftige große Gefahr er vor Augen sehen konnte; denn er besorgte, er möchte meines künftigen Unglücks teilhaftig werden, wann ich mich offenbare, weil er bereits vorlängst meine Heimlichkeit gewußt und mich gleichsam in- und auswendig gekannt, meine Beschaffenheit aber dem Obristen nicht kundgetan hatte.

Kurz hernach merkte ich noch besser, daß meines Obristen Schreiber meinen neuen Bruder schröcklich neidete, weil er besorgte, er möchte vor ihm zu der Sekretariats-Stelle erhoben werden; denn ich sahe wohl, wie er zuzeiten griesgramete, wie ihm die Mißgunst so gedrang tät und daß er in schwere Gedanken allezeit seufzete, wann er entweder den alten oder den jungen Herzbruder ansahe. Daraus urteilete ich und glaubte ohn allen Zweifel, daß er Calender machte, wie er ihm ein Bein vorsetzen und zu Fall bringen möchte. Ich communicirte meinem Bruder aus getreuer Affection und tragender Schuldigkeit dasjenige, was ich argwähnete, damit er sich vor diesem Judas-Bruder ein wenig vorsehen sollte. Er aber nahm es auf die leichte Achsel, Ursache, weil er dem Schreiber sowohl mit der Feder als mit dem Degen mehr als genug überlegen war und darzu noch des Obristen große Gunst und Gnade hinweg hatte.

Das XXII. Kapitel

Simplex sieht ein ganz leichtfertig Diebsstück,
einen zu bringen ins äußerste Unglück

Weil der Gebrauch im Krieg ist, daß man gemeiniglich alte versuchte Soldaten zu Profosen machet, also hatten wir auch einen dergleichen bei unserm Regiment, und zwar einen solchen abgefäumten
Erz-Vogel und Kern-Böswicht, daß man wohl von ihm sagen
konnte, er sei vielmehr, als vonnöten, erfahren gewesen; denn er
war ein rechter Schwarzkünstler, Siebdreher und Teufelsbanner und
von sich selbsten nicht allein so fest als Stahl, sondern auch über das
ein solcher Geselle, der andere fest machen und noch darzu ganze
Esquadronen Reuter ins Feld stellen konnte. Sein Bildnus sahe
natürlich aus, wie uns die Maler und Poeten den Saturnum vorstel-
len, außer daß er weder Stelzen noch Sense trug. Obzwar nun die
arme gefangene Soldaten, so ihm in seine unbarmherzige Hände
kamen, wegen dieser seiner Beschaffenheit und stetigen Gegenwart
sich desto unglückseliger schätzten, so waren doch Leute, die gern
mit diesem Spiel-Verderber umgingen, sonderlich Olivier unser
Schreiber; und je mehr sich sein Neid wider den jungen Herzbruder
(der eines sehr fröhlichen Humors war) vermehrete, je fester wuchs
die große Verträulichkeit zwischen ihm und dem Profos; dahero
konnte ich mir gar leichtlich die Rechnung machen, daß die Con-
junction Saturni und Mercurii dem redlichen Herzbruder nichts
Gutes bedeuten würde.

Eben damals ward meine Obristin mit einem jungen Sohn erfreuet und die Tauf-Suppe fast fürstlich dargereichet, bei welcher der
junge Herzbruder aufzuwarten ersuchet ward, und weil er sich aus
Höflichkeit gern einstellete, war solches dem Olivier eine erwünschte
Gelegenheit, seine Schelmenstücke, mit welchen er lang schwanger
gangen, auf die Welt zu bringen. Denn als nun alles vorüber war,
manglete meines Obristen großer vergöldter Tisch-Becher, welchen
er so leichtlich nicht verloren haben wollte, weil er noch vorhanden
gewesen, da alle fremden Gäste schon hinweg waren; der Page sagte
zwar, daß er ihn das letzte Mal bei dem Olivier gesehen, er war dessen aber nicht geständig. Hierauf ward der Profos geholet, der
Sache Rat zu schaffen, und ward ihm benebens anbefohlen, wann er
durch seine Kunst den Diebstahl wieder herzu könnte bringen, daß
er das Werk so einrichten sollte, damit der Dieb sonst niemand als
dem Obristen kund würde, weil noch Officirer von seinem Regi-

ment vorhanden waren, welche er, wann sich vielleicht einer davon übersehen hätte, nicht gern zuschanden machen wollte.

Weil sich nun jeder unschuldig wußte, so kamen wir auch alle lustig in des Obristen großes Zelt, da der Zauberer die Sache vornahm; da sahe je einer den andern an und verlangte zu vernehmen, was es endlich abgeben und wo der verlorene Becher doch herkommen würde. Als er nun etliche Worte gemurmelt hatte, sprangen einem hier, dem andern dort ein zwei drei auch mehr junge Hündlein aus den Hösensäcken, Ärmeln, Stiefeln, Hosen-Schlitzen, und wo sonst die Kleidungen offen waren. Diese wuselten behend in dem Zelt hin und wieder herum, waren alle überaus schön, von mancherlei Farben und jeder auf eine sonderbare Manier gezeichnet, also daß es ein recht lustig Spectacul war; mir aber wurden meine enge Croatische Kälber-Hosen so voll junger Hunde gegaukelt, daß ich solche abziehen und, weil mein Hemd im Wald vorlängst am Leib verfaulet war, nackend dastehen und alles sehen lassen mußte, was ich hinten und vornen vermochte. Zuletzt sprang eins dem jungen Herzbruder aus dem Schlitz, welches das allerhurtigste war und ein gölden Halsband anhatte; dieses verschlang alle andere Hündlein, deren es doch so voll im Zelt herumgrabbelte, daß man vor ihnen keinen Fuß weiters setzen konnte. Wie es nun alle aufgerieben hatte, ward es selbsten je länger, je kleiner, das Halsband aber nur desto größer, bis es sich endlich gar in des Obristen Tisch-Becher verwandelte.

Da mußte nun nicht allein der Obriste, sondern auch alle andere Gegenwärtige davorhalten, daß sonst niemand als der junge Herzbruder den Becher gestohlen; derowegen sagte der Obriste zu ihm: „Siehe da, du undankbarer Gast, habe ich dieses Diebstücke, das ich dir nimmermehr zugetrauet hätte, mit meinen Guttaten um dich verdienet? Schaue, ich habe dich zu meinem Sekretario des morgenden Tages wollen machen, aber nun hast du verdienet, daß ich dich noch heut aufhenken ließe! Welches auch unfehlbar geschehen sollte, wann ich deines ehrlichen alten Vaters nicht verschonete: Geschwind, packe dich aus meinem Lager und laß dich die Tage deines Lebens vor meinen Augen nicht mehr sehen!"

Er wollte sich entschuldigen, ward aber nicht gehört, dieweil seine Tat so sonnenklar am Tag lag; und indem er fortging, ward dem guten alten Herzbruder ganz ohnmächtig, also daß man genug an ihm zu laben und der Obrister selbst an ihm zu trösten hatte, welcher sagte, daß ein frommer Vater seines ungeratenen Kindes gar nicht zu entgelten hätte. Also erlangte Olivier durch Hülfe des

Teufels dasjenige, wornach er vorlängst gerungen, auf einem ehrlichen Weg aber nicht ereilen mögen.

Das XXIII. Kapitel

Simplex giebt Herzbruder hundert Dukaten.
Macht dadurch, daß er kriegt Abschied in Gnaden

Sobald des jungen Herzbruders Capitain diese Geschicht erfuhr, nahm er ihm auch die Musterschreiber Stelle und lud ihm eine Pike auf, von welcher Zeit an er bei männiglich so veracht' ward, daß ihn die Hunde hätten anpissen mögen, darum er sich dann oft den Tod wünschete! Sein Vater aber bekümmerte sich dergestalt darüber, daß er in eine schwere Krankheit fiel und sich auf das Sterben gefaßt machte. Demnach er aber sich ohn das hiebevor prognosticirt hatte, daß er den sechsundzwanzigsten Julii Leib- und Lebensgefahr ausstehen müßte (welcher Tag dann nächst vor der Türe war): also erlangte er bei dem Obristen, daß sein Sohn noch einmal zu ihm kommen dorfte, damit er wegen seiner Verlassenschaft mit ihm reden und seinen Letzten Willen eröffnen möchte. Ich ward bei ihrer Zusammenkunft nicht ausgeschlossen, sondern war der dritte Mitgesell ihres Leides. Da sahe ich, daß der Sohn keiner Entschuldigung bedörft gegen seinem Vater, weil er seine Art und gute Auferziehung wohl wußte und dahero seiner Unschuld genugsam versichert war. Er als ein weiser, verständiger und tiefsinniger Mann ermaß unschwer aus den Umständen, daß Olivier seinem Sohn dies Bad durch den Profos hatte zurichten lassen; was vermochte er aber wider einen Zauberer? Von dem er noch Ärgers zu besorgen hatte, wann er sich anders einiger Rache hätte unterfangen wollen. Überdies versahe er sich seines Todes und wußte doch nicht geruhiglich zu sterben, weil er seinen Sohn in solcher Schande hinter sich lassen sollte, in welchem Stand der Sohn destoweniger zu leben getrauete, um wievielmehr er ohn das wünschete, vor dem Vater zu sterben. Es war versichert dieser beiden Jammer so erbärmlich anzuschauen, daß ich von Herzen weinen mußte!

Zuletzt war ihr gemeiner einheiliger Schluß, Gott ihre Sache in Geduld heimzustellen, und der Sohn sollte auf Mittel und Wege gedenken, wie er sich von seiner Compagnia loswürken und anderwärts sein Glück suchen könnte. Als sie aber die Sache bei dem Licht besahen, da manglet's am Geld, mit welchem er sich bei seinem Capitain loskaufen sollte, und indem sie betrachteten und bejammerten, in was vor einem Elend sie die Armut gefangenhielt und alle Hoffnung abschnitte, ihren gegenwärtigen Stand zu verbessern, erinnerte ich mich erst meiner Dukaten, die ich noch in meinen Esels-Ohren vernähet hatte; fragte derowegen, wieviel sie denn Gelds zu dieser ihrer Notdurft haben müßten? Der junge Herzbruder antwortete: „Wann einer käme und uns hundert Taler brächte, so getraute ich aus allen meinen Nöten zu kommen." – Ich antwortete: „Bruder, wann dir damit geholfen wird, so habe ein gut Herz, denn ich will dir hundert Dukaten geben." – „Ach Bruder", antwortete er mir hinwiederum, „was ist das? Bistu denn ein rechter Narr? Oder so leichtfertig, daß du uns in unsrer äußersten Trübseligkeit noch scherzest?" – „Nein, nein", sagte ich, „ich will dir das Geld herschießen." Streifte darauf mein Wams ab und tät das eine Eselsohr von meinem Arm, öffnete es und ließ ihn selbst hundert Dukaten daraus zählen und zu sich nehmen; das übrige behielt ich und sagte: „Hiermit will ich deinem kranken Vater auswarten, wann er dessen bedarf."

Hierauf fielen sie mir um den Hals, küßten mich und wußten vor Freuden nicht, was sie taten, wollten mir auch eine Handschrift zustellen und mich darin versichern, daß ich an dem alten Herzbruder neben seinem Sohn ein Miterb sein sollte; oder daß sie mich, wann ihnen Gott wieder zu dem Ihrigen hülfe, um diese Summam samt dem Interesse wiederum mit großem Dank befriedigen wollten: deren ich aber keines annahm, sondern allein mich in ihre beständige Freundschaft befahl. Hierauf wollte der junge Herzbruder verschwören, sich an dem Olivier zu rächen oder darum zu sterben! Aber sein Vater verbot ihm solches und versicherte ihn, daß derjenige, der den Olivier totschlüge, wieder von mir, dem Simplicio, den Rest kriegen werde. „Doch", sagte er, „bin ich dessen wohl vergewissert, daß ihr beide einander nicht umbringen werdet, weil keiner von euch durch Waffen umkommen solle." Demnach hielte er uns an, daß wir eidlich zusammenschwuren, einander bis in den Tod zu lieben und in allen Nöten beizustehen.

Der junge Herzbruder aber entledigte sich mit dreißig Reichstalern, davor ihm sein Capitain einen ehrlichen Abschied gab, verfügte sich mit dem übrigen Geld und guter Gelegenheit nach Hamburg, montirte sich allda mit zweien Pferden und ließ sich unter der schwedischen Armee vor einen Frei-Reuter gebrauchen, mir indessen unsern Vater befehlend.

Das XXIV. Kapitel

Simplex pflegt von zwei Wahrsagung' zu sagen,
welche mit Herzbruder sich zugetragen.

Keiner von meines Obristen Leuten schickte sich besser, dem alten
Herzbruder in seiner Krankheit abzuwarten als ich, und weil der
Kranke auch mehr als wohl mit mir zufrieden war, so ward mir
auch solches Amt von der Obristin aufgetragen, welche ihm viel
Gutes erwiese; und demnach er neben so guter Pflege auch wegen
seines Sohnes sattsam erquickt worden, besserte es sich von Tage zu
Tage mit ihm, also daß er noch vor dem sechsundzwanzigsten Julij
fast wieder überall zu völliger Gesundheit gelangte; doch wollte er
sich noch inhalten und krank stellen, bis bemeldter Tag, vor welchem er sich merklich entsatzte, vorbei wäre. Indessen besuchten
ihn allerhand Officirer von beiden Armeen, die ihr künftig Glück
und Unglück von ihm wissen wollten; denn weil er ein guter Mathe-
maticus und Nativitäten-Steller, benebens auch ein vortrefflicher
Physiognomist und Chiromanticus war, fehlte ihm seine Aussag selten; ja er nannte sogar den Tag, an welchem die Schlacht vor Wittstock nachgehends geschahe, sintemal ihm viel zukamen, denen um
dieselbige Zeit einen gewalttätigen Tod zu leiden angedrohet war.
Die Obristin versicherte er, daß sie ihr Kindbette noch im Lager aus-
halten würde, weil vor Ausgang der sechs Wochen Magdeburg an
die Unserigen nicht übergehen würde. Dem falschen Olivier, der
sich gar zu täppisch bei ihm zu machen wußte, sagte er ausdrücklich, daß er eines gewalttätigen Todes sterben müßte und daß ich
seinen Tod, er geschehe wann er wolle, rächen und seinen Mörder
wieder umbringen würde, weswegen mich Olivier folgender Zeit
hochhielt. Mir selbsten aber erzählte er meinen künftigen ganzen
Lebenslauf so umständlich, als wann er schon vollendet und er allezeit bei mir gewesen wäre, welches ich aber wenig achtete und mich
jedoch nachgehends vielen Dings erinnerte, das er mir zuvor gesagt,
nachdem es schon geschehen oder wahr worden; vornehmlich aber
warnete er mich vorm Wasser, weil er besorgte, ich würde meinen
Untergang darin leiden.

Als nun der sechsundzwanzigste Julij eingetreten war, vermahnete
er mich und einen Fourirschützen (den mir der Obrister auf sein Begehren denselben Tag zugegeben hatte) ganz treulich, wir sollten
niemand zu ihm ins Zelt lassen. Er lag also allein darin und betete
ohn Unterlaß; da es aber um den Nachmittag ward, kam ein Leutenant aus dem Reuter-Lager dahergeritten, welcher nach des Obri-

sten Stallmeister fragte. Er ward zu uns und gleich darauf wieder von uns abgewiesen; er wollte sich aber nicht abweisen lassen, sondern bat den Fourirschützen mit untergemischten Verheißungen, ihn vor den Stallmeister zu lassen, mit welchem er noch diesen Abend notwendig reden müßte. Weil aber solches auch nicht helfen wollte, fing er an zu fluchen, mit Donner und Hagel dreinzukollern und zu sagen, er sei schon so vielmal dem Stallmeister zu Gefallen geritten und hätte ihn noch niemals daheim angetroffen; so er nun jetzt einmal vorhanden sei, sollte er abermal die Ehre nicht haben, nur ein einzig Wort mit ihm zu reden; stieg darauf ab und ließ sich nicht verwehren, das Zelt selbst aufzuknüpfen, worüber ich ihn in die Hand biß, aber eine dichte Maulschelle davor bekam. Sobald er meinen Alten sahe, sagte er: „Der Herr sei gebeten, mir zu verzeihen, daß ich die Frechheit brauche, ein Wort mit ihm zu reden." – „Wohl", antwortete der Stallmeister, „was beliebt dann dem Herrn?" – „Nichts anders", sagte der Leutenant, „als daß ich den Herrn bitten wollte, ob er sich ließe belieben, mir meine Nativität zu stellen?" – Der Stallmeister antwortete: „Ich will verhoffen, mein hochgeehrter Herr werde mir vergeben, daß ich demselben vor diesmal meiner Krankheit halber nicht willfahren kann, denn weil diese Arbeit viel Rechnens brauchet, wird's mein blöder Kopf jetzo nicht verrichten können; wann Er sich aber bis morgen zu gedulden beliebet, will ich Ihm verhoffentlich genugsame Satisfaction tun." – „Herr", sagte hierauf der Leutenant, „Er sage mir nur etwas dieweil aus der Hand." – „Mein Herr", antwortete der alte Herzbruder, „dieselbe Kunst ist gar mißlich und betrüglich, derowegen bitte ich, der Herr wolle mich damit so weit verschonen, ich will morgen hergegen alles gern tun, was der Herr an mich begehret."

Der Leutenant wollte sich doch nicht abweisen lassen, sondern trat meinem Vater vors Bette, streckte ihm die Hand dar und sagte: „Herr, ich bitte nur um ein paar Worte meines Lebens Ende betreffend, mit Versicherung, wann solches etwas Böses sein sollte, daß ich des Herrn Rede als eine Warnung von Gott annehmen will, um mich desto besser vorzusehen; darum bitte ich um Gottes willen, der Herr wolle mir die Wahrheit nicht verschweigen!" Der redliche Alte antwortete ihm hierauf kurz und sagte: „Nun wohlan so sehe sich der Herr denn wohl vor, damit er nicht in dieser Stunde noch aufgehenkt werde!" – „Was, du alter Schelm", sagte der Leutenant, der eben einen rechten Hundssoff hatte, „solltest du einem

Cavalier solche Worte vorhalten dörfen?" Zog damit von Leder und stach meinen lieben alten Herzbruder im Bette zu Tode!

Ich und der Fourierschütze ruften alsbald Lärmen und Mordio, also daß alles dem Gewehr zulief; der Leutenant aber machte sich unverweilet auf seinen Schnellfuß, wäre auch ohn Zweifel entritten und davonkommen, wann nicht eben persönlich der Churfürst zu Sachsen mit vielen Pferden vorbeigeritten wäre und ihn hätte einholen lassen. Als derselbe den Handel vernahm, wendte er sich zu dem von Hatzfeld, als unserm General, und sagte nichts anders als dieses: Das wäre eine schlechte Disciplin in einem kaiserlichen Läger, wann auch ein Kranker im Bette vor den Mördern seines Lebens nicht sicher sein sollte! Das war ein scharfer Sentenz und genugsam, den Leutenant um das Leben zu bringen; gestalt ihn unser General alsbald an seinen allerbesten Hals aufhenken und also in der Luft verarrestieren ließ.

Das XXV. Kapitel

Simplex wird in eine Jungfer verwandelt,
saget, was seine Buhlschaften gehandelt

Aus dieser wahrhaftigen Historia ist zu sehen, daß nicht sogleich alle Wahrsagungen zu verwerfen sein, wie etliche Gecken tun, die gar nichts glauben können. So kann man auch hieraus abnehmen, daß der Mensch sein aufgesetztes Ziel schwerlich überschreiten mag, wanngleich ihm sein Unglück lang oder kurz zuvor durch dergleichen Weissagungen angedeutet worden. Auf die Frage, die sich ereignen möchte, ob einem Menschen nötig, nützlich oder gut sei, daß er sich wahrsagen und die Nativität stellen lasse?, antworte ich allein dieses, daß mir der alte Herzbruder so viel gesagt habe, daß ich oft gewünschet und noch wünsche, daß er geschwiegen hätte; denn die unglücklichen Fälle, die er mir angezeiget, habe ich niemals umgehen können, und diejenigen, die mir noch bevorstehen, machen mir nur vergeblich graue Haare, weil mir besorglich dieselbigen auch wie die vorigen zuhanden gehen werden, ich sehe mich gleich für denselben vor oder nicht. Was aber die Glücksfälle anbelanget, von denen einem geweissaget wird, davon halte ich, daß sie öfter betrügen oder aufs wenigste den Menschen nicht so wohl gedeihen als die unglückselige Prophezeihungen. Was half mich, daß mir der alte Herzbruder hoch und teur schwur, ich wäre von edlen Eltern geboren und erzogen worden, da ich doch von niemand anders wußte als von meinem Knan und meiner Meuder, die grobe Baurs-Leute im Spessert waren. Item was half's den von Wallenstein, Herzog in Friedland, daß ihm prophezeit ward, er werde gleichsam mit Saitenspiel zum König gekrönet werden? Weiß man nicht, wie er zu Eger eingewieget worden? Mögen derowegen andere ihre Köpfe über dieser Frage zerbrechen, ich komme wieder auf meine Historiam.

Als ich erzähltermaßen meine beide Herzbrüder verloren hatte, verleidete mir das ganze Lager vor Magdeburg, welches ich ohn das nur eine leinene und stroherne Stadt mit irdenen Mauern zu nennen pflegte. Ich ward meines Standes so müd und satt, als wann ich's mit lauter eisernen Kochlöffeln gefressen hätte; einmal, ich gedachte mich nicht mehr von jedermann so foppen zu lassen, sondern meines Narrn-Kleides loszuwerden, und sollte ich gleich Leib und Leben darüber verlieren. Das setzte ich folgendergestalt sehr liederlich ins Werk, weil mir sonst keine bessere Gelegenheit anstehen wollte.

Olivier, der Secretarius, welcher nach des alten Herzbruders Tod mein Hofmeister worden war, erlaubte mir oft mit den Knechten auf Fourage zu reiten. Als wir nun einsmals in ein groß Dorf kamen, darin etliche den Reutern zuständige Bagage logirte, und jeder hin und wider in die Häuser ging, zu suchen, was etwan mitzunehmen wäre, stahl ich mich auch hinweg und suchte, ob ich nicht ein altes Baurenkleid finden möchte, um welches ich meine Narrnkappe vertauschen könnte. Aber ich fand nicht, was ich wollte, sondern mußte mit einem Weiber-Kleid vorliebnehmen. Ich zog selbiges an, weil ich mich allein sahe, und warf das meinige in ein Secret, mir nicht anders einbildend, als daß ich nunmehr aus allen meinen Nöten errettet worden. In diesem Aufzug ging ich über die Gasse gegen etlichen Officiers-Weibern und machte so enge Schrittlein, als etwan Achilles getan, da ihn seine Mutter dem Licomedi recommendirte; ich war aber kaum außer Dach hervorkommen, da mich etliche Fouragirer sahen und besser springen lerneten. Denn als sie schrien: Halt, halt!, lief ich nur desto stärker, als wann mich höllisch Feuer brennete, und kam ehender als sie zu obgemeldten Officiererinnen; vor denselben fiel ich auf die Kniee nieder und bat um aller Weiber Ehre und Tugend willen, sie wollten meine Jungferschaft vor diesen geilen Buben beschützen! Allda meine Bitte nicht allein stattfand, sondern ich ward auch von einer Rittmeisterin vor eine Magd angenommen, bei welcher ich mich beholfen, bis Magdeburg, item die Werberschanze, auch Havelberg und Perleberg von den Unsern eingenommen worden.

Diese Rittmeisterin war kein Kind mehr, wiewohl sie noch jung war, und vernarrete sich dermaßen in meinen glatten Spiegel und geraden Leib, daß sie mir endlich nach lang gehabter Mühe und vergeblicher umschweifender Weitläufigkeit nur allzu teutsch zu verstehen gab, wo sie der Schuh am meisten drucke. Ich aber war damals noch viel zu gewissenhaft, tät, als wann ich's nicht merkte, und ließ keine andere Anzeigungen scheinen als solche, draus man nichts anders als eine fromme Jungfer urteilen mochte. Der Rittmeister und sein Knecht lagen in gleichem Spital krank, derowegen befahl er seinem Weib, sie sollte mich besser kleiden lassen, damit sie sich meines garstigen Baurenküttels nicht schämen dörfte. Sie tät mehr, als ihr befohlen war, und putzte mich heraus wie eine französche Poppe, welches das Feur bei allen dreien noch mehr schürete; ja es ward endlich bei ihnen so groß, daß Herr und Knecht eiferigst von mir begehrten, was ich ihnen nit leisten konnte, und der Frau selbst mit einer schönen Manier verweigerte. Zuletzt setzte sich der Rittmeister vor, eine Gelegenheit zu ergreifen, bei deren er mit Gewalt von mir haben könnte, was ihm doch zu bekommen unmüglich war; solches merkete sein Weib, und weil sie mich noch endlich zu überwinden verhoffte, verlegte sie ihm alle Pässe und liefe ihm alle Ränke ab, also daß er vermeinete, er müsse toll und töricht darüber werden.

Keines von ihnen dreien daurete mich mehr als unser Knecht, der arme Schöps, weil Herr und Frau einander selbst ihre geile Brunst löschen konnten, dieser Tropf aber nichts dergleichen hatte. Einstmals als Herr und Frau schlafen war, stund der Knecht vor dem Wagen, in welchem ich alle Nacht schlafen mußte, klagte mir seine Liebe mit heißen Tränen und bat ebenso andächtig um Gnade und Barmherzigkeit! Ich aber erzeigte mich härter als ein Stein und gab ihm zu verstehen, daß ich meine Keuschheit bis in Ehestand bewahren wollte. Da er mir nun die Ehe wohl tausendmal anbot und doch nichts anders dargegen vernahm, als daß ich ihn versicherte, daß es unmüglich sei, mich mit ihm zu verehlichen, verzweifelte er endlich gar oder stellete sich doch aufs wenigste nur so, denn er zog seinen Degen aus, satzte die Spitze an die Brust und den Knopf an Wagen und tät nicht anderst, als wann er sich jetzt erstechen wollte. Ich gedachte, der Teufel ist ein Schelm, sprach ihm derowegen zu und gab ihm Vertröstung, am Morgen früh einen endlichen Bescheid zu erteilen. Davon ward er content und ging schlafen, ich aber wachte desto länger, dieweil ich meinen seltsamen Stand betrachtete. Ich befand wohl, daß meine Sache in die Länge kein gut tun würde, denn die Rittmeisterin ward je länger, je importuner mit ihren Reizungen, der Rittmeister verwegener mit seinen Zumutungen und der Knecht verzweifelter in seiner beständigen Liebe; ich wußte mir aber darum nicht aus solchem Labyrinth zu helfen.

Ich mußte oft meiner Frau bei hellem Tag Flöhe fangen, nur darum, damit ich ihre alabaster-weiße Brüste sehen und ihren zarten Leib genug betasten sollte, welches mir, weil ich auch Fleisch und Blut hatte, in die Läng zu ertragen schwerfallen wollte. Ließ mich dann die Frau zufrieden, so quälete mich der Rittmeister, und wann ich vor diesen beiden bei Nacht Ruhe haben sollte, so peinigte mich der Knecht, also daß mich das Weiber-Kleid viel saurer zu tragen ankam als meine Narrenkappe. Damal (aber viel zu spat) gedachte ich fleißig an meines seligen Herzbruders Weissag und Warnung und bildete mir nichts anders ein, als daß ich schon würklich in derjenigen Gefängnis, auch Leib- und Lebensgefahr stecke, davon er mir gesaget hatte; denn das Weiber-Kleid hielt mich gefangen, weil ich darin nicht ausreißen konnte, und der Rittmeister würde übel mit mir gespielet haben, wann er mich erkannt und einmal bei seiner schönen Frau über dem Flöhfangen ertappt hätte. Was sollte ich tun? Ich beschloß endlich dieselbe Nacht, mich dem Knecht zu offenbaren, sobald es Tag würde; denn ich gedachte, seine Liebesregungen werden sich alsdann legen, und wann du ihm von deinen Ducaten spendirest, so wird er dir wieder zu einem Mannskleid und also in demselbigen aus allen deinen Nöten helfen. Es wäre wohl ausgesonnen gewesen, wann nur das Glück gewollt hätte; aber es war mir zuwider.

Mein Hans ließ sich gleich nach Mitternacht tagen, das Jawort zu holen, und fing an am Wagen zu rappeln, als ich eben anfing am allerstärksten zu schlafen. Er rief etwas zu laut: »Sabina, Sabina! Ach mein Schatz stehet auf und haltet mir Euer Versprechen!«, also daß er den Rittmeister eher als mich damit erweckte, weil er sein Zelt am Wagen stehen hatte; diesem ward ohne Zweifel grün und gelb vor den Augen, weil ihn die Eifersucht ohndas zuvor eingenommen, doch kam er nicht heraus, unser Tun zu zerstören, sondern stund nur auf, zu sehen, wie der Händel ablaufen wollte. Zuletzt weckte mich der Knecht mit seiner Importunität und nötigte mich, entweder aus dem Wagen zu ihm zu kommen oder ihn zu mir einzulassen; ich aber schalt ihn aus und fragte, ob er mich denn vor eine Hure ansehe? Meine gestrige Zusage sei auf den Ehestand gegründet, außer dessen er meiner nicht teilhaftig werden könnte. Er antwortete, so sollte ich jedennoch aufstehen, weil es anfinge zu tagen, damit ich dem Gesind das Essen beizeiten verfertigen könnte; er wollte Holz und Wasser holen und mir das Feuer zugleich anmachen. Ich antwortete: „Wann du das tun willst, so kann ich desto länger schlafen; gehe nur hin, ich will bald folgen." Weil aber der Narr nicht ablassen wollte, stund ich auf, mehr meine Arbeit zu verrichten als ihm viel zu hofieren, sintemal, wie mich deuchte, ihn die gestrige verzweifelte Torheit wieder verlassen hatte. Ich konnte sonst ziemlich wohl vor eine Magd im Feld passiren; denn Kochen, Backen und Wäschen hatte ich bei den Croaten gelernet, so pflegen die Soldaten-Weiber ohndas im Feld nicht zu spinnen; was ich aber sonst vor Frauenzimmer-Arbeit nicht konnte, als wann ich etwan die Frau bürsten (strählen) und Zöpfe machen (flechten) sollte, das übersahe mir meine Rittmeisterin gern, denn sie wußte wohl, daß ich's nicht gelernet.

Wie ich nun mit meinen hintersich gestreiften Ärmeln vom Wagen herabstieg, ward mein mit Liebes-Schröten geschossener Hans durch meine weiße Arme so heftig inflammiret, daß er sich nicht abbrechen konnte, mich zu küssen, und weil ich mich nicht sonderlich wehrete, vermochte es der Rittmeister, vor dessen Augen es geschahe, nicht zu erdulden, sondern sprang mit bloßem Degen aus dem Zelt, meinem armen Liebhaber einen Fang zu geben; aber er ging durch und vergaß das Wiederkommen. Der Rittmeister aber sagte zu mir: „Du Blut-Hure, ich will dich lernen . . ." Mehrers konnte er vor Zorn nicht sagen, sondern schlug auf mich zu, als wann er unsinnig gewesen wäre. Ich fing an zu schreien, darum mußte er aufhören, damit er keinen Alarm erregte; denn beide Armeen, die sächsische und kaiserliche, lagen damals gegeneinander, weil sich die schwedische unter dem Banier näherte.

Das XXVI. Kapitel

Simplex wird als ein Verräter gefangen,
muß als ein Zaubrer in Fesseln prangen

Als es nun Tag worden, gab mich mein Herr den Reuter-Jungen preis, eben als beide Armeen völlig aufbrachen; das war nun ein Schwarm von Lumpengesind, und dahero die Hatz desto größer und erschröcklicher, die ich auszustehen hatte; sie eileten mit mir einem Busch zu, ihre viehische Begierden desto besser zu sättigen, wie dann diese Teufelskinder im Brauch haben, wann ihnen ein Weibsbild dergestalt übergeben wird. So folgeten ihnen auch sonst viel Bursche nach, die dem elenden Spaß zusahen, unter welchen mein Hans auch war; dieser ließ mich nicht aus den Augen, und als er sahe, daß es mir gelten sollte, wollte er mich mit Gewalt erretten, und sollte es seinen Kopf kosten. Er bekam Beiständer, weil er sagte, daß ich seine versprochene Braut wäre, diese trugen Mitleiden mit mir und ihm und begehrten, ihm Hülfe zu leisten; solches war aber den Jungen, die besser Recht zu mir zu haben vermeineten und eine so gute Beute nicht aus Händen lassen wollten, allerdings ungelegen; derowegen gedachten sie, Gewalt mit Gewalt abzutreiben. Da fing man an, Stöße auszuteilen von beiden Seiten her, der Zulauf und der Lärmen ward je länger, je größer, also daß es schier einem Turnier gleichsahe, in welchem jeder um einer schönen Dame willen das Beste tut. Ihr schröcklich Geschrei lockte den Rumormeister herzu, welcher eben ankam, als sie mich hin und her zerreten, mir die Kleider vom Leib gerissen und gesehen hatten, daß ich kein Weibsbild war; seine Gegenwart machte alles stockstill, weil er viel mehr geförchtet ward als der Teufel selbst, auch verstoben alle diejenige, die widereinander Hand angelegt hatten; er informirte sich der Sache kurz, und indem ich hoffte, er würde mich erretten, nahm er mich dargegen gefangen, weil es ungewöhnlich und fast argwöhnische Sach war, daß sich ein Mannsbild bei einer Armee in Weiber-Kleidern sollte finden lassen. Dergestalt wanderten er und seine Bursch mit mir neben den Regimentern daher (welche alle im Feld stunden und marschiren wollten) der Meinung, mich dem General-Auditor oder General-Gewaltiger zu überliefern; da wir aber bei meines Obristen Regiment vorbei wollten, wurde ich erkannt, angesprochen, schlechtlich durch meinen Obristen bekleidet und unserm alten Profos gefänglich überliefert, welcher mich an Händen und Füßen in die Eisen schloß.

Es kam mich gewaltig saur an, so in Ketten und Banden zu marschiren, so hätte mich auch der Schmalhans trefflich gequälet, wann mir der Secretarius Olivier nicht spendirt hätte, denn ich dorfte meine Ducaten, die ich noch bisher davonbracht hatte, nicht an des Tages Licht kommen lassen, ich hätte denn solche miteinander verlieren und mich noch darzu in größere Gefahr stecken wollen. Gedachter Olivier communicirte mir noch denselbigen Abend, warum ich so hart gefangengehalten würde, und unser Regiments-Schultheiß bekam gleich Befelch, mich zu examiniren, damit meine Aussage dem General-Auditor desto eher zugestellt werden möchte;

denn man hielt mich nicht allein vor einen Kundschafter und Spionen, sondern auch gar vor einen, der hexen könnte, dieweil man kurz hernach, als ich von meinem Obristen ausgetreten, einige Zauberinnen verbrannt, die bekannt hatten und darauf gestorben waren, daß sie mich auch bei ihrer General-Zusammenkunft gesehen hätten, da sie beieinander gewesen, die Elbe auszutrücknen, damit Magdeburg desto eher eingenommen werden könnte. Die Punkten, darauf ich Antwort geben sollte, waren diese:

Erstlich, ob ich nicht studirt hätte oder aufs wenigste Schreibens und Lesens erfahren wäre?

Zweitens, warum ich mich in Gestalt eines Narrn dem Lager vor Magdeburg genähert, da ich doch in des Rittmeisters Diensten sowohl als jetzt witzig genug sei?

Drittens, aus was Ursachen ich mich in Weiber-Kleider verstellet?

Viertens, ob ich mich nicht auch neben andern Unholden auf dem Hexentanz befunden?

Fünftens, wo mein Vaterland und wer meine Eltern gewesen sein?

Sechstens, wo ich mich aufgehalten, eh ich in das Lager vor Magdeburg kommen?

Siebentens, wo und zu was End ich die Weiber-Arbeit als Wäschen, Backen, Kochen etcetera gelernet? Item das Lautenschlagen?

Hierauf wollte ich mein ganzes Leben erzählen, damit die Umstände meiner seltsamen Begegnüsse alles recht erläutern und diese Fragen mit der Wahrheit fein verständlich unterscheiden könnten. Der Regiments-Schultheiß war aber nicht so kurios, sondern vom Marschiren müd und verdrossen, derowegen begehrte er nur eine kurze runde Antwort auf das, was gefragt würde. Demnach antwortete ich folgendergestalt, daraus man aber nichts Eigentliches und Gründliches fassen konnte, und zwar

Auf die erste Frage: Ich hätte zwar nicht studirt, könnte aber doch Teutsch lesen und schreiben.

Auf die zweite: weil ich kein ander Kleid gehabt, hätte ich wohl im Narrnkleid aufziehen müssen.

Auf die dritte: weil ich meines Narrnkleides müd gewesen und keine Mannskleider haben können.

Auf die vierte: Ja, ich sei aber wider meinen Willen hingefahren, könnte aber gleichwohl nicht zaubern.

Auf die fünfte: mein Vaterland sei der Spessert und meine Eltern Bauersleute.

Auf die sechste: zu Hanau bei dem Gubernator und bei einem Croaten-Obrist, Corpes genannt.

Auf die siebente: bei den Croaten hab ich wäschen, backen und kochen und wider meinen Willen müssen lernen, zu Hanau aber das Lautenschlagen, weil ich Lust darzu hatte.

Wie diese meine Aussage geschrieben war, sagte er: „Wie kannstu leugnen und sagen, daß du nicht studirt habest, da du doch, als man dich noch vor einen Narrn hielt, einem Priester unter währender Messe auf die Worte Domine, non sum dignus auch in Latein geantwortet: Er brauche solches nicht sagen, man wisse es zuvor wohl?" – „Herr", antwortete ich, „das haben mich damals andere Leute gelernet und mich überredet, es sei ein Gebet, das man bei der Messe sprechen müsse, wann unser Caplan den Gottesdienst verrichte." – „Ja, ja", sagte der Regiments-Schultheiß, „ich sehe dich vor den Rechten an, dem man die Zunge mit der Folter lösen muß." Ich gedachte so helfe Gott!, wann's deinem närrischen Kopf nachgehet!

Am andern Morgen früh kam Befehl vom General-Auditor an unsern Profos, daß er mich wohl in acht nehmen sollte, denn er war gesinnt, sobald die Armeen stilllägen, mich selbst zu examiniren, auf welchen Fall ich ohn Zweifel an die Folter gemüßt, wann es Gott nicht anders gefügt hätte. In dieser Gefangenschaft dachte ich stetigs an meinen Pfarrer zu Hanau und an den verstorbenen alten Herzbruder, weil sie beide wahrgesaget, wie mir's ergehen würde, wann ich wieder aus meinem Narrnkleid käme. Ich betrachtete auch, wie schwer und unmöglich es hergehe, wann ein armes Mägdlein seine Jungferschaft im Krieg unverletzt durchbringen und erhalten sollte.

Das XXVII. Kapitel

Simplex bei Wittstock sieht selbst in der Schlacht,
wie es Herzbruder dem Profosen macht

Denselben Abend, als wir uns kaum geläggert hatten, ward ich zum General-Auditor geführt, der hatte meine Aussage samt einem Schreibzeug vor sich und fing an, mich besser zu examiniren; ich hingegen erzählte meine Händel, wie sie an sich selbst waren; es ward mir aber nicht geglaubt, und konnte der General-Auditor nicht wissen, ob er einen Narrn oder ausgestochenen Bösewicht vor sich hatte, weil Frage und Antwort so artlich fiel und der Handel an sich seltsam war. Er hieß mich eine Feder nehmen und schreiben, zu sehen, was ich könnte und ob etwan meine Handschrift bekannt oder doch so beschaffen wäre, daß man etwas daraus abnehmen möchte? Ich ergriff Feder und Papier so geschicklich als einer, der sich täglich damit übe, und fragte, was ich schreiben sollte? Der General-Auditor (welcher vielleicht unwillig war, weil sich mein Examen tief in die Nacht hinein verzog) antwortete: „Hey, schreib deine Mutter die Hure!" Ich satzte ihm diese Worte dahin, und da sie gelesen wurden, machten sie meinen Handel nur desto schlimmer, denn der General-Auditor sagte, jetzt glaube er erst, daß ich ein rechter Vogel sei. Er fragte den Profos, ob man mich visitirt und ob man nichts von Schriften bei mir gefunden hätte? Der Profos antwortete: „Nein, was sollte man an ihm visitiren, weil ihn der Rumor-Meister gleichsam nackend zu uns gebracht."

Aber ach, das half nichts, der Profos mußte mich in Gegenwart ihrer aller besuchen, und indem er solches mit Fleiß verrichtet, findet er o Unglück!, meine beiden Eselsohren mit den Ducaten um meine Arme herumgemacht. Da hieß es: „Was dörfen wir ferner Zeugnus? Dieser Verräter hat ohn Zweifel ein groß Schelmstück zu verrichten auf sich genommen, denn warum sollte sich sonst ein Gescheiter in ein Narrenkleid stecken? Oder ein Mannsbild in ein Weiberkleid verstellen? Warum vermeint man wohl, zu was End er sonst mit einem so ansehnlichen Stück Geld versehen sei, als etwas Großes zu verrichten? Saget er nicht selbst, er habe bei dem Gubernator zu Hanau, dem allerverschlagensten Soldaten in der Welt, lernen auf der Lauten schlagen? Was vermeinet ihr Herren wohl, was er sonst bei denselben Spitzköpfen vor listige Praktiken ins Werk zu setzen begriffen habe? Der nächste Weg ist, daß man morgen mit ihm auf die Folter, und wie er's wird verdient haben, dem Feur zueile, maßen er sich ohndas bei den Zauberern befunden und nichts bessers wert ist." Wie mir damals zumut gewesen, kann sich jeder leicht einbilden; ich wußte mich zwar unschuldig und hatte ein starkes Vertrauen zu Gott; aber dennoch sahe ich meine Gefahr und bejammerte den Verlust meiner schönen Ducaten, welche der General-Auditor zu sich steckte.

Aber eh man diesen strengen Prozeß mit mir ins Werk satzte, gerieten die Banierische den Unserigen in die Haare; gleich anfänglich kämpften die Armeen um den Vortel und gleich darauf um das schwere Geschütz, dessen die Unserige stracks verlustigt wurden. Unser sauberer und so schöne Hund-machende Profos hielt zwar ziemlich weit mit seinen Leuten und den Gefangenen hinter der Battalia, gleichwohl aber waren wir unsrer Brigade so nahe, daß wir jeden von hinterwärts an den Kleidern erkennen konnten; und als eine schwedische Esquadron auf die unsrige traf, waren wir sowohl als die Fechtenden selbst in Todsgefahr, denn in einem Augenblick flog die Luft so häufig voller singenden Kugeln über uns her, daß es das Ansehen hatte, als ob die Salve uns zu Gefallen wäre gegeben worden; davon duckten sich die Forchtsamen, als ob sie sich in sich selbst hätten verbergen wollen; diejenige aber, so Courage hatten und mehr bei dergleichen Scherz gewesen, ließen solche unverblichen über sich hinstreichen. Im Treffen selbst aber suchte ein jeder seinem Tod mit Niedermachung des Nächsten, der ihm aufstieß, vorzukommen; das greuliche Schießen, das Gekläpper der Harnische, das Krachen der Piken und das Geschrei beides, der Verwundten und Angreifenden, machten neben den Trompeten, Trommeln und Pfeifen eine erschröckliche Musik! Da sahe man nichts als einen dicken Rauch und Staub, welcher schien, als wollte er die Abscheulichkeit der Verwundten und Toten bedecken; in demselbigen hörete man ein jämmerliches Wehklagen der Sterbenden und ein lustiges Geschrei derjenigen, die noch voller Mut staken. Die Pferde selbst hatten das Ansehen, als wann sie zu Verteidigung ihrer Herren je länger, je frischer würden, so hitzig erzeigten sie sich in dieser Schuldigkeit, welche sie zu leisten genötiget waren; deren sahe man etliche unter ihren Herrn tot darniederfallen, voller Wunden, welche sie unverschuldter Weise zu Vergeltung ihrer getreuen Dienste empfangen hatten. Andere fielen um gleicher Ursache willen auf ihre Reuter und hatten also in ihrem Tod die Ehre, daß sie von demjenigen getragen wurden, welche sie in währendem Leben tragen müssen; wiederum andere, nachdem sie ihrer herzhaften Last, die sie commandirt hatte, entladen worden, verließen die Menschen in ihrer Wut und Raserei, rissen aus und suchten im weiten Feld ihre erste Freiheit.

Die Erde, deren Gewohnheit ist, die Toten zu bedecken, war damals an selbigem Ort selbst mit Toten überstreut, welche auf unterschiedliche Manier gezeichnet waren. Köpf lagen dorten, welche ihre natürliche Herren verloren hatten, und hingegen Leiber, die ihrer Köpfe mangleten; etliche hatten grausam- und jämmerlicher Weise das Ingeweid heraus, und andern war der Kopf zerschmettert und das Hirn zerspritzt. Da sahe man, wie die entseelten Leiber ihres eigenen Geblüts beraubet und hingegen die Lebendige mit fremdem Blut beflossen waren; da lagen abgeschossene Ärme, an welchen sich die Finger noch regten, gleichsam als ob sie wieder mit in das Gedräng wollten; hingegen rissen Kerles aus, die noch keinen Tropfen Blut vergossen hatten; dort lagen abgelöste Schenkel, welche, obwohl sie der Bürde ihres Körpers entladen, dannoch viel schwerer waren worden, als sie zuvor gewesen. Da sahe man zerstümmelte Soldaten um Beförderung ihres Tods, hingegen andere um Quartier und Verschonung ihres Lebens bitten: summa summarum, da war nichts anders als ein elender, jämmerlicher Anblick.

Die schwedische Sieger trieben unsere Überwundenen von der Stelle, darauf sie so unglücklich gefochten, nachdem sie solche zuvor zertrennt hatten, sie mit ihrer schnellen Verfolgung vollends zerstreuend. Bei welcher Bewandnus mein Herr Profos mit seinen Gefangenen auch nach der Flucht griff, wiewohl wir mit einiger Gegenwehr um die Überwinder keine Feindseligkeit verdienet hatten; und indem der Profos uns mit dem Tode bedrohete und also nötigte, samt ihm durchzugehen, jagte der junge Herzbruder daher mit noch fünf Pferden und grüßte ihn mit einer Pistoln: „Sehe da, du alter Hund", sagte er, „ist es noch Zeit, junge Hündlein zu machen? Ich will dir deine Mühe bezahlen!" Aber der Schuß beschädigte den Profos so wenig als einen stählernen Amboß. „Oho bist du der Haare?" sagte Herzbruder. „Ich will dir nicht vergeblich zu Gefallen hergekommen sein, du Hundsmacher mußt sterben, und wäre dir gleich die Seele angewachsen!" Nötigte darauf einen Musquetierer von des Profosen bei sich gehabter Wacht, daß er ihn, dafern er anderst selbst Quartier haben wollte, mit einer Axt zutod schlug. Also bekam der Profos seinen Lohn, ich aber ward vom Herzbruder erkannt, welcher mich meiner Ketten und Bande entledigen, auf ein Pferd setzen und durch seinen Knecht in Sicherheit führen ließ.

Das XXVIII. Kapitel

Simplex vermeldet, wie Herzbruder wird,
ob er obsieget, gefangen geführt

Gleichwie mich nun meines Erretters Knecht aus fernerer Gefahr führete, also ließ sich sein Herr hingegen erst durch Begierde der Ehre und Beute recht hineintreiben, allermaßen er sich so weit verhauen, daß er gefangen ward. Demnach die sieghaften Überwinder die Beuten teilten und ihre Toten begruben, mein Herzbruder aber manglete, erbte dessen Rittmeister mich mitsamt seinem Knecht und Pferden, bei welchem ich mich vor einen Reuter-Jungen mußte gebrauchen lassen, wovor ich nichts hatte als diese Promessen: Wann ich mich wohl hielte und ein wenig besser meiner Jugend entginge, daß er mich alsdann aufsetzen, das ist zu einem Reuter machen wollte, womit ich mich dann also dahin gedulden mußte.

Gleich hernach ward mein Rittmeister zum Obrist-Leutenant vorgestellet, ich aber bekam das Amt bei ihm, welches David vor alten Zeiten bei dem König Saul vertreten, denn in den Quartieren schlug ich auf der Laute und im Marschiren mußte ich ihm seinen Küriß nachführen, welches mir eine beschwerliche Sache war. Und obzwar diese Waffen ihren Träger vor feindlichen Püffen zu beschützen erfunden worden, so befand ich jedoch allerdings das Widerspiel, weil mich meine eigene Jungen, die ich ausheckte, unter ihrem Schutz desto sicherer verfolgten; darunter hatten sie ihren freien Paß, Spaß und Tummelplatz, so daß es das Ansehen hatte, als ob ich den Harnisch ihnen und nicht mir zur Beschützung antrüge, sintemal ich mit meinen Armen nicht darunter kommen und keinen Streif unter sie tun konnte. Der Soldaten Tage-Weis reimte sich damal trefflich auf mich, welche also lautete:

> Jetzund will ich von Herzen singen eine Tageweis.
> Uf meiner linken Achsel da gehen bei tausend Läus,
> Und auf der rechten noch viel mehr.
> Dahinten auf dem Buckl, da steht das ganze Heer.

Ich war auf allerhand Stratagemata bedacht, wie ich diese Armada vertilgen möchte, aber ich hatte weder Zeit noch Gelegenheit, sie durchs Feur (wie in den Backöfen geschiehet) noch durchs Wasser oder durch Gift (maßen ich wohl wußte, was das Quecksilber vermochte) auszurotten. Viel weniger vermochte ich die Mittel, sie durch ein ander Kleid oder weiße Hemder abzuschaffen, sondern mußte mich mit ihnen schleppen und Leib und Blut zum besten geben; wann sie mich dann so unter dem Harnisch plagten und nagten, so wischte ich mit einer Pistoln heraus, als ob ich hätte Kugeln mit ihnen wechseln wollen, nahm aber nur den Ladstecken und stieß sie damit von der Kost. Endlich erfand ich die Kunst, daß ich einen Pelzfleck darum wickelte und ein artlich Klebgarn vor sie zurichtete; wann ich dann mit diesem Laus-Angel unter den Harnisch fuhr, fischte ich sie dutzetweis aus ihrem Vortel, welchen ich miteinander die Häls über das Pferd abstürzte; es mochte aber wenig erklecken.

Einsmals ward mein Obrist-Leutenant commandiret, eine Cavalcada mit einer starken Partei in Westphalen zu tun, und wäre er damals so stark an Reutern gewesen als ich an Läusen, so hätte er die ganze Welt erschröckt; weil solches aber nicht war, mußte er behutsam gehen, auch solcher Ursachen halber sich in der Gemmer Mark (das ist ein so genannter Wald zwischen Hamm und Soest) heimlich halten. Damals war es mit den Meinigen aufs höchste kommen, sie quäleten mich so hart mit Miniren, daß ich sorgte, sie möchten sich gar zwischen Fell und Fleisch hinein logieren. Kein Wunder ist es, daß die Brasilianer ihre Läuse aus Zorn und Rachgier fressen, weil sie einen so drängen! Einmal, ich getraute meine Pein nicht länger zu gedulden, sondern ging, als teils Reuter fütterten, teils schliefen und teils Schildwacht hielten, ein wenig beiseits unter einen Baum, meinen Feinden eine Schlacht zu liefern; zu solchem Ende zog ich den Harnisch aus, unangesehen andere denselben anziehen, wann sie fechten wollen, und fing ein solches Würgen und Morden an, daß mir gleich beide Schwerter an den Daumen von Blut troffen und voller toten Körper oder vielmehr Bälge hingen; welche ich aber nicht umbringen mochte, die verwies ich ins Elend und ließ sie unter dem Baum herumspaziren. Ich gedenke an das zweite Gesetzel der Tag-Weis, das hab ich folgendergestalt hören singen:

Da ich anfing zu schlachten, die Nägel wurden rot.
Sprach ein Laus zu der andern: O wie ein bittrer Tod!
O daß er nicht herkommen wär!
So wär unmolestirt unser hochbetrübtes Heer!

Sooft mir diese Rencontre zu Gedächtnus kommt, beißt mich die Haut noch allenthalben natürlich, als ob ich noch mitten in der Schlacht begriffen wäre. Ich dachte zwar, ich sollte nicht so wider mein eigen Geblüt wüten, vornehmlich wider so getreue Diener, die sich mit einem henken und radbrechen ließen und auf deren Menge ich oft im freien Feld auf harter Erde sanft gelegen wäre. Aber ich fuhr doch in meiner Tyrannei so unbarmherzig fort, daß ich auch nicht gewahr ward, wie die Kaiserlichen meinen Obristen-Leutenant chargirten, bis sie endlich auch an mich kamen, die armen Läus entsetzten und mich selbst gefangennahmen; denn diese scheueten meine Mannheit gar nicht, vermittelst deren ich kurz zuvor viel Tausend erlegt und den Titul eines Schneiders Sieben-auf-einen-Streich überstiegen hatte.

Mich kriegte ein Dragoner, und die beste Beute die er von mir hatte, war meines Obristen-Leutenants Küriß, welchen er zu Soest, da er im Quartier lag, dem Commandanten ziemlich wohl verkaufte. Also ward er im Krieg mein sechster Herr, weil ich sein Jung sein mußte.

Das XXIX. Kapitel

Simplex erzählt, wie einem Soldaten
im Paradies alles trefflich geraten

Unsere Wirtin, wollte sie nicht, daß ich sie und ihr ganzes Haus mit meinen Völkern besetzte, so mußte sie mich auch davon entledigen; sie machte ihnen den Prozeß kurz und gut, steckte meine Lumpen in Backofen und brannte sie so sauber aus wie eine alte Tabakpfeife, also daß ich wieder dies Ungeziefers halber wie in einem Rosengarten lebte; ja es kann niemand glauben, wie mir so wohl, da ich aus dieser Qual war, in welcher ich etliche Monat wie in einem Ameisenhaufen gesessen. Hingegen hatte ich gleich ein ander Kreuz auf dem Hals, weil mein Herr einer von denjenigen Soldaten war, die in Himmel zu kommen getrauen; er ließ sich glatt an seinem Sold genügen und betrübte im übrigen kein Kind; seine ganze Prosperität bestund in dem, was er mit Wachen verdienete und von seiner wochentlichen Löhnung erkargete. Solches, wiewohl wenig, hub er höher auf als mancher die Perlen; einen jeden Blomeuser (etwan fünfunddreißig Pfennig) nähete er in seine Kleider, und damit er deren einige in Vorrat kriegen möchte, mußte ich und sein armes Pferd daran sparen helfen. Davon kam's, daß ich den trucken Pumpernickel gewaltig beißen und mich mit Wasser, oder wann's wohlging, mit dünn Bier behelfen mußte, welches mir eine abgeschmackte Sache war, maßen mir meine Kehle von dem schwarzen truckenen Brot ganz rauh und mein ganzer Leib ganz mager ward. Wollte ich aber besser fressen, so mochte ich stehlen, aber mit ausdrücklicher Bescheidenheit, daß er nichts davon inn würde. Seinethalben hätte man weder Galgen, Esel, Henker, Steckenknechte noch Feldscherer bedörft, auch keine Marquetender noch Trommelschlager, die den Zapfenstreich getan hätten, denn sein ganzes Tun war fern von Fressen, Saufen, Spielen und allen Duellen; wann er aber irgends hin auf Convoy, Partei oder sonst einen Anschlag commandiret ward, so schlenderte er mit dahin wie ein alt Weib am Stecken. Ich glaube auch gänzlich, wann dieser gute Dragoner solche heroische Soldaten-Tugenden nicht an sich gehabt, daß er mich auch nicht gefangen bekommen hätte, denn er hätte mich lausigen Jungen ja nicht geachtet, sondern wäre meinem Obrist-Leutenant nachgerennt. Ich hatte mich keines Kleides bei ihm zu getrösten, weil er selbst über und über zerflickt daherging, gleichsam wie mein Einsiedel. So war sein Sattel und Zeug auch kaum drei Batzen wert und das Pferd von Hunger so hinfällig, daß sich weder Schwede noch Hesse vor seinem dauerhaften Nachjagen zu förchten hatte.

Solches alles bewegte seinen Hauptmann, ihn ins Paradeis, ein so genanntes Frauen-Kloster auf Salvaguardi, zu legen, nicht zwar, als wäre er viel nutz darzu gewesen, sondern damit er sich begrasen und wieder montiren sollte, vornehmlich aber auch, weil die Nonnen um einen frommen, gewissenhaften und stillen Kerl gebeten hatten. Also ritt er dahin, und ich ging mit, weil er leider nur ein Pferd hatte. „Botz Glück, Simbrecht" (denn er konnte den Namen Simplicius nicht behalten), sagte er unterwegs, „kommen wir in das Paradeis, wie wollen wir fressen!" – Ich antwortete: „Der Name ist ein gut Omen, Gott gebe, daß der Ort auch so beschaffen sei." – „Freilich", sagte er (denn er verstand mich nicht recht), „wann wir alle Tage zwei Ohmen von dem besten Bier saufen könnten, so wird's uns nicht abgeschlagen; halt dich nur wohl, ich will mir jetzt bald einen braven, neuen Mantel machen lassen, alsdann hastu den alten, das gibet dir noch einen guten Rock." Er nannte ihn recht den alten, denn ich glaube, daß ihm die Schlacht vor Pavia noch gedachte, so gar wetterfärbig und abgeschaben sahe er aus, also daß er mich wenig damit erfreuete.

Das Paradeis fanden wir, wie wir's begehrten, und noch darüber anstatt der Engel schöne Jungfern darin, welche uns mit Speise und Trank also tractirten, daß ich in Kürze wieder einen glatten Balg bekam; denn da satzte es das fetteste Bier, die beste westphälische Schinken und Knackwürste, wohlgeschmack und sehr delicat Rindfleisch, das man aus dem Salzwasser kochte und kalt zu essen pflegte. Da lernete ich das schwarze Brot fingersdick mit gesalzener Butter schmieren und mit Käs belegen, damit es desto besser rutschte, und wann ich so über einen Hammelskolben kam, der mit Knoblauch gespickt war, und eine gute Kanne Bier darneben stehen hatte, so erquickte ich Leib und Seele und vergaß all meines ausgestandenen Leides. Kurzab, dies Paradeis schlug mir so wohl zu, als ob es das rechte gewesen wäre; kein ander Anliegen hatte ich, als daß ich wußte, daß es nicht ewig währen würde, und daß ich so zerlumpt dahergehen mußte.

Aber gleichwie mich das Unglück haufenweis überfiel, da es anfing mich hiebevor zu reuten, also bedunkte mich auch jetzt, das Glück wollte es wieder Wett spielen: Denn als mich mein Herr nach Soest schickte, seine Bagage vollends zu holen, fand ich unterwegs einen Pack und in demselben etliche Ellen Scharlach zu einem Mantel samt rotem Sammet zum Futter; das nahm ich mit und vertauschte es zu Soest bei einem Tuch-Händler um gemein grün wüllen Tuch zu einem Kleid samt der Ausstaffierung, mit dem Geding, daß er mir solches Kleid auch machen lassen und noch darzu einen neuen Hut aufgeben sollte; und demnach mir nur noch ein Paar neuer Schuhe und ein Hemd abging, gab ich dem Krämer die silbernen Knöpfe und Galaunen auch, die zu dem Mantel gehörten, wovor er mir dann schaffte, was ich noch brauchte, und mich also nagelneu herausputzte. Also kehrete ich wieder ins Paradeis zu meinem Herrn, welcher gewaltig kollerte, daß ich ihm den Fund nicht gebracht hatte; ja er sagte mir vom Prügeln und hätte ein geringes genommen (wann er sich nicht geschämt und ihm das Kleid gerecht gewesen wäre), mich auszuziehen und das Kleid selbst zu tragen, wiewohl ich mir eingebildet, gar wohl gehandelt zu haben.

Indessen mußte sich der karge Filz und Nagenranft schämen, daß sein Junge besser gekleidet war als er selbsten; derowegen ritt er nach Soest, borgte Geld von seinem Hauptmann und montirte sich damit aufs beste, mit Versprechen, solches von seinen wochentlichen Salvaguardi-Geldern wieder zu erstatten, welches er auch fleißig tät; er hätte zwar selbsten noch wohl soviel Mittel gehabt, er war aber viel zu schlau sich anzugreifen, denn hätte er's getan, so wäre ihm die Bärnhaut entgangen, auf welcher er denselbigen Winter im Paradeis liegen konnte, und wäre ein ander nackender Kerl an seine Statt gesetzt worden. Mit der Weise aber mußte ihn der Hauptmann wohl liegen lassen, wollte er anders sein ausgeliehen Geld wiederhaben. Von dieser Zeit an hatten wir das allerfäulste Leben von der Welt, in welchem Keglen unsre allergrößte Arbeit war; wann ich meines Dragoners Klepper gestriegelt, gefüttert und getränkt hatte, so trieb ich das Junkern-Handwerk und lustwandelte.

Das Kloster war auch von den Hessen, unserm Gegenteil, von der Lippstadt aus mit einem Musquetierer salvaguardirt; derselbe war seines Handwerks ein Kürschner und dahero nicht allein ein Meister-Sänger, sondern auch ein trefflicher Fechter; und damit er seine Kunst nicht vergäße, übte er sich täglich mit mir vor die Lange-Weile in allen Gewehren, wovon ich so fix ward, daß ich mich nicht scheuete, ihm Bescheid zu tun, wann er wollte; mein Dragoner aber kegelte anstatt des Fechtens mit ihm, und zwar um nichts anders, als wer über Tisch das meiste Bier aussaufen mußte; damit ging eines jeden Verlust übers Kloster.

Das Stift vermochte eine eigene Wildbahn und hielt dahero auch einen eigenen Jäger, und weil ich auch grün gekleidet war, gesellete ich mich zu ihm und lernete ihm denselben Herbst und Winter alle seine Künste ab, sonderlich was das kleine Waidwerk angelanget. Solcher Ursachen halber und weil der Name Simplicius etwas ungewöhnlich und den gemeinen Leuten vergeßlich oder sonst schwer auszusprechen war, nannte mich jedermann „dat Jäjerken"; darbei wurden mir alle Wege und Stege bekannt, welches ich mir hernach trefflich zunutz machte. Wann ich aber wegen üblen Wetters in Wäldern und Feldern nicht herum konnte schwärmen, so las ich allerhand Bücher, die mir des Klosters Verwalter liehe. Sobald aber die adeliche Klosterfrauen gewahr wurden, daß ich neben meiner guten Stimme auch auf der Laute und etwas wenigs auf dem Instrument schlagen konnte, ermaßen sie auch mein Tun desto genauer, und weil eine ziemliche Leibs-Proportion und schönes Angesicht darzukam, hielten sie alle meine Sitten, Wesen, Tun und Lassen vor adelich und einer liebwerten Person sehr anständig. Dergestalt nun mußte ich unversehens ein sehr beliebter Junker sein, über welchem man sich verwunderte, daß er sich bei einem so liederlichen Dragoner behülfe.

Als ich nun solchergestalt denselben Winter in aller Wollust hingebracht hatte, ward mein Herr abgelöst, welches ihm auf das gute Leben so and tät, daß er darüber erkrankte; und weil auch ein starkes Fieber dazuschlug, zumalen auch die alten Mucken, die er sein Lebtag im Krieg aufgefangen, darzukamen, machte er's kurz, allermaßen ich in drei Wochen hernach etwas zu begraben hatte. Ich machte ihm diese Grabschrift:

Der Schmalhans lieget hier, ein tapferer Soldat,
der all sein Lebetag kein Blut vergossen hat.

Von Rechts und Gewohnheit wegen hätte der Hauptmann Pferd und Gewehr, der Führer aber die übrige Verlassenschaft zu sich nehmen und erben sollen; weil ich aber damals ein frischer, aufgeschossener Jüngling war und Hoffnung gab, ich würde mit der Zeit meinen Mann nicht förchten, ward mir alles zu überlassen angeboten, wenn ich mich an meines verstorbenen Herrn Statt unterhalten lassen wollte. Ich nahm's um soviel desto lieber an, weil mir bekannt, daß mein Herr in seinen alten Hosen eine ziemliche Anzahl

Ducaten eingenähet verlassen, an welchen er sein Lebtag zusammengekratzt hatte. Und als ich zu solchem Ende meinen Namen, nämlich Simplicius Simplicissimus angab, der Musterschreiber (welcher Cyriacus genannt war) solchen aber nicht orthographice schreiben konnte, sagte er: „Es ist kein Teufel in der Hölle, der also heißt!", und weil ich ihn hierauf geschwind fragte, ob denn einer in der Hölle wäre, der Cyriacus hieße?, er aber nichts zu antworten wußte, obschon er sich klug zu sein dünkte: gefiel solches meinem Hauptmann so wohl, daß er gleich im Anfang viel von mir hielt und sich gute Hoffnung von meinen künftigen Kriegstaten machte.

Das XXX. Kapitel

Simplex heißt Jäger und wird ein Soldat,
weist, was zu merken, ein solcher wohl hat

Weil dem Kommandanten in Soest ein Kerl im Stall manglete, wie ich ihn einer zu sein gedünkte, sahe er nicht gern, daß ich ein Soldat worden war, sondern unterstund sich, mich noch zu bekommen, maßen er meine Jugend vorwandte und mich vor keinen Mann passiren lassen wollte. Und als er solches meinem Herrn vorhielt, schickte er auch nach mir und sagte: „Hör, Jägerchen, du sollst mein Diener werden." Ich fragte, was denn meine Verrichtungen sein sollten? Er antwortete: „Du sollst meiner Pferde helfen warten." – „Herr", sagte ich, „wir sind nicht voreinander; ich hätte lieber einen Herrn, in dessen Diensten die Pferde auf mich warten, weil ich aber keinen solchen werde haben können, will ich ein Soldat bleiben." – Er sagte: „Dein Bart ist noch viel zu klein!" – „O nein", sagte ich, „ich getraue einen Mann zu bestehen der achtzig Jahre alt ist; der Bart schlägt keinen Mann, sonst würden die Böcke hoch ästimiret werden!" – Er sagte: „Wann die Courage so gut ist als das Maul-Leder, so will ich dich noch passiren lassen." – Ich antwortete: „Das kann in der nächsten Occasion probirt werden!" und gab damit zu verstehen, daß ich mich vor keinen Stallknecht wollte gebrauchen lassen. Also ließ er mich bleiben, der ich war, und sagte, das Werk würde den Meister loben.

Hierauf wischte ich hinter meines Dragoners alte Hosen her, und nachdem ich dieselben anatomirt hatte, schaffte ich mir aus deren Eingeweid noch ein gut Soldaten-Pferd und das beste Gewehr, so ich kriegen konnte; das mußte mir alles glänzen wie ein Spiegel. Ich ließ mich wieder von neuem grün kleiden, weil mir der Name Jäger sehr beliebete, mein altes Kleid aber gab ich meinem Jungen, weil mir's zu klein worden; also ritt ich selbander daher wie ein junger Edelmann und dünkte mich fürwahr keine Sau zu sein. Ich war so kühn, meinen Hut mit einem tollen Federbusch zu zieren wie ein Officier, dahero bekam ich bald Neider und Mißgönner; zwischen denselben und mir satzte es ziemlich empfindliche Worte und endlich gar Ohrfeigen. Ich hatte aber kaum einem oder dreien gewiesen, was ich im Paradeis vom Kürschner gelernet hatte und daß ich Stöße auszuteilen gewohnt, wie man mir sie darzählte, da ließ mich nicht allein jedermann zufrieden, sondern es suchte auch ein jeglicher meine Freundschaft. Darneben ließ ich mich zu Roß und Fuß aufs Parteigehen gebrauchen, denn ich war wohl beritten und schneller auf den Füßen als einer meinesgleichen, und wann es etwas mit dem Feind zu tun gab, warf ich mich herfür wie das Böse in einer Wanne und wollte allzeit vorn dran sein. Davon ward ich in kurzer Zeit bei Freunden und Feinden bekannt und so berühmt, daß beide Teile viel von mir hielten; allermaßen mir die gefährlichsten Anschläge zu verrichten und zu solchem Ende ganze Parteien zu commandiren anvertraut wurden; da fing ich an zuzugreifen wie ein Böhme, und wann ich etwas Namhaftes erschnappte, gab ich meinen Officirern so reich Part davon, daß ich selbig Handwerk auch an verbotenen Orten treiben dorfte, weil mir überall durchgeholfen ward.

Der General Graf von Götz hatte in Westphalen drei feindliche Garnisonen übriggelassen, nämlich zu Dorsten, Lippstadt und Coesfeld, denen war ich gewaltig molest, denn ich lag ihnen mit geringen Parteien bald hier, bald dort schier täglich vor den Toren und erhaschte manche gute Beute; und weil ich überall glücklich durchkam, hielten die Leute von mir, ich könnte mich unsichtbar machen und wäre so fest wie Eisen und Stahl; davon ward ich geförchtet wie die Pestilenz, und schämten sich dreißig Mann vom Gegenteil nicht, vor mir durchzugehen, wann sie mich nur mit fünfzehen in der Nähe wußten. Zuletzt kam es dahin, wo nur ein Ort in Contribution zu setzen war, daß ich solches alles verrichten mußte; davon ward mein Beutel so groß als mein Name, meine Officirer und Cameraden liebten ihren Jäger, die vornehmsten Parteigänger vom Gegenteil entsatzten sich, und den Landmann hielt ich durch Forcht und Liebe auf meiner Seiten, denn ich wußte meine Widerwärtige zu strafen und die, so mir nur den geringsten Dienst täten, reichlich zu belohnen, allermaßen ich beinahe die Hälfte meiner Beute wieder verspendirte und auf Kundschaften auslegte. Solcher Ursachen halber ging keine Partei, keine Convoy noch keine Reis aus des Gegenteils Posten, deren Ausfahrt mir nicht zu wissen getan ward; alsdann conjecturirte ich ihr Vorhaben und machte meine Anschläge darauf, und weil ich solche mehrenteils durch Beistand des Glücks wohl ins Werk satzte, verwunderte sich jedweder über meine Jugend, so gar daß mich auch viel Officirer und wackere Soldaten vom Gegenteil nur zu sehen wünscheten; darneben erzeigte ich mich gegen meine Gefangenen überaus discret, also daß sie mich oft mehr kosteten, als meine Beuten wert waren, und wann ich einem vom Gegenteil, sonderlich den Officirern, obschon ich sie nicht kannte, ohn Verletzung meiner Pflicht und Herrndienste eine Courtoisie tun konnte, unterließ ich's nicht.

Durch solch mein Verhalten wäre ich zeitlich zu Officien befördert worden, wann meine Jugend es nit verhindert hätte; denn welcher in solchem Alter, als ich trug, ein Fähnlein haben wollte, mußte ein Guter von Adel sein. Zudem konnte mich mein Hauptmann nicht befördern, weil keine ledige Stellen bei seiner Compagnie waren, und keinem andern mochte er mich gönnen, weil er an mir mehr als eine melkende Kuhe verloren hätte; doch ward ich ein Gefreiter. Diese Ehre, daß ich alten Soldaten vorzogen ward, wiewohl es eine geringe Sache war, und das Lob, das man mir täglich verliehe, waren gleichsam wie Sporn, die mich zu höhern Dingen antrieben. Ich speculirte Tag und Nacht, wie ich etwas anstellen möchte, mich noch größer, namhaftiger und verwunderlicher zu machen; ja ich konnte vor solchem närrischen Nachsinnen oft nicht schlafen. Und weil ich sahe, daß es mir an Gelegenheit manglete, im Werk zu erweisen, was ich vor einen Mut trüge, bekümmerte ich mich, daß ich nicht täglich Gelegenheit haben sollte, mich mit dem Gegenteil in Waffen zu üben; ich wünschte mir oft den Trojanischen Krieg oder eine Belagerung wie zu Ostende, und ich Narr gedachte nicht, daß der Krug so lang zum Brunnen gehet, bis er einmal zerbricht. Es gehet aber nicht anders, wann ein junger unbesonnener Soldat Geld, Glück und Courage hat, denn da folget Übermut und Hoffart, und aus solcher Hoffart hielt ich anstatt eines Jungen zween Knechte, die ich trefflich herausstaffirte und beritten machte, womit ich mir aller Officirer Neid aufbürdete, als welche mir mißgönneten, was sie selbst zu erobern das Herz nicht hatten.

Das XXXI. Kapitel

Simplex erzählt, wie der Teufel dem Pfaffen
seinen Speck stiehlt und ihm viel macht zu schaffen

Ich muß ein Stücklein oder etliche erzählen, die mir hin und wieder
begegnet, eh ich wieder von meinen Dragonern kam; und obschon
sie nicht von Importanz sein, sind sie doch lustig zu hören, denn ich
nahm nicht allein große Dinge vor, sondern verschmähete auch die
geringen nicht, wann ich nur mutmaßete, daß ich Ruhm bei den
Leuten dadurch erwecken möchte.

Mein Hauptmann ward mit etlich und fünfzig Mann zu Fuß in
das Fest von Recklinkhusen commandirt, einen Anschlag daselbst
zu verrichten, und weil wir gedachten, wir würden, eh wir solchen
ins Werk setzen könnten, einen Tag oder etliche uns in den Büschen
heimlich halten müssen, nahm jeder auf acht Tage Proviant zu sich.
Demnach aber die reiche Caravana, deren wir aufpaßten, die bestimmte Zeit nicht ankam, ging uns das Brot auf, welches wir nicht
rauben dorften, wir hätten uns denn selbst verraten und unser Vorhaben zu nichts werden lassen wollen; daher uns der Hunger gewaltig preßte; so hatte ich auch dies Orts keine Kunden wie anderswo,
die mir und den Meinigen etwas heimlich zutrugen; derowegen
mußten wir, Fütterung zu bekommen, auf andere Mittel bedacht
sein, wann wir anders nicht wieder leer heimwollten. Mein Camerad, ein latinischer Handwerks-Gesell oder Student, der erst kürzlich aus der Schule entloffen und sich unterhalten lassen, seufzete
vergeblich nach den Gersten-Suppen, die ihm hiebevor seine Eltern
zum besten verordnet, er aber verschmähet und verlassen hatte; und
als er so an seine vorige Speise gedachte, erinnerte er sich auch seines
Schulsacks, bei welchem er solche genossen.

„Ach Bruder", sagte er zu mir, „ist's nicht eine Schande, daß
ich nicht so viel Künste erstudirt haben soll, vermittelst deren ich
mich jetzund füttern könnte? Bruder, ich weiß re vera, wann ich
nur zum Pfaffen in jenes Dorf gehen dürfte, daß es ein trefflich
Convivium bei ihm setzen sollte." – Ich überlief diese Worte ein
wenig und ermaß unsern Zustand, und weil diejenigen, so Wege
und Stege wußten, nicht hinaus dörften, denn sie wären sonst erkannt worden, die Unbekannten aber keine Gelegenheit wußten,
etwas heimlich zu stehlen oder zu kaufen, also machte ich meinen
Anschlag auf unsern Studenten und hielt die Sache dem Hauptmann vor; wiewohl nun dasselbige Gefahr auf sich hatte, so war

doch sein Vertrauen so gut zu mir und unsere Sache so schlecht bestellet, daß er dareinwilligte.

Ich verwechselte meine Kleider mit einem andern und zottelte mit meinem Studenten besagtem Dorf zu, durch einen weiten Umschweif, wiewohl es nur eine halbe Stunde von uns lag. In demselben erkannten wir das nächste Haus bei der Kirche für des Pfarrers Wohnung, weil es auf städtisch gebauet war und an einer Maur stund, die um den ganzen Pfarrhof ging. Ich hatte meinen Cameraden schon instruirt, was er reden sollte, denn er hatte sein abgeschaben Studenten-Kleidlein noch an; ich aber gab mich vor einen Maler-Gesellen aus, denn ich gedachte, ich würde dieselbe Kunst im Dorf nicht üben dörfen, weil die Bauren nicht bald gemalte Häuser haben. Der geistliche Herr war höflich; als ihm mein Gesell eine tiefe latinische Reverenz gemachet und einen Haufen dahergelogen hatte, wasgestalt ihn die Soldaten auf der Reise geplündert und aller seiner Zehrung beraubt hätten, bot er ihm selbst ein Stück Butter und Brot neben einem Trunk Bier an; ich aber stellete mich, als ob ich nicht zu ihm gehörte, und sagte, ich wollte im Wirtshaus etwas essen und ihm alsdann rufen, damit wir noch denselben Tag ein Stück Wegs hinter sich legen könnten. Also ging ich dem Wirtshaus zu, mehr auszuspähen, was ich dieselbe Nacht holen wollte, als meinen Hunger zu stillen, hatte auch das Glück, daß ich unterwegs einen Baur antraf, der seinen Backofen zuklaibte, welcher große Pumpernickel darin hatte, die vierundzwanzig Stunden da sitzen und ausbacken sollten. Ich dachte: Klaib nur zu; wir wollen schon einen Eingang zu diesem köstlichen Proviant finden! Ich machte es beim Wirt kurz, weil ich schon wußte, wo Brot zu bekommen war, kaufte etliche Stutten (das ist ein so genanntes Weiß-Brot), solche meinem Hauptmann zu bringen; und da ich in Pfarr-Hof kam, meinen Cameraden zu mahnen, daß er gehen sollte, hatte er sich auch schon gekröpft und dem Pfarrer gesagt, daß ich ein Maler sei und nach Holland zu wandern vorhabens wäre, meine Kunst daselbsten vollends zu perfectioniren. Der Pfarrherr hieße mich sehr willkommen sein und bat mich, mit ihm in die Kirche zu gehen, da er mir etliche Stücke weisen wollte, die zu repariren wären. Damit ich nun das Spiel nicht verderbte, mußte ich folgen. Er führte uns durch die Küchen, und als er das Nachtschloß an der starken eichenen Tür aufmachte, die auf den Kirchhof ging, o mirum!, da sahe ich, daß der schwarze Himmel auch schwarz voller Lauten, Flöten und Geigen hing, ich vermeine aber die Schinken, Knackwürste und Speckseiten, die sich im Kamin befanden; diese blickte ich trostmütig an, weil mich bedünkte, als ob sie mit mir lachten, und wünschte sie, aber vergeblich, meinen Cameraden in Wald, denn sie waren so hartnäkkig, daß sie mir zu Trotz hangenblieben; da gedachte ich auf Mittel, wie ich sie obgedachtem Back-Ofen voll Brot zugesellen möchte, konnte aber so leicht keines ersinnen, weil, wie obgemeldt, der Pfarrhof ummauret und alle Fenster mit eisernen Gittern genugsam verwahret waren; so lagen auch zween ungeheure große Hunde im Hof, welche, wie ich sorgte, bei Nacht gewißlich nicht schlafen würden, wann man dasjenige hätte stehlen wollen, daran ihnen auch zu Belohnung ihrer getreuen Hut zu nagen gebührete.

Wie wir nun in die Kirche kamen, von den Gemälden allerhand discurirten und mir der Pfarrer etliche Stücke auszubessern verdingen wollte, ich aber allerhand Ausflüchte suchete und meine Wanderschaft vorwandte, sagte der Mesner oder Glöckner: „Du, Kerl, ich sehe dich eh'r vor einen verloffenen Soldaten-Jungen an als vor einen Maler-Gesellen." Ich war solcher Reden nicht mehr gewohnt und sollte sie doch verschmerzen, doch schüttelte ich nur den Kopf ein wenig und antwortete ihm: „O du Kerl, gib mir nur geschwind Pensel und Farben her, so will ich dir im Hui einen Narrn daher gemalt haben, wie du einer bist." Der Pfarrer machte ein Gelächter daraus und sagte zu uns beiden, es gezieme sich nicht an einem so heiligen Ort einander wahrzusagen; gab damit zu verstehen, daß er uns beiden glaubte, ließ uns noch einen Trunk langen und also dahinziehen. Ich aber ließ mein Herz bei den Knackwürsten.

Wir kamen noch vor Nacht zu unsern Gesellen, da ich meine Kleider und Gewehr wiedernahm, dem Hauptmann meine Verrichtung erzählete und sechs gute Kerl auslase, die das Brot heimtragen sollten helfen; wir kamen um Mitternacht ins Dorf und huben in aller Stille das Brot aus dem Ofen, weil wir einen bei uns hatten, der die Hunde bannen konnte; und da wir bei dem Pfarrhof vorüberwollten, konnte ich's nicht übers Herz bringen, ohne Speck weiters zu passirn. Ich stund einsmals stille und betrachtete mit Fleiß, ob nicht in des Pfaffen Küchen zu kommen sein möchte?, sahe aber keinen andern Eingang als das Kamin, welches vor diesmal meine Tür sein mußte. Wir trugen Brot und Gewehr auf den Kirchhof ins Beinhaus und brachten eine Leiter und Seil aus einer Scheur zuwege, und weil ich so gut als ein Schornsteinfeger in den Kaminen auf- und absteigen konnte (als welches ich von Jugend auf in den hohlen Bäumen gelernet hatte), stieg ich selbander aufs Dach, welches von hohlen Ziegeln doppelt belegt und zu meinem Vorhaben sehr bequem gebauet war. Ich wickelte meine langen Haare über dem Kopf auf einem Büschel zusammen, ließ mich mit einem End des Seils hinunter zu meinem geliebten Speck und besann mich daselbst nicht lang, sondern band einen Schinken nach dem andern und eine Speckseite nach der andern an das Seil, welches der auf dem Dach fein ordentlich zum Dach hinausfischete und den andern in das Beinhäuslein zu tragen gab. Aber potz Unstern! Da ich allerdings Feierabend gemacht hatte und wieder übersich wollte, brach eine Stange mit mir, also daß der arme Simplicius herunterfiele und der elende Jäger sich selbst wie in einer Mausfalle gefangen befand. Meine Cameraden auf dem Dach ließen das Seil herunter, mich wieder hinaufzuziehen, aber es zerbrach, eh sie mich vom Boden brachten. Ich gedachte: Nun, Jäger, jetzt mußt du eine Hatze ausstehen, in welcher dir selbst wie dem Actäon das Fell gewaltig zerrissen wird werden, denn der Pfarrer war von meinem Fall erwacht und befahl seiner Köchin, alsbald ein Licht anzuzünden. Sie kam im Hemd zu mir in die Küchen, hatte den Rock über der Achsel hangen und stund so nahe neben mich, daß sie mich damit rührete; sie griff nach einem Brand, hielt das Licht daran und fing an zu blasen; ich aber blies viel stärker zu als sie selbsten, davon das gute Mensch so erschrak, daß sie Feur und Licht fallen ließ und sich zu ihrem Herrn retirirte. Also bekam ich Luft mich zu bedenken, durch was Mittel ich mir davonhelfen möchte, es wollte mir aber nichts einfallen. Meine Cameraden gaben mir durchs Kamin herunter zu verstehen, daß sie das Haus aufstoßen und mich mit Gewalt herausnehmen wollten; ich gab's ihnen aber nicht zu, sondern befahl, sie sollten ihr Gewehr in acht nehmen und allein den Spring-ins-Feld oben bei dem Kamin lassen und erwarten, ob ich ohn Lärmen und Rumor davonkommen könnte, damit unser Anschlag nicht zu Wasser würde; wofern aber solches nicht sein möchte, sollten sie alsdann ihr Bestes tun. Interim schlug der Geistliche selbst ein Licht an, seine Köchin aber erzählete ihm, daß ein greulich Gespenst in der Küchen wäre, welches zween Köpfe hätte (denn sie hatte vielleicht meinen Büschel Haar auf dem Kopf gesehen und auch vor einen Kopf gehalten); das hörete ich alles, machte mich derowegen mit meinen schmutzigen Händen, darin ich Asche, Ruß und Kohlen rieb, im Angesicht und an Händen so abscheulich, daß ich ohn Zweifel keinem Engel mehr (wie hiebevor die Kloster-Frauen im Paradeis sagten) gleichsahe, und der Mesner, wann er's gesehen, mich wohl vor einen geschwinden Maler hätte passiren lassen. Ich fing an, in der Küchen schröcklich zu poltern und mit Hin- und Widerschmeißen und Schlagen mich gewaltig mausig zu machen und allerlei Küchen-

Geschirr untereinanderzuwerfen; der Kessel-Ring geriet mir in die Händ, den hing ich an den Hals, den Feur-Hacken aber behielt ich in den Händen, mich damit auf den Notfall zu wehren. Solches ließ sich aber der fromme Pfaffe nicht irren, denn er kam mit seiner Köchin processionsweis daher, welche zwei Wachslichter in den Händen und einen Weihwasser-Kessel am Arm trug; er selbsten aber war mit dem Chor-Rock bewaffnet samt den Stolen und hatten den Sprengel in der einen und ein Buch in der andern Hand; aus demselben fing er an, mich zu exorciren, fragend: wer ich sei und was ich da zu schaffen hätte? Weil er mich dann nun vor den Teufel selbst hielt, so gedachte ich, es wäre billig, daß ich auch wie der Teufel täte, daß ich mich mit Lügen behülfe, antwortete derowegen: „Ich bin der Teufel und will dir und deiner Köchin die Hälse umdrehen!" Er fuhr mit seinem Exorcismo weiter fort und hielt mir vor, daß ich weder mit ihm noch seiner Köchin nichts zu schaffen hätte, hieß mich auch mit der allerhöchsten Beschwörung wieder hinfahren, wo ich herkommen wäre. Ich aber antwortete mit ganz förchterlicher Stimme, daß solches unmüglich sei, wannschon ich gern wollte.

Indessen hatte Spring-ins-feld, der ein abgefäumter Erz-Vogel war und sein Latein verstund, seine seltsamen Tausendhändel auf dem Dach; denn da er hörete, um welche Zeit es in der Küche war, daß ich mich nämlich vor den Teufel ausgab, mich auch der Geistliche also hielt, wixte er wie eine Eule, bellete wie ein Hund, wieherte wie ein Pferd, bleckte wie ein Geißbock, schrie wie ein Esel und ließ sich bald durch den Kamin herunter hören, wie ein Haufen Katzen, die im Hornung rammeln, bald wie eine Henne, die legen wollte; denn dieser Kerl konnte aller Tiere Stimmen nachmachen, und wann er wollte, so natürlich heulen, als ob ein ganzer Haufen Wölfe beieinander gewesen wäre. Solches ängstigte den Pfarrer und seine Köchin auf das höchste, ich aber machte mir ein Gewissen, daß ich mich vor den Teufel beschwören ließe, vor welchen er mich hielt, weil er gelesen oder gehöret hatte, daß sich der Teufel gern in grünen Kleidern sehen lasse.

Mitten in solchen Ängsten, die uns beiderseits umgeben hatten, ward ich zu allem Glück gewahr, daß das Nacht-Schloß an der Türe, die auf den Kirchhof ging, nicht eingeschlagen, sondern der Riegel nur vorgeschoben war. Ich schob denselben geschwind zurück, wischte zur Türe hinaus auf den Kirchhof (da ich dann meine Gesellen mit aufgezogenen Hahnen stehen fand) und ließ den Pfaffen Teufel beschwören, solang er immer wollte. Und demnach

Spring-ins-feld mir meinen Hut von dem Dach gebracht, wir auch unsern Proviant aufgesackt hatten, gingen wir zu unsrer Bursch, weil wir im Dorf nichts mehr zu verrichten hatten, als daß wir die entlehnte Leiter samt dem Seil wieder hätten heimliefern sollen.

Die ganze Partei erquickte sich mit demjenigen, das wir gestohlen hatten, und bekam doch kein einziger den Klucksen davon, so gesegnete Leute waren wir! Auch hatten alle über diese meine Fahrt genugsam zu lachen; nur dem Studenten wollte es nicht gefallen, daß ich den Pfaffen bestohlen, der ihm das Maul so grandig vollgesteckt hatte, ja er schwur auch hoch und teur, daß er ihm seinen Speck gern bezahlen wollte, wann er die Mittel nur bei der Hand hätte, und fraß doch nichtsdestoweniger mit, als ob er's verdingt hätte. Also lagen wir noch zween Tage am selbigen Ort und erwarteten diejenigen, denen wir schon so lang aufgepaßt hatten; wir verloren keinen einzigen Mann im Angriff und bekamen doch über dreißig Gefangene und so herrliche Beuten, als ich jemals teilen helfen. Ich hatte doppelte Part, weil ich das Beste getan, das waren drei schöne friesländische Hengst mit Kaufmanns-Waren beladen, was sie in Eil forttragen möchten; und wann wir Zeit gehabt, die Beuten recht zu suchen und solche in salvum zu bringen, so wäre jeder vor sein Teil reich genug worden, maßen wir mehr stehenlassen, als wir davonbrachten, weil wir mit dem, was wir fortbringen konnten, uns in schnellster Eile tummeln mußten; und zwar so retirirten wir uns mehrer Sicherheit halber auf Rehnen, da wir fütterten und die Beuten teileten, weil unsers Volks dalag.

Daselbst gedachte ich wieder an den Pfaffen, dem ich den Speck gestohlen hatte; der Leser mag denken, was ich vor einen verwegenen frevlen und ehrgeizigen Kopf hatte, indem mir's nicht genug war, daß ich den frommen Geistlichen bestohlen und so schröcklich geängstiget, sondern ich wollte noch Ehre davon haben; derowegen nahm ich einen Saphir, in einen göldenen Ring gefaßt, den ich auf selbiger Partei erschnappt hatte, und schickte ihn von Rehnen aus durch einen gewissen Boten meinem Pfarrer mit folgendem Brieflein:

Wohl-Ehrwürdiger, etcetera! Wann ich dieser Tagen im Wald noch etwas von Speisen zu leben gehabt hätte, so hätte ich nicht Ursache gehabt, Euer Wohl-Ehrwürden Ihren Speck zu stehlen, wobei Sie vermutlich sehr erschröckt worden. Ich bezeuge beim Höchsten, daß Sie solche Angst wider meinen Willen eingenommen, hoffe derowegen die Vergebung desto ehender. Was aber den Speck selbst anbelangt, so ist's billig, daß selbiger bezahlt werde; schicke derohalben anstatt der Bezahlung gegenwärtigen Ring, den diejenige hergeben, um welcher willen die Waren ausgenommen werden müssen, mit Bitte, Euer Wohl-Ehrwürden belieben damit vorliebzunehmen; versichere darneben, daß Dieselbe im übrigen auf alle Begebenheit einen dienstfertigen und getreuen Diener hat an dem, den Ihro Mesner vor keinen Maler hält, welcher sonst genannt wird

Der Jäger

Dem Bauren aber, welchem sie den Back-Ofen ausgeleert hatten, schickte die Partei aus gemeiner Beute sechzehn Reichstaler für seine Pumpernickel; denn ich hatte sie gelernet, daß sie solchergestalt den Landmann auf ihre Seite bringen müssen, als welche einer Partei oft aus allen Nöten helfen oder hingegen eine andere verraten, verkaufen und um die Hälse bringen könnten. Von Rehnen gingen wir auf Münster und von dar auf Hamm und heim nach Soest in unser Quartier, allwo ich nach wenig Tagen eine Antwort von dem Pfaffen empfing.

Edler Jäger, etcetera! Wann derjenige, dem Ihr den Speck gestohlen, hätte gewußt, daß Ihr ihm in teuflischer Gestalt erscheinen würdet, hätte er sich nicht so oft gewünscht, den land-berufenen Jäger auch zu sehen. Gleichwie aber das geborgte Fleisch und Brot viel zu teuer bezahlt worden, also ist auch der eingenommene Schrecken desto leichter zu verschmerzen, vornehmlich weil er von einer so berühmten Person wider ihren Willen verursachet worden, deren hiemit allerdings verziehen wird, mit Bitte, dieselbe wolle ein andermal ohne Scheu zusprechen, bei dem, der sich nicht scheuet, den Teufel zu beschwören. Vale.

Also machte ich's aller Orten und überkam dadurch einen großen Ruf, und je mehr ich ausgab und verspendirte, je mehr flossen mir Beuten zu, und bildete ich mir ein, daß ich diesen Ring, wiewohl er bei hundert Reichstaler wert war, gar wohl angelegt hätte.

Aber hiemit hat dieses andere Buch ein Ende.

ENDE DES ANDERN BUCHS

DAS DRITTE BUCH

Das I. Kapitel

*Simplex, der Jäger, geht etwas zu weit
wegen der Beuten auf die linke Seit*

Der günstige Leser wird in vorhergehendem Buch verstanden haben, wie ehrgeizig ich in Soest worden und daß ich Ehre, Ruhm und Gunst in Handlungen suchte und auch gefunden, die sonst bei anderen wären strafwürdig wesen. Jetzt will ich erzählen, wie ich mich meine Torheit weiterverleiten lassen und dadurch in stetiger Leib- und Lebensgefahr gelebet. Ich war (wie bereits erwähnet) so beflissen, Ehre und Ruhm zu erjagen, daß ich auch nicht davor schlafen konnte, und wann ich so Grillen hatte und manche Nacht lag, neue Fündchen und List zu ersinnen, hatte ich wunderliche Einfälle; daher erfand ich eine Gattung Schuhe, die man das Hinterst zuvorderst anziehen konnte, also daß die Absätze unter den Zehen stunden; deren ließe ich auf meine Kosten bei dreißig unterschiedliche Paar machen, und wann ich solche unter meine Bursch austeilete und damit auf Partei ging, war unmöglich uns auszuspüren, denn wir trugen bald diese und bald unsere rechten Schuhe an den Füßen und hingegen die übrigen im Ranzen, und wann jemand an einen Ort kam, da ich die Schuhe verwechseln lassen, sahe es nicht anders in der Spure, als wann zwo Parteien allda zusammenkommen, auch miteinander wieder verschwunden wären. Behielt ich aber meine letzen Schuhe an, so sahe es, als ob ich erst hingangen wäre, wo ich schon gewesen, oder als ob ich von dem Ort herkäme, dahin ich erst ging. So waren ohn das meine Gänge, wann sie eine Spur hatten, viel verwirrter als in einem Irrgarten, also daß es denjenigen, die mich vermittelst der Spur hätten auskündigen oder sonst nachjagen sollen, unmüglich gefallen wäre, mich zu kriegen. Ich war oft allernächst bei denen vom Gegenteil, die mich in der Fern sollten suchen, und noch öfters etliche Meil Wegs von demjenigen Busch, den sie jetzt umstelleten und durchstreiften, mich darin zu fangen; und gleichwie ich's machte mit den Parteien zu Fuß, also tät ich auch, wann ich zu Pferd draußen war, denn das war mir nichts Seltsams, daß ich an Scheid- und Kreuzwegen unversehens absteigen und den Pferden die Eisen das Hinterst zuvörderst aufschlagen ließ. Die gemeinen Vörtel aber, die man brauchet, wann man schwach auf Partei ist und doch vor stark aus der Spur judici-

172

ret oder wann man stark ist und doch vor schwach gehalten werden will, waren mir so gemein, daß ich selbige zu erzählen, nicht achte. Darneben erdachte ich ein Instrument, mit welchem ich bei Nacht, wann es windstill war, eine Trompete auf drei Stund Wegs von mir blasen, ein Pferd auf zwo Stunden schreien oder Hunde bellen und auf eine Stunde weit die Menschen reden hören konnte, welche Kunst ich sehr geheimhielt und mir damit ein Ansehen machte, weil es bei jedermann unmüglich zu sein schien. Bei Tag aber war mir besagtes Instrument (welches ich gemeiniglich neben einem Perspektiv im Hosensack trug), nicht soviel nutz, es wäre denn an einem einsamen, stillen Ort gewesen. Denn man mußte von den Pferden und dem Rindvieh an bis auf den geringsten Vogel in der Luft oder Frosch im Wasser alles hören, was sich in der ganzen Gegend nur regte und eine Stimme von sich gab, welches dann nicht anderst lautete, als ob man sich (wie mitten auf einem Markt) unter viel Menschen und Tieren befände, deren jedes sich hören läßt, da man vor des einen Geschrei den andern nicht verstehen kann.

Ich weiß zwar wohl, daß auf diese Stunde Leute sein, die mir dies nicht glauben, aber sie mögen es glauben oder nicht, so ist's doch die Wahrheit. Ich will einen Menschen bei Nacht, der nur so laut redet, als seine Gewohnheit ist, an der Stimme durch ein solches Instrument erkennen, er sei gleich so weit von mir, als ihn einer durch ein gut Perspektiv bei Tag an den Kleidern erkennen mag. Ich kann aber keinem verdenken, wann er mir nicht glaubet, was ich jetzund schreibe, denn es wollte mir keiner glauben von denjenigen, die mit ihren Augen sahen, als ich mehrbedeut' Instrument gebrauchte und ihnen sagte: Ich höre Reuter reiten, denn die Pferde sein beschlagen; ich höre Bauren kommen, denn die Pferde gehen barfuß; ich höre Fuhrleute, aber es sind nur Bauren, ich kenne sie an der Sprache; es kommen Musquetirer, ungefähr so viel, denn ich höre es am Gekläpper ihrer Bandelier; es ist ein Dorf um diese oder jene Gegend, ich höre die Hahnen krähen, Hunde bellen und so weiter; dort gehet eine Herde Vieh, ich höre Schafe bleken, Kühe schreien, Schweine grunzen und so fortan. Meine eigenen Cameraden hielten anfangs diese Reden vor Possen, Torheiten und Aufschneiderei, und als sie im Werk befanden, daß ich jederzeit wahrsagte, mußte alles Zauberei und mir, was ich ihnen gesaget, vom Teufel und seiner Mutter offenbaret worden sein. Also, glaube ich, wird der günstige Leser auch gedenken. Nichtsdestoweniger bin ich dem Gegenteil hierdurch oftmals wunderlich entronnen, wann er Nachricht von mir kriegte und mich aufzuheben kam; halte auch davor, wann ich diese

173

Wissenschaft offenbaret hätte, daß sie seither sehr gemein worden wäre, weil sie denen im Krieg trefflich zustatten käme, sonderlich in Belagerungen. Ich schreite aber zu meiner Historiae.

Wann ich nicht auf Partei dorfte, so ging ich sonst aus, zu stehlen, und dann waren weder Pferde, Kühe, Schweine noch Schafe in den Ställen vor mir sicher, welche ich auf etliche Meil Wegs holete; Rindvieh und Pferden wußte ich Stiefeln oder Schuhe anzulegen, bis ich sie auf eine gänge Straße brachte, damit man sie nicht spüren konnte, alsdann schlug ich den Pferden die Eisen hinterst zuvörderst auf, oder wann's Küh und Ochsen waren, tät ich ihnen Schuh an, die ich dazu gemacht hatte, und brachte sie also in Sicherheit. Die große fette Schweins-Personen, die Faulheit halber bei Nacht nicht reisen mögen, wußte ich auch meisterlich fortzubringen, wann sie schon grunzten und nicht dran wollten; ich machte ihnen mit Mehl und Wasser einen wohlgesalzenen Brei, ließ solchen einen Baderschwamm in sich saufen, an welchen ich einen starken Bindfaden gebunden hatte, ließ nachgehends diejenigen, um welche ich löffelte, den Schwamm von Mus fressen und behielt die Schnur in der Hand, worauf sie ohn fernern Wortwechsel geduldig mitgingen und mir die Zeche mit Schinken und Würsten bezahleten; und wann ich so was heimbrachte, teilte ich sowohl den Officirern als meinen Cameraden getreulich mit; daher dorfte ich ein andermal wieder hinaus, und da mein Diebstahl verraten oder ausgekundschaftet ward, halfen sie mir hübsch durch.

Im übrigen dünkte ich mich viel zu gut darzu, daß ich die Armen bestehlen oder Hühner fangen und andere geringe Sachen hätte mausen sollen. Daher fing ich an, nach und nach mit Fressen und Saufen ein epicurisch Leben zu führen, weil ich meines Einsiedlers Lehre vergessen und niemand hatte, der meine Jugend regirte oder auf den ich sehen dorfte; denn meine Officirer machten selbst mit, wann sie bei mir schmarotzten, und die mich hätten strafen und abmahnen sollen, reizten mich vielmehr zu allen Lastern; davon ward ich endlich so gottlos und verrucht, daß mir kein Schelmstück in der Welt, solches zu begehen, zu groß war. Zuletzt ward ich auch heimlich geneidet, zumal von meinen Cameraden, daß ich eine glücklichere Hand zu stehlen hatte als ein anderer; von meinen Officirern aber, daß ich mich so toll hielt, glücklich auf Parteien handelte und mir einen größeren Namen und Ansehen machte, als sie selbst hatten. Ich halte auch gänzlich davor, daß mich ein oder ander Teil zeitlich aufgeopfert hätte, wann ich nicht so spendiret hätte.

Das II. Kapitel

*Simplex, der Jäger von Soest, schafft ab
einen, der sich vor den Jäger ausgab*

Als ich nun so forthausete und im Werk begriffen war, mir einige
Teufels-Larven und darzu gehörige schröckliche Kleidungen mit
Roß- und Ochsenfüßen machen zu lassen, vermittelst deren ich die
Feinde erschrecken, zumal auch den Freunden als unerkannt das
Ihrige nehmen möchte (darzu mir dann die Begebenheit mit dem
Speckstehlen Anlaß gab), bekam ich Zeitung, daß ein Kerl sich in
Werle aufhielte, welcher ein trefflicher Parteigänger sei, sich grün
kleiden lasse und hin und her auf dem Land, sonderlich aber bei unsern Contribuenten, unter meinem Namen mit Weiberschänden und
Plünderungen allerhand Exorbitantien verübe, maßen dahero greuliche Klagen auf mich einkamen, dergestalt daß ich übel eingebüßt
hätte, da ich nicht ausdrücklich dargetan, daß ich in denjenigen Zeiten, da er ein und ander Stücklein auf mich verrichtet, mich anderswo befunden. Solches gedachte ich ihm nicht zu schenken, viel
weniger zu leiden, daß er sich länger meines Namens bediene, unter meiner Gestalt Beuten machen und mich dadurch so schänden
sollte. Ich ließ ihn mit Wissen des Commandanten in Soest auf einen
Degen oder paar Pistolen ins freie Feld zu Gast laden; nachdem er
aber das Herz nicht hatte zu erscheinen, ließ ich mich vernehmen,
daß ich mich an ihm revanchiren wollte, und sollte es zu Werle in
desselbigen Commandanten Schloß geschehen, als der ihn nicht
drum strafe. Ja ich sage offentlich, daß, so ich ihn auf Partei ertappte, er als ein Feind von mir tractirt werden sollte!

Das machte, daß ich meine Larven liegenließ, mit denen ich ein
Großes anzustellen vorhatte, sondern auch mein ganzes grünes
Kleid in kleine Stücken zerhackte und in Soest vor meinem Quartier
offentlich verbrannte, unangesehen allein meine Kleider ohn Federn
und Pferdgezeug über die hundert Ducaten wert waren; ja ich
fluchte in solcher Wut noch darüber hin, daß der nächste, der mich
mehr einen Jäger nenne, entweder mich ermorden oder von meinen
Händen sterben müsse, und sollte es auch meinen Hals kosten!
Wollte auch keine Partei mehr führen (so ich ohndas nicht schuldig,
weil ich noch kein Officier war), ich hätte mich denn zuvor an meinem Widerpart zu Werle gerochen. Also hielt ich mich ein und tät
nichts Soldatisches mehr, als daß ich meine Wacht versahe, ich wäre
denn absonderlich irgendshin commandiret worden, welches ich
jedoch alles wie ein anderer Bärnhäuter sehr schläfrig verrichtete.

Dies erscholl gar bald in der Nachbarschaft, und wurden die Parteien vom Gegenteil so kühn und sicher davon, daß sie schier täglich vor unsern Schlagbäumen lagen, so ich in der Länge auch nicht ertragen konnte. Was mir aber gar zu unleidlich fiel, war, daß der Jäger von Werle noch immerzu fortfuhr, sich vor mich auszugeben und ziemliche Beute zu machen.

Indessen nun, als jedermann vermeinete, ich hätte mich auf eine Bärnhaut schlafen gelegt, von deren ich so bald nicht wieder aufstehen würde, kündigte ich meines Gegenteils von Werle Tun und Lassen aus und befand, daß er mir nicht nur mit dem Namen und in den Kleidern nachäffte, sondern auch bei Nacht heimlich zu stehlen pflegte, wann er etwas erhaschen konnte; derhalben erwachte ich wieder unversehens und machte meinen Anschlag darauf. Meine beiden Knechte hatte ich nach und nach abgerichtet wie die Wachtelhunde, so waren sie mir auch dermaßen getreu, daß jeder auf den Notfall für mich durch ein Feur geloffen wäre, weil sie ihr gut Fressen und Saufen bei mir hatten und treffliche Beuten machten. Deren schickte ich einen nach Werle zu meinem Gegenteil, der wandte vor, weil ich als sein gewesener Herr nunmehr anfinge zu leben wie ein ander Coujon und verschworen hätte, nimmermehr auf Partei zu gehen, so hätte er nicht mehr bei mir bleiben mögen, sondern sei kommen ihm zu dienen, weil er anstatt seines Herrn ein Jägerkleid angenommen und sich wie ein rechtschaffener Soldat gebrauchen lasse; er wisse alle Wege und Stege im Lande und könnte ihm manchen Anschlag geben, gute Beuten zu machen und so weiter.

Mein guter einfältiger Narr glaubte meinem Knecht und ließ sich bereden, daß er ihn annahm und auf eine bestimmte Nacht mit seinem Kameraden und ihm auf eine Schäferei ging, etliche fette Hämmel zu holen, da ich und Springinsfeld mit meinem andern Knecht schon aufpaßten und den Schäfer bestochen hatten, daß er seine Hunde anbinden und die Ankömmlinge in die Scheuer unverhindert miniren lassen sollte, so wollte ich ihnen das Hammelfleisch schon gesegnen. Da sie nun ein Loch durch die Wand gemachet hatten, wollte der Jäger von Werle haben, mein Knecht sollte gleich zum ersten hineinschliefen. Er aber sagte: „Nein, es möchte jemand darin aufpassen und mir eins vorn Kopf geben; ich sehe wohl, daß ihr nicht recht mausen könnet, man muß zuvor visitiren!" Zog darauf seinen Degen aus und hing seinen Hut an die Spitze, stieß ihn also etlichemal durchs Loch und sagte: „So muß man zuvor sehen, ob Bläsi zu Haus sei oder nicht?" Als solches geschehen, war der Jäger von Werle selbst der erste, so hineinkroch. Aber Springinsfeld erwischte ihn gleich beim Arm, darin er seinen Degen hatte, und fragte ihn, ob er Quartier wollte? Das hörete sein Geselle und wollte durchgehen; weil ich aber nicht wußte, welches der Jäger, und geschwinder als dieser auf den Füßen war, eilete ich ihm nach und ertappte ihn in wenig Sprüngen. Ich fragte: „Was Volks?" Er antwortete: „Kaiserisch." Ich fragte: „Was Regiments? Ich bin auch kaiserisch, ein Schelm der seinen Herrn verleugnet!" Jener antwortete: „Wir sein von den Dragonern aus Soest und kommen ein paar Hämmel zu holen; Bruder ich hoffe, wann ihr auch kaiserisch seid, ihr werdet uns passiren lassen." – Ich antwortete: „Wer seid ihr dann aus Soest?" Jener antwortete: „Mein Camerad im Stall ist der Jäger." – „Schelmen seid ihr!" sagte ich. „Warum plündert ihr dann euer eigen Quartier? Der Jäger von Soest ist so kein Narr, daß er sich in einem Schafstall fangen lässet!" – „Ach von Werle wollt ich sagen", antwortete mir jener wiederum; und indem ich so disputirte, kam mein Knecht und Springinsfeld mit meinem Gegenteil auch daher. „Siehe da, du ehrlicher Vogel, kommen wir hier zusammen? Wann ich die kaiserliche Waffen, die du wider den Feind zu tragen aufgenommen hast, nicht respectirte, so wollte ich dir gleich eine Kugel durch den Kopf jagen! Ich bin der Jäger von Soest bis dahero gewesen, und dich halte ich vor einen Schelmen, bis du einen von gegenwärtigen Degen zu dir nimmst und den andern auf Soldaten-Manier mit mir missest!"

Indem legte mein Knecht (der sowohl als Springinsfeld ein abscheuliches Teufels-Kleid mit großen Bockshörnern anhatte) uns zween gleiche Degen vor die Füße, die ich mit aus Soest genommen hatte, und gab dem Jäger von Werle die Wahl, einen davon zu nehmen, welchen er wollte. Davon der arme Jäger so erschrak, daß es ihm ging wie mir zu Hanau, da ich den Tanz verderbte; denn er hofierte die Hosen so voll, daß schier niemand bei ihm bleiben konnte; er und sein Camerad zitterten wie nasse Hunde, sie fielen nieder auf die Kniee und baten um Gnade! Aber Springinsfeld kollerte wie aus einem hohlen Hafen heraus und sagte zum Jäger: „Du mußt einmal raufen, oder ich will dir den Hals brechen!" – „Ach hochgeehrter Herr Teufel, ich bin nicht Raufens halber herkommen; der Herr Teufel überhebe mich dessen, so will ich hingegen tun, was du wilt." In solchen verwirrten Reden gab ihm mein Knecht den einen Degen in die Hand und mir den andern, er zitterte aber so sehr, daß er ihn nicht halten konnte. Der Mond schien sehr hell, so daß der Schäfer und sein Gesinde alles aus ihren Hütten sehen und hören konnten. Ich rufte demselben herbeizukommen, damit ich einen Zeugen dieses Handels hätte; dieser als er kam, stellete sich, als ob er die zween in den Teufels-Kleidern nicht sehe, und sagte, was ich mit diesen Kerlen lang in seiner Schäferei zu zanken; wann ich etwas mit ihnen hätte, sollte ich's an einem andern Ort ausmachen, unsere Händel gingen ihn nichts an, er gebe monatlich seine Konterbission, hoffte darum bei seiner Schäferei in Ruhe zu leben. Zu jenen zweien aber sagte er, warum sie sich nur so von mir quälen ließen und mich nicht niederschlügen? – Ich sagte: „Du Flegel, sie haben dir deine Schafe wollen stehlen." Der Baur antwortete: „So wollte ich, daß sie mich und meine Schafe müßten im Hintern lecken", und ging damit hinweg.

Hierauf drang ich wieder auf das Fechten, mein armer Jäger aber konnte schier nicht mehr vor Forcht auf den Füßen stehen, also daß er mich daurete; ja er und sein Camerad brachten so bewegliche Worte vor, daß ich ihm endlich alles verziehe und vergab. Aber Springinsfeld war damit nicht zufrieden, sondern zwang den Jäger, daß er drei Schafe (denn soviel hatten sie stehlen wollen) mußte im Hintern küssen, und zerkratzte ihn noch dazu so abscheulich im Gesicht, daß er aussahe, als ob er mit den Katzen gefressen hätte, mit welcher schlechten Rache ich zufrieden war. Aber der Jäger verschwand bald aus Werle, weil er sich viel zu sehr schämte; denn sein Camerad sprengte aller Orten aus und beteuret es mit heftigen Flüchen, daß ich wahrhaftig zween leibhaftiger Teufel hätte, die mir auf den Dienst warteten, darum ich noch mehr geförchtet, hingegen aber destoweniger geliebet ward.

Das III. Kapitel

Simplex bekommt den Gott Jovem gefangen, höret der Götter Ratschlag mit Verlangen

Solches ward ich bald gewahr, derhalben stellete ich mein vorig gottlos Leben allerdings ab und befliß mich allein der Tugend und Frömmigkeit; ich ging zwar wie zuvor wieder auf Partei, erzeigte mich aber gegen Freunde und Feinde so leutselig und discret, daß alle diejenigen, so mir unter die Hände kamen, ein anders glaubten, als sie von mir gehöret hatten. Überdas hielt ich auch ein mit den überflüssigen Verschwendungen und sammlete mir viel schöne Ducaten und Kleinodien, welche ich hin und wieder in der Soestischen Börde auf dem Land in hohle Bäume verbarg, weil mir solches die bekannte Wahrsagerin zu Soest riet und mich versicherte, daß ich mehr Feinde in derselben Stadt und unter meinem Regiment als außerhalb und in den feindlichen Garnisonen hätte, die mir und meinem Geld nachstelleten. Und indem man hin und her Zeitung hatte, daß der Jäger ausgerissen wäre, saß ich denen, die sich damit kützelten, wieder unversehens auf der Haube, und eh ein Ort recht erfuhr, daß ich an einem andern Schaden getan, empfand dasselbige schon, daß ich noch vorhanden war; denn ich fuhr herum wie eine Windsbraut, war bald hie, bald dort, also daß man mehr von mir zu sagen wußte als zuvor, da sich noch einer vor mich ausgab.

Ich saß einsmals mit fünfundzwanzig Feuer-Röhren nicht weit von Dorsten und paßte einer Convoy mit etlichen Fuhrleuten auf, die nach Dorsten kommen sollte. Ich hielt meiner Gewohnheit nach selbst Schildwacht, weil wir dem Feinde nahe waren; da kam ein einziger Mann daher, fein ehrbar gekleidet, der redte mit sich selbst und hatte mit seinem Meerrohr, das er in Händen trug, ein seltsam Gefechte. Ich konnte nichts anders verstehen, als daß er sagte: „Ich will einmal die Welt strafen, es wolle mir's denn das große Numen nicht zugeben!" Woraus ich mutmaßete, es möchte etwan ein mächtiger Fürst sein, der so verkleidterweise herumginge, seinen Untertanen Leben und Sitten zu erkündigen, und sich nun vorgenommen hätte, solche (weil er sie vielleicht nicht nach seinem Willen gefunden) gebührend zu strafen. Ich gedachte: Ist dieser Mann vom Feind, so setzt es eine gute Ranzion, wo nicht, so wiltu ihn so höflich tractiren und ihm dadurch das Herz dermaßen abstehlen, daß es dir künftig dein Lebtag wohl bekommen soll. Sprang derhalben hervor, präsentirte mein Gewehr mit aufgezogenem Hahn und sagte: „Der Herr wird sich belieben lassen, vor mir hin in Busch zu gehen, wofern er nicht als Feind will tractirt sein." Er antwortete sehr ernsthaftig: „Solcher Tractation ist meinesgleichen nicht gewohnt." Ich aber tummelte ihn höflich fort und sagte: „Der Herr wird sich nicht zuwider sein lassen, sich vor diesmal in die Zeit zu schicken", und als ich ihn in den Busch zu meinen Leuten gebracht und die Schildwachten wieder besetzt hatte, fragte ich ihn, wer er sei? Er antwortete gar großmütig, es würde mir wenig daran gelegen sein, wannschon ich es wüßte, er sei jedoch ein großer Gott! Ich gedachte, er möchte mich vielleicht kennen und etwan ein Edelmann von Soest sein und so sagen, mich zu hetzen, weil man die Soester mit dem großen Gott und seinem göldenen Fürtuch zu vexiren pfleget, ward aber bald inne, daß ich anstatt eines Fürsten einen Phantasten gefangen hätte, der sich überstudiret und in der

Poeterei gewaltig verstiegen; denn da er bei mir ein wenig erwarmete, gab er sich vor den Gott Jupiter aus.

Ich wünschte zwar, daß ich diesen Fang nicht getan, weil ich den Narrn aber hatte, mußte ich ihn wohl behalten, bis wir von dannen rückten; und demnach mir die Zeit ohndas ziemlich lang ward, gedachte ich, diesen Kerl zu stimmen und mir seine Gaben zunutz zu machen, sagte derowegen zu ihm: „Nun dann, mein lieber Jove, wie kommt es doch, daß Deine Hohe Gottheit Ihren himmlischen Thron verlässet und zu uns auf Erden steiget? Vergib mir, o Jupiter, meine Frage, die Du vor fürwitzig halten möchtest, denn wir seind den himmlichen Göttern auch verwandt und eitel Silvani, von den Faunis und Nymphis geboren, denen diese Heimlichkeit billig unverborgen sein soll." – „Ich schwöre dir beim Styx", antwortete Jupiter, „daß du hiervon nichts erfahren solltest, wann du meinem Mundschenken Ganymede nicht so ähnlich sähest und wannschon du Pans eigener Sohn wärest; aber von seinetwegen communicire ich dir, daß ein groß Geschrei über der Welt Laster zu mir durch die Wolken gedrungen, darüber in aller Götter Rat beschlossen worden, ich könnte mit Billigkeit, wie zu Lycaons Zeiten, den Erdboden wieder mit Wasser austilgen; weil ich aber dem menschlichen Geschlecht mit sonderbarer Gunst gewogen bin und ohndas allezeit lieber die Güte als eine strenge Verfahrung brauche, vagire ich jetzt herum, der Menschen Tun und Lassen selbst zu erkündigen, und obwohl ich alles ärger finde als mir's vorkommen, so bin ich doch nicht gesinnt, alle Menschen zugleich und ohn Unterschied auszureuten, sondern nur diejenige zu strafen, die zu strafen sind, und hernach die übrigen nach meinem Willen zu ziehen."

Ich mußte zwar lachen, verbiß es doch, so gut ich konnte, und sagte: „Ach Jupiter, deine Mühe und Arbeit wird besorglich allerdings umsonst sein, wann du nicht wieder, wie vor diesem, die Welt mit Wasser oder gar mit Feur heimsuchest; denn schickest du einen Krieg, so laufen alle bösen, verwegenen Buben mit, welche die friedliebenden, frommen Menschen nur quälen werden; schickestu eine Teuerung, so ist's eine erwünschte Sache vor die Wucherer, weil alsdann denselben ihr Kron viel gilt; schickestu aber ein Sterben, so haben die Geizhälse und alle übrigen Menschen ein gewonnen Spiel, indem sie hernach viel erben; wirst derhalben die ganze Welt mit Butzen und Stiel ausrotten müssen, wann du anders strafen wilt."

Das IV. Kapitel

Simplex hört Jovem vom Teutschen Held sagen,
der die Welt zwingen werd und Fried erjagen

Jupiter antwortete: „Du redest von der Sache wie ein natürlicher Mensch, als ob du nicht wüßtest, daß uns Göttern müglich sei, etwas anzustellen, daß nur die Bösen gestraft und die Guten erhalten werden. Ich will einen Teutschen Helden erwecken, der soll alles mit der Schärfe des Schwerts vollenden; er wird alle verruchten Menschen umbringen und die frommen erhalten und erhöhen." – Ich sagte: „So muß ja ein solcher Held auch Soldaten haben, und wo man Soldaten braucht, da ist auch Krieg, und wo Krieg ist, da muß der Unschuldige sowohl als der Schuldige herhalten!" – „Seid ihr irdischen Götter denn auch gesinnt wie die irdischen Menschen", sagte Jupiter hierauf, „daß ihr so gar nichts verstehen könnet? Ich will einen solchen Helden schicken, der keiner Soldaten bedarf und doch die ganze Welt reformiren soll; in seiner Geburt-Stunde will ich ihm verleihen einen wohlgestalten und stärkern Leib, als Hercules einen hatte; mit Fürsichtigkeit, Weisheit und Verstand überflüssig geziert; hierzu soll ihm Venus geben ein schön Angesicht, also daß er auch Narcissum, Adonidem und meinen Ganymedem selbst übertreffen solle, sie soll ihm zu allen seinen Tugenden eine sonderbare Zierlichkeit, Aufsehen und Anmütigkeit vorstrecken und dahero ihn bei aller Welt beliebt machen, weil ich sie eben der Ursachen halber in seiner Nativität desto freundlicher anblicken werde; Mercurius aber soll ihn mit unvergleichlich sinnreicher Vernunft begaben, und der unbeständige Mond soll ihm nicht schädlich, sondern nützlich sein, weil er ihm eine unglaubliche Geschwindigkeit einpflanzen wird; die Pallas soll ihn auf dem Parnasso auferziehen, und Vulcanus soll ihm in Hora Martis seine Waffen, sonderlich aber ein Schwert schmieden, mit welchem er die ganze Welt bezwingen und alle Gottlosen niedermachen wird, ohn fernere Hülfe eines einzigen Menschen, der ihm etwan als ein Soldat beistehen möchte; er soll keines Beistandes bedörfen! Eine jede große Stadt soll von seiner Gegenwart erzittern, und eine jede Festung, die sonst unüberwindlich ist, wird er in der ersten Viertelstunde in seinem Gehorsam haben; zuletzt wird er dem größten Potentaten in der Welt befehlen und die Regirung über Meer und Erden so löblich anstellen, daß beides, Götter und Menschen, ein Wohlgefallen darob haben sollen."

Ich sagte: „Wie kann die Niedermachung aller Gottlosen ohn

Blutvergießen, und das Commando über die ganze weite Welt ohn sonderbare große Gewalt und starken Arm beschehen und zuwegen gebracht werden? O Jupiter, ich bekenne dir unverhohlen, daß ich diese Dinge weniger als ein sterblicher Mensch begreifen kann!" – Jupiter antwortete: „Das gibt mich nicht Wunder, weil du nicht weißt, was meines Helden Schwert vor eine seltene Kraft an sich haben wird; Vulcanus wird's aus denen Materialien verfertigen, daraus er mir meine Donnerkeil machet, und dessen Tugenden dahin richten, daß mein Held, wann er solches entblößet und nur einen Streich damit in die Luft tut, einer ganzen Armada, wanngleich sie hinter einem Berg eine ganze Schweizermeil Wegs weit von ihm stünde, auf einmal die Köpfe herunterhauen kann, also daß die armen Teufel ohn Köpfe daliegen müssen, eh sie einmal wissen, wie ihnen geschehen! Wann er dann nun seinem Lauf den Anfang machet und vor eine Stadt oder Festung kommt, so wird er des Tamerlanis Manier brauchen und zum Zeichen, daß er Friedens halber und zu Beförderung aller Wohlfahrt vorhanden sei, ein weißes Fähnlein aufstecken; kommen sie dann zu ihm heraus und bequemen sich: wohl gut. Wo nicht, so wird er von Leder ziehen und durch Kraft mehrgedachten Schwerts allen Zauberern und Zauberinnen, so in der ganzen Stadt sein, die Köpfe herunterhauen und ein rotes Fähnlein aufstecken; wird sich aber dannoch niemand einstellen, so wird er alle Mörder, Wucherer, Diebe, Schelmen, Ehebrecher, Huren und Buben auf die vorige Manier umbringen, und ein schwarzes Fähnlein sehen lassen; wofern aber nicht sobald diejenigen, so noch in der Stadt übrigblieben, zu ihm kommen und sich demütig einstellen, so wird er die ganze Stadt und ihre Inwohner als ein halsstarrig und ungehorsam Volk ausrotten wollen, wird aber nur diejenige hinrichten, die den andern abgewehrt haben und eine Ursache gewesen, daß sich das Volk nicht eh'r ergeben. Also wird er von einer Stadt zur andern ziehen, einer jeden Stadt ihr Teil Landes, um sie her gelegen, im Frieden zu regieren übergeben und von jeder Stadt durch ganz Teutschland zween von den klügsten und gelehrtesten Männern zu sich nehmen, aus denselben ein Parlament machen, die Städte miteinander auf ewig vereinigen, die Leibeigenschaften samt allen Zöllen, Accisen, Zinsen, Gülten und Umgelden durch ganz Teutschland aufheben und solche Anstalten machen, daß man von keinem Fronen, Wachen, Contribuiren, Geldgeben, Kriegen noch einiger Beschwerung beim Volk mehr wissen, sondern viel seliger als in den Elysischen Feldern leben wird. Alsdann (sagte Jupiter ferner) werde ich oftmals den ganzen Chorum Deorum nehmen und herunter zu den Teutschen steigen, mich unter ihren Weinstöcken und Feigenbäumen zu ergötzen; da werde ich den Helicon mitten in ihre Grenzen setzen und die Musen von neuem daraufpflanzen; ich werde Teutschland höher segnen mit allem Überfluß als das glückselige Arabiam, Mesopotamiam und die Gegend um Damasco; die griechische Sprache werde ich alsdann verschwören und nur Teutsch reden, und mit einem Wort mich so gut teutsch erzeigen, daß ich ihnen auch endlich wie vor diesem den Römern, die Beherrschung über die ganze Welt werde zukommen lassen."

Ich sagte: „Höchster Jupiter, was werden aber Fürsten und Herren darzu sagen, wann sich der künftige Held unterstehet, ihnen das Ihrige so unrechtmäßiger Weis abzunehmen und den Städten zu unterwerfen? Werden sie sich nicht mit Gewalt widersetzen oder wenigst vor Göttern oder Menschen darwider protestiren?"

Jupiter antwortete: „Hierum wird sich der Held wenig bekümmern, er wird alle Große in drei Teile unterscheiden und diejenigen, so unexemplarisch und verrucht leben, gleich den Gemeinen strafen, weil seinem Schwert keine irdische Gewalt widerstehen mag; denen übrigen aber wird er die Wahl geben, im Land zu bleiben oder nicht. Was bleibet und sein Vaterland liebet, die werden leben müssen wie andere gemeine Leute, aber das Privat-Leben der Teutschen wird alsdann viel vergnügsamer und glückseliger sein als jetzt und das Leben und der Stand eines Königs, und die Teutschen werden alsdann lauter Fabricii sein, welcher mit dem König Pyrrho sein Königreich nicht teilen wollte, weil er sein Vaterland neben Ehre und Tugend so hoch liebte; und das sein die andern. Die dritten aber, die ja Herrn bleiben und immerzu herrschen wollen, wird er durch Ungarn und Italien in die Moldau, Wallachei, nach Macedoniam, Thraciam, Gräciam, ja über den Hellespontum nach Asiam hineinführen, ihnen dieselben Länder gewinnen, alle Kriegsgurgeln in ganz Teutschland mitgeben und sie alldort zu lauter Königen machen. Alsdann wird er Constantinopel in einem Tag einnehmen und allen Türken, die sich nicht bekehren oder gehorsamen werden, die Köpfe vor den Hintern legen; daselbst wird er das Römische Kaisertum wieder aufrichten und sich wieder in Teutschland begeben und mit seinen Parlaments-Herren (welche er, wie ich schon gesagt habe, aus allen teutschen Städten paarweis sammeln und die Vorsteher und Väter seines Teutschen Vaterlandes nennen wird) eine Stadt mitten in Teutschland bauen, welche viel größer sein wird als Manoah in America und goldreicher als Jerusalem zu Salomons Zeiten gewesen; deren Wälle sich dem tyrolischen Gebirg und ihre Wassergräben der Breite des Meeres zwischen Hispania und Africa vergleichen sollen. Er wird einen Tempel hineinbauen von lauter Diamanten, Rubinen, Smaragden und Saphiren; und in der Kunst-Kammer, die er aufrichten wird, werden sich alle Raritäten in der ganzen Welt versammeln von den reichen Geschenken, die ihm die Könige in China, in Persia, der Große Mogol in den Orientalischen Indien, der Große Tartar-Cham, Priester Johann in Africa und der Große Czar in der Moscau schicken; der türkische Kaiser würde sich noch fleißiger einstellen, wofern ihm bemeldter Held sein Kaisertum nicht genommen und solches dem Römischen Kaiser zu Lehen gegeben hätte."

Ich fragte meinen Jovem, was dann die christlichen Könige bei der Sache tun würden? Er antwortete: „Die in Engelland, Schweden und Dänemark werden, weil sie teutschen Geblüts und Herkommens, die in Hispania, Frankreich und Portugal aber, weil die alten Teutschen selbige Länder hiebevor auch eingenommen und regiret haben, ihre Kronen, Königreiche und incorporirten Länder von der teutschen Nation aus freien Stücken zu Lehen empfahen; und alsdann wird, wie zu Augusti Zeiten, ein ewiger, beständiger Friede zwischen allen Völkern in der ganzen Welt sein."

Das V. Kapitel

Simplex vernimmt, wie der Teutsche Held werde
alle Religion schlichten auf Erde

Springinsfeld, der uns auch zuhörete, hätte den Jovem schier unwillig gemacht und den Handel beinahe verderbet, weil er sagte: „Und alsdann wird's in Teutschland hergehen wie im Schlauraffen-Land, da es lauter Muscateller regnet und die Kreuzer-Pastetlein über Nacht wie die Pfifferlinge wachsen! Da werde ich mit beiden Backen fressen müssen wie ein Drescher und Malvasier saufen, daß mir die Augen übergehen." – „Ja freilich", antwortete Jupiter, „vornehmlich wann ich dir die Plage Erysichthonis anhängen würde, weil du, wie mich dünken will, meine Hoheit verspottest." Zu mir aber sagte er: „Ich habe vermeint, ich sei bei lauter Silvanis, so sehe ich aber wohl, daß ich den neidigen Momum oder Zoilum angetroffen habe; ja man sollte solchen Verrätern das, was der Himmel beschlossen, offenbaren, und so edle Perlen vor die Säue werfen. Ja freilich, auf den Buckel geschissen vor ein Brust-Tuch!"

Ich gedachte, dies ist mir wohl ein visirlicher und unflätiger Abgott, weil er neben so hohen Dingen auch mit so weicher Materi umgehet. Ich sahe wohl, daß er nicht gern hatte, daß man lachte, verbiß es derowegen so gut, als ich immer konnte, und sagte zu ihm: „Allergütigster Jove, du wirst ja eines groben Waldgotts Unbescheidenheit halber deinem andern Ganymede nit verhalten, wie es weiter in Teutschland hergehen wird?" – „O nein", antwortete er, „aber befehle zuvor diesem Theoni, daß er seine Hipponacis-Zunge fürderhin im Zaum halten solle, eh ich ihn (wie Mercurius den Battum) in einen Stein verwandele. Du selbst aber gestehe mir, daß du mein Ganymedes seist und ob dich nicht mein eifersichtige Juno in meiner Abwesenheit aus dem himmlischen Reich gejaget habe?"

Ich versprach ihm, alles zu erzählen, da ich zuvor würde gehört haben, was ich zu wissen verlange. Darauf sagte er: „Lieber Ganymede (leugne nur nicht mehr, denn ich sehe wohl, daß du es bist), es wird alsdann in Teutschland das Goldmachen so gewiß und so gemein werden als das Hafner-Handwerk, also daß schier ein jeder Roßbub den Lapidem Philosophorum wird umschleppen!" – Ich fragte: „Wie wird aber Teutschland bei so unterschiedlichen Religionibus einen so langwierigen Frieden haben können? Werden so unterschiedliche Pfaffen nicht die Ihrigen hetzen und wegen ihres Glaubens wiederum einen neuen Krieg über den andern anspinnen?"

„O nein!" sagte Jupiter. „Mein Held wird dieser Sorge weislich vorkommen und vor allen Dingen alle christliche Religionen in der ganzen Welt miteinander vereinigen." Ich sagte: „O Wunder, das wäre ein groß Werk! Wie müßte das zugehen?" – Jupiter antwortete: „Das will ich dir herzlich gern offenbaren. Nachdem mein Held den Universal-Frieden der ganzen Welt verschafft, wird er die geist- und weltlichen Vorsteher und Häupter der christlichen Völker und unterschiedlichen Kirchen mit einer sehr beweglichen Sermon anreden und ihnen die bisherigen hochschädlichen Spaltungen in den Glaubenssachen trefflich zu Gemüt führen, sie auch durch hochvernünftig Gründe und unwidertreibliche Argumenta dahin bringen, daß sie von selbst eine allgemeine Vereinigung wünschen und ihm das ganze Werk, seiner hohen Vernunft nach zu dirigirn, übergeben werden. Alsdann wird er die allergeistreichsten, gelehrtesten und frömmsten Theologos von allen Orten und Enden her, aus allen Religionen zusammenbringen und ihnen einen Ort (wie vor diesem Ptolomäus Philadelphus den zweiundsiebzig

Dolmetschen getan), in einer lustigen doch stillen Gegend, da man wichtigen Sachen ungehindert nachsinnen kann, zurichten lassen, sie daselbst mit Speise und Trank auch aller anderen Notwendigkeit versehen und ihnen auflegen: daß sie sobald immer müglich und jedoch mit der allerreifsten und fleißigsten Wohlerwägung, die Strittigkeiten, so sich zwischen ihren Religionen enthalten, erstlich beilegen und nachgehends mit rechter Einhelligkeit die rechte, wahre, heilige und christliche Religion der Heiligen Schrift, der uralten Tradition und der probirten Heiligen Väter Meinung gemäß schriftlich verfassen sollen. Um dieselbe Zeit wird sich Pluto gewaltig hintern Ohren kratzen, weil er alsdann die Schmälerung seines Reichs besorgen wird, ja er wird allerlei Fünd und List erdenken, ein Que darein zu machen und die Sache, wonicht gar zu hintertreiben, jedoch solche ad infinitum oder indefinitum zu bringen, sich gewaltig bemühen. Er wird sich unterstehen, einem jeden Theologo sein Interesse, seinen Stand, sein geruhig Leben, sein Weib und Kinder, sein Ansehen und je so etwas, das ihm seine Opinion zu behaupten einraten möchte, vorzumalen. Aber mein tapferer Held wird auch nicht feiren; er wird, solang dieses Concilium währet, in der ganzen Christenheit alle Glocken läuten und damit das christliche Volk zum Gebet an das höchste Numen unablässig anmahnen und um Sendung des Geistes der Wahrheit bitten lassen. Wann er aber merken würde, daß sich einer oder ander von Plutone einnehmen läßt, so wird er die ganze Congregation wie in einem Conclave mit Hunger quälen, und wenn sie noch nicht daranwollen, ein so hohes Werk zu befördern, so wird er ihnen allen vom Henken predigen oder ihnen sein wunderbarlich Schwert weisen und sie alle erstlich mit Güte, endlich mit Ernst und Bedrohungen dahin bringen, daß sie ad rem schreiten und mit ihren halsstarrigen, falschen Meinungen die Welt nicht mehr wie vor Alters foppen. Nach erlangter Einigkeit wird er ein groß Jubelfest anstellen und der ganzen Welt diese geläuterte Religion publiciren; und welcher alsdann darwider glaubet, den wird er mit Schwefel und Pech martyrisiren oder einen solchen Ketzer mit Buxbaum bestecken und dem Plutoni zum neuen Jahr schenken. Jetzt weißtu, lieber Ganymede, alles, was du zu wissen begehret hast; nun sage mir aber auch, was die Ursache ist, daß du den Himmel verlassen, in welchem du mir so manchen köstlichen Trunk Nektar eingeschenkt hast?"

Das VI. Kapitel

Simplex hört weiter von Jove erdicht,
was die Flöh haben bei ihm ausgericht

Ich gedachte bei mir selbst, der Kerl dörfte vielleicht kein Narr sein, wie er sich stellet, sondern mir's kochen, wie ich's zu Hanau gemacht, um desto besser von uns durchzukommen; gedachte, ihn derowegen mit dem Zorn zu probiren, weil man einen Narrn am besten bei solchem erkennet und sagte: „Die Ursache, daß ich aus dem Himmel komme, ist, daß ich dich selbst darin manglete; nahm derowegen des Dädali Flügel und flog auf Erden, dich zu suchen; wo ich aber nach dir fragte, fand ich, daß man dir aller Orten und Enden ein schlechtes Lob verliehe, denn Zoilus und Momus haben dich und alle anderen Götter in der ganzen weiten Welt vor so verrucht leichtfertig und stinkend ausgeschrien, daß ihr bei den Menschen allen Credit verloren; du selbst, sagen sie, seist ein filzlausiger, ehebrecherischer Hurenhengst; mit was vor Billigkeit du dann die Welt wegen solcher Laster strafen mögest? Vulcanus sei ein geduldiger Hahnrei und habe den Ehebruch Martis ohn sonderbare, namhafte Rache müssen hingehen lassen; was der hinkende Gauch dann vor Waffen werde schmieden können? Venus sei selbsten die verhaßteste Vettel von der Welt wegen ihrer Unkeuschheit, was sie dann vor Gnade und Gunst einem andern werde mitteilen können? Mars sei ein Mörder und Rauber; Apollo ein unverschämter Huren-Jäger; Mercurius ein unnützer Plauderer, Dieb und Kuppler; Priapus ein Unflat; Hercules ein hirnschelliger Wüterich, und kurzab die ganze Schar der Götter so verrucht, daß man sie sonst nirgendshin als in des Augiä Stall logiren sollte, welcher ohndas durch die ganze Welt stinkt."

„Ach", sagte Jupiter, „wäre es ein Wunder, wann ich meine Güte beiseit setzte und diese heillosen Ehrendiebe und gottesschändenden Verleumder mit Donner und Blitz verfolgte? Was dünket dich, mein getreuer und allerliebster Ganymede? Soll ich diese Schwätzer mit ewigem Durst plagen wie den Tantalum? Oder soll ich sie neben den mutwilligen Plauderer Daphitas auf dem Berg Therace aufhängen lassen? Oder sie mit Anaxarcho in einem Mörsel zerstoßen? Oder soll ich sie zu Agrigento in Phalaris glühenden Ochsen stecken? Nein, nein, Ganymede! Diese Strafen und Plagen sind alle miteinander viel zu gering! Ich will der Pandorä Büchse von neuem füllen und selbe den Schelmen auf die Köpfe ausleeren lassen! Die Nemesis soll die Alecto, Megära und Thesiphone erwekken und ihnen über den Hals schicken, und Hercules soll den Cerberum von Pluto entlehnen und diese bösen Buben damit hetzen wie die Wölfe! Wann ich sie dann dergestalt genugsam gejaget und geplaget haben werde, so will ich sie erst neben den Hesiodum und Homerum in das höllische Haus an eine Säule binden und sie durch die Eumenides ohn einige Erbarmung ewiglich abstrafen lassen."

Indem Jupiter so drohete, zog er in Gegenwart meiner und der ganzen Partei die Hosen herunter, ohn einige Scham, und stöberte die Flöhe daraus, welche ihn, wie man an seiner sprenklichten Haut wohl sahe, schröcklich tribulirt hatten. Ich konnte mir nicht einbilden, was es abgeben sollte, bis er sagte: „Schert euch fort, ihr kleinen Schinder, ich schwöre euch beim Styx, daß ihr in Ewigkeit nicht erhalten sollet, was ihr so sorgfältig sollicitirt!" – Ich fragte ihn, was er mit solchen Worten meine? Er antwortete, daß das Geschlecht der Flöhe, als sie vernommen, daß er auf Erden kommen sei, ihre Gesandten zu ihm geschickt hätten, ihn zu complimentiren. Diese hätten ihm darneben angebracht: obzwar er ihnen die Hunds-Häute zu bewohnen assignirt, daß dennoch zuzeiten wegen etlicher Eigenschaften, welche die Weiber an sich hätten, teils aus ihnen sich verirreten und den Weibern in die Pelze gerieten; solche verirrete arme Tropfen aber würden von den Weibern übel tractiret, gefangen und nicht allein ermordet, sondern auch zuvor zwischen ihren Fingern so elendiglich gemartert und zerrieben, daß es einen Stein erbarmen möchte. „Ja (sagte Jupiter ferner), sie brachten mir die Sache so beweglich und erbärmlich vor, daß ich Mitleiden mit ihnen haben mußte und also ihnen Hülfe zusagte, jedoch mit Vorbehalt, daß ich die Weiber zuvor auch hören möchte; sie aber wandten vor, wann den Weibern erlaubet würde, Widerpart zu halten und ihnen zu widersprechen, so wüßten sie wohl, daß sie mit ihren giftigen Hunds-Zungen entweder meine Frömmigkeit und Güte betäubten, die Flöhe selbsten aber überschreien, oder aber durch ihre lieblichen Worte und Schönheit mich betören und zu einem falschen Urteil verleiten würden. Mit fernerer Bitte, ich wollte sie ihrer untertänigen Treue genießen lassen, welche sie mir allezeit erzeiget und ferner zu leisten gedächten, indem sie allezeit am nächsten darbeigewesen und am besten gewußt hätten, was zwischen mir und der Jo, Callisto, Europa und andern mehr vorgangen; hätten aber niemals nichts aus der Schule geschwätzt, noch der Juno, wiewohl sie sich auch bei ihr pflegten aufzuhalten, einziges Wort gesagt, maßen sie sich noch solcher Verschwiegenheit beflissen, wie denn kein Mensch bis dato (unangesehen sie sich gar nahe bei allen Buhlschaften finden ließen) von ihnen, wie Apollo von den Raben, etwas dergleichen erfahren hätte. Wann ich aber je zulassen wollte, daß die Weiber sie in ihren Bann jagen, fangen und nach Waidmanns-Recht metzeln dörften, so wäre ihre Bitte: zu verschaffen, daß sie hinfort mit einem heroischen Tod hingerichtet und entweder mit einer Axt wie Ochsen niedergeschlagen oder wie Wildpret gefället würden und nicht mehr so schimpflich zwischen ihren Fingern zerquetschen und radbrechen sollten, wodurch sie ohndas ihre eigenen Glieder, damit sie oft was anders berührten, zu Henkers-Instrumenten machten, welches allen ehrlichen Mannsbildern eine große Schand wäre! Ich sagte: Ihr Herren müßt sie greulich quälen, weil sie euch so schröcklich tyrannisiren? – Jawohl, gaben sie mir zur Antwort, sie sind uns sonst so neidig, und vielleicht darum, daß sie sorgen, wir sehen, hören und empfinden zuviel, eben als ob sie unsrer Verschwiegenheit nicht genugsam versichert wären. Was wollte es sein? Können sie uns doch in unserm eigenen Territorio nicht leiden, gestalt manche ihr Schoßhündlein mit Bürsten, Kämmen, Seifen, Laugen und andern Dingen dermaßen durchstreift, daß wir unser Vaterland notdringlich quittiren und andere Wohnungen suchen müsse, unangesehen sie solche Zeit besser anlegen und etwan ihre eigenen Kinder von den Läusen säubern könnten! Darauf erlaubte ich ihnen, bei mir einzukehren und meinen menschlichen Leib ihre Beiwohnung, Tun und Lassen empfinden zu machen, damit ich ein Urteil darnach fassen könnte; da fing das Lumpengesind an mich zu quälen, daß ich sie, wie ihr gesehen habet, wieder abschaffen müssen. Ich will ihnen ein Privilegium auf die Nase hofiren, daß die Weiber sie verrieblen und vertrieblen mögen, wie sie wollen; ja wann ich selbst so einen schlimmen Kunden ertappe, will ich's ihm nicht besser machen!"

Das VII. Kapitel

Simplex der Jäger macht abermal Beuten
und gelangt wieder nach Soest mit Freuden

Wir dorften nicht rechtschaffen lachen, beides, weil wir uns stillhalten mußten und weil's der Phantast nicht gern hatte, wovon Springinsfeld hätte zerbersten mögen. Eben damals zeigte unsre Hohewacht an, die wir auf einem Baum hatten, daß er in der Ferne etwas kommen sehe. Ich stieg auch hinauf und sahe durch mein Perspectiv, daß es zwar die Fuhrleute sein müßten, denen wir aufpaßten,

sie hatten aber niemand zu Fuß, sondern ungefähr etlich und dreißig Reuter zur Convoy bei sich; dahero konnte ich mir die Rechnung leicht machen, daß sie nicht oben durch den Wald, darin wir
lagen, gehen, sondern sich im freien Feld behelfen würden, da wir
ihnen nichts hätten abgewinnen mögen, wiewohl es daselbst einen
bösen Weg hatte, der ungefähr sechshundert Schritte von uns etwan
dreihundert Schritte vom Ende des Waldes oder Berges durch die
Ebne vorbeiging. Ich wollte ungern so lang daselbst umsonst gelegen oder nur einen Narrn erbeutet haben, machte derhalben geschwind einen andern Anschlag, der mir auch anging.

Von unsrer Lagerstatt ging eine Wasser-Runze in einer Klamme
hinunter (die bequem zu reuten war) gegen dem Feld wärts; deren
Ausgang besatzte ich mit zwanzig Mann, nahm auch selbst meinen
Stand bei ihnen und ließ den Springinsfeld schier an dem Ort, wo
wir zuvor gelegen waren, sich in seinem Vorteil halten, befahl auch
meiner Bursch, wann die Convoy hinkomme, daß jeder seinen
Mann gewiß nehmen sollte, sagte auch jedem, wer Feuer geben und
welcher seinen Schuß im Rohr zum Vorrat behalten sollte. Etliche
alte Kerl sagten, was ich gedächte? Und ob ich wohl vermeinte, daß
die Convoy an diesen Ort kommen würde, da sie nichts zu tun hätten und dahin wohl in hundert Jahren kein Baur kommen sei? Andere aber, die da glaubten, ich könne zaubern (maßen ich damals
deswegen in einem großen Ruf war), gedachten, ich würde den
Feind in unsere Hände bannen. Aber ich brauchte hierzu keine Teu-
fels-Kunst, sondern nur den Springinsfeld; denn als die Convoy,
welche ziemlich Trupp hielte, recta gegen uns vorüberpassiren
wollte, fing Springinsfeld aus meinem Befelch so schröcklich an zu
brüllen wie ein Ochs und zu wiehern wie ein Pferd, daß der ganze
Wald einen Widerschall davon gab und einer hoch geschworen hätte,
es wären Rosse und Rinder vorhanden. Sobald die Convoy das
hörte, gedachten sie Beuten zu machen und an diesem Ort etwas zu
erschnappen, das doch in derselben ganzen Gegend nicht anzutreffen, weil das Land ziemlich erödet war; sie ritten sämtlich so geschwind und unordentlich in unsern Halt, als wann ein jeder der erste hätte sein wollen, die beste Schlappe zu holen, welche es dann so
dicht setzte, daß gleich im ersten Willkommen, den wir ihnen
gaben, dreizehn Sättel geleeret und sonst noch etliche aus ihnen ge-
quetscht wurden.

Hierauf lief Springinsfeld gegen ihnen die Klamm herunter und
schrie: „Jäger, hieher!", davon die Kerl noch mehr erschröckt und
so irr wurden, daß sie weder hinter sich, für sich noch nebenaus rei-

ten konnten, absprangen und sich zu Fuß davon machen wollten. Aber ich bekam sie alle siebenzehn samt dem Leutenant, der sie commandirt hatte, gefangen und ging damit auf die Wägen los, spannete vierundzwanzig Pferde aus und bekam nur etliche wenige Seidenware und holländische Tücher; denn ich dorfte nicht so viel Zeit nehmen, die Toten zu plündern, geschweige die Wägen recht zu durchsuchen, weil sich die Fuhrleute zu Pferd bald aus dem Staub gemacht, als die Action anging, durch welche ich zu Dorsten hätte verraten und unterwegs wieder aufgehoben werden können. Da wir nun aufgepackt hatten, lief Jupiter auch aus dem Wald und schrie uns nach, ob ihn denn Ganymedes verlassen wollte? Ich antwortete ihm: Ja, wenn er den Flöhen das begehrte Privilegium nicht mitteilen wollte! –„Ich wollte lieber" – antwortete er wieder – „daß sie miteinander im Cocyto lägen!" – Ich mußte lachen, und weil ich ohndas noch leere Pferde hatte, ließ ich ihn aufsitzen; demnach er aber nicht besser reuten konnte als eine Nuß, mußte ich ihn aufs Pferd binden lassen; da sagte er, daß ihn unser Scharmützel an diejenige Schlacht gemahnet hätte, welche die Lapithä hiebevor mit den Centauris bei des Pirithoi Hochzeit angefangen hätten.

Wie nun alles vorüber war und wir mit unsern Gefangenen davonpostirten, als ob uns jemand jagte, bedachte erst der gefangene Leutenant, was er vor einen groben Fehler begangen, daß er nämlich einen so schönen Trupp Reuter dem Feind so unvorsichtig in die Hände geführet und dreizehn so wackere Kerl auf die Fleischbank geliefert hätte, fing derowegen an zu desperiren und kündete mir das Quartier wieder auf, das ich ihm selbsten gegeben hatte; ja er wollte mich gleichsam zwingen, ich sollte ihn totschießen lassen, denn er gedachte nicht allein, daß dieses Übersehen ihm eine große Schande sein und unverantwortlich fallen, sondern auch an seiner künftigen Beförderung verhinderlich sein würde, wofern es anders nicht gar darzu käme, daß er den Schaden mit seinem Kopf bezahlen müßte. Ich aber sprach ihm zu und hielt ihm vor, daß manchem rechtschaffenen Soldaten das unbeständige Glück seine Tücke bewiesen, ich hätte aber darum noch keinen gesehen, der deswegen verzagt oder gar verzweifelt sei; sein Beginnen sei ein Zeichen der Kleinmütigkeit, tapfere Soldaten aber gedächten, die empfangenen Schäden ein andermal wieder einzubringen; mich würde er nimmermehr dahin bringen, daß ich das Cartell verletze oder eine so schändliche Tat wider alle Billigkeit und löblicher Soldaten Gewohnheit und Herkommen beginge. Da er nun sahe, daß ich nicht dranwollte, fing er an mich zu schmähen, in Meinung, mich zum Zorn zu bewegen, und sagte: Ich hätte nicht aufrecht und redlich mit ihm gefochten, sondern wie ein Schelm und Strauch-Mörder gehandelt und seinen bei sich gehabten Soldaten das Leben als ein Dieb und Erzkujon abgestohlen; worüber seine eigenen Bursch, die wir gefangen hatten, mächtig erschraken, die Meinigen aber ebensosehr ergrimmten, also daß sie ihn wie ein Sieb durchlöchert hätten, wann ich's nur zugelassen, maßen ich genug abzuwehren bekam. Ich aber bewegte mich nicht einmal über seine Reden, sondern nahm Freund und Feind zum Zeugen dessen, was da geschahe, und ließ ihn den Leutenant binden und als einen Unsinnigen verwahren. Versprach auch, ihn Leutenant, sobald wir in unsern Posten kämen und es meine Officirer zulassen wollten, mit meinen eigenen Pferden und Gewehr, worunter er dann die Wahl haben sollte, anzustaffiren und ihm öffentlich mit Pistolen und Degen zu weisen, daß Betrug im Krieg, wider seinen Gegenteil zu üben in Rechten erlaubt sei; warum er nicht bei seinen Wägen geblieben, darauf er bestellt gewesen; oder da er ja hätte sehen wollen, was im Wald stecke, warum er dann zuvor nicht rechtschaffen hätte recognosciren lassen, welches ihm besser angestanden wäre, als daß er jetzund so unsinnige Narrenpossen anfinge, daran sich doch niemand kehren würde.

Hierüber gaben mir Freund und Feind recht und sagten: sie hätten unter hundert Parteigängern nicht einen angetroffen, der auf solche Schmäheworte nicht nur den Leutenant totgeschossen, sondern auch alle Gefangenen mit der Leiche geschicket hätte. Also brachte ich meine Beute und Gefangenen den andern Morgen glücklich in Soest an und bekam mehr Ehre und Ruhm von dieser Partei als zuvor nimmer; jeder sagte: Dies gibt wieder einen jungen Johann de Werd! Welches mich trefflich kützelte; aber mit dem Leutenant Kugeln zu wechseln oder zu raufen, wollte der Commandant nicht zugeben, denn er sagte, ich hätte ihn schon zweimal überwunden. Jemehr sich nun dergestalt mein Lob wieder vermehrte, jemehr nahm der Neid bei denen zu, die mir ohndas mein Glück nicht gönneten.

Das VIII. Kapitel

Simplex den Teufel im Trog siehet liegen,
Springinsfeld pflegt schöne Pferde zu kriegen

Meines Jupiters konnte ich nicht loswerden, denn der Commandant begehrte ihn nicht, weil nichts an ihm zu ropfen war, sondern sagte, er wollte mir ihn schenken. Also bekam ich einen eigenen Narrn und dorfte keinen kaufen, wiewohl ich das Jahr zuvor selbst vor einen mich hatte gebrauchen lassen müssen. So wunderlich ist das Glück und so veränderlich ist die Zeit! Kurz zuvor tribulirten mich die Läuse, und jetzt habe ich den Flöhe-Gott in meiner Gewalt. Vor einem halben Jahr dienete ich einem schlechten Dragoner vor einen Jungen; nunmehro aber vermochte ich zween Knechte, die mich Herr hießen. Es war noch kein Jahr vergangen, daß mir die Buben nachliefen, mich zur Hure zu machen, jetzt war es an dem, daß die Mägdlein selbst aus Liebe sich gegen mir vernarrten: Also ward ich beizeiten gewahr, daß nichts Beständigers in der Welt ist als die Unbeständigkeit selbsten. Dahero mußte ich sorgen, wann das Glück einmal seine Mucken gegen mich auslasse, daß es mir meine jetzige Wohlfahrt gewaltig eintränken würde.

Damals zog der Graf von der Wahl, als Obrister Gubernator des Westphälischen Kreises, aus allen Garnisonen einige Völker zusammen, eine Cavalcada durchs Stift Münster gegen Vecht, Meppen, Lingen und der Orten zu tun, vornehmlich aber zwo Compagnien hessische Reuter im Stift Paderborn auszuheben, welche zwo Meilen von Paderborn lagen und den Unserigen daselbsten viel Dampfs antäten. Ich ward unter unsern Dragonern mitcommandirt, und als sie einige Truppen zu Hamm gesammlet, gingen wir schnell fort und berannten bemeldter Reuter Quartier, welches ein schlecht verwahrtes Städtlein war, bis die Unserigen hernach kamen. Sie unterstunden durchzugehen, wir jagten sie aber wieder zurück in ihr Nest; es ward ihnen angeboten, sie ohn Pferd und Gewehr, jedoch mit dem, was der Gürtel beschließe, passiren zu lassen. Aber sie wollten sich nicht darzu verstehen, sondern mit ihren Karbinern wie Musquetirer wehren. Also kam es darzu, daß ich noch dieselbe Nacht probiren mußte, was ich vor Glück in Stürmen hätte, weil die Dragoner vorangingen; da gelang es mir so wohl, daß ich samt dem Springinsfeld gleichsam mit den ersten ganz unbeschädigt in das Städtlein kam; wir leerten die Gassen bald, weil niedergemacht ward, was sich im Gewehr befand, und sich die Bürger nicht hatten wehren wollen; also ging es mit uns in die Häuser; Springinsfeld sagte: Wir müßten ein Haus vornehmen, vor welchem ein großer Haufen Mist läge, denn in denselben pflegten die reichsten Kauzen zu sitzen, denen man gemeiniglich die Offizirer einlogirte. Darauf griffen wir ein solches an, in welchem Springinsfeld den Stall, ich aber das Haus zu visitiren vornahm, mit dieser Abrede, daß jeder dasjenige, was er bekäm, mit dem andern parten sollte. Also zündete jeder seinen Wachsstock an; ich rufte nach dem Vater im Haus, kriegte aber keine Antwort, weil sich jedermann versteckt hatte; geriet indessen in eine Kammer, fand aber nichts als ein leer Bette darin und einen beschlossenen Trog. Den hämmerte ich auf, in Hoffnung, etwas Kostbares zu finden, aber da ich den Deckel auftat, richtete sich ein kohlschwarzes Ding gegen mir auf, welches ich vor den Lucifer selbst ansahe. Ich kann schwören, daß ich mein Lebtag nie so erschrocken bin als eben damals, da ich diesen schwarzen Teufel so unversehens erblickte: „Daß dich dieser und jener erschlage!" sagte ich gleichwohl in solchem Schröcken und zuckte mein Äxtlein, damit ich den Trog aufgemacht, und hatte doch das Herz nicht, ihm solches in Kopf zu hauen. Er aber kniete nieder, hub die Hände auf und sagte: „Min leve Heer, ick bidde ju doer Gott, schinkt mi min Levend!"

Da hörete ich erst, daß es kein Teufel war, weil er von Gott redete und um sein Leben bat. Sagte demnach, er sollte sich aus dem Trog geheien; das tät er und ging mit mir so nackend, wie ihn Gott erschaffen hatte. Ich schnitt ein Stück von meinem Wachsstock und gab's ihm, mir zu leuchten; das tät er gehorsamlich und führete mich in ein Stüblein, da ich den Hausvater fand, der samt seinem Gesind dies lustige Spektakul ansahe und mit Zittern um Gnade bat! Diese erhielte er leicht, weil wir den Bürgern ohndas nichts tun dorften und er mir des Rittmeisters Bagage, darunter ein ziemlich wohlgespickt verschlossen Felleisen war, einhändigte, mit Bericht, daß der Rittmeister und seine Leute bis auf einen Knecht und gegenwärtigen Mohren, sich zu wehren, auf ihre Posten gangen wären.

Indessen hatte der Springinsfeld besagten Knecht mit sechs gesattelten schönen Pferden auch im Stall erwischt; die stellten wir ins Haus, verriegelten solches und ließen den Mohren sich anziehen, den Wirt aber auftragen, was er vor seinen Rittmeister zurichten müssen. Als aber die Tore geöffnet, die Posten besetzt und unser General-Feldzeugmeister, Herr Graf von der Wahl, eingelassen ward, nahm er sein Logiment in ebendemselben Haus, darin wir uns befanden; darum mußten wir bei finstrer Nacht wieder ein ander Quartier suchen. Das fanden wir bei unsern Cameraden, die auch mit Sturm ins Städtlein kommen waren; bei denselbigen ließen wir uns wohl sein und brachten den übrigen Teil der Nacht mit Fressen und Saufen zu, nachdem ich und Springinsfeld miteinander unsere Beuten geteilet hatten. Ich bekam vor mein Teil den Mohren und die zwei besten Pferde, darunter ein spanisches war, auf welchem ein Soldat sich gegen seinem Gegenteil dorfte sehen lassen, mit dem ich nachgehends nicht wenig prangte; aus dem Felleisen aber kriegte ich unterschiedliche köstliche Ringe und in einer göldenen Kapsel, mit Rubinen besetzt, des Prinzen von Oranien Conterfait, weil ich dem Springinsfeld das übrige alles ließe, kam also, wann ich alles hätte halber hinwegschenken wollen, mit Pferden und allem über die zweihundert Ducaten; vor den Mohren aber, der mich am allersaustesten ankommen war, ward mir vom General-Feldzeugmeister, als welchem ich ihn präsentirte, nicht mehr als zwei Dutzet Taler verehret.

Von dannen gingen wir schnell an die Ems, richteten aber wenig aus, und weil sich's eben traf, daß wir auch gegen Recklinghausen zu kamen, nahm ich Erlaubnus, mit Springinsfeld meinem Pfaffen zuzusprechen, dem ich hiebevor den Speck gestohlen hatte; mit demselben machte ich mich lustig und erzählte ihm, daß mir der Mohr den Schröcken, den er und seine Köchin neulich empfunden, wieder eingetränkt hätte, verehrete ihm auch eine schöne schlagende Hals-Uhr zum freundlichen Valete, so ich aus des Rittmeisters Felleisen bekommen hatte; pflegte also aller Orten diejenigen zu Freunden zu machen, so sonsten Ursache gehabt hätten, mich zu hassen.

Das IX. Kapitel

Simplex tut Meldung vom ungleichen Kampf,
schießt einen, daß von ihm gehet der Dampf

Meine Hoffahrt vermehrete sich mit meinem Glück, daraus endlich nichts anders als mein Fall erfolgen konnte. Ungefähr eine halbe Stunde von Rehnen campirten wir, als ich mit meinem besten Cameraden Erlaubnus begehrte, in dasselbe Städtlein zu gehen, etwas an unserm Gewehr flicken zu lassen, so wir auch erhielten. Weil aber unsre Meinung war, uns einmal rechtschaffen miteinander lustig zu machen, kehreten wir im besten Wirtshaus ein und ließen Spielleute kommen, die uns Wein und Bier hinuntergeigen mußten. Da ging's in floribus her und blieb nichts unterwegen, was nur dem Gelde wehe tun möchte, ja ich hielt Bursch von anderen Regimentern zu Gast und stellete mich nicht anders als wie ein junger Prinz, der Land und Leute vermag und alle Jahre ein groß Geld zu verzehren hat. Dahero ward uns auch besser als einer Gesellschaft Reuter, die gleichfalls dort zehrete, aufgewartet, weil's jene nicht so toll hergehen ließen; das verdroß sie und fingen an mit uns zu kippeln: „Woher kommt's", sagten sie untereinander, „daß diese Stiegelhupfer (denn sie hielten uns vor Musquetirer, maßen kein Tier in der Welt ist, das einem Musquetirer gleicher siehet als ein Dragoner, und wann ein Dragoner vom Pferd fällt, so stehet ein Musquetirer wieder auf) ihre Heller so weisen?" Ein anderer antwortete: „Jener Säugling ist gewiß ein Stroh-Junker, dem seine Mutter etliche Milch-Pfennige geschicket, die er jetzo seinen Cameraden spendirt, damit sie ihn künftig irgendswo aus dem Dreck oder etwan durch einen Graben tragen sollen." Mit diesen Worten zieleten sie auf mich, denn ich ward vor einen jungen Edelmann bei ihnen angesehen. Solches ward mir durch die Kellerin hinterbracht, weil ich's aber nicht selbst gehört, konnte ich anders nichts darzu tun, als daß ich ein groß Bierglas mit Wein einschenken und solches auf Gesundheit aller rechtschaffenen Musquetirer herumgehen, auch jedesmal solchen Alarm darzu machen ließ, daß keiner sein eigen Wort hören konnte; das verdroß sie noch mehr, derowegen sagten sie offentlich: „Was Teufels haben doch die Stiegelhüpfer vor ein Leben?" Springinsfeld antwortete: „Was gehet's die Stiefelschmierer an?" Das ging ihm hin, denn er sahe so gräßlich drein und machte so grausame und bedrohliche Mienen, daß sich keiner an ihm reiben dorfte. Doch stieß es ihnen wieder auf, und zwar einem ansehnlichen Kerl, der sagte: „Und wann sich die Maurenscheißer auch auf ihrem Mist (er vermeinte, wir lägen da in der Garnison, weil unsere Kleidungen nicht so wetterfärbig aussahen wie derjenigen Musquetirer, die Tag und Nacht im Feld liegen) nicht so breitmachen dörften, wo wollten sie sich dann sehen lassen? Man weiß ja wohl, daß jeder von ihnen in offenen Feldschlachten unser Raub sein muß gleichwie die Taube eines jeden Stoß-Falken!" Ich antwortete ihm: „Wir müssen Städt und Festungen einnehmen, und solche werden uns auch zu verwahren vertrauet, dahingegen ihr Reuter auch vor dem geringsten Ratten-Nest keinen Hund aus dem Ofen locken könnet; warum wollten wir uns dann in dem, was mehr unser als euer ist, nicht dörfen lustig machen?" Der Reuter antwortete: „Wer Meister im Felde ist, dem folgen die Festungen! Daß wir aber die Feldschlachten gewinnen müssen, folget aus dem, daß ich so drei Kinder, wie du eins bist, mitsamt ihren Musqueten nicht allein nicht förchten, sondern ein Paar davon auf den Hut stecken und den dritten erst fragen wollte, wo deiner noch mehr wären? Und säße ich nur bei dir, (sagte er gar höhnisch), so wollte ich dem Junker Glattmaul zu Bestätigung der Wahrheit ein paar Dachteln geben!" Ich antwortete ihm: „Obzwar ich vermeine, ein so gut Paar Pistolen zu haben als du, wiewohl ich kein Reuter, sondern nur ein Zwitter zwischen ihnen und den Musquetirern bin, schau!, so hat doch ein Kind das Herz, mit seiner Musqueten allein, einem solchen Prahler zu Pferd, wie du einer bist, gegen all seinem Gewehr im freien Feld nur zu Fuß zu erscheinen." – „Ach du Coujon", sagte der Kerl, „ich halte dich vor einen Schelmen, wann du nicht wie ein Redlicher von Adel alsbald deinen Worten eine Kraft giebest." Hierauf warf ich ihm einen Handschuh zu und sagte: „Siehe da, wann ich diesen im freien Feld durch meine Musquete nicht zu Fuß wieder von dir bekomme, so habe genugsame Macht und Gewalt, mich vor denjenigen zu halten und auszuschreien, wie mich deine Vermessenheit gescholten hat."

Hierauf zahlten wir den Wirt, und der Reuter machte seinen Carabiner und Pistolen, ich aber meine Musquete fertig, und da er mit seinen Cameraden von uns an den bestimmten Ort ritt, sagte er zu meinem Springinsfeld, er sollte mir nur allgemach das Grab bestellen. Dieser aber antwortete ihm, er möchte solches auf eine Vorsorge seinen eigenen Cameraden, vor ihn selbst zu bestellen, anbefehlen; mir aber verwies er meine Frechheit und sagte unverhohlen, er besorge, ich werde aus dem letzten Loch pfeifen. Ich lachte hingegen, weil ich mich schon vorlängst besonnen hatte, wie ich einem wohlmontirten Reuter begegnen müsse, wann mich einmal einer zu Fuß mit meiner Musquete im weiten Feld feindlich angreifen sollte. Da wir nun an den Ort kamen, wo der Betteltanz angehen sollte, hatte ich meine Musquete bereits mit zweien Kugeln geladen, frisch Zündkraut aufgerührt und den Deckel auf der Zündpfanne mit Unschlitt verschmiert, wie vorsichtige Musquetirer zu tun pflegen, wann sie das Zündloch und Pulver auf der Pfannen im Regenwetter vor Wasser verwahren wollen.

Eh wir nun aufeinander gingen, bedingten beiderseits Cameraden miteinander, daß wir uns im freien Feld angreifen und zu solchem Ende der eine von Ost, der andere aber von West in ein umzäuntes Feld eintreten sollten, und alsdann möge ein jeder sein Bestes gegen dem andern tun, wie ein Soldat tun soll, welcher dergestalt seinen Feind vor Augen kriegt. Es sollte sich auch weder vor, in noch nach dem Kampf keiner von beiden Parteien unterstehen, seinem Cameraden zu helfen, noch dessen Tod oder Beschädigung zu rächen. Als sie solches einander mit Mund und Hand versprochen hatten, gaben ich und mein Gegner einander auch die Hände und verziehe je einer dem andern seinen Tod. In welcher allerunsinnigsten Torheit, welche je ein vernünftiger Mensch begehen kann, ein jeder hoffte, seiner Gattung Soldaten das Prae zu erhalten, gleichsam als ob des einen oder andern Teils Ehre und Reputation an dem Ausgang unsers teuflischen Beginnens gelegen gewest wäre! Da ich nun an meinem Ende mit doppeltbrennendem Lunten in angeregtes Feld trat und meinen Gegenteil vor Augen sahe, stellete ich mich, als ob ich das alte Zündkraut im Gang abschütte; ich tät's aber nicht, sondern rührte Zündpulver nur auf den Deckel meiner Zündpfanne, blies ab und paßte mit zween Fingern auf der Pfanne auf, wie bräuchlich ist, und eh ich meinem Gegenteil, der mich auch wohl im Gesicht hielt, das Weiße in Augen sehen konnte, schlug ich auf ihn an und brannte mein falsch Zündkraut auf dem Deckel der Pfannen vergeblich hinweg. Mein Gegner vermeinte, die Musquete hätte mir versagt und das Zündloch wäre mir verstopft, sprengte derowegen mit einer Pistol in der Hand gar zu begierig recta auf mich dar, in Meinung, mir meinen Frevel zu bezahlen. Aber eh er sich's versahe, hatte ich die Pfanne offen und wieder angeschlagen, hieß ihn auch dergestalt willkommen sein, daß Knall und Fall eins war.

Ich retirirte mich herauf zu meinen Cameraden, die mich gleichsam küssend empfingen; die Seinigen aber entledigten ihn aus seinem Stegreif und täten gegen ihm und uns wie redliche Kerl, maßen sie mir auch meinen Handschuh mit großem Lob wieder schickten. Aber da ich mein Ehre am größten zu sein schätzte, kamen fünfundzwanzig Musquetirer aus Rehnen, welche mich und meine Cameraden gefangennahmen. Ich zwar ward alsbald in Ketten und Banden geschlossen und der Generalität überschickt, weil alle Duell bei Leib- und Lebensstraf verboten waren.

Das X. Kapitel

Simplex wird vom Feldzeugmeister befreiet,
er machet ihm Hoffnung, die ihm nicht gedeihet

Demnach unser General-Feldzeugmeister strenge Kriegs-Disciplin zu halten pflegte, besorgte ich die Verlierung meines Kopfs. Hingegen hatte ich noch Hoffnung davonzukommen, weil ich bereits in so blühender Jugend jederzeit mich gegen dem Feind wohl gehalten und einen großen Ruf und Namen der Tapferkeit erworben. Doch war solche Hoffnung ungewiß, weil dergleichen täglichen Händel halber die Notdurft erfordert, ein Exempel zu statuiren. Die Unserigen hatten eben damals ein festes Rattennest berennet und auffordern lassen, aber eine abschlägige Antwort bekommen, weil der Feind wußte, daß wir kein grob Geschütz führten. Derowegen ruckte unser Graf von der Wahl mit dem ganzen Corpo vor besagten Ort, begehrte durch einen Trompeter abermal die Übergabe und drohete zu stürmen, es erfolgte aber nichts anders als dieses nachgesetzte Schreiben:

Hoch-Wohlgeborner Graf, etcetera. Aus Eurer Gräflichen Excellenz an mich Abgelassenem habe vernommen, was Dieselbe im Namen der Römisch Kaiserlichen Majestät an mich gesinnen. Nun wissen aber Euer Hoch-Gräfliche Excellenz Dero hohen Vernunft nach, wie übel-anständig, ja unverantwortlich einem Soldaten fallen würde, wann er einen solchen Ort, wie dieser ist, dem Gegenteil ohn sonderbare Not einhändigte: Wessentwegen Dieselbe mir denn verhoffentlich nicht verdenken werden, wann ich mich befleißige zu verharren, bis die Waffen Euer Excellenz dem Ort zusprechen. Kann aber Euer Excellenz meine Wenigkeit außerhalb Herren-Diensten in ichtwas zu gehorsamen die Gelegenheit haben, so werde ich sein

Eurer Excellenz
Allerdienstwilligster Diener
N. N.

Hierauf ward in unserm Lager unterschiedlich von dem Ort discurirt, denn solches liegenzulassen war gar nicht ratsam, zu stürmen ohn eine Bresche hätte viel Blut gekostet und wäre doch noch mißlich gestanden, ob man's übermeistert hätte oder nicht? Hätte man aber erst die Stücke und alle Zubehör von Münster oder Hamm herholen sollen, so wäre gar viel Mühe, Zeit und Unkosten darauf geloffen. Indem man nun bei Großen und Kleinen ratschlagte, fiel mir ein, ich sollte mir diese Occasion zunutz machen, um mich zu erledigen. Also gebot ich meinen Witz und allen fünf Sinnen zusammen und bedachte mich, wie man den Feind betrügen möchte, weil's nur an den Stücken mangelte. Und weil mir gleich zufiel, wie der Sache zu tun sein möchte, ließ ich meinen Obrist-Leutenant wissen, daß ich Anschläge hätte, durch welche der Ort ohne Mühe und Unkosten zu bekommen wäre, wann ich nur Pardon erlangen und wieder auf freien Fuß gestellet werden könnte. Etliche alte und versuchte Soldaten lachten darüber und sagten: „Wer hangt, der langt; der gute Geselle gedenket, sich loszuschwätzen!" Aber der Obrist-Leutenant selbst und andere, die mich kannten, nahmen meine Reden an wie einen Glaubens-Articul; weswegen er selbsten zum General-Feldzeugmeister ging und demselben mein Vorgeben anbrachte, mit Erzählung vielen Dings, das er von mir zu sagen wußte. Weil denn nun der Graf hiebevor auch vom Jäger gehöret hatte, ließ er mich vor sich bringen und solang meiner Bande entledigen. Der Graf hielt eben Tafel, als ich hinkam, und mein Obrist-Leutenant erzählte ihm, als ich verwichenen Frühling meine erste Stunde unter Sankt Jacobs Pforte zu Soest Schildwacht gestanden, sei unversehens ein starker Platzregen mit großem Donner und Sturmwind kommen, deswegen sich jedermann aus dem Feld und den Gärten in die Stadt salvirt; und weil das Gedräng beide von Laufenden und Reitenden ziemlich dick geworden, hätte ich schon damals den Verstand gehabt, der Wacht ins Gewehr zu rufen, weil in solchem Geläuf eine Stadt am besten einzunehmen sei; zuletzt (sagte der Obrist-Leutenant ferner) kam ein altes Weib ganz tropfnaß daher, die sagte, eben als sie beim Jäger vorbeipassirte: „Ja, ich habe dies Wetter schon wohl vierzehn Tage in meinem Rucken stecken gehabt!" Als der Jäger solches hörete und eben einen Stecken in Händen hatte, schlug er sie damit übern Buckel und sagte: „Du alte Hex, hastu's denn nicht eher herauslassen können? Hastu eben müssen warten, bis ich anfahe Schildwacht zu stehen?" Da ihm aber sein Officier abwehrete, antwortete er: „Es geschiehet ihr recht; das alte Raben-Aas hat schon vor vier Wochen gehört, daß jedermann nach einem guten Regen geschrien, warum hat sie ihn den ehrlichen Leuten nicht eher gegönnet? So wäre vielleicht Gerste und Hopfen besser geraten." Worüber der General-Feldzeugmeister, wiewohl er sonst ein ernsthafter Herr war, trefflich lachte. Ich aber gedachte: Erzählt der Obrist-Leutenant dem Grafen solche Narrnpossen, so hat er ihm gewißlich auch nicht verschwiegen, was ich sonst angestellet habe. Ich aber ward vorgelassen.

Als mich nun der General-Feldzeugmeister fragte, was mein Anbringen wäre?, antwortete ich: „Gnädiger Herr, und so weiter. Obzwar mein Verbrechen und Euer Excellenz rechtmäßig Gebot und Verbot mir beide das Leben absprechen, so heißet mich jedoch meine alleruntertänigste Treue (die ich Dero Römisch Kaiserlichen Majestät, meinem Allergnädigsten Herrn, bis in Tod zu leisten schuldig bin) einen Weg als den andern meines wenigen Orts dem Feind einen Abbruch tun und erst Allerhöchstgedachter Römischer Kaiserlicher Majestät Nutzen und

Kriegswaffen befördern." Der Graf fiel mir in die Rede und sagte: „Hastu mir nicht neulich den Mohren gebracht?" Ich antwortete: „Ja, Gnädiger Herr." – Da sagte er: „Wohl, dein Fleiß und Treue möchte vielleicht meritirn, dir das Leben zu schenken; was hastu aber vor einen Anschlag, den Feind aus gegenwärtigem Ort zu bringen, ohn sonderbaren Verlust der Zeit und Mannschaft?" Ich antwortete: „Weil der Ort vor grobem Geschütz nicht bestehen kann, so hält meine Wenigkeit davor, der Feind würde bald accordirn, wann er nur eigentlich glaubte, daß wir Stücke bei uns haben." – „Das hätte mir wohl ein Narr gesagt", antwortete der Graf, „wer wird sie aber überreden, solches zu glauben?" Ich antwortete: „Ihre eigenen Augen. Ich habe ihre hohe Wacht mit einem Perspectiv gesehen, die kann man betrügen, wann man nur etliche Blöcker, den Brunnen-Teichlen gleich, auf Wägen ladet und dieselben mit einem starken Gespann in das Feld führet, so werden sie schon glauben, es sein grobe Stück, vornehmlich wann Euer Gräfliche Excellenz irgendswo im Feld etwas aufwerfen läßt, als ob man Stücke dahin pflanzen wollte." – „Mein liebes Bürschlein", antwortete der Graf, „es sein keine Kinder darin, sie werden diesem Spiegelfechten nicht glauben, sondern die Stücke auch hören wollen, und wann der Poß dann nicht angehet", sagte er zu den umstehenden Officirern, „so werden wir von aller Welt verspottet!" – Ich antwortete: „Gnädiger Herr, ich will schon Stücke in ihren Ohren lassen klingen, wann man nur ein paar Doppelhacken und ein ziemlich groß Faß haben kann; allein ohn den Knall wird sonst kein Effect vorhanden sein; sollte man aber ja wider Verhoffen nur Spott damit erlangen, so werde ich, der Inventor, weil ich ohndas sterben muß, solchen Spott mit mir dahinnehmen und denselben mit meinem Leben aufheben."

Obzwar nun der Graf nicht daranwollte, so persuadirte ihn jedoch mein Obrist-Leutenant dahin, denn er sagte, daß ich in dergleichen Sachen so glückselig sei, daß er im wenigsten zweifele, daß dieser Poß nicht auch angehen werde. Derowegen befahl ihm der Graf, die Sache anzustellen, wie er vermeinte, daß sich's tun ließe, und sagte im Scherz zu ihm: Die Ehre, so er damit erwürbe, sollte ihm allein zustehen.

Also wurden drei solcher Blöcker zuwegen gebracht und vor jedes vierundzwanzig Pferde gespannet, wiewohl nur zwei genug gewesen wären; diese führten wir gegen Abend dem Feind ins Gesicht; indessen aber hatte ich auch drei Doppelhacken und ein Stück-Faß, so wir von einem Schloß bekamen, unterhanden und richtete ein und anders zu, wie ich's haben wollte; das ward bei Nacht zu unsrer visirlichen Artollerei verschafft. Den Doppelhacken gab ich zweifache Ladung und ließ sie durch berührtes Faß (dem der vordere Boden benommen war) losgehen, gleichob es drei Losung-Schüsse hätten sein sollen; das donnerte dermaßen, daß jedermann Stein und Bein geschworen hätte, es wären Quartier-Schlangen oder halbe Cartaunen gewesen. Unser General-Feldzeugmeister mußte der Gaukelfuhre lachen und ließ dem Feind abermal einen Accord anbieten mit dem Anhang, wann sie sich nicht noch diesen Abend bequemen würden, daß es ihnen morgen nicht mehr so gut werden sollte. Darauf wurden alsbald beiderseits Geiseln geschickt, der Accord geschlossen und uns noch dieselbige Nacht ein Tor der Stadt eingegeben. Welches mir trefflich zugut kam, denn der Graf schenkte mir nicht allein das Leben, das ich kraft seines Verbots verwirkt hatte, sondern ließ mich noch selbige Nacht auf freien Fuß stellen und befahl dem Obrist-Leutenant in meiner Gegenwart, daß er mir das erste Fähnlein, so ledig würde, geben sollte: Welches ihm aber ungelegen war, denn er hatte der Vettern und Schwäger so viel, die aufpaßten, daß ich vor denselben nicht zugelassen werden konnte.

Das XI. Kapitel

Simplex erzählt unterschiedliche Sachen,
die nicht gar wichtig, doch Lustbarkeit machen

Es begegnete mir auf demselbigen Marsch nichts Merkwürdiges mehr. Da ich aber wieder nach Soest kam, hatten mir die Lippstättischen Hessen meinen Knecht, den ich bei meiner Bagage im Quartier gelassen, samt einem Pferd auf der Weid hinweggefangen; von demselben erkündigte der Gegenteil mein Tun und Lassen, dahero hielten sie mehr von mir als zuvor, weil sie hiebevor durch das gemeine Geschrei beredet worden zu glauben, daß ich zaubern könnte. Er erzählte ihnen auch, daß er einer von denen Teufeln gewesen sei, die den Jäger von Werle auf der Schäferei so erschröckt hätten; da solches erstbesagter Jäger erfuhr, schämte er sich so sehr, daß er abermal das Reißaus spielete und von Lippstatt zu den Holländern lief. Aber es war mein größtes Glück, daß mir dieser Knecht gefangen worden, maßen aus der Folge meiner Historie zu vernehmen sein wird.

Ich fing an, mich etwas reputirlicher zu halten als zuvor, weil ich so stattliche Hoffnung hatte, in Bälde ein Fähnlein zu haben. Ich gesellete mich allgemach zu den Officirern und jungen Edelleuten, die eben auf dasjenige spannten, was ich in Bälde zu kriegen mir einbildete. Diese waren deswegen meine ärgsten Feinde und stelleten sich doch gegen mir als meine besten Freunde; so war mir der Obrist-Leutenant auch nicht so gar grün, weil er Befelch hatte, mich vor seinen Verwandten zu befördern. Mein Hauptmann war mir darum abhold, weil ich mich an Pferden, Kleidern und Gewehr viel prächtiger hielt als er und dem alten Geizhals nicht mehr wie hiebevor spendirte; er hätte lieber gesehen, daß mir neulich der Kopf hinweggeschlagen als ein Fähnlein versprochen worden wäre, denn er gedachte meine schönen Pferde zu erben. So haßte mich mein Leutenant eines einzigen Worts halber, das ich neulich unbedachtsam laufen lassen; das fügte sich also: Wir waren miteinander in letzter Cavalcada commandirt, eine gleichsam verlorne Wacht zu halten; als nun das Schildwachthalten an mir war (welches liegend geschehen mußte, unangesehen es stockfinstre Nacht war), kroch der Leutenant auch auf dem Bauch zu mir wie eine Schlange und sagte: „Schildwacht, merkstu was?" Ich antwortete: „Ja, Herr Leutenant." – „Was da? Was da?" sagte er. Ich antwortete: „Ich merke, daß sich der Herr förchtet."

Von dieser Zeit an hatte ich keine Gunst mehr bei ihm, und wo es am ungeheursten war, ward ich zum ersten hin commandiret; ja er suchte an allen Orten und Enden Gelegenheit und Ursache, mir, noch eh ich Fähnrich würde, das Wams auszuklopfen, weil ich mich gegen ihn nicht wehren dörfte. Nicht weniger feindeten mich auch alle Feldwaibel an, weil ich ihnen allen vorgezogen ward. Was aber gemeine Knechte waren, die fingen auch an, in ihrer Liebe und Freundschaft zu wanken, weil es das Ansehen hatte, als ob ich sie verachte, indem ich mich nicht sonderlich mehr zu ihnen, sondern wie obgemeldt zu größern Hansen gesellete, die mich drum nicht desto lieber sahen. Das Allerärgste war, daß mir kein einziger Mensch sagte, wie jedermann gegen mir gesinnet, so konnte ich's auch nicht merken, weil mir mancher die besten Worte unter Augen gab, der mich doch lieber tot gesehen hätte!

Ich lebte eben dahin wie ein Blinder, in aller Sicherheit, und ward je länger, je hoffärtiger, und wannschon ich wußte, daß es ein oder andern verdroß, so ich's etwan denen von Adel und vornehmen Officirern mit Pracht bevortät, so ließ ich's drum nicht unterwegen. Ich scheuete mich nicht, nachdem ich Gefreiter worden, ein Kollet von sechzig Reichstalern, rote scharlachne Hosen und weiße atlassene Ärmel, überall mit Gold und Silber verbrämt, zu tragen, welches damals eine Tracht der höchsten Officirer war, darum stach's einen jeden in die Augen. Ich war aber ein schröcklich junger Narr, daß ich den Hasen so laufen ließ, denn hätte ich mich anders gehalten und das Geld, das ich so unnützlich an den Leib hängte, an gehörige Ort und Ende verschmieret, so hätte ich nicht allein das Fähnlein bald bekommen, sondern mir auch nicht so viel zu Feinden gemacht. Ich ließ es aber hierbei noch nicht bleiben, sondern putzte mein bestes Pferd, das Springinsfeld vom hessischen Rittmeister bekommen hatte, mit Sattel, Zeug und Gewehr dergestalt heraus, daß man mich, wenn ich darauf saß, gar wohl vor einen andern Ritter Sankt Georgen hätte ansehen mögen. Nichts vexirte mich mehr, als daß ich mich keinen Edelmann zu sein wußte, damit ich meinen Knecht und Jungen auch in meine Liverei hätte kleiden mögen. Ich gedachte, alle Dinge haben ihren Anfang; wann du ein Wappen hast, so hast du schon eine eigne Liverei, und wann du Fähnrich wirst, so mußtu ja ein Petschier haben, wannschon du kein Junker bist.

Ich war nicht lang mit solchen Gedanken schwanger gangen, als ich mir durch einen Comitem Palatinum ein Wappen geben ließ; das waren drei rote Larven in einem weißen Feld und auf dem Helm ein Brustbild eines jungen Narrn in kälbernem Habit mit einem Paar Hasen-Ohren, vorn mit Schellen gezieret: denn ich dachte, dies schickte sich am besten zu meinem Namen, weil ich Simplicius hieße. So wollte ich mich auch des Narrn gebrauchen, mich in meinem künftigen hohen Stand stetigs dabei zu erinnern, was ich zu Hanau vor ein Gesell gewesen, damit ich nicht gar zu hoffärtig würde, weil ich mich schon jetzt keine Sau zu sein bedünken ließ. Also ward ich erst rechtschaffen der erste meines Namens Stammens und Wappens, und wann mich jemand damit hätte foppen wollen, so hätte ich ihm ohn Zweifel einen Degen oder paar Pistolen anpräsentiret.

Wiewohl ich damals noch nichts nach dem Weibervolk fragte, so ging ich doch gleichwohl mit denen von Adel, wann sie irgends Jungfern besuchten, deren es denn viel in der Stadt gab, mich sehen zu lassen und mit meinen schönen Haaren, Kleidern und Federbüschen zu prangen. Ich muß bekennen, daß ich meiner Gestalt halber allen andern vorgezogen ward, mußte aber darneben hören, daß mich die verwöhnten Schleppsäck einem schönen und wohlgeschnitzten hölzernen Bild verglichen, an welchem außer der Schönheit sonst weder Kraft nach Saft wäre; denn es war sonst nichts an mir, das ihnen gefiele, so konnte ich auch ohn das Lautenschlagen sonst noch nichts machen oder vorbringen, das ihnen angenehm gewesen wäre, weil ich noch nichts vom Lieben wußte. Als mich aber auch diejenigen, die sich um das Frauenzimmer umtun konnten, meiner holzböckischen Art und Ungeschicklichkeit halber anstachen, um sich selbst dadurch beliebter zu machen und ihre Wohlredenheit zu rühmen, sagte ich hingegen, daß mir's genug sei, wann ich noch zur Zeit meine Freude an einem blanken Degen und einer guten Musquete hätte. Nachdem auch das Frauenzimmer diese meine Rede billigte, verdroß es sie so sehr, daß sie mir heimlich den Tod schwuren, unangesehen keiner war, der das Herz hatte, mich herauszufordern oder Ursache zu geben, daß ich einen von ihnen gefodert hätte, dazu ein paar Ohrfeigen oder sonst ziemlich empfindliche Worte genug wären gewesen, zudem ich mich auch ziemlich breitmachte. Woraus das Frauenzimmer mutmaßete, daß ich ein resoluter Jüngling sein müßte; sagten auch unverhohlen, daß bloß meine Gestalt und rühmlicher Sinn bei einer Jungfer das Wort besser tun könne als alle andere Complimenten, die Amor je erfunden, welches die Anwesenden noch mehr verbitterte.

Das XII. Kapitel

Simplex bekommt einen Schatz durch das Glück,
bringet denselben mit Freuden zurück

Ich hatte zwei schöne Pferde, die waren alle meine Freude, die ich selbiger Zeit in der Welt genoß; alle Tage ritt ich mit denselben auf die Reitschule oder sonst spazieren, wann ich sonst nichts zu tun hatte; nicht zwar, als hätten die Pferde noch etwas bedörft zu lernen, sondern ich tät's darum, damit die Leute sehen sollten, daß die schönen Creaturen mir zugehörten. Wenn ich dann so durch eine Gasse daherprangete oder vielmehr das Pferd mit mir dahintanzte und das albere Volk zusahe und zu einander sagte: „Sehet, das ist der Jäger! Ach, welch ein schön Pferd! Ach, wie ein schöner Federbusch!" oder: „Min God, wat vor en prave Kerl is mi dat!", so spitzte ich die Ohren gewaltig und ließ mir's so sanft tun, als ob mich die Königin Nichaula dem weisen Salomon in seiner höchsten Majestät sitzend verglichen hätte. Aber ich Narr hörete nicht, was vielleicht damals verständige Leute von mir hielten oder meine Mißgönner von mir sagten; diese letzteren wünschten mir ohn Zweifel, daß ich Hals und Bein brechen sollte, weil sie mir's nicht gleichtun konnten. Andere aber gedachten gewißlich, wann jedermann das Seinige hätte, daß ich nicht so toll daherziehen würde. Kurz, die Allerklügsten müssen mich ohn allen Zweifel vor einen jungen Lappen gehalten haben, dessen Hoffart notwendig nicht lang dauern würde, weil sie auf einem schlechten Fundament bestünde und nur aus ungewissen Beuten unterhalten werden müßte. Und wann ich selber die Wahrheit bekennen soll, muß ich gestehen, daß diese letzteren nicht unrecht urteilten, wiewohl ich's damals nicht verstand; denn es war nichts anders mit mir, als daß ich meinem Mann oder Gegenteil, wann einer mit mir zu tun bekommen, das Hemd rechtschaffen heiß machen, also wohl vor einen einfachen guten Soldaten passiren hätten können, wiewohl ich gleichsam noch ein Kind war. Aber diese Ursache machte mich so groß: daß jetziger Zeit der geringste Roß-Bub den allertapfersten Held von der Welt totschießen kann; wäre aber das Pulver noch nicht erfunden gewesen, so hätte ich die Pfeife wohl im Sack müssen steckenlassen.

Meine Gewohnheit war, wann ich so herumterminirte, daß ich alle Wege und Stege, alle Gräben, Moräste, Büsche, Bühel und Wasser beritt, dieselbige mir bekannt machte und ins Gedächtnüs faßte, damit wann's etwan an ein oder anderm Ort eine Occasion setzte, mit dem Feind zu scharmützeln, ich mir des Orts Gelegenheit beides, offensive und defensive, zunutz machen könnte. Zu solchem Ende ritt ich einsmals unweit der Stadt bei einem alten Gemäur vorüber, darauf vorzeiten ein Haus gestanden. Im ersten Anblick gedachte ich, dies wäre ein gelegener Ort, darin aufzupassen oder sich dahin zu retirirn, sonderlich vor uns Dragoner, wann wir von Reutern übermannt und gejagt werden sollten. Ich ritt in den Hof, dessen Gemäur ziemlich verfallen war, zu sehen, ob man sich auch auf den Notfall zu Pferd dahin salviren und wie man sich zu Fuß daraus wehren könnte. Als ich nun zu solchem Ende alles genau besichtigen und bei dem Keller, dessen Gemäur noch rundumher aufrecht stund, vorüberreiten wollte, konnte ich mein Pferd, welches sonst im geringsten nicht scheuete, weder mit Liebe noch Leid nicht hinbringen, wo ich hinwollte; ich sporte es, daß mich's daurte, aber es half nichts! Ich stieg ab und führte es an der Hand die verfallene Keller-Stegen hinunter, wovon es doch scheuete, damit ich mich ein andermal darnach richten könnte. Aber es hupfte zurück, so sehr es immer mochte; doch brachte ich's endlich mit guten Worten und Streichen hinunter, und indem ich's strich und ihm liebkoste, ward ich gewahr, daß es vor Angst schwitzte und die Augen stets in eine Ecke des Kellers richtete, dahin es am allerwenigsten wollte und ich auch das geringste nicht sahe, darob der schlimmste Kollerer hätte wetterläunisch werden mögen. Als ich nun so mit Verwunderung dastund und dem Pferde zusahe, wie es vor Furcht zitterte, kam mich auch ein solches Grausen an, daß mir nicht anderst war, als ob man mich bei den Haaren über sich zöge und einen Kübel voll kalt Wasser über mich abgösse; doch konnte ich nichts sehen; aber das Pferd stellete sich viel seltsamer, also daß ich mir nichts anders einbilden konnte, als ich müßte vielleicht mitsamt dem Pferd verzaubert sein und in demselben Keller mein Ende nehmen. Derowegen wollte ich wieder zurück, aber mein Pferd folgte mir nicht, dahero ward ich noch ängstiger und so verwirrt, daß ich schier nicht wußte, was ich tat. Zuletzt nahm ich eine Pistol auf den Arm und band das Pferd an einen starken Holderstock (der im Keller aufgewachsen war), der Meinung, aus dem Keller zu gehen und Leute in der Nähe zu suchen, die meinem Pferd wieder heraufhülfen, und indem ich hiermit umgehe, fällt mir ein, ob nicht vielleicht in diesem alten Gemäur ein Schatz verborgen läge, dahero es so ungeheur sein möchte. Ich glaubte meinem Einfall und sahe mich genauer um; und sonderlich in der Ecke, dahin mein Pferd so gar nicht wollte, ward ich eines Stück Gemäurs gewahr, ungefähr so groß als ein gemeiner Kammer-Laden, welches dem andern alten Gemäur beides an der Farbe und Arbeit nicht allerdings gleichte; da ich aber hinzugehen wollte, ward mir abermal wie zuvor, nämlich als ob mir alle Haare gen Berg stünden, welches mich in meiner Meinung stärkte, daß nämlich ein Schatz daselbst verborgen sein müßte.

Zehen-, ja hundertmal lieber hätte ich Kugeln gewechselt, als mich in solcher Angst befunden. Ich ward gequält und wußte doch nicht von wem, denn ich sahe oder hörete nichts; ich nahm das ander Pistol auch von meinem Pferd und wollte damit durchgehen und das Pferd stehenlassen, vermochte aber die Stegen nicht hinaufzukommen, weil mich, wie mich deuchte, eine starke Luft aufhielt. Da lief mir erst die Katze den Buckel hinauf!

Zuletzt fiel mir ein, ich sollte meine Pistolen lösen, damit die Bauren, so in der Nähe im Feld arbeiteten, mir zuliefen und mit Rat und Tat zuhülf kämen; das tät ich, weil ich sonst kein Mittel, Rat noch Hoffnung hatte oder wußte, aus diesem ungeheuren Wunderort zu kommen; ich war auch so erzörnt oder vielmehr so desperat (denn ich weiß selber nicht mehr, wie mir gewesen ist), daß ich im Losschießen meiner Pistolen gerad an den Ort kehrete, allwo ich vermeinte, daß die Ursache meiner seltsamen Begegnus stecke, und traf obangeregtes Stück Gemäur mit zweien Kugeln so hart, daß es ein Loch gab, darain man zwo Fäuste hätte stecken mögen. Als der Schuß geschehen, wieherte mein Pferd und spitzte die Ohren, welches mich herzlich erquickte; nicht weiß ich, ist damals das Ungeheuer oder Gespenst verschwunden oder hat sich das arme Tier über das Schießen erfreuet?

Einmal, ich faßte wieder ein frisch Herz und ging ganz unverhindert und ohn alle Furcht zu dem Loch, das ich erst durch den Schuß geöffnet hatte; da fing ich an, die Maur vollends einzubrechen, und fand von Silber, Gold und Edelgesteinen einen solchen reichen Schatz, der mir noch bis auf diese Stunde wohl bekäme, wann ich ihn nur recht zu verwahren und anzulegen gewußt hätte. Es waren aber sechs Dutzet altfränkische silberne Tischbecher, ein groß gölden Pocal, etliche Duplet, vier silberne und ein göldenes Salzfaß, eine altfränkische göldne Kette, unterschiedliche Diamanten, Rubinen, Saphire und Schmaragde in Ringen und andern Kleinodien gefasset, item ein ganz Lädlein voll großer Perlen, aber alle verdorben oder abgestanden, und dann in einem versporten ledernen Sack achtzig von den ältisten Joachims-Talern aus feinem Silber, sodann achthundertunddreiundneunzig Goldstücke mit dem Französischen Wappen und einem Adler, welche Münze niemand kennen wollte, weil man, wie sie sagten, die Schrift nicht lesen konnte. Diese Münze, die Ringe und Kleinodien steckte ich in meine Hosensäcke, Stiefeln, Hosen und Pistolhulftern, und weil ich keinen Sack bei mir hatte, sintemal ich nur spaßgeritten war, schnitt ich meine Schabracke vom Sattel und packte in dieselbige (weil sie gefüttert war und mir gar wohl vor einen Sack dienen konnte) das übrige Silbergeschirr, hängte die göldene Kette an Hals, saß fröhlich zu Pferd und ritt meinem Quartier zu.

Wie ich aber aus dem Hof kam, ward ich zweier Bauren gewahr, welche davonlaufen wollten, sobald sie mich sahen; ich ereilte sie leichtlich, weil ich sechs Füße und ein eben Feld hatte und fragte sie, warum sie hätten wollen ausreißen? Und warum sie sich so schröcklich förchteten? Da erzählten sie mir, daß sie vermeint hätten, ich wäre das Gespenst, das in gegenwärtigem ödem Edelhof wohne, welches die Leute, wann man ihm zu nahe käme, elendiglich zu tractiren pflege. Und als ich ferner um dessen Beschaffenheit fragte, gaben sie mir zur Antwort, daß aus Furcht des Ungeheurs oft in vielen Jahren kein Mensch an denselben Ort komme, es sei dann jemand Fremder, der verirre und ungefähr dahingerate. Die gemeine Sage ginge im Land, es wäre ein eiserner Trog voller Geldes darin, den ein schwarzer Hund hüte zusamt einer verfluchten Jungfer; und wie die alte Sage ginge, sie auch selbsten von ihren Groß-Eltern gehört hätten, so sollte ein fremder Edelmann, der weder seinen Vater noch Mutter kenne, ins Land kommen, dieselbe Jungfer erlösen, den eisernen Trog mit einem feurigen Schlüssel aufschließen und das verborgene Geld davonbringen. Dergleichen alberne Fabeln erzählten sie mir noch viel, weil sie aber gar zu schlecht klingen, will ich geliebter Kürze halber abbrechen.

Hernach fragte ich sie, was denn sie beide da gewollt hätten, da sie doch ohndas nicht in das Gemäur gehen dörften? Sie antworteten, sie hätten einen Schuß samt einem lauten Schrei gehöret; da sein sie zugeloffen, zu sehen, was da zu tun sein möchte? Als ich ihnen aber sagte, daß ich zwar geschossen hätte, der Hoffnung, es würden Leute zu mir ins Gemäur kommen, weil mir auch ziemlich angst worden, wüßte aber von keinem Geschrei nichts: da antworteten sie, man möchte in diesem Schloß lang hören schießen, bis jemand hineinlauft aus unsrer Nachbarschaft, denn es ist in Wahrheit so abenteurlich damit beschaffen, daß wir dem Junker nicht glauben würden, wann er sagte, er wäre daringewesen, dafern wir ihn nicht selbst wieder hätten sehen herausreuten.

Hierauf wollten sie viel Dings von mir wissen, vornehmlich wie es darin beschaffen wäre und ob ich die Jungfer samt dem schwarzen Hund auf dem eisernen Trog nicht gesehen hätte? Also daß ich ihnen, wann ich nur aufschneiden wollen, seltsame Bären hätte anbinden können; aber ich sagte ihnen im geringsten nichts, auch nicht einmal, daß ich den köstlichen Schatz ausgehoben, sondern ritt meines Wegs in mein Quartier und beschauete meinen Fund, der mich herzlich erfreuete.

Das XIII. Kapitel

Simplex hat törichte Grillen bei sich,
läßt sein gefunden Geld nicht gern im Stich

Diejenigen, die wissen, was das Geld gilt und dahero solches vor ihren Gott halten, haben nicht geringe Ursache; denn ist jemand in der Welt, der dessen Kräfte und beinahe göttliche Tugenden erfahren hat, so bin ich's. Ich weiß, wie einem zumut ist, der dessen einen ziemlichen Vorrat hat, so habe ich auch nicht nur einmal erfahren, wie derjenige gesinnet sei, der keinen einzigen Heller vermag. Ja ich dörfte mich vermessen zu erweisen, daß es alle Tugend und Würkungen viel kräftiger hat und vermag als alle Edelgestein, denn es vertreibet alle Melancholei wie der Diamant; es machet Lust und Beliebung zu den Studiis wie der Smaragd, darum werden gemeiniglich mehr reicher als armer Leute Kinder Studenten; es nimmt hinweg Forchtsamkeit, machet den Menschen fröhlich und glückselig wie der Rubin. Es ist dem Schlaf oft hinderlich wie die Granaten, hingegen hat es auch eine große Kraft, die Ruhe und den Schlaf zu befördern wie der Haycinth; es stärket das Herz und machet den Menschen freudig, sittsam, frisch und mild wie der Saphir und Amethist; es vertreibet böse Träume, machet fröhlich, schärfet den Verstand, und so man mit jemand zanket, machet es, daß man sieget wie der Sardus, vornehmlich wenn man alsdann den Richter brav damit schmieret; es löschet aus die geilen und unkeuschen Begierden, sonderlich weil man schöne Weiber um Geld kriegen kann. In Kürze, es ist nicht auszusprechen, was das liebe Geld vermag, wie ich denn hiebevor in meinem „S c h w a r z und W e i ß" etwas davon geschrieben, wenn man es nur recht zu brauchen und anzulegen weiß.

Was das Meinige anbelanget, das ich damals mit Rauben und Findung dieses Schatzes zuwegen gebracht, so hatte dasselbe eine seltsame Natur an sich, denn erstlich machte es mich hoffärtiger, als ich zuvor war, sogar daß mich auch im Herzen verdroß, daß ich nur Simplicius heißen sollte. Es hinderte mir den Schlaf wie der Amethist, denn ich lag manche Nacht und speculirte, wie ich solches anlegen und noch mehr darzu bekommen möchte. Es machte mich zu einem perfecten Rechenmeister, denn ich überschlug, was mein ungemünztes Silber und Gold wert sein möchte, summirte solches zu demjenigen, das ich hin und wieder verborgen und noch bei mir im Säckel hatte, und befand ohn die Edelgesteine ein namhaftes Facit! Es gab mir auch seine eigne angeborne Schalkheit und böse Natur zu versuchen, indem es mir das Sprichwort (wo viel ist, begehrt man immer mehr) rechtschaffen auslegte und mich so geizig machte, daß mir jedermann hätte feind werden mögen. Ich bekam von ihm wohl närrische Anschläge und seltsame Grillen ins Hirn und folgte doch keinem einzigen Einfall, den ich kriegte. Einmal kam mir's in Sinn, ich sollte den Krieg quittiren, mich irgendshin setzen und mit einem schmutzigen Maul zum Fenster naussehen. Aber geschwind reuete mich's wieder, vornehmlich da ich bedachte, was vor ein freies Leben ich führe und was vor Hoffnung ich hätte, ein großer Hans zu werden. Da gedachte ich dann: Hui Simplici, laß dich adeln und wirb dem Kaiser eine eigne Compagnie Dragoner aus deinem Säckel, so bistu schon ein ausgemachter junger Herr, der mit der Zeit noch hochsteigen kann. Sobald ich aber zu Gemüt führete, daß meine Hoheit durch ein einzig unglücklich Treffen fallen oder sonst durch einen Friedenschluß samt dem Krieg in Bälde ein End nehmen könnte, ließ ich mir diesen Anschlag auch nicht mehr belieben. Alsdann fing ich an, mir mein vollkommen männlich Alter zu wünschen, denn wann ich solches hätte, sagte ich zu mir selber, so nähmestu eine schöne junge, reiche Frau, alsdann kauftestu irgends einen adeligen Sitz und führtest ein geruhiges Leben. Ich wollte mich auf die Viehzucht legen und mein ehrlich Auskommen reichlich haben können; da ich aber wußte, daß ich noch viel zu jung hierzu war, mußte ich diesen Anschlag auch fahrenlassen.

Solcher und dergleichen Einfälle hatte ich viel, bis ich endlich resolvirte, meine besten Sachen irgendhin in einer wohlverwahrten Stadt einem begüterten Mann in Verwahrung zu geben und zu verharren, was das Glück ferner mit mir machen würde. Damals hatte ich meinen Jupiter noch bei mir, denn ich konnte seiner nicht loswerden; derselbe redte zuzeiten sehr subtil und war etliche Wochen gar klug, hatte mich auch über alle Maßen lieb, weil ich ihm viel Gutes täte, und demnach er mich immer in tiefen Gedanken gehen sahe, sagte er zu mir: „Liebster Sohn, schenket Euer Schindgeld Gold und Silber hinweg." Ich sagte: „Warum, mein lieber Jove?" – „Darum", antwortete er, „damit Ihr Euch Freunde dadurch machet und Eurer unnützen Sorgen loswerdet." Ich sagte, daß ich lieber gern mehr hätte. Darauf sagte er: „So sehet, wo Ihr mehr bekommt; aber auf solche Weise werdet Ihr Euch Euer Lebtag weder Ruhe noch Freunde schaffen; lasset die alten Schabhälse geizig sein, Ihr aber haltet Euch, wie es einem jungen, wackern Kerl zustehet; Ihr sollt noch viel eher Mangel an guten Freunden als Geld erfahren."

Ich dachte der Sache nach und befand zwar, daß Jupiter wohl rede, der Geiz aber hatte mich schon dergestalt eingenommen, daß ich gar nicht gedachte, etwas hinzuschenken, doch verehrte ich zuletzt dem Commandanten ein paar silberne und übergoldte Duplet, meinem Hauptmann aber ein paar silberne Salzfässer, damit ich aber nichts anders ausrichtete, als daß ich ihnen nur das Maul auch nach dem übrigen wässerig machte, weil es rare Antiquitäten waren. Meinem getreuesten Cameraden Springinsfeld schenkte ich zwölf Reichstaler; der riet mir dargegen, ich sollte mein Reichtum von mir tun oder gewärtig sein, daß ich dadurch in Unglück käme, denn die Officirer sähen nicht gern, daß ein gemeiner Soldat mehr Geld hätte als sie. So hätte er auch wohl ehemals gesehen, daß ein Camerad den andern um Geldes halber heimlich ermordet; bisher hätte ich wohl heimlich halten können, was ich an Beuten erschnappt, denn jedermann glaubete, ich hätte alles wieder an Kleider, Pferde und Gewehr gehängt, nunmehr aber würde ich niemand kein Ding mehr verklaiben oder weismachen können, daß ich kein übrig Geld hätte; denn jeder machte den gefundenen Schatz jetzt größer, als er an sich selbst sei und ich ohndas nicht mehr wie hiebevor spendirte; er müsse oft hören, was unter der Bursch vor ein Gemurmel gehe; sollte er anstatt meiner sein, so ließe er den Krieg Krieg sein, setzte sich irgendhin in Sicherheit und ließe den lieben Gott walten. Ich antwortete: „Höre Bruder, wie kann ich die Hoffnung, die ich zu einem Fähnlein habe, so leichtlich in den Wind schlagen?" – „Ja, ja", sagte Springinsfeld, „hole mich dieser und jener, wann du ein Fähnlein bekommst! Die anderen, so auch darauf hoffen, sollten dir eh tausendmal den Hals brechen helfen, wann sie sehen, daß eins ledig und du es bekommen solltest; lerne mich nur keine Karpfen kennen, denn mein Vater war ein Fischer! Halte mir's zugut, Bruder, denn ich habe länger zugesehen, wie es im Krieg hergehet als du. Siehestu nicht, wie mancher Feldwaibel bei seinem kurzen Gewehr grau wird, der vor vielen eine Compagnie zu haben meritirte; vermeinestu, sie sein nicht auch Kerl, die etwas haben hoffen dörfen? Zudem so gebühret ihnen von Rechts wegen mehr als dir solche Beförderung, wie du selber erkennest." Ich mußte schweigen, weil Springinsfeld aus einem teutschen, aufrichtigen Herzen mir die Wahrheit so getreulich sagte und nicht heuchelte; jedoch biß ich die Zähne heimlich übereinander, denn ich bildete mir damals trefflich viel ein.

Doch erwog ich diese und meines Jupiters Reden sehr fleißig und bedachte, daß ich keinen einzigen angebornen Freund hätte, der sich meiner in Nöten annehmen oder meinen Tod, er geschehe heimlich oder öffentlich, rächen würde. Auch konnte ich mir leicht einbilden, wie die Sache an sich selbsten war, dennoch aber ließ weder mein Ehr- noch Geldgeiz zu, viel weniger die Hoffnung groß zu werden, den Krieg zu quittiren und mir Ruhe zu schaffen, sondern ich verblieb bei meinem ersten Vorsatz, und indem sich eben eine Gelegenheit auf Cöln präsentirte (indem ich mit hundert Dragonern etliche Kaufleute und Güter-Wägen von Münster dorthin convojirn helfen mußte), packte ich meinen gefundenen Schatz zusammen, nahm ihn mit und gab ihn einem von den vornehmsten Kaufleuten daselbst gegen Aushändigung einer specificirten Handschrift aufzu-

212

heben; das waren vierundsiebenzig Mark ungemünzt fein Silber, fünfzehn Mark Gold, achtzig Joachimstaler und in einem verpetschirten Kästlein unterschiedliche Ringe und Kleinodien, so mit Gold und Edelgesteinen achthalb Pfund in allem gewogen, samt achthundertdreiundneunzig antikische gemünzte Goldstücke, deren jedes anderthalb Goldgülden schwer war. Meinen Jupiter brachte ich auch dahin, weil er's begehrte und in Cöln ansehnliche Verwandte hatte; gegen denselben rühmte er die Guttaten, die er von mir empfangen, und machte, daß sie mir viel Ehre erwiesen. Mir aber riet er noch allezeit, ich sollte mein Geld besser anlegen und mir Freunde davor kaufen, die mich mehr als das Gold in den Kisten nutzen würden.

Das XIV. Kapitel

Simplex, der Jäger, wird vom Feind gefangen,
pfleget auch bald gute Gunst zu erlangen

Auf dem Zuruckweg machte ich mir allerhand Gedanken, wie ich mich inskünftig halten wollte, damit ich doch jedermanns Gunst erlangen möchte, denn Springinsfeld hatte mir einen unruhigen Floh ins Ohr gesetzt und mich zu glauben persuadiret, als ob mich jedermann neide, wie es denn in der Wahrheit auch nicht anders war. So erinnerte ich mich auch dessen, was mir die berühmte Wahrsagerin zu Soest ehemals gesagt, und belud mich deshalber mit noch größern Sorgen. Mit diesen Gedanken schärfte ich meinen Verstand trefflich und nahm gewahr, daß ein Mensch, der ohn Sorgen dahinlebet, fast wie ein Vieh sei. Ich sann aus, welcher Ursache halber mich ein oder ander hassen möchte, und erwug, wie ich einem jeden begegnen müsse, damit ich dessen Gunst wiedererlange, verwunderte mich darneben zum höchsten, daß die Kerl so falsch sein und mir lauter gute Worte geben sollten, da sie mich nicht liebten! Derowegen gedachte ich mich anzustellen wie die andern und zu reden, was jedem gefiel, auch jedem mit Ehrerbietung zu begegnen, obschon es mir nicht ums Herz wäre; vornehmlich aber merkte ich klar, daß meine eigene Hoffart mich mit den meisten Feinden beladen hatte, deswegen hielt ich vor nötig, mich wieder demütig zu stellen, obschon ich's nicht sei, mit den gemeinen Kerlen wieder unten und oben zu liegen, vor den Höhern aber den Hut in Händen zu tragen und mich des Kleider-Prachts in etwas abzutun, bis sich etwan mein Stand änderte.

Ich hatte mir von dem Kauf-Herrn in Cöln hundert Taler geben lassen, solche samt Interesse wieder zu erlegen, wann er mir meinen Schatz aushändigte, dieselbe gedachte ich unterwegs der Convoi halb zu verspendirn, weil ich nunmehr erkannte, daß der Geiz keine Freunde machet. Solchergestalt war ich resolvirt, mich zu ändern und noch auf diesem Weg den Anfang zu machen. Ich machte aber die Zeche ohn den Wirt. Denn da wir durch das Bergische Land passiren wollten, paßten uns an einem sehr vorteilhaften Ort achtzig Feur-Röhrer und funfzig Reuter auf, eben als ich selbfünft mit einem Corporal geschickt ward, voranzureuten und die Straße zu partiren. Der Feind hielt sich still, als wir in ihren Halt kamen, ließ uns auch passiren, damit wann sie uns angegriffen hätten, die Convoi nicht gewarnet würde, bis sie auch zu ihnen in die Enge käme; schickte uns aber einen Cornet mit acht Reutern nach, die uns im Gesicht behielten, bis die Ihrigen unsre Convoi selbst angriffen und wir umkehrten, uns auch zun Wägen zu tun. Da gingen sie auf uns und fragten, ob wir Quartier wollten? Ich vor meine Person war wohl beritten, denn ich hatte mein bestes Pferd unter mir, ich wollte aber gleichwohl nicht ausreißen, schwang mich herum, auf eine kleine Ebne zu sehen, ob da Ehre einzulegen sein möchte. Indessen hörte ich stracks an der Salve, welche die Unserigen empfingen, was die Glocke geschlagen, trachtete derowegen nach der Flucht, aber der Cornet hatte alles vorbedacht und uns den Paß schon abgeschnitten, und indem ich durchzuhauen bedacht war, bot er mir, weil er mich vor einen Officier ansahe, nochmals Quartier an. Ich gedachte, das Leben eigentlich davonzubringen ist besser als eine ungewisse Hazard, sagte derowegen: Ob er mir Quartier halten wollte als ein redlicher Soldat? Er antwortete: „Ja, rechtschaffen!" Also präsentirte ich ihm meinen Degen und gab mich dergestalt gefangen. Er fragte mich gleich, was ich vor einer sei, denn er sehe mich vor einen Edelmann und also auch vor einen Officier an? Da ich ihm aber antwortete, ich würde der Jäger von Soest genannt, antwortete er: „So hat er gut Glück, daß er uns vor vier Wochen nicht in die Hände geraten, denn zu selbiger Zeit hätte ich ihm kein Quartier geben noch halten dörfen, dieweil man ihn damal vor einen offentlichen Zauberer gehalten hat."

Dieser Cornet war ein tapferer junger Cavalier und nicht über zwei Jahre älter als ich, er erfreuete sich trefflich, daß er die Ehre hatte, den berühmten Jäger gefangen zu haben, deswegen hielt er auch das versprochene Quartier sehr ehrlich und auf holländisch, deren Gebrauch ist, ihren gefangenen spanischen Feinden von demjenigen, was der Gürtel beschleußt, nichts zu nehmen. Ja er ließ mich nicht einmal visitiren, ich aber war selbst der Bescheidenheit, das Geld aus meinen Schubsäcken zu tun und ihnen solches zuzustellen, da es an ein Partens ging; sagte auch dem Cornet heimlich, er sollte sehen, daß ihm mein Pferd, Sattel und Zeug zuteil würde, dann er im Sattel dreißig Ducaten finden würde und das Pferd ohndas seinesgleichen schwerlich hätte. Von deswegen ward mir der Cornet so hold, als ob ich sein leiblicher Bruder wäre, er saß auch gleich auf mein Pferd und ließ mich auf den seinigen reuten; von der Convoi aber blieben nicht mehr als sechs tot und dreizehn wurden gefangen, darunter acht beschädigt; die übrigen gingen durch und hatten das Herz nicht, dem Feind im freien Feld die Beute wieder abzujagen, das sie fein hätten tun können, weil sie alle zu Pferd waren.

Nachdem die Beuten und Gefangenen geteilet worden, gingen die Schweden und Hessen (denn sie waren aus unterschiedlichen Garnisonen) noch selbigen Abend voneinander; mich und den Corporal samt noch dreien Dragonern behielt der Cornet, weil er uns gefangen bekommen; dahero wurden wir in eine Festung geführt, die nicht gar zwei Meilen von unsrer Garnison lag. Und weil ich hiebevor demselben Ort viel Dampfs angetan, war mein Name daselbst wohl bekannt, ich selber aber mehr geförcht als geliebt. Da wir die Stadt vor Augen hatten, schickte der Cornet einen Reuter voran, seine Ankunft dem Commandanten zu verkünden, auch anzuzeigen, wie es abgeloffen und wer die Gefangenen sein; davon es ein Geläuf in der Stadt geben, das nit auszusagen, weil jeder den Jäger gern sehen wollte. Da sagte einer dies, der ander jenes von mir, und war nicht anders anzusehen, als ob ein großer Potentat seinen Einzug gehalten hätte.

Wir Gefangenen wurden stracks zum Commandanten geführet, welcher sich sehr über meine Jugend verwunderte. Er fragte mich, ob ich nie auf schwedischer Seite gedienet hätte und was ich vor ein Landsmann wäre? Als ich ihm nun die Wahrheit sagte, wollte er wissen, ob ich nicht Lust hätte, wieder auf ihrer Seite zu bleiben? Ich antwortete ihm, daß es mir sonst gleich gülte, allein weil ich dem Römischen Kaiser einen Eid geschworen hätte, so dünkte mich, es gebühre mir, solchen zu halten. Darauf befahl er, uns zum Gewaltiger zu führen, und erlaubte doch dem Cornet auf sein Anhalten, uns zu gastiren, weil ich hiebevor meine Gefangenen (darunter sein Bruder sich befunden) auch solchergestalt tractiret hätte. Da nun der Abend kam, fanden sich unterschiedliche Officirer, sowohl Soldaten von Fortun als geborne Cavaliers beim Cornet ein, der mich und den Corporal auch holen ließ; da ward ich, die Wahrheit zu bekennen, von ihnen überaus höflich tractirt. Ich machte mich so lustig, als ob ich nichts verloren gehabt, und ließ mich so vertreulich und offenherzig vernehmen, als ob ich bei keinem Feind gefangen, sondern bei meinen allerbesten Freunden wäre; darbei beflisse ich mich der Bescheidenheit, soviel mir immer möglich war, denn ich konnte mir leicht einbilden, daß dem Commandanten mein Verhalten wieder notificirt würde; so auch geschehen, maßen ich nachmals erfahren.

Den andern Tag wurden wir Gefangenen, und zwar einer nach dem andern, vor den Regiments-Schulzen geführet, welcher uns examinirte; der Corporal war der erste und ich der ander. Sobald ich in den Saal trat, verwunderte er sich auch über meine Jugend und sagte, mir solche vorzurücken: „Mein Kind, was hat dir der Schwede getan, daß du wider ihn kriegest?" Das verdroß mich, vornehmlich da ich eben so junge Soldaten bei ihnen gesehen, als ich war, antwortete derhalben: „Die schwedischen Krieger haben mir meine Schnellkugeln oder Klicker genommen, die wollte ich gern wieder holen."

Da ich ihn nun dergestalt bezahlte, schämten sich seine beisitzenden Officirer, maßen einer anfing auf Latein zu sagen: Er sollte von ernstlichen Sachen mit mir reden, er hörte wohl, daß er kein Kind vor sich hätte! Da merkte ich, daß er Eusebius hieße, weil ihn derselbig Officier so nannte. Darauf fragte er mich um meinen Namen, und nachdem ich ihm denselben genennet, sagte er: „Es ist kein Teufel in der Hölle, der Simplicissimus heißet." Da antwortete ich: „So ist auch vermutlich keiner in der Hölle, der Eusebius heißt!" Bezahlte ihn also wie unsern Musterschreiber Cyriacum, so aber von den Officirern nicht am besten aufgenommen ward, maßen sie mir sagten, ich sollte mich erinnern, daß ich ihr Gefangener sei und nicht Scherzens halber wäre hergeholet worden. Ich ward dieses Verweises wegen drum nicht rot, bat auch nicht um Verzeihung, sondern antwortete: Weil sie mich vor einen Soldaten gefangenhielten und nicht vor ein Kind wieder laufen lassen würden, so hätte ich mich versehen, daß man mich auch nicht als ein Kind gefoppt hätte; wie man mich gefragt, so hätte ich geantwortet, hoffte auch, ich würde nicht unrecht daran getan haben. Darauf fragten sie mich um mein Vaterland, Herkommen und Geburt und vornehmlich, ob ich nicht auch auf schwedischer Seiten gedient hätte? Item, wie es in Soest beschaffen? Wie stark selbige Garnison sei und was des Dings mehr ist und so weiter. Ich antwortete auf alles behend kurz und gut, und zwar wegen Soest und selbiger Garnison, soviel als ich zu verantworten getrauete, konnte aber wohl verschweigen, daß ich das Narrn-Handwerk getrieben, weil ich mich dessen schämte.

Das XV. Kapitel

Simplex von Schweden wird ledig gemacht,
darnach er hatte gleich anfangs getracht

Indessen erfuhr man zu Soest, wie es mit der Convoi abgeloffen und daß ich mit dem Corporal und andern mehr gefangen, auch wo wir hingeführet worden; derhalben kam gleich den andern Tag ein Trommelschläger, uns abzuholen, dem ward der Corporal und die drei anderen gefolget und ein Schreiben mitgegeben folgenden Inhalts, das mir der Commandant zu lesen überschickte:

Monsieur etcetera! Durch Wiederbringern, diesen Tambour, ist mir dessen Schreiben eingehändigt worden, schicke darauf hiermit gegen empfangener Ranzion den Corporal samt den übrigen dreien Gefangenen. Was aber Simplicium den Jäger anbelanget, kann selbiger, weil er hiebevor auf dieser Seite gedienet, nicht wieder hinübergelassen werden. Kann ich aber dem Herrn im übrigen außerhalb Herrn-Pflichten in etwas bedient sein, so hat derselbe an mir einen willigen Diener, als der ich soweit bin und verbleibe

Des Herrn
Dienstbereitwilliger
N. de S. A.

Dieses Schreiben gefiel mir nicht halb und mußte mich doch vor diese Kommunikation bedanken. Ich begehrte, mit dem Commandanten zu reden, bekam aber die Antwort, daß er schon selbst nach mir schicken würde, wann er zuvor den Trommelschläger abgefertigt hätte, so morgen früh geschehen sollte, bis dahin ich mich zu gedulden.

Da ich nun die bestimmte Zeit überwartet hatte, schickte der Commandant nach mir, als es eben Essens-Zeit war, da widerfuhr mir das erste Mal die Ehre, zu ihm an seine Tafel zu sitzen; solang man aß, ließ er mir mit dem Trunk freundlich zusprechen und gedachte weder klein noch großes von demjenigen, was er mit mir vorhatte, und mir wollte es auch nicht anstehen, etwas davon anzufangen. Demnach man aber abgegessen und ich einen ziemlichen Dummel hatte, sagte er: „Lieber Jäger, Ihr habet aus meinem Schreiben verstanden, unter was vor einem Prätext ich Euch hierbehalte; und zwar, so habe ich gar keine unrechtmäßige Sache oder etwas vor, das wider Räson oder Kriegsgebrauch wäre, denn Ihr habet mir und dem Regiment-Schultheiß selbst gestanden, daß ihr hiebevor auf unsrer Seite bei der Haupt-Armee gedienet; werdet Euch derhalben resolviren müssen, unter meinem Regiment Dienst anzunehmen, so will ich Euch mit der Zeit und wann Ihr Euch wohl verhaltet, dergestalt accommodiren, dergleichen Ihr bei den Kaiserlichen nimmer hättet hoffen dörfen. Widrigenfalls werdet Ihr mich nicht verdenken, wann ich Euch wiederum demjenigen Obrist-Leutenant überschicke, welchem Euch die Dragoner hiebevor abgefangen haben."

Ich antwortete: „Hochgeehrter Herr Obrister (denn damals war noch nicht der Brauch, daß man Soldaten von Fortun ‚Ihr Gnaden' titulirte, obgleich sie Obristen waren), ich hoffe, weil ich der Krone Schweden, noch deren Conföderirten, vielweniger dem Obrist-Leutenant niemalen mit Eid verpflichtet, sondern nur ein Pferdjung gewesen, daß dannenher ich nicht verbunden sei, schwedische Dienste anzunehmen und dadurch den Eid zu brechen, den ich dem Römischen Kaiser geschworen, derowegen meinen hochgeehrten Herrn Obristen allergehorsamst bittend, er beliebe mich dieser Zumutung zu überheben." – „Was", sagte der Obrister, „verachtet Ihr denn die schwedische Dienste? Ihr müsset wissen, daß Ihr mein Gefangener seid, und eh ich Euch wieder nach Soest lasse, dem Gegenteil zu dienen, eh'r will ich Euch einen andern Prozeß weisen oder im Gefängnis verderben lassen, darnach wisset Euch zu richten!" Ich erschrack zwar über diese Worte, gab mich aber darum noch nicht, sondern antwortete: Gott wolle mich vor solcher Verachtung sowohl als vor dem Meineid behüten. Im übrigen stünde ich in untertäniger Hoffnung, der Herr Obrister würde mich, seiner weitberühmten Discretion nach, wie einen Soldaten tractiren. „Ja", sagte er, „ich wüßte wohl, wie ich Euch tractiren könnte, da ich der Strenge nach prrocediren wollte; aber bedenket Euch besser, damit ich nicht Ursachen ergreife, Euch etwas anders zu weisen." Darauf ward ich wieder ins Stockhaus geführt.

Jedermann kann unschwer erachten, daß ich dieselbe Nacht nicht viel geschlafen, sondern allerhand Gedanken gehabt habe. Den Morgen aber kamen etliche Officirer mit dem Cornet, so mich gefangen bekommen, zu mir unterm Schein, mir die Zeit zu kürzen, in

Wahrheit aber, mir weiszumachen, als ob der Obrister gesinnet wäre, mir als einem Zauberer den Prozeß machen zu lassen, da ich mich nicht anders bequemen würde. Wollten mich also erschröcken und sehen, was hinter mir stecke; weil ich mich aber meines guten Gewissens tröstete, nahm ich alles gar kaltsinnig an und redete nicht viel; merkte dabei, daß es dem Obristen um nichts anders zu tun war, als daß er mich ungern in Soest sahe, so konnte er sich auch leicht einbilden, daß ich selbigen Ort, wann er mich ledig ließe, wohl nicht verlassen würde, weil ich meine Beförderung dort hoffte und noch zwei schöne Pferde und sonst köstliche Sachen allda hatte.

Den folgenden Tag ließ er mich wieder zu sich kommen und fragte ernstlich, ob ich mich auf ein anders resolvirt hätte? Ich antwortete: „Dies, Herr Obrister, ist mein Entschluß, daß ich eh'r sterben als meineidig werden will! Wann aber mein hochgeehrter Herr Obrister mich auf freien Fuß zu stellen und mit keinem Kriegsdiensten zu belegen belieben wird, so will ich dem Herrn Obristen mit Herz, Mund und Hand versprechen, in sechs Monaten keine Waffen wider die Schwed- und Hessische zu tragen oder zu gebrauchen." Solches ließ sich der Obrister stracks gefallen, bot mir darauf die Hand und schenkte mir zugleich die Ranzion, befahl auch dem Sekretario, daß er deswegen einen Revers in duplo aufsetzte, den wir beide unterschrieben, darin er mir Schutz, Schirm und alle Freiheit, solang ich in der ihm anvertrauten Festung verbliebe, versprach. Ich hingegen reversirte mich über obige zwei Puncten, daß ich, solang ich mich in derselben Festung aufhalten würde, nichts Nachteiliges wider dieselbige Garnison und ihren Commandanten practiciren noch etwas, das ihr zum Nachteil und Schaden vorgenommen würde, verhehlen, sondern vielmehr deren Nutzen und Frommen fördern und ihren Schaden nach Möglichkeit wenden, ja wann der Ort feindlich attaquiret würde, denselben defendiren helfen sollte und wollte.

Hierauf behielt er mich wieder bei dem Mittag-Imbiß und tät mir mehr Ehre an, als ich von den Kaiserlichen mein Lebtag hätte hoffen dörfen; dadurch gewann er mich dergestalt nach und nach, daß ich nicht wieder nach Soest gangen wäre, wannschon er mich hätte dahinlassen und meines Versprechens ledig zählen wollen. Das heißt, dem Feind ohne Blutvergießung einen Abbruch getan, denn von dieser Zeit an war es mit dem Soester Parteigängern soviel als nichts.

Das XVI. Kapitel

Simplex will einen Freiherrn abgeben,
führet ein recht freigebiges Leben

Wann ein Ding sein soll, so schickt sich's alles dazu. Ich vermeinte, das Glück hätte mich zur Ehe genommen oder wenigst sich so eng zu mir verbunden, daß mir die allerwiderwärtigsten Begegnussen zum besten gedeihen müßten, da ich über des Commandanten Tafel saß und vernahm, daß mein Knecht mit meinen zwei schönen Pferden von Soest zu mir kommen wäre. Ich wußte aber nicht (wie ich's hernach im Auskehren befand), daß das tückische Glück der Sirenen Art an sich hat, die denjenigen am übelsten wollen, denen sie sich am geneigtesten erzeigen, und einen der Ursache halber desto höher hebet, damit es ihn hernach desto tiefer stürze.

Dieser Knecht (den ich hiebevor von Schweden gefangen bekommen hatte) war mir über alle Maßen getreu, weil ich ihm viel Gutes tät; dahero sattelte er alle Tage meine Pferde und ritt dem Trommelschläger, der mich abholen sollte, ein gut Stück Wegs von Soest aus entgegen, solang er aus war, damit ich nicht allein nicht soweit gehen, sondern auch nicht nackend oder zerlumpt (denn er vermeinte, ich wäre ausgezogen worden) in Soest ankommen dörfte. Also begegnete er dem Trommelschläger und seinen Gefangenen und hatte mein bestes Kleid aufgepackt. Da er mich aber nicht sahe, sondern vernahm, daß ich bei dem Gegenteil Dienste anzunehmen aufgehalten werde, gab er den Pferden die Sporen und sagte: „Adieu, Tambour und ihr Corporal, wo mein Herr ist, da will ich auch sein." Ging also durch und kam zu mir, eben als mich der Commandant ledig gesprochen hatte und mir große Ehre antäte. Er verschaffte darauf meine Pferde in ein Wirtshaus, bis ich mir selbsten ein Logiment nach meinem Willen bestellen möchte und priese mich glückselig wegen meines Knechts Treue, verwunderte sich auch, daß ich als ein gemeiner Dragoner und noch so junger Kerl so schöne Pferde vermögen und so wohl montirt sein sollte, lobte auch das eine Pferd, als ich Valet nahm und in besagtes Wirtshaus ging, so trefflich, daß ich gleich merkte, daß er mir's gern abgekauft hätte; weil er mir's aber aus Diskretion nicht feil machte, sagte ich, wann ich die Ehre begehren dörfte, daß er's von meinetwegen behalten wollte, so stünde es zu seinen Diensten. Er schlug's aber anzunehmen rund ab, mehr darum, dieweil ich einen ziemlichen Rausch hatte und er die Nachrede nicht haben wollte, daß er einem Trunkenen etwas abgeschwätzt, so ihn vielleicht nüchtern reuen möchte, als daß er des edlen Pferdes gern gemangelt.

Dieselbige Nacht bedachte ich, wie ich künftig mein Leben anstellen wollte. Entschloß mich derohalben, die sechs Monat über zu verbleiben, wo ich wäre, und also den Winter, der nunmehr vor der Tür war, in Ruhe dahinzubringen, worzu ich denn Geldes genug wußte, hinauszulangen, wannschon ich meinen Schatz zu Cöln nicht angriffe. In solcher Zeit, gedachte ich, wächstu vollends aus und erlangest deine völlige Stärke und kannst dich darnach auf den künftigen Frühling wieder desto tapferer unter die kaiserliche Armee ins Feld begeben.

Des Morgens frühe anatomirete ich meinen Sattel, welcher weit besser gespickt war als derjenige, den der Cornet von mir bekommen; nachgehends ließ ich mein bestes Pferd vor des Obristen Quartier bringen und sagte zu ihm: „Demnach ich mich resolvirt, die sechs Monat, in welchen ich nicht kriegen dürfte, unter des Herrn Obristen Schutz allhier ruhig zuzubringen, also sein mir meine Pferde nichts nutz, um welche es schad wäre, wann sie verderben sollten; bitte ihn derowegen, er wollte belieben, gegenwärtigen Soldaten-Klepper einen Platz unter den seinigen zu gönnen, und solches von mir als ein Zeichen dankbarer Erkenntnis vor empfangene Gnaden unschwer annehmen." Der Obrister bedankte sich mit großer Höflichkeit und sehr courtoisen Offerten, schickte mir auch denselben Nachmittag seinen Hofmeister mit einem gemästen lebendigen Ochsen, zwei fetten Schweinen, einer Tonne Wein, vier Tonnen Bier, zwölf Fuder Brennholz, welches alles er mir vor mein neu Losament, das ich eben auf ein halb Jahr bestellet hatte, bringen und sagen ließ: weil er sehe, daß ich bei ihm hausen wollte, und sich leicht einbilden könnte, daß es im Anfang mit Victualien schlecht bestellet sei, so schicke er mir zur Haussteur neben einem Trunk ein Stück Fleisch mitsamt dem Holz, solches dabei kochen zu lassen, mit fernerm Anhang, dafern er mir in etwas behülflich sein könnte, daß er's nicht unterlassen wollte. Ich bedankte mich so höflich, als ich konnte, verehrete dem Hofmeister zwo Ducaten und bat ihn, mich seinem Herrn bestens zu recommendiren.

Da ich sahe, daß ich meiner Freigebigkeit halber bei dem Obristen so hoch geehret ward, gedachte ich, mir auch bei dem gemeinen Mann ein gutes Lob zu machen, damit man mich vor keinen kahlen Bärnhäuter hielte; ließ derowegen in Gegenwart meines Hauswirts meinen Knecht vor mich kommen, zu demselben sagte ich: „Lieber Niclas, du hast mir mehr Treue erwiesen, als ein Herr seinem

221

Knechte zumuten darf; nun aber da ich's um dich nicht zu verschulden weiß, weil ich dieser Zeit keinen Herrn und also auch keinen Krieg habe, daß ich etwas erobern könnte, dich zu belohnen, wie mir's wohl anstünde; zumalen auch wegen meines stillen Lebens, das ich hinfort zu führen gedenke, keinen Knecht mehr zu halten bedacht, also gebe ich dir hiemit vor deinen Lohn das ander Pferd samt Sattel, Zeug und Pistolen, mit Bitte, du wollest damit vorliebnehmen und dir vor diesmal einen andern Herrn suchen; kann ich dir inskünftige in etwas bedient sein, so magstu jederzeit mich darum ersuchen."

Hierauf küßte er mir die Hände und konnte vor Weinen schier nicht reden, wollte auch durchaus das Pferd nicht nehmen, sondern hielt vor besser, ich sollte es versilbern und zu meinem Unterhalt gebrauchen; zuletzt überredete ich ihn doch, daß er's annahm, nachdem ich ihm versprochen, ihn wieder in Dienste zu nehmen, sobald ich jemand brauche. Über diesem Abschied ward mein Haus-Vater so mitleidig, daß ihm auch die Augen übergingen, und gleichwie mich mein Knecht bei der Soldateska, also erhub mich mein Haus-Vater bei der Bürgerschaft wegen dieser Tat mit großem Lob über alle schwangere Bauren. Der Commandant hielt mich vor einen so resoluten Kerl, daß er auch getraute, Schlösser auf meine Parole zu bauen, weil ich meinen Eid, dem Kaiser geschworen, nicht allein treulich, sondern auch dasjenige, das ich mich gegen ihm verschrieben, desto steifer zu halten, mich selbst meiner herrlichen Pferde, Gewehrs und des getreuen Knechts entblößte.

Das XVII. Kapitel

Simplex sagt, was er sechs Monat will machen,
und die Wahrsagerin sagt ihm viel Sachen

Ich glaube, es sei kein Mensch in der Welt, der nicht einen Hasen im Busen habe, denn wir sind ja alle einerlei Gemächts, und kann ich bei meinen Birn wohl merken, wann andere zeitig sein. „Hui Geck", möchte mir einer antworten, „wann du ein Narr bist, meinest du darum, andere sein es auch?" Nein, das sage ich nicht, denn es wäre zuviel geredt. Aber dies halte ich davor, daß einer den Narrn besser verbirgt als der ander. Es ist einer darum kein Narr, wannschon er närrische Einfälle hat, denn wir haben in der Jugend gemeiniglich alle dergleichen; welcher aber solche herausläßt, wird vor einen gehalten, weil teils ihn gar nicht, andere aber nur halb sehen lassen. Welche ihren gar unterdrücken, sein rechte Saurtöpfe; die aber den ihrigen nach Gelegenheit der Zeit bisweilen ein wenig mit den Ohren herfürragen und Atem schöpfen lassen, damit er nicht gar bei ihnen ersticke, dieselbigen halte ich vor die besten und verständigsten Leute. Ich ließ den meinen nur zu weit heraus, da ich mich in einem so freien Stand sahe und noch Geld wußte, maßen ich einen Jungen annahm, den ich als einen Edel-Pagen kleidete, und zwar in die närrischste Farben, nämlich veielbraun und gelb ausgemacht, so meine Liverei sein mußte, weil mir's so gefiel; derselbe mußte mir aufwarten, als wann ich ein Freiherr und kurz zuvor kein Dragoner oder vor einem halben Jahr ein armer lausiger Roßbub gewesen wäre.

Dies war die erste Torheit, so ich in dieser Stadt beging; obgleich sie ziemlich groß war, ward sie doch von niemand gemerkt, viel weniger getadelt. Aber was machet es? Die Welt ist deren so voll, daß sie keiner mehr acht, noch selbige verlacht oder sich darüber verwundert, weil sie deren gewohnt ist. So hatte ich auch den Ruf eines klugen und guten Soldaten und nicht eines Narrn, der die Kinder-Schuhe noch träget. Ich dingte mich und meinen Jungen meinem Hausvater in die Kost und gab ihm an Bezahlung auf Abschlag, was mir der Commandant wegen meines Pferdes an Fleisch und Holz verehret hatte; zum Getränk aber mußte mein Jung den Schlüssel haben, weil ich denen, die mich besuchten, gern davon mitteilete; denn sintemal ich weder Bürger noch Soldat war und also keinen meinesgleichen hatte, der mir Gesellschaft leisten mögen, hielt ich mich zu beiden Teilen und bekam dahero täglich Cameraden genug, die ich ungetränkt nicht bei mir ließ. Zum Organisten allda machte ich aus den Bürgern die beste Kundschaft, weil ich die Musik liebte und (ohn Ruhm zu melden) eine treffliche gute Stimme hatte, die ich bei mir nicht verschimmeln lassen wollte. Dieser lehrete mich, wie ich componieren sollte, item, auf dem Instrument besser schlagen sowohl als auch auf der Harfe; so war ich ohndas auf der Lauten ein Meister, schaffte mir dahero eine eigne und hatte schier täglich meinen Spaß damit. Wenn ich dann satt war zu musicieren, ließ ich den Kürschner kommen, der mich im Paradeis in allen Gewehren unterwiesen; mit demselben exercirte ich mich, um noch perfekter zu werden. So erlangte ich auch beim Commandanten, daß mich einer von seinen Constablen die Büchsenmeisterei-Kunst und etwas mit dem Feuerwerk umzugehen um die Gebühr lernete. Im übrigen hielt ich mich sehr still und eingezogen, also daß sich die Leute verwunderten, wann sie sahen, daß ich stets über den

Büchern saß wie ein Student, da ich doch Raubens und Blutvergießens gewohnt gewesen.

Mein Hausvater war des Commandanten Spür-Hund und mein Hüter, maßen ich merkte, daß er all mein Tun und Lassen demselben hinterbrachte; ich konnte mich aber artlich darein schicken, denn ich gedachte des Kriegswesens kein einzig Mal, und wann man davon redte, tät ich, als ob ich niemals kein Soldat gewesen und nur darum da wäre, meinen täglichen Exercitien, deren ich erst gedacht, abzuwarten. Ich wünschte zwar, daß meine sechs Monat bald herum wären, es konnte aber niemand abnehmen, welchem Teil ich alsdann dienen wollte. Sooft ich dem Obristen aufwartete, behielt er mich auch an seiner Tafel; da setzte es dann jezuweilen solche Discurse, dadurch mein Vorsatz ausgeholt werden sollte, ich antwortete aber jederzeit so vorsichtig, daß man nicht wissen konnte, was Sinns ich sei. Einsmals sagte er zu mir: „Wie stehet es, Jäger, wollet Ihr noch nicht schwedisch werden? Gestern ist mir ein Fähnrich gestorben." Ich antwortete: „Hochgeehrter Herr Obrister, stehet doch einem Weib wohl an, wann sie nach ihres Mannes Tod nicht gleich wieder heuratet, warum sollte ich mich dann nicht sechs Monat patientiren!"

Dergestalt entging ich jederzeit und kriegte doch des Obristen Gunst je länger, je mehr, sogar daß er mir sowohl in- als außerhalb der Festung herumzuspaziren vergonnte; ja ich dorfte endlich den Hasen, Feldhühnern und Vögeln nachstellen, welches seinen eigenen Soldaten nicht gegönnet war. So fischte ich auch in der Lippe und war so glücklich damit, daß es das Ansehen hatte, als ob ich beides Fische und Krebse aus dem Wasser bannen könnte. Darum ließ ich mir nur ein schlechtes Jägerkleid machen, in demselbigen strich ich bei Nacht (denn ich wußte alle Wege und Stege) in die Soestische Börde und holete meine verborgenen Schätze hin und wieder zusammen, schleppte solche in gedachte Festung und ließ mich an, als ob ich ewig bei den Schweden wohnen wollte.

Auf demselbigen Weg kam die Wahrsagerin von Soest zu mir, die sagte: „Schaue, mein Sohn, habe ich dir hiebevor nicht wohl geraten, daß du dein Geld außerhalb der Stadt Soest verbergen solltest? Ich versichere dich, daß es dein größtes Glück gewesen, daß du gefangen worden; denn wärest du heimkommen, so hätten dich einige Kerl, welche dir den Tod geschworen, weil du ihnen beim Frauenzimmer bist vorgezogen worden, auf der Jagd erwürgt." Ich antwortete: „Wie kann jemand mit mir eifern, da ich doch dem Frauenzimmer nichts nachfrage?" – „Versichert", sagte sie, „wirstu

224

des Sinns nicht verbleiben, wie du jetzt bist, so wird dich das Frauenzimmer mit Spott und Schande zum Land hinausjagen. Du hast mich jederzeit verlacht, wann ich dir etwas zuvor gesagt habe, wolltest du mir abermal nicht glauben, wann ich dir mehr sagte? Findestu an dem Ort, wo du jetzt bist, nicht geneigtere Leute als in Soest? Ich schwöre dir, daß sie dich nur gar zu lieb haben, und daß dir solche übermachte Liebe zum Schaden gereichen wird, wann du dich nicht nach derselbigen accommodirest."

Ich antwortete ihr, wann sie ja so viel wüßte, als sie sich davor ausgebe, so sollte sie mir davor sagen, wie es mit meinen Eltern stünde und ob ich mein Lebtag wieder zu denselben kommen würde? Sie sollte aber nicht so dunkel, sondern fein teutsch mit der Sprache heraus. Darauf sagte sie, ich sollte alsdann nach meinen Eltern fragen, wann mir mein Pflegvater unversehens begegne und führe meiner Säug-Ammen Tochter am Strick daher. Lachte darauf überlaut und hängte daran, daß sie mir von sich selbst mehr gesagt als andern, die sie darum gebeten hätten. Hinfort würde ich wenig von ihr vernehmen; dies wollte sie mir noch zu guter Letzt vertrauet haben, daß ich nämlich, wann ich wohl fahren wollte, tapfer schmieren und anstatt des Frauenzimmers Wehr und Waffen lieben müßte. „Alte Schelle", sagte ich, „das tue ich ja!" Sie antwortete: „Jaja, es wird schon bald anderst kommen!" Hernach machte sie sich, weil ich sie nur anfing zu foppen, geschwind von mir, als ich ihr zuvor etliche Taler verehret, weil ich doch schwer am Silbergeld zu tragen hatte.

Ich hatte damals ein schön Stück Geld und viel köstliche Ringe und Kleinodien beieinander, denn wo ich hiebevor unter den Soldaten etwas von Edelgesteinen wußte oder auf Partei und sonst antraf, brachte ich's an mich und darzu nicht einmal um halb Geld, was es gültig war. Solches schrie mich immerzu an, es wollte gern wieder unter die Leute; ich folgte auch gar gern, denn weil ich ziemlich hoffärtig war, prangte ich mit meinem Gut und ließ solches meinen Wirt ohn Scheu sehen, der bei den Leuten mehr daraus machte, als es war. Dieselbigen aber verwunderten sich, wo ich doch alles hergebracht haben müßte, denn es war genugsam erschollen, daß ich meinen gefundenen Schatz zu Cöln liegen hatte, weil der Cornet des Kaufmanns Handschrift gelesen, da er mich gefangen bekommen.

Das XVIII. Kapitel

Simplex, der Jäger, zu buhlen fängt an,
ihm sein die Jungfrauen gar sehr zugetan

Mein Vorsatz, die Büchsenmeisterei und Fecht-Kurs in diesen sechs Monaten vollkommen zu lernen, war gut, und ich begriff's auch. Aber es war nit genug, mich vorm Müßiggang, der ein Ursprung vielen Übels ist, allerdings zu behüten, vornehmlich weil niemand war, der mir zu gebieten hatte. Ich saß zwar emsig über allerhand Büchern, aus denen ich viel Gutes lernete, es kamen mir aber auch teils unter die Hände, die mir, wie dem Hund das Gras, gesegnet wurden. Die unvergleichliche „Arkadia", aus deren ich die Wohlredenheit lernen wollte, war das erste Stück, das mich von den rechten Historien zu den Liebes-Büchern und von den wahrhaften Geschichten zu den Helden-Gedichten zog. Solcherlei Gattungen brachte ich zuwege, wo ich konnte, und wann mir eins zuteil ward, hörete ich nicht auf, bis ich's durchgelesen, und sollte ich Tag und Nacht darüber gesessen sein. Diese lerneten mich vor das Wohlreden, mit der Leimstange laufen. Doch ward dieser Mangel damals bei mir nicht so heftig und stark, daß man ihn mit Seneca ein göttliches Rasen, oder wie er in Thomae Thomai Welt-Gärtlein beschrieben wird, eine beschwerliche Krankheit hätte nennen können; denn wo meine Liebe hinfiel, da erhielt ich leichthin und ohn sonderbare Mühe, was ich begehrete, also daß ich keine Ursache zu klagen bekam, wie andere Buhler und Leimstängler, die voller phantastischer Gedanken, Mühe, Begierden, heimlich Leiden, Zorn, Eifer, Rachgier, Rasen, Weinen, Protzen, Drohen und dergleichen tausendfältigen Torheiten stecken und sich vor Ungeduld den Tod wünschen. Ich hatte Geld und ließ mich dasselbe nicht dauren, überdas eine gute Stimme und übte mich stetig auf allerhand Instrumenten. Anstatt des Tanzens, dem ich nie bin hold worden, wiese ich die Grade meines Leibes, wann ich mit meinem Kürschner fochte. Über das hatte ich einen trefflichen glatten Spiegel und gewöhnte mich zu einer freundlichen Lieblichkeit, also daß das Frauenzimmer, wannschon ich mich dessen nicht sonderlich annahm (wie Aurora dem Clito, Cephalo und Tithono; Venus dem Anchise, Atydi und Adoni; Ceres dem Clauco, Ulyssi und Jasioni, und die keusche Diana selbst ihrem Endymione) mir von sich selbst nachlief, mehr als ich dessen begehrete.

Um dieselbige Zeit fiel Martini ein, da fängt bei uns Teutschen das Fressen und Saufen an und währet bei teils bis in die Fasnacht;

da ward ich an unterschiedliche Örter sowohl bei Officirern als Bürgern, die Martins-Gans verzehren zu helfen, eingeladen. Da satzte es dann zuzeiten so etwas, weil ich bei solchen Gelegenheiten mit dem Frauenzimmer in Kundschaft kam; meine Laute und Gesang die zwangen eine jede, mich anzuschauen, und wann sie mich also betrachteten, wußte ich zu meinen neuen Buhlen-Liedern, die ich selber machte, so anmutige Blicke und Gebärden hervorzubringen, daß sich manches hübsche Mägdlein darüber vernarrte und mir unversehens hold ward. Und damit ich nicht vor einen Hungerleider gehalten würde, stellete ich auch zwo Gastereien, die eine zwar vor die Officirer und die andere vor die vornehmsten Bürger an, dadurch ich mir bei beiden Teilen Gunst und einen Zutritt vermittelte, weil ich kostbar auftragen ließ. Es war mir aber alles um die liebe Jungfrau zu tun, und obgleich ich bei einer oder der andern nicht fand, was ich suchte (denn es gab auch noch etliche, die es verhalten konnten), so ging ich doch einen Weg als den andern zu ihnen, damit sie diejenigen, die mir mehr Gunst erzeigeten, als ehrlichen Jungfern gebühret, in keinen bösen Verdacht bringen, sondern glauben sollten, daß ich mich bei denselbigen auch nur Discurs halber aufhielte. Und das überredete ich eine jede insonderheit, daß sie es von den andern glaubte und nit anders meinete, als wäre sie allein diejenige, die sich meiner erfreuete.

Ich hatte gerad sechs, die mich liebten, und ich sie hinwiederum, doch hatte keine mein Herz gar oder mich allein; an der einen gefielen mir nur die schwarzen Augen, an der andern die goldgelben Haare, an der dritten die liebliche Holdseligkeit und an den übrigen auch so etwas, das die andere nicht hatte. Wenn ich aber ohndies andere besuchte, so geschahe es nur entweder aus obgesagter Ursache, oder weilen es fremd und neu war und ich ohndas nichts ausschlug oder verachtete, indem ich nicht immer an demselben Ort zu bleiben gedachte. Mein Jung, der ein Erz-Schelm war, hatte genug zu tun mit Kupplen und Buhlen-Brieflein Hin-und-wider-zu-Tragen und wußte reinen Mund und meine losen Händel gegen einer und der andern so geheimzuhalten, daß nichts drüber war. Davon bekam er von den Schleppsäcken ein Haufen Favor, so mich aber am meisten kosteten, maßen ich hierdurch ein Ansehnliches verschwendete und wohl sagen konnte: Was mit Trommeln gewonnen wird, gehet mit Pfeifen wieder dahin. Dabei hielt ich meine Sachen so geheim, daß mich der Hundertste vor keinen Buhler halten konnte, ohn der Pfarrer, bei welchem ich nicht mehr so viel geistliche Bücher entlehnete als zuvor.

Das XIX. Kapitel

Simplex, der Jäger, machet sich viel Freund,
hört ein Predigt von eim, der's gut meint

Wenn das Glück einen stürzen will, so hebet es ihn zuvor in alle
Höhe, und der gütige Gott lässet auch einen jeden vor seinem Fall so
treulich warnen. Das widerfuhr mir auch, ich nahm's aber nicht
an! Ich hielt in meinem Sinn gänzlich davor, daß mein damaliger
Stand so fest gegründet wäre, daß mich kein Unglück davon stürzen könnte, weil mir jedermann, insonderheit aber der Commandant selbst, so wohl wollte. Diejenigen, auf welche er viel hielt,
gewann ich mit allerhand Ehrerbietungen, seine getreuen Diener
brachte ich durch Geschenke auf meine Seite, und mit denen, so
etwas mehr als meinesgleichen waren, soff ich Brüderschaft und
schwur ihnen unverbrüchliche Treue und Freundschaft; die gemeinen Bürger und Soldaten waren mir deswegen hold, weil ich jedem
freundlich zusprach. „Ach was vor ein freundlicher Mensch", sagten sie oft zusammen, „ist doch der Jäger; er redet ja mit dem Kind
auf der Gasse und erzörnt keinen Menschen!"

Wann ich ein Häschen oder etliche Feldhühner fing, so schickte
ich's denen in die Küchen, deren Freundschaft ich suchte, lud mich
darbei zu Gast und ließ etwan einen Trunk Wein, welcher der
Orten teur war, darzuholen, ja ich stellete es also an, daß schier
aller Kosten über mich ging. Wann ich dann mit jemand bei solchen
Gelagen in ein Gespräch kam, so lobte ich jedermann, ohn mich
selbst nicht, und wußte mich so demütig zu stellen, als ob ich die
Hoffart nie gekannt hätte. Weil ich dann nun hierdurch eines jeden
Gunst kriegte und jedermann viel von mir hielt, gedachte ich nicht,
daß mir etwas Unglückliches widerfahren könnte, vornehmlich
weil mein Säckel noch ziemlich gespickt war.

Ich ging oft zum ältesten Pfarrer derselbigen Stadt, als der mir
aus seiner Bibliothek viel Bücher lehnete, und wann ich ihm eins
wieder brachte, so discurirte er von allerhand Sachen mit mir, denn
wir accommodirten uns so miteinander, daß einer den andern
gern leiden mochte. Als nun nicht nur die Martins-Gans und Met-
zelsuppen hin und wider, sondern auch die heilige Weihnachts-
Feiertäge vorbei waren, verehrete ich ihm eine Flaschen voll Straßburger Branntewein zum neuen Jahr, welchen er der Westphälinger
Gebrauch nach mit Kandel-Zucker gern einläpperte, und kam darauf hin, ihn zu besuchen, als er eben in meinem „Joseph" las, welchen ihm mein Wirt ohn mein Wissen geliehen hatte. Ich entfärbte

mich, daß einem solchen gelehrten Mann meine Arbeit in die Hände kommen sollte, sonderlich weil man davorhält, daß einer am besten aus seinen Schriften erkannt werde.

Er aber machte mich, zu ihm sitzen, und lobte zwar meine Invention, schalt aber, daß ich mich so lang in der Seliche (die Potiphars Weib gewesen) Liebes-Händeln hätte aufgehalten. „Wessen das Herz voll ist, gehet der Mund über", sagte er ferners; „wann der Herr nicht selbsten wüßte, wie einem Buhler ums Herz ist, so hätte er dieses Weibes Passiones nicht so wohl ausführen oder vor Augen stellen können." Ich antwortete, was ich geschrieben hätte, das wäre meine eigne Erfindung nicht, sondern hätte es aus andern Büchern extrahirt, mich um etwas im Schreiben zu üben. „Jaja", antwortete er, „das glaub ich gern, aber er versichere sich, daß ich mehr von ihm weiß, als er sich einbildet!"

Ich erschrak, da ich diese Worte hörete und gedachte, hat dir's dann Sankt Velten gesagt? Und weil er sahe, daß ich meine Farbe änderte, fuhr er ferner fort und sagte: „Der Herr ist frisch und jung. Er ist müßig und schön, er lebet ohn Sorge und, wie ich vernehme, in allem Überfluß; darum bitte und ermahne ich Ihn im Herrn, daß Er bedenken wolle, in was vor einem gefährlichen Stand Er sich befindet; Er hüte sich vor dem Tier, das Zöpfe hat, will Er anders sein Glück und Heil beobachten. Der Herr möchte zwar gedenken, was geht's den Pfaffen an, was ich tu und lasse (ich gedachte, du hast es erraten), oder was hat er mir zu befehlen? Es ist wahr, ich bin ein Seelsorger! Aber, Herr seid versichert, daß mir Eure, als meines Guttäters, zeitliche Wohlfahrt aus christlicher Liebe so hoch angelegen ist, als ob Ihr mein eigener Sohn wäret. Immer schade ist es, und Ihr könnet es bei Euerm himmlischen Vater in Ewigkeit nicht verantworten, wenn Ihr Euer Talent, das er Euch verliehen, vergrabet und Euer edel Ingenium, das ich aus gegenwärtiger Schrift erkenne, verderben lasset. Mein getreuer und väterlicher Rat wäre, Ihr legtet Eure Jugend und Eure Mittel, die Ihr hier so unnützlich verschwendet, zum Studieren an, damit Ihr heut oder morgen Gott und den Menschen und Euch selbst bedient sein könnet, und ließet das Kriegswesen, zu welchem Ihr, wie ich höre, so große Lust traget, sein, wie es ist, eh Ihr eine Schlappe davontraget und dasjenige Sprüchwort wahr zu sein an Euch befindet, welches heißt: Junge Soldaten, alte Bettler."

Ich hörete diesen Sentenz mit großer Ungeduld, weil ich dergleichen zu vernehmen nicht gewohnt war, jedoch stellete ich mich viel anders, als mir's ums Herz war, damit ich mein Lob, daß ich ein feiner Mensch wäre, nicht verliere; bedankte mich zumal auch sehr vor seine erwiesene Treuherzigkeit und versprach, mich auf sein Einraten zu bedenken, gedachte aber bei mir selbst wie des Goldschmieds Junge, und was es den Pfaffen geheie, wie ich mein Leben anstelle, weil es damals mit mir aufs höchste kommen war und ich die nunmehr gekosteten Liebes-Wollüste nicht mehr entbehren wollte. Es gehet aber mit solchen Warnungen nicht anders her, wann die Jugend schon des Zaums und der Sporen der Tugenden entwöhnet ist und in vollen Sprüngen ihrem Verderben zurennet.

Das XX. Kapitel

Simplex dem Pfarrer viel Händel fürmacht
und sich darbei in die Faust hinein lacht

Ich war in den Wollüsten doch nicht so gar ersoffen oder so dumm, daß ich nicht gedacht hätte, jedermanns Freundschaft zu behalten, solang ich noch in derselbigen Festung zu verbleiben (nämlich bis der Winter vorüber) willens war. So erkannte ich auch wohl, was es einem vor Unrat bringen könnte, wenn er der Geistlichen Haß hätte, als welche Leute bei allen Völkern, sie sein gleich was Religion sie wollen, einen großen Credit haben. Derowegen nahm ich meinen Kopf zwischen die Ohren und trat gleich den andern Tag wieder auf frischem Fuß zu obgedachtem Pfarrer und log ihm mit gelehrten Worten einen solchen zierlichen Haufen daher, wasgestalten ich mich resolvirt hätte, ihm zu folgen, daß er sich, wie ich aus seinen Gebärden sehen konnte, herzlich darüber erfreuete. „Ja“, sagte ich, „es hat mir seithero, auch schon in Soest, nichts anders als ein solcher englischer Ratgeber gemangelt, wie ich einen an meinem hochgeehrten Herrn angetroffen habe. Wann nur der Winter bald vorüber oder sonst das Wetter bequem wäre, daß ich fortreisen könnte!“ Bat ihn darneben, er wollte mir doch ferner mit gutem Rat beförderlich sein, auf welche Akademiam ich mich begeben sollte?

Er antwortete, was ihn anbelange, so hätte er zu Leyden studiret, mir aber wollte er nach Genf geraten haben, weil ich der Aussprache nach ein Hochteutscher wäre! „Jesus Maria!“ antwortete ich. „Genf ist weiter von meiner Heimat als Leyden!“ – „Was vernehme ich?“ sagte er hierauf mit großer Bestürzung. „Ich höre wohl, der Herr ist ein Papist! O mein Gott, wie finde ich mich betrogen!“ – „Wieso, wieso, Herr Pfarrer?“ sagte ich. „Muß ich

darum ein Papist sein, weil ich nicht nach Genf will?" – „O nein",
sagte er, „sondern daran höre ich's, weil Ihr die Mariam anrufet!"

Ich sagte: „Sollte denn einem Christen nicht gebühren, die Mutter seines Erlösers zu nennen?" – „Das wohl", antwortete er, „aber
ich ermahne und bitte ihn so hoch, als ich kann, er wolle Gott die
Ehre geben und mir gestehen, welcher Religion er beigetan sei?
Denn ich zweifle sehr, daß er dem Evangelio glaube (obzwar ich ihn
alle Sonntage in meiner Kirche gesehen), weil er das verwichene
Fest der Geburt Christi weder bei uns noch den Lutherischen zum
Tisch des Herrn gangen!" Ich antwortete: „Der Herr Pfarrer
höret ja wohl, daß ich ein Christ bin, und wenn ich keiner wäre, so
würde ich mich nicht so oft in der Predigt haben eingefunden; im
übrigen aber gestehe ich, daß ich weder Petrisch noch Paulisch bin,
sondern allein simpliciter glaube, was die zwölf Articul des allgemeinen, heiligen christlichen Glaubens in sich halten, werde mich
auch zu keinem Teil vollkommen verpflichten, bis mich ein oder ander durch genugsame Erweisungen persuadiret, zu glauben, daß er
vor den andern die rechte wahre und alleinseligmachende Religion
habe."

„Jetzt", sagte er, „glaube ich erst recht, daß Er ein kühnes Sol-
daten-Herz habe, sein Leben tapfer dranzuwagen, weil Er gleichsam ohn Religion und Gottesdienst auf den alten Kaiser hinein
dahinleben und so frevelhaftig seine Seligkeit in die Schanze schlagen darf! Mein Gott, wie kann aber ein sterblicher Mensch, der entweder verdammt oder selig werden muß, immermehr so keck sein?
Ist der Herr in Hanau erzogen und nicht anders im Christentum unterrichtet worden? Er sage mir doch, warum Er seiner Eltern Fuß-
tapfen in der reinen christlichen Religion nicht nachfolget? Oder
warum Er sich ebensowenig zu dieser als zu einer andern begeben
will, deren Fundamenta sowohl in der Natur als Heiligen Schrift
doch so sonnenklar am Tag liegen, daß sie auch in Ewigkeit weder
Papist noch Lutheraner nimmermehr wird umstoßen können?"

Ich antwortete: „Herr Pfarrer, das sagen auch alle anderen von
ihrer Religion; welchem soll ich aber glauben? Vermeinet der Herr
wohl, es sei so ein Geringes, wenn ich einem Teil, den die andern
zwei lästern und einer falschen Lehre bezüchtigen, meiner Seelen
Seligkeit vertraue? Er sehe doch (aber mit meinen unparteiischen
Augen), was Conrad Vetter und Johannes Naß wider Lutherum
und hingegen Luther und die Seinigen wider den Pabst, sonderlich
aber Spangenberg wider Franziskum, der etliche hundert Jahre vor
einen heiligen und gottseligen Mann gehalten worden, in offenem

Druck ausgehen lassen. Zu welchem Teil soll ich mich dann tun, wenn je eins das ander ausschreiet, es sei kein gut Haar an ihm! Vermeinet der Herr Pfarrer, ich tue Unrecht, wenn ich einhalte, bis ich meinen Verstand völliger bekomme und weiß, was Schwarz oder Weiß ist? sollte mir wohl jemand raten, hineinzuplumpen wie die Fliege in einen heißen Brei? O nein, das wird der Herr Pfarrer verhoffentlich mit gutem Gewissen nicht tun können. Es muß unumgänglich eine Religion recht haben und die andern beiden unrecht; sollte ich mich nun zu einer ohn reiflichen Vorbedacht bekennen, so könnte ich ebensobald eine unrechte als die rechte erwischen, so mich hernach in Ewigkeit reuen würde. Ich will lieber gar von der Straße bleiben, als nur irrlaufen. Zudem seind noch mehr Religions denn nur die in Europa, als die Armenier, Abyssiner, Griechen, Georgianer und dergleichen; und Gott geb, was ich vor eine davon annehme, so muß ich mit meinen Religionsgenossen den andern allen widersprechen. Wird nun der Herr Pfarrer mein Ananias sein, so will ich ihm mit großer Dankbarkeit folgen und die Religion annehmen, die Er selbst bekennet."

Darauf sagte er: "Der Herr steckt in großem Irrtum, aber ich hoffe zu Gott, er werde Ihn erleuchten und aus dem Schlamm helfen; zu welchem Ende ich Ihm dann unsere Confession inskünftig dergestalt aus heiliger Schrift bewähren will, daß sie auch wider die Pforten der Hölle bestehen solle!"

Ich antwortete, dessen würde ich mit großem Verlangen gewärtig sein, gedachte aber bei mir selber, wenn du mir nur nichts mehr von meinen Liebchern vorhältst, so bin ich mit deinem Glauben wohl zufrieden. Hierbei kann der Leser abnehmen, was ich damals vor ein gottloser, böser Bub gewesen, denn ich machte dem guten Pfarrer deswegen vergebliche Mühe, damit er mich in meinem ruchlosen Leben ungehindert ließe, und gedachte: Bis du mit deinen Beweistümern fertig bist, so bin ich vielleicht, wo der Pfeffer wächst.

Das XXI. Kapitel

Simplex geht fenstern, wird drüber bekommen;
sagt, was man weiter mit ihm vorgenommen

Gegen meinem Quartier über wohnete ein reformirter Obrist-Leutenant, der hatte eine überaus schöne Tochter, die sich ganz adelig trug. Ich hätte längst gern Kundschaft zu ihr gemachet, unangesehen sie mir anfänglich nicht beschaffen zu sein deuchte, daß ich sie allein lieben und auf ewig haben möchte; doch schenkte ich ihr manchen Gang und noch viel mehr liebreicher Blicke, sie ward mir aber so fleißig verhütet, daß ich kein einzig Mal, als ich mir wünschete, mit ihr zu reden kommen konnte, so dorfte ich auch so unverschämt nicht hineinplatzen, weil ich mit ihren Eltern keine Kundschaft hatte und mir der Ort vor einen Kerl von so geringem Herkommen, als mir das meinige bewußt war, viel zu hoch vorkam. Am allernächsten gelangte ich zu ihr, wann wir etwan in oder aus der Kirche gingen, da nahm ich dann die Zeit so fleißig in acht, mich ihr zu nähern, daß ich oft ein paar Seufzer anbrachte, das ich meisterlich konnte, obzwar sie alle aus falschem Herzen gingen. Hingegen nahm sie solche auch so kaltsinnig an, daß ich mir einbilden mußte, daß sie sich nicht so leicht wie eines schlechten Bürgers Tochter verführen lassen würde, und indem ich gedachte, sie würde mir schwerlich zuteil, wurden meine Begierden nach ihr desto heftiger.

Mein Stern, der mich das erstemal zu ihr vermittelte, war derjenige, den die Schüler zu immerwährendem Gedächtnüs um selbige Zeit des Jahrs herumtragen, damit anzuzeigen, daß die drei Weisen durch einen solchen nach Bethlehem begleitet worden, so ich anfänglich vor ein gut Omen hielt, weil mir dergleichen einer in ihre Wohnung leuchtete, da ihr Vater selbst nach mir schickte: „Monsieur", sagte er zu mir, „seine Neutralität, die er zwischen Bürgern und Soldaten hält, ist eine Ursache, daß ich ihn zu mir bitten lassen, weil ich wegen einer Sache, die ich zwischen beiden Teilen ins Werk zu richten vorhabe, eines unparteiischen Zeugen bedarf." Ich vermeinte, er hätte was Wundergroßes im Sinn, weil Schreibzeug und Papier auf dem Tisch war, bot ihm derowegen zu allen ehrlichen Geschäften meine bereitfertigsten Dienste an mit sondern Complimenten, daß ich mir's nämlich vor eine große Ehre halten würde, wann ich so glückselig sei, ihm beliebige Dienste zu leisten.

Es war aber nichts anders, als (wie an vielen Orten der Gebrauch ist) ein Königreich zu machen, maßen es eben an der Heiligen Drei Könige Abend war; dabei sollte ich zusehen, daß es recht zuginge und die Ämter ohn Ansehung der Personen durch das Los ausgeteilet würden. Zu diesem Geschäft, bei welchem des Obristen Secretarius auch war, ließ der Obrist-Leutenant Wein und Confect langen, weil er ein trefflicher Zechbruder und es ohndas nach dem Nacht-Essen war. Der Secretarius schrieb, ich las die Namen, und die Jungfer zog die Zettel, ihre Eltern aber sahen zu; und ich mag eben nicht ausführlich erzählen, wie es hergegangen, daß ich die erste

233

Kundschaft an diesem Orte machte. Sie beklagten sich über die langen Winter-Nächte und gaben mir damit zu verstehen, daß ich, solche desto leichter zu passiren, wohl zu ihnen zu Licht kommen dörfte, indem sie ohndas keine besonders großen Geschäfte hätten. Dies war nun ebendas, was ich vor längsten gewünschet.

Von diesem Abend an (da ich mich zwar nur ein wenig bei der Jungfer zutäppisch machte) fing ich wieder auf ein neues an, mit der Leimstangen zu laufen und am Narren-Seil zu ziehen; also daß sich beides, die Jungfer und ihre Eltern, einbilden mußten, ich hätte den Angel geschluckt, wiewohl mir's nicht halber Ernst, sondern nur darum zu tun war, wie ich den Ehestand ledigerweise treiben möchte. Ich putzte mich als nur gegen der Nacht, wann ich zu ihr wollte, wie die Hexen, und den Tag über hatte ich mit den Liebs-Büchern (Liebe-Grillen) zu tun; daraus stellete ich Buhlenbrieflein an meine Liebste, eben als ob ich hundert Meilwegs von ihr gewohnt hätte oder in viel Jahren nicht zu ihr käme. Zuletzt machte ich mir gar gemein, weil mir meine Löffelei nicht sonderlich von den Eltern gewehret, sondern zugemutet ward, ich sollte ihre Tochter auf der Laute lernen schlagen. Da hatte ich nun einen freien Zutritt bei Tag sowohl als hiebevor des Abends, also daß ich meinen gewöhnlichen Reimen

Ich und eine Fledermaus
fliegen nur bei Nachtzeit aus

änderte und ein Liedlein machte, in welchem ich mein Glück lobte, weil es mir auf so manchen guten Abend auch so freudenreiche Tage verliehe, an denen ich in meiner Liebsten Gegenwart meine Augen weiden und mein Herz um etwas erquicken könnte; hingegen klagte ich auch in ebendemselbigen Lied über mein Unglück und bezüchtigte dasselbige, daß es mir die Nächte verbittere und mir nicht gönnete, solche auch wie die Tage mit liebreicher Ergetzung hinzubringen. Und obzwar es um etwas zu frei kam, so sang ich's doch meiner Liebsten mit andächtigen Seufzen und einer lustreizenden Melodie, darbei die Laute das Ihrige trefflich tät und gleichsam die Jungfer mit mir bat, sie wollte doch cooperiren, daß mir die Nächte so glücklich als die Tage bekommen möchten. Aber ich bekam ziemlich abschlägige Antwort, denn sie war trefflich klug und konnte mich auf meine Erfindungen, die ich bisweilen artlich anbrachte, gar höflich beschlagen.

Ich nahm mich gar wohl in acht, von der Verehelichung zu schweigen, ja wannschon discursweis davon geredet ward, stellete ich doch alle meine Worte auf Schrauben. Welches meine Jungfer Schwester, die schon verheuratet war, bald merkte und dahero mir und meinem lieben Mägdlein alle Pässe verlegte, damit wir nicht so oft wie zuvor allein beisammen sein sollten, denn sie sahe wohl, daß mich ihre Schwester von Herzen liebete und daß die Sache in die Länge kein guttun würde.

Es ist unnötig, alle Torheiten meiner Löffelei umständlich zu erzählen, weil dergleichen Possen ohndas alle Liebs-Schriften voll sein. Genug ist es, wann der günstige Leser weiß, daß es zuletzt dahin kam, daß ich erstlich mein liebes Dingelchen zu küssen und endlich auch andere Narrenpossen zu tun mich erkühnen dorfte; solchen erwünschten Fortgang verfolgte ich mit allerhand Reizungen, bis ich bei Nacht von meiner Liebsten eingelassen ward und mich so hübsch zu ihr ins Bette fügte, als wann ich zu ihr gehört hätte. Weil jedermann weiß, wie es bei dergleichen Kürben pfleget gemeiniglich herzugehen, so dörfte sich wohl der Leser einbilden, ich hätte etwas Ungebührliches begangen. Ja wohl nein! Denn alle meine Gedanken waren umsonst; ich fand einen solchen Widerstand, dergleichen ich mir nimmermehr bei keinem Weibsbild anzutreffen gedenken können, weil ihr Absehen einzig und allein auf Ehre und den Ehestand gegründet war, und wanngleich ich ihr solchen mit den allergrausamsten Flüchen versprach, so wollte sie jedoch vor der ehelichen Copulation kurzum nichts geschehen lassen; doch gönnete sie mir, auf ihrem Bette neben ihr liegen zu bleiben, auf welchem ich vor Unmut sanft einschlummerte.

Ich ward aber gar ungestüm aufgeweckt, denn morgens um vier Uhr stund der Obrist-Leutenant vorm Bette mit einer Pistol in der einen und einer Fackel in der andern Hand. „Croat", schrie er überlaut seinem Diener zu, der auch mit einem bloßen Säbel neben ihm stund, „geschwind Croat, hole den Pfaffen!" Wovon ich dann erwachte und sahe, in was vor einer Gefahr ich mich befand. O weh, gedachte ich, du sollst gewiß zuvor beichten, eh er dir den Rest giebet! Es ward mir ganz grün und gelb vor den Augen und wußte nicht, ob ich sie recht auftun sollte oder nicht?

„Du leichtfertiger Geselle", sagte er zu mir, „soll ich dich finden, daß du mein Haus schändest? Tät ich dir unrecht, wann ich dir und dieser Vettel, die deine Hure worden ist, den Hals bräche? Ach du Bestia, wie kann ich mich doch nur enthalten, daß ich dir nit das Herz aus dem Leib herausreiße und zu kleinen Stücken zerhackt den Hunden darwerfe?" Damit biß er die Zähne übereinander und verkehrte die Augen als ein unsinnig Tier. Ich wußte nicht, was ich sollte, und meine Beischläferin konnte nichts als weinen. Endlich da ich mich ein wenig erholete, wollte ich etwas von unserer Unschuld vorbringen, er aber hieß mich das Maul halten, indem er wieder auf ein neues anfing, mir aufzurucken, daß er mir viel ein anders vertrauet, ich aber hingegen ihn mit der allergrößten Untreue von der Welt gemeint hätte. Indessen kam seine Frau auch darzu, die fing eine nagelneue Predigt an, also daß ich wünschte, ich läge irgends in einer Dornhecke; ich glaube auch, sie hätte in zweien Stunden nicht aufgehört, wann der Croat mit dem Pfarrer nicht kommen wäre.

Eh dieser ankam, unterstund ich etliche Mal aufzustehen, aber der Obrist-Leutenant machte mich mit bedrohlichen Mienen liegen bleiben, also daß ich erfahren mußte, wie gar keine Courage ein Kerl hat, der auf einer bösen Tat ertappt wird, und wie einem Dieb ums Herz ist, den man erwischt, wann er eingebrochen, obgleich er noch nichts gestohlen hat. Ich gedenke der lieben Zeit, wann mir der Obrist-Leutenant samt zwei solchen Croaten aufgestoßen wäre, daß ich sie alle drei zu jagen unterstanden; aber jetzt lag ich da wie ein ander Bärnhäuter und hatte nicht das Herz, nur das Maul geschweige die Fäuste recht aufzutun.

„Sehet, Herr Pfarrer", sagte er, „das schöne Spectacul, zu welchem ich euch zum Zeugen meiner Schande berufen muß!" Und kaum hatte er diese Worte ordentlich vorgebracht, da fing er wieder an, zu wüten und das Tausendste ins Hundertste zu werfen, daß ich nichts anders als vom Halsbrechen und Hände in Blut wäschen verstehen konnte. Er schaumte ums Maul wie ein Eber und stellete sich nicht anders, als ob er gar von Sinnen kommen wollte, also daß ich alle Augenblicke gedachte, jetzt jagt er dir eine Kugel durch den Kopf!

Der gute Pfarrer aber wehrte mit Händen und Füßen, daß nichts Tödliches geschehe, so ihn hernach reuen möchte. „Was?" sagte er, „Herr Obrist-Leutenant, brauchet Eure hohe Vernunft und bedenket das Sprüchwort, daß man zu geschehenen Dingen das Beste reden soll. Dies schöne junge Paar, das seinesgleichen schwerlich im Land hat, ist nicht das erste und auch nicht das letzte, so sich von den unüberwindlichen Kräften der Liebe meistern lassen; dieser Fehler, den sie beide begangen, kann auch durch sie, da es anders ein Fehler zu nennen, wieder leichtlich gebessert werden. Zwar lobe ich's nicht, sich auf diese Art zu verehelichen, aber gleichwohl hat dieses junge Paar hierdurch weder Galgen noch Rad verdienet, der Herr Obrist-Leutenant auch keine Schande davon zu gewarten, wann er nur diesen Fehler (der ohndas noch niemand bewußt) heimlich halten und verzeihen, seinen Consens zu beider Verehelichung geben und diese Ehe durch den gewöhnlichen Kirchgang öffentlich bestätigen lassen wird."

„Was?" antwortete er. „Sollte ich ihnen anstatt billiger Strafe erst noch hofiren und große Ehre antun? Ich wollte sie eh'r morgenden Tags beide zusammenbinden und in der Lippe ertränken lassen! Ihr müsset mir sie in diesem Augenblick copuliren, maßen ich Euch deswegen holen lassen, oder ich will sie alle beide wie die Hühner erwürgen."

Ich gedachte: Was willstu tun? Es heißt, Vogel friß oder stirb! Zudem so ist es eine solche Jungfer, deren du dich nicht schämen darfst, ja wann du dein Herkommen bedenkest, so bistu kaum wert hinzusitzen, wo sie ihre Schuh hinstellet. Doch schwur ich und bezeugte hoch und teuer, daß wir nichts Unehrliches miteinander zu schaffen gehabt hätten. Aber mir ward geantwortet, wir sollten uns gehalten haben, daß man nichts Böses von uns argwähnen können, diesen Weg aber würden wir den einmal gefaßten Verdacht niemand benehmen.

Hierauf wurden wir von gemeldtem Pfarrer im Bette sitzend zusammengegeben und, nachdem solches geschehen, aufzustehen und miteinander aus dem Haus zu gehen gemüßiget. Unter der Tür sagte der Obrist-Leutenant zu mir und seiner Tochter, wir sollten uns in Ewigkeit vor seinen Augen nicht mehr sehen lassen. Ich aber, als ich mich wieder erholte und den Degen auch an der Seite hatte, antwortete gleichsam im Scherz: „Ich weiß nicht, Herr Schwähervater, warum er alles so widersinns anstellet; wann andere neue Eheleute copulirt werden, so führen die nächsten Verwandten sie schlafen, er aber jaget mich nach der Copulation nicht allein aus dem Bette, sondern auch gar aus dem Haus, und anstatt des Glücks, das er mir in Ehestand wünschen sollte, will er mich nicht so glückselig wissen, meines Schwähers Angesicht zu sehen und ihm zu dienen. Wahrlich, wann dieser Brauch aufkommen sollte, so würden die Verehelichungen wenig Freundschaft mehr in der Welt stiften!"

Das XXII. Kapitel

Simplex erzählt, wie ablief die Hochzeit.
Was er dazu auch geladen für Leut

Die Leute in meinem Losament verwunderten sich alle, da ich diese Jungfer mit mir heimbrachte, und noch vielmehr, da sie sahen, daß sie so ungescheut mit mir schlafen ging; denn obzwar mir dieser Poß, so mir widerfahren, grandige Grillen in Kopf brachte, so war ich doch so närrisch nicht, meine Braut zu verschmähen. Ich hatte zwar die Liebste im Arm, hingegen aber tausenderlei Gedanken im Kopf, wie ich meine Sache heben und legen wollte; bald gedachte ich, es ist dir recht geschehen, und bald vermeinte ich, es wäre mir der allergrößte Schimpf von der Welt widerfahren, welchen ich ohn billige Rache mit Ehren nicht verschmerzen könnte. Wann ich aber mich besann, daß solche Rache wider meinen Schwähervater und also auch wider meine unschuldige, fromme Liebste laufen müßte, fielen alle meine Anschläge dahin. Ich schämete mich so sehr, daß ich mir vornahm, mich einzuhalten und vor keinem Menschen mehr sehen zu lassen, befand aber, daß ich alsdann erst die allergrößte Narrheit begehen würde. Endlich war mein Schluß, ich wollte vor allen Dingen meines Schwähervaters Freundschaft wiedergewinnen und mich im übrigen gegen jedermann anlassen, als ob mir nichts Übels widerfahren und wegen meiner Hochzeit alles wohl ausgerichtet hätte. Ich sagte zu mir selber, weil alles auf eine seltsame, ungewöhnliche Weise sich geschickt und seinen Anfang genommen, so mußtu es auch auf solche Gattung ausmachen; sollten die Leute erfahren, daß du Verdruß an deiner Heurat hättest und wider deinen Willen copulirt worden wärest, wie eine arme Jungfer an einen alten reichen Ehekrüppel, so hättestu nur Spott davon.

In solchen Gedanken ließ ich mir früh tagen, wiewohl ich lieber länger im Bette verblieben wäre. Ich schickte am allerersten nach meinem Schwager, der meines Weibes Schwester hatte, und hielt ihm kurz vor, wie nahe ich ihm verwandt worden, ersuchte ihn darneben, er wollte seine Liebste kommen lassen, um etwas zurichten zu helfen, damit ich den Leuten auch bei meiner Hochzeit zu essen geben könnte; er aber wollte belieben, unsern Schwäher und Schwieger meinetwegen zu begütigen, so wollte ich indessen ausgehen, Gäste zu bitten, die den Frieden zwischen mir und ihm vollends machten.

Solches nahm er zu verrichten auf sich, und ich verfügte mich zum Commandanten; dem erzählte ich mit einer kurzweiligen und

artlichen Manier, was ich und mein Schwähervater vor eine neue
Mode angefangen hätten, Hochzeit zu machen, welche Gattung so
geschwind zugehe, daß ich in einer Stunde die Heurats-Abrede, den
Kirchgang und die Hochzeit auf einmal vollzogen; allein weil mein
Schwähervater die Morgensuppe gesparet hätte, wäre ich bedacht,
anstatt deren ehrlichen Leuten von der Specksuppen mitzuteilen, zu
deren ich ihn untertänig eingeladen haben wollte. Der Commandant wollte sich meines lustigen Vortrags schier zu Stückern lachen,
und weil ich sahe, daß sein Kopf recht stund, ließ ich mich noch
freier heraus und entschuldigte mich deswegen, daß ich notwendig
jetzt nicht wohl klug sein müßte, weil andere Hochzeiter vier
Wochen vor und nach der Hochzeit nicht recht bei Sinnen sein; andere Hochzeiter zwar hätten vier Wochen Zeit, in welchen sie allgemach ihre Torheiten unvermerkt herauslassen und also ihren Mangel an der Witz ziemlich verbergen könnten; weil mich aber die
ganze Bräuterei vollkommen überfallen, so müßte ich auch die Narrenpossen häufig fliegen lassen, damit ich mich hernach desto vernünftiger im Ehestand anlassen könnte. Er fragte mich, wie es mit
der Heurats-Notul beschaffen wäre und wieviel mir mein Schwähervater Füchse, deren der alte Schabhals viel hätte, zum Heurat-
Gut gebe? Ich antwortete, daß unsere Heurats-Abrede nur in einem
Punkt bestünde, der laute, daß ich und seine Tochter uns in Ewigkeit vor seinen Augen nicht mehr sollten sehen lassen; dieweil aber
weder Notarien noch Zeugen dabei gewesen, hoffe ich, er sollte wieder revocirt werden, vornehmlich, weil alle Heurat zu Fortpflan-
zung guter Freundschaft gestiftet würden, es wäre denn Sache, daß
er mir seine Tochter wie Pythagoras die seinige verheuratet hätte, so
ich aber nimmermehr glauben könnte, weil ich ihn meines Wissens
niemal beleidiget.

Mit solchen Schwänken, deren man an mir dies Orts sonst nicht
gewohnt war, erhielt ich, daß der Commandant samt meinem
Schwähervater, welchen er hierzu wohl persuadiren wollte, bei meiner Specksuppe zu erscheinen versprach. Er schickte auch gleich ein
Faß Wein und einen Hirsch in meine Küchen; ich aber ließ dergestalt
zurichten, als ob ich Fürsten hätte tractiren wollen, brachte auch
eine ansehenliche Gesellschaft zuwege, die sich nicht allein brav
miteinander lustig machten, sondern auch vor allen Dingen meinen
Schwähervater und Schwieger dergestalt mit mir und meinem Weib
versühneten, daß sie uns mehr Glücks wünschten, als sie uns die
vorige Nacht fluchten. In der ganzen Stadt aber ward ausgesprengt, daß unsre Copulation mit Fleiß auf so eine fremde Gattung

wäre angestellet worden, damit uns beiden kein Posse von bösen Leuten widerfahre; mir aber war diese schnelle Hochzeit trefflich gesund, denn wenn ich doch verehlichet und gemeinem Gebrauch nach über die Kanzel hätte abgeworfen werden sollen, so hätten sich besorglich Schleppsäcke gefunden, die mir ein verhinderliches Gewirr dreinzumachen unterstanden, denn ich hatte solcher unter den Bürgers-Töchtern ein ganz halb Dutzet, die mich mehr als all-zuwohl kannten und nunmehr recht in der Brühe saßen.

Den andern Tag tractirte mein Schwähervater meine Hochzeit-gäste, aber bei weitem nicht so wohl als ich, denn er war karg. Da ward erst mit mir geredet, was ich vor eine Hantierung treiben und wie ich die Haushaltung anstellen wollte; da merkte ich erst, daß ich meine edle Freiheit verloren hatte und unter einer Botmäßigkeit leben sollte. Ich ließ mich gar gehorsamlich an und begehrte, zuvor meines lieben Schwähervaters als eines verständigen Cavaliers ge-treuen Rat zu vernehmen und dem zu folgen, welche Antwort der Commandant lobte und sagte: „Dieweil er ein junger frischer Sol-dat ist, so wäre es eine große Torheit, wann er mitten in jetzigen Kriegsläuften ein anders, als das Soldaten-Handwerk zu treiben, vor die Hand nähme; es ist weit besser, sein Pferd in eines andern Stall zu stellen, als eines andern in dem seinigen zu füttern. Was mich anbelangt, so will ich ihm ein Fähnlein geben, wann er will."

Mein Schwäher und ich bedankten uns, und ich schlug's nicht mehr aus wie zuvor; wiese doch dem Commandanten des Kauf-manns Handschrift, der meinen Schatz zu Cöln in Verwahrung hat. „Dieses", sagte ich, „muß ich zuvor holen, eh ich schwedische Dienste annehme; denn sollte man gewahr werden, daß ich ihrem Gegenteil diene, so werden sie mir zu Cöln die Feige weisen und das Meinige behalten, welches sich so leichtlich nicht im Weg finden läs-set."

Sie gaben mir beide recht und ward also zwischen uns dreien ab-geredet, zugesaget und beschlossen, daß ich in wenig Tagen mich nach Cöln begeben, meinen Schatz dort erheben, mich nachgehends wieder damit in der Festung einstellen und ein Fähnlein annehmen sollte. Dabei ward auch ein Tag ernennet, an welchem meinem Schwähervater eine Compagnie samt der Obrist-Leutenant-Stelle bei des Commandanten Regiment übergeben werden sollte; denn sintemal der Graf von Götz damals mit vielen kaiserlichen Völkern in Westphalen lag und sein Quartier zu Dortmund hatte, versahe sich der Commandant auf den künftigen Frühling einer Belagerung und bewarb sich dahero um gute Soldaten, wiewohl diese Sorge vergeblich war, dieweil ermeldter Graf von Götz, weil Johann de Werd im Breisgau geschlagen worden, selbigen Frühling Westphalen quittiren und am Ober-Rheinstrom wegen Breysach wider den Fürsten von Weimar agiren mußte.

Das XXIII. Kapitel

Simplex kommt in ein Stadt, die er Cöln heißt,
sein Geld zu holen, er da sich befleißt

Es schicket sich ein Ding auf mancherlei Weise; des einen Unstern kommt staffelweis und allgemach, und einen andern überfällt das seinige mit Haufen. Das meinige aber hatte einen so süßen und angenehmen Anfang, daß ich mir's wohl vor kein Unglück, sondern vor das höchste Glück rechnete. Kaum über acht Tage hatte ich mit meinem lieben Weib im Ehestand zugebracht, da ich in meinem Jägerkleid mit einem Feuerrohr auf der Achsel von ihr und ihren Freunden meinen Abschied nahm, um dasjenige, was ich zu Cöln in Verwahrung geben, wieder abzuholen. Ich schlich mich glücklich durch, weil mir alle Wege bekannt, also daß mir keine Gefahr unterwegs aufstieß, ja ich ward von keinem Mensch gesehen, bis ich nacher Deutz, so gegen Cöln über diesseits des Rheins lieget, vor den Schlagbaum kam.

Ich aber sahe viel Leute, sonderlich einen Bauren im Bergischen Land, der mich allerdings an meinen Knan im Spessert gemahnete, dessen Sohn aber sich Simplicio am besten vergliche. Dieser Baurenbub hütete der Schweine, als ich bei ihm vorüberpassiren wollte, und weil die Säue mich spüreten, fingen sie an zu grunzen, der Knabe aber über sie zu fluchen: daß sie der Donner und Hagel erschlagen und de Tüfel darto halen solde. Das hörete die Magd und schrie dem Jungen zu, er sollte aufhören zu fluchen, oder sie wollt's dem Vater sagen. Der antwortete der Knabe, sie sollte ihn im Hintern lecken und ihre Mudder darto brüen. Der Baur hörete seinem Sohn gleichfalls zu, lief derowegen mit seinem Prügel aus dem Haus und schrie: „Halt du hunderttausend etcetera Schelm, ich sall di lehren sweren, de Hagel schla di dan, dat di der Tüfel int Lif fahr“, erwischte ihn darmit bei der Cartause, prügelte ihn wie einen Tanzbär und sagte zu jedem Streich: „Du böse Bof, ick sall di leren floecken, de Tüfel hal di dan, ik sall di im Arse lecken, ick sall di lehren dine Mour brüen . . .“

Diese Zucht erinnerte mich natürlich an mich und meinen Knan,

241

und ich war doch nicht so ehrlich oder gottselig, daß ich Gott gedanket hätte, weil er mich aus solcher Finsternüs und Ignoranz gezogen und zu einer bessern Wissenschaft und Erkenntnis gebracht; warum wollte dann mein Glück, das er mir täglich zuschickte, in die Länge haben harren können?

Da ich nun nach Cöln kam, kehrete ich bei meinem Jupiter ein, so damals ganz klug war. Als ich ihm nun vertraute, warum ich da wäre, sagte er mir gleich, daß ich besorglich leer Stroh dreschen würde, weil der Kaufmann, dem ich das Meinige aufzuheben geben, Bankerott gespielet und ausgerissen wäre; zwar seien meine Sachen obrigkeitlich verpetschirt, er selbst aber, sich wieder einzustellen, zitiret worden, aber man zweifle sehr an seiner Wiederkunft, weil er das Beste, so fortzubringen gewesen, mit sich genommen; bis nun die Sache erörtert würde, könnte viel Wasser den Rhein hinunterlaufen.

Wie angenehm mir diese Botschaft war, kann ein jeder leicht ermessen! Ich fluchte ärger als ein Fuhrmann, aber was half's? Ich hatte darum meine Sachen nicht wieder und überdas keine Hoffnung, solche zu bekommen. So hatte ich auch über zehn Taler Zehrgeld nit zu mir genommen, daß ich also mich nit so lang aufhalten konnte, als es die Zeit eforderte. Überdas hatte es auch Gefahr auf sich, so lang dazubleiben, denn ich mußte sorgen, daß, weil ich einer feindlichen Garnison zugetan wäre, ich verkundschaft würde und also nicht allein gar um das Meinige, sondern noch darzu in größre Ungelegenheit kommen möchte. Sollte ich dann unverrichteter Sache wieder zurück, das Meinige mutwillig dahintenlassen und den Hingang vor den Hergang haben, das dünkte mich auch nicht ratsam sein. Zuletzt ward ich mit mir selber eins, ich wollte mich in Cöln aufhalten, bis die Sache erörtert würde, und die Ursache meines Ausbleibens meiner Liebsten berichten, verfügte mich demnach zu einem Prokurator, der ein Notarius war, und erzählete ihm mein Tun, bat ihn, mir um die Gebühr mit Rat und Tat beizuspringen, ich wollte ihm neben dem Tax, wann er meine Sache beschleunigte, mit einer guten Verehrung begegnen.

Weil er dann hoffte, es würde an mir etwas zu fischen sein, nahm er mich gutwillig an und dingte mich auch in die Kost; darauf ging er andern Tags mit mir zu denjenigen Herren, welche die Falliments-Sachen zu erörtern haben, gab vidimirte Copei von des Kaufmanns Handschrift ein und legte das Original vor, worauf wir zur Antwort bekamen, daß wir uns bis zu gänzlicher Erörterung der

Sache patientiren müßten, weil die Sachen, davon die Handschrift sage, nicht alle vorhanden wären.

Also versahe ich mich des Müßiggangs wieder auf eine Zeitlang, bis ich sehen wollte, wie es in großen Städten hergehet. Mein Kost-Herr war, wie gehört, ein Notarius und Procurator, darneben hatte er etwan ein halb Dutzet Kostgänger und hielt stets acht Pferde auf der Streu, welche er den Reisenden um Geld hinzuleihen pflegte; darbei hatte er einen teutschen und einen welschen Knecht, die sich zum Fahren und Reiten gebrauchen ließen und der Pferde warteten, mit welcher drei- oder vierhalbfachen Hantierung er nicht allein seine Nahrung reichlich gewann, sondern auch ohnzweifel trefflich vorschlug; denn weil keine Juden in selbige Stadt kommen dörfen, konnte er mit allerlei Sachen desto besser wuchern.

Ich lernete viel in der geringen Zeit, die ich bei ihm war, vornehmlich aber alle Krankheiten kennen, so die größte Kunst an einem Doctor Mediciñä ist, denn man sagt, wenn man eine Krankheit recht erkenne, so sei dem Patienten schon halb geholfen. Daß ich nun solche Wissenschaft begriffe, daran war mein Wirt Ursacher, denn von seiner Person fing ich an, auch auf andere und deren Complexion zu sehen. Da fand ich manchen todkrank, der seine Krankheit oft selbst nicht wußte und auch von andern Menschen, ja von den Doctoribus selbst, vor einen Gesunden gehalten ward. Ich fand Leute, die waren vor Zorn krank, und wann sie die Krankheit anstieß, so verstelleten sie die Gesichter wie die Teufel, brülleten wie die Löwen, kratzten wie die Katzen, schlugen um sich wie die Bären, bissen drein wie die Hunde, und damit sie sich ärger stellen möchten als die rasenden Tiere, warfen sie auch mit allem, das sie in die Hände kriegten, um sich wie die Narren. Man saget, diese Krankheit komme von der Galle her, aber ich glaube, daß sie ihren Ursprung daher habe, wann ein Narr hoffärtig sei; derhalben wann du einen Zornigen rasen hörest, sonderlich über ein gering Ding, so halt kecklich davor, daß er mehr stolz als klug sei. Aus dieser Krankheit folget unzählig viel Unglück sowohl dem Kranken selbst als andern; dem Kranken zwar endlich die Lähme, Gicht und ein frühzeitiger, wo nicht gar ewiger Tod! Und kann man diese Kranken, obschon sie gefährlich krank sein, mit gutem Gewissen keine Patienten nennen, weil ihnen die Patienz am allermeisten mangelt.

Etliche sahe ich am Neid darniederliegen, von welchen man saget, daß sie ihr eigen Herz fressen, weil sie immer so bleich und traurig dahertreten. Diese Krankheit halte ich vor die allergefährlichste, weil sie vom Teufel ihren Ursprung hat, wiewohl sie von lauter Glück herrühret, das des Kranken Feind hat; und welcher einen solchen von Grund aus curiret, der dörfte sich beinahe rühmen, er hätte einen Verlornen zum christlichen Glauben bekehrt, weil diese Krankheit keinen rechtschaffenen Christen anstößt, als die da nur die Sünde und Laster neiden.

Die Spielsucht halte ich auch vor eine Krankheit, nit allein weil es der Name mit sich bringet, sondern weil diejenigen, so damit behaftet, ganz giftig darauf verpicht sein. Diese hat ihren Ursprung vom Müßiggang und nicht vom Geiz, wie etliche vermeinen, und wann du Wollust und Müßiggang hinwegnimmest, vergehet diese Krankheit von sich selbst. So befand ich, daß Fressen und Saufen auch eine Krankheit ist, und daß solche aus der Gewohnheit und nicht aus dem Überfluß herkommt; Armut ist zwar gut davor, aber sie wird dadurch nicht von Grund aus geheilet, denn ich sahe Bettler im Luder und reiche Filze Hunger leiden; sie bringet ihre Arznei auf dem Rucken mit sich, der heißt Mangel, wo nicht am Gut, doch an der übrigen Gesundheit des Leibes, also daß endlich diese Kranken gemeiniglich von sich selbst gesund werden müssen, wann sie nämlich entweder aus Armut oder andrer Krankheit halber nicht mehr zehren können.

Die Hoffart hielt ich vor eine Art der Phantasterei, welche ihren Ursprung aus der Unwissenheit habe, denn wenn sich einer selbst kennet und weiß, wo er her ist und endlich hinkommt, so ist's unmüglich, daß er mehr so ein hoffärtiger Narr sein kann. Wenn ich einen Pfau oder welschen Hahn sehe, der sich ausspreitet und so etwas daherkollert, muß ich mich vernarren, daß diese unvernünftigen Tiere dem armen Menschen in seiner großen Krankheit so artlich spotten können; ich habe keine sonderliche Arznei darwider finden können, weil diese, so daran krank liegen, ohn die Demut ebensowenig als andere Narren zu curiren sein.

Ich fand auch, daß Lachen eine Krankheit ist, denn Philemon ist ja dran gestorben und Democritus ist bis an sein Ende damit inficirt gewesen. So sagen auch noch auf den heutigen Tag unsere Weiber, sie möchten sich zutot lachen! Man saget, es habe seinen Ursprung von der Leber, aber ich glaube ehender, es komme aus übriger Torheit her, sintemal viel Lachen kein Anzeichen eines vernünftigen Mannes ist, nach dem Sprichwort: An viel Lachen erkennt man den Narren. Es ist unvonnöten, eine Arznei darwider zu verordnen, weil es nicht allein eine lustige Krankheit ist, sondern auch manchem vergehet, eh er's gern hat. Nicht weniger merkte ich, daß der Fürwitz auch eine Krankheit und sonderlich dem weiblichen Geschlecht schier angeboren sei; ist zwar gering anzusehen, aber in Wahrheit sehr gefährlich, maßen wir noch alle an unsrer ersten Mutter Curiosität zu käuen haben. Von den übrigen, als Faulheit, Rachgier, Eifer, Frevel, Gebrechen der Liebe und andern dergleichen Krankheiten und Lastern will ich vor diesmal schweigen, weil ich mir niemals vorgenommen, etwas davon zu schreiben, sondern wieder auf meinen Kost-Herrn kommen will, der mir Ursache gab, dergleichen Gebrechen nachzusinnen, weil er vom Geiz bis aufs äußerste Haar eingenommen und besessen war.

Das XXIV. Kapitel

Simplex ein Hasen fängt selbst in der Stadt, dessen sich wohl wird, wer's liest, lachen satt

Dieser hatte, wie obgemeldet, unterschiedliche Hantierungen, dadurch er Geld zusammenkratzte; er zehrte mit seinen Kostgängern und seine Kostgänger nicht mit ihm, und er hätte sich und sein Hausgesind mit demjenigen, was sie ihm eintrugen, gar reichlich ernähren können, wann's der Schindhund nur dazu hätte angewendet, aber er mästete uns auf schwedisch und hielt gewaltig zurück. Ich aß anfangs nicht mit seinen Kostgängern, sondern mit seinen Kindern und Gesind, weil ich nicht viel Geld bei mir hatte, da satzte es schmale Bißlein, so meinem Magen, der nunmehr zu den westphälischen Tractamenten gewöhnet war, ganz spanisch vorkam; kein gut Stück Fleisch kriegten wir auf den Tisch, sondern nur dasjenige, so acht Tage zuvor von der Studenten Tafel getragen, von denselben zuvor überall wohl benagt und nunmehr vor Alter so grau als Mathusalem worden war. Darüber machte dann die Kostfrau (welche die Küche selbst versehen mußte, denn er dingte ihr keine Magd) eine schwarze saure Brühe und überteufelt's mit Pfeffer, da wurden dann die Beiner so sauber abgeschleckt, daß man alsbald Schachsteine daraus hätte drehen können; und doch waren sie alsdann noch nicht recht ausgenutzt, sondern sie kamen in einen hierzu verordneten Behalter, und wann unser Geizhals deren ein Quantität beisammen hatte, mußten sie erst klein zerhackt und das übrige Fett bis auf das alleräußerste herausgesotten werden; nicht weiß ich, wurden die Suppen daraus geschmälzt oder die Schuhe damit geschmieret.

An den Fasttägen, deren mehr als genug einfielen, und alle solenniter gehalten wurden, weil der Hausvater diesfalls gar gewissenhaft war, mußten wir uns mit stinkenden Bücklingen, versalzenen Polchen, faulen Stock- und andern abgestandenen Fischen herumbeißen, denn er kaufte alles der Wohlfeile nach und ließ sich die Mühe nicht dauren, zu solchem Ende selbst auf den Fischmarkt zu gehen und anzupacken, was jetzt die Fischer auszuschmeißen im Sinn hatten. Unser Brot war gemeiniglich schwarz und altbacken, der Trank aber ein dünn, sauer Bier, das mir die Därme hätte zerschneiden mögen, und mußte doch gut abgelegen März-Bier heißen.

Überdas vernahm ich von seinem teutschen Knecht, daß es Sommerszeit noch schlimmer hergehe, denn da sei das Brot schimmlig, das Fleisch voller Würme, und ihre besten Speisen wäre irgends zu Mittags ein paar Rettige und auf den Abend eine Handvoll Salat. Ich fragte, warum er dann bei dem Filz bleibe? Da antwortete er mir, daß er die meiste Zeit auf der Reise sei und derhalben mehr auf der Reisenden Trinkgelder als seinen Schimmel-Juden bedacht sein müßte. Er getraue seinem Weib und Kindern nicht in Keller, weil er ihn selbsten den Tropfwein kaum gönne, und sei in summa ein solcher Geld-Wolf, dergleichen kaum noch einer zu finden. Das so ich bisher gesehen, sei noch nichts, wann ich noch eine Weile da verbliebe, würde ich gewahr nehmen, daß er sich nicht schäme, einen Esel um einen Fettmönch zu schinden.

Einsmals brachte er sechs Pfund Sülzen oder Rinder-Kutteln heim, das setzte er in seinen Speis-Keller, und weil zu seiner Kinder großem Glück das Tagfenster offenstund, banden sie eine Eßgabel an einen Stecken und angelten damit alle Kuttelflecke heraus, welche sie alsobald gekocht in großer Eil verschlangen und vorgaben, die Katze hätte es getan. Aber der Erbsenzähler wollte es nicht glauben, fing derhalben die Katze, wug sie und befand, daß sie mit Haut und Haar nit so schwer war, als seine Kutteln gewesen. Weil er dann so gar unverschämt handlete, so begehrte ich nicht mehr an seiner Leute, sondern an gemeldter Studenten Tafel, es koste auch, was es wolle, zu essen, worbei es zwar etwas herrlicher herging, ward mir aber wenig damit geholfen, denn alle Speisen, die man uns fürsatzte, waren nur halb gar, so unserm Kost-Herrn an zwei Orten zupaß kam, erstlich am Holz, so er gesparet, und daß wir nicht soviel verdauen konnten. Überdies, so dünkte mich, er zählete uns alle Mundvoll in Hals hinein und kratzte sich hintern Ohren, wann wir recht fütterten. Sein Wein war ziemlich gewässert und nit der Art, die Däuung zu befördern; der Käs, den man am Ende jeder Mahlzeit aufstellete, war gemeinlich steinhart, die holländische Butter aber dermaßen versalzen, daß keiner über ein Lot davon auf einen Imbiß

246

genießen konnte; das Obs mußte man wohl so lang auf- und abtragen, bis es mürbe und zu essen tauglich war; wenn dann etwan ein oder ander darauf stichelte, so fing er einen erbärmlichen Hader mit seinem Weibe an, daß wir's hörten, heimlich aber befahl er ihr, sie sollte nur bei ihrer alten Geigen bleiben.

Sonsten war's sauber in seinem Haus und aufgeraumt, weil er nichts unter den Füßen litt, auch kein geringes Strohhälmlein oder Abschnitzling vom Papier noch sonst etwas, welches das Feuer verzehren kann, denn er hub's eh'r selbst auf und trug's in die Küchen, sagend: Viel kleine Wasser geben auch einen Bach. Denn er gedachte, viel Zahnsticher geben auch eine Hitz. Die Asche hub er viel säubrer auf als mancher den Saffran, weil er solche zu verkaufen wußte.

Einsmals brachte ihm einer von seinen Clienten einen Hasen zur Verehrung, den sahe ich in der Speiskammer hangen und gedachte, wir würden einmal Wildpret essen dörfen; aber der teutsche Knecht sagte mir, daß er uns nicht an die Zähne brennen würde, denn sein Herr hätte den Kostgängern ausgedingt, daß er so keine Schnabelweide speisen dörfte; ich sollte nur Nachmittag auf den alten Markt gehen und sehen, ob ich ihn nicht dorten zu verkaufen finden würde. Darauf schnitt ich dem Hasen ein Stücklein vom Ohr, und als wir über dem Mittag-Imbiß saßen und unser Kostherr nicht bei uns war, erzählete ich, daß unser Geizhals einen Hasen zu verkaufen hätte, um den ich ihn zu betrügen gedächte, wenn mir einer aus ihnen folgen wollte, also daß wir nicht allein Kurzweil anrichten, sondern den Hasen selbst kriegen wollten. Jeder sagte ja, denn sie hätten unserm Wirt gern vorlängst einen Schabernack angetan, dessen er sich nicht beklagen dorfte.

Also verfügten wir uns den Nachmittag an denjenigen Ort, den ich vom Knecht erlernt hatte, da unser Kost-Herr zu stehen pflegte, wann er so etwas zu verkaufen hingab, um aufzupassen, was der Verkäufer lösete, damit er nicht etwan um ein Fettmönchlein betrogen würde. Wir sahen ihn bei vornehmen Leuten, mit denen er discurirte; ich hatte einen Kerl angestellet, der ging zu dem Hocken, der den Hasen verkaufen sollte und sagte: „Landsmann, der Has ist mein, und ich nehme ihn als ein gestohlen Gut auf Recht hinweg; er ist mir heunt Nacht von meinem Fenster hinweg gefischet worden, und läßt du ihn nicht gutwillig folgen, so gehe ich auf deine Gefahr und Unrechts Kosten mit dir hin, wo du willt." Der Unterkäufer antwortete, er sollte sehen, was er zu tun hätte, dort stünde ein vornehmer Herr, der ihm den Hasen zu verkaufen geben hätte, welcher ihn ohn Zweifel nicht gestohlen haben würde. Als nun diese zween so wortwechselten, bekamen sie gleich einen Umstand, so unser Geizhals stracks in acht nahm und hörete, wieviel die Glocke schlug; winkte derowegen dem Unterkäufer, daß er den Hasen folgen lassen sollte, weil er sich gewaltig schämte und den Namen nicht haben wollte, daß er Hasen zu verkaufen und doch so viel Kostgänger hätte, zumalen auch nicht wüßte, wo der Kerl den Hasen hergebracht hätte, der ihm solchen verehrt hatte. Mein Kerl aber, den ich hierzu angestellet hatte, wußte dem Umstand gar artlich das Stück vom Ohr zu weisen und dasselbe in dem Ritz zu messen, daß ihm also jedermann recht gab und den Hasen zusprach.

Indessen näherte ich mich auch mit meiner Gesellschaft, als ob wir ungefähr daherkämen, stund an dem Kerl, der den Hasen hatte, und fing an, mit ihm darum zu marken; und nachdem wir des Kaufs eins wurden, stellete ich den Hasen meinem Kost-Herrn zu mit Bitte, solchen mit sich heimzunehmen und auf unsern Tisch zurichten zu lassen; dem Kerl aber, den ich hierzu bestellet, gab ich anstatt der Bezahlung vor den Hasen ein Trinkgeld zu zwei Kannen Bier. Also mußte uns unser Geizhals den Hasen wider seinen Willen zukommen lassen und dorfte noch darzu nichts sagen; dessen wir genug zu lachen hatten! Und wann ich länger in seinem Haus hätte verbleiben sollen, wollte ich ihm noch viel dergleichen Stücklein bewiesen haben.

ENDE DES DRITTEN BUCHS

DAS VIERTE BUCH

Das I. Kapitel

*Simplex wird practicirt nacher Frankreich,
gehet ihm wunderlich zuanfangs gleich*

Allzu scharf machet schartig, und wann man den Bogen überspannet, so muß er endlich zerbrechen. Der Poß, den ich meinem Kost-Herrn mit dem Hasen riß, war mir nicht genug, sondern ich unterstund noch mehr, seinen unersättlichen Geiz zu strafen; ich lernete seine Kostgänger, wie sie die versalzne Butter wässern und dadurch das überflüssige Salz herausziehen, die harten Käs aber, wie die Parmesaner, schaben und mit Wein anfeuchten sollten, welches dem Geizhals lauter Stiche ins Herz waren. Ich zog durch meine Kunststücke über Tisch das Wasser aus dem Wein und machte ein Lied, in welchem ich den Geizigen einer Sau vergliche, von welcher man nichts Gutes zu hoffen, bis sie der Metzger tot auf dem Schragen liegen hätte. Damit verursachte ich, daß er mich mit folgender Untreue wieder hurtig bezahlte, weil ich solche Sachen in seinem Haus zu üben nit bestellet war.

Die zween Jungen von Adel bekamen einen Wechsel und Befelch von ihren Eltern, sich nach Frankreich zu begeben und die Sprache zu lernen, eben als unsers Kost-Herrn teutscher Knecht anderwärts auf der Reise war, und dem Welschen (sagte unser Kostherr) dörfte er die Pferde in Frankreich nicht vertrauen, weil er ihn noch nicht recht kennte, denn er besorge, wie er vorgab, er möchte das Wiederkommen vergessen und ihn um die Pferde bringen; bat mich derowegen, ob ich ihm nicht den großen Dienst tun und beide Edelleute mit seinen Pferden, weil ohndas meine Sache in vier Wochen noch nicht erörtert werden könnte, nach Paris führen wollte? Er hingegen wollte indessen meine Geschäfte, wann ich ihm deswegen vollkommen Gewalt geben würde, so getreulich befördern, als ob ich persönlich gegenwärtig wäre. Die von Adel ersuchten mich deswegen auch, und mein eigener Fürwitz, Frankreich zu besehen, riet mir solches gleichfalls, weil ich's jetzt ohn sondere Unkosten tun konnte und ich ohndas die vier Wochen auf der faulen Bärenhaut daliegen und noch Geld darzu verzehren müßte. Also machte ich mich mit diesen Edelleuten anstatt eines Postillions auf den Weg, auf welchem mir nichts Merk- und Schreibwürdiges zuhanden stieß.

Da wir aber nach Paris kamen und bei unsers Kost-Herrn-Corre-

spondenten, bei dem die Edelleute auch ihren Wechsel empfingen, einkehreten, ward ich den andern Tag nicht allein mit den Pferden arrestirt, sondern derjenige, so vorgab, mein Kost-Herr wäre ihm eine Summa Geldes schuldig, griff mit Gutheißung desselben Viertels-Commissarii zu und versilberte die Pferde, Gott gebe, was ich darzu sagte. Also saß ich da wie Matz von Dresden und wußte mir selbst nicht zu helfen, viel weniger zu raten, wie ich einen so weiten und damals sehr unsichern Weg wieder zurückkommen sollte.

Die von Adel bezeugten ein großes Mitleiden mit mir und verehreten mich desto ehrlicher mit einem guten Trinkgeld, wollten mich auch nicht ehender von sich lassen, bis ich entweder einen guten Herrn oder eine gute Gelegenheit hätte, wieder ins Teutschland zu kommen. Sie dingten sich ein Losament, und ich hielt mich etliche Tage bei ihnen auf, damit ich dem einen, so wegen der fernen Reise, deren er nicht gewohnt, etwas unpäßlich worden, aufwartete. Und demnach ich mich so fein anließ, schenkte er mir sein Kleid, so er ablegte, da er sich auf die neue Mode kleiden ließ. Ihr Rat war, ich sollte nur immer ein paar Jahre in Paris bleiben und die Sprache lernen; das ich zu Cöln zu holen hätte, würde mir nicht entlaufen, als welches unser Kost-Herr zu seinen verwahrlichen Handen nehmen würde. Da ich nun so in der Wahl stund und noch zweifelte, was ich tun wollte, hörte mich einsmals der Medicus, so meinen kranken Junker zu curiren alle Tage zu uns kam, auf der Laute schlagen und ein teutsch Liedlein darein singen, das ihm so wohl gefiel, daß er mir eine gute Bestallung anbot samt seinem Tisch, da ich mich zu ihm begeben und seine zween Söhne unterrichten wollte, denn er wußte schon besser, wie mein Handel stund, als ich selbst, und daß ich einen guten Herrn nicht ausschlagen würde. Also wurden wir des Handels miteinander bald eins, weil beide Edelleute das Beste darzuredeten und mich trefflich recommendirten. Ich verdingte mich aber nicht länger als von einem Vierteljahr zum andern.

Dieser Doctor redete so gut teutsch als ich und das Italiänisch wie seine Muttersprache, derhalben versprach ich mich desto lieber zu ihm. Als ich nun die Letze zehrte mit meinen Edelleuten, war er auch dabei, und mir gingen üble Grillen im Kopf herum, denn da lag mir mein frisch-genommen Weib, mein versprochen Fähnlein und mein Schatz zu Cöln im Sinn, von welchem allem ich mich so leichtfertig hinwegzubegeben bereden lassen; und da wir von unsers gewesenen Kost-Herrn Geiz zu reden kamen, fiel mir zu, und ich sagte auch über Tisch: „Wer weiß, ob vielleicht unser Kost-Herr mich nicht mit Fleiß hierherpracticiret, damit er das Meinige zu

Cöln erheben und behalten möge." Der Doctor antwortete, das könne wohl sein, vornehmlich wann er glaube, daß ich ein Kerl von geringem Herkommen sei. „Nein", antwortete der eine Edelmann, „wann er zu solchem Ende hierhergeschickt worden ist, daß er hierbleiben solle, so ist's darum geschehen, weil er ihm seines Geizes wegen soviel Drangsal antäte." Der Kranke fing an: „Ich glaube aber eine andre Ursache. Als ich neulich in meiner Kammer stund und unser Kost-Herr mit seinem Welschen ein laut Gespräch hielt, horchte ich, worum es doch zu tun sein möchte? Und vernahm endlich aus des Welschen geradbrechten Worten: daß er seinen Abschied begehre, denn der Jäger verfuchsschwänze ihn bei der Frau und sage, er warte der Pferde nicht recht! Welches aber der eifersichtige Gauch wegen seiner übeln Redkunst unrecht und auf etwas Unehrliches verstund und derowegen dem Welschen zusprach, er sollte nur bleiben, der Jäger müsse bald hinweg. Er hatte auch seither sein Weib scheel angesehen und mit ihr viel ernstlicher gekollert als zuvor, so ich an dem Narrn mit Fleiß in acht genommen."

Der Doctor sagte: „Es sei geschehen, aus was vor einer Ursache es wolle, so lasse ich wohl gelten, daß die Sache so angestellet worden, daß er hierbleiben muß. Er lasse sich aber das nicht irren, ich will ihm schon wieder mit guter Gelegenheit nach Teutschland verhelfen; er schreibe ihm nur, daß er den Schatz wohl beobachte, sonst werde er scharfe Rechenschaft darum geben müssen. Dies gibet mir einen Argwahn, daß es ein angestellter Handel sei, weil derjenige, so sich vor den Creditor dargeben, Euers Kost-Herrn und seines hiesigen Correspondenten sehr guter Freund ist, und ich will glauben, daß Ihr die Obligation, kraft deren er die Pferde angepakket und verkauft hat, jetzt erst mit Euch gebracht habet."

Das II. Kapitel

> Simplex bekommt einen bessern Patron,
> dessen Gunst träget er völlig darvon

Monsigneur Canard, so hieß mein neuer Herr, erbot sich, mir mit Rat und Tat beholfen zu sein, damit ich des Meinigen zu Cöln nicht verlustigt würde, denn er sahe wohl, daß ich traurig war. Sobald er mich in seine Wohnung brachte, begehrte er, ich wollte ihm erzählen, wie meine Sachen beschaffen wären, damit er sich dreinfinden und Ratschläg ersinnen könnte, wie mir am besten zu helfen sei. Ich gedachte wohl, daß ich nicht viel gülte, wenn ich mein Herkommen

251

öffnen sollte, gab mich derhalben vor einen armen teutschen Edelmann aus, der weder Vater noch Mutter, sondern nur noch etliche Verwandte in einer Festung hätte, darin schwedische Garnison läge. Welches ich aber vor meinem Kost-Herrn und beiden von Adel, als welche kaiserliche Partei hielten, verborgen halten müssen, damit sie das Meinige, als ein Gut so dem Feind zuständig, nicht an sich zögen. Meine Meinung wäre, ich wollte an den Commandanten bemeldter Festung schreiben, als unter dessen Regiment ich die Stelle eines Fähnrichs hätte, und ihn nicht allein berichten, wasgestalten ich hieherpracticirt worden, sondern ihn auch bitten, daß er belieben wollte, sich des Meinigen habhaft zu machen und solches, bis ich wieder Gelegenheit kriege, zum Regiment zu kommen, indessen meinen Freunden zuzustellen.

Canard befand mein Vorhaben ratsam und versprach mir, die Schreiben an ihren Ort zu bestellen, und sollten sie gleich nach Mexico oder in China lauten. Demnach verfertigte ich Schreiben an meine Liebste, an meinen Schwäher-Vater und an den Obristen de S. A., Commandanten in L., an welchen ich auch das Couvert richtete und ihm die übrigen beiden beischloß. Der Einhalt war, daß ich mit ehistem mich wieder einstellen wollte, da ich nur Mittel an die Hand kriegte, eine so weite Reise zu vollenden, und bat meinen Schwäher und den Obristen, daß sie vermittels der Militiae das Meinige zu bekommen unterstehen wollten, eh Gras darüber wüchse, berichtete darneben, wieviel es an Gold, Silber und Kleinodien sei. Solche Briefe verfertigte ich in Duplo, ein Teil bestellete Monsigneur Canard, das ander gab ich auf die Post, damit wenn irgend das eine nicht überkäme, jedoch das ander einliefe.

Also ward ich wieder fröhlich und instruirte meines Herrn zween Söhne desto leichter, die als junge Prinzen erzogen wurden; denn weil Monsigneur Canard sehr reich, als war er auch überaus hoffärtig und wollte sich sehen lassen. Welche Krankheit er von großen Herren an sich genommen, weil er gleichsam täglich mit Fürsten umging und ihnen alles nachäffte. Sein Haus war wie eines Grafen Hofhaltung, in welcher kein anderer Mangel erschien, als daß man ihn nicht auch einen gnädigen Herrn nannte, und seine Imagination war so groß, daß er auch einen Marquis, da ihn etwan einer zu besuchen kam, nicht höher als seinesgleichen tractirete. Er teilete zwar geringen Leuten auch von seinen Mitteln mit, er nahm aber kein gering Geld, sondern schenkte ihnen eher ihre Schuldigkeit, damit er einen großen Namen haben möchte.

Weil ich ziemlich curiös war und wußte, daß er mit meiner Per-

252

son prangte, wann ich neben andern Dienern hinter ihm hertrat und er Kranke besuchte, also half ich ihm auch stets in seinem Laboratorio arzneien; davon ward ich ziemlich gemein mit ihm, wie er denn ohndas die teutsche Sprache gern redete; sagte derowegen einsmals zu ihm: warum er sich nicht von seinem adeligen Sitz schreibe, den er neulich nahend Paris um zwanzigtausend Kronen gekauft hätte? Item, warum er lauter Doctores aus seinen Söhnen zu machen gedenke und sie so streng studiren lasse; ob nicht besser wäre, daß er ihnen (indem er doch den Adel schon hätte) wie andere Cavaliers irgends Ämter kaufe und sie also vollkommen in den adeligen Stand treten lasse? „Nein", antwortete er, „wann ich zu einem Fürsten komme, so heißt es: Herr Doctor, Er setze sich nieder; zum Edelmann aber wird gesagt: Wart auf!" – Ich sagte: „Weiß aber der Herr Doctor nicht, daß ein Arzt dreierlei Angesichter hat: das erste eines Engels, wann ihn der Kranke ansichtig wird, das ander eines Gottes, wann er hilft, das dritte eines Teufels, wann man gesund ist und ihn wieder abschaffet? Also währt solche Ehre nicht länger, als solang dem Kranken der Wind im Leib herumgehet, wann er aber hinaus ist und das Rumpeln aufhöret, so hat die Ehre ein Ende und heißt alsdann auch: Doctor, vor der Tür ist's dein! Hat demnach der Edelmann mehr Ehre von seinem Stehen als ein Doctor von seinem Sitzen, weil er nämlich seinem Prinzen beständig aufwartet und die Ehre hat, niemals von seiner Seite zu kommen. Der Herr Doctor hat neulich etwas von einem Fürsten in Mund genommen und demselben seinen Geschmack abgewinnen müssen; ich wollte lieber zehn Jahre stehen und aufwarten, eh ich eines andern Kot versuchen wollte und wanngleich man mich auf lauter Rosen setzen wollte!"

Er antwortete: „Das mußte ich nicht tun, sondern tät's gern, damit, wann der Fürst sehe, wie saur mich's ankäme, seinen Zustand recht zu erkündigen, meine Verehrung desto größer würde; und warum wollte ich dessen Kot nicht versuchen, der mir etliche hundert Pistolen davor zu Lohn giebet, ich aber hingegen ihm nichts gebe, wann er noch gar was anders von mir muß fressen? Ihr redet von der Sache wie ein Teutscher; wann Ihr aber einer andern Nation wäret, so wollte ich sagen, Ihr hättet davon geredet wie ein Narr!" Mit diesem Sentenz nahm ich vorlieb, weil ich sahe, daß er sich erzörnen wollte, und damit ich ihn wieder auf einen guten Laun brächte, bat ich, er wollte meiner Einfalt etwas zugut halten, und brachte etwas Annehmlicheres auf die Bahn.

Das III. Kapitel

Wie Simplex einen Comödianten abgiebt,
macht, daß manch Jungfer sich in ihn verliebt

Gleichwie Monsigneur Canard mehr Wildpret hinwegzuwerfen als
mancher zu fressen hatte, der eine eigne Wildbahn vermag, und ihm
mehr Zahmes verehrt ward, als er und die Seinigen verzehren konnten, also hatte er täglich viel Schmarotzer, so daß es bei ihm einen
gleichsam ansahe, als ob er eine freie Tafel gehalten hätte. Einsmals
besuchten ihn des Königs Ceremonien-Meister und andere vornehme Personen vom Hof, denen er eine fürstliche Collation dar-
stellete, weil er wohl wußte, wen er zum Freund behalten sollte,
nämlich diejenigen, so stets um den König waren oder sonst bei
demselbigen wohl stunden. Damit er nun denselben den allergeneigt-
esten Willen erzeigte und ihnen alle Lust machen möchte, begehrete
er, ich wollte ihm zu Ehren und der ansehnlichen Gesellschaft zu
Gefallen ein teutsch Liedlein in meine Laute hören lassen. Ich folgte
gern, weil ich eben in Laune war, wie denn die Musici gemeiniglich
seltsame Grillenfänger sind; befliß mich derhalben, das beste Geschirr zu machen, und contentirte demnach die Anwesenden so
wohl, daß der Ceremonien-Meister sagte: Es wäre immer schade,
daß ich nicht die französische Sprache könnte, er wollte mich sonst
trefflich wohl beim König und der Königin anbringen.

Mein Herr aber, so besorgte, ich möchte ihm aus seinen Diensten
entzuckt werden, antwortete ihm, daß ich einer von Adel sei und
nicht lang in Frankreich zu verbleiben gedächte, würde mich demnach schwerlich vor einen Musicanten gebrauchen lassen. Darauf
sagte der Ceremonien-Meister, daß er seine Tage nicht eine so seltne
Schönheit, eine so klare Stimme und einen so künstlichen Lautenisten an einer Person gefunden; es sollte ehist vorm König im Louvre
eine Comoedia gespielet werden, wann er mich darzu gebrauchen
könnte, so verhoffte er große Ehre mit mir einzulegen.

Das hielt mir Monsigneur Canard vor. Ich antwortete ihm:
„Wenn man mir saget, was vor eine Person ich präsentiren und was
vor Lieder ich in meine Laute singen sollte, so könnte ich ja beides
die Melodeien und Lieder auswendig lernen und solche in meine
Laute singen, wannschon sie in französischer Sprach wären; es
möchte ja leicht mein Verstand so gut sein als eines Schüler-Knaben,
die man hierzu auch zu gebrauchen pflege, unangesehen sie erst
Worte und Gebärden lernen müßten." Als mich der Ceremonien-

Meister so willig sahe, mußte ich ihm versprechen, den andern Tag ins Louvre zu kommen, um zu probiren, ob ich mich darzu schicke.

Also stellete ich mich auf die bestimmte Zeit ein; die Melodeien der unterschiedlichen Lieder, so ich zu singen hatte, schlug ich gleich perfekt auf dem Instrument, weil ich das Tabulatur-Buch vor mir hatte; empfing demnach die französischen Lieder, solche auswendig und die Aussprache recht zu lernen, welche mir zugleich verteutscht wurden, damit ich mich mit den Gebärden darnach richten könnte. Solches kam mich gar nicht schwer an, also daß ich's eher konnte, als sich's jemand versahe, und zwar dergestalt, wann man mich singen hörte (maßen mir Monsigneur Canard das Lob gab), daß der Tausendste geschworen hätte, ich wäre ein geborner Franzos. Und da wir die Comoedia zu probiren das erste Mal zusammenkamen, wußte ich mich so kläglich mit meinen Liedern, Melodeien und Gebärden zu stellen, daß sie alle glaubten, ich hätte des Orphei Person mehr agirt, als den ich damals präsentiren und mich um meine Euridice so übel gehaben mußte.

Ich habe die Tage meines Lebens keinen so angenehmen Tag gehabt, als mir derjenige war, an welchem diese Comoedia gespielet ward. Monsigneur Canard gab mir etwas ein, meine Stimme desto klärer zu machen; und da er meine Schönheit mit Oleo Talci erhöhern und meine halbkrausen Haare, die von Schwärze glitzerten, verpudern wollte, fand er, daß er mich nur damit verstellte; ich ward mit einem Lorbeer-Kranz bekrönet und in ein antiquisch meergrün Kleid angetan, in welchem man mir den ganzen Hals, das Oberteil der Brust, die Arme bis hinter die Elenbogen und die Knie von den halben Schenkeln an bis auf die halben Waden nackend und bloß sehen konnte; um solches schlug ich einen leibfarben taffeten Mantel, der sich mehr einem Feldzeichen vergliche.

In solchem Kleid löffelte ich um meine Euridice, rufte die Venus mit einem schönen Liedlein um Beistand an und brachte endlich meine Liebste davon; in welchem Actu ich mich trefflich zu stellen und meine Liebste mit Seufzen und spielenden Augen anzublicken wußte. Nachdem ich aber meine Euridice verloren, zog ich einen ganz schwarzen Habit an auf die vorige Mode gemacht, aus welchem meine weiße Haut hervor schien wie der Schnee; in solchem beklagte ich meine verlorne Gemahlin und bildete mir die Sache so erbärmlich ein, daß mir mitten in meinen traurigen Liedern und Melodeien die Tränen herausrucken und das Weinen dem Singen den Paß verlegen wollte. Doch langte ich mit einer schönen Manier hinaus, bis ich vor Plutonem und Proserpinam in die Hölle kam;

denselben stellete ich in einem sehr beweglichen Lied ihre Liebe, die sie beide zusammen trügen, vor Augen und erinnerte sie, dabei abzunehmen, mit was großen Schmerzen ich und Euridice voneinander wären geschieden worden; bat demnach mit den allerandächtigsten Gebärden, und zwar alles in meine Harfe singend, sie wollten mir solche wieder zukommen lassen, und nachdem ich das Jawort erhalten, bedankte ich mich mit einem fröhlichen Lied gegen ihnen, und wußte das Angesicht samt Gebärden und Stimme so fröhlich zu verkehren, daß sich alle anwesenden Zuseher darüber verwunderten. Da ich aber meine Euridice wieder unversehens verlor, bildete ich mir die größte Gefahr ein, darein je ein Mensch geraten könnte, und ward davon so bleich, als ob mir ohnmächtig werden wollen. Denn weil ich damals allein auf der Schaubühne war und alle Spectatores auf mich sahen, befliß ich mich meiner Sachen desto eifriger und bekam die Ehre davon, daß ich am besten agiret hätte. Nachgehends satzte ich mich auf einen Fels und fing an, den Verlust meiner Liebsten mit erbärmlichen Worten und einer traurigen Melodei zu beklagen und alle Creaturen um Mitleiden anzurufen; darauf stelleten sich allerhand zahme und wilde Tiere, Berge, Bäume und dergleichen bei mir ein, also daß es in Wahrheit ein Ansehen hatte, als ob alles mit Zauberei übernatürlicherweise wäre zugerichtet worden.

Keinen andern Fehler beging ich als zuletzt, da ich allen Weibern abgesagt, von den Bacchis erwürget und ins Wasser geworfen war (welches zugerichtet gewesen, daß man nur meinen Kopf sahe, denn mein übriger Leib stund unter der Schau-Bühne in guter Sicherheit), da mich der Drache benagen sollte, der Kerl aber, so im Drachen stak, denselben zu regiren, meinen Kopf nicht sehen konnte und dahero des Drachen Kopf neben den meinigen grasen ließ: das kam mir so lächerlich vor, daß ich mir nicht abbrechen konnte, darüber zu schmollen, welches die Dames, so mich gar wohl betrachteten, in acht nahmen.

Von dieser Comoedia bekam ich neben dem Lob, das mir männiglich gab, nicht allein eine treffliche Verehrung, sondern ich kriegte auch einen andern Namen, indem mich forthin die Franzosen nicht anders als Beau Alman nannten. Es wurden noch mehr dergleichen Spiele und Ballet gehalten, dieweil man die Fasnacht celebrirete, in welchen ich mich gleichfalls gebrauchen ließ; befand aber zuletzt, daß ich von andern geneidet ward, weil ich die Spectatores und sonderlich die Weiber gewaltig zog, ihre Augen auf mich zu wenden; tät mich's derowegen ab, sonderlich als ich einsmals ziemlich Stöße

kriegte, da ich als ein Hercules gleichsam nackend in einer Löwen-
haut mit Acheloo um die Dejaniram kämpfete, da man mir's gröber
machte, als in einem Spiel der Gebrauch ist.

Das IV. Kapitel

Simplex, Beau Alman geheißen, der wird
ganz wider Willen in Venusberg geführt

Hierdurch ward ich bei hohen Personen bekannt, und es schien, als
ob mir das Glück wieder auf ein neues hätte leuchten wollen, denn
mir wurden gar des Königs Dienste angeboten, welches manchem
großen Hansen nicht widerfähret. Einsmals kam ein Laquei, der
sprach meinen Monsigneur Canard an und brachte ihm meinetwegen ein Brieflein, eben als ich bei ihm in seinem Laboratorio saß und
reverberirte (denn ich hatte aus Lust bei meinem Doctor schon per-
lutiren, resolviren, sublimiren, coaguliren, digeriren, calciniren, fil-
triren und dergleichen unzählig viel alkühmistische Arbeit gelernet,
dadurch er seine Arzneien zuzurichten pflegte). „Monsieur Beau
Alman", sagte er zu mir, „dies Schreiben betrifft Euch. Es schicket
ein vornehmer Herr nach Euch, der begehret, Ihr wollet gleich zu
ihm kommen, er wolle Euch ansprechen und vernehmen, ob Euch
nicht beliebe, seinen Sohn auf der Laute zu informiren? Er bittet
mich, Euch zuzusprechen, daß Ihr ihm diesen Gang nicht abschlagen wollet, mit sehr cortoisem Versprechen, Euch diese Mühe mit
freundlicher Dankbarkeit zu belohnen." Ich antwortete, wann ich
seiner (verstehe Monsigneur Canards) wegen jemand dienen könne,
so würde ich meinen Fleiß nicht sparen. Darauf sagte er, ich sollte
mich nur anders anziehen, mit diesem Laqueien zu gehen, indessen
bis ich fertig, wollte er mir etwas zu essen machen lassen, denn ich
hätte einen ziemlich weiten Weg zu gehen, daß ich kaum vor Abend
an den bestimmten Ort kommen würde.

Also putzte ich mich ziemlich und verschluckte in Eil etwas von
der Collation, sonderlich aber ein Paar kleiner delicaten Würstlein,
welche, als mich deuchte, ziemlich stark apothekerten; ging demnach mit gedachtem Laquei durch seltsame Umwege einer Stunde
lang, bis wir gegen Abend vor eine Gartentür kamen, die nur zuge-
lehnt war; dieselbe stieß der Laquei vollends auf, und demnach ich
hinter ihm hineingetreten, schlug er selbige wieder zu, führete mich
nachgehends in das Lust-Haus, so in einer Ecke des Gartens stund,
und demnach wir einen ziemlich langen Gang passirten, klopfte er

vor einer Tür, so von einer alten adeligen Dame stracks aufgemachet ward. Diese hieß mich in teutscher Sprache sehr höflich willkommen sein und zu ihr vollends hineintreten, der Laquei aber, so kein teutsch konnte, nahm mit tiefer Reverenz seinen Abschied. Die Alte nahm mich bei der Hand und führete mich vollends ins Zimmer, das rund umher mit den köstlichsten Tapeten behängt, sonsten auch zumal schön gezieret war. Sie hieß mich niedersitzen, damit ich verschnauben und zugleich vernehmen könnte, aus was Ursachen ich an diesen Ort geholet.

Ich folgte gern und setzte mich auf einen Sessel, den sie mir zu einem Feur stellete, so in demselben Saal wegen ziemlicher Kälte brannte; sie aber setzte sich neben mich auf einen andern und sagte: „Monsieur, wann er etwas von den Kräften der Liebe weiß, daß nämlich solche die allertapfersten, stärksten und klügsten Männer überwältige und zu beherrschen pflege, so wird er sich um soviel destoweniger verwundern, wann dieselbe auch ein schwaches Weibsbild meistert. Er ist nicht seiner Laute halber, wie man ihn und Monsieur Canard überredet gehabt, von einem Herrn, aber wohl seiner unübertrefflichen Schönheit halber von der allervortrefflichsten Dame in Paris hierherberufen worden, die sich allbereit des Todes versiehet, da sie nicht bald des Herrn überirdische Gestalt zu beschauen und sich damit zu erquicken das Glück haben sollte. Derowegen hat sie mir befohlen, dem Herrn, als meinem Landsmann, solches anzuzeigen und ihn höher zu bitten als Venus ihren Adonidem, daß er diesen Abend sich bei ihr einfinden und seine Schönheit genugsam von ihr betrachten lasse, welches er ihr verhoffentlich als einer vornehmen Dame nicht abschlagen wird."

Ich antwortete: „Madame, ich weiß nicht, was ich gedenken, viel weniger hierauf sagen solle! Ich erkenne mich nicht darnach beschaffen zu sein, daß eine Dame von so hoher Qualität nach meiner Wenigkeit verlangen sollte. Überdas kommt mir in Sinn, wann die Dame, so mich zu sehen begehret, so vortrefflich und vornehm sei, als mir meine hochgeehrte Frau Landsmännin vorbracht, daß sie wohl bei früher Tageszeit nach mir schicken dörfen und mich nicht erst hieher an diesen einsamen Ort bei so spätem Abend hätte berufen lassen. Warum hat sie nicht befohlen, ich solle stracks Wegs zu ihr kommen? Was habe ich in diesem Garten zu tun? Mein hochgeehrte Frau Landsmännin vergebe mir, wenn ich als ein verlassener Fremder in die Forcht gerate, man wolle mich sonst hintergehen, sintemal man mir gesagt, ich sollte zu einem Herrn kommen, so sich schon im Werk anders befindet. Sollte ich aber merken, daß man

258

mir so verräterisch mit bösen Tücken an Leib wollte kommen, würde ich vor meinem Tod meinen Degen noch zu gebrauchen wissen!"

„Sachte, sachte, mein hochgeehrter Herr Landsmann, er lasse diese unnötigen Gedanken aus dem Sinn" (antwortete sie mir), „die Weibsbilder sind seltsam und vorsichtig in ihren Anschlägen, daß man sich nicht gleich anfangs, so leicht darein schicken kann. Wann diejenige, die ihn über alles liebet, gern hätte, daß er Wissenschaft von ihrer Person haben sollte, so hätte sie ihn freilich nicht erst hieher, sondern den geraden Weg zu sich kommen lassen; dort liegt eine Kappe (wies damit auf den Tisch), die muß der Herr ohndas aufsetzen, wann er von hieraus zu ihr geführt wird, weil sie auch so gar nicht will, daß er den Ort, geschweige bei wem er gesteckt, wissen sollte. Bitte und ermahne demnach den Herrn so hoch als ich immer kann, er erzeige sich gegen dieser Dame, sowohl wie es ihre Hoheit als ihre gegen ihm tragende unaussprechliche Liebe meritiret, da er anders nicht gewärtig sein will zu erfahren, daß sie mächtig genug sei, seinen Hochmut und Verachtung auch in diesem Augenblick zu strafen. Wird er sich aber der Gebühr nach gegen ihr einstellen, so sei er versichert, daß ihm auch der geringste Tritt, den er ihrentwegen getan, nicht unbelohnt verbleiben wird."

Es ward allgemach finster, und ich hatte allerhand Sorgen und forchtsame Gedanken, also daß ich da saß wie ein geschnitzt Bild, konnte mir auch wohl einbilden, daß ich von diesem Ort so leicht nicht wieder entrinnen könnte, ich willigte denn in alles, so man mir zumutete; sagte derhalben zu der Alten: „Nun dann, meine hochgeehrte Frau Landsmännin, wenn ihm denn so ist, wie sie mir vorgebracht, so vertraue ich meine Person ihrer angebornen teutschen Redlichkeit, der Hoffnung, sie werde nicht zulassen, viel weniger selbst vermittlen, daß einem unschuldigen Teutschen eine Untreue widerfahre. Sie vollbringe, was ihr meinetwegen befohlen ist; die Dame, von deren sie mir gesagt, wird verhoffentlich keine Basilisken-Augen haben, mir den Hals abzusehen." – „Ei behüte Gott", sagte sie, „es wäre schade, wann ein solcher Leib, mit welchem unsre ganze Nation prangen kann, jetzt schon sterben sollte. Er wird mehr Ergetzung finden, als er sich sein Tag niemals einbilden dörfen."

Wie sie meine Einwilligung hatte, rufte sie „Jean und Pierre!" Diese traten sobald, jeder in vollem blankem Küriß, von der Scheitel bis auf die Fußsohlen bewaffnet, mit einer Helleparten und Pistol in der Hand, hinter einer Tapezerei herfür, davon ich dergestalt erschrak, daß ich mich ganz entfärbte. Die Alte nahm solches wahr und sagte lächlend: „Man muß sich so nicht förchten, wenn man zum Frauenzimmer gehet", befahl darauf ihnen beiden, sie sollten ihren Harnisch ablegen, die Latern nehmen und nur mit ihren Pistolen mitgehen; demnach streifte sie mir die Kappe, die von schwarzem Sammet war, übern Kopf, trug meinen Hut unterm Arm und führete mich durch seltsame Wege an der Hand. Ich spürete wohl, daß ich durch viel Türen und auch über einen gepflasterten Weg passirte, endlich mußte ich etwan nach einer halben Viertelstunde eine kleine steinerne Stege steigen, da tät sich ein klein Türlein auf, von dannen kam ich über einen besetzten Gang und mußte eine Windelstege hinauf, folgends etliche Staffeln wieder hinab, allda sich etwa sechs Schritte weiters eine Tür öffnete; als ich endlich durch solche kam, zog mir die Alte die Kappe wieder herunter. Da befand ich mich in einem Saal, der da überaus zierlich aufgeputzet war, die Wände waren mit schönen Gemälden, das Tresor mit Silber-Geschirr und das Bette, so darin stund, mit Umhängen von göldenen Stücken gezieret. In der Mitten stund der Tisch prächtig gedeckt und bei dem Feur befand sich eine Badewanne, die wohl hübsch war, aber meinem Bedünken nach schändete sie den ganzen Saal. Die Alte sagte zu mir: „Nun willkommen Herr Landsmann! Kann er noch sagen, daß man ihn mit Verräterei hintergehe? Er lege nur allen Unmut ab und erzeige sich wie neulich auf dem Theatro, da er seine Euridicen vom Plutone wieder erhielt; ich versichere ihn, er wird hier eine schönere antreffen, als er dort eine verloren!"

Das V. Kapitel

Simplex im Venus-Berg wird wohl traktirt
und nach acht Tagen von dannen geführt

Ich hörete schon an diesen Worten, daß ich mich nicht nur an diesem Ort beschauen lassen, sondern noch gar was anders tun sollte. Sagte derowegen zu meiner alten Landsmännin: Es wäre einem Durstigen wenig damit geholfen, wann er bei einem verbotenen Brunn säße. Sie aber sagte, man sei in Frankreich nit so mißgünstig, daß man einem das Wasser verbiete, sonderlich wo dessen ein Überfluß sei. „Ja", sagte ich, „Madame, sie saget mir wohl davon, wann ich nicht schon verheuratet wäre!" – „Das sind Possen" (antwortete das gottlose Weib), „man wird euch solches heunt nacht nicht glauben, denn die verehelichten Cavaliers ziehen selten in Frankreich, und obgleich dem so wäre, kann ich doch nicht glauben, daß der Herr so alber sei, eher Durst zu sterben als aus einem fremden Brunn zu trinken, sonderlich wann er vielleicht lustiger ist und besser Wasser hat als sein eigener."

Dies war unser Discurs, dieweil mir eine adelige Jungfer, so dem Feur pflegte, Schuhe und Strümpfe auszog, die ich überall im Finstern besudelt hatte, wie denn Paris ohn das eine sehr kotige Stadt ist. Gleich hierauf kam Befehl, daß man mich noch vor dem Essen baden sollte, denn bemeldtes Jungfräulein ging ab und zu und brachte das Badgezeug, so alles nach Bisem und wohlriechender Seife roch; das leinen Gerät war von reinestem Cammertuch und mit teuren holländischen Spitzen besetzt. Ich wollte mich schämen und vor der Alten nicht nackend sehen lassen, aber es half nichts, ich mußte dran und mich von ihr ausreiben lassen, das Jungferchen aber mußte eine Weile abtreten. Nach dem Bad ward mir ein zartes Hemd gegeben und ein köstlicher Schlafpelz von veielblauem Taffet angelegt, samt einem paar seidener Strümpfe von gleicher Farbe; so war die Schlafhaube sammt den Pantoffeln mit Gold und Perlen gestickt, also daß ich nach dem Bad dort saß, zu protzen wie der Herz-König.

Indessen mir nun meine Alte das Haar trücknete und kämpelte, denn sie pflegte meiner wie einem Fürsten oder kleinem Kind, trug mehrgemeldtes Jungfräulein die Speisen auf, und nachdem der Tisch überstellet war, traten drei heroische junge Damen in den Saal, welche ihre alabasterweißen Brüste zwar ziemlich weit entblößt trugen, vor den Angesichtern aber ganz vermaskiert. Sie dünkten mich alle drei vortrefflich schön zu sein, aber doch war eine viel schöner als die andre. Ich machte ihnen ganz stillschweigend einen tiefen Bückling, und sie bedankten sich gegen mir mit gleichen Ceremonien, welches natürlich sahe, als ob etliche Stumme beieinander gewesen, so Redende agiret hätten. Sie satzten sich alle drei zugleich nieder, daß ich also nicht erraten konnte, welche die vornehmste unter ihnen gewesen, viel weniger welcher ich zu dienen da war.

Die erste Rede war, ob ich nicht französisch könnte? Meine Landsmännin sagte: Nein. Hierauf versetzte die andre, sie sollte mir sagen, ich wollte belieben niederzusitzen. Als solches geschehen, befahl die dritte meiner Dolmetschin, sie sollte sich auch setzen. Woraus ich abermal nicht abnehmen mögen, welche die vornehmste unter ihnen war. Ich saß neben der Alten gerad gegen diesen dreien Damen über, und ist demnach meine Schönheit ohnzweifel neben einem so alten Gerippe desto besser hervorgeschienen. Sie blickten mich alle drei sehr anmütig, lieb- und huldreich an, und ich dörfte schwören, daß sie viel hundert Seufzen gehen ließen. Ihre Augen konnte ich nit sehen funklen wegen der Masken, die sie vor sich hatten.

Meine Alte fragte mich (sonst konnte niemand mit mir reden), welche ich unter diesen dreien vor die Schönste hielte? Ich antwortete, daß ich keine Wahl darunter sehen könnte. Hierüber fing sie an zu lachen, daß man ihr alle vier Zähne sahe, die sie noch im Maul hatte, und fragte, warum das? Ich antwortete, weil ich sie nit sehen könnte, doch soviel ich sähe, wären sie alle drei nit häßlich. Dieses, was die Alte gefraget und ich geantwortet, wollten die Damen wissen. Meine Alte verdolmetschte es und log noch darzu, ich hätte gesagt, einer jeden Mund wäre hunderttausend Mal Küssens wert! Denn ich konnte ihnen die Mäuler unter den Masken wohl sehen, sonderlich deren, so gerad gegen mir über saß. Mit diesem Fuchsschwanz machte die Alte, daß ich dieselbe vor die vornehmste hielt und sie auch desto eifriger betrachtete. Dies war all unser Discurs über Tisch, und ich stellete mich, als ob ich kein französisch Wort verstünde. Weil es dann so still herging, machten wir desto eher Feirabend. Darauf wünschten mir die Damen eine gute Nacht und gingen ihres Wegs, denen ich das Geleite nicht weiter als bis an die Tür geben dorfte, so die Alte gleich nach ihnen zuriegelte. Da ich das sahe, fragte ich, wo ich denn schlafen müßte? Sie antwortete, ich müßte bei ihr in gegenwärtigem Bette vorliebnehmen. Ich sagte, das Bette wäre gut genug, wann nur auch eine von jenen dreien darin läge! – „Ja", sagte die Alte, es wird Euch fürwahr heunt keine von ihnen zuteil."

Indem wir so plauderten, zog eine schöne Dame, die im Bette lag, den Umhang etwas zurück und sagte zu der Alten, sie sollte aufhören zu schwätzen und schlafen gehen! Darauf nahm ich ihr das Licht und wollte sehen, wer im Bett läge? Sie aber löschte solches aus und sagte: „Herr, wann ihm sein Kopf lieb ist, so unterstehe er sich dessen nicht, was er im Sinn hat! Er lege sich und sei versichert, da er mit Ernst sich bemühen wird, diese Dame wider ihren Willen zu sehen, daß er nimmermehr lebendig von hinnen kommt!" Damit ging sie durch und beschloß die Tür; die Jungfer aber, so dem Feur gewartet, löschte das auch vollends aus und ging hinter einer Tapezerei durch eine verborgne Tür auch hinweg.

Hierauf sagte die Dame, so im Bette lag: „Allez, Monsieur Beau Alman, geh schlaf mein Herz, gom, rick su mir!" Soviel hatte sie

262

die Alte teutsch gelernet. Ich begab mich zum Bette, zu sehen, wie denn dem Ding zu tun sein möchte? Und sobald ich hinzukam, fiel sie mir um den Hals, bewillkommte mich mit vielem Küssen und biß mir vor hitziger Begierde schier die unter Lefzen herab; ja sie fing an, meinen Schlafpelz aufzuknöpfeln und das Hemde gleichsam zu zerreißen, zog mich also zu ihr und stellete sich vor unsinniger Liebe also an, daß nicht auszusagen. Sie konnte nichts anders Teutsch als „Rick su mir mein Herz!" Das übrige gab sie sonst mit Gebärden zu verstehen. Ich gedachte zwar heim an meine Liebste, aber was half es, ich war leider ein Mensch und fand eine solche wohl proportionirte Creatur, und zwar von solcher Lieblichkeit, daß ich wohl ein Ploch hätte sein müssen, wann ich keusch hätte davonkommen sollen. Überdies operierten die Würste, die mir mein Doktor zu fressen geben hatte, daß ich mich von selbst stellte, als ob ich ein Bock worden wäre.

Dergestalt brachte ich acht Täg und soviel Nächte an diesem Ort zu, und ich glaube, daß die andern drei auch bei mir gelegen sein, denn sie redeten nicht alle wie die erste und stelleten sich auch nicht so närrisch. Und weil man mir auch so Würste am selben Ort vorstellte, mußte ich glauben, daß Monsigneur Canard solche auch zugerichtet und genugsame Wissenschaft um meine Händel gehabt habe. Wiewohl ich nun acht ganzer Tage bei diesen vier Damen war, so kann ich doch nicht sagen, daß mir zugelassen worden, eine einzige anders als durch eine Florhauben oder, es sei dann finster gewesen, im bloßen Angesicht zu beschauen.

Nach geendigter Zeit der acht Tage setzte man mich im Hof mit verbundenen Augen in eine zugemachte Kutsche zu meiner Alten, die mir unterwegs die Augen wieder aufband, und führete mich in meines Herrn Hof; alsdann fuhr die Kutsche wieder schnell hinweg. Meine Verehrung war zweihundert Pistolet, und da ich die Alte fragte, ob ich niemand kein Trinkgeld davon geben sollte?, sagte sie: „Beileib nicht! Denn wann Ihr solches tätet, so würde es die Dames verdrießen; ja sie würden gedenken, Ihr bildet Euch ein, Ihr wäret in einem Huren-Haus gewesen, da man alles belohnen muß."

Nachgehends bekam ich noch mehr dergleichen Kunden, welche es mir so grob machten, daß ich endlich aus Unvermugen der Narrenpossen ganz überdrüssig ward, weil die gewürzten Würste schier nichts mehr helfen wollten; woraus ich abnahm, daß sich Monsigneur Canard auch vor einen halben Ruffianen gebrauchen ließ, weil er dieselben zurichtete.

263

Das VI. Kapitel

Simplex sich heimlich aus Frankreich begiebt,
kriegt die Kindsblattern, wird höchst betrübt

Durch diese meine Hantierung brachte ich an Geld und andern
Sachen soviel Verehrungen zusammen, daß mir angst dabei ward,
und verwunderte ich mich nicht mehr, daß sich die Weibsbilder ins
Bordell begeben und ein Handwerk aus dieser viehischen Unfläterei
machen, weil es so trefflich wohl einträget. Aber ich fing an und
ging in mich selber, nicht zwar aus Gottseligkeit oder Trieb meines
Gewissens, sondern aus Sorge, daß ich einmal auf so einer Kürbe
ertappt und nach Verdienst bezahlt werden möchte. Derhalben
trachtete ich, wieder nach Teutschland zu kommen, und das um so
viel desto mehr, weil der Commandant zu L. mir geschrieben, daß
er etliche cölnische Kaufleute bei den Köpfen gekriegt, die er nit aus
Händen lassen wollte, es seien ihm denn meine Sachen zuvor eingehändigt. Item, daß er mir das versprochene Fähnlein noch aufhalte
und meiner noch vor dem Frühling gewärtig sein wollte, denn sonst,
wo ich in der Zeit nicht käme, müßte er die Stelle mit einem andern
besetzen. So schickte mir mein Weib auch ein Brieflein dabei, das
voll liebreicher Bezeugungen ihres großen Verlangens war. Hätte
sie aber gewußt, wie ich so ehrbar gelebet, so sollte sie mir wohl
einen andern Gruß hineingesetzt haben.

Ich konnte mir wohl einbilden, daß ich mit Monsigneur Canards
Consens schwerlich hinwegkäme, gedachte derhalben heimlich
durchzugehen, sobald ich Gelegenheit haben könnte, so mir zu meinem großen Unglück auch anging. Denn als ich einsmals etliche
Officirer von der weimarischen Armee antraf, gab ich mich ihnen
zu erkennen, daß ich nämlich ein Fähnrich von des Obristen de S.
A. Regiment und in meinen eigenen Geschäften eine Zeitlang in
Paris gewesen, nunmehr aber entschlossen sei, mich wieder zum
Regiment zu begeben, mit Bitte, sie wollten mich in ihre Gesellschaft zu einem Reisgefährten mitnehmen. Also eröffneten sie mir
den Tag ihres Aufbruchs und nahmen mich willig auf; ich kaufte
mir einen Klepper und montirte mich auf die Reise so heimlich, als
ich konnte, packte mein Geld zusammen (so ungefähr bei fünfhun-
dert Dublonen waren, die ich alle den gottlosen Weibsbildern durch
schändliche Arbeit abverdienet hatte) und machte mich ohne von
Monseigneur Canard gegebne Erlaubnis mit ihnen fort; schrieb ihm
aber zurück und datirte das Schreiben zu Mastrich, damit er meinen
sollte, ich wäre auf Cöln gangen, darin nahm ich meinen Ab-

schied mit Vermelden, daß mir unmüglich gewesen länger zu bleiben, weil ich seine aromatischen Würste nicht mehr hatte verdauen können.

Im zweiten Nachtläger von Paris aus ward mir natürlich wie einem, der den Rotlauf bekommt, und mein Kopf tät mir so grausam weh, daß mir unmüglich war aufzustehen. Es war in einem gar schlechten Dorf, darin ich keinen Medicum haben konnte, und was das ärgste war, so hatte ich auch niemand, der mir wartete, denn die Officirer reisten des Morgens früh ihres Wegs fort gegen dem Elsaß zu und ließen mich, als einen, der sie nichts anginge, gleichsam todkrank daliegen, doch befahlen sie bei ihrem Abschied dem Wirt mich und mein Pferd und hinterließen bei dem Schulzen im Dorf, daß er mich als einen Kriegs-Officier, der dem König diene, beobachten sollte.

Also lag ich ein paar Tage dort, daß ich nichts von mir selber wußte, sondern wie ein Hirnschelliger fabelte; man brachte den Pfaffen, derselbe konnte aber nichts Verständiges von mir vernehmen. Und weil er sahe, daß er mir die Seele nicht arzneien konnte, gedachte er auf Mittel, dem Leib nach Vermögen zuhülf zu kommen, allermaßen er mir eine Ader öffnen, einen Schweißtrank eingeben und mich in ein warmes Bette legen lassen, zu schwitzen. Das bekam mir so wohl, daß ich mich in derselben Nacht wieder besann, wo ich war und wie ich dahin kommen und krank worden wäre. Am folgenden Morgen kam obgemeldter Pfaff wieder zu mir und fand mich ganz desperat, dieweil mir nicht allein all mein Geld entführt war, sondern auch nicht anders meinete, als hätte ich (s. v.) „die lieben Franzosen", weil sie mir billiger als so viel Pistolen gebühreten und ich auch über dem ganzen Leib so voller Flecken war als ein Tiger; ich konnte weder gehen, stehen, sitzen noch liegen, da war keine Geduld bei mir; denn gleichwie ich nicht glauben konnte, daß mir Gott das verlorne Geld bescheret hätte, also war ich jetzt so ungehalten, daß ich sagte, der Teufel hätte mir's wieder weggeführet! Ja ich stellete mich nicht anders, als ob ich ganz hätte verzweifeln wollen, daß also der gute Pfarrer genug an mir zu trösten hatte, weil mich der Schuh an zweien Orten so heftig druckte.

„Mein Freund" sagte er, „stellet Euch doch als ein vernünftiger Mensch, wann ihr euch ja nicht in eurem Kreuz anlassen könnet wie ein frommer Christ; was machet ihr, wollet ihr zu euerm Geld auch das Leben, und was mehr ist, auch die Seligkeit verlieren?" Ich antwortete: „Nach dem Geld frage ich nichts, wann ich nur diese abscheuliche verfluchte Krankheit nicht am Hals hätte oder wäre nur an Ort und Enden, da ich wieder curirt werden könnte!" – „Ihr müßt euch gedulden", antwortete der Geistliche, „wie müssen die armen kleinen Kinder tun, deren in hiesigem Dorf über fünfzig daran krank liegen?"

Wie ich hörete, daß auch Kinder damit behaftet, war ich alsbald herzhafter, denn ich konnte ja leicht gedenken, daß selbige diese garstige Seuch nit kriegen würden; nahm derowegen mein Felleisen zur Hand und suchte, was es etwan noch vermöchte, aber da war ohn das weiße Gezeug nichts Schätzbares in als eine Kapsel mit einer Damen Conterfait, rundherum mit Rubinen besetzt, so mir eine zu Paris verehret hatte; ich nahm das Conterfait heraus und stellete das übrige dem Geistlichen zu, mit Bitte, solches in der nächsten Stadt zu versilbern, damit ich etwas zu verzehren haben möchte. Dies ging dahin, daß ich kaum den dritten Teil seines Werts davor kriegte, und weil es nicht lang daurte, mußte auch mein Klepper fort; damit reichte ich kärglich hinaus, bis die Purpeln anfingen zu dörren und mir wieder besser ward.

Das VII. Kapitel

Simplex hat Grillen; lernt schwimmen, dieweil ihm ans Maul geht das Wasser in Eil

Womit einer sündiget, damit pflegt einer auch gestraft zu werden! Diese Kinds-Blattern richteten mich dergestalt zu, daß ich hinfüro vor den Weibsbildern gute Ruhe hatte; ich kriegte Gruben im Gesicht, daß ich aussahe wie eine Scheur-Tenne, darin man Erbsen gedroschen, ja ich ward so häßlich, daß sich meine schönen krausen Haar, in welchen sich so manch Weibsbild verstrickt, meiner schämten und ihre Heimat verließen. Anstatt deren bekam ich andere, die sich den Säuborsten vergleichen ließen, daß ich also notwendig eine Perucque tragen mußte, und gleichwie auswendig an der Haut keine Zierde mehr übrigblieb, also ging meine liebliche Stimme auch dahin, da ich den Hals voller Blattern gehabt; meine Augen, die man hiebevor niemal ohn Liebefeur finden können, eine jede zu entzünden, sahen jetzt so rot und triefend aus wie eines achtzigjährigen Weibes, das den Cornelium hat. Und über das alles so war ich in fremden Landen, kannte weder Hund noch Menschen, der es treulich mit mir meinte, verstund die Sprache nicht und hatte allbereit kein Geld mehr übrig.

Da fing ich erst an hintersich zu gedenken und die herrlichen Gelegenheiten zu bejammern, die mir hiebevor zu Beförderung meiner Wohlfahrt angestanden, ich aber so liederlich hatte verstreichen lassen. Ich sahe erst zurück und merkte, daß mein extraordinari Glück im Krieg und mein gefundener Schatz nichts anders als eine Ursache und Vorbereitung zu meinem Unglück gewesen, welches mich nimmermehr so weit hinunter hätte werfen können, da es mich nicht zuvor durch solche falsche Blicke angeschauet und so hoch erhaben hätte; ja ich fand, daß dasjenige Gute, so mir begegnet und ich vor gut gehalten, bös gewesen und mich in das äußerste Verderben geleitet hatte. Da war kein Einsiedel mehr, der es treulich mit mir gemeinet, kein Obrister Ramsay, der mich in meinem Elend aufgenommen, kein Pfarrer, der mir das Beste geraten, und in summa kein einziger Mensch, der mir etwas zugut getan hätte; sondern da mein Geld hin war, hieß es, ich sollte auch fort und meine Gelegenheit anderswo suchen, und hätte ich wie der verlorne Sohn mit den Säuen vorliebnehmen sollen.

Damals gedachte ich erst an desjenigen Pfarrherrn guten Rat, der da vermeinte, ich sollte meine Mittel und Jugend zu den Studiis anwenden; aber es war viel zu spät mit der Scheer, dem Vogel die Flügel zu beschneiden, weil er schon entflogen! O schnelle und unglückselige Veränderung! Vor vier Wochen war ich ein Kerl, der die Fürsten zur Verwunderung bewegte, das Frauenzimmer entzückte und dem Volks als ein Meisterstück der Natur, ja wie ein Engel vorkam, jetzt aber so unwert, daß mich die Hunde anpißten. Ich machte wohl tausend und aber tausenderlei Gedanken, was ich angreifen wollte, denn der Wirt stieß mich aus dem Haus, da ich nichts mehr bezahlen konnte. Ich hätte mich gern unterhalten lassen, es wollte mich aber kein Werber vor einen Soldaten annehmen, weil ich als ein grindiger Guckuck aussahe; arbeiten konnte ich nit, denn ich war noch zu matt, und über das noch keiner Arbeit gewohnt. Nichts tröstete mich mehr, als daß es gegen den Sommer ging und ich mich zur Not hinter einer Hecken behelfen konnte, weil mich niemand mehr im Haus wollte leiden.

Ich hatte mein stattlich Kleid noch, das ich mir auf die Reise machen lassen, samt einem Felleisen voll kostbarer Leinengezeug, das mir aber niemand abkaufen wollte, weil jeder sorgte, ich möchte ihm auch eine Krankheit damit an Hals henken. Solches nahm ich auf den Buckel, den Degen in die Hand und den Weg unter die Füße, der mich in ein klein Städtlein trug, so gleichwohl eine eigne Apotheke vermochte; in dieselbe ging ich und ließ mir eine Salbe zurichten, die mir die Urschlechtenmäler im Gesicht vertreiben sollte, und weil ich kein Geld hatte, gab ich dem Apotheker-Gesellen ein schön zart Hemd davor, der nicht so ekel war wie andere Narren, so keine Kleider von mir haben wollten. Ich gedachte, wann du nur der schandlichen Flecken los wirst, so wird sich's schon auch wieder mit deinem Elend bessern; und weil mich der Apotheker tröstete, man würde mir über acht Tage ohn die tiefen Narben, so mir die Purpeln in die Haut gefressen, wenig mehr ansehen, war ich schon beherzter. Es war eben Markt daselbst und auf demselben befand sich ein Zahnbrecher, der trefflich Geld lösete, da er doch liederlich Ding den Leuten dafür anhing. „Narr", sagte ich zu mir selber, „was machstu, daß du nicht auch so einen Kram aufrichtest? Bistu so lang bei Monsigneur Canard gewesen und hast nicht so viel gelernet, einen einfältigen Bauer zu betrügen und dein Maulfutter davon zu gewinnen, so mußtu wohl ein elender Tropf sein!"

Das VIII. Kapitel

Simplex ein Storcher und Landfahrer ist,
bringet die Bauern um ihr Geld mit List

Ich mochte damals fressen wie ein Drescher, denn mein Magen war nicht zu ersättigen, wiewohl ich nichts mehr im Vorrat hatte als noch einen einzigen göldenen Ring mit einem Diamant, der etwa zwanzig Kronen wert war; den versilberte ich um zwölfe, und demnach ich mir leicht einbilden konnte, daß dies bald aus sein würde, da ich nichts darzu gewinne, resolvierte ich mich, ein Arzt zu werden. Ich kaufte mir die Materialia zu dem Theriaca Diatessaron und richtete ihn zu, um denselben in kleinen Städten und Flecken zu verkaufen; vor die Bauren aber nahm ich ein Teil Wachholder-Latwerge, vermischte solche mit Eichenlaub, Weidenblättern und dergleichen herben Ingredientien. Alsdann machte ich auch aus Kräutern, Wurzeln, Butter und etlichen Olitäten eine grüne Salbe zu allerhand Wunden, damit man auch wohl ein gedruckt Pferd hätte heilen können; item aus Galmei, Kieselsteinen, Krebsaugen, Schmirgel und Trippel ein Pulver, weiße Zähne damit zu machen; ferner ein blau Wasser aus Lauge, Kupfer, Sal ammoniacum und Camphor vor den Scharbock, Mundfäule, Zahn- und Augenwehe; bekam auch ein Haufen blecherne und hölzerne Büchslein, Papier und Gläslein, meine Ware dareinzuschmieren, und damit es auch ein Ansehen haben möchte, ließ ich mir einen französischen Zettel concipiren und drucken, darin man sehen konnte, worzu ein und anders gut war. In dreien Tagen war ich mit meiner Arbeit fertig und hatte kaum drei Kronen in die Apotheke und vor Geschirr angewendet, da ich dies Städtlein verließ. Also packte ich auf und nahm mir vor, von einem Dorf zum andern bis in das Elsaß hinein zu wandern und meine Ware unterwegs an Mann zu bringen; folgends zu Straßburg, als in einer neutralen Stadt mich mit Gelegenheit auf den Rhein zu setzen, mit Kaufleuten wieder nach Cöln zu begeben und von dort aus meinen Weg zu meinem Weib zu nehmen. Das Vorhaben war gut, aber der Anschlag fehlete weit!

Da ich das erstemal mit meiner Quacksalberei vor eine Kirche kam und feil hatte, war die Losung gar schlecht, weil ich viel zu blöd war, mir auch sowohl die Sprache als storcherische Aufschneiderei nicht von statten gehen wollte; sahe demnach gleich, daß ich anderst angreifen müßte, wann ich Geld einnehmen und meinen Quark an den Mann bringen wollte. Ich ging mit meinem Kram in das Wirtshaus und vernahm über Tisch vom Wirt, daß den Nachmittag allerhand Leute unter der Linden vor seinem Haus zusammenkommen würden, da dörfte ich dann wohl so etwas verkaufen, wann ich gute Ware hätte; allein es gebe der Betrüger soviel im Land, daß die Leute gewaltig mit dem Geld zurückhielten, wann sie keine gewisse Probe vor Augen sähen, daß der Theriac ausbündig gut wäre.

Als ich dergestalt vernahm, wo es mangele, bekam ich ein halbes Trinkgläslein voll guten Straßburger Branntewein und fing eine Art Krotten, die man Reling oder Möhmlein nennet, so im Frühling und Sommer in den unsaubern Pfützen sitzen und singen, sind goldgelb oder fast rotgelb und unten am Bauch schwarzgescheckigt, gar unlustig anzusehen. Ein solches satzte ich in ein Schoppen-Glas mit Wasser und stellet's neben meine Ware auf einen Tisch unter der Linden. Wie sich nun die Leute anfingen zu versammlen und um mich herumstunden, vermeineten etliche, ich würde mit der Kluft, so ich von der Wirtin aus ihrer Küchen entlehnt, die Zähne ausbrechen; ich aber fing an: „Ihr Herren und gueti Freund (denn ich konnte noch gar wenig Französisch reden) bin ich kein Brech-dir-die-Zahn-aus, allein hab ich gut Wasser vor die Aug, es mach all die Flüß aus die rode Aug."

„Ja", antwortete einer, „man siehet's an euren Augen wohl, die sehen ja aus wie zween Irrwische." – Ich sagte: „Das ist wahr, wann ich aber der Wasser vor mich nicht hab', so wär ich wohl gar blind werd; ich verkauf sonst der Wasser nit; der Theriac und der Pulver vor die weiße Zähn und das Wundsalb will ich verkauf und der Wasser noch darzu schenk. Ich bin kein Schreier oder Bescheiß-dir-die-Leut; hab' ich meine Theriac feil, dann ich sie habe probirt und sie dir nit gefallt, so darfstu sie mir nit kauf ab."

Indem ließ ich einen von dem Umstand eines von meinen Theriac-Büchslein auswählen; aus demselben tät ich etwan einer Erbse groß in meinen Branntewein, den die Leute vor Wasser ansahen, zertrieb ihn darin und kriegte hierauf mit der Kluft das Möhmlein aus dem Glas mit Wasser und sagte: „Secht ihr gueti Freund, wann dies giftig Wurm kan mein Theriac trink und sterbe nit, so ist der Ding nit nutz, dann kauf ihr mir nit ab." Hiemit steckte ich die arme Krotte, welche im Wasser geboren und erzogen und kein ander Element oder Liquorem leiden konnte, in meinen Branntewein und hielt es mit einem Papier zu, daß es nicht herausspringen konnte; da fing es dergestalt an darin zu wüten und zu zappeln, ja viel ärger zu tun, als ob ich's auf glühende Kohlen geworfen hätte, weil ihm der Branntewein viel zu stark war, und nachdem es so eine kleine Weil getrieben, verreckte es und streckte alle viere von sich. Die Bauren sperreten Maul und Beutel auf, da sie diese so gewisse Probe mit ihren Augen angesehen hatten; da war in ihrem Sinn kein besserer Theriac in der Welt als der meinige, und hatte ich genug zu tun, den Plunder in die Zettel zu wickeln und Geld davor einzunehmen. Es waren etliche unter ihnen, die kauften's wohl drei-, vier-, fünf- und sechsfach, damit sie auf den Notfall mit so köstlicher Giftlatwerge versehen wären; ja sie kauften auch vor ihre Freunde und Verwandte, die an andern Orten wohneten, daß ich also mit der Narrnweise, da doch kein Marktag war, denselben Abend zehen Kronen löste und doch noch mehr als die Hälfte meiner Ware behielt.

Ich machte mich noch dieselbe Nacht in ein ander Dorf, weil ich besorgte, es möchte etwan auch ein Baur so kurios sein und eine Krotte in ein Wasser setzen, meinen Theriac zu probieren, und wann es dann mißlinge, mir der Buckel geraumt werden. Damit ich aber gleichwohl auch die Vortrefflichkeit meiner Gift-Latwerge auf eine andere Manier erweisen könnte, machte ich mir aus Mehl, Saffran und Gallus einen gelben Arsenikum, und aus Mehl und Vitriol einen Mercurium sublimatum, und wann ich die Probe tun wollte, hatte ich zwei gleiche Gläser mit frischem Wasser auf dem Tisch, davon das eine ziemlich stark mit Aqua fort oder Spiritu Vitrioli vermischt war. In dasselbe zerrührte ich ein wenig von meinen Theriac und schabte alsdann von meinen beiden Giften so viel, als genug war, hinein; davon ward das eine Wasser, so keinen

Theriac und also auch kein Aqua fort hatte, so schwarz wie eine Tinte, das ander aber blieb wegen des Scheidwassers, wie es war. „Ha", sagten dann die Leut, „sehet, das ist fürwahr ein köstlicher Theriac, so um ein gering Geld!" Wann ich dann beide untereinandergoß, so ward wieder alles klar; davon zogen dann die guten Bauren ihre Beutel und kauften mir ab, welches nicht allein meinen hungrigen Magen wohl zupaß kam, sondern ich machte mich auch wieder beritten, prosperirte noch darzu viel Geld auf meiner Reise und kam glücklich an die teutsche Grenze. Darum, ihr lieben Bauren, glaubet den fremden Marktschreiern so leicht nicht, ihr werdet sonst von ihnen betrogen, als welche nicht eure Gesundheit, sondern euer Geld suchen.

Das IX. Kapitel

Simplex als Doctor nimmt eine Musketen,
hilft sich selbst durch Hasenfangen aus Nöten

Da ich durch Lothringen passirte, ging mir meine Ware aus, und weilen ich die Garnisonen scheuete, hatte ich keine Gelegenheit, andere zuzurichten; derhalben mußte ich wohl was anders anfangen, bis ich wieder Theriac machen könnte. Ich kaufte mir zwei Maß Branntewein, färbte ihn mit Saffran, füllete ihn in halb-lötige Gläslein und verkaufte solchen den Leuten vor ein köstlich Güldenwasser das gut vors Fieber sei; brachte also diesen Branntewein auf dreißig Gülden. Demnach mir's auch an kleinen Gläslein zerrinnen wollte, ich aber von einer Glashütte hörete, die in dem Fleckensteinischen Gebiet läge, begab ich mich darauf zu, mich wieder zu montiren, und indem ich so Abwege suchte, war ich ungefähr von einer Partei aus Philippsburg, die sich auf dem Schloß Wagelnburg aufhielt, gefangen; kam also um all dasjenige, was ich den Leuten auf der Reise durch meine Betrügerei abgezwackt hatte, und weil der Baur, so mir den Weg zu weisen mit ging, zu den Kerln gesagt, ich wäre ein Doctor, ward ich wider des Teufels Dank vor einen Doctor nach Philippsburg geführet.

Daselbst ward ich examiniret, und scheuete mich gar nicht zu sagen, wer ich wäre, so man mir aber nicht glauben, sondern mehr aus mir machen wollte, als ich hätte sein können, denn ich sollte und müßte ein Doctor sein; ich mußte schwören, daß ich unter die kaiserlichen Dragoner in Soest gehörig, und erzählte ferner bei Eidespflicht alles, so mir von selbiger Zeit an bis hieher begegnet und was ich jetzo zu tun vorhabens. Daß ich aber ein Weib beim Gegenteil genommen und Fähndrich alldort werden sollen, das konnte ich meisterlich verschweigen, der Hoffnung, mich ledig zu reden; so wollte ich alsdann den Rhein hinuntergewischt sein und die westphälischen Schinken wieder einmal versucht haben. Aber es hieß weit anders, denn mir wurde geantwortet: Der Kaiser brauche sowohl in Philippsburg als in Soest Soldaten, man würde mir bei ihnen Aufenthalt geben, bis ich gleichwohl mit guter Gelegenheit zu meinem Regiment kommen könnte; wann mir aber dieser Vorschlag nicht schmecke, so möchte ich im Stockhaus vorliebnehmen und mich, bis ich wieder loskäme, als einen Doctor tractiren lassen, vor welchen sie mich denn auch gefangen bekommen hätten.

Also kam ich vom Pferd auf den Esel und mußte ein Musquetirer werden wider meinen Willen. Das kam mich blutsauer an, weil der Schmalhans dort herrschte und das Commißbrot daselbst schröcklich klein war; ich sage nicht vergeblich schröcklich klein, denn ich erschrak alle Morgen, wenn ich's empfing, weil ich wußte, daß ich mich denselben ganzen Tag damit behelfen mußte, da ich's doch ohn einzige Mühe auf einmal aufreiben konnte. Und die Wahrheit zu bekennen, so ist es wohl eine elende Creatur um einen Musquetirer, der solchergestalt sein Leben in einer Garnison zubringen und sich allein mit dem lieben trocken Brot, und noch darzu kaum halb satt, behelfen muß. Denn da ist keiner anders als ein Gefangener, der mit Wasser und Brot der Trübsal sein armselig Leben verzögert, ja ein Gefangener hat es noch besser, denn er darf weder wachen, Runden gehen noch Schildwacht stehen, sondern bleibet in seiner Ruhe liegen und hat sowohl Hoffnung, als ein so elender Garnisoner, mit der Zeit einmal aus solcher Gefängnis zu kommen.

Zwar waren auch etliche, die ihr Auskommen um ein kleines besser hatten und auf unterschiedliche Gattungen, doch keine einzige Manir, die mir beliebte und, solchergestalt mein Maulfutter zu erobern, anständig sein wollte: Denn etliche nahmen (und sollten es auch verloffene Huren gewesen sein) in solchem Elend keiner andern Ursache halber Weiber, als daß sie durch solche entweder mit Arbeiten als Nähen, Wäschen, Spinnen oder mit Krämpeln und Schachern oder wohl gar mit Stehlen ernährt werden sollen; da war eine Fähnrichin unter den Weibern, die hatte ihre Gage wie ein Gefreiter; eine andre war Hebamme und brachte dardurch sich selbsten und ihrem Mann manchen guten Schmaus zuwege; andre konnten stärken und wäschen, diese wuschen den ledigen Officirern und Soldaten Hemde, Strümpfe, Schlafhosen, und ich weiß nicht was als mehr, davon sie ihre sondere Namen kriegten; andere verkauften

Tobak und versahen der Kerl ihre Pfeifen, die dessen Mangel hatten; andere handelten mit Branntewein und waren im Ruf, daß sie ihn mit Wasser, so sich von ihnen selbsten destillirt, verfälschten, davon es doch seine Probe nicht verlor; eine andre war eine Näherin und konnte allerhand Stich und Mödel machen, damit sie Geld erwarb; eine andre wußte sich blöslich aus dem Feld zu ernähren, im Winter grub sie Schnecken, im Frühling grasete sie Salat, im Sommer nahm sie Vogelnester aus, und im Herbst wußte sie sonst tausenderlei Schnabelweide zu kriegen; etliche trugen Holz zu verkaufen wie die Esel; und andere handelten auch mit etwas anders.

Solchergestalt nun meine Nahrung zu haben und das Maulfutter zu erwerben, war nicht vor mich, denn ich hatte schon ein Weib. Etliche Kerl ernährten sich mit Spielen, weil sie es besser als Spitzbuben konnten und ihren einfältigen Cameraden das Ihrige mit falschen Würfeln und Karten abzuzwacken wußten; solche Profession aber war mir ein Ekel. Andere arbeiteten auf der Schanze und sonsten wie die Bestien, aber hierzu war ich zu faul; etliche konnten und trieben etwan ein Handwerk, ich Tropf aber hatte keins gelernet; zwar wenn man einen Musicanten vonnöten gehabt hätte, so wäre ich wohl bestanden, aber dasselbe Hungerland behalf sich nur mit Trommeln und Pfeifen; etliche schilderten vor andere und kamen Tag und Nacht niemal von der Wacht. Ich aber wollte lieber hungern, als meinen Leib so abmergeln. Etliche brachten sich mit Parteigehen durch, mir aber ward nicht einmal vor das Tor zu gehen vertraut; etliche konnten besser mausen als Katzen, ich aber haßte solche Hantierung wie die Pest. In summa, wo ich mich nur hinkehrte, da konnte ich nichts ergreifen, das meinen Magen hätte stillen mögen.

Und was mich am allermeisten verdroß, war dieses, daß ich mich noch darzu mußte foppen lassen, wann die Bursch sagten: „Solltest du ein Doktor sein und kannst anders keine Kunst als Hunger leiden?" Endlich zwang mich die Not, daß ich etliche schöne Karpfen aus dem Graben zu mir auf den Wall gaukelte; sobald es aber der Obrister inward, mußte ich den Esel davor reiten, und war mir meine Kunst ferner zu üben bei Henken verboten. Zuletzt war anderer Unglück mein Glück, denn nachdem ich etliche Gelbsüchtige und ein paar Febricitanten curirte, die einen besonderen Glauben an mir gehabt haben müssen, ward mir erlaubt, vor die Festung zu gehen, meinen Vorwand nach Wurzeln und Kräuter zu meinen Arzneien zu sammlen; da richtete ich hingegen den Hasen mit Stricken und hatte das Glück, daß ich die erste Nacht zween bekam, dieselbe brachte ich dem Obristen und erhielt dadurch nicht allein einen Taler zur Verehrung, sondern auch Erlaubnüs, daß ich hinaus dörfte gehen, den Hasen nachzustellen, wann ich die Wacht nicht hätte. Weil dann nun das Land ziemlich erödet und niemand war, der diese Tiere auffing, zumal sie sich trefflich gemehret hatten, als kam das Wasser wieder auf meine Mühle, maßen es das Ansehen hatte, als ob es mit Hasen schneiete oder ich in meine Stricke bannen könnte. Da die Officirer sahen, daß man mir trauen dörfte, ward ich auch mit andern hinaus auf Partei gelassen; da fing ich nun mein soestisch Leben wieder an, außer daß ich keine Parteien führen und commandiren dörfte wie hiebevor in Westphalen, denn es war vonnöten, zuvor Wege und Stege zu wissen und den Rheinstrom zu kennen.

Das X. Kapitel

Simplex fällt aus einem Nachen in Rhein,
wird doch errettet aus Not, Angst und Pein

Noch ein paar Stücklein will ich erzählen, eh ich sage, wie ich wieder von der Musquete erlöset worden; eins von großer Leib- und Lebensgefahr, daraus ich durch Gottes Gnade entronnen, das ander von der Seelengefahr, darin ich hartnäckiger Weise steckenblieb, denn ich will meine Untugenden so wenig verhehlen als meine Tugenden, damit nicht allein meine Historia ziemlich ganz sei, sondern der ungewanderte Leser auch erfahre, was vor seltsame Kauzen es in der Welt gibet.

Wie zu Ende des vorigen Capitels gemeldet, so dorfte ich auch mit andern auf Partei, so in Garnisonen nit jedem liederlichen Kunden, sondern rechtschaffenen Soldaten gegönnet wird. Also gingen nun unser neunzehn einsmals miteinander durch die Unter-Markgrafschaft hinauf, oberhalb Straßburg einem baslerischen Schiff aufzupassen, wobei heimlich etliche weimarische Officirer und Güter sein sollten. Wir kriegten oberhalb Ottenheim einen Fischer-Nachen, uns damit überzusetzen und in ein Werder zu legen, so gar vortelhaftig lag, die ankommenden Schiffe ans Land zu zwingen, maßen zehen von uns durch den Fischer glücklich übergeführet wurden. Als aber einer aus uns, der sonst wohl fahren konnte, die übrigen neune, darunter ich mich befand, auch holete, schlug der Nachen unversehens um, daß wir also urplötzlich miteinander im Rhein lagen.

Ich sahe mich nit viel nach den andern um, sondern gedachte auf

274

mich selbst. Obzwar nun ich mich aus allen Kräften spreizte und alle Vörtel der guten Schwimmer brauchte, so spielte dennoch der Strom mit mir wie mit einem Ball, indem er mich bald über- bald untersich in Grund warf; ich hielt mich so ritterlich, daß ich oft übersich kam, Atem zu schöpfen; wäre es aber um etwas kälter gewesen, so hätte ich mich nimmermehr so lang enthalten und mit dem Leben entrinnen können. Ich versuchte oft, ans Ufer zu gelangen, so mir aber die Würbel nicht zuließen, als die mich von einer Seite zur andern warfen, und obzwar ich in Kürze unter Goldscheur kam, so ward mir doch die Zeit so lang, daß ich schier an meinem Leben verzweifelte. Demnach ich aber die Gegend bei dem Dorf Goldscheur passirt hatte und mich bereits drein ergeben, ich würde meinen Weg durch die Straßburger Rheinbrücke entweder tot oder lebendig nehmen müssen, ward ich eines großen Baums gewahr, dessen Äste unweit vor mir aus dem Wasser herfürreichten; der Strom ging streng und recta darauf zu, derhalben wandte ich alle übrigen Kräfte an, den Baum zu erlangen, welches mir denn auch trefflich glückte, also daß ich durchs Wasser und meine Mühe auf den größten Ast, den ich anfänglich vor einen Baum angesehen, zu sitzen kann; derselbe ward aber von den Strudeln und Wellen dergestalt tribulirt, daß er ohn Unterlaß auf und nieder knappen mußte, und derhalben mein Magen also erschüttert, daß ich Lung und Leber hätte ausspeien mögen. Und indem ich kotzte wie ein Gerberhund, flossen auch die Hosen voll, welches doch der Rhein gleich wieder hinwegflosse, weil mich der Ast alle Augenblick einmal hinuntertunkte. Ich konnte mich kümmerlich darauf halten, weil mir ganz seltsam vor den Augen ward; ich hätte mich gern wieder ins Wasser gelassen, befand aber wohl, daß ich nit Manns genug wäre, nur den hunderten Teil solcher Arbeit auszustehen, dergleichen ich schon überstritten hatte; mußte derowegen verbleiben und auf eine ungewisse Erlösung hoffen, die mir Gott ungefähr schicken müßte, da ich anderst mit dem Leben davonkommen sollte.

Aber mein Gewissen gab mir hierzu einen schlechten Trost, indem es mir vorhielt, daß ich solche gnadenreiche Hülfe nun ein paar Jahre her so liederlich verscherzt; jedoch hoffte ich ein Bessers und fing so andächtig an zu beten, als ob ich in einem Kloster wäre erzogen worden; ich setzte mir vor, ins künftige frömmer zu leben, und tät unterschiedliche Gelübde. Ich widersagte dem Soldaten-Leben und verschwur das Parteigehen auf ewig, schmiß auch meine Patrontäsch samt dem Ranzen von mir und ließ mich nicht anderst an, als ob ich wieder ein Einsiedel werden, meine Sünden büßen und der Barmherzigkeit Gottes vor meine hoffende Erlösung bis in mein Ende denken wollte. Und indem ich dergestalt auf dem Ast bei zwei oder drei Stunden lang zwischen Furcht und Hoffnung zugebracht, kam dasjenige Schiff den Rhein herunter, dem ich hätte aufpassen helfen sollen. Ich erhub meine Stimme erbärmlich und schrie um Gottes und des Jüngsten Gerichts willen um Hülfe, und nachdem sie unweit von mir vorüberfahren mußten und dahero meine Gefahr und elenden Stand desto eigentlicher sahen, ward jeder im Schiff zur Barmherzigkeit bewegt, maßen sie gleich ans Land fuhren, sich zu unterreden, wie mir möchte zu helfen sein.

Weil dann wegen der vielen Würbel, die es rund um mich herum gab und von den Wurzeln und Ästen des Baums verursachet wurden, ohn Lebens-Gefahr weder zu mir zu schwimmen noch mit großen und kleinen Schiffen zu mir zu fahren war, also erforderte meine Hülfe lange Bedenkzeit; wie aber mir unterdessen zumut gewesen, ist leicht zu erachten. Zuletzt schickten sie zween Kerl mit einem Nachen oberhalb meiner in den Fluß, die mir ein Seil zufließen ließen und das eine Ende davon bei sich behielten, das ander Ende aber brachte ich mit großer Mühe zuwege und band es um meinen Leib, so gut ich konnte, daß ich also an demselben wie ein Fisch an einer Angelschnur in den Nachen gezogen und auf das Schiff gebracht ward.

Da ich nun dergestalt dem Tod entronnen, hätte ich billig am Ufer auf die Knie fallen und der göttlichen Güte vor meine Erlösung danken, auch sonst mein Leben zu bessern einen Anfang machen sollen, wie ich denn solches in meinen höchsten Nöten gelobt und versprochen. Ja hinter sich hinaus! Denn da man mich fragte, wer ich sei und wie ich in diese Gefahr geraten wäre?, fing ich an, diesen Burschen vorzulügen, daß der Himmel hätte erschwarzen mögen; denn ich dachte, wann du ihnen sagst, daß du sie hast plündern helfen wollen, so schmeißen sie dich alsbald wieder in Rhein; gab mich also vor einen vertriebenen Organisten aus und sagte, nachdem ich auf Straßburg gewollt, um über Rhein irgendeinen Schul- oder andern Dienst zu suchen, hätte mich eine Partei ertappt, ausgezogen und in den Rhein geworfen, welcher mich auf gegenwärtigen Baum geführet. Und nachdem ich diese meine Lügen wohl füttern konnte, zumalen auch mit Schwüren bekräftigte, ward mir geglaubt und mit Speis und Trank alles Gute erwiesen, mich wieder zu erquicken, wie ich es denn trefflich vonnöten hatte.

Beim Zoll zu Straßburg stiegen die meisten ans Land und ich mit ihnen, da ich mich dann gegen dieselben hoch bedankte und unter andern eines jungen Kaufherrn gewahr ward, dessen Angesicht, Gang und Gebärden mir zu erkennen gaben, daß ich ihn zuvor mehr gesehen; konnte mich aber nicht besinnen, wo? Vernahm aber an der Sprache, daß es ebenderjenige Cornet war, so mich hiebevor gefangen bekommen, ich wußte aber nicht zu ersinnen, wie er aus einem so wackern jungen Soldaten zu einem Kaufmann worden, vornehmlich weil er ein geborner Cavalier war. Die Begierde zu wissen, ob mich meine Augen und Ohren betrügen oder nicht, trieben mich dahin, daß ich zu ihm ging und sagte: „Monsieur Schönstein, ist er's oder ist er's nicht?" Er aber antwortete: „Ich bin keiner von Schönstein, sondern ein Kaufmann." Da sagte ich: „So bin ich auch kein Jäger von Soest nicht, sondern ein Organist oder vielmehr ein landläufiger Bettler!" – „O Bruder", sagte hingegen jener, „was Teufels machstu, wo ziehest du herum?" Ich sagte: „Bruder, wann du vom Himmel versehen bist, mir das Leben erhalten zu helfen, wie nun zum zweitenmal geschehen ist, so erfordert ohn Zweifel mein Fatum, daß ich alsdann nicht weit von dir sei."

Hierauf nahmen wir einander in die Arme als zwei getreue Freunde, die hiebevor beiderseits versprochen, einander bis in Tod zu lieben. Ich mußte bei ihm einkehren und alles erzählen, wie mir's ergangen, sint ich von L. nach Cöln verreist, meinen Schatz abzuholen; verschwieg ihm auch nicht, wasgestalt ich mit einer Partei ihrem Schiff hätte aufpassen wollen und wie es uns darüber erging. Aber wie ich zu Paris gehaust, davon schwieg ich stockstill, denn ich sorgte, er möchte es zu L. ausbringen und mir deswegen bei meinem Weib einen bösen Rauch machen. Hingegen vertraute er mir, daß er von der hessischen Generalität zu Herzog Bernhard, dem Fürsten von Weimar, geschickt worden, wegen allerhand Sachen von großer Importanz, das Kriegswesen betreffend, Relation zu tun und künftiger Campagne und Anschläg halber zu conferiren, welches er nunmehr verrichtet und in Gestalt eines Kaufmanns, wie ich denn vor Augen sähe, auf der Zurückreis begriffen sei. Benebens erzählte er mir auch, daß meine Liebste bei seiner Abreise großen Leibes und neben ihren Eltern und Verwandten noch in gutem Wohlstand gewesen. Item, daß mir der Obrister das Fähnlein noch aufhalte; und vexirte mich darneben, weil mich die Urschlechten so verderbt hätten, daß mich weder mein Weib noch das andre Frauenzimmer zu L. vor den Jäger mehr annehmen werde und so weiter. Demnach redten wir miteinander ab, daß ich bei ihm verbleiben und mit solcher Gelegenheit wieder nach L. kehren sollte, so eine erwünschte Sache vor mich war. Und weil ich nichts als Lumpen an mir hatte, streckte er mir etwas an Geld vor, damit ich mich wie ein Laden-Diener montirte.

Man saget aber, wann ein Ding nit sein soll, so geschiehet es nicht. Das erfuhr ich auch, denn da wir den Rhein hinunterfuhren und das Schiff zu Rheinhausen visitirt ward, erkannten mich die Philipps-burger, welche mich wieder anpackten und nach Philippsburg füh-reten, allda ich wieder wie zuvor einen Musquetirer abgeben mußte, welches meinen guten Cornet ja so sehr verdroß als mich selbsten, weil wir uns wiederum scheiden mußten, so dorfte er sich auch mei-ner nicht hoch annehmen, denn er hatte mit sich selbst zu tun, sich durchzubringen.

Das XI. Kapitel

Simplex dem Geistlichen ist nicht gar günstig,
welcher doch sucht seine Wohlfahrt ganz brünstig

Also hat nun der günstige Leser vernommen, in was vor einer Lebensgefahr ich gesteckt. Betreffend aber die Gefahr meiner See-len ist zu wissen, daß ich unter meiner Musquete ein recht wilder Mensch war, der sich um Gott und sein Wort nichts bekümmerte; keine Bosheit war mir zuviel; da waren alle Gnaden und Wohlta-ten, die ich von Gott jemals empfangen, allerdings vergessen, so bat ich auch weder um das Zeitliche noch Ewige, sondern lebete auf den alten Kaiser hinein wie ein Viehe. Niemand hätte mir glauben kön-nen, daß ich bei einem so frommen Einsiedel wäre erzogen worden; selten kam ich in die Kirche und gar nicht zur Beichte, und gleich-wie mir meiner Seelen Heil nichts anlag, also betrübte ich meinen Nebenmenschen desto mehr. Wo ich nur jemand berücken konnte, unterließ ich's nicht, ja ich wollte noch Ruhm davon haben, so daß schier keiner ungeschimpft von mir kam. Davon kriegte ich oft dichte Stöße und noch öfter den Esel zu reuten, ja man bedrohete mich mit Galgen und Wippe, aber es half alles nichts; ich trieb meine gottlose Weise fort, daß es das Ansehen hatte, als ob ich de-sperat spiele und mit Fleiß der Höllen zurenne. Und obgleich ich keine Übeltat beging, dadurch ich das Leben verwürkt hätte, so war ich jedoch so ruchlos, daß man (außer den Zauberern und Sodomi-ten) kaum einen wüstern Menschen antreffen mögen.

Dies nahm unser Regiments-Caplan an mir in acht, und weil er ein rechter frommer Seelen-Eiferer war, schickte er auf die öster-liche Zeit nach mir, zu vernehmen, warum ich mich nicht bei der Beichte und Communion eingestellet hätte? Ich tractirte ihn aber nach seinen vielen treuherzigen Erinnerungen wie hiebevor den Pfarrer zu L. Also daß der gute Herr nichts mit mir ausrichten konnte. Und indem es schien, als ob Christus und Tauf an mir verloren wäre, sagte er zum Beschluß: „Ach du elender Mensch! Ich habe vermeint, zu irrest aus Unwissenheit, aber nun merke ich, daß du aus lauter Bosheit und gleichsam vorsetzlicherweis zu sündigen fortfährest. Ach wer vermeinstu wohl, der ein Mitleiden mit deiner armen Seele und ihrer Verdamnus haben werde? Meinesteils protestire ich vor Gott und der Welt, daß ich an deiner Verdamnus keine Schuld habe, weil ich getan und noch ferner gern unverdrossen tun wollte, was zu Beförderung deiner Seligkeit vonnöten wäre. Es wird mir aber besorglich künftig mehrers zu tun nicht obliegen, denn daß ich deinen Leib, wann ihn deine arme Seele in solchem verdammten Stand verläßt, an kein geweiht Ort zu andern frommen abgestorbenen Christen begraben, sondern auf den Schind-Wasen bei die Cadavera des verreckten Viehs hinschleppen lasse oder an denjenigen Ort, da man andere gottvergessene und verzweifelte Vögel hintut!“

Diese ernstliche Bedrohung fruchtete ebensowenig als die vorigen Ermahnungen, und zwar nur der Ursache halber, weil ich mich vorm Beichten schämte. O ich großer Narr! Ich erzählte oft meine Bubenstücke bei ganzen Gesellschaften und log noch darzu, aber jetzt, da ich mich bekehren und einem einzigen Menschen, anstatt Gottes, meine Sünde demütig bekennen sollte, Vergebung zu empfangen, war ich ein verstockter Stummer! Ich sage recht verstockt, blieb auch verstockt, denn ich antwortete: „Ich diene dem Kaiser vor einen Soldaten; wann ich nun auch sterbe als ein Soldat, so wird's kein Wunder sein, da ich gleich andern Soldaten (die nicht allezeit auf das Geweihte begraben werden können, sondern irgends auf dem Felde, in Gräben oder in der Wölf- und Raben-Mägen vorliebnehmen müssen) mich auch außerhalb des Kirchhofs behelfen werde.“

Also schied ich vom Geistlichen, der mit seinem heiligen Seelen-Eifer anders nichts um mich verdienet, als daß ich ihm einsmals einen Hasen abschlug (den er inständig von mir begehrte) mit Vorwand: weil er sich selbst an einem Strick erhenkt und ums Leben gebracht, daß sich dannenhero nicht gebühre, daß er als ein Verzweifelter in ein geweihtes Erdreich sollte begraben werden.

Das XII. Kapitel

*Simplex wird von dem Herzbruder erkennt
und zugleich damal sein Unfall gewendt*

Also folgte bei mir keine Besserung, sondern ich ward je länger, je ärger. Der Obriste sagte einsmals zu mir, er wollte mich, da ich kein guttun wollte, mit einem Schelmen hinwegschicken. Weil ich aber wohl wußte, daß es ihm nicht Ernst war, sagte ich, dies könne leicht geschehen, wann er mir nur den Steckenknecht mitgebe. Also ließ er mich wieder passieren, weil er sich wohl einbilden konnte, daß ich's vor keine Strafe, sondern vor eine Wohltat halten würde, wann er mich laufen ließe. Mußte demnach wider meines Herzens Willen ein Musquetier bleiben und Hunger leiden, bis in den Sommer hinein.

Je mehr sich aber der Graf von Götz mit seiner Armee näherte, je mehrers näherte sich auch meine Erlösung. Denn als selbiger zu Bruchsal das Haupt-Quartier hatte, ward mein Herzbruder, dem ich im Lager vor Magdeburg mit meinem Geld getreulich geholfen, von der Generalität mit etlichen Verrichtungen in die Festung geschickt, da man ihm die höchste Ehre antät. Ich stund eben vor des Obristen Quartier Schildwacht, und obzwar er einen schwarzen sammeten Rock antrug, so erkannte ich ihn jedoch gleich im ersten Anblick, hatte aber nicht das Herz, ihn sogleich anzusprechen, denn ich mußte sorgen, er würde der Welt Lauf nach sich meiner schämen oder mich sonst nicht kennen wollen, weil er den Kleidern nach in einem hohen Stand, ich aber nur ein lausiger Musquetier wäre. Nachdem ich aber abgelöst ward, erkundigte ich bei dessen Dienern seinen Stand und Namen, damit ich versichert sei, daß ich vielleicht keinen andern vor ihn ansprüche, und hatte dennoch das Herz nicht, ihn anzureden, sondern schrieb dieses Brieflein und ließ es ihm am Morgen durch seinen Kammerdiener einhändigen:

Monsieur, etcetera. Wenn meinem hochgeehrten Herrn beliebte, denjenigen, den Er hiebevor durch seine Tapferkeit in der Schlacht bei Wittstock aus Eisen und Banden errettet, auch anjetzo durch sein vortrefflich Ansehen aus dem allerarmseligsten Stand von der Welt zu erlösen, wohinein er als ein Ball des unbeständigen Glücks geraten, so würde Ihm solches nicht allein nicht schwer fallen, sondern Er würde sich auch vor einen ewigen Diener obligirn seinen ohndas getreu verbundenen, anjetzo aber allerelendesten und verlassenen

S. Simplicissimum.

Sobald er solches gelesen, ließ er mich zu sich hineinkommen, sagte: „Landsmann, wo ist der Kerl, der Euch dies Schreiben gegeben hat?" Ich antwortete: „Herr, er liegt in hiesiger Festung gefangen." – „Wohl", sagte er, „so gehet zu ihm und saget, ich wolle ihm davon helfen, und sollte er schon den Strick an Hals kriegen." Ich sagte: „Herr, es wird solcher Mühe nicht bedörfen, doch bedanke ich mich vor die seltne Bereitfertigkeit; ich bin der arme Simplicius selbsten, der jetzt kommt, demselben sowohl vor die Erlösung bei Wittstock zu danken als ihn zu bitten, mich wieder von der Musquet zu erledigen, so ich wider meinen Willen zu tragen gezwungen wurde ..." Er ließ mich nicht völlig ausreden, sondern bezeugte mit Umfahen, wie geneigt er sei, mir zu helfen: In summa, er tät alles, was ein getreuer Freund gegen dem andern tun solle, und eh er mich fragte, wie ich in die Festung und in solche Dienstbarkeit geraten?, schickte er seinen Diener zum Juden, Pferd und Kleider vor mich zu kaufen. Indessen erzählte ich ihm, wie mir's ergangen, sint sein Vater vor Magdeburg gestorben, und als er vernahm, daß ich der Jäger von Soest (von dem er so manch rühmlich Soldatenstück gehöret) gewesen, beklagte er, daß er solches nicht eher gewußt hätte, da er mir damals gar wohl zu einer Compagnie hätte verhelfen können.

Als nun der Jud mit einer ganzen Taglöhner-Last von allerhand Soldaten-Kleidern daherkam, las er mir das Beste heraus, ließ mich's anziehen und nahm mich mit sich zum Obristen, zu dem sagte er: „Herr, ich habe in seiner Garnison gegenwärtigen Kerl angetroffen, dem ich so hoch verobligirt bin, daß ich ihn in so niedrigem Stand, wannschon seine Qualitäten keinen bessern meritirten, nicht lassen kann. Bitte derowegen den Herrn Obristen, Er wolle mir den Gefallen erweisen und ihn entweder besser accomodiren oder zulassen, daß ich ihn mit mir nehme, um ihm bei der Armee fortzuhelfen, worzu vielleicht der Herr Obrister hier die Gelegenheit nicht hat." Der Obrister verkreuzigte sich vor Verwunderung, daß er mich einmal loben hörte und sagte: „Mein hochgeehrter Herr vergebe mir, wann ich glaube, Ihm beliebe nur zu probiren, ob ich Ihm auch so willig zu dienen sei, als Er dessen wohl wert ist; und wofern Er so gesinnet, so begehre Er etwas anders, das in meiner Gewalt stehet, so wird Er meine Willfährigkeit im Werk erfahren. Was aber diesen Kerl anbelanget, ist solcher nicht eigentlich mir, sondern seinem Vorgeben nach unter ein Regiment Dragoner gehörig, darneben ein solch schlimmer Gast, der meinem Profosen, sint er hier ist, mehr Arbeit geben als sonst eine ganze Compagnie, so daß ich von ihm glauben muß, er könne in keinem Wasser ersaufen." Endete damit seine Rede lächelnd und wünschte mir Glück ins Feld.

Dies war meinem Herzbruder noch nicht genug, sondern er bat den Obristen auch, er wolle sich nicht zuwider sein lassen, mich mit an seine Tafel zu nehmen, so er auch erhielt. Er tät's aber zu dem Ende, daß er dem Obristen in meiner Gegenwart erzähle, was er in Westphalen nur discursent von dem Grafen von der Wahl und dem Commandanten in Soest von mir gehöret hatte. Welches alles er nun dergestalt herausstrich, daß alle Zuhörer mich vor einen guten Soldaten halten mußen. Dabei hielt ich mich so bescheiden, daß der Obrister und seine Leute, die mich zuvor gekannt, nicht anders glauben konnten, als ich wäre mit andern Kleidern auch ein ganz anderer Mensch worden. Und demnach der Obrister auch wissen wollte, woher mir der Name Doctor zukommen wäre, erzählte ich ihm meine ganze Reise von Paris aus bis nach Philippsburg, und wieviel Bauern ich betrogen, mein Maulfutter zu gewinnen, darüber sie ziemlich lachten. Endlich gestund ich unverhohlen, daß ich willens gewesen, ihn Obristen mit allerhand Bosheiten und Plackereien dergestalt zu perturbiren und abzumatten, daß er mich endlich aus der Garnison hätte schaffen müssen, dafern er anders wegen der vielen Klagen in Ruhe vor mir leben wollen.

Darauf erzählte der Obrister viel Bubenstücklein, die ich begangen, solange ich in der Garnison gewesen, wie ich nämlich Erbsen gesotten, oben mit Schmalz übergossen und solche vor eitel Schmalz verkauft. Item, ganze Säcke voll Sand für Salz, indem ich die Säcke unten mit Sand und oben mit Salz gefüllet; sodann wie ich einem hier, dem andern dort einen Bärn angebunden und die Leute mit Pasquillen vexiret. Also daß man die ganze Mahlzeit nur von mir zu reden hatte; hätte ich aber keinen so ansehenlichen Freund gehabt, so wären alle meine Taten strafwürdig gewesen. Darbei nahm ich ein Exempel, wie es bei Hofe hergehen müsse, wann ein böser Bub des Fürsten Gunst hat.

Nach geendigtem Imbiß hatte der Jud kein Pferd, so meinem Herzbruder vor mich gefallen wollte; weil er aber in solcher Ästimation war, daß der Obrister seine Gunst schwerlich entbehren konnte, als verehrete er ihm eins mit Sattel und Zeug aus seinem Stall, auf welches sich Herr Simplicius satzte und mit seinem Herzbruder freudenvoll zur Festung hinausritte. Teils seiner Cameraden riefen ihm nach: „Glück zu Bruder, Glück zu!" Teils aber aus Neid: „Je größer der Schalk, je größer das Glück."

Das XIII. Kapitel

*Simplex mit vielen weitläufigen Worten
handelt von der Marode-Brüder Orden*

Unterwegs redete Herzbruder mit mir ab, daß ich mich vor seinen Vetter ausgeben sollte, damit ich desto mehr geehret würde; hingegen wollte er mir noch ein Pferd samt einem Knecht verschaffen und mich zum Neuneckischen Regiment tun, bei dem ich mich als ein Freireuter aufhalten könnte, bis eine Officier-Stelle bei der Armee ledig würde, zu deren er mir helfen könnte.

Also ward ich in Eil wieder ein Kerl, der einem braven Soldaten gleichsahe; ich tät aber denselben Sommer wenig Taten, als daß ich am Schwarzwald hin und wieder etliche Kühe stehlen half und mir das Breisgäu und Elsaß ziemlich bekannt machte. Im übrigen hatte ich abermal wenig Stern, denn nachdem mir mein Knecht samt dem Pferd bei Kenzingen von den Weimarischen gefangen ward, mußte ich das andere desto härter strapaziren und endlich gar hinreuten, daß ich mich also in den Orden der Marode-Brüder begeben mußte. Mein Herzbruder hätte mich zwar gern wieder montiret, weil ich aber sobald mit den ersten zweien Pferden fertig worden, hielt er zurück und gedachte mich zappeln zu lassen, bis ich mich besser vorzusehen lernete. So begehrte ich solches auch nicht, denn ich fand an meinen Mit-Consorten eine so angenehme Gesellschaft, daß ich mir bis an die Winter-Quartier keinen bessern Handel wünschte.

Ich muß nur ein wenig erzählen, was die Marode-Brüder vor Leute sind, weilen sich ohn Zweifel etliche finden, sonderlich die Kriegs-Unerfahrnen, so nichts davon wissen. So habe ich bisher noch keinen Scribenten angetroffen, der etwas von ihren Gebräuchen, Gewohnheiten, Rechten und Privilegien seinen Schriften einverleibt hätte, unangesehen es wohl wert ist, daß nicht allein die jetzigen Feldherrn, sondern auch der Baursmann wisse, was es vor eine Zunft sei.

Betreffend nun erstlich ihren Namen, will ich nicht hoffen, daß es demjenigen tapfern Cavalier, unter dem sie solchen bekommen, ein Schimpf sei, sonst wollte ich's nicht einem jeden so offensichtlich auf die Nase binden: Ich habe eine Art Schuhe gesehen, die hatten anstatt der Löcher krumme Nähte; dieselbigen wurden Mansfelder Schuh genannt, weil dessen Kriegsknechte selbige erfunden, damit sie desto besser durch den Kot stampfen sollten; sollte nun einer deswegen den Mansfelder selbst vor einen Pechfarzer schelten, den wollte ich vor einen Phantasten halten. Ebenso muß man diesen

Namen auch verstehen, der nicht abgehen wird, solang die Teutschen kriegen; es hat aber eine solche Beschaffenheit damit: Als dieser Cavalier einsmals ein neugeworben Regiment zur Armee brachte, waren die Kerl so schwacher, baufälliger Natur, wie die französischen Britanier, daß sie also das Marschiren und ander Ungemach, das ein Soldat im Feld ausstehen muß, nicht erleiden konnten, derowegen dann ihre Brigade zeitlich so schwach ward, daß sie kaum die Fähnlein mehr bedecken konnte; und wo man einen oder mehr Kranke und Lahme auf dem Markt, in Häusern und hinter den Zäunen und Hecken antraf und fragte, wes Regiments?, so war gemeiniglich die Antwort: von Marode!

Davon entsprang, daß man endlich alle diejenigen, sie wären gleich krank oder gesund, verwundt oder nit, wann sie nur außerhalb der Zug-Ordnung daherzottelten oder sonst nicht bei ihren Regimentern ihr Quartier im Feld nahmen, Marode-Brüder nannte, welche Bursch man zuvor Säusenger und Immenschneider geheißen hatte, denn sie sind wie die Brumser in den Immenfässern, welche, wann sie ihren Stachel verloren haben, nicht mehr arbeiten noch Honig machen, sondern nur fressen können. Wann ein Reuter sein Pferd und ein Musquetier seine Gesundheit verleurt, oder ihm Weib und Kind erkrankt und zurückbleiben will, so ist's schon anderthalb Paar Marode-Brüder, ein Gesindlein, so sich mit nichts besser als mit den Zigeinern vergleichet, weil es nicht allein nach seinem Belieben vor, nach, neben und mitten unter der Armee herumstreicht, sondern auch demselben an Sitten und Gewohnheit ähnlich ist; da siehet man sie haufenweis beieinander (wie die Feld-Hühner im Winter) hinter den Hecken, im Schatten oder nach ihrer Gelegenheit an der Sonne oder irgends um ein Feur herumliegen, Tabak zu saufen und zu faulenzen, wann unterdessen anderwärts ein rechtschaffener Soldat beim Fähnlein Hitze, Durst, Hunger, Frost und allerhand Elend überstehet.

Dort gehet eine Schar neben dem Marsch her auf die Mauserei, wann indessen manch armer Soldat vor Mattigkeit unter seinen Waffen versinken möchte. Sie spoliren vor, neben und hinter der Armee alles, was sie antreffen; und was sie nicht genießen können, verderben sie, also daß die Regimenter, wann sie in die Quartier oder ins Lager kommen, oft nicht einen guten Trunk Wasser finden, und wenn sie alles Ernstes angehalten werden, bei der Bagage zu bleiben, so wird man oft beinahe dieselbe stärker finden, als die Armee selbst ist. Wenn sie aber gesellenweis marschiren, quartiren, campiren und hausiren, so haben sie keinen Wachtmeister, der sie commandirt, keinen Feldwaibel oder Schergeanten, der ihnen das Wams ausklopft, keinen Corporal, der sie wachen heißt, keinen Tambour, der sie des Zapfenstreichs, der Schar- und Tagwacht erinnert, und in summa niemand, der sie anstatt des Adjutanten in Battallia stellet oder anstatt des Fouriers einlogiret, sondern leben vielmehr wie die Frei-Herren. Wann aber etwas an Commiß der Soldatesca zukommt, so sind sie die ersten, die ihr Teil holen, obgleich sie es nicht verdienet. Hingegen sind die Rumormeister und General-Gewaltiger ihr allergrößte Pest, als welche ihnen zuzeiten, wann sie es zu bunt machen, eiserne Silbergeschirr an Hände und Füße legen oder sie wohl gar mit einem hänfinen Kragen zieren und an ihre allerbesten Hälse anhängen lassen.

Sie wachen nicht, sie schanzen nicht, sie stürmen nicht und kommen auch in keine Schlachtordnung, und sie ernähren sich doch! Was aber der Feldherr, der Landmann und die Armada selbst, bei deren sich viel solches Gesindels befindet, vor Schaden davon haben, ist nicht zu beschreiben. Der heilloseste Reuter-Jung, der nichts tut als fouragiren, ist dem Feldherrn nützer als tausend Marode-Brüder, die ein Handwerk draus machen und ohn Not auf der Bärnhaut liegen; sie werden vom Gegenteil hinweggefangen und von den Baurn an teils Orten auf die Finger geklopft, dadurch wird die Armee gemindert und der Feind gestärkt, und wanngleich ein so liederlicher Schlingel (ich meine nicht die armen Kranken, sondern die unberittenen Reuter, die unachtsamerweise ihre Pferde verderben lassen und sich auf Marode begeben, damit sie ihre Haut schonen können) durch den Sommer davonkommt, so hat man nichts anders von ihm, als daß man ihn auf den Winter mit großem Kosten wieder montiren muß, damit er künftigen Feldzug wieder etwas zu verlieren habe; man sollte sie zusammenkuppeln wie die Windhunde und sie in den Garnisonen kriegen lernen oder gar auf die Galeern schmieden, wann sie nicht auch zu Fuß im Feld das Ihrige tun wollten, bis sie gleichwohl wieder Pferde kriegten. Ich geschweige hier, wie manches Dorf durch sie sowohl unachtsamer als vorsätzlicherweise verbrennt wird, wie manchen Kerl sie von ihrer eigenen Armee absetzen, plündern, heimlich bestehlen und wohl gar niedermachen, auch wie mancher Spion sich unter ihnen aufhalten kann, wann er nämlich nur ein Regiment und Compagnie aus der Armada zu nennen weiß. Ein solcher ehrbarer Bruder nun war ich damals auch und verblieb's bis den Tag vor der Wittenweirer Schlacht, zu welcher Zeit das Haupt-Quartier in Schuttern war; denn als ich damals mit meinen Cameraden in das Geroldseckische ging, Kühe oder Ochsen zu stehlen, wie unsre Gewohnheit ward, ward ich von den Weimarischen gefangen, die uns viel besser zu tractiren wußten, denn sie luden uns Musqueten auf und stießen uns hin und wieder unter die Regimenter; ich zwar kam unter das Hattsteinische.

Das XIV. Kapitel

Simplex kämpft mit einem um Leib und Leben, der sich auch ihme hat endlich ergeben

Ich konnte damals greifen, daß ich nur zum Unglück geboren, denn ungefähr vier Wochen zuvor, eh das gedachte Treffen geschahe, hörete ich etliche Götzische gemeine Officier von ihrem Krieg discuriren; da sagte einer: „Ungeschlagen gehet's diesen Sommer nicht ab! Schlagen wir dann den Feind, so müssen wir den künftigen Winter Freiburg und die Waldstädte einnehmen; kriegen wir aber Stöße, so kriegen wir auch Winter-Quartier." Auf diese Prophezei machte ich meinen richtigen Schluß und sagte mir selbst: „Nun freue dich, Simplici, du wirst künftigen Frühling guten See- und Neckerwein trinken und genießen, was die Weimarischen verdienen werden." Aber ich betrog mich weit, denn weil ich nunmehr Weimarisch war, so war ich auch prädestinirt, Breisach belägern zu helfen, maßen solche Belägerung gleich nach mehrbemeldter Wittenweirer Schlacht völlig ins Werk gesetzt ward, da ich dann wie andere Musquetier Tag und Nacht wachen und schanzen mußte und nichts davon hatte, als daß ich lernete, wie man mit den Approchen einer Festung zusetzen muß, darauf ich vor Magdeburg wenig Achtung geben. Im übrigen aber war es lausig bei mir bestellt, weil je zwo oder drei aufeinandersaßen; der Beutel war leer, Wein, Bier und Fleisch eine Rarität, Äpfel und hart schimmlig Brot (jedoch kümmerlich genug) mein bestes Wildpret.

Solches war mir saur zu ertragen, Ursache, wann ich zurück an die ägyptischen Fleischtöpfe, das ist an die westphälischen Schinken und Knackwürste zu L. gedachte. Ich gedachte niemal mehr an mein Weib, als wann ich in meinem Zelt lag und vor Frost halb erstarrt war; da sagte ich dann oft zu mir selber: „Hui, Simplici, meinest du wohl, es geschehe dir unrecht, wann dir einer wieder wettspielte, was du zu Paris begangen?" Und mit solchen Gedanken quälte ich mich wie ein ander eifersichtiger Hahnrei, da ich doch meinem Weib nichts als Ehr und Tugend zutrauen konnte. Zuletzt ward ich so ungeduldig, daß ich meinem Capitain eröffnete, wie meine Sachen bestellet wären, schrieb auch auf der Post nach L. und erhielt vom Obristen de S. A. und meinem Schwäher-Vater, daß sie durch ihre Schreiben bei dem Fürsten von Weimar zuwege brachten, daß mich mein Capitain mit einem Paß mußte laufen lassen.

Ungefähr eine Woche oder vier vor Weihnachten marschierte ich mit einem guten Feuerrohr vom Lager ab, das Breisgäu hinunter, der Meinung, selbige Weihnacht-Messe zu Straßburg zwanzig Taler, von meinem Schwäher übermacht, zu empfahen und mich mit Kaufleuten den Rhein hinunter zu begeben, da es doch unterwegs viel kaiserliche Garnisonen hatte. Als ich aber bei Endingen vorbeipassirt und zu einem einzigen Haus kam, geschah ein Schuß nach mir, so daß mir die Kugel den Rand am Hut verletzt, und gleich darauf sprang ein starker vierschrötiger Kerl aus dem Haus auf mich los, der schrie, ich sollte das Gewehr ablegen. Ich antwortete: „Bei Gott, Landsmann, dir zu gefallen nicht!" und zog den Hahnen über. Er aber wischte mit einem Ding von Leder, das mehr einem Henkers-Schwert als Degen gleich sah, und eilete damit auf mich zu. Wie ich nun seinen Ernst spürete, schlug ich an und traf ihn dergestalt an die Stirn, daß er herumdurmelte und endlich zu Boden fiel. Dieses mir zunutz zu machen, rang ich ihm geschwind sein Schwert aus der Faust und wollt's ihm in Leib stoßen; da es aber nicht durchgehen wollte, sprang er wieder unversehens auf die Füße, erwischte mich beim Haar und ich ihn auch, sein Schwert aber hatte ich schon weggeworfen; darauf fingen wir ein solch ernstes Spiel miteinander an, so eines jeden verbitterte Stärk genugsam zu erkennen gab, und konnt doch keiner des andern Meister werden. Bald lag ich, bald er oben, und im Hui kamen wir wieder auf die Füße, so aber nicht lang dauerte, weil je einer des andern Tod suchte; das Blut, so mir häufig zu Nas und Mund herauslief, speiete ich meinem Feind ins Gesicht, weil er's so hitzig begehrte, das war mir gut, denn es hinderte ihn am Sehen. Also zogen wir einander bei anderthalb Stund im Schnee herum, davon wurden wir so matt, daß allem Ansehen nach des einen Unkräften des andern Müdigkeit allein mit den Fäusten nicht völlig überwinden, noch einer den andern aus eigenen Kräften und ohne Waffen vollends zum Tod hätte bringen mögen.

Die Ring-Kunst, darin ich mich zu L. oft übte, kam mir damals wohl zustatten, sonst hätte ich ohn Zweifel eingebüßt, denn mein Feind war viel stärker als ich und überdas eisenfest. Als wir einander fast tödlich abgemattet und ich meinen Gegenteil unter mir fast schwerlich mehr halten konnte, sagte er endlich: „Bruder, höre auf, ich ergebe mich dir zu eigen!" Ich sagte: „Du solltest mich anfänglich haben passiren lassen." – „Was hast du mehr", antwortete jener, „wanngleich ich sterbe?" – „Und was hättest du gehabt", sagte ich, „wann du mich hättest niedergeschossen, sintemal ich keinen Heller Geld bei mir habe?" Darauf bat er um Verzeihung, und ich ließ mich erweichen und ihn aufstehen, nachdem er mir zuvor teur geschworen, daß er nicht allein Friede halten, sondern auch mein treuer Freund und Diener sein wollte. Ich hätte ihm aber weder geglaubt noch getraut, wann mir seine verübten leichtfertigen Handlungen und greuliche Taten bekannt gewesen wären.

Da wir nun beide auf waren, gaben wir einander die Hände, daß alles, was geschehen, vergessen sein sollte, und verwunderte sich einer über den andern, daß er seinen Meister gefunden, denn jener meinte, ich sei auch mit einer solchen Schelmenhaut wie er überzogen gewesen; ich ließ ihn auch dabei bleiben, damit, wann er sein Gewehr bekäme, sich nicht noch einmal an mich reiben dörfte. Er hatte von meinem Schuß eine große Beule an der Stirn, und ich hatte mich sehr verblutet; doch klagte keiner mehr als den Hals, welcher so zugerichtet, daß keiner den Kopf aufrecht tragen konnte, so langwierig hatten wir einander bei den Haaren herumgezauset.

Weil es dann gegen Abend war und mir mein Gegenteil erzählte, daß ich bis an die Kinzig weder Hund noch Katze, viel weniger einen Menschen antreffen würde, er aber hingegen unweit von der Straße in einem abgelegenen Häuslein ein gut Stück Fleisch und einen Trunk zum besten hätte, also ließ ich mich überreden und ging mit ihm, da er dann unterwegs oft mit Seufzen bezeugte, wie leid ihm sein, daß er mich beleidigt habe.

Das XV. Kapitel

Simplex erfährt, daß es Olivier war,
welcher ihm kurz vorher kam in die Haar

Ein resoluter Soldat, der sich darein ergeben, sein Leben zu wagen und geringzuachten, ist wohl ein dummes Vieh! Man hätte tausend Kerl gefunden, darunter kein einziger das Herz gehabt hätte, mit einem solchen, der ihn erst als ein Mörder angegriffen, an ein unbekannt Ort zu Gast zu gehen. Ich fragte ihn auf dem Weg, wes Volks er sei? Da sagte er, er hätte vor diesmal keinen Herrn, sondern kriege vor sich selbst, und fragte zugleich, wes Volks denn ich sei? Ich sagte, daß ich Weimarisch gewesen, nunmehr aber meinen Abschied hätte und gesinnet wäre, mich nach Haus zu begeben. Darauf fragte er, wie ich hieße?, und da ich antwortete, „Simplicius", kehrete er sich um (denn ich ließ ihn vorangehen, weil ich ihm nit traute) und sahe mir steif ins Gsicht: „Heißtu nicht auch Simplicissimus?" – „Ja", antwortete ich, „der ist ein Schelm, der seinen Namen verleugnet! Wie heißt aber du?" – „Ach Bruder", antwortete er, „so bin ich Olivier, den du wohl vor Magdeburg wirst gekannt haben."

Warf damit sein Rohr von sich und fiel auf die Knie nieder, mich um Verzeihung zu bitten, daß er mich so übel gemeint hätte, sagend, er könnte sich wohl einbilden, daß er keinen bessern Freund in der Welt bekomme, als er an mir einen haben würde, weil ich nach des alten Herzbruders Prophezei seinen Tod so tapfer rächen sollte. Ich hingegen wollte mich über eine so seltsame Zusammenkunft verwundern. Er aber sagte: „Das ist nichts Neues, Berg und Tal kommt nicht zusammen; das ist mir aber seltsam, daß wir beide uns so verändert haben, sintemal ich aus einem Secretario ein Waldfischer, du aber aus einem Narrn zu einem so tapfern Soldaten worden! Sei versichert, Bruder, wenn unserer zehentausend wären, daß wir morgenden Tags Breisach entsetzen und endlich uns zu Herrn der ganzen Welt machen wollten!"

In solchem Discurs passirten wir, da es eben Nacht worden, in ein klein abgelegen Taglöhner-Häuslein; und obzwar mir solche Prahlerei nit gefiel, so gab ich ihm doch recht, vornehmlich weil mir sein schelmisch-falsch Gemüt bekannt war; und obzwar ich ihm im geringsten nichts Gutes zutrauete, so ging ich doch mit ihm in besagtes Häuslein, in welchem ein Baur eben die Stube einhitzte; zu dem sagte er: „Hast du etwas gekocht?" – „Nein", sagte der Baur, „ich habe ja den gebratenen Kalbsschlegel noch, den ich heute von Waldkirch brachte." – „Nun dann", antwortete Olivier, „so gehe und lang her, was du hast, und bringe zugleich das Fäßlein Wein mit."

Als der Baur fort war, sagte ich zu Olivier: „Bruder (ich nannte ihn so, damit ich desto sicherer vor ihm wäre), du hast einen willigen Wirt!" – „Das dank (sagte er) dem Schelmen der Teufel! Ich ernähre ihn ja mit Weib und Kindern, und er machet noch darzu vor sich selbst gute Beuten; ich lasse ihm alle Kleider, die ich erobere, solche zu seinem Nutzen anzuwenden." – Ich fragte, wo er denn sein Weib und Kinder hätte? Da sagte Olivier, daß er sie nach Freiburg geflehnet, die er alle Wochen zweimal besuchte und ihm von dortaus sowohl die Victualia als Kraut und Lot zubringe. Ferner berichtete er mich, daß er diese Freibeuterei schon lang getrieben und ihm besser zuschlage, als wann er einem Herrn diene; er gedächte auch nit aufzuhören, bis er seinen Beutel rechtschaffen gespickt hätte. Ich sagte: „Bruder, du lebest in einem gefährlichen Stand, und wann du über solcher Rauberei ergriffen würdest, wie meinstu wohl, daß man mit dir umging?"

„Ha", sagte er, „ich höre wohl, daß du noch der alte Simplicius bist; ich weiß wohl, daß derjenige, so kegeln will, auch aufsetzen muß; du mußt aber das wissen, daß die Herrn von Nürnberg keinen henken lassen, sie haben ihn denn." Ich antwortete: „Gesetzt aber, Bruder, du werdest nicht ertappt, das doch sehr mißlich stehet, denn der Krug gehet so lang zum Brunnen, bis er einmal zerbricht, so ist dennoch ein solch Leben, wie du führest, das allerschändlichste von der Welt, daß ich also nicht glaube, daß du darin zu sterben begehrest." – „Was?" sagte er, „das schändlichste? Mein tapferer Simplici, ich versichere dich, daß die Rauberei das alleradeligste Exercitium ist, das man dieser Zeit auf der Welt haben kann! Sage mir, wie viel Königreiche und Fürstentümer sind nicht mit Gewalt erraubt und zuwege gebracht worden? Oder wo wird einem König oder Fürsten auf dem ganzen Erdboden vor übel aufgenommen, wann er seiner Länder Intraden geneußt, die doch gemeinlich durch ihrer Vorfahren verübte Gewalt zuwegen gebracht worden? Was könnte doch adeliger genennet werden als ebendas Handwerk, dessen ich mich jetzt bediene? Ich merke dir an, daß du mir gern vorhalten wolltest, daß ihrer viel wegen Mordens, Raubens und Stehlens sein gerädert, gehenkt und geköpft worden? Das weiß ich zuvor wohl, denn das befehlen die Gesetze; du wirst aber keine anderen als arme und geringe Diebe haben henken sehen, welches auch billig ist, weil sie sich dieser vortrefflichen Übung haben unterfangen dörfen, die doch niemanden als herzhaften Gemütern gebührt und vorbehalten ist. Wo hast du jemals eine vornehme Standes-Person durch die Justitia strafen sehen, um daß sie ihr Land zuviel beschwert habe? Ja, was noch mehr ist, wird doch kein Wucherer gestraft, der diese herrliche Kunst heimlich treibet, und zwar unter dem Deckmantel der christlichen Liebe, warum wollte dann ich strafbar sein, der ich solche öffentlich auf gut alt-teutsch, ohn einzige Bemäntelung und Gleisnerei übe? Mein lieber Simplici, du hast den Machiavellum noch nicht gelesen! Ich bin eines recht aufrichtigen Gemüts und treibe diese Manier zu leben frei, offentlich, ohn alle Scheu. Ich fechte und wage mein Leben darüber, wie die alten Helden; weiß auch, daß diejenige Hantierungen, dabei der, so sie treibt, in Gefahr stehen muß, zugelassen sind; weil ich denn mein Leben in Gefahr setze, so folgt unwidersprechlich, daß mir's billig und erlaubt sei, diese Kunst zu üben."

Hierauf antwortete ich: „Gesetzt, Rauben und Stehlen sei dir erlaubt oder nicht, so weiß ich gleichwohl, daß es wider das Gesetz der Natur ist, das da nicht will, daß einer einem andern tun solle, das er nicht will, daß es ihm geschehe. So ist solche Unbilligkeit auch wider die weltlichen Gesetz, welche befehlen, daß der Dieb gehenkt, der Räuber geköpft und die Mörder geradbrecht werden sollen. Und letztlich, so ist es auch wider Gott, so das fürnehmste ist, weil er keine Sünde ungestraft läßt." – „Es ist, wie ich vorgesagt (antwort' Olivier), du bist noch Simplicius, der den Machiavellum noch nicht studiret hat; könnte ich aber auf solche Art ein Monarchiam aufrichten, so wollte ich sehen, wer mir alsdann viel darwider predigte." Wir hätten noch mehr mit einander disputirt, weil aber der Baur mit dem Essen und Trinken kam, saßen wir zusammen und stilleten unsere Mägen, dessen ich denn trefflich hoch vonnöten hatte.

Das XVI. Kapitel

Simplex sich in des Oliviers Haus
labet und wieder aufs neu putzt heraus

Unser Essen war weiß Brot und ein gebratener kalter Kalbsschlegel, dabei hatten wir einen guten Trunk Wein und eine warme Stube. „Gelt, Simplici", sagte Olivier, „hier ist es besser als vor Breisach in den Laufgräben?" Ich sagte: „Das wohl, wann man solch Leben mit gewisser Sicherheit und bessern Ehren zu genießen hätte." Darüber lachte er überlaut und sagte: „Sind denn die armen Teufel in den Laufgräben sicherer als wir, die sich alle Augenblicke eines Ausfalls besorgen müssen? Mein lieber Simplici, ich sehe zwar wohl, daß du deine Narrnkappe abgeleget, hingegen aber deinen närrischen Kopf noch behalten hast, der nit begreifen kann, was gut oder bös ist, und wann du ein anderer als derjenige Simplicius wärest, der nach des alten Herzbruders Wahrsagung meinen Tod rächen solle, so wollte ich dich bekennen lernen, daß ich ein edler Leben führe als ein Freiherr."

Ich gedachte, was will das werden, du mußt andere Worte hervorsuchen als bisher, sonst möchte dich dieser Unmensch, so jetzt den Baurn fein zuhülf hat, erst caput machen; sagte derhalben:

„Wo ist sein Tag je erhört worden, daß der Lehrjung das Handwerk besser verstehe als der Lehrmeister? Bruder, hastu ein so edel glückselig Leben wie du vorgibst, so mache mich deiner Glückseligkeit auch teilhaftig, sintemal ich eines guten Glücks hoch vonnöten." Darauf antwortete Olivier: „Bruder, sei versichert, daß ich dich so hoch liebe als mich selbsten und daß mir die Beleidigung, so ich dir heut zugefüget, viel weher tut als die Kugel, damit du mich an meine Stirn getroffen, als du dich meiner wie ein tapferer, rechtschaffener Kerl erwehrtest; warum wollte ich dir dann etwas versagen können? Wenn dir's beliebet, so bleib bei mir, ich will vor dich sorgen als vor mich selbsten; hastu aber keine Lust, bei mir zu sein, so will ich dir ein gut Stück Geld geben und begleiten, wohin du willt. Damit du aber glaubest, daß mir diese Worte von Herzen gehen, so will ich dir die Ursache sagen, warum ich dich so hochhalte. Du weißt dich zu erinnern, wie richtig der alte Herzbruder mit seinen Prophezeiungen zugetroffen; schaue, derselbe hat mir vor Magdeburg diese Worte geweissaget, die ich bishero fleißig im Gedächtnis behalten: ,Olivier, siehe unsern Narrn an, wie du willst, so wird er dennoch durch seine Tapferkeit dich erschröcken und dir den größten Possen erweisen, der dir dein Lebtag je geschehen wird, weil du ihn darzu verursachest in einer Zeit, darin ihr beide einander nicht erkannt gehabt; doch wird er dir nicht allein dein Leben schenken, so in seinen Händen gestanden, sondern er wird auch über eine Zeitlang hernach an dasjenige Ort kommen, da du erschlagen wirst, daselbst wird er glückselig deinen Tod rächen.' Dieser Weissagung halber, liebster Simplici, bin ich bereit, mit dir das Herz im Leib zu teilen; denn gleichwie schon ein Teil davon erfüllet, indem ich dir Ursache gegeben, daß du mich als ein tapferer Soldat vor den Kopf geschossen und mir mein Schwert genommen (das mir freilich noch keiner getan), mir auch das Leben gelassen, da ich unter dir lag und gleichsam im Blut erstickte: also zweifle ich nicht, daß das übrige von meinem Tod auch im wenigsten fehlschlagen werde. Aus solcher Rache nun, liebster Bruder, muß ich schließen, daß du mein getreuer Freund seist; denn dafern du es nicht wärest, so würdestu solche Rache auch nicht über dich nehmen. Da hastu nun die Concepta meines Herzens, jetzt sage mir auch, was du zu tun gesinnet seist?"

Ich gedachte: Traue dir der Teufel, ich nicht! Nehme ich Geld von dir auf den Weg, so möchtestu mich erst niedermachen, bleib ich dann bei dir, so muß ich sorgen, ich dörfte mit dir geviertelt werden! Satzte mir demnach vor, ich wollte ihm eine Nase drehen, bei ihm zu bleiben, bis ich mit Gelegenheit von ihm kommen könnte; sagte derhalben, so er mich leiden möchte, wollte ich mich ein Tag oder acht bei ihm aufhalten, zu sehen, ob ich solche Art zu leben gewohnen könnte; gefiele mir's, so sollte er einen getreuen Freund und guten Soldaten an mir haben, gefiele mir's nicht, so sei allezeit gut voneinander scheiden. Darauf satzte er mir mit dem Trunk zu, ich getraute aber auch nicht und stellete mich voll, eh ich's war, zu sehen, ob er vielleicht an mich wollte, wann ich mich nicht mehr defendiren könnte.

Indessen plagten mich die Müllerflöhe trefflich, deren ich eine ziemliche Quantität von Breisach mit mir gebracht hatte; denn sie wollten sich in der Wärme nicht mehr in meinen Lumpen behelfen, sondern spazierten heraus, sich auch lustig zu machen. Dieses nahm Olivier an mir gewahr und fragte, ob ich Läuse hätte? Ich sagte: „Ja freilich, mehr als ich mein Lebtag Ducaten zu bekommen getraue." – „So mußtu nit reden", sagte Olivier, „wann du bei mir bleibest, so kannst du noch wohl mehr Ducaten kriegen, als du jetzt Läuse hast." Ich antwortete: „Das ist so unmüglich, als ich jetzt meine Läuse abschaffen kann." – „O ja", sagte er, „es ist beides müglich", und befahl gleich dem Baur, mir ein Kleid zu holen, das unfern vom Haus in einem hohlen Baum stak; das war ein grauer Hut, ein Koller von Elen, ein Paar rote scharlachne Hosen und ein grauer Rock; Strümpfe und Schuhe wollte er mir morgen geben. Da ich solche Guttat von ihm sahe, getraute ich ihm schon etwas Bessers zu als zuvor und ging fröhlich schlafen.

Das XVII. Kapitel

Simplex im Rauben andächtiger ist,
als wann Olivier in der Kirche liest

Am Morgen gegen Tag sagte Olivier: „Auf, Simplici, wir wollen in Gottes Namen hinaus, zu sehen, was etwan zu bekommen sein möchte!" – Ach Gott, gedachte ich, soll ich denn nun in deinem hochheiligen Namen auf die Rauberei gehen? Und bin hiebevor, nachdem ich von meinem Einsiedel kam, nit so kühn gewesen, ohn Erstaunen zuzuhören, wann einer zum andern sagte: Komm Bruder, wir wollen in Gottes Namen ein Maß Wein miteinander saufen; weil ich's vor eine doppelte Sünde hielt, wann einer in deinem Namen sich vollsöffe! O himmlischer Vater, wie habe ich mich verändert! O getreuer Gott, was wird endlich aus mir werden, wann ich nicht wieder umkehre? Ach hemme meinen Lauf, der mich so richtig zur Hölle bringet, da ich nicht Buße tue!

Mit dergleichen Worten und Gedanken folgete ich Olivier in ein Dorf, darin keine lebendige Creatur war; da stiegen wir des fernen Aussehens halber auf den Kirchturm. Auf demselben hatte er die Strümpfe und Schuhe verborgen, die er mir den Abend zuvor versprochen, darneben zwei Laib Brot, etliche Stücke gesotten dörr Fleisch und ein Fäßlein halb voll Wein im Vorrat, mit welchem er sich allein gern acht Tage hätte behelfen können. Indem ich nun meine Verehrung anzog, erzählete er mir, daß er an diesem Ort pflege aufzupassen, wann er eine gute Beute zu holen gedächte, deswegen er sich dann so wohl proviantiret, mit dem Anhang, daß er noch etliche solche Örter hätte, die mit Speis und Trank versehen wären, damit wann Blasy an einem Ort nicht zu Haus wäre, er ihn am andern finden könnte. Ich mußte zwar seine Klugheit loben, gab ihm aber zu verstehen, daß es doch nicht schön stünde, einen so heiligen Ort, der Gott gewidmet sei, dergestalt zu beflecken.

„Was", sagte er, „beflecken? Die Kirchen, da sie reden könnten, würden gestehen, daß sie dasjenige, was ich in ihnen begehe, gegen denen Lastern, so hiebevor in ihnen begangen worden, noch vor gar gering aufnehmen müßten. Wie mancher und wie manche, meinestu wohl, die sint Erbauung dieser Kirche hereingetreten sein unter dem Schein, Gott zu dienen, da sie doch nur herkommen, ihre neue Kleider, ihre schöne Gestalt, ihre Präeminenz und sonst so etwas sehen zu lassen? Da kommt einer zur Kirche wie ein Pfau und stellet sich vor den Altar, als ob er den Heiligen die Füße abbeten wollte; dort stehet einer in einer Ecke zu seufzen wie der Zöllner im Tempel, welche Seufzer aber nur zu seiner Liebsten gehen, in deren Angesicht er seine Augen weidet, um derentwillen er sich auch eingestellet. Ein ander kommt vor oder, wann's wohlgerät, in die Kirche mit einem Gebund Brief wie einer, der eine Brandsteur sammlet, mehr seine Zinsleute zu mahnen als zu beten; hätte er aber nicht gewußt, daß seine Debitores zur Kirche kommen müßten, so wäre er fein daheim über seinen Registern sitzen blieben. Ja es geschiehet zuzeiten, wann teils Obrigkeiten einer Gemeinde im Dorf etwas anzudeuten hat, so muß es der Bot am Sonntag bei der Kirche tun, daher sich mancher Baur vor der Kirche ärger als ein armer Sünder vor dem Richthaus förchtet. Meinestu nicht, es werden auch von denjenigen in die Kirche begraben, die Schwert, Galgen, Feur und Rad verdienet hätten? Mancher könnte seine Buhlerei nicht zu Ende bringen, da ihm die Kirche nicht beförderlich wäre. Ist etwas zu verkaufen oder zu verleihen, so wird es an teils Orten an die Kirchtür geschlagen. Wenn mancher Wucherer die ganze Woche keine Zeit nimmt, seiner Schinderei nachzusinnen, so sitzt er unter währendem Gottesdienst in der Kirche, spintisirt und dichtet, wie der Judenspieß zu führen sei; da sitzen sie hier und dort unter der Messe und Predigt, miteinander zu discuriren, gerad als ob die Kirche nur zu dem Ende gebauet wäre; da werden dann oft Sachen beratschlaget, deren man an Privat-Örtern nicht gedenken dörfte. Teils sitzen dort und schlafen, als ob sie es verdingt hätten. Etliche tun nichts anders als Leute ausrichten und sagen: Ach wie hat der Pfarrer diesen oder jenen so artlich in seiner Predigt getroffen! Andere geben fleißig Achtung auf des Pfarrers Vorbringen, aber nicht zu dem Ende, daß sie sich daraus bessern, sondern damit sie ihren Seelsorger, wann er nur im geringsten anstößt (wie sie es verstehen), durchziehen und tadlen möchten. Ich geschweige hier derjenigen Historien, so ich gelesen, was vor Buhlschaften durch Kupplerei in den Kirchen hin und wieder ihren Anfang und Ende genommen, so fället mir auch, was ich von dieser Materi noch zu reden hätte, jetzt nicht alles ein. Dies mußtu doch noch wissen, daß die Menschen nicht allein in ihrem Leben die Kirchen mit Lastern beschmitzen, sondern auch nach ihrem Tod dieselbe mit Eitelkeit und Torheit erfüllen; sobald du in die Kirche kommest, so wirstu an den Grabsteinen und Epitaphien sehen, wie diejenigen noch prangen, die doch die Würm schon längst gefressen; siehest du dann in die Höhe, so kommen dir mehr Schilde, Helme, Waffen, Degen, Fahnen, Stiefel, Sporn und dergleichen Dinge ins Gesicht, als in mancher Rüstkammer, daß also kein Wunder, daß sich die Bauren diesen Krieg über an etlichen Orten aus den Kirchen, wie aus Festungen, um das Ihrige gewehret. Warum sollte mir nicht erlaubt sein, mir sage ich, als einem Soldaten, daß ich mein Handwerk in der Kirche treibe? Da doch hiebevor zween geistliche Väter in einer Kirche nur des Vorsitzes halber ein solch Blutbad angestellet, daß die Kirche mehr einem Schlacht-Haus der Metzger als heiligem Ort gleichgesehen! Ich zwar ließe es noch unterwegen, wann man nur den Gottesdienst zu verrichten herkäme, da ich doch ein Weltmensch bin; jene aber, als Geistliche, respectiren doch die hohe Majestät des Römischen Kaisers nicht. Warum sollte mir verboten sein, meine Nahrung vermittelst der Kirche zu suchen, da sich doch sonst so viel Menschen von derselben ernähren? Ist es billig, daß mancher Reicher um ein Stück Geld in die Kirche begraben wird, seine und seiner Freundschaft Hoffart zu bezeugen, und daß hingegen der Arme (der doch

295

so wohl ein Christ als jener, ja vielleicht ein frömmerer Mensch gewesen), so nichts zu geben hat, außerhalb in einem Winkel verscharret werden muß? Es ist ein Ding, wie man es machet; wenn ich hätte gewußt, daß du Bedenken trügest, in der Kirche aufzupassen, so hätte ich mich bedacht, dir anderst zu antworten, indessen nimm eine Weile mit diesem vorlieb, bis ich dich einmal eines andern berede."

Ich hätte dem Olvier gern geantwortet, daß solches auch liederliche Leute wären, sowohl als er, welche die Kirchen verunehren, und daß dieselbigen ihren Lohn schon darum finden würden. Weil ich ihm aber ohndas nicht trauete und ungern noch einmal mit ihm gestritten hätte, ließ ich ihn recht haben. Hernach begehrte er, ich wollte ihm erzählen, wie mir's ergangen, sint wir vor Wittstock voneinander kommen, und dann warum ich Narrnkleider angehabt, als ich im Magdeburgischen Lager angelanget? Weil ich aber wegen Halsschmerzen gar zu unlustig, entschuldigte ich mich mit Bitte, er wollte mir doch zuvor seinen Lebenslauf erzählen, der vielleicht possierliche Schnitzer genug in sich hielte. Dies sagte er mir zu und fing an, sein ruchloses Leben nachfolgendergestalt zu erzählen, daraus ich wohl urteilen konnte, daß, wofern ich ihm gesagt, was ich alles angestellt, seit ich Soldat gewesen, er mich ohn Zweifel über den Kirchturn herabgeworfen hätte.

Das XVIII. Kapitel

Simplex hört von dem Olivier an,
was er als ein Jung in der Schul getan

Mein Vater, sagte Olivier, ist unweit der Stadt Aachen von geringen Leuten geboren worden, derowegen er dann bei einem reichen Kaufmann, der mit dem Kupfer-Handel schacherte, in seiner Jugend dienen mußte; bei demselben hielt er sich so fein, daß er ihn schreiben, lesen und rechnen lernen ließ und ihn über seinen ganzen Handel satzte, wie eherzeiten Potiphar den Joseph über alle Hausgeschäfte. Dies schlug auch beiden Teilen wohl zu, denn der Kaufmann ward wegen meines Vaters Fleiß und Vorsichtigkeit je länger, je reicher, mein Vater selbst aber der guten Tage halber je länger, je stölzer, so gar daß er sich auch seiner Eltern schämete und solche verachtete, das sie oft vergeblich beklagten. Wie nun mein Vater das fünfundzwanzigste Jahr seines Alters erreichte, starb der Kaufmann und verließ seine alte Witwe samt deren einzigen Tochter, die kürzlich in eine Pfanne getreten und sich von einem Gaden-Hengst ein Junges zweigen lassen; selbiges aber folgte seinem Großvater am Toten-Reihen bald nach. Da nun mein Vater sahe, daß die Tochter vater- und kinder-, aber nicht geld-los worden, achtete er nicht, daß sie keinen Kranz mehr tragen dorfte, sondern erwug ihren Reichtum und machte sich bei ihr zutäppisch, so ihre Mutter gern zuließ, nit allein damit ihre Tochter wieder zu Ehren käme, sondern weil mein Vater um den ganzen Handel alle Wissenschaft hatte, zumalen auch sonst mit dem Judenspieß trefflich fechten konnte. Also ward mein Vater durch solche Heurat unversehens ein reicher Kaufmann, ich aber sein erster Erbe, den er wegen seines Überflusses zärtlich aufziehen ließ; ich ward in Kleidungen gehalten wie ein Edelmann, in Essen wie ein Freiherr und in der übrigen Wartung wie ein Graf, welches ich alles mehr dem Kupfer und Galmei als dem Silber und Gold zu danken.

Eh ich das siebente Jahr völlig überlebte, erzeigte sich schon, was aus mir werden wollte, denn was zur Nessel werden soll, brennt beizeiten. Kein Schelmstücke war mir zuviel, und wo ich einem konnte einen Possen reißen, unterließ ich's nicht, da mich weder Vater noch Mutter hierum strafte; ich terminirte mit meinesgleichen bösen Buben durch dünn und dick auf der Gasse herum und hatte schon das Herz, mit stärkern, als ich war, herumzuschlagen; kriegte ich dann Stöße, so sagten meine Eltern: „Was ist das? Soll so ein großer Flegel sich mit einem Kind schlagen?" Überwand dann ich (maßen ich kratzte und biß und warf), so sagten sie: „Unser Olivierchen wird ein braver Kerl werden!" Davon wuchs mir der Mut, zum Beten war ich noch zu klein, wann ich aber fluchte wie ein Fuhrmann, so hieß, ich verstünde es nicht. Also ward ich immer ärger, bis man mich zur Schule schickte; was dann andere böse Buben aus Bosheit ersannen und aus Furcht der Schläg nicht practiciren dorften, das satzte ich ins Werk. Wann ich meine Bücher verkledderte oder zerriß, so schaffte mir die Mutter wieder andere, damit mein geiziger Vater sich nicht erzörnte. Meinem Schulmeister tät ich großen Dampf an, denn er dorfte mich nicht hart halten, weil er ziemliche Verehrungen von meinen Eltern bekam, als deren unziemliche Affen-Liebe gegen mir ihm wohl bekannt war. Im Sommer fing ich Feldgrillen und satzte sie fein heimlich in die Schule, die uns ein lieblich Gesang machten, im Winter aber stahl ich Nießwurz und stäubte sie an den Ort, da man die Knaben zu castigiren pflegte; wenn sich dann etwan ein Halsstarriger wehrete, so stob mein Pulver herum und machte mir eine angenehme Kurzweile, weil alles niesen mußte.

Hernach dünkte ich mich viel zu gut sein, nur so gemeine Schelmstücke anzustellen, sondern all mein Tun ging auf obigen Schlag; ich stahl oft dem einen etwas und steckte es einem andern in Sack, dem ich gern Stöße angerichtet, und mit solchen Griffen konnte ich so behutsam umgehen, daß ich fast niemals darüber ertappt ward. Von den Kriegen, die wir damals geführet, bei denen ich gemeiniglich ein Obrister gewesen, item von den Stößen, die ich oft bekommen (denn ich hatte stets ein zerkratzt Gesicht und den Kopf voll Beulen), mag ich jetzt nichts sagen; es weiß ja jedermann ohndas wohl, was die Buben oft anstellen. So kannst du auch an oberzählten Stücken leicht abnehmen, wie ich mich sonst in meiner Jugend angelassen.

Das XIX. Kapitel

Simplex hört an des Oliviers Taten,
was er zu Lüttich gestiftet vor Schaden

Weilen sich meines Vaters Reichtum täglich mehrete, als bekam er auch desto mehr Schmarotzer und Fuchsschwänzer, die meinen guten Kopf zum Studiren trefflich lobten, sonsten aber alle meine Untugenden verschwiegen oder aufs wenigste zu entschuldigen wußten, denn sie spürten wohl, daß derjenige, so solches nicht tät, weder bei Vater noch Mutter wohl dran sein könnte; derowegen hatten meine Eltern eine größere Freude über ihren Sohn als die Grasmücke, die einen Guckuck aufzeucht. Sie dingten mir einen eigenen Präceptor und schickten mich mit demselben nach Lüttich, mehr daß ich dort Welsch lernen als studiren sollte, weilen sie keinen Theologum, sondern einen Handelsmann aus mir ziehen wollten. Dieser hatte Befelch, mich beileib nicht streng zu halten, daß ich kein forchtsam-knechtisch Gemüt überkäme; er sollte mich fein unter die Bursch lassen, damit ich nicht leutscheu würde, und gedenken, daß sie keinen Mönch, sondern einen Weltmann aus mir machen wollten, der wissen müsse, was Schwarz oder Weiß sei.

Ermeldter mein Präceptor aber war dieser Instruktion unbedürftig, sondern von sich selbsten auf alle Büberei geneigt; was hätte er mir dann solche verbieten oder mich um meine geringen Fehler hart halten sollen, da er selbst gröbere beging. Aufs Buhlen und Saufen war er am meisten geneigt, ich aber von Natur aufs Balgen und Schlagen, daher ging ich schon bei Nacht mit ihm und seinesgleichen gassatim und lernete ihm in Kürze mehr Untugenden ab als Latein. Soviel das Studieren anbelanget, verließ ich mich auf mein gut Gedächtnüs und scharfen Verstand und war deswegen desto fahrlässiger, im übrigen aber in allen Lastern, Bubenstücken und Mutwillen ersoffen; mein Gewissen war bereits so weit, daß ein großer Heu-Wagen hindurch hätte fahren mögen. Ich fragte nichts darnach, wann ich in der Kirche unter der Predigt den Berni, Burchiello oder den Aretino las, und hörte nichts liebers vom ganzen Gottesdienst, als wann man sagete: Ite missa est.

Darneben dünkte ich mich keine Sau zu sein, sondern hielt mich recht stutzerisch; alle Tage war mir's Martins-Abend oder Fasnacht, und weil ich mich dergestalt hielte wie ein gemachter Herr und nicht nur das, so mein Vater zur Notdurft reichlich schickte, sondern auch meiner Mutter fette Milchpfennige tapfer durchgehen ließe, lockte uns auch das Frauenzimmer an sich, sonderlich meinen Präceptor. Bei diesen Schleppsäcken lernete ich löffeln, buhlen und spielen; hadern, balgen und schlagen konnte ich zuvor, und mein Präceptor wehrte mir das Fressen und Saufen auch nicht, weil er selbsten gern mitmachte. Es währete dieses herrliche Leben anderthalb Jahr, eh es mein Vater erfuhr, welches ihn sein Factor zu Lüttich, bei dem wir auch anfangs zu Kost gingen, berichtet; der bekam hingegen Befelch, auf uns genauer Achtung zu geben, den Präceptorn abzuschaffen, mir den Zügel fürderhin nicht mehr so lang zu lassen und mich ferner mit Geldgeben genauer zu halten. Solches verdroß uns alle beide, und obschon der Präceptor geurlaubt ward, so staken wir jedoch ein als den andern Weg Tag und Nacht beieinander; demnach wir aber nicht mehr wie hiebevor spendiren konnten, geselleten wir uns zu einer Bursch, die den Leuten des Nachts auf der Gasse die Mäntel abzwackten oder sie gar in der Maas ersäuften; was wir dann solchergestalt mit höchster Gefahr eroberten, verschlemmeten wir mit unsern Huren und ließen das Studiren beinahe ganz unterwegen.

Als wir nun einsmals unsrer Gewohnheit nach bei der Nacht herumschlingelten, den Studenten ihre Mäntel hinwegzuvulpiniren, wurden wir überwunden, mein Präceptor erstochen und ich neben andern fünfen, die rechte Spitzbuben waren, ertappt und eingezogen. Als wir nun den folgenden Tag examinirt wurden und ich meines Vaters Factor nannte, der ein ansehnlicher Mann war, ward derselbe beschickt, meinetwegen befragt und ich auf seine Verbürgung losgelassen, doch daß ich bis auf weitern Bescheid in seinem Haus im Arrest verbleiben sollte. Indessen war mein Präceptor begraben, jene fünf als Spitzbuben, Räuber und Mörder gestraft, mein Vater aber berichtet, wie mein Handel stünde; der kam eiligst selbst auf Lüttich, richtete meine Sache mit Geld aus, hielt mir eine scharfe Predigt und verwiese mir, was ich ihm vor Kreuz, Herzeleid und Unglück machte, item, daß sich meine Mutter stelle, als ob sie wegen meines Übelverhaltens verzweifeln wollte, bedrohte mich auch, dafern ich mich nicht bessere, daß er mich enterben und vorn Teufel hinwegjagen wollte. Ich versprach Besserung und ritte mit ihm nach Haus; und also hat mein Studiren ein Ende genommen.

Das XX. Kapitel

Simplex hört, wie der Olivier wird
im Krieg befördert nach seiner Begierd

Da mich mein Vater heimbrachte, befand er, daß ich in Grund verderbt wäre. Ich war kein ehrbarer Domine worden, als er wohl gehofft hatte, sondern ein Disputirer und Schnarcher, der sich einbildete, er verstehe trefflich viel! Ich war kaum ein wenig daheim erwarmet, als er zu mir sagte: „Höre, Olivier, ich sehe deine Esels-Ohren je länger, je mehr herfürragen; du bist eine unnütze Last der Erden, ein Schlingel, der nirgends mehr taugt! Ein Handwerk zu lernen, bistu zu groß, einem Herrn zu dienen, bistu zu flegelhaftig, und meine Hantierung zu begreifen und zu treiben, bistu nichts nutz. Ach was habe ich doch mit meinem großen Kosten, den ich an dich gewendet, ausgericht? Ich habe gehofft, Freude an dir zu erleben und dich zum Mann zu machen, so habe ich dich hingegen jetzt aus des Henkers Händen kaufen müssen und nun sehe ich dich vor meinen Augen herumfaulenzen. Pfui der Schande! Das beste wird es sein, daß ich dich in eine Kalmüs-Mühl tue und Miseriam cum aceto schmelzen lasse, bis dir ohndas ein besser Glück aufstößt, wann du dein übel Verhalten abgebüßt haben würdest."

Solche und dergleichen Lectiones mußte ich täglich hören, bis ich zuletzt auch ungeduldig ward und zu meinem Vater sagte: ich wäre an allem nicht schuldig, sondern er und mein Präceptor, der mich verführet hätte; daß er keine Freude an mir erlebe, wäre billig, sintemal seine Eltern sich auch seiner nicht zu erfreuen, als die er gleichsam im Bettel verhungern lasse. Er aber ertappte einen Prügel und wollte mir um meine Wahrsagung lohnen, hoch und teur sich verschwörend, er wollte mich nach Amsterdam ins Zuchthaus tun. Da ging ich durch und verfügte mich selbige Nacht auf seinen unlängst erkauften Meierhof, sahe meinen Vorteil aus und ritte seinem Meier den besten Hengst, den er im Stall hatte, auf Cöln zu.

Denselben versilberte ich und kam abermal in eine Gesellschaft der Spitzbuben und Diebe, wie ich zu Lüttich eine verlassen hatte; diese erkannten mich gleich am Spielen und ich sie hinwieder, weil wir's beiderseits so wohl konnten. Ich verfügte mich gleich in ihre Zunft und half bei Nacht einfahren, wo ich zukommen möchte; demnach aber kurz hernach einer aus uns ertappt ward, als er einer vornehmen Frau auf dem Alten Markt ihren schweren Beutel toll machen wollte, zumal ich ihn einen halben Tag mit einem eisern Hals-Kragen am Pranger stehen, ihm auch ein Ohr abschneiden und mit Ruten aushauen sahe, erleidet' mir das Handwerk; ließ mich derowegen vor einen Soldaten unterhalten, weil eben damals unser Obrister, bei dem wir vor Magdeburg gewesen, sein Regiment zu verstärken, Knechte annahm. Indessen hatte mein Vater erfahren, wo ich hinkommen, schrieb derhalben seinem Factor zu, daß er mich auskundigen sollte; dies geschahe eben, als ich bereits Geld auf die Hand empfangen hatte; der Factor berichtete solches meinem Vater wieder, der befahl, er sollte mich wieder ledig kaufen, es koste auch, was es wolle; da ich solches hörete, förchtete ich das Zuchthaus und wollte einmal nicht ledig sein. Hierdurch vernahm mein Obrister, daß ich eines reichen Kaufherrn Sohn wäre, spannete derhalben den Bogen gar zu hoch, daß mich also mein Vater ließe, wie ich war, der Meinung, mich im Krieg eine Weile zappeln zu lassen, ob ich mich bessern möchte.

Nachgehends stund es nicht lang an, daß meinem Obristen sein Schreiber mit Tod abging, an dessen Statt er mich zu sich nahm, maßen dir bewußt. Damal fing ich an, hohe Gedanken zu machen, der Hoffnung, von einer Staffel zur andern höher zu steigen und endlich gar zu einem General zu werden. Ich lernete von unserm Secretario, wie ich mich halten sollte, und mein Vorsatz, groß zu werden, verursachete, daß ich mich ehrbar und reputirlich einstellete und nit mehr, wie hiebevor meiner Art nach, mich mit Lumpenpossen schleppte. Es wollte aber gleichwohl nicht hotten, bis unser Secretarius starb; da gedachte ich, du mußt sehen, daß du dessen Stelle bekommst; ich spendirte, wo ich konnte, denn als meine Mutter erfuhr, daß ich anfinge gut zu tun, schickte sie mir noch immer Geld.

Weil aber der junge Herzbruder meinem Obristen gar ins Hemd gebacken war und mir vorgezogen ward, trachtete ich, ihn aus dem Weg zu räumen, vornehmlich da ich inward, daß der Obrister gänzlich gewillet, ihm die Secretariatstelle zu geben. In Verzögerung solcher meiner Beförderung, die ich so heftig suchte, ward ich so ungeduldig, daß ich mich von unserm Profos so fest als Stahl machen ließ, des Willens mit dem Herzbruder zu duelliren und ihn durch die Klinge hinzurichten. Aber ich konnte niemals mit Manier an ihn kommen. So wehrete mir auch unser Profos mein Vorhaben und sagte: „Wanngleich du ihn aufopferst, so wird es dir doch mehr schäd- als nützlich sein, weil du des Obristen liebsten Diener würdest ermordet haben!" Gab mir aber den Rat, daß ich etwas in Gegenwart des Herzbruders stehlen und ihm solches zustellen sollte, so wollte er schon zuwege bringen, daß er des Obristen Gnade verliere. Ich folgte, nahm bei des Obristen Kindtauf seinen übergöldten Becher und gab ihn dem Profos, mit welchem er dann den jungen Herzbruder abgeschafft hat, als du dich dessen noch wohl wirst zu erinnern wissen, als er dir in des Obristen großem Zelt die Kleider auch voll junger Hündlein gaukelte.

Das XXI. Kapitel

Simplex hört aus des Oliviers Mund,
was ihm Herzbruder zuvor gemacht kund

Es ward mir grün und gelb vor den Augen, als ich aus Oliviers eigenem Maul hören mußte, wie er mit meinem allerwertesten Freund umgangen, und gleichwohl keine Rache vornehmen dorfte; ich mußte noch darzu mein Anliegen verbeißen, damit er's nicht merkte, sagte derowegen, er sollte mir auch erzählen, wie es ihm nach der Schlacht vor Wittstock ferner ergangen wäre?

„In demselben Treffen (sagte Olivier) hielt ich mich nicht wie ein Federspitzer, der nur auf das Tintenfaß bestellt ist, sondern wie ein rechtschaffener Soldat, denn ich war wohl beritten und so fest als Eisen, zumal in keine Squadron eingeschlossen; ließ derhalben meinen Valor sehen als einer, der durch den Degen hochzukommen oder zu sterben gedenket; ich vagirte um unsre Brigade herum wie eine Windsbraut, mich zu exerciren und den Unsern zu weisen, daß ich besser zu den Waffen als zu der Feder tauge. Aber es half nichts, das Glück der Schweden überwand, und ich mußte der Unsern Unglückseligkeit teilhaftig werden, allermaßen ich Quartier nehmen mußte, wiewohl ich es kurz zuvor keinem geben wollte.

Also ward ich nun wie andere Gefangene unter ein Regiment zu Fuß gestoßen, welches sich wieder zu erholen, in Pommern gelegt ward, und demnach es viel neugeworbene Burschen gab, ich aber eine treffliche Courage verspüren ließ, ward ich zum Corporal gemacht. Aber ich gedachte da nicht lang Mist zu machen, sondern bald wieder unter die Kaiserlichen zu kommen, als deren Partei ich besser affectioniret war, da ich doch ohn Zweifel bei den Schweden bessere Beförderung gefunden hätte. Mein Ausreißen setzte ich folgendergestalt ins Werk: Ich ward mit sieben Musquetirern ausgeschickt, in unsern abgelegenen Quartieren die ausständige Contribution zu erpressen; als ich nun über achthundert Gülden zuwegen gebracht, zeigte ich meinen Burschen das Geld und machte ihre Augen nach demselben lüstern, also daß wir des Handels miteinander einig wurden, solches unter uns zu teilen und damit durchzugehen. Als solches geschehen, persuadirte ich ihrer drei, daß sie mir halfen die anderen vier totschießen, und nach solcher Verrichtung teilten wir das Geld, nämlich jedem zweihundert Gülden, damit marschirten wir gegen Westphalen; unterwegs überredete ich noch einen aus den selben dreien, daß er auch die zween übrige niederschießen half, und als wir das Geld abermal miteinander teilen sollten, erwürgte ich den letzten auch und kam mit dem Geld glücklich nach Werle, allwo ich mich unterhalten ließ und mit diesem Geld ziemlich lustig machte.

Als solches auf die Neige ging und ich ein als den andern Weg gern banketirt hätte, zumaln viel von einem jungen Soldaten in Soest hörte rühmen, was treffliche Beuten und großen Namen er sich damit machte, ward ich angefrischt, ihm nachzufolgen. Man nannte ihn wegen seiner grünen Kleidung den Jäger, derhalben ich auch eins machen ließ, und stahl auf ihn in seinen und unsern eignen Quartieren mit Verübung sonst allerhand Exorbitantien dermaßen, daß uns beiden das Parteigehen niedergelegt werden wollte. Jener zwar blieb daheim, ich aber mausete noch immerfort in seinem Namen, soviel ich konnte, also daß besagter Jäger um solcher Ursache willen mich auch herausfordern ließ; aber der Teufel hätte mit ihm fechten mögen, den er auch, wie mir gesagt wird, in Haaren sitzen hatte; er würde mir meine Festigkeit schön aufgetan haben!

Doch konnte ich seiner List nicht entgehen, denn er practicirte mich mit Hülfe seines Knechts in eine Schäferei samt meinem Cameraden und wollte mich zwingen, ich sollte daselbst beim Mondenschein in Gegenwart zweier leibhafter Teufel, die er als Secundanten bei sich hatte, mit ihm raufen. Weil ich's aber nicht tun wollte, zwangen sie mich zu der spöttlichsten Sache vor der Welt, so mein Camerad unter die Leute brachte, davon ich mich dergestalt schämte, daß ich von dort hinweg auf Lippstadt lief und bei den Hessen Dienst annahm; verblieb aber auch daselbst nicht lang, weil man mir nit trauete, sondern trabete fürders in holländische Dienste, allwo ich zwar richtigere Bezahlung, aber einen langweiligen Krieg vor meinen Humor fand, denn da wurden wir eingehalten wie die Mönche und sollten züchtig leben als die Nonnen.

Weil ich mich dann nun weder unter Kaiserlich-, Schwedisch- noch Hessischen nicht mehr dorfte sehen lassen, ich hätte mich denn mutwillig in Gefahr geben wollen, indem ich bei allen dreien ausgerissen, zumal unter den Holländern nicht länger zu bleiben hatte, weil ich ein Mägdlein mit Gewalt entunehrt hatte, welches allem Ansehen nach in Bälde seinen Ausbruch nehmen würde, gedachte ich meine Zuflucht bei den Spanischen zu haben, der Hoffnung, von denselben heimzugehen und zu sehen, was meine Eltern machten. Aber als ich solches ins Werk zu setzen ausging, ward mir der Compaß so verruckt, daß ich unversehens unter die Bayrischen geriet; mit denselben marschierte ich unter den Marode-Brüdern aus Westphalen bis ins Breisgäu und ernährte mich mit Spielen und Stehlen; hatte ich etwas, so lag ich bei Tags damit auf dem Spielplatz und bei Nacht bei den Marketendern, hatt ich aber nichts, so stahl ich hinweg, was ich kriegen konnte. Ich stahl oft auf einen Tag zwei oder drei Pferde von der Weid und aus den Quartieren, verkaufte und verspielte hinwieder, was ich löste, und minirte alsdann bei Nacht den Leuten in die Zelt und zwackte ihnen ihr Bestes unter den Köpfen herfür. War es aber auf dem Marsch, so hatte ich an den engen Pässen ein wachtsames Auge auf die Felleisen, so die Weiber hinter sich führeten; die schnitte ich ab und brachte mich also durch, bis das Treffen vor Wittenweier vorüberging, in welchem ich gefangen, abermal unter ein Regiment zu Fuß gestoßen und also zu einem weimarischen Soldaten gemacht ward; es wollte mir aber im Lager vor Breisach nicht gefallen, darum quittirte ich's auch beizeiten und ging davon, vor mich selbst zu kriegen, wie du denn siehest, daß ich tue. Und sei versichert, Bruder, daß ich seithero manchen stolzen Kerl niedergelegt und ein herrlich Stück Geld prosperiret habe, gedenke auch, nicht aufzuhören, bis daß ich sehe, daß ich nichts mehr bekommen kann. Jetzund nun wird es an dir sein, daß du mir auch deinen Lebenslauf erzählest."

Das XXII. Kapitel

Simplex hört, was es sei, und versteht,
wenn's einem katzen- und hundsübel geht

Als Olivier seinen Discurs dergestalt vollführete, konnte ich mich nicht genugsam über die göttliche Vorsehung verwundern! Ich konnte greifen, wie mich der liebe Gott hiebevor in Westphalen vor diesem Unmenschen nicht allein väterlich bewahret, sondern noch darzu versehen hatte, daß er sich vor mir entsetzt. Damals sahe ich erst, was ich dem Olivier vor einen Possen erwiesen, davon ihm der alte Herzbruder prophezeiet, welches der Olivier aber selbst, wie hiervon im sechzehnten Capitel zu sehen, zu meinem großen Vortel anders ausgeleget; denn sollte diese Bestia gewußt haben, daß ich der Jäger von Soest gewesen wäre, so hätte er mir gewißlich wieder eingetränkt, was ich ihm hiebevor auf der Schäferei getan. Ich betrachtete auch, wie weislich und obskur Herzbruder seine Weissagungen gegeben, und gedachte bei mir selber, obzwar seine Wahrsagungen gemeinlich unfehlbar einzutreffen pflegten, daß es dennoch schwerfallen würde und seltsam hergehen müßte, da ich eines solchen Tod, der Galgen und Rad verdient hätte, rächen sollte. Ich befand auch, daß mir's trefflich gesund gewesen, daß ich ihm meinen Lebenslauf nicht zuerst erzählt, denn mit der Weise hätte ich ihm ja selber gesagt, womit ich ihn hiebevor beleidiget. Indem ich nun solche Gedanken machte, ward ich in Oliviers Angesicht etlicher Ritze gewahr, die er vor Magdeburg noch nicht gehabt, bildete mir derhalben ein, dieselben Narben sein noch die Wahrzeichen des Springinsfeld, als er ihm hiebevor in Gestalt eines Teufels das Angesicht so zerkratzte; fragte ihn derhalben, woher ihm solche Zeichen kämen? Mit dem Anhang, ob er mir gleichwohl seinen ganzen Lebenslauf erzähle, daß ich jedoch unschwer abnehmen müsse, er verschweige mir das beste Teil, weil er mir noch nicht gesagt, wer ihn so gezeichnet hätte.

„Ach Bruder", antwortete er, „wann ich dir alle meine Bubenstücke und Schelmerei erzählen sollte, so würde mir und dir die Zeit zu lang werden; damit du aber gleichwohl sehest, daß ich dir von meinen Begegnüssen nichts verhehle, so will ich dir hievon auch die Wahrheit sagen, obschon es scheinet, als gereiche es mir zum Spott.

Ich glaube ganzlich, daß ich von Mutterleib an zu einem gezeichneten Angesicht prädestiniret gewesen sei, denn gleich in meiner Jugend ward ich von meinesgleichen Schüler-Jungen so zerkratzt, wann ich mit ihnen ropfte; so hielt mich auch einer von denen Teu-

305

feln, die dem Jäger von Soest aufwarteten, überaus hart, maßen man seine Klauen wohl sechs Wochen in meinem Gesicht spürete; aber solches heilete ich wieder alles sauber hinweg, die Striemen aber, die du jetzt noch in meinem Angesicht siehest, haben einen andern und zwar diesen Ursprung: Als ich noch unter den Schweden in Pommern in dem Quartier lag und eine schöne Mätresse hatte, mußte mein Wirt aus seinem Bette weichen und uns hineinliegen lassen; seine Katz, die auch alle Abend in demselbigen Bett zu schlafen gewohnt war, kam alle Nacht und machte uns große Ungelegenheit, indem sie ihre ordentliche Liegerstatt nicht so schlechtlich entbehren wollte, wie ihr Herr und Frau getan. Solches verdroß meine Mätresse (die ohn das keine Katz leiden konnte) so sehr, daß sie sich hoch verschwur, sie wollte mir in keinem Fall mehr Liebes erweisen, bis ich ihr zuvor die Katz hätte abgeschafft. Wollte ich nun ihrer Freundlichkeit länger genießen, so gedachte ich, ihr nicht allein zu willfahren, sondern mich auch dergestalt an der Katze zu rächen, daß ich auch eine Lust daran haben möchte; steckte sie derhalben in einen Sack, nahm meines Wirts beide starken Bauren-Hunde (die den Katzen ohn das ziemlich grämisch, bei mir aber wohl gewohnt waren) mit mir und der Katze im Sack auf eine breite lustige Wiese und gedachte da meinen Spaß zu haben; denn ich vermeinte, weil kein Baum in der Nähe war, auf den sich die Katze retiriren konnte, würden sie die Hunde eine Weile auf der Ebne hin und wider jagen, wie einen Hasen raumen und mir eine treffliche Kurzweile anrichten. Aber potz Stern! Es ging mir nit allein hundsübel, wie man zu sagen pfleget, sondern auch katzenübel (welches Übel wenig erfahren haben werden, denn man hätte sonst ohn Zweifel vorlängsten auch ein Sprüchwort daraus gemacht), maßen die Katz, sobald ich den Sack auftäte, nur ein weites Feld und auf demselbigen ihre zwei starken Feinde und nichts Hohes vor sich sahe, dahin sie ihre Zuflucht hätte nehmen können. Derowegen wollte sie sich nicht so schlechtlich in die Niedere begeben und sich das Fell zerreißen lassen, sondern sie begab sich auf meinen eigenen Kopf, weil sie keinen höheren Ort wußte, und als ich ihr wehrte, fiel mir der Hut herunter; je mehr ich sie nun herunterzuzerren trachtete, je fester schlug sie ihre Nägel ein, sich zu halten. Solch unserm Gefecht konnten beide Hunde nicht lang zusehen, sondern mengten sich mit ins Spiel; sie sprangen mit offenem Rachen hinten, vorne und zur Seite nach der Katze, die sich aber gleichwohl von meinem Kopf nicht hinwegbegeben wollte, sondern sich sowohl in meinem Angesicht als sonsten auf dem Kopf mit Einschlagung ihrer Klauen hielt, so gut sie konnte; tat sie aber mit ihrem Dorn-Handschuh einen Fehlstreich nach den Hunden, so traf mich derselbe gewiß; weil sie aber auch bisweilen die Hunde auf die Nase schlug, beflissen sich dieselbigen, sie mit ihren Talpen herunterzubringen, und gaben mir damit manchen unfreundlichen Griff ins Gesicht; wann ich aber selbst mit beiden Händen nach der Katze tastete, sie herabzureißen, biß und kratzte sie nach ihrem besten Vermögen. Also ward ich von den Hunden und von der Katze zugleich bekriegt, zerkratzt und dergestalt schröcklich zugerichtet, daß ich schwerlich einem Menschen mehr gleichsahe; und was das allerschlimmste war, mußte ich noch darzu in der Gefahr stehen, wann sie so nach der Katze schnappten, es möchte mir etwan einer ungefähr die Nase oder ein Ohr erwischen und ganz hinweg beißen. Mein Kragen und Koller sahe so blutig aus, als wie vor eines Schmieds Notstall an Sankt-Stefans-Tag, wann man den Pferden die Ader läßt; und wußte ich ganz kein Mittel zu ersinnen, mich aus diesen Ängsten zu erretten. Zuletzt so mußte ich von freien Stücken auf die Erde niederfallen, damit beide Hunde die Katze erwischen könnten, wollte ich anderst nicht, daß mein Capitolium noch länger ihr Fechtplatz sein sollte. Die Hunde erwürgten zwar die Katze, ich hatte aber bei weitem keinen so herrlichen Spaß davon, als ich gehofft, sondern nur Spott und ein solch Angesicht, wie du noch vor Augen siehst. Dessentwegen war ich so ergrimmt, daß ich nachgehends beide Hunde totschoß und meine Mätreß, die mir zu dieser Torheit Anlaß geben, dergestalt abprügelte, daß sie hätte Öl geben mögen und darüber von mir hinweglief, weil sie ohn Zweifel keine so abscheuliche Larve länger lieben konnte.«

Das XXIII. Kapitel

Simplex Oliviers Grausamkeit siehet,
Von ihm zu kommen sich ernstlich bemühet

Ich hätte über dieser des Oliviers Erzählung gern gelacht und mußte mich doch mitleidendlich erzeigen; und als ich eben auch anfing meines Lebens Lauf zu erzählen, sahen wir eine Kutsche samt zweien Reutern das Land heraufkommen, derohalben stiegen wir vom Kirchturn und satzten uns in ein Haus, das an der Straße lag und sehr bequem war, die Vorüberreisenden anzugreifen. Mein Rohr mußte ich zum Vorrat geladen behalten, Olivier aber legte mit seinem Schuß gleich den einen Reuter und das Pferd, eh sie unsrer inn

wurden, weswegen dann der ander gleich durchging; und indem ich
mit überzognem Hahn den Kutscher halten und absteigen gemachet,
sprang Olivier auf ihn dar und spaltete ihm mit seinem breiten
Schwert den Kopf voneinander bis auf die Zähne hinunter; wollte
auch gleich darauf das Frauenzimmer und die Kinder metzgen, die
in der Kutschen saßen und bereits mehr den toten Leichen als den
Lebendigen gleichsahen. Ich aber wollte es rund nicht gestatten,
sondern sagte, wofern er solches ja ins Werk setzen wollte, müßte er
mich zuvor erwürgen. „Ach", sagte er, „du närrischer Simplici,
ich hätte mein Tage nicht gemeinet, daß du so ein heilloser Kerl
wärest, wie du dich anläßt!" Ich antwortete: „Bruder, was willst
du die unschuldigen Kinder zeihen? Wann es Kerl wären, die sich
wehren könnten, so wäre es ein anders!" – „Was", antwortete er,
„Eier in die Pfannen, so werden keine Jungen draus! Ich kenne
diese jungen Blutsauger wohl; ihr Vater, der Major, ist ein rechter
Schindhund und der ärgste Wamsklopfer von der Welt!" Und mit
solchen Worten wollte er immer fortwürgen, doch enthielt ich ihn so
lang, bis er sich endlich erweichen ließe. Es waren aber eines Majors
Weib, ihre Mägde und drei schöne Kinder, die mich von Herzen
daureten; diese sperreten wir in einen Keller, auf das sie uns so bald
nicht verraten sollten, in welchem sie sonst nichts als Obs und weiße
Rüben zu beißen hatten, bis sie gleichwohl wiederum von jemandem
erlöst würden. Demnach plünderten wir die Kutschen und ritten
mit sieben schönen Pferden in Wald, wo er zum dicksten war.

Als wir solche angebunden hatten und ich mich ein wenig um-
schaute, sahe ich unweit von uns einen Kerl stockstill an einem
Baum stehen; solchen wiese ich dem Olivier und vermeinte, es wäre
sich vorzusehen. „Ha, Narr!" antwortete er. „Es ist ein Jud, den
hab' ich hingebunden; der Schelm ist aber vorlängst erfroren und
verreckt." Und indem ging er zu ihm, klopfte ihm mit der Hand
unten ans Kinn und sagte: „Ha, du Hund, hast mir auch viel
schöne Ducaten gebracht." Und als er ihm dergestalt das Kinn bewegte, rolleten ihm noch etliche Dublonen zum Maul heraus, welche der arme Schelm noch bis in seinen Tod davongebracht hatte.
Olivier griff ihm darauf in das Maul und brachte zwölf Dublonen
und einen köstlichen Rubin zusammen. „Diese Beute (sagte er) habe
ich dir Simplici zu danken!" Schenkte mir darauf den Rubin, stieß
das Geld zu sich und ging hin, seinen Baurn zu holen, mit Befelch,
ich sollte indessen bei den Pferden verbleiben, sollte aber wohl zusehen, daß mich der tote Jud nicht beiße, womit er mir meine Weich-
herzigkeit einrieb, daß ich keine solche Courage hätte wie er.

Als er nun nach dem Baur aus war, machte ich indessen sorgsame Gedanken und betrachtete, in was vor einem gefährlichen Stand ich lebte. Ich nahm mir vor, auf ein Pferd zu sitzen und durchzugehen, besorgte aber, Olivier möchte mich über der Arbeit ertappen und erst niederschießen; denn ich argwöhnte, daß er meine Beständigkeit vor diesmal nur probire und irgends stehe, mir aufzupassen. Bald gedachte ich, zu Fuß davonzulaufen, mußte aber doch sorgen, wann ich dem Olivier gleich entkäme, daß ich nichts destoweniger den Bauren auf dem Schwarzwald, die damals im Ruf waren, daß sie den Soldaten auf die Hauben klopften, nicht würde entrinnen können. Nimmstu aber, gedachte ich, alle Pferde mit dir, auf daß Olivier kein Mittel hat dir nachzujagen, und würdest von den Weimarischen erwischt, so wirstu als ein überzeugter Mörder aufs Rad gelegt. Kurzab, ich konnte kein sicher Mittel zu meiner Flucht ersinnen, vornehmlich da ich mich in einem wilden Wald befand und weder Weg noch Steg wußte. Überdas wachte mir mein Gewissen auch auf und quälete mich, weil ich die Kutsche aufgehalten und ein Ursacher gewesen, daß der Kutscher so erbärmlich ums Leben kommen und beide Weibsbilder und unschuldigen Kinder in Keller versperret worden, worin sie vielleicht, wie dieser Jude, auch sterben und verderben müßten. Bald wollte ich mich meiner Unschuld getrösten, weil ich wider Willen angehalten würde; aber mein Gewissen hielt mir vor, ich hätte vorlängsten mit meinen andern begangenen bösen Stücken verdienet, daß ich in Gesellschaft dieses Erz-Mörders in die Händ der Justiz gerate und meinen billigen Lohn empfange, und vielleicht hätte der gerechte Gott versehen, daß ich solchergestalt gestraft werden sollte.

Zuletzt fing ich an, ein Bessers zu hoffen, und bat die Güte Gottes, daß sie mich aus diesem Stand erretten wollte, und als mich so eine Andacht ankam, sagte ich zu mir selber: Du Narr, du bist ja nicht eingesperrt oder angebunden, die ganze weite Welt stehe dir ja offen, hastu jetzt nicht Pferde genug, zu deiner Flucht zu greifen? Oder da du nicht reuten willt, so sein deine Füße ja schnell genug, dich davonzutragen. Indem ich mich nun selbst so marterte und quälete und doch nichts entschließen konnte, kam Olivier mit unserm Baurn daher; der führte uns mit den Pferden auf einen Hof, da wir fütterten und einer um den andern ein paar Stunden schliefen; nach Mitternacht ritten wir weiters und kamen gegen Mittag an die äußerste Grenzen der Schweizer, allwo Olivier wohl bekannt war und uns stattlich auftragen ließ. Und dieweil wir uns lustig machten, schickte der Wirt nach zweien Juden, die uns die Pferde gleichsam nur um halb Geld abhandelten. Es war alles so nett und just bestellet, daß es wenig Wortwechselns brauchte; der Juden größte Frage war, ob die Pferde kaiserlich oder schwedisch gewesen? Und als sie vernahmen, daß sie von den Weimarischen herkämen, sagten sie: „So müssen wir solche nicht nach Basel, sondern in das Schwabenland zu den Bayrischen reuten." Über welche große Kundschaft und Verträulichkeit ich mich verwundern mußte.

Wir banketirten edelmännisch, und ich ließ mir die guten Wald-Forellen und köstlichen Krebs daselbst wohl schmecken. Wie es nun Abend ward, so machten wir uns wieder auf den Weg, hatten unsern Baur mit Gebratens und andern Victualien wie einen Esel beladen; damit kamen wir den andern Tag auf einen einzeln Baurnhof, allwo wir freundlich bewillkommt und aufgenommen wurden und uns wegen ungestümen Wetters ein paar Tage aufhielten. Folgends kamen wir durch lauter Wald und Abwege wieder in ebendasjenige Häuslein, dahin mich Olivier anfänglich führte, als er mich zu sich bekam.

Das XXIV. Kapitel

Simplex ist bei des Oliviers Tod,
rächet denselben mit äußerster Not

Wie wir nun so dasaßen, unserer Leiber zu pflegen und auszuruhen, schickte Olivier den Baur aus, Essenspeise samt etwas von Kraut und Lot einzukaufen. Als selbiger hinweg, zog er seinen Rock aus und sagte zu mir: „Bruder, ich mag das Teufels-Geld nicht mehr allein so herumschleppen." Band demnach ein paar Würste oder Wülste, die er auf bloßem Leib trug, herunter, warf sie auf den Tisch und sagte ferner: „Du wirst dich hiermit bemühen müssen, bis ich einmal Feirabend mache und wir beide genug haben; das Donners-Geld hat mir Beulen gedruckt!" Ich antwortete: „Bruder, hättest du sowenig als ich, so würde es dich nicht drücken." – „Was?" fiel er mir in die Rede. „Was mein ist, das ist auch dein, und was wir ferner miteinander erobern, soll gleiche Part gelten."

Ich ergriff beide Wülste und befand sie trefflich gewichtig, weil es lauter Goldsorten waren. Ich sagte, es sei alles gar unbequem gepackt; da es ihm gefiele, wollte ich's also einnähen, daß einen das Tragen nicht halb so saur ankäme. Als er mir's heimstellete, ging ich mit ihm in einen hohlen Eichbaum, allda er Schere, Nadeln und Faden brachte; da machte ich mir und ihm ein Scapulier oder Schulterkleid aus einem Paar Hosen und versteppte manchen schönen roten Batzen darein; demnach wir nun solche unter die Hemden angezogen, war es nicht anders, als ob wir vorn und hinten mit Gold bewaffnet gewesen wären. Und demnach mich wundernahm und fragte, warum er kein Silber-Geld hätte?, bekam ich zur Antwort, daß er mehr als tausend Taler in einem Baum liegen hätte, aus welchem er den Baur hausen ließe und um solches nie keine Rechnung begehret, weil er solchen Schafmist nicht hochachte.

Als dies geschehen und das Geld eingepackt war, gingen wir nach unserm Logiment, darin wir dieselbe Nacht über kochten und uns beim Ofen ausbäheten. Und demnach es eine Stunde Tag war, kamen, als wir uns dessen am wenigsten versahen, sechs Musquetirer samt einem Corporal mit fertigem Gewehr und aufgepaßten Lunten ins Häuslein, stießen die Stubentür auf und schrien: wir sollten uns gefangen geben! Aber Olivier (der so wohl als ich jederzeit seine gespannte Musquet neben sich liegen und sein scharf Schwert allzeit an der Seite hatte und damals eben hinterm Tisch saß, gleichwie ich hinter der Tür beim Ofen stund) antwortete ihnen mit einem Paar Kugeln, durch welche er gleich zween zu Boden fällete; ich aber erlegte den dritten und beschädigte den vierten durch einen gleichmäßigen Schuß. Darauf wischte Olivier mit seinem notfesten Schwert, welches Haar schure (und wohl des Königs Arturi in England Caliburn verglichen werden möchte), von Leder und hieb den fünften von der Achsel an bis auf den Bauch hinunter, daß ihm das Eingeweid heraus und er neben demselben darniederfiel; indessen schlug ich den sechsten mit meinem umgekehrten Feur-Rohr auf den Kopf, daß er alle vier von sich streckte. Einen solchen Streich kriegte Olivier von dem siebenten, und zwar mit solcher Gewalt, daß ihm das Hirn herausspritzte; ich aber traf denselben, der's getan, wiederum dermaßen, daß er gleich seinen Cameraden am Toten-Reihen Gesellschaft leisten mußte. Als der Beschädigte, den ich anfänglich durch meinen Schuß getroffen, dieser Püffe gewahr ward und sahe, daß ich ihm mit umgekehrten Rohr auch ans Leder wollte, warf er sein Gewehr hinweg und fing an zu laufen, als ob ihn der Teufel selbst gejagt hätte. Und dieses Gefecht währte nicht länger als eines Vaterunsers Länge, in welcher kurzen Zeit diese sieben tapfern Soldaten ins Gras bissen.

Da ich nun solchergestalt allein Meister auf dem Platz blieb, beschaute ich den Olivier, ob er vielleicht noch einen lebendigen Atem in sich hätte; da ich ihn aber ganz entseelet befand, dünkte mich ungereimt zu sein, einem toten Cörper soviel Gelds zu lassen, dessen er nicht vonnöten; zog ihm derwegen das gölden Fell ab, so ich erst gestern gemacht hatte, und hing es auch an Hals zu dem andern. Und demnach ich mein Rohr zerschlagen hatte, nahm ich Oliviers Musquete und Schlacht-Schwert zu mir; mit demselben versahe ich mich auf allen Notfall und machte mich aus dem Staub, und zwar auf den Weg, da ich wußte, daß unser Baur darauf herkommen müßte; ich satzte mich beiseit an ein Ort, seiner zu erwarten und mich zugleich zu bedenken, was ich ferner anfangen wollte.

Das XXV. Kapitel

Simplex bereichert sich; trifft darauf bald
seinen Herzbruder in armer Gestalt

Ich saß kaum eine halbe Stunde in meinen Gedanken, so kam unser Baur daher und schnaubte wie ein Bär; er lief von allen Kräften und ward meiner nicht gewahr, bis ich ihm auf den Leib kam. „Warum so schnell (sagte ich) was Neues?" Er antwortete: „Geschwind machet euch abwegs! Es kommt ein Corporal mit sechs Musquetirern, die sollen Euch und den Olivier aufheben und entweder tot oder lebendig nach Lichteneck liefern; sie haben mich gefangen gehabt, daß ich sie zu euch führen sollte, bin ihnen aber glücklich entronnen und hieherkommen, euch zu warnen." Ich gedachte: O Schelm, du hast uns verraten, damit dir Oliviers Geld, so im Baum liegt, zuteil werden möge; ließ mich aber doch nichts merken, weil ich mich seiner als eines Wegweisers gebrauchen wollte, sondern sagte ihm, daß Olivier und diejenigen, so ihn hätten fangen sollen, tot wären.

Da es aber der Baur nicht glauben wollte, war ich noch so gut und ging mit ihm hin, daß er das Elend an den sieben Körpern sehen konnte. „Den siebenten, die uns fangen sollen", sagte ich, „habe ich laufen lassen, und wollte Gott, ich könnte auch diese wieder lebendig machen, so wollte ich's nicht unterlassen!" Der Baur erstaunte vor Schröcken und sagte: „Was Rats?" Ich antwortete: „Der Rat ist schon beschlossen; unter dreien Dingen geb' ich dir die Wahl; entweder führe mich alsbald durch sichere Abwege über den Wald hinaus nach Villingen oder zeige mir Oliviers Geld, das im Baum liegt, oder stirb hier und leiste gegenwärtigen Toten Gesellschaft! Führestu mich nach Villingen, so bleibt dir Oliviers Geld allein; wirstu mir's aber weisen, so will ich's mit dir teilen; tustu aber deren keines, so schieß ich dich tot und gehe gleichwohl meines Wegs."

Der Baur wäre gern entloffen, aber er forchte die Musquete, fiel derhalben auf die Knie nieder und erbot sich, mich über Wald zu führen. Also wanderten wir eilend fort, gingen denselben Tag und folgende ganze Nacht, weil es zu allem Glück trefflich hell war, ohn Essen, Trinken und einige Ruhe immer hin, bis wir gegen Tag die Stadt Villingen vor uns liegen sahen, allwo ich meinen Baur wieder von mir ließ. Auf diesem Weg trieb den Baur die Todesforcht, mich aber die Begierde, mich selbst und mein Geld davonzubringen, und muß fast glauben, daß einem Menschen das Gold große Kräfte mitteilet, denn obzwar ich schwer genug daran trug, so empfand ich jedoch keine sonderbare Müdigkeit.

Ich hielt es vor ein glücklich Omen, daß man die Pforte eben öffnete, als ich vor Villingen kam; der Officier von der Wacht examinirte mich, und als er vernahm, daß ich mich vor einen Freireuter ausgab von demjenigen Regiment, wobei mich Herzbruder getan, als er mich zu Philippsburg von der Musquete erlöste, wie auch, daß ich aus dem Lager vor Breisach von den Weimarischen herkäme, unter welche ich vor Wittenweier gefangen und untergestoßen worden, und nunmehr wieder zu meinem Regiment unter die Bayrischen begehrte, gab er mir einen Musquetirer zu, der mich zum Commandanten führte. Derselbe lag noch in seiner Ruhe, weil er wegen seiner Geschäften mehr als die halbe Nacht wachend zugebracht hatte, also daß ich wohl anderthalbe Stunde vor seinem Quartier aufwarten mußte und, weil eben die Leute aus der Frühmeß gingen, einen großen Umstand von Bürgern und Soldaten bekam, die alle wissen wollten, wie es vor Breisach stünde? Von welchem Geschrei der Commandant erwachte und mich vor sich kommen ließ.

Er fing an, mich zu examiniren, und meine Aussage war wie unterm Tor. Hernach fragte er mich sonderliche Particularitäten von der Belagerung und sonsten, und damit bekannte ich alles, wie daß ich nämlich ein Tag oder vierzehen mich bei einem Kerl aufgehalten, der auch durchgegangen, und mit demselben eine Kutsche angegriffen und geplündert hätte, der Meinung, von den Weimarischen so viel Beuten zu holen, daß wir uns daraus beritten machen und rechtschaffen montiert wieder zu unsern Regimentern kommen möchten; wir sein aber erst gestern von einem Corporal mit noch sechs andern Kerlen, die uns aufheben sollen, überfallen worden, dadurch mein Camerad mit noch sechsen vom Gegenteil auf dem Platz geblieben, der siebente aber sowohl als ich, und zwar jeder zu

313

seiner Partei entloffen sei. Von dem aber, daß ich nachher L. in Westphalen zu meinem Weib gewollt und daß ich zwei so wohlgefütterte Hinter- und Vorderstücke anhatte, schwieg ich stockstill, und zwar so machte ich mir auch kein Gewissen darum, daß ich's verhehlete, denn was ging es ihn an? Er fragte mich auch nicht einmal darum, sondern verwunderte sich vielmehr und wollte es fast nicht glauben, daß ich und Olivier sollten sechs Mann niedergemachet und den siebenten verjagt haben, obzwar mein Camerad mit eingebüßt.

Mit solchem Gespräch gab es Gelegenheit, von Oliviers Schwert zu reden, so ich lobte und an der Seite hatte; das gefiel ihm so wohl, daß ich's ihm, wollte ich anders mit guter Manier von ihm kommen und Paß erlangen, gegen einen andern Degen, den er mir gab, überlassen mußte; in Wahrheit aber so war dasselbe trefflich schön und gut; es war ein ganzer ewigwährender Calender darauf geätzet, und lass' ich mir nicht ausreden, daß es nicht in Hora Martis von Vulcano selbst geschmiedet und allerdings zugerichtet worden sei, wie im Heldenschatz eins beschrieben wird, wovon alle anderen Klingen entzweispringen und die beherztesten Feinde und Löwen-Gemüter wie forchtsame Hasen entlaufen müssen. Nachdem er mich nun entließ und befohlen, einen Paß vor mich zu schreiben, ging ich den nächsten Weg ins Wirtshaus und wußte nicht, ob ich am ersten schlafen oder essen sollte? Denn es war mir beides nötig; doch wollte ich zuvor meinen Magen stillen, ließ mir derhalben etwas zu essen und einen Trunk langen und machte Gedanken, wie meine Sachen anstellen, daß ich mit meinem Geld sicher nach L. zu meinem Weib kommen möchte, denn ich hatte so wenig im Sinn zu meinem Regiment zu gehen als den Hals abzufallen.

Indem ich nun so speculirte, hinkte ein Kerl an einem Stecken in der Hand in die Stube, der hatte einen verbundenen Kopf, einen Arm in der Schlinge und so elende Kleider an, daß ich ihm keinen Heller darum geben hätte; sobald ihn der Hausknecht sahe, wollte er ihn austreiben, weil er übel stank und so voll Läuse war, daß man die ganze Schwabenhaide damit besetzen könnte. Er aber bat, man wollte ihm doch um Gottes willen zulassen, sich nur ein wenig zu wärmen, so aber nichts half; demnach ich mich aber seiner erbarmete und vor ihn bat, ward er kümmerlich zum Ofen gelassen. Er sahe mir, wie mich dünkte, mit begierigem Appetit und großer Andacht zu, wie ich draufhieb, und ließ etliche Seufzer laufen, und als der Hausknecht ging, mir ein Stück Gebratens zu holen, ging er gegen mir zum Tisch zu und reichte ein irden Pfennig-Häfelein in der Hand dar, als ich mir wohl einbilden konnte, warum er käme. Nahm derhalben die Kanne und goß ihm seinen Hafen voll, eh er hiesche. „Ach Freund", sagte er, „um Herzbruders willen gebet mir auch zu essen!" Da er solches sagte, ging mir's durchs Herz, und befand, daß es Herzbruder selbsten war; ich wäre beinahe in Ohnmacht gesunken, da ich ihn in einem so elenden Stand sahe, doch erhielt ich mich, fiel ihm um den Hals und satzte ihn zu mir, da uns dann beiden, mir aus Mitleiden und ihm aus Freude, die Augen übergingen.

Das XXVI. Kapitel

Simplex hört von dem Herzbruder mit Schmerzen
seinen Zustand, der ihm gehet zu Herzen

Unsere unversehene Zusammenkunft machte, daß wir fast weder essen noch trinken konnten; nur fragte einer den andern, wie es ihm ergangen, sint wir das letzte Mal beisammen gewesen. Dieweil aber der Wirt und Hausknecht stets ab- und zugingen, konnten wir einander nichts Vertrauliches erzählen; der Wirt wunderte, daß ich einen so lausigen Kerl bei mir litte. Ich aber sagte, solches sei im Krieg unter rechtschaffenen Soldaten, die Cameraden wären, der Brauch. Da ich auch verstund, daß sich Herzbruder bisher im Spital aufgehalten, vom Almosen sich ernähret und seine Wunden liederlich verbunden worden, dingte ich dem Wirt ein sonderlich Stüblein ab, legte Herzbrudern in ein Bette und ließ ihm den besten WundArzt kommen, den ich haben konnte, wie auch einen Schneider und eine Näherin, ihn zu kleiden und den Läusen aus den Zähnen zu ziehen. Ich hatte eben diejenigen Dublonen, so Olivier einem toten Juden aus dem Maul bekommen, bei mir in einem Säckel; dieselben schlug ich auf den Tisch und sagte, dem Wirt zu Gehör, zu Herzbrudern: „Schau Bruder, das ist mein Geld, das will ich an dich wenden und mit dir verzehren." Davon der Wirt uns wohl aufwartete, dem Barbier aber wies ich den Rubin, der auch des bedeut'ten Juden gewesen und ungefähr zwanzig Taler wert war, und sagte: weil ich mein wenig Geld, so ich hätte, vor uns zur Zehrung und meinem Camerad zur Kleidung aufwenden müßte, so wollte ich ihm denselben Ring geben, wann er besagten meinen Camerad in Bälde von Grund aus davor curiren wollte; dessen er denn wohl zufrieden und seinen besten Fleiß zur Cur anwandte.

315

Also pflegte ich Herzbrudern wie meinem andern Ich und ließ ihm ein schlicht Kleidlein von grauem Tuch machen; zuvor aber ging ich zum Commandanten wegen des Passes und zeigte ihm an, daß ich einen übel beschädigten Camerad angetroffen hätte; auf den wollte ich warten, bis er vollend heilete, denn ihn hinter mir zu lassen, getraue ich bei meinem Regiment nicht zu verantworten. Der Commandant lobte meinen Fürsatz und gönnte mir zu bleiben, solang ich wollte, mit fernerm Anerbieten, wann mir mein Camerad würde folgen können, daß er uns beide alsdann mit genugsamen Paß versehen wollte.

Demnach ich nun wieder zu Herzbrudern kam und allein neben seinem Bette bei ihm saß, bat ich ihn, er wollte mir unbeschwert erzählen, wie er in einen so armseligen Stand geraten wäre? Denn ich bildete mir ein, er möchte vielleicht wichtiger Ursachen oder sonst eines Übersehens halber von seiner vorigen Dignität verstoßen, unredlich gemachet und in gegenwärtig Elend gesetzet worden sein. Er aber sagte: „Bruder, du weißt, daß ich des Grafen von Götz Factotum und allerliebster geheimster Freund gewesen, hingegen ist dir auch gnugsam bekannt, was die verwichene Campagne unter seinem Generalat und Commando vor eine unglückliche Endschaft erreichet, indem wir nicht allein die Schlacht bei Wittenweier verloren, sondern noch darzu das belagerte Breisach zu entsetzen nicht vermocht haben. Weil denn nun deswegen hin und wider vor aller Welt sehr ungleich geredet wird, zumalen wohlermeldter Graf sich zu verantworten nach Wien citiret worden, so lebe ich vor Scham und Forcht freiwillig in dieser Niedere und wünsche mir oft, entweder in diesem Elend zu sterben oder doch wenigst mich so lang verborgen zu halten, bis mehr-wohlbesagter Graf seine Unschuld an Tag gebracht; denn soviel ich weiß, ist er dem Römischen Kaiser allezeit getreu gewesen; daß er aber diesen verwichenen Sommer so gar kein Glück gehabt, ist meines Erachtens mehr der göttlichen Vorsehung (als welche die Siege giebet, wem sie will) als des Grafen Übersehen beizumessen.

Da wir Breisach zu entsetzen im Werk waren und ich sahe, daß es unserseits so schläferig herging, armirte ich mich selbst und ging dergestalt auf die Schiffbrücke mit an, als ob ich's allein hätte vollenden wollen, da es doch damals weder meine Profession noch Schuldigkeit war. Ich tät's aber den andern zum Exempel, und weil wir den vergangenen Sommer so gar nichts ausgerichtet hatten, wollte mir das Glück oder vielmehr das Unglück, daß ich unter den ersten Angängern dem Feind auch am ersten auf der Brücke das Weiße in Augen sahe, da es dann scharf herging; und gleichwie ich im Angriff der erste gewesen, also ward ich, da wir der Franzosen ungestümen Ansätzen nicht mehr widerstunden, der allerletzte und kam dem Feind am ersten in die Hände. Ich empfing zugleich einen Schuß in den rechten Arm und den andern in Schenkel, also daß ich weder ausreißen noch meinen Degen mehr gebrauchen konnte; und als die Enge des Orts und der große Ernst nicht zuließ, viel vom Quartiergeben und -nehmen zu parlementiren, kriegte ich einen Hieb in Kopf, davon ich zu Boden fiel, und weil ich fein gekleidet war, von etlichen in der Furi ausgezogen und vor tot in Rhein geworfen ward.

In solchen Nöten schrie ich zu Gott und stellete alles seinem heiligen Willen heim, und indem ich unterschiedliche Gelübde tät, spürete ich auch seine Hülfe; der Rhein warf mich an Land, allwo ich meine Wunden mit Moos verstopfte, und obzwar ich beinahe erfror, so verspürte ich jedoch eine absonderliche Kraft, davonzukriechen, maßen mir Gott half, daß ich (zwar jämmerlich verwundet) zu etlichen Marode-Brüdern und Soldaten-Weibern kam, die sämtlich ein Mitleiden mit mir hatten, obzwar sie mich nicht kannten. Diese verzweifelten bereits an einem glücklichen Entsatz der Festung, das mir weher tät als meine Wunden; sie erquickten und bekleideten mich bei ihrem Feur, und eh ich ein wenig meine Wunden verband, mußte ich sehen, daß sich die Unserigen zu einem spöttlichen Abzug rüsteten und die Sache vor verloren gaben, so mich trefflich schmerzete; resolvirte derhalben bei mir selbsten, mich niemand zu offenbaren, damit ich mich keinen Spotts teilhaftig machte, maßen ich mich zu etlichen Beschädigten von unsrer Armee gesellet, welche einen eigenen Feldscherer bei sich hatten; denen gab ich ein gölden Kreuzlein, das ich noch am Hals davongebracht, vor welches er mir bis hieher meine Wunden verbunden. In solchem Elend nun, werter Simplici, hab ich mich bisher beholfen; gedenke mich auch keinem Menschen zu offenbaren, bis ich zuvor sehe, wie des Grafen von Götz seine Sache einen Ausgang gewinnet. Und demnach ich deine Gutherzigkeit und Treue sehe, giebt mir solches einen großen Trost, daß der liebe Gott mich noch nicht verlassen, maßen ich heut morgen, als ich aus der Frühmesse kam und dich vor des Commandanten Quartier stehen sahe, mir eingebildet, Gott hätte dich anstatt eines Engels zu mir geschickt, der mir in meiner Armseligkeit zuhülf kommen sollte."

Ich tröstete Herzbrudern, so gut ich konnte, und vertraute ihm, daß ich noch mehr Geld hätte als diejenigen Dublonen, die er gesehen, welches alles zu seinen Diensten stünde; und indem erzählete ich ihm auch Oliviers Untergang und wasgestalt ich seinen Tod rächen müssen. Welches sein Gemüt dermaßen erquickte, also daß es ihm auch an seinem Leib wohl zustatten kam, gestalt es sich an allen Wunden täglich mit ihm besserte.

ENDE DES VIERTEN BUCHS

DAS FÜNFTE BUCH

Das I. Kapitel

*Simplex ein Pilger wird, läßt sich gefallen
mit dem Herzbruder herumzuwallen*

Nachdem Herzbruder wieder allerdings erstärkt und an seinen Wunden geheilet war, vertrauete er mir, daß er in den höchsten Nöten eine Wallfahrt nach Einsiedlen zu tun gelobt. Weil er dann jetzt ohndas so nahe am Schweizerland wäre, so wollte er solche verrichten, und sollte er auch dahin bettln! Das war mir sehr angenehm zu hören; derhalben bot ich ihm Geld und meine Gesellschaft an, ja ich wollte gleich zween Klepper kaufen, auf selbigen die Reise zu verrichten; nicht zwar der Ursache, daß mich die Andacht darzu getrieben, sondern die Eidgenoßschaft als das einzige Land, darin der liebe Friede noch grünete, zu besehen. So freuete mich auch nicht wenig, daß ich die Gelegenheit hatte, Herzbrudern auf solcher Reise zu dienen, maßen ich ihn fast höher als mich selbst liebte. Er aber schlug meine Hülfe und meine Gesellschaft ab, mit Vorwand, seine Wallfahrt müßte zu Fuß und darzu auf Erbsen geschehen. Sollte ich nun in seiner Gesellschaft sein, so würde ich ihn nicht allein an seiner Andacht verhindern, sondern auch mir selbst wegen seines langsamen, mühseligen Gangs große Ungelegenheit aufladen. Das redete er aber, mich von sich zu schieben, weil er sich ein Gewissen machte, auf einer so heiligen Reise von demjenigen Geld zu zehren, das mit Morden und Rauben erobert worden; überdas wollte er mich auch nicht in allzu große Unkosten bringen und sagte unverhohlen, daß ich bereits mehr bei ihm getan, weder ich schuldig gewesen und er zu erwidern getraue; hierüber gerieten wir in ein freundlich Gezänke, das war so lieblich, daß ich dergleichen noch niemals habe hören hadern, denn wir brachten nichts anders vor, als daß jeder sagte, er hätte gegen dem andern noch nicht getan, was ein Freund dem andern tun sollte, ja bei weitem die Guttaten, so er vom andern empfangen, noch nit wettgemachet. Ich erinnerte ihn, wasgestalten wir uns vor Magdeburg eidlich zusammen verbunden, von welcher Freundschaft er mich ausschließen und dadurch uns beide gleichsam meineidig machen wollte.

Solches alles aber wollte ihn noch nit bewegen, mich vor einen Reisgefährten zu gedulden, bis ich endlich merkte, daß er an Oliviers Geld und meinem gottlosen Leben ein Ekel hatte; derhalben behalf ich mich mit Lügen und überredete ihn, daß mich mein Bekehrungs-Vorsatz nach Einsiedlen triebe, sollte er mich nun von einem so guten Werk abhalten und ich darüber sterben, so würde er's schwerlich verantworten können. Hierdurch persuadirte ich ihn, daß er zuließ, den heiligen Ort mit ihm zu besuchen, sonderlich weil ich (wiewohl alles erlogen war) eine große Reue über mein böses Leben von mir scheinen ließ, als ich ihn dann auch überredete, daß ich mir selbst zur Buße aufgelegt hätte sowohl als er auf Erbsen nach Einsiedlen zu gehen.

Dieser Zank war kaum vorbei, da gerieten wir schon in einen andern, denn Herzbruder war gar zu gewissenhaft; er wollte kaum zugeben, daß ich einen Paß vom Commandanten nahm, der nach meinem Regiment lautete. „Was", sagte er, „haben wir nit im Sinn, unser Leben zu bessern und nach Einsiedlen zu gehen? Und nun siehe um Gottes willen, du willst den Anfang mit Betrug machen und den Leuten mit Falschheit die Augen verkleiben! Wer mich vor der Welt verleugnet, den will ich auch vor meinem himmlischen Vater verleugnen, saget Christus. Was seind wir vor verzagte Maulaffen? Wenn alle Märtyrer und Bekenner Christi so getan hätten, so wären wenig Heilige im Himmel! Laß uns in Gottes Namen und Schutzempfehlung gehen, wohin uns unser heiliger Vorsatz und Begierden hintreiben, und im übrigen Gott walten, so wird uns Gott schon hinführen, wo unsere Seelen Ruhe finden."

Als ich ihm aber vorhielt, man müßte Gott nicht versuchen, sondern sich in die Zeit schicken und die Mittel gebrauchen, deren wir nicht entbehren könnten, vornehmlich weil das Wallfahrtengehen bei der Soldatesca ein ungewöhnlich Ding sei, und wenn wir unser Vorhaben entdeckten, eher vor Ausreißer als Pilger gehalten würden, das uns dann große Ungelegenheit und Gefahr bringen könnte, zumalen auch der heilige Apostel Paulus, dem wir noch bei weitem nicht zu vergleichen, sich wunderlich in die Zeit und Gebräuche dieser Welt geschicket: ließ er endlich zu, daß ich einen Paß bekam, nach meinem Regiment zu gehen. Mit demselben gingen wir bei Beschließung des Tors samt einem getreuen Wegweiser aus der Stadt, als wollten wir nach Rottweil, wandten uns aber kurz durch Neben-Wege und kamen noch dieselbige Nacht über die Schweizerische Grenze und den folgenden Morgen in ein Dorf, allda wir uns mit schwarzen langen Röcken, Pilgerstäben und Rosenkränzen montirten und den Boten mit guter Bezahlung wieder zurückschickten.

Das Land kam mir so fremd vor gegen andern teutschen Ländern, als wann ich in Brasilia oder in China gewesen wäre; da sahe ich die Leute in dem Frieden handlen und wandlen, die Ställe stunden voll Viehe, die Baurn-Höfe liefen voll Hühner, Gäns und Enten, die Straßen wurden sicher von den Reisenden gebrauchet, die Wirtshäuser saßen voll Leute, die sich lustig machten; da war ganz keine Forcht vor dem Feind, keine Sorge vor der Plünderung und keine Angst, sein Gut, Leib noch Leben zu verlieren; ein jeder lebte sicher unter seinem Weinstock und Feigenbaum, und zwar gegen andern teutschen Ländern zu rechnen, in lauter Wollust und Freude, also daß ich dieses Land vor ein irdisch Paradeis hielt, wiewohln es von Art rauh genug zu sein schiene. Das machte, daß ich auf dem ganzen Weg nur hin und her gaffte, wann hingegen Herzbruder an seinem Rosenkranz betete, deswegen ich dann auch manchen Filz bekam, denn er wollte haben, ich sollte wie er an einem Stück beten, welches ich aber nicht gewohnen konnte.

Zu Zürch kam er mir recht hinter die Briefe, und dahero sagte er mir die Wahrheit auch am tröcknesten heraus; denn als wir zu Schaffhausen (allwo mir die Füße von den Erbsen sehr weh täten) die vorige Nacht geherberget und ich mich den künftigen Tag wieder auf den Erbsen zu gehen förchtete, ließ ich sie kochen und tät sie wieder in die Schuhe, deswegen ich dann wohl zu Fuß nach Zürich gelangte; er aber gehub sich gar übel und sagte zu mir: „Bruder, du hast große Gnade von Gott, daß du unangesehn der Erbsen in den Schuhen dennoch so wohl fortkommen kannst." – „Ja", sagte ich, „liebster Herzbruder, ich habe sie gekocht, sonst hätte ich so weit nicht drauf gehen können." – „Ach daß Gott erbarme", antwortete er, „was hastu getan? Du hättest sie lieber gar aus den Schuhen gelassen, wenn du nur dein Gespötte damit treiben willt; ich muß sorgen, daß Gott dich und mich zugleich strafe; halt mir nichts vor ungut Bruder, wann ich dir aus brüderlicher Liebe teutsch heraussage, wie mir's um Herz ist, nämlich dies: daß ich besorge, wofern du dich nicht anderst gegen Gott schickest, es stehe deine Seligkeit in höchster Gefahr; ich versichere dich, daß ich keinen Menschen mehr liebe als eben dich, leugne aber auch nit, daß, wofern du dich nit bessern würdest, ich mir ein Gewissen machen muß, solche Liebe zu continuiren." Ich verstummte vor Schröcken, daß ich mich schier nit wieder erholen konnte, zuletzt bekannte ich ihm frei, daß ich die Erbsen nit aus Andacht, sondern allein ihm zu Gefallen in die Schuhe getan, damit er mich mit sich auf die Reise genommen hätte. „Ach, Bruder", antwortete er, „ich sehe, daß du weit vom Weg der Seligkeit bist, wanngleich die Erbsen nit wären; Gott verleihe dir Besserung, denn ohn dieselbe kann unsre Freundschaft nicht bestehen."

Von dieser Zeit an folgte ich ihm traurig nach als einer, den man zum Galgen führet; mein Gewissen fing an, mich zu drücken, und indem ich allerlei Gedanken machte, stelleten sich alle meine Bubenstücke vor Augen, die ich mein Lebtag je begangen; da beklagte ich erst die verlorne Unschuld, die ich aus dem Wald gebracht und in der Welt so vielfältig verscherzt hatte: und was meinen Jammer vermehrete, war dieses, daß Herzbruder nicht viel mehr mit mir redete und mich nur mit Seufzen anschauete, welches mir nicht anders vorkam, als hätte er meine Verdammnus gewußt und an mir bejammert.

Das II. Kapitel

Simplex tut Buß, klagt und will frömmer werden,
als ihm der Satan antät viel Beschwerden

Solchergestalt langten wir zu Einsiedlen an und kamen eben in die Kirche, als ein Priester einen Besessenen exorcisiret; das war mir nun auch etwas Neues und Seltsams, derowegen ließ ich Herzbrudern knien und beten, solang er mochte, und ging hin, diesem Spectacul aus Fürwitz zuzusehen. Aber ich hatte mich kaum ein wenig genähert, da schrie der böse Geist aus dem armen Menschen: „Oho, du Kerl, schlägt dich der Hagel auch her? Ich habe vermeint, dich zu meiner Heimkunft bei dem Olivier in unsrer höllischen Wohnung anzutreffen, so sehe ich wohl, du läßt dich hier finden. Du ehebrecherischer, mörderischer Huren-Jäger, darfst du dir wohl einbilden, uns zu entrinnen? O ihr Pfaffen, nehmt ihn nur nicht an, er ist ein Gleisner und ärgerer Lügner als ich; er foppt nur und spottet Gott und der Religion!"

Der Exorcist befahl dem Geist zu schweigen, weil man ihm als einen Erz-Lügner ohndas nicht glaube. „Jaja", antwortete er, „fraget dieses ausgesprungenen Mönchs Reisgesellen, der wird euch wohl erzählen können, daß dieser sich nit gescheuet, die Erbsen zu kochen, auf welchen er hierherzugehen versprochen." – Ich wußte nit, ob ich auf dem Kopf oder Füßen stund, da ich dieses alles hörete und mich jedermann ansahe. Aber der Priester strafte den Geist und machte ihn stillschweigen, konnte ihn aber denselben Tag nicht austreiben. Indessen kam Herzbruder auch herzu, als ich eben vor Angst mehr einem Toten als Lebendigen gleichsahe und zwischen Hoffnung und Furcht nicht wußte, was ich tun sollte; dieser tröstete mich, so gut als er konnte, versicherte darneben die Umstehenden und sonderlich die Patres, daß ich mein Tage nie kein Mönch gewesen, aber wohl ein Soldat, der vielleicht mehr Böses als Gutes getan haben möchte, sagte darneben, der Teufel wäre ein Lügner, wie er denn auch das von den Erbsen viel ärger gemachet hätte, als es an sich selbst wäre. Ich aber war in meinem Gemüt dermaßen verwirret, daß mir nicht anders war, als ob ich allbereit die höllische Pein selbst empfände, also daß die Geistlichen genug an mir zu trösten hatten; sie vermahnten mich zur Beichte und Communion, aber der Geist schrie abermals aus dem Besessenen: „Jaja, er wird fein beichten; er weiß nicht einmal, was beichten ist und zwar was wollet ihr mit ihm machen? Er ist einer ketzerischen Art und uns zuständig, seine Eltern sein mehr wiedertäuferisch als calvinisch gewesen etcetera." Der Exorcist befahl dem Geist abermals still zu schweigen und sagte zu ihm: „So wird dich's nur desto mehr verdrießen, wann dir das arme verlorne Schäflein wieder aus dem Rachen gezogen und der Herde Christi einverleibet wird." Darauf fing der Geist so grausam an zu brüllen, daß es schröcklich zu hören war. Aus welchem greulichen Gesang ich meinen größten Trost schöpfte, denn ich gedachte, wann ich keine Gnade von Gott mehr erlangen könnte, so würde sich der Teufel nicht so übel gehaben.

Wiewohl ich mich damals auf die Beichte nicht gefaßt machet, auch mein Lebtag nie in Sinn genommen zu beichten, sondern mich jederzeit aus Scham davor gefürchtet wie der Teufel vorm heiligen Kreuz, so empfand ich jedoch in selbigem Augenblick in mir eine solche Reue über meine Sünden und eine solche Begierde zur Buße und mein Leben zu bessern, daß ich alsobald einen Beichtvater begehrte, über welcher gählingen Bekehrung und Besserung sich Herzbruder höchlich erfreuete, weil er wahrgenommen und wohl gewußt, daß ich bisher noch keiner Religion beigetan gewesen. Demnach bekannte ich mich öffentlich zu der katholischen Kirche, ging zur Beichte und communicirte nach empfangener Absolution. Worauf mir dann so leicht und wohl ums Herz ward, daß ich's nicht aussprechen kann; und was das verwunderlichste war, ist dieses, daß mich der Geist in dem Besessenen fürderhin zufriedenließ, da er mir doch vor der Beichte und Absolution unterschiedliche Bubenstücke, die ich begangen gehabt, so eigentlich vorgeworfen, als wann er auf sonst nichts, als meine Sünden anzumerken, bestellet gewesen wäre. Doch glaubten ihm als einem Lügner die Zuhörer nichts, sonderlich weil mein ehrbarer Pilgerhabit ein anders vor die Augen stellete.

Wir verblieben vierzehn ganzer Tage an diesem gnadenreichen Ort, allwo ich Gott um meine Bekehrung dankte und die Wunder, so allda geschehen, betrachtete; welches alles mich zu ziemlicher Andacht und Gottseligkeit reizete; doch währete solches auch so lang, als es mochte; denn gleichwie meine Bekehrung ihren Ursprung nicht aus Liebe zu Gott genommen, sondern aus Angst und Furcht verdammt zu werden: also ward ich auch nach und nach wieder ganz lau und träg, weil ich allmählich des Schreckens vergaß, den mir der böse Feind eingejaget hatte; und nachdem wir die Reliquien der Heiligen, die Ornat und anderen sehenswürdigen Sachen des Gotteshauses genugsam beschauet, begaben wir uns nach Baden, alldorten vollends auszuwintern.

Das III. Kapitel

Simplex erzählet und zeigt deutlich an,
was er im Winter mit seim Freund getan

Ich dingete daselbst eine lustige Stube und Kammer vor uns, deren sich sonsten, sonderlich Sommerszeit, die Bad-Gäste zu gebrauchen pflegen, welches gemeiniglich reiche Schweizer sein, die mehr hinziehen, sich zu erlustiren und zu prangen als einiger Gebrechen halber zu baden; so verdingte ich uns auch zugleich in die Kost, und als Herzbruder sahe, daß ich's so herrlich angriff, vermahnte er mich zur Gesparsamkeit und erinnerte mich des langen rauhen Winters, den wir noch zu überstehen hätten, maßen er nicht getraue, daß mein Geld so weit hinauslangen würde; ich würde meinen Vorrat, sagte er, auf den Frühling wohl brauchen, wann wir wieder von hinnen wollen; viel Geld sei bald vertan, wann man nur davon und nichts darzu tue. Es stäube hinaus wie der Rauch und verspreche nimmermehr, wiederzukommen und so weiter. Auf solche treuherzige Erinnerung konnte ich Herzbrudern nicht länger verbergen, wie reich mein Seckel wäre und daß ich bedacht, uns beiden Gutes davon zu tun, sintemal dessen Ankunft und Erwerbung ohndas alles Segens so unwürdig wäre, daß ich keinen Meierhof daraus zu erkaufen gedächte; und wannschon ich's nicht anlegen wollte, meinen liebsten Freund auf Erden damit zu unterhalten, so wäre doch billig, daß er, Herzbruder, aus Oliviers Geld vergnügt würde um diejenige Schmach, die er hiebevor von ihm vor Magdeburg empfangen. Und demnach ich mich in aller Sicherheit zu sein wußte, zog ich meine beiden Scapulier ab, trennete die Ducaten und Pistoletten heraus und sagte zu Herzbrudern, er möge nun mit diesem Geld nach seinem Belieben disponieren und solches anlegen und austeilen, wie er vermeine, daß es uns beiden am nützlichsten wäre.

Da er neben meinem Vertrauen, das ich zu ihm trug, soviel Geld sahe, mit welchem ich auch ohn ihn wohl ein ziemlicher Herr hätte sein können, sagte er: „Bruder, du tust nichts, solang ich dich kenne, als deine gegen mir habende Liebe und Treue zu bezeugen! Aber sage mir, womit vermeinstu wohl, daß ich's wieder um dich werde beschulden können? Es ist nicht nur um das Geld zu tun, denn solches ist vielleicht mit der Zeit wieder zu bezahlen, sondern um deine Liebe und Treue, vornehmlich aber um dein hohes Vertrauen, so nicht zu schätzen ist. Bruder, mit einem Wort, dein tugendhaft Gemüt machet mich zu deinem Sclaven, und was du gegen mir tust, ist mehr zu verwundern als zu widergelten müglich. O ehrlicher Simplici, dem bei diesen gottlosen Zeiten, in welchen die Welt voll Untreue stecket, nicht in Sinn kommt, der arme und hochbedörftige Herzbruder möchte mit einem so ansehnlichen Stück Geld fortgehen und ihn anstatt seiner in Mangel setzen! Versichert, Bruder, dieser Beweistum deiner wahren Freundschaft verbindet mich mehr gegen dir als ein reicher Herr, der mir viel Tausend verehrte. Allein bitte ich, mein Bruder, bleib selber Herr, Verwahrer und Austeiler über dein Geld, mir ist genug, daß du mein Freund bist!" Ich antwortete: „Was wunderliche Reden sein das, hochgeehrter Herzbruder? Er gibt mündlich zu vernehmen, daß er mir verbunden sei, und will doch nicht davor sein, daß ich unser Geld ihm und mir zu Schaden nicht unnütz verschwende."

Also redeten wir beiderseits gegeneinander läppisch genug, weil je einer in des andern Liebe trunken war. Also ward Herzbruder zugleich mein Hofmeister, mein Seckelmeister, mein Diener und mein Herr, und in solcher müßigen Zeit erzählete er mir seinen Lebenslauf, und durch was Mittel er bei dem Grafen von Götz bekannt und befördert worden; worauf ich ihm auch erzählte, wie mir's ergangen, sint sein Vater selig gestorben, da wir uns bisher noch niemal so viel Zeit genommen. Und da er höret, daß ich ein junges Weib zu L. hatte, verwiese er mir, daß ich mich nicht ehender zu derselbigen als mit ihm in das Schweizerland begeben, denn solches wäre mir anständiger und auch meine Schuldigkeit gewesen. Demnach ich mich aber entschuldiget, daß ich ihn als meinen allerliebsten Freund in seinem Elend zu verlassen nicht übers Herz bringen können, beredete er mich, daß ich meinem Weib schrieb und ihr meine Gelegenheit zu wissen machte mit Versprechen, mich mit ehistem wieder zu ihr zu begeben; tät auch meines langen Ausbleibens halber meine Entschuldigungen, daß ich nämlich allerhand widriger Begegnüssen halber, wie gern ich auch gewollt, mich nicht ehender bei ihr hätte einfinden können.

Dieweil dann Herzbruder aus den gemeinen Zeitungen erfuhr, daß es um den Grafen von Götz wohl stünde, sonderlich daß er mit seiner Verantwortung bei der kaiserlichen Majestät hinauslangen, wieder auf freien Fuß kommen und gar wiederum das Commando über eine Armee kriegen würde, berichtete er demselben seinen Zustand nach Wien, schrieb auch nach der churbayrischen Armee wegen seiner Bagage, die er noch dort hatte, und fing an zu hoffen, sein Glück würde wieder grünen. Derhalben machten wir den Schluß, künftigen Frühling voneinander zu scheiden, indem er sich zu bemeldtem Grafen, ich aber mich nach L. zu meinem Weib begeben wollte. Damit wir aber denselben Winter nicht müßig zubrächten, lerneten wir von einem Ingenieur auf dem Papier mehr fortificiren, als die Könige in Hispanien und Frankreich ins Werk setzen können; darneben kam ich mit etlichen Alchymisten in Kundschaft, die wollten mich, weil sie Geld hinter mir merkten, Gold machen lernen, da ich nur den Verlag darzu hergeben wollte; und ich glaube, sie hätten mich überredet, wann ihnen Herzbruder nicht abgedankt hätte, denn er sagte: Wer solche Kunst könnte, würde nicht so bettelhaftig daher gehen, noch andere um Geld ansprechen.

Gleichwie nun Herzbruder von hochermeldtem Grafen eine angenehme Wieder-Antwort und treffliche Promessen von Wien aus erhielt, also bekam ich von L. keinen einzigen Buchstaben, unangesehen ich unterschiedliche Posttäge in duplo hinschriebe. Das machte mich unwillig und verursachete, daß ich denselben Frühling meinen Weg nicht nach Westphalen antrat, sondern von Herzbrudern erhielt, daß er mich mit sich nach Wien nahm, mich seines verhoffenden Glücks genießen zu lassen. Also montierten wir uns aus meinem Geld wie zwei Cavalirer mit Kleidungen, Pferden, Dienern und Gewehr, gingen durch Constanz auf Ulm, allda wir uns auf die Donau satzten und von dort aus in acht Tagen zu Wien glücklich anlangeten. Auf demselben Weg observirte ich, weil wir eilten, sonst nichts, als daß die Weibsbilder, so an dem Strand wohnen, den Vorüberfahrenden, so ihnen zuschrieen, nicht mündlich, sondern schlechthin mit dem Beweistum selbst antworten, davon ein Kerl manch feines Einsehen haben kann.

Das IV. Kapitel

Simplex und Herzbruder in den Krieg kommen;
kommen bald los, wie wird deutlich vernommen

Es gehet wohl seltsam in der veränderlichen Welt her! Man pfleget zu sagen: Wer alles wüßte, der würde bald reich. Ich aber sage: Wer sich allweg in die Zeit schicken könnte, der würde bald groß und mächtig. Mancher Schindhund oder Schabhals (denn diese beiden Ehren-Titul werden den Geizigen gegeben) wird wohl bald reich, weil er einen und andern Vorteil weiß und gebrauchet; er ist aber darum nicht groß, sondern ist und verbleibet vielmals von geringrer Ästimation, als er zuvor in seiner Armut war. Wer sich aber weiß, groß und mächtig zu machen, dem folget der Reichtum auf dem Fuß nach. Das Glück, so Macht und Reichtum zu geben pfleget, blickte mich trefflich holdselig an und gab mir, nachdem ich ein Tag oder acht zu Wien gewesen, Gelegenheit genug an die Hand, ohn Verhinderungen auf die Staffeln der Hoheit zu steigen. Ich tät's aber nicht! Warum? Ich halte, weil mein Fatum ein anders beschlossen, nämlich dasjenige, dahin mich meine fatuitas leitete.

Der Graf von der Wahl, unter dessen Commando ich mich hiebevor in Westphalen bekanntgemacht, war eben auch zu Wien, als ich mit Herzbrudern hinkam. Dieser ward bei einem Banquet, da sich verschiedene kaiserliche Kriegsräte neben dem Grafen von Götz und andern mehr befanden, als man von allerhand seltsamen Köpfen, unterschiedlichen Soldaten und berühmten Parteigängern redete, auch des Jägers von Soest eingedenk und erzählte etliche Stücklein von ihm so rühmlich, daß sich teils über einen so jungen Kerl verwunderten und bedaureten, daß der listige hessische Obrister S. A. ihm ein Wehbengel angehängt, damit er entweder den Degen beiseits legen oder doch schwedische Waffen tragen sollte. Denn wohlbesagter Graf von der Wahl hatte alles erkündiget, wie derselbige Obrister zu L. mit mir gespielet. Herzbruder, der ebendort stund und mir meine Wohlfahrt gern befördert hätte, bat um Verzeihung und Erlaubnüs zu reden und sagte, daß er den Jäger von Soest besser kenne als sonst einen Menschen in der Welt; er sei nicht allein ein guter Soldat, der Pulver riechen könnte, sondern auch ein ziemlicher Reuter, ein perfekter Fechter, ein trefflicher Büchsenmeister und Feuerwerker und überdies alles einer, der einem Ingenieur nichts nachgeben würde; er hätte nicht nur sein Weib, weil er mit ihr so schimpflich hintergangen worden, sondern auch alles, was er gehabt, zu L. hinterlassen und wiederum kaiserliche Dienste gesuchet, maßen er in verwichener Campagne sich unter dem Grafen von Götz befunden und, als er von den Weimarischen gefangen worden und von denselben sich wieder zu den Kaiserlichen begeben wollen, neben seinem Camerad einen Corporal samt sechs Musquetirern, die ihnen nachgesetzet und sie wieder zurückführen sollen, niedergemacht und ansehnliche Beuten davongebracht; maßen er mit ihm selbsten nach Wien kommen, des Willens, sich abermal wider der Römisch-Kaiserlichen Majestät Feinde gebrauchen zu lassen; doch nur sofern er solche Conditiones haben könnte, die ihm anständig sein; denn keinen gemeinen Knecht begehre er mehr, zu agiren.

Damals war diese ansehnliche Compagnie mit dem lieben Trunk schon dergestalt begeistert, daß sie ihre Curiosität, den Jäger zu sehen, contentirt haben wollte, maßen Herzbruder geschickt ward, mich in einer Kutsche zu holen. Derselbe instruirte mich unterwegs, wie ich mich bei diesen ansehnlichen Leuten halten sollte, weil mein künftig Glück daran gelegen wäre. Ich antwortete derhalben, als ich hinkam, auf alles sehr kurz und apophthegmatisch, also daß man sich über mich zu verwundern anfing, denn ich redete nichts, es müßte denn einen klugen Nachdruck haben. In summa, ich erschien dergestalt, daß ich jedem angenehm war, weil ich ohndas vom Herrn Grafen von der Wahl auch das Lob eines guten Soldaten hatte. Mithin kriegte ich auch einen Rausch und glaube wohl, daß ich alsdann auch habe scheinen lassen, wie wenig ich bei Hof gewesen. Endlich war dieses das Ende, daß mir ein Obrister zu Fuß eine Compagnie unter seinem Regiment versprochen, welches ich dann gar nicht ausschlug, denn ich dachte, ein Hauptmann zu sein, ist fürwahr kein Kinderspiel! Aber Herzbruder verwiese mir den andern Tag meine Leichtfertigkeit und sagte, wann ich nur noch länger gehalten hätte, so wäre ich noch wohl höher ankommen.

Also ward ich einer Compagnie vor einen Hauptmann vorgestellet, welche, obzwar sie samt mir in prima plana ganz komplett, nicht mehr als sieben Schildergäste hatte; zudem waren meine Unter-Officirer mehrenteils alte Krachwedel, darüber ich mich hintern Ohren kratzte; also ward ich mit ihnen bei der unlängst hernach vorgangenen scharfen Occasion desto leichter gemartscht, in welcher der Graf von Götz das Leben, Herzbruder aber seine Testiculos-Hoden einbüßte, die er durch einen Schuß verlor. Ich bekam meinen Teil in einen Schenkel, so aber gar eine geringe Wunde war. Dannenhero begaben wir uns auf Wien, um uns curiren zu lassen, weil wir ohndas unser Vermögen dort hatten; ohn diese Wunden, so zwar bald geheilet, ereignete sich an Herzbrudern ein ander gefährlicher Zustand, den die Medici anfänglich nicht gleich erkennen konnten, denn er ward lahm an allen vieren, wie ein Cholericus, den die Galle verderbt, und war doch am wenigsten selbiger Complexion noch dem Zorn beigetan; nichtsdestoweniger ward ihm die Saurbrunnen-Cur geraten, und hierzu der Griesbacher an dem Schwarzwald vorgeschlagen.

Also veränderte sich das Glück unversehens; Herzbruder hatte kurz zuvor den Willen gehabt, sich mit einem vornehmen Fräulein zu verheuraten und zu solchem Ende sich zu einem Freiherrn, mich aber zu einem Edelmann machen zu lassen; nunmehr aber mußte er andere Gedanken concipiren; denn, weil er dasjenige verloren, damit er ein neues Geschlecht propagiren wollen, zumalen von seiner Lähme mit einer langwierigen Krankheit bedrohet ward, in denen er guter Freunde vonnöten, machte er sein Testament und satzte mich zum einzigen Erben aller seiner Verlassenschaft, vornehmlich weil er sahe, daß ich seinetwegen mein Glück in Wind schlug und meine Compagnie quittirte, damit ich ihn in Saurbrunn begleiten und daselbsten, bis er seine Gesundheit wieder erlangen möchte, auswarten könnte.

Das V. Kapitel

Simplex lauft botenweis wie Mercur; er höret,
was ihn der Jupiter von den Kriegen lehret

Als nun Herzbruder wieder reuten konnte, übermachten wir unsre Barschaft (denn wir hatten nunmehr nur einen Seckel miteinander) per Wechsel nach Basel, montirten uns mit Pferden und Dienern und begaben uns die Donau hinauf nacher Ulm und von dannen in den obbesagten Saurbrunn, weil es eben im Mai und lustig zu reisen war. Daselbst dingten wir ein Losament, ich aber ritte nach Straßburg, unser Geld, welches wir von Basel aus dorthin übermachet, nicht allein zum Teil zu empfangen, sondern auch mich um erfahrne Medicos umzusehen, die Herzbrudern Recepta und Bad-Ordnung vorschreiben sollten. Dieselben begaben sich mit mir und befanden, daß Herzbrudern vergeben worden; und weil das Gift nicht stark genug gewesen, ihn gleich hinzurichten, daß solches ihm in die Glieder geschlagen wäre, welches wieder durch Pharmaca, Antidota, Schweißbäder evacuiret werden müßte, und würde sich solche Cur auf ungefähr eine Woche oder acht belaufen. Da erinnerte sich Herzbruder gleich, wann und durch wen ihm wäre vergeben worden,

329

nämlich durch diejenigen, die gern sein Stelle im Krieg betreten hätten, und weil er auch von den Medicis verstunde, daß seine Cur eben keinen Saurbrunn erfodert hätte, glaubte er festiglich, daß sein Medicus im Feld durch ebendieselben seine Aemulos mit Geld bestochen worden, ihn so weit hinwegzuweisen. Jedoch resolvirte er sich, im Saurbrunn seine Cur zu vollenden, weil es nicht allein eine gesunde Luft, sondern auch allerhand anmutige Gesellschaften unter den Bad-Gästen hatte.

Solche Zeit mochte ich nicht vergeblich hinbringen, weil ich eine Begierde hatte, dermalen einst mein Weib auch wiederum zu sehen; und weil Herzbruder meiner nicht sonderlich vonnöten, eröffnete ich ihm mein Anliegen. Der lobte meine Gedanken und gab mir den Rat, ich sollte sie besuchen, gab mir auch etliche kostbare Kleinodien, die ich ihr seinetwegen verehren und sie damit um Verzeihung bitten sollte, daß er ein Ursache gewesen sei, daß ich sie nicht ehender besuchet. Also ritt ich nach Straßburg und machte mich nicht allein mit Geld gefaßt, sondern erkundigte auch, wie ich meine Reise anstellen möchte, daß ich am sichersten fortkäme, befand aber, daß es so alleinig zu Pferd nicht geschehen könne, weilen es zwischen so vielen Garnisonen der beiderseits kriegenden Teile von den Parteien ziemlich unsicher war. Erhielt derowegen einen Paß für einen Straßburger Botenläufer und machte etliche Schreiben an mein Weib, ihre Schwester und Eltern, als wann ich ihn damit nach L. schicken wollte; stellete mich aber, als wann ich wieder andern Sinns wäre worden, erpracticirte also den Paß vom Boten, schickte mein Pferd und Diener wieder zurück, verkleidete mich in eine weiße und rote Liverei und fuhr also in einem Schiff hin und bis nach Cöln, welche Stadt damals zwischen den kriegenden Parteien neutral war.

Ich ging zuvörderst hin, meinen ehemals bekannten Jovem zu besuchen, der mich hiebevor zu seinem Ganymede erkläret hatte, um zu erkundigen, wie es mit meinen hinterlegten Sachen eine Bewandtnüs hätte. Der war aber damals wiederum ganz hirnschellig und unwillig über das menschliche Geschlecht. „O Mercuri", sagte er zu mir, als er mich sahe, „was bringst du Neues von Münster? Vermeinen die Menschen wohl, ohn meinen Willen Friede zu machen? Nimmermehr! Sie hatten ihn, warum haben sie ihn nicht behalten? Gingen nicht alle Laster im Schwang, als sie mich bewegten, ihnen den Krieg zu senden? Womit haben sie seithero verdienet, daß ich ihnen den Frieden wiedergeben sollte? Haben sie sich denn selbiger Zeit her bekehrt? Seind sie nicht ärger worden und selbst mit in Krieg geloffen wie zu einer Kirmeß? Oder haben sie sich vielleicht wegen der Teuerung bekehret, die ich ihnen zugesandt, darin soviel tausend Seelen Hungers gestorben? Oder hat sie vielleicht das grausame Sterben erschröcket (das soviel Millionen hingerafft), daß sie sich gebessert? Nein, nein, Mercuri! Die Übrigverbliebenen, die den elenden Jammer mit ihren Augen angesehen, haben sich nicht allein nicht gebessert, sondern seind viel ärger worden, als sie zuvor jemals gewesen! Haben sie sich nun wegen so vieler scharfen Heimsuchungen nicht bekehret, sondern unter so schwerem Kreuz und Trübsal gottlos zu leben nicht aufgehöret, was werden sie dann erst tun, wann ich ihnen den wohl lustbarlichen, göldenen Frieden wieder zusendete? Ich müßte sorgen, daß sie mir, wie hiebevor die Riesen getan, den Himmel abzustürmen unterstehen würden; aber ich will solchem Mutwillen wohl beizeit steuren und sie im Krieg hockenlassen."

Weil ich nun wußte, wie man diesem Gott lausen mußte, wann man ihn recht stimmen wollte, sagte ich: „Ach großer Gott, es seufzet aber alle Welt nach dem Friede und versprechen eine große Besserung; warum wolltest du ihnen dann solche noch länger verweigern können?" – „Ja", antwortete Jupiter, „sie seufzen wohl, aber nicht meinet-, sondern um ihretwillen. Nicht, daß jeder unter seinem Weinstock und Feigenbaum Gott loben, sondern daß sie deren edle Früchte mit guter Ruhe und in aller Wollust genießen möchten. Ich fragte neulich einen grindigen Schneider, ob ich den Frieden geben sollte? Aber er antwortete mir: was er sich darum geheie; er müsse sowohl zu Kriegs- als Friedenszeiten mit der stählernen Stange fechten. Eine solche Antwort kriegte ich auch von einem Rotgießer, der sagte, wann er im Friede keine Glocken zu gießen hätte, so hätte er im Krieg genug mit Stücken und Feuermörseln zu tun. Also antwortete mir auch ein Schmied und sagte: Ich habe keine Pflüge und Bauren-Wägen zu beschlagen, so kommen mir jedoch im Krieg genug Reuterpferde und Heerwägen unter die Hände, also daß ich des Friedens wohl entbehren kann. Siehe nun, lieber Mercuri, warum sollte ich ihnen dann den Frieden verleihen? Ja, es sind zwar etliche, die ihn wünschen, aber nur wie gesagt, um ihres Bauchs und Wollust willen; hingegen aber sind auch andere, die den Krieg behalten wollen, nicht zwar weil es mein Wille ist, sondern weil er ihnen einträget. Und gleich wie die Maurer und Zimmerleute den Frieden wünschen, damit sie in Auferbauung und Reparirung der eingeäscherten Häuser Geld verdienen, also verlangen andere, die sich im Friede mit ihrer Hand-Arbeit nicht zu ernähren getrauen, die Continuation des Kriegs, in selbigem zu stehlen."

Weilen dann nun mein Jupiter mit diesen Sachen umging, konnte ich mir leicht einbilden, daß er mir in solchem verwirrten Stand von dem Meinigen wenig Nachricht würde geben können; entdeckte mich ihm derhalben nicht, sondern nahm meinen Kopf zwischen die Ohren und ging durch Abwege, die mir dann alle wohl bekannt waren, nach L. Fragte daselbst nach meinem Schwähervater, allerdings wie ein fremder Bote, und erfuhr gleich, daß er samt meiner Schwieger bereits vor einem halben Jahr diese Welt gesegnet und dann daß meine Liebste, nachdem sie mit einem jungen Sohn niederkommen, den ihre Schwester bei sich hätte, gleichfalls stracks nach ihrem Kindbette diese Zeitlichkeit verlassen. Darauf lieferte ich meinem Schwager diejenigen Schreiben, die ich selbst an meinen Schwäher, an meine Liebste und an ihn meinen Schwager geschrieben; derselbe nun wollte mich selbst herbergen, damit er von mir als einem Boten erfahren könnte, was Standes Simplicius sei, und wie ich mich verhielte? Zu dem Ende discurirte meine Schwägerin lang mit mir von mir selbsten, und ich redete auch von mir, was ich nur Löbliches von mir wußte, denn die Urschlechten hatten mich dergestalt verderbt und verändert, daß mich kein Mensch mehr kannte, außer der von Schönstein, welcher aber als mein getreuster Freund reinen Mund hielt.

Als ich ihr nun nach der Länge erzählte, daß Herr Simplicius viel schöner Pferde und Diener hätte und in einem schwarzen sammeten Mutzen aufzöge, der überall mit Gold verbrämt wäre, sagte sie: „Ja, ich habe mir jederzeit eingebildet, daß er keines so schlechten Herkommens sei, als er sich davor ausgeben; der hiesige Commandant hat meine Eltern selig mit großen Verheißungen persuadirt, daß sie ihm meine Schwester selig, die wohl eine fromme Jungfer gewesen, ganz vorteilhaftiger Weise aufgesattelt, davon ich niemalen ein gutes Ende habe hoffen können; nichts destoweniger hat er sich wohl angelassen und resolvirt, in hiesiger Garnison schwedische oder vielmehr hessische Dienste anzunehmen, maßen er zu solchem Ende seinen Vorrat, was er zu Cöln gehabt, hieherholen wollen; das sich aber gesteckt und er darüber ganz schelmischer Weise nach Frankreich practicirt worden, meine Schwester, die ihn noch kaum vier Wochen gehabt, und sonst noch wohl ein halb dutzet Bürgers Töchter schwanger hinterlassend, wie dann eine nach der andern (und zwar meine Schwester am allerletzten) mit lauter jungen Söhnen niederkommen. Weil dann nunmehr mein Vater und

Mutter tot, ich und mein Mann aber keine Kinder miteinander zu hoffen, haben wir meiner Schwester Kind zum Erben aller unser Verlassenschaft angenommen und mit Hülfe des hiesigen Herrn Commandanten seines Vaters Hab zu Cöln erhoben, welches sich ungefähr auf dreitausend Gülden belaufen möchte, daß also dieser junge Knab, wann er einmal zu seinen Jahren kommt, sich unter die Armen zu rechnen keine Ursache haben wird. Ich und mein Mann lieben das Kind auch so sehr, daß wir's seinem Vater nicht ließen, wannschon er selbst käme und ihn abholen wollte; überdas so ist er der schönste unter allen seinen Stiefbrüdern und siehet seinem Vater so gleich, als wann er ihm aus den Augen geschnitten wäre. Und ich weiß, wenn meine Schwager wüßte, was er vor einen schönen Sohn hier hätte, daß er sich nicht abbrechen könnte, hieherzukommen (da er schon seine übrigen Hurenkinder scheuen möchte), nur das liebe Herzchen zu sehen."

Solche und dergleichen Sachen brachte mir meine Schwägerin vor, woraus ich ihre Liebe gegen meinem Kind leicht spüren können, welches dann dort in seinen ersten Hosen herumlief und mich im Herzen erfreuete; derhalben suchte ich die Kleinodien herfür, die mir Herzbruder geben, solche seinetwegen meinem Weib zu verehren. Dieselbigen, sagte ich, hätte mir Herr Simplicius mitgeben, seiner Liebsten zum Gruß einzuhändigen; weil aber selbige tot wäre, schätzte ich, es wäre billig, daß ich sie seinem Kind hinterließ, welche mein Schwager und seine Frau mit Freuden empfingen und daraus schlossen, daß ich an Mitteln keinen Mangel haben, sondern viel ein ander Gesell sein müßte, als sie sich hiebevor von mir eingebildet. Mithin drang ich auf meine Abfertigung, und als ich dieselbe bekam, begehrte ich im Namen Simplicii den jungen Simplicium zu küssen, damit ich seinem Vater solches als ein Wahrzeichen erzählen könnte. Als es nun auf Vergünstigung meiner Schwägerin geschahe, fing mir und dem Kind die Nase an zu bluten, darüber mir das Herz hätte brechen mögen; doch verbarg ich meine Affecten, und damit man nicht Zeit haben möchte, der Ursache dieser Sympathiae nachzudenken, machte ich mich stracks aus dem Staub und kam nach vierzehn Tagen durch viele Mühe und Gefahr wieder in Bettlers Gestalt in den Saurbrunn, weil ich unterwegs ausgeschälet worden.

Das VI. Kapitel

Simplex ein artliches Stücklein verricht,
in dem Saurbrunnen, das gar nicht erdicht

Nach meiner Ankunft ward ich gewahr, daß es sich mit Herzbrudern mehr gebösert als gebessert hatte, wiewohl ihn die Doctores und Apotheker strenger als eine fette Gans gerupft; über das kam er mir auch ganz kindisch vor und konnte kümmerlich mehr recht gehen; ich ermunterte ihn zwar, so gut ich konnte, aber es war schlecht bestellt. Er selbst merkte an Abnehmung seiner Kräften wohl, daß er nicht lang mehr würde dauern können; sein größter Trost war, daß ich bei ihm sein sollte, wann er die Augen würde zutun.

Hingegen machte ich mich lustig und suchte meine Freude, wo ich solche zu finden vermeinete, doch solchergestalt, daß meinem Herzbruder an seiner Pflege nichts manglete. Und weil ich mich einen Witwer zu sein wußte, reizten mich die guten Täge und meine Jugend wiederum zur Buhlerei; deren ich dann trefflich nachhing, weil mir der zu Einsiedlen eingenommene Schröcken allerdings wieder vergessen war. Es befand sich im Saurbrunn eine schöne Dame, die sich vor eine von Adel ausgab und meines Erachtens doch mehr mobilis als nobilis war. Derselben Mannsfallen wartete ich trefflich auf den Dienst, weil sie ziemlich glatthärig zu sein schiene, erhielt auch in kurzer Zeit nicht allein einen freien Zutritt, sondern auch alle Vergnügung, die ich hätte wünschen und begehren mögen; aber ich hatte gleich ein Abscheuen ob ihrer Leichtfertigkeit, trachtete derhalben, wie ich ihrer wieder mit Manier loswerden könne, denn wie mich dünkte, so ging sie mehr darauf um, meinen Seckel zu scheren als mich zur Ehe zu begehren; zudem übertrieb sie mich mit liebreizenden, feurigen Blicken und andern Bezeugungen ihrer brennenden Affektion, wo ich ging und stund, daß ich mich vor mich und sie schämen mußte.

Nebendem befand sich auch ein vornehmer, reicher Schweizer im Bad, dem ward nicht nur sein Geld, sondern auch seines Weibs Geschmuck, der in Gold, Silber, Perlen und Edelgesteinen bestund, entfremdet. Weil denn nun solche Sachen ebenso ungern verloren werden, als schwer sie zu erobern sein, derhalben suchte bemeldter Schweizer allerhand Rat und Mittel, dadurch er selbige wieder zur Hand bringen möchte, maßen er den berühmten Teufelsbanner aus der Geißhaut kommen ließ, der durch seinen Bann den Dieb dergestalt tribulirte, daß er das gestohlene Gut wieder an seine gehörigen

Örter liefern mußte, deswegen der Hexenmeister dann zehn Reichstaler zur Verehrung bekam.

Diesen Schwarzkünstler hätte ich gern gesehen und mit ihm conferirt, es mochte aber, wie ich davorhielt, ohn Schmälerung meines Ansehens (denn ich dünkte mich damals keine Sau zu sein) nicht geschehen; derhalben stellete ich meinen Knecht an, mit ihm denselben Abend zu saufen, weil ich vernommen, daß er ein Ausbund eines Weinbeißers sein sollte, um zu sehen, ob ich vielleicht hierdurch mit ihm in Kundschaft kommen möchte; denn es wurden mir so viel seltsame Sachen von ihm erzählet, die ich nicht glauben konnte, ich hätte sie denn selbst von ihm vernommen. Ich verkleidete mich wie ein Landfahrer, der Salben feil hat, satzte mich zu ihm an Tisch und wollte vernehmen, ob er erraten oder ihm der Teufel eingeben würde, wer ich wäre? Aber ich konnte nit das geringste an ihm spüren, denn er soff immer hin und hielt mich vor einen, wie meine Kleider anzeigten, also daß er mir auch etliche Gläser zubrachte und doch meinen Knecht höher als mich respectirte; demselben erzählte er vertraulich, wann derjenige, so den Schweizer bestohlen, nur das Geringste davon in ein fließend Wasser geworfen und also dem leidigen Teufel auch Partem geben hätte, so wäre unmüglich gewesen, weder den Dieb zu nennen noch das Verlorne wieder zur Hand zu bringen.

Diese närrische Possen höret ich an und verwunderte mich, daß der heimtückische und tausendlistige Feind den armen Menschen durch so geringe Sachen in sein Klauen bringet. Ich konnte leicht ermessen, daß dieses Stücklein ein Teil des Pacts sei, den er mit dem Teufel getroffen, und konnte wohl gedenken, daß solche Kunst den Dieb nichts helfen würde, wann ein anderer Teufelsbanner geholt würde, den Diebstahl zu offenbaren, in dessen Pact diese Clausul nicht stünde; befahl demnach meinem Knecht (welcher ärger stehlen konnte als ein Böhme), daß er ihn gar vollsaufen und ihm hernach seine zehen Reichstaler stehlen, alsobalden aber ein paar Batzen davon in die Rench werfen sollte. Dies tät mein Kerl gar fleißig. Als nun dem Teufelsbanner am Morgen frühe sein Geld mangelte, begab er sich gegen den wüsten Rench in einen Busch, ohnzweifel seinen Spiritum familiarem deswegen zu besprechen; er ward aber so übel abgefertigt, daß er mit einem blauen und zerkratzten Angesicht wieder zurückkam, weswegen mich dann der arme alte Schelm dergestalt daurte, daß ich ihm sein Geld wiedergeben und darbei sagen ließe, weil er nunmehr sähe, was vor ein betrüglicher, böser Gast der Teufel sei, könnte er hinfort dessen Dienst und Gesellschaft wohl aufkünden und sich wieder zu Gott bekehren. Aber solche Vermahnung bekam mir wie dem Hund das Gras, denn ich hatte von dieser Zeit an weder Glück noch Stern mehr, maßen mir gleich hernach meine schönen Pferde durch Zauberei hinfielen. Und zwar was hätte davor sein sollen? Ich lebte gottlos wie ein Epicurer und befahl das Meinige niemal in Gottes Schutz; warum hätte sich dann dieser Zauberer nicht wiederum an mir sollen rächen können?

Das VII. Kapitel

Simplex vertrauter Freund Herzbruder stirbt,
und er viel liebliche Buhlen erwirbt

Der Saurbrunn schlug mir je länger, je besser zu, weil sich nicht allein die Bad-Gäste gleichsam täglich mehreten, sondern weil der Ort selbst und die Manier zu leben mich anmutig sein dunkte. Ich machte mit den Lustigsten Kundschaft, die dahinkamen, und fing an, courtoise Reden und Complimenten zu lernen, deren ich mein Tage sonst niemal viel geachtet hatte. Ich ward vor einen vom Adel gehalten, weil mich meine Leute Herr Hauptmann nannten, sintemal dergleichen Stellen kein Soldat von Fortun so leichtlich in einem solchen Alter erlanget, darin ich mich damals befand. Dannenhero machten die reichen Stutzer mit mir und hingegen ich hinwiederum mit ihnen nicht allein Kund-, sondern auch gar Brüderschaft, und war alle Kurzweil: Spielen, Fressen und Saufen, meine allergrößte Arbeit und Sorge, welches aber manchen schönen Ducaten hinwegnahm, ohn daß ich es sonderlich wahrgenommen und geachtet hätte, denn mein Seckel von dem Olivierischen Erbgut war noch trefflich schwer.

Unterdessen ward es mit Herzbrudern je länger, je ärger, also daß er endlich die Schuld der Natur bezahlen mußte, nachdem ihn die Medici und Ärzte verlassen, als sie sich zuvor genugsam an ihm begraset hatten. Er bestätigte nachmalen sein Testament und Letzten Willen und machte mich zum Erben über dasjenige, so er von seines Vaters selig Verlassenschaft zu empfangen; hingegen ließ ich ihn ganz herrlich begraben und seine Diener mit Traur-Kleidern und einem Stück Geld ihres Wegs laufen.

Sein Abschied tät mir schmerzlich weh, vornehmlich weil ihm vergeben worden, und obzwar ich solches nicht ändern konnte, so ändert's doch mich; denn ich flohe alle Gesellschaften und suchte nur die Einsamkeit, meinen betrübten Gedanken Audienz zu geben.

Zu dem Ende verbarg ich mich etwan irgends in einen Busch und betrachtete nicht allein, was ich vor einen Freund verloren, sondern auch daß ich mein Lebtag seinesgleichen nicht mehr bekommen würde. Mithin machte ich auch von Anstellung meines künftigen Lebens allerhand Anschläge und beschloß doch nichts Gewisses; bald wollte ich wieder in Krieg, und unversehens gedachte ich, es hättens die geringsten Baurn in selbiger Gegend besser als ein Obrister, denn in dasselbe Gebürg kamen keine Parteien; so konnte ich mir auch nit einbilden, was eine Armee darin zu schaffen haben müßte, diese Lands-Art zu ruiniren, maßen noch alle Bauren-Höfe gleich als zu Friedenszeiten in trefflichem Bau und alle Ställe voll Viehe waren, unangesehen auf dem ebenen Land in den Dörfern weder Hund noch Katze anzutreffen.

Einsmals hatte ich mich zwischen den Weg und dem Wasser unter einem schattigen Baum ins Gras niedergelegt, den Nachtigallen zuzuhören, welcher Gesang mich in meiner Betrübnis am allermeisten belustigte. Als ich mich nun mit Anhörung des lieblichsten Vogelgesangs ergetzte und mir einbildete, daß die Nachtigall durch ihre Lieblichkeit andere Vögel banne, stillzuschweigen und ihr zuzuhören, entweder aus Scham oder ihr etwas von solchem anmutigen Klang abzustehlen: da näherte sich jenseits dem Wasser eine Schönheit an das Gestad, die mich mehr bewegte (weil sie nur den Habit einer Baurn-Dirne antrug), als eine stattliche Damoiselle sonst nicht hätte tun mögen; diese hub einen Korb vom Kopf, darin sie einen Ballen frische Butter trug, solchen im Saurbrunn zu verkaufen; denselben erfrischte sie im Wasser, damit er wegen der großen Hitze nicht schmelzen sollte. Unterdessen satzte sie sich nieder ins Gras, warf ihren Schleier und Baurn-Hut von sich und wischte den Schweiß vom Angesicht, also daß ich sie genug betrachten und meine vorwitzigen Augen an ihr weiden konnte. Da dünkte mich, ich hätte die Tage meines Lebens kein schöner Mensch gesehen; die Proportion des Leibes schien vollkommen und ohn Tadel, Arme und Hände schneeweiß, das Angesicht frisch und lieblich, die schwarzen Augen aber voller Feur und liebreizender Blicke. Als sie nun ihre Butter wieder einpackte, schrie ich hinüber: „Ach, Jungfer, Ihr habt zwar mit Euren schönen Händen Eure Butter im Wasser abgekühlt, hingegen aber mein Herz durch Eure klaren Augen ins Feur gesetzt!" Sobald sie mich sahe und hörete, lief sie davon, als ob man sie gejagt hätte, ohn daß sie mir ein Wörtlein geantwortet hätte, mich mit all denjenigen Torheiten beladen hinterlassend, damit die verliebten Phantasten gepeinigt zu werden pflegen.

Aber meine Begierden, von dieser Sonne mehr beschienen zu werden, ließen mich nicht in meiner Einsamkeit, die ich mir auserwählt, sondern machten, daß ich den Gesang der Nachtigallen nicht höher achtete als ein Geheul der Wölfe. Derhalben trollete ich auch dem Saurbrunn zu und schickte meinen Jungen voran, die Butter-Verkäuferin anzupacken und mit ihr zu marken, bis ich hernach käme. Dieser tät das Seinige und ich nach meiner Ankunft auch das Meinige; aber ich fand ein steinern Herz und eine solche Kaltsinnigkeit, dergleichen ich hinter einem Baurn-Mägdlein nimmermehr zu finden getrauet hätte, welches mich aber viel verliebter machte, unangesehen ich als einer, der mehr in solchen Schulen gewesen, mir die Rechnung leicht machen können, daß sie sich nicht so leicht würde betören lassen.

Damals hätte ich entweder einen strengen Feind oder einen guten Freund haben sollen; einen Feind, damit ich meine Gedanken gegen demselbigen hätte richten und der närrischen Liebe vergessen müssen, oder einen Freund, der mir ein anders geraten und mich von meiner Torheit, die ich vornahm, hätte abmahnen mögen. Aber, ach leider, ich hatte nichts als mein und Herzbruders Geld, das mich verblendete, meine blinde Begierden, die mich verführeten, weil ich ihnen den Zaum schießen ließ, und meine grobe Unbesonnenheit, die mich verderbete und in alles Unglück stürzete! Ich wendete viel auf Kuppler und Kupplerinnen, aber ich traf nit, wonach ich zielte, welches mich schier halb unsinnig machte. Ich Narr hätte ja aus unsern Kleidungen als aus einem bösen Omen judiciren sollen, daß mir ihre Liebe nicht wohl ausschlagen würde; denn weil mir Herzbruder, diesem Mägdlein aber ihre Eltern gestorben, und wir dahero alle beide in Traur-Kleidern aufzogen, als wir einander das erste Mal sahen, was hätte unsre Buhlschaft vor eine Fröhlichkeit bedeuten sollen? Mit einem Wort, ich war mit dem Narrnseil rechtschaffen verstrickt und derhalben ganz blind und ohn Verstand wie das Kind Cupido selbsten, und weil ich meine viehischen Begierden nicht anders zu sättigen getrauete, entschloß ich, sie zu heuraten. Was, gedachte ich, du bist deines Herkommens doch nur ein Baurn-Sohn und wirst deine Tage kein Schloß besitzen; diese Revier ist ein edel Land, das sich gleichwohl dies grausame Kriegswesen hindurch, gegen andern Orten zu rechnen, im Wohlstand und Flor befunden. Überdas hast du noch Geld genug, auch den besten Baurn-Hof in dieser Gegend zu bezahlen; du willst dies ehrliche Bauern-Gretlein heuraten und dir einen geruhigen Herrn-Handel mitten unter den Bauren schaffen; wo wolltest du dir eine lustigere Wohnung ausse-

hen können als bei dem Saurbrunn, da du wegen der zu- und abrei-
senden Badgäste gleichsam alle sechs Wochen eine neue Welt sehen
und dir dabei einbilden kannst, wie sich der Erdkreis von einem
Säculo zum andern verändert. Solche und dergleichen mehr tausendfältige Gedanken machte ich, bis ich endlich meine Geliebte zur
Ehe begehrete und (wiewohl nicht ohn Mühe) das Jawort erhielt.

Das VIII. Kapitel

Simplex zum andern Mal freiet; hört an,
wer seine Eltern gewesen, vom Knan

Ich ließ trefflich zur Hochzeit rüsten, denn der Himmel hing mir
voller Geigen. Das Bauren-Gut, darauf meine Braut geboren worden, lösete ich nicht allein ganz an mich, sondern fing noch darzu
einen schönen neuen Bau an, gleich als ob ich daselbst mehr hof- als
haushalten hätte wollen, und eh ich die Hochzeit vollzogen, hatte
ich bereits über dreißig Stück Viehe da stehen, weil man so viel das
Jahr hindurch auf demselben Gut erhalten konnte; in summa, ich
bestellete alles auf das beste, auch so gar mit köstlichem Hausrat,
wie es mir nur meine Torheit eingab. Aber die Pfeife fiel mir bald in
Dreck, denn da ich nunmehr vermeinete, mit gutem Wind ins Engelland zu schiffen, kam ich wider alle Zuversicht ins Holland und
damals, aber viel zu spat, ward ich erst gewahr, was Ursache mich
meine Braut so ungern nehmen wollen. Das mich aber am allermeisten schmerzete, war, daß ich mein spöttlich Anliegen keinem
Menschen klagen dorfte. Ich konnte zwar wohl erkennen, daß ich
nach dem Maß der Billigkeit Schulden bezahlen mußte, aber solche
Erkanntnus machte mich darum nichts desto geduldiger, viel weniger frömmer; sondern weil ich mich so betrogen befand, gedachte
ich meine Betrügerin wieder zu betrügen, maßen ich anfing, grasen
zu gehen, wo ich zukommen konnte. Über das stak ich mehr bei
guter Gesellschaft im Saurbrunn als zu Haus. In summa, ich ließ
meine Haushaltung allerdings ein gut Jahr haben; andernteils war
meine Frau Gemahlin ebenso liederlich. Sie hatte einen Ochsen,
den ich ins Haus schlachten lassen, in etliche Körbe eingesalzen; und
als sie mir auf eine Zeit eine Spansau zurichten sollte, unterstund sie,
solche wie einen Vogel zu ropfen, wie sie mir denn auch Krebse auf
dem Rost und Forellen an einem Spieß braten wollen. Bei diesen
paar Exempeln kann man unschwer abnehmen, wie ich im übrigen
mit ihr bin versorgt gewesen; nicht weniger trank sie auch das liebe

Weinchen gern und teilete andern guten Leuten auch mit, das mir dann mein künftig Verderben prognosticirte.

Einsmals spazirete ich mit etlichen Stutzern das Tal hinunter, eine Gesellschaft im untern Bad zu besuchen; da begegnete uns ein alter Baur mit einer Geiß am Strick, die er verkaufen wollte; und weil mich dünkte, ich hätte dieselbe Person mehr gesehen, fragte ich ihn, wo er mit dieser Geiß herkäme? Er aber zog sein Hütlein ab und sagte: „Gnädiger Hearr, eich darf's ouch werli neit sagn." Ich sagte: „ Du wirst sie ja nicht gestohlen haben?" „Nein", antwortete der Baur, „sondern ich bringe sie aus dem Städtchen unten im Tal, welches ich eben gegen dem Herrn nicht nennen darf, dieweil wir von einer Geiß reden."

Solches bewegte meine Gesellschaft zum Lachen, und weil ich mich im Angesicht entfärbte, gedachten sie, ich hätte einen Verdruß oder schämte mich, weil mir der Baur so artlich eingeschenkt. Aber ich hatte andere Gedanken, denn an der großen Warze, die der Baur gleichsam wie das Einhorn mitten auf der Stirn stehen hatte, ward ich eigentlich versichert, daß es mein Knan aus dem Spessert war, wollte derhalben zuvor einen Wahrsager agiren, eh ich mich ihm offenbaren und mit einem so stattlichen Sohn, als damals meine Kleider auswiesen, erfreuen wollte; sagte derhalben zu ihm: „Mein lieber, alter Vater, seid Ihr nicht im Spessert zu Haus?" – „Ja, Hearr", antwortete der Baur. Da sagte ich: „Haben Euch nicht vor ungefähr achtzehn Jahren die Reuter Euer Haus und Hof geplündert und verbrannt?" – „Ja, Gott erbarm's", antwortete der Baur, „es ist aber noch nicht so lang." Ich fragte weiter: „Habet Ihr nicht damals zwei Kinder, nämlich eine erwachsene Tochter und einen jungen Knaben gehabt, der Euch der Schaf gehütet?" – „Hearr", antwortete mein Knan, „die Tochter war mein Kind, aber der Bub nicht; ich habe ihn aber an Kindes Statt aufziehen wollen." Hieraus verstund ich wohl, daß ich dieses groben Knollfinken Sohn nicht sei, welches mich einenteils erfreuete, hingegen aber auch betrübte, weil mir zugefallen, ich müßte sonsten ein Bankert oder Findling sein. Fragte derowegen meinen Knan, wo er dann denselben Buben aufgetrieben? Oder was vor Ursache er gehabt, denselben an Kindes Statt zu erziehen? „Ach", sagte er, „es ist mir seltsam mit ihm gangen; der Krieg hat mir ihn geben, und der Krieg hat mir ihn wieder genommen."

Weil ich dann besorgte, es dörfte wohl ein Facit herauskommen, das mir wegen meiner Geburt nachteilig sein möchte, verwandte ich meinen Discurs wieder auf die Geiß und fragte, ob er sie der Wirtin

in die Küche verkauft hätte? Das mich befremde, weil die Saur-
brunn-Gäste kein alt Geißenfleisch zu genießen pflegten. „Ach
nein, Hearr", antwortete der Baur, „die Wirtin hat selber Geißen
genug und gibt auch nichts vor ein Ding; ich bringe sie der Gräfin,
die im Saurbrunn badet, und hat ihr der Doctor Hans-in-allen-Gas-
sen etliche Kräuter geordnet, so die Geiß essen muß, und was sie dann
vor Milch davon gibt, die nimmt der Doktor und machet der Gräfin
noch so ein Ertznei drüber, so muß sie die Milch trinken und wieder
gesund davon werden; man säit, es mangle der Gräfin am Gehäng,
und wann ihr die Geiß hilft, so vermag sie mehr als der Doctor und
seine Abdecker miteinander." Unter währender solcher Relation
besann ich, auf was Weise ich mehr mit dem Baur reden möchte, bot
ihm derhalben einen Taler mehr um die Geiß, als der Doctor oder
die Gräfin darum geben wollten. Solches ging er gleich ein (denn ein
geringer Gewinn persuadiret die Leute bald anders), doch mit dem
Beding, er solle der Gräfin zuvor anzeigen, daß ich ihm einen Taler
mehr darauf geboten, wollte sie dann so viel darum geben als ich, so
sollte sie den Vorkauf haben, wo nicht, so wollte er mir die Geiß zukommen lassen und, wie der Handel stünde, auf den Abend anzeigen.

Also ging mein Knan seines Wegs und ich mit meiner Gesellschaft
den unserigen auch; doch konnte und mochte ich nicht länger bei
der Compagnie bleiben, sondern drehete mich ab und ging hin, wo
ich meinen Knan wieder fand; der hatte seine Geiß noch, weil ihm
andere nicht soviel als ich darum geben wollten, welches mich an so
reichen Leuten wunderte und doch nicht kärger machte. Ich führte
ihn auf meinen neu-erkauften Hof, bezahlte ihm seine Geiß und,
nachdem ich ihm einen halben Rausch angehängt, fragte ich ihn,
woher ihm derjenige Knab zugestanden wäre, von dem wir heut geredet? „Ach Herr", sagte er, „der Mansfelder Krieg hat mir ihn
beschert, und die Nördlinger Schlacht hat mir ihn wieder genommen." Ich sagte: „Das muß wohl eine lustige Histori sein", mit
Bitte, weil wir doch sonst nichts zu reden hätten, er wollte mir's
doch vor die lange Weile erzählen. Darauf fing er an und sagte:

„Als der Mansfelder bei Höchst die Schlacht verlor, zerstreuete
sich sein flüchtig Volk weit und breit herum, weil sie nicht alle wußten, wohin sie sich retiriren sollten; viel kamen in Spessert, weil sie
die Büsche suchten, sich zu verbergen, aber indem sie dem Tod auf
der Ebne entgingen, fanden sie ihn bei uns in den Bergen, und weil
beide kriegende Teile vor billig achteten, einander auf unserm
Grund und Boden zu berauben und niederzumachen, griffen wir

341

ihnen auch auf die Hauben; damals ging selten ein Baur in den Büschen ohn Feurrohr, weil wir zu Haus bei unsern Hauen und Pflügen nicht bleiben konnten. In demselben Tumult bekam ich nicht weit von meinem Hof in einem wilden, ungeheuren Wald eine schöne, junge Edelfrau samt einem stattlichen Pferd, als ich zuvor nicht weit davon etliche Büchsenschüsse gehöret hatte; ich sahe sie anfänglich vor einen Kerl an, weil sie so mannlich daherritt, aber indem ich sie Händ und Augen gegen dem Himmel aufheben sahe und auf Wälsch mit einer erbärmlichen Stimme zu Gott rufen höret, ließ ich mein Rohr, damit ich Feuer auf sie geben wollte, sinken und zog den Hahn wieder zurück, weil mich ihr Geschrei und Gebärden versicherten, daß sie ein betrübtes Weibsbild wäre; mithin näherten wir uns einander, und da sie mich sahe, sagte sie: ,Ach! wann Ihr ein ehrlicher Christenmensch seid, so bitte ich Euch um Gottes und seiner Barmherzigkeit, ja um des Jüngsten Gerichts willen, vor welchem wir alle um unser Tun und Lassen Rechenschaft geben müssen, Ihr wollet mich zu ehrlichen Weibern führen, die mich durch göttliche Hülfe von meiner Leibes-Bürde entledigen helfen!' Diese Worte, die mich so großer Dinge erinnerten, samt der holdseligen Aussprache, und zwar betrübten, doch überaus schönen und anmutigen Gestalt der Frau, zwangen mich zu solcher Erbärmde, daß ich ihr Pferd am Zügel nahm und sie durch Hecken und Stauden an den allerdicksten Ort des Gesträuchs führete, da ich selbst mein Weib, Kind, Gesind und Viehe hingeflehnt hatte; daselbst genas sie ehender als in einer halben Stunde desjenigen jungen Knaben, von dem wir heut miteinander geredet haben."

Hiermit beschloß mein Knan seine Erzählung, weil er eins trank, denn ich sprach ihm gar gütlich zu; da er aber das Glas ausgeleeret hatte, fragte ich: „Und wie ist es darnach weiter mit der Frau gangen?" Er antwortete: „Als sie dergestalt Kindbetterin worden, bat sie mich zu Gevattern und daß ich das Kind ehistens zu der Taufe fördern wollte, sagte mir auch ihres Manns und ihren Namen, damit sie möchten in das Taufbuch geschrieben werden, und indem tat sie ihr Felleisen auf, darin sie wohl köstliche Sachen hatte, und schenkte mir, meinem Weib und Kind, der Magd und sonst noch einer Frau so viel, daß wir wohl mit ihr zufrieden sein können; aber indem sie so damit umging und uns von ihrem Mann erzählete, starb sie uns unter den Händen, als sie uns ihr Kind zuvor wohl befohlen hatte; weil es dann nun so gar ein großer Lärmen im Land war, daß niemand bei Haus bleiben konnte, vermochten wir kaum ein Pfarr-Herrn, der bei der Begräbnus war und das Kind taufte. Da aber endlich beides geschehen, ward mir von unserem Schulzen und Pfarrherrn befohlen, ich sollte das Kind aufziehen, bis es groß würde, und vor meine Mühe und Kosten der Frauen ganze Verlassenschaft behalten, ausgenommen etliche Paternoster, Edelgesteine und so Geschmeiß, welches ich vor das Kind aufbehalten sollte. Also ernährte mein Frau das Kind mit Geißmilch, und wir behielten den Buben gar gern und dachten, wir wollten ihm, wann er groß würde, unser Mädchen zur Frau geben; aber nach der Nördlinger Schlacht habe ich beide, das Mägdlein und den Buben, verloren samt allem dem, was wir vermochten."

„Ihr habet mir", sagte ich zu meinem Knan, „eine artliche Geschicht erzählet und doch das Beste vergessen, denn Ihr habet nicht gesagt, weder wie die Frau noch ihr Mann oder das Kind geheißen." – „Herr", antwortete er, „ich habe nicht gemeint, daß Ihr's auch gern hättet wissen mögen; die Edelfrau hieße Susanna Ramsi, ihr Mann Capitain Sternfels von Fuchsheim, und weil ich Melchior hieß, so ließ ich den Buben bei der Taufe auch Melchior Sternfels von Fuchsheim nennen und ins Taufbuch schreiben."

Hieraus vernahm ich umständlich, daß ich meines Einsiedels und des Gubernators Ramsay Schwester leiblicher Sohn gewesen, aber ach leider viel zu spat, denn meine Eltern waren beide tot, und von meinem Vetter Ramsay konnte ich anders nichts erfahren, als daß die Hanauer ihn mitsamt der schwedischen Garnison ausgeschafft hätten, weswegen er dann vor Zorn und Ungeduld ganz unsinnig worden wäre.

Ich deckte meinen Goten vollends mit Wein zu und ließ den andern Tag sein Weib auch holen; da ich mich ihnen nun offenbarete, wollten sie es nicht eher glauben, bis ich ihnen zuvor einen schwarzen haarigen Flecken aufgewiesen, den ich vorn auf der Brust hatte.

Das IX. Kapitel

> Simplex bekommt Kindsweh, die ihn anstoßen;
> er wird zum Witwer; das acht' er vor Possen

Ohnlängst hernach nahm ich meinen Paten zu mir und tät mit ihm einen Ritt hinunter in Spessert, glaubwürdigen Schein und Urkund meines Herkommens und ehelicher Geburt halber zuwege zu bringen, welches ich ohnschwer aus dem Tauf-Buch und meines Goten Zeugnus erhielt. Ich kehrte auch gleich bei dem Pfarrer ein, der sich zu Hanau aufgehalten und meiner angenommen, derselbe gab mir einen schriftlichen Beweis mit, wo mein Vater selig gestorben und daß ich bei demselben bis in seinem Tod und endlich unter dem Namen Simplicii eine Zeitlang bei Herrn Ramsay, dem Gubernator in Hanau, gewesen wäre; ja ich ließ über meine ganze Histori aus der Zeugen Mund durch einen Notarium ein Instrument aufrichten, denn ich gedachte, wer weiß, wo du es noch einmal brauchest. Solche Reise kostete mich über vierhundert Taler, denn auf dem Zurück-Weg ward ich von einer Partei erhascht, abgesetzt und geplündert, also daß ich und mein Knan oder Petter allerdings nackend und kaum mit dem Leben davonkamen.

Indessen ging es daheim auch schlimm zu, denn nachdem mein Weib vernommen, daß ihr Mann ein Junker sei, spielte sie nicht allein die große Frau, sondern verliederlichte auch alles in der Haushaltung, welches ich, weil sie großen Leibes war, stillschweigend ertrug; über das war mir ein Unglück in den Stall kommen, so mir das meiste und beste Vieh hingerafft.

Dieses alles wäre noch zu verschmerzen gewesen, aber o mirum, kein Unglück allein! In der Stunde, darin mein Weib genase, ward die Magd auch Kindbetterin; das Kind zwar, so sie brachte, sahe mir allerdings ähnlich; das aber so mein Weib gebar, sahe dem Knecht so gleich, als wann es ihm aus dem Gesicht wäre geschnitten worden. Zudem hatte diejenige Dame, deren oben gedacht, in ebenderselben Nacht auch eins vor meine Tür legen lassen mit schriftlichem Bericht, daß ich der Vater wäre, also daß ich auf einmal drei Kinder zusammenbrachte, und war mir nicht anders zu Sinn, als es würde aus jedem Winkel noch eins herfürkriechen, welches mir nicht wenig graue Haare machte! Aber es gehet nit anders her, wann man in einem so gottlosen und verruchten Leben, wie ich eins geführt, seinen viehischen Begierden folget.

Nun was half's? Ich mußte taufen und mich noch darzu von der Obrigkeit rechtschaffen strafen lassen, und weil die Herrschaft damals eben schwedisch war, ich aber hiebevor dem Kaiser gedienet, ward mir die Zech desto höher gemachet, welches lauter Präludia meines abermaligen gänzlichen Verderbens waren. Gleichwie mich nun so vielerlei unglückliche Zufälle höchlich betrübten, also nahm es anderteils mein Weibchen nur auf die leichte Achsel, ja sie drillete mich noch darzu Tag und Nacht wegen des schönen Fundes, der mir vor die Tür geleget und daß ich um soviel Geldes wäre gestraft worden. Hätte sie aber gewußt, wie es mit mir und der Magd beschaffen gewesen, so würde sie mich noch wohl ärger gequälet haben; aber das gute Mensch war so aufrichtig, daß sie sich durch so viel Geld, als ich sonst ihrentwegen hätte Strafe geben müssen, bereden ließ, ihr Kind einem Stutzer zuzuschreiben, der mich das Jahr zuvor unterweilen besuchet und bei meiner Hochzeit gewesen, den sie aber sonst weiters nicht gekannt; doch mußte sie aus dem Haus, denn mein Weib argwöhnete, was ich ihrentwegen vom Knecht gedachte, und dorfte doch nichts ahnden, denn ich hätte ihr sonst vorgehalten, daß ich in einer Stunde nicht zugleich bei ihr und der Magd sein können. Indessen ward ich mit dieser Anfechtung heftig gepeinigt, daß ich meinem Knecht ein Kind aufziehen und die meinigen nicht meine Erben sein sollten und daß ich noch darzu stillschweigen und froh sein mußte, daß gleichwohl sonst niemand nichts davon wußte.

Mit solchen Gedanken marterte ich mich täglich, aber mein Weib delectirte sich stündlich mit Wein, denn sie hatte sich das Kännchen sint unsrer Hochzeit dergestalt angewöhnt, daß es ihr selten vom Maul und sie selbsten gleichsam keine Nacht ohn einen ziemlichen Rausch schlafen ging; davon soff sie ihrem Kind zeitlich das Leben ab und entzündete sich selbsten das Gehäng dergestalt, daß es ihr auch bald hernach entfiel, und mich wiederum zu einem Witwer machte, welches mir so zu Herzen ging, daß ich mich fast krank hierüber gelachet hätte.

Das X. Kapitel

Simplex hört an von den Bauern mit Lust,
was ihnen vom Mummel-See ist bewußt

Da ich mich nun solchergestalt wieder in meine erste Freiheit gesetzt befand, mein Beutel aber von Geld ziemlich geleeret, hingegen meine große Haushaltung mit vielem Viehe und Gesind beladen, nahm ich meinen Petter Melchior vor einen Vater, meine Goth, seine Frau, vor meine Mutter und den Bankert Simplicium, der mir vor die Türe geleget worden, vor meinen Erben an und übergab diesen beiden Alten Haus und Hof samt meinem ganzen Vermögen, bis auf gar wenig gelbe Batzen und Kleinodien, die ich noch auf die äußerste Not gesparet und hinterhalten. Denn ich hatte einen Ekel ab aller Weiber Beiwohnung und Gemeinschaft gefaßt, daß ich mir vornahm, weil mir's so ubel mit ihnen gangen, mich nicht mehr zu verheuraten; diese beiden alten Eheleute, welche in re rusticorum nicht wohl ihresgleichen mehr hatten, gossen meine Haushaltung gleich in ein ander Model; sie schafften von Gesind und Viehe ab, was nichts nutzte und bekamen hingegen auf den Hof, was etwas eintrug.

Mein alter Knan samt meiner alten Meuder vertrösteten mich alles Guten und versprachen, wann ich sie nur hausen ließe, so wollten sie mir allweg ein gut Pferd auf der Streu halten und so viel verschaffen, daß ich je zuzeiten mit einem ehrlichen Biedermann ein Maß Wein trinken könnte. Ich spürete auch gleich, was vor Leute meinem Hof vorstunden; mein Petter bestellete mit dem Gesind den Feldbau, schacherte mit Viehe und mit dem Holz- und Harzhandel ärger als ein Jud, und meine Goth legte sich auf die Viehzucht und wußte die Milchpfenninge besser zu gewinnen und zusammenzuhalten als zehen solcher Weiber, wie ich eins gehabt hatte. Auf solche Weise ward mein Bauren-Hof in kurzer Zeit mit allerhand notwendigem Vorrat, auch groß und kleinem Viehe genugsam versehen, also daß er in Bälde vor den besten in der ganzen Gegend geschätzet ward. Ich aber ging dabei spazieren und wartete allerhand Contemplationen ab; denn weil ich sahe, daß meine Göthin mehr aus den Immen an Wachs und Honig vorschlug, als mein Weib hiebevor aus Rindvieh, Schweinen und anderm eroberte, konnte ich mir leicht einbilden, daß sie im übrigen nichts verschlafen würde.

Einsmals spazierte ich in Saurbrunn, mehr einen Trunk frisch Wasser zu tun, als mich meiner vorigen Gewohnheit nach mit den Stutzern bekannt zu machen, denn ich fing an, meiner Alten Kargheit nachzuahmen, welche mir nicht rieten, daß ich mit den Leuten viel umgehen sollte, die ihre und ihrer Eltern Hab so unnützlich verschwendeten. Gleichwohl aber geriet ich zu einer Gesellschaft mittelmäßigen Standes, weil sie von einer seltenen Sache, nämlich von dem Mummel-See discurirten, welcher unergründlich und in der Nachbarschaft auf einem von den höchsten Bergen gelegen sei; sie hatten auch unterschiedliche alte Bauersleute beschickt, die erzählen mußten, was einer oder der ander von diesem wunderbarlichen See gehöret hätte, deren Relation ich dann mit großer Lust zuhörete, wiewohl ich's vor eitel Fabuln hielt, denn es lautete also lügenhaftig als etliche Schwänk des Plinii.

Einer sagte, wenn man ungerad, es sein gleich Erbsen, Steinlein oder etwas anders, in ein Nastüchlein binde und hineinhänge, so verändere es sich in gerad; also auch, wann man gerad hineinhänge, so finde man ungerad. Ein anderer, und zwar die meisten, gaben vor und bestätigten es auch mit Exempeln, wann man einen oder mehr Steine hineinwürfe, so erhebe sich gleich, Gott gebe wie schön auch der Himmel zuvor gewesen, ein grausam Ungewitter mit schröcklichem Regen, Schlossen und Sturmwinde. Von diesem kamen sie auch auf allerhand seltsame Historien, so sich darbei zugetragen, und was sich vor wunderbarliche Spectra von Erd- und Wassermännlein darbei hätten sehen lassen und was sie mit den Leuten geredet. Einer erzählete, daß auf eine Zeit, da etliche Hirten ihr Vieh bei dem See gehütet, ein brauner Stier herausgestiegen, welcher sich zu dem andern Rindviehe gesellet, dem aber gleich ein kleines Männlein nachgefolget, ihn wieder zurück in See zu treiben; er hätte aber nicht pariren wollen, bis ihm das Männlein gewünscht hätte, es sollte ihn aller Menschen Leiden ankommen, wann er nicht wieder zurückkehre! Auf welche Worte er und das Männlein sich wieder in den See begeben hätten. Ein ander sagte, es sei auf eine Zeit, als der See überfroren gewesen, ein Baursmann mit seinen Ochsen und etlichen Blöcken, daraus man Dielen schneidet, über den See gefahren ohn einzigen Schaden; als ihm aber sein Hund nachkommen, sei das Eis mit ihm gebrochen und der arme Hund allein hinuntergefallen und nicht mehr gesehen worden. Noch ein ander behauptete bei großer Wahrheit, es sei ein Schütze auf der Spur des Wildes bei dem See vorübergangen, der hätte auf demselben ein Wassermännlein sitzen sehen, das einen ganzen Schoß voll gemünzte Goldsorten gehabt und gleichsam damit gespielet hätte; und als er nach demselbigen Feur geben wollen, hätte sich das Männlein geduckt und diese Stimme hören lassen: „Wann du mich gebeten, deiner Armut zuhülf zu kommen, so wollte ich dich und die Deinigen reich genug gemachet haben."

Solche und dergleichen mehr Historien, die mir alle als Märlein vorkamen, damit man die Kinder aufhält, hörete ich an, verlachte sie und glaubte nicht einmal, daß ein solch ergründlicher See auf einem hohen Berge sein könnte. Aber es fanden sich noch andere Baursleute, und zwar alte glaubwürdige Männer, die erzähleten, daß noch bei ihrem und ihrer Väter Gedenken hohe fürstliche Personen den besagten See zu beschauen sich erhoben, wie denn ein regirender Herzog zu Würtenberg ein Floß machen und mit demselbigen darauf hineinfahren lassen, seine Tiefe abzumessen; nachdem die Messer aber bereits neun Zwirn-Netz (ist ein Maß, das die Schwarzwälder Bauren-Weiber besser als ich oder ein ander Geometra verstehen) mit einem Senkel hinuntergelassen und gleichwohl noch keinen Boden gefunden, hätte das Floß wider die Natur des Holzes anfahen zu sinken, also daß die, so sich darauf befunden, von ihrem Vornehmen abstehen und sich ans Land salviren müssen, maßen man noch heutzutag die Stücken des Floßes am Ufer des Sees und zum Gedächtnus dieser Geschicht das fürstlich Würtenbergische Wappen und andere Sachen mehr in Stein gehauen vor Augen sähe.

Andere bewiesen mit vielen Zeugen, daß ein Erz-Herzog von Öster-
reich den See gar hätte wollen abgraben lassen; es sei ihm aber von
vielen Leuten widerraten und durch Bitte der Landleute sein Vornehmen hintertrieben worden, aus Forcht, das ganze Land möchte
untergehen und ersaufen. Über das hätten höchstgedachte Fürsten
etliche Legel voll Forellen in den See setzen lassen, die sein aber alle
eh'r als in einer Stunde in ihrer Gegenwart abgestanden und zum
Auslauf des Sees hinausgeflossen, unangesehen das Wasser, so unter
dem Gebürg, darauf der See liege, durch das Tal (so von dem See
den Namen habe) hinfleußt, von Natur solche Fische hervorbringe,
da doch der Auslauf des Sees in dasselbige Wasser sich ergieße.

Das XI. Kapitel

Simplex recht wunderlich danksagen höret,
drauf er zu heil'gen Gedanken sich kehret

Dieser letztern Aussage machte, daß ich denen zuerst beinahe völligen Glauben zustellete und bewog meinen Fürwitz, daß ich mich
entschloß, den wunderbaren See zu beschauen. Von denen, so neben
mir alle Erzählung gehöret, gab einer dies, der ander jenes Urteil
darüber, daraus dann ihre unterschiedlichen und widereinander laufenden Meinungen gnugsam erhelleten. Ich zwar sagte, der teutsche
Name Mummel-See gebe gnugsam zu verstehen, daß es um ihn wie
um eine Mascarade, ein verkapptes Wesen sei, also daß nicht jeder
seine Art sowohl als seine Tiefe ergründen könne, die doch auch
noch nicht wäre erfunden worden, da doch so hohe Personen sich
dessen unterfangen hätten. Ging damit an denjenigen Ort, allwo ich
vorm Jahr mein verstorbenes Weib das erste Mal sahe, und das süße
Gift der Liebe einsoff.

Daselbsten legte ich mich auf das grüne Gras in Schatten nieder,
ich achtete aber nicht mehr wie hiebevor, was die Nachtigallen
daherpfiffen, sondern ich betrachtete, was vor Veränderung ich
seithero erduldet. Da stellete ich mir vor Augen, daß ich an ebendemselbigen Ort den Anfang gemachet, aus einem freien Kerl zu
einem Knecht der Liebe zu werden, daß ich seithero aus einem Officier ein Baur, aus einem reichen Baur ein armer Edelmann, aus
einem Simplicio ein Melchior, aus einem Witwer ein Ehemann, aus
einem Ehemann ein Gauch und aus einem Gauch wieder ein Witwer
worden wäre. Item, daß ich aus eines Baurs Sohn zu einem Sohn
eines rechtschaffenen Soldaten und gleichwohl wieder zu einem

Sohn meines Knans worden. Da führete ich zu Gemüt, wie mich seithero mein Fatum des Herzbruders beraubet und hingegen vor ihn mit zweien alten Eheleuten versorget hätte. Ich gedachte an das gottselige Leben und Absterben meines Vaters, an den erbärmlichen Tod meiner Mutter und darneben auch an die vielfältigen Veränderungen, deren ich mein Lebtag unterworfen gewesen, also daß ich mich des Weinens nicht enthalten konnte. Und indem ich zu Gemüt führete, wieviel schön Geld ich die Tage meines Lebens gehabt und verschwendet, zumal solches zu bedauren anfing, kamen zween gute Schlucker oder Weinbeißer, denen die Cholica in die Glieder geschlagen, deswegen sie dann erlahmet und das Bad samt dem Saurbrunn brauchten; die satzten sich zunächst bei mir nieder, weil es eine gute Ruhestatt hatte, und klagte je einer dem andern seine Not, weil sie vermeineten, allein zu sein; der eine sagte: „Mein Doctor hat mich hiehergewiesen als einen, an dessen Gesundheit er verzweifelt, oder als einen, der neben andern dem Wirt um das Fäßlein mit Butter, so er ihm neulich geschickt, Satisfaction tun solle; ich wollte, daß ich ihn entweder die Tage meines Lebens niemals gesehen oder daß er mir gleich anfangs in den Saurbrunn geraten hätte, so würde ich entweder mehr Geld haben oder gesünder sein als jetzt, denn der Saurbrunn schlägt mir wohl zu." – „Ach", antwortete der ander, „ich danke meinem Gott, daß er mir nicht mehr überflüssig Geld bescheret hat, als ich vermag; denn hätte mein Doctor noch mehr hinter mir gewußt, so hätte er mir noch lang nicht in Saurbrunn geraten, sondern ich hätte zuvor mit ihm und seinen Apothekern, die ihn deswegen alle Jahre schmieren, teilen müssen, und hätte ich darüber sterben und verderben sollen. Die Schabhälse raten unsereinem nicht eher an ein so heilsam Ort, sie getrauen denn nit mehr zu helfen oder wissen nichts mehr an einem zu ropfen. Wenn man die Wahrheit bekennen will, so muß ihnen derjenige, so sich hinter sie läßt und hinter welchem sie Geld wissen, nur lohnen, daß sie einen krank erhalten."

Diese zween hatten noch viel Schmähens über ihre Doctores, aber ich mag's darum nicht alles erzählen, denn die Herren Medici möchten mir sonst feind werden und künftig eine Purgation eingeben, die mir die Seele austreiben möchte. Ich melde dies allein deswegen, weil mich der letztere Patient mit seiner Danksagung, daß ihm Gott nicht mehr Geld bescheret, dergestalt tröstete, daß ich alle Anfechtungen und schweren Gedanken, die ich damals des Geldes halber hatte, aus dem Sinn schlug. Ich resolvirte mich, weder mehr nach Ehren noch Geld, noch nach etwas anders, das die Welt liebet, zu trachten. Ja ich nahm mir vor, zu philosophiren und mich eines gottseligen Lebens zu befleißen, zumalen meine Unbußfertigkeit zu bereuen und mich zu erkühnen, gleich meinem Vater selig auf die höchste Staffel der Tugenden zu steigen.

Das XII. Kapitel

Simplex mit Sylphis ins Centrum der Erden
fähret urplötzlich und ohne Beschwerden

Die Begierde, den Mummelsee zu beschauen, vermehrete sich bei mir, als ich von meinem Petter verstund, daß er auch dabeigewesen und den Weg darzu wisse; da er aber hörete, daß ich durchaus auch darzu wollte, sagte er: „Und was werdet Ihr dann davon tragen, wann Ihr gleich hinkommt? Der Herr Sohn und Petter wird nichts anders sehen als ein Ebenbild eines Weihers, der mitten in einem großen Wald liegt, und wann er seine jetzige Lust mit beschwerlicher Unlust gebüßet, so wird er nichts anders als Reue, müde Füße (denn man kann schwerlich hinreuten) und den Hergang vor den Hingang davon haben. Es sollte mich kein Mensch hingebracht haben, wann ich nicht hätte hinfliehen müssen, als der Doctor Daniel (er wollte Duc d'Anguin sagen) mit seinen Kriegern das Land hinunter vor Philippsburg zog." Hingegen kehrete sich mein Fürwitz nicht an seine Abmahnung, sondern ich bestellete einen Kerl, der mich hinführen sollte; da er nun meinen Ernst sahe, sagte er, weil die Habersaat vorüber und auf dem Hof weder zu hauen noch zu ernten, wollte er selbst mit mir gehen und den Weg weisen; denn er hatte mich so lieb, daß er mich ungern aus dem Gesicht ließ, und weil die Leute im Land glaubten, daß ich sein leiblicher Sohn sei, prangte er mit mir und tät gegen mir und jedermann, wie etwan ein gemeiner armer Mann gegen seinem Sohn tun möchte, den das Glück ohn sein Zutun und Beförderung zu einem großen Herrn gemachet hätte.

Also wanderten wir miteinander über Berg und Tal und kamen zu dem Mummelsee, eh wir sechs Stunden gegangen hatten, denn mein Petter war noch so käfermäßig und so wohl zu Fuß als ein Junger. Wir verzehreten daselbst, was wir von Speis und Trank mit uns genommen, denn der weite Weg und die Höhe des Bergs, auf welchem der See liegt, hatte uns hungrig und hellig gemacht. Nachdem wir uns aber erquickt, beschauete ich den See und fand gleich etliche gezimmerte Hölzer darin liegen, die ich und mein Knan vor rudera des würtenbergischen Floßes hielten; ich nahm oder maß die Länge und Breite des Wassers vermittelst der Geometriae, weil gar beschwerlich war, um den See zu gehen und denselben mit Schritten und Schuhen zu messen, und brachte seine Beschaffenheit vermittelst des verjüngten Maßstabs in mein Schreibtäfelein; und als ich damit fertig, zumaln der Himmel durchaus hell und die Luft ganz windstill und wohl temperirt war, wollte ich auch probiren, was Wahrheit an der Sagmär wäre, daß ein Ungewitter entstehe, wann man einen Stein in den See werfe; sintemal ich allbereit die Hörsage, daß der See keine Forellen leide, am mineralischen Geschmack des Wassers wahr zu sein befunden.

Solche Prob nun ins Werk zu setzen, ging ich gegen der linken Hand am See hin an denjenigen Ort, da das Wasser (welches sonst so hell ist als ein Crystall) wegen der abscheulichen Tiefe des Sees gleichsam kohlschwarz zu sein scheinet und deswegen so forchterlich aussiehet, daß man sich auch nur vor dem Anblick entsetzet; daselbst fing ich an, so große Steine hineinzuwerfen, als ich sie immermehr erheben und ertragen konnte. Mein Petter oder Knan wollte mir nicht allein nicht helfen, sondern warnete und bat mich, davon abzustehen, soviel ihm immer müglich; ich aber continuirete meine Arbeit emsig fort, und was ich von Steinen ihrer Größe und Schwere halben nicht ertragen mochte, das walgerte ich herbei, bis ich deren über dreißig in den See brachte. Da fing die Luft an, den Himmel mit schwarzen Wolken zu bedecken, in welchen ein grausames Donnern gehöret ward, also daß mein Petter, welcher jenseit des Sees bei dem Auslauf stund und über meine Arbeit lamentirte, mir zuschrie, ich sollte mich doch salviren, damit uns der Regen und das schröckliche Wetter nicht ergreife oder noch wohl ein größer Unglück betreffe. Ich aber antwortete ihm hingegen: „Vater, ich will bleiben und des Endes erwarten, und sollte es auch Helleparten regnen!" – „Ja", antwortete mein Knan, „Ihr macht es wie alle verwegenen Buben, die sich nichts darum geheien, wanngleich die ganze Welt unterginge."

Indem ich nun diesem seinem Schmälen so zuhörete, verwandte ich die Augen nicht von der Tiefe des Sees, in Meinung, etwan etliche Blattern oder Blasen vom Grund desselbigen aufsteigen zu sehen, wie zu geschehen pfleget, wann man in andere tiefe, so stillstehende als fließende Wasser Steine wirft; aber ich ward nichts dergleichen gewahr, sondern sahe sehr weit gegen den Abyssum etliche Creaturen im Wasser herumfladern, die mich der Gestalt nach an Frösche ermahneten, und gleichsam wie Schwärmerlein aus

351

einer aufgestiegenen Raket, die in der Luft ihre Wirkung der Gebühr nach vollbringet, herumvagirten; und gleichwie sich dieselbigen mir je länger, je mehr näherten, also schienen sie auch in meinen
Augen je länger, je größer und an ihrer Gestalt den Menschen desto
ähnlicher; weswegen mich dann erstlich eine große Verwunderung
und endlich, weil ich sie so nahe bei mir hatte, ein Grausen und
Entsetzen ankam.

„Ach!" sagte ich damal vor Schrecken und Verwunderung zu
mir selber und doch so laut, daß es mein Knan, der jenseit des Sees
stund, wohl hören konnte (wiewohl es schröcklich donnerte). „Wie
seind die Wunderwerke des Schöpfers auch sogar im Bauch der Erden und in der Tiefe des Wassers so groß!" Kaum hatte ich diese
Worte recht ausgesprochen, da war schon eins von diesen Sylphis
oben auf dem Wasser, das antwortete: „Siehe, das bekennest du, eh
du etwas davon gesehen hast; was würdest du wohl sagen, wann du
erst selbsten im centro terrae wärest und unsre Wohnung, die dein
Fürwitz beunruhiget, beschautest?" Unterdessen kamen noch mehr
dergleichen Wasser-Männlein hier und dort gleichsam wie die
Tauch-Entlein hervor, die mich alle ansahen und die Steine wieder
heraufbrachten, die ich hineingeworfen, worüber ich ganz erstaunte. Der erste und vornehmste aber unter ihnen, dessen Kleidung wie lauter Gold und Silber glänzete, warf mir einen leuchtenden Stein zu, so groß als ein Tauben-Ei und so grün und durchsichtig als ein Schmaragd mit diesen Worten: „Nimm hin dies Kleinod,
damit du etwas von uns und diesem See zu sagen wissest!" Ich hatte
ihn aber kaum aufgehoben und zu mir gesteckt, da ward mir nicht
anderst, als ob mich die Luft hätte ersticken oder ersäufen wollen,
derhalben ich mich dann nicht länger aufrechtbehalten konnte, sondern herumtaumelte wie eine Garnwinde und endlich gar in den See
hinunterfiel. Sobald ich aber ins Wasser kam, erholete ich mich wieder und brauchte aus Kraft des Steins, den ich bei mir hatte, im
Atmen das Wasser anstatt der Luft; ich konnte auch gleich sowohl
als die Wassermännlein mit geringer Mühe in dem See herumwe-
bern, maßen ich mich mit denselben in Abgrund hinabtät, so mich
an nichts anders ermahnete, als wann sich eine Schar Vögel mit Umschweifen aus dem obersten Teil der temperirten Luft gegen der Erde niederlässet.

Da mein Knan dies Wunder zum Teil (nämlich soviel oberhalb
des Wassers geschehen) samt meiner gählingen Verzuckung gesehen,
trollete er sich von dem See hinweg und heimzu, als ob ihm der
Kopf brennte; daselbst erzählete er allen Verlauf, vornehmlich

352

aber, daß die Wassermännlein diejenigen Steine, so ich in den See geworfen, wieder in vollem Donnerwetter heraufgetragen und an ihre vorige Statt gelegt, hingegen aber mich mit sich hinunterge-nommen hätten. Etliche glaubten ihm, die meisten aber hielten es vor eine Fabel. Andere bildeten sich ein, ich hätte mich wie ein an-derer Empedocles Agrigentinus (welcher sich in den Berg Ätnam ge-stürzt, damit jedermann gedenken sollte, wenn man ihn nirgend finde, er wäre gen Himmel gefahren) selbst in dem See ertränkt und meinem Vater befohlen, solche Fabuln von mir auszugeben, um mir einen unsterblichen Namen zu machen; man hätte eine Zeitlang an meinem melancholischen Humor wohl gesehen, daß ich halber de-sperat gewesen wäre etcetera. Andere hätten gern geglaubt, wann sie meine Leibeskräfte nicht gewußt, mein angenommener Vater hätte mich selbst ermordet, damit er als ein geiziger alter Mann mei-ner los würde und allein Herr auf meinem Hof sein möchte. Also daß man um diese Zeit von sonsten nichts als von dem Mummel-See, von mir und meiner Hinfahrt und von meinem Petter im Saurbrunn und auf dem Land zu sagen und zu raten wußte.

Das XIII. Kapitel

Simplex vom Prinzen des Mummelsees höret
Wunderding, dran er sich nicht wenig kehret

Plinius schreibet im Ende des zweites Buchs vom Geometer Diony-siodoro, daß dessen Freunde einen Brief in seinem Grab gefunden, den er geschrieben und darin berichtet, daß er aus seinem Grab bis in das mittelste Centrum der Erden sei kommen und befunden, daß zweiundvierzigtausend Stadia bis dahin sein. Der Fürst über den Mummel-See aber, so mich begleitet und obigergestalt vom Erdbo-den hinweggeholet hatte, sagte mir vor gewiß, daß sie aus dem Cen-tro Terrae bis an die Luft durch die halbe Erde just neunhundert teutscher Meilen hätten, sie wollten gleich nach Teutschland oder zu denen Antipoden, und solche Reisen müßten sie alle durch derglei-chen Seen nehmen, deren hin und wider so viel in der Welt als Tag im Jahr sein, welcher Ende oder Abgründe alle bei ihres Königs Wohnung zusammenstießen. Diese große Weite nun passirten wir eh'r als in einer Stunde, also daß wir mit unserer schnellen Reise des Monden Lauf sehr wenig oder gar nichts bevorgaben, und dennoch geschahe solches sogar ohn alle Beschwerung, daß ich nicht allein keine Müdigkeit empfand, sondern auch in solchem sanften Abfah-

353

ren mit obgemeldtem Mummelseer-Prinz allerhand discuriren konnte. Denn da ich seine Freundlichkeit vermerkte, fragte ich ihn, zu was Ende sie mich einen so weiten gefährlichen und allen Menschen ungewöhnlichen Weg mit sich nähmen? Da antwortete er mir gar bescheiden, der Weg sei nicht weit, den man in einer Stunde spaziren könnte, und nicht gefährlich, dieweil ich ihn und seine Gesellschaft mit dem überreichten Stein bei mir hätte; daß er mir aber ungewöhnlich vorkomme, sei sich nichts zu verwundern; sonst hätte er mich nicht allein aus seines Königs Befelch, der etwas mit mir zu reden, abgeholt, sondern daß ich auch gleich die seltsamen Wunder der Natur unter der Erde und in Wassern beschauen sollte, deren ich mich zwar bereits auf dem Erdboden verwunderte, eh ich noch kaum einen Schatten davon gesehen. Darauf bat ich ihn ferner, er wollte mich doch berichten, zu was Ende der gütige Schöpfer so viel wunderbarliche Seen erschaffen, sintemal sie, wie mich dünkte, keinem Menschen nichts nutzten, sondern viel ehender Schaden bringen könnten? Er antwortete: „Du fragst billig um dasjenige, was du nicht weißt oder verstehest; diese Seen sind dreierlei Ursachen willen erschaffen. Denn erstlich werden durch sie alle Meere, wie die Namen haben und sonderlich der große Oceanus, gleichsam wie mit Nägeln an die Erde geheftet. Zweitens werden von uns durch diese Seen (gleichsam als wie durch Teichel, Schläuche oder Stiefeln bei einer Wasserkunst, deren ihr Menschen euch gebrauchet) die Wasser aus dem Abyssu des Oceani in alle Quellen des Erdbodens getrieben (welches denn unser Geschäft ist), wovon alsdann alle Brünnen in der ganzen Welt fließen, die großen und kleinen Wasserflüsse entstehen, der Erdboden befeuchtiget, die Gewächse erquicket und Menschen und Viehe getränket werden. Drittens, daß wir als vernünftige Creaturen Gottes hierin leben, unsere Geschäfte verrichten und Gott den Schöpfer in seinen großen Wunderwerken loben sollen! Hierzu nun seind wir und solche Seen erschaffen und werden auch bis an den Jüngsten Tag bestehen. Wenn wir aber gegen derselben letzten Zeit unsere Geschäfte, darzu wir von Gott und der Natur erschaffen und verordnet sind, aus einer oder andern Ursache unterlassen müssen, so muß auch notwendig die Welt durchs Feur untergehen, so aber vermutlich nicht ehender geschehen kann, es sei denn, daß ihr den Mond (donec auferatur luna, Psal. 71.), Venerem oder Martem, als Morgen- und Abendstern verlieret; denn es müßten die generationes fructu- et animalium erst vergehen und alle Wasser verschwinden, eh sich die Erde von sich selbst durch der Sonnen Hitze entzünde, calcinire und wiederum regenerire. Solches aber gebühret uns nicht zu wissen, ist auch allein Gott bekannt, außer was wir etwan mutmaßen und eure Chymici aus ihrer Kunst daherlallen."

Da ich ihn so reden und die Heilige Schrift anziehen hörete, fragte ich, ob sie sterbliche Creaturen wären, die nach der jetzigen Welt auch ein künftiges Leben zu hoffen hätten? Oder ob sie Geister sein, welche, solang die Welt stünde, nur ihre anbefohlenen Geschäfte verrichten? Darauf antwortete er: „Wir sind keine Geister, sondern sterbliche Leutlein, die zwar mit vernünftigen Seelen begabet, welche aber samt den Leibern dahinsterben und vergehen; Gott ist zwar so wunderbar in seinen Werken, daß sie keine Creatur auszusprechen vermag, doch will ich dir, soviel unsere Art anbelanget, simpliciter erzählen, daß du daraus fassen kannst, wieweit wir von den andern Creaturen Gottes zu unterscheiden sein. Die heiligen Engel sind Geister, zum Ebenbild Gottes gerecht, verständig, frei, keusch, hell, schön, klar, geschwind und unsterblich zu dem Ende erschaffen, daß sie in ewiger Freude Gott loben, rühmen, ehren und preisen, in dieser Zeitlichkeit aber der Kirche Gottes hier auf Erden auf den Dienst warten und die allerheiligsten göttlichen Befelche verrichten sollen, deswegen sie denn auch zuzeiten Nuntii genennet werden; und ihrer seind auf einmal so viel hunderttausend mal tausend Millionen erschaffen worden, als der göttlichen Weisheit wohlgefällig gewesen; nachdem aber aus ihrer großen Anzahl unaussprechlich viel, die sich ihres hohen Adels überhoben, aus Hoffart gefallen, seind erst euere ersten Eltern von Gott mit einer vernünftigen und unsterblichen Seele zu seinem Ebenbild erschaffen und deswegen mit Leibern begabet worden, daß sie sich aus sich selbsten vermehren sollten, bis ihr Geschlecht die Zahl der gefallenen Engel wiederum erfülle; zu solchem Ende nun ward die Welt erschaffen mit allen andern Creaturen, daß der irdische Mensch, bis sich sein Geschlecht soweit vermehrte, daß die angeregte Zahl der gefallenen Engel damit ersetzt werden könnte, darauf wohnen, Gott loben und sich aller anderer erschaffener Dinge auf der ganzen Erdkugel (als worüber ihn Gott zum Herrn gemachet) zu Gottes Ehren und zu seines Nahrung-bedörftigen Leibes Aufenthaltung bedienen sollte; damals hatte der Mensch diesen Unterscheid zwischen sich und den heiligen Engeln, daß er mit der irdischen Bürde seines Leibes bela den und nicht wußte, was gut und böse war, und dahero auch nicht so stark und geschwind als ein Engel sein konnte; hatte hingegen aber auch nichts Gemeines mit den unvernünftigen Tieren; demnach er aber durch den Sündenfall im Paradeis seinen Leib dem Tod un-

355

terwarf, schätzten wir ihn das Mittel zu sein zwischen den heiligen Engeln und den unvernünftigen Tieren. Denn gleichwie eine heilige entleibte Seele eines zwar irdischen, doch himmlisch-gesinnten Menschen alle gute Eigenschaft eines heiligen Engels an sich hat, also ist der entseelte Leib eines irdischen Menschen (der Verwesung nach) gleich einem andern Aas eines unvernünftigen Tiers; uns selbsten aber schätzen wir vor das Mittel zwischen euch und allen andern lebendigen Creaturen der Welt, sintemal, obgleich wir wie ihr vernünftige Seelen haben, so sterben jedoch dieselbigen mit unsern Leibern gleich hinweg, gleichsam als wie die lebhaften Geister der unvernünftigen Tiere in ihrem Tod verschwinden. Zwar ist uns kundbar, daß ihr durch den ewigen Sohn Gottes, durch welchen wir denn auch erschaffen, aufs allerhöchste geadelt worden, indem er euer Geschlecht angenommen, der göttlichen Gerechtigkeit genuggetan, den Zorn Gottes gestillet und euch die ewige Seligkeit wiederum erworben, welches aller euer Geschlecht dem unserigen weit vorziehet. Aber ich rede und verstehe hier nichts von der Ewigkeit, weil wir deren zu genießen nicht fähig sein, sondern allein von dieser Zeitlichkeit, in welcher der allergütigste Schöpfer uns gnugsam beseligt als mit einer guten gesunden Vernunft, mit Erkanntnüs des allerheiligsten Willens Gottes, soviel uns vonnöten, mit gesunden Leibern, mit langem Leben, mit der edlen Freiheit, mit genugsamer Wissenschaft, Kunst und Verstand aller natürlichen Dinge, und endlich, so das allermeiste ist, sind wir keiner Sünde und dannenhero auch keiner Strafe noch dem Zorn Gottes, ja nicht einmal der geringsten Krankheit unterworfen. Welches alles ich dir darum so weitläufig erzählet und auch deswegen der heiligen Engel, irdischen Menschen und unvernünftigen Tiere gedacht, damit du mich desto besser verstehen könntest."

Ich antwortete, es wollte mir dennoch nicht in Kopf; da sie keiner Missetat und also auch keiner Strafe unterworfen; worzu sie dann eines Königs bedörftig? Item wie sie sich der Freiheit rühmen könnten, wann sie einem König unterworfen? Item, wie sie geboren werden und wieder sterben könnten, wann sie gar keine Schmerzen oder Krankheit zu leiden geartet wären? Darauf antwortete mir das Prinzlein, sie hätten ihren König nicht, daß er Justitiam administriren noch daß sie ihm dienen sollten, sondern daß er wie der König oder Weisel in einem Immenstock ihre Geschäfte dirigire; und gleichwie ihre Weiber in coitu keine Wollust empfänden, also sei sie hingegen auch in ihren Geburten keinen Schmerzen unterworfen, welches ich etlichermaßen am Exempel der Katzen abnehmen und glauben könnte, die zwar mit Schmerzen empfahen, aber mit Wollust gebären. So stürben sie auch nicht mit Schmerzen oder aus hohem gebrechlichen Alter, weniger aus Krankheit, sondern gleichsam als ein Licht verlösche wann es seine Zeit geleuchtet habe, also verschwinden auch ihre Leiber samt der Seelen. Gegen der Freiheit, deren er sich gerühmt, sei die Freiheit des allergrößten Monarchen unter uns irdischen Menschen gar nichts, ja nicht so viel als ein Schatten zu rechnen, denn sie könnten weder von uns noch andern Creaturen getötet, noch zu etwas Unbeliebigem genötiget, vielweniger befängnist werden, weil sie Feur, Wasser, Luft und Erde ohn einige Mühe und Müdigkeit (von deren sie gar nichts wüßten) durchgehen könnten.

Darauf sagte ich: „Wann es mit euch so beschaffen, so ist euer Geschlecht von unserm Schöpfer weit höher geadelt und beseligt als das unserige." „Ach nein", antwortete der Fürst, „ihr sündiget, wann ihr dies glaubet, indem ihr die Güte Gottes einer Sache beschuldiget, die nicht so ist; denn ihr seid weit mehrers beseligt als wir, indem ihr zu der seligen Ewigkeit und das Angesicht Gottes unaufhörlich anzuschauen erschaffen, in welchem seligen Leben eurereiner, der selig wird, in einem einzigen Augenblick mehr Freude und Wonne als unser ganzes Geschlecht von Anfang der Erschaffung bis an den Jüngsten Tag geneußt." Ich sagte: „Was haben darum die Verdammte davon?" Er antwortete mir mit einer Wider-Frage und sagte: „Was kann die Güte Gottes davor, wann eurereiner sein selbst vergisset, sich der Creaturen der Welt und deren schändlichen Wohllüsten ergiebet, seinen viehischen Begierden den Zügel schießen lässet, sich dadurch dem unvernünftigen Viehe, ja durch solchen Ungehorsam gegen Gott, mehr den höllischen als seligen Geistern gleichmachet? Solcher Verdammten ewiger Jammer, worein sie sich selbst gestürzt haben, benimmt darum der Hoheit und dem Adel ihres Geschlechtes nichts, sintemal sie sowohl als andere in ihrem zeitlichen Leben die ewige Seligkeit hätten erlangen mögen, da sie nur auf dem darzu verordneten Weg hätten wandlen wollen."

Das XIV. Kapitel

Simplex noch weiter sehr viel discurirt,
als er vom Prinzen wird weitergeführt

Ich sagte zu dem Fürstlein, weil ich auf dem Erdboden ohndas mehr
Gelegenheit hätte, von dieser Materia zu hören, als ich mir zunutz
machte, so wollte ich ihn gebeten haben, er wollte mir doch davor
die Ursache erzählen, warum zuzeiten ein so groß Ungewitter entstehe, wenn man Steine in solche Seen werfe? Denn ich erinnerte
mich von dem Pilatus-See im Schweizerland ebendergleichen gehört
und vom See Camarina in Sicilia ein solches gelesen zu haben, von
welchem die Phrasis entstanden, Camarinam movere. Er antwortete: „Weil alles, das schwer ist, nicht eher gegen dem centro terrae
zu fallen aufhöret, wann es in ein Wasser geworfen wird, es treffe
denn einen Boden an, darauf es unterwegs liegen verbleibe, hingegen diese Seen alle miteinander bis auf das Centrum ganz bodenlos
und offen seind, also daß die Steine so hineingeworfen werden, notwendig und natürlicher Weise in unsere Wohnung fallen und liegen-
bleiben müßten, wann wir sie nicht wieder zu ebendem Ort, da sie
herkommen, von uns hinausschafften: also tun wir solches mit einer
Ungestüme, damit der Mutwille derjenigen, so sie hineinzuwerfen
pflegen, abgeschreckt und im Zaum gehalten werden möge, so denn
eins von den vornehmsten Stücken unsers Geschäfts ist, darzu wir
erschaffen. Sollten wir aber gestatten, daß ohn dergleichen Ungewitter die Steine eingeschmissen und wieder ausgeschafft würden, so
käme es endlich darzu, daß wir nur mit denen mutwilligen Leuten
zu tun hätten, die uns täglich von allen Orten der Welt her aus
Kurzweile Steine zusendeten. Und an dieser einzigen Verrichtung,
die wir zu tun haben, kannstu die Notwendigkeit unsers Geschlechts
abnehmen, sintemal, da obigergestalt die Steine von uns nicht ausge-
tragen und doch täglich durch so viel dergleichen unterschiedliche
Seen, die sich hin und wieder in der Welt befinden, dem centro terrae, darin wir wohnen, soviel zugeschickt würden, so müßten endlich zugleich die Gebäude, damit das Meer an die Erde geheftet und
befestiget, zerstöret und die Gänge, dadurch die Quellen aus dem
Abgrund des Meers hin und wieder auf die Erde geleitet, verstopft
werden, das dann nichts anders als eine schädliche Confusion und
der ganzen Welt Untergang mit sich bringen könnte.“

Ich bedankte mich dieser Communication und sagte: „Weil ich
verstehe, daß euer Geschlecht durch solche Seen alle Quellen und
Flüsse auf dem ganzen Erdboden mit Wasser versiehet, so werdet

ihr auch Bericht geben können, warum sich die Wasser nicht alle gleich befinden an Geruch, Geschmack und so weiter und der Kraft und Würkung, da sie doch ihre Wiederkehrung (wie ich verstanden) ursprünglich alle aus dem Abgrund des großen Oceani hernehmen, darein sich alle Wasser wiederum ergießen. Denn etliche Quellen seind liebliche Saurbrünnen und taugen zu der Gesundheit, etliche sind zwar saur, aber unfreundlich und schädlich zu trinken; und andere seind gar tödlich und vergift, wie derjenige Brunn in Arcadia, damit Jollas dem Alexander Magno vergeben haben solle; etliche Brunnenquellen seind laulicht, etliche siedendheiß und andere eiskalt; etliche fressen durch Eisen als Aqua fort, wie einer in Zepusio oder der Grafschaft Zips in Ungarn. Andere hingegen heilen alle Wunden, als sich denn einer in Thessalia befinden solle; etliche Wasser werden zu Stein, andere zu Salz und etliche zu Vitriol. Der See bei Zircknitz in Kärnten hat nur Winterszeit Wasser, und im Sommer liegt er allerdings trocken; der Brunn bei Ängstlen lauft nur Sommerszeit, und zwar nur zu gewissen Stunden, wann man das Vieh tränket; der Schändlebach bei Oder-Nähenheim lauft nicht eher, als wann ein Unglück übers Land kommen soll. Und der Fluvius Sabbathicus in Syria bleibet allezeit den siebenten Tag gar aus. Worüber ich mich oftermal, wann ich der Sache nachgedacht und die Ursache nicht ersinnen können, zum allerhöchsten verwundern mußte."

Hierauf antwortete der Fürst: „Diese Dinge alle miteinander hätten ihre natürlichen Ursachen, welche denn von den Naturkündigern unsers Geschlechts mehrenteils aus denen unterschiedlichen Gerüchen, Geschmäcken, Kräften und Würkungen der Wasser genugsam erraten, abgenommen und auf dem Erdboden wären offenbaret worden. Wann ein Wasser von ihrer Wohnung an bis zu seinem Auslauf, welchen wir die Quelle nenneten, nur durch allerhand Steine laufe, so verbleibe es allerdings kalt und süß; dafern es aber auf solchem Weg durch und zwischen die Metalla passire (denn der große Bauch der Erden sei innerlich nicht an einem Ort wie am andern beschaffen), als da sei Gold, Silber, Kupfer, Zinn, Blei, Eisen, Quecksilber etcetera oder durch die halben Mineralia, nämlich Schwefel, Salz mit allen seinen Gattungen als naturale, sal gemmae, sal nativum, sal radicum, sal nitrum, sal ammoniacum, sal petrae etcetera, weiße, rote, gelbe und grüne Farben, Vitriol, marchasita aurea, argentea, plumbea, ferrea, Lapis lazuli, Alumen, Arsenicum, Antimonium, Risigallum, Electrum naturale, Chrysocolla, Sublimatum etcetera, so nehme es deren Geschmack, Geruch, Art, Kraft und

Wirkung an sich, also daß es den Menschen entweder heilsam oder schädlich werde. Und eben daher hätten wir so unterschiedlich Salz, denn etliches sei gut und etliches schlecht; zu Cervia und Comachio ist es ziemlich schwarz, zu Memphis rötlich, in Sicilia schneeweiß, das centaropische ist purpurfärbig und das cappadocische gelblecht. Betreffend aber die warmen Wasser, sagte er, so nehmen dieselben ihre Hitze von dem Feur an sich, das in der Erde brennet, welches sowohl als unser See hin und wieder seine Luftlöcher und Camine hat, wie man am berühmten Berg Ätna in Sicilia, Hecla in Island, Gumapi in Banda und andern mehr abnehmen mag. Was aber den Zircknitzer See anlangt, so wird dessen Wasser Sommerszeit bei der Kärtner Antipodibus gesehen, und der Ängstler-Brunn an andern Orten des Erdbodens zu gewissen Stunden und Zeiten des Jahrs und Tags anzutreffen sein, ebendasjenige zu tun, was er bei den Schweizern verrichtet. Gleiche Beschaffenheit hat es mit der Ober-Näheimer Schändlibach, welche Quellen alle durch unser Geschlechtes Leutlein nach dem Willen und Ordnung Gottes, um sein Lob dadurch bei euch zu vermehren, solchergestalt geleitet und geführet werden. Was den Fluvium Sabbathicum in Syria betrifft, pflegen wir in unsrer Wohnung, wann wir den siebenten Tag feiern, uns in dessen Ursprung und Canal als das lustigste Ort unsers ganzen Äquatoris zu lagern und zu ruhen, deswegen dann ermeldter Fluß nicht laufen mag, solang wir daselbst dem Schöpfer zu Ehren feierlich verharren."

Nach solchem Gespräch fragte ich den Prinzen, ob auch möglich sein könnte, daß er mich wieder durch einen andern als den Mummelsee, auch an ein ander Ort der Erden auf die Welt bringen könnte? „Freilich", antwortete er, „warum das nicht? Wann es nur Gottes Wille ist. Denn auf solche Weise haben unsere Vor-Eltern vor alten Zeiten etliche Cananäer, die dem Schwert Josuä entronnen und sich aus Desperation in einen solchen See gesprenget, nach Americam geführt, maßen deren Nachkömmlinge noch auf den heutigen Tag den See zu weisen wissen, aus welchem ihre Ur-Eltern anfänglich entsprungen."

Als ich nun sahe, daß er sich über meine Verwunderung verwunderte, gleichsam als ob seine Erzählung nicht verwundernswürdig wäre, sagte ich zu ihm: ob sie sich denn nicht auch verwunderten, da sie etwas Seltenes und Ungewöhnliches von uns Menschen sehen? Hierauf antwortete er: „Wir verwundern uns an euch nichts mehrers, als daß ihr euch, da ihr doch zum ewigen seligen Leben und den unendlichen himmlischen Freuden erschaffen, durch die zeitlichen und irdischen Wollüste, die doch sowenig ohn Unlust und Schmerzen als die Rosen ohn Dörner sind, dergestalt betören laßt, daß ihr dadurch eure Gerechtigkeit am Himmel verlieret, euch der fröhlichen Anschauung des Allerheiligsten Angesichtes Gottes beraubet und zu den verstoßenen Engeln in die ewige Verdammnus stürzet! Ach möchte unser Geschlecht an eurer Stelle sein, wie würde sich jeder befleißen, in dem Augenblick eurer nichtigen und flüchtigen Zeitlichkeit die Probe besser zu halten als ihr; denn das Leben, so ihr habet, ist nicht euer Leben, sondern euer Leben oder der Tod wird euch erst gegeben, wann ihr die Zeitlichkeit verlasset; das aber, was ihr das Leben nennet, ist gleichsam nur ein Moment und Augenblick, so euch verliehen ist, Gott darin zu erkennen und ihm euch zu nähern, damit er euch zu sich nehmen möge; dannenhero halten wir die Welt vor einen Probierstein Gottes, auf welchem der Allmächtige die Menschen, gleichwie sonst ein reicher Mann das Gold und Silber probiret, und nachdem er ihren Valor am Strich befindet oder nachdem sie sich durchs Feur läutern lassen, die guten und feinen Gold- und Silbersorten in seinen himmlischen Schatz leget, die bösen und falschen aber ins ewige Feur wirft, welches euch dann euer Heiland und unser Schöpfer mit dem Exempel vom Weizen und Unkraut genugsam vorgesaget und offenbaret hat."

Das XV. Kapitel

Simplex sich selbst mit dem König besprachet,
welcher von sehr vielen Dingen ihn fraget

Dies war das Ende unsers Gesprächs, weil wir uns dem Sitz des Königs näherten, vor welchen ich ohn Ceremonien oder Verlust einiger Zeit hingebracht ward. Da hatte ich nun wohl Ursache, mich über seine Majestät zu verwundern, da ich doch weder eine wohlbestellte Hofhaltung noch einiges Gepräng, ja aufs wenigste keinen Canzler oder geheime Räte noch einzigen Dolmetschen oder Trabanten und Leibguardi, ja sogar keinen Schalksnarren noch Koch, Kellner, Page, noch einzigen Favoriten oder Tellerlecker nicht sahe, sondern rings um ihn her schwebten die Fürsten über alle Seen, die sich in der ganzen Welt befinden, ein jedweder in derjenigen Landes-Art aufziehend, in welches sich ihr unterhabender See von dem Centro Terrae aus erstreckte; dannenhero sahe ich zugleich die Ebenbilder der Chineser und Africaner, Troglodyten und Novazembler, Tartarn und Mexicaner, Samojeden und Moluccenser, ja auch von denen, so unter den Polis arctico und antarctico wohnen, das wohl ein seltsames Spectacul war; die zween, so über der wilden und schwarzen See die Inspection trugen, waren allerdings bekleidet, wie der so mich convoiirt, weil ihr See zunächst am Mummelsee gelegen, zog also derjenige, so über den Pilatussee die Obsicht trug, mit einem breiten ehrbaren Bart und einem Paar Pluderhosen auf wie ein reputierlicher Schweizer, und derjenige so über die obgemeldte See Camarina die Aufsicht hatte, sahe mit Kleidern und Gebärden einem Sicilianer so ähnlich, daß einer tausend Eide geschworen hätte, er wäre noch niemaln aus Sicilia kommen und könnte kein teutsches Wort. Also sahe ich auch wie in einem Trachten-Buch die Gestalten der Perser, Japonier, Moscowiter, Finnen, Lappen und aller andern Nationen in der ganzen Welt.

Ich bedorfte nicht viel Complimenten zu machen, denn der König fing selbst an, sein gut Teutsch mit mir zu reden, indem sein erstes Wort war, daß er fragte: „Aus was Ursache hastu dich unterfangen, uns gleichsam ganz mutwilliger Weise so einen Haufen Steine zuzuschicken?" Ich antwortete kurz: „Weil bei uns einem jeden erlaubt ist, an einer verschlossenen Türe anzuklopfen." Darauf sagte er: „Wie, wann du aber den Lohn deiner fürwitzigen Importunität empfingest?" Ich antwortete: „Ich kann mit keiner größern Strafe beleget werden, als daß ich sterbe; sintemal ich aber seithero so viel Wunder erfahren und gesehen, die unter so viel Millionen Menschen keiner das Glück nicht hat, würde mir mein Sterben ein Geringes und mein Tod vor gar keine Strafe zu rechnen sein." – „Ach elende Blindheit!" sagte hierauf der König und hub damit die Augen auf, gleichwie einer, der aus Verwunderung gen Himmel schauet, ferner sagend: „Ihr Menschen könnt nur einmal sterben, und ihr Christen solltet den Tod nicht eher getrost zu überstehen wissen, ihr wäret denn vermittelst euers Glaubens und Liebe gegen Gott durch eine unzweifelhafte Hoffnung versichert, daß euere Seelen das Angesicht des Höchsten eigentlich anschauen würden, sobald der sterbende Leib die Augen zutäte. Aber ich habe vor dieses Mal weit anders mit dir zu reden."

Darauf fahrete er fort: „Es ist mir referirt worden, daß sich die irdischen Menschen, und sonderlich ihr Christen, des Jüngsten Tags ehistens versehen, weil nicht allein alle Weissagung, sonderlich was die Sybillen hinterlassen, erfüllet, sondern auch alles, was auf Erden lebet, den Lastern so schröcklich ergeben sei, also daß der allmächtige Gott nicht länger verziehen werde, der Welt ihr Endschaft zu geben. Weil denn nun unser Geschlecht mitsamt der Welt untergehen und im Feur (wiewohl wir des Wassers gewohnt sein) verderben muß, also entsetzen wir uns nicht wenig wegen Zunahung solcher erschröcklichen Zeit; haben dich derowegen zu uns holen lassen, um zu vernehmen, was etwan deswegen vor Sorge oder Hoffnung zu machen sein möchte? Wir zwar können aus dem Gestirn noch nichts dergleichen abnehmen, auch nichts an der Erdkugel vermerken, daß eine so nahe Veränderung obhanden sei; müssen uns derowegen von denen benachrichtigen lassen, welchen hiebevor ihr Heiland selbsten etliche Wahrzeichen seiner Zukunft hinterlassen, ersuchen dich derowegen ganz holdselig, du wollest uns bekennen, ob derjenige Glaube noch auf Erden sei oder nicht, welchen der zukünftige Richter bei seiner Ankunft schwerlich mehr finden wird?"

Ich antwortete dem König, er hätte mich Sachen gefraget, die mir zu beantworten viel zu hoch seien, zumaln Künftiges zu wissen und sonderlich die Ankunft des Herrn allein Gott bekannt. „Nun wohlan denn", antwortete der König hinwiederum, „so sage mir dann, wie sich die Stände der Welt in ihrem Beruf halten, damit ich daraus entweder der Welt und unsers Geschlechtes Untergang oder gleich meinen Worten mir und den Meinigen ein langes Leben und glückselige Regirung conjecturiren könne; hingegen will ich dich sehen lassen, was noch wenig zu sehen bekommen, und hernach mit einer solchen Verehrung abfertigen, deren du dich dein Lebtag wirst zu erfreuen haben, wann du mir nur die Wahrheit bekennest." Als ich nun hierauf stillschwieg und mich bedachte, fuhr der König ferner fort und sagte: „Nun dran, dran! Fang am Höchsten an und beschließ es am Niedersten, es muß doch sein, wenn du anders wieder auf den Erdboden willst."

Ich antwortete: „Wann ich an dem Höchsten anfahen soll, so mache ich billig den Anfang an den Geistlichen. Dieselben nun seind gemeiniglich alle, sie sein auch gleich was vor Religion sie immer wollen, wie sie Eusebius in einer Sermon beschrieben; nämlich rechtschaffene Verächter der Ruhe, Vermeider der Wollüste, in ihrem Beruf begierig zur Arbeit, geduldig in Verachtung, ungeduldig zur Ehre, arm an Hab und Geld, reich am Gewissen, demütig gegen ihren Verdiensten und hochmütig gegen den Lastern; und gleichwie sie sich allein befleißen, Gott zu dienen und auch andere Menschen mehr durch ihr Exempel als ihre Worte zum Reich Gottes zu bringen, also haben die weltlichen hohen Häupter und Vorsteher allein ihr Absehen auf die liebe Justitiam, welche sie denn ohn Ansehen der Person einem jedweden, Armen und Reichen, durch die Bank hinaus schnurgerad erteilen und widerfahren lassen. Die Theologi

sind gleichsam lauter Hieronymi und Bedae, die Cardinäle eitel
Borromäi, die Bischöfe Augustini, die Äbte andere Hylariones und
Pachomi und die übrigen Religiosen miteinander wie die Congregation der Eremiten in der thebanischen Wildnüs! Die Kaufleute han-
deln nicht aus Geiz oder um Gewinns willen, sondern damit sie
ihren Nebenmenschen mit ihrer Ware, die sie zu solchem Ende mit
großer Gefahr aus fernen Landen herbringen, bedient sein können.
Die Wirte treiben nicht deswegen ihre Wirtschaften, reich zu werden, sondern damit sich der Hungerige, Durstige und Reisende bei
ihnen erquicken und sie die Bewirtung als ein Werk der Barmherzigkeit an den müden und kraftlosen Menschen üben könnten. Also
suchet der Medicus nicht seinen Nutz, sondern Gesundheit seines
Patienten, wohin denn auch die Apotheker zielen. Die Handwerker
wissen von keinen Vörteln, Lügen und Betrug, sondern befleißigen
sich, ihre Kunden mit dauerhafter und rechtschaffener Arbeit am
besten zu versehen. Den Schneidern tut nichts Gestohlenes im Aug
wehe, und die Weber bleiben aus Redlichkeit so arm, daß sich auch
keine Mäus bei ihnen ernähren können, denen sie etwan ein Knäul
Garn nachwerfen müßten. Man weiß von keinem Wucher, sondern
der Wohlhäbige hilft dem Dürftigen aus christlicher Liebe ganz un-
gebeten. Und wenn ein Armer nichts zu bezahlen hat ohn merk-
lichen Schaden und Abgang seiner Nahrung, so schenkt ihm der
Reiche die Schuld von freien Stücken. Man spüret keine Hoffart,
denn jeder weiß und bedenkt, daß er sterblich ist. Man merket keinen Neid, denn es weiß und erkennet je einer den andern vor ein
Ebenbild Gottes, das von seinem Schöpfer geliebet wird. Keiner erzörnt sich über den andern, weil sie wissen, daß Christus vor alle gelitten und gestorben. Man höret von keiner Unkeuschheit oder un-
ordentlichen fleischlichen Begierden, sondern was so vorgehet, das
geschiehet aus Begierde und Liebe zur Kinderzucht, damit das Reich
Gottes gemehret werde. Da findet man keine Trunkenbolde oder
Vollsäufer, sondern wann einer den andern mit einem Trunk ehret,
so lassen sich beide nur mit einem christlichen Räuschlein begnügen.
Da ist keine Trägheit im Gottesdienst, denn ein jeder erzeiget einen
emsigen Fleiß und Eifer, wie er vor allen andern Gott rechtschaffen
dienen möge, und ebendeswegen sind jetzund so schwere Kriege auf
Erden, weil je ein Teil vermeinet, das andere diene Gott nicht recht.
Es gibet keine Geizigen mehr, sondern Gesparsame; keine Verschwender, sondern Freigebige; keine Kriegsgurgeln, so die Leute
berauben und verderben, sondern Soldaten, die das Vaterland beschirmen; keine mutwilligen faulen Bettler, sondern Verächter der

Reichtümer und Liebhaber der freiwilligen Armut; keine Korn- und Wein-Juden, sondern vorsichtige Leute, die den überflüssigen Vorrat auf den besorgenden künftigen Notfall vor das Volk aufheben und fein zusammenhalten."

Das XVI. Kapitel

Simplex ins Mare del Zur wird geführet,
da er sehr seltsame Sachen verspüret

Ich pausirte ein wenig und bedachte mich, was ich noch ferners vorbringen wollte, aber der König sagte, er hätte bereits so viel gehöret, daß er nichts mehrers zu wissen begehre; wann ich wollte, so sollten mich die Seinigen gleich wieder an den Ort bringen, wo sie mich genommen; wollte ich aber (denn ich sehe wohl, sagte er, daß du ziemlich curiös bist) in seinem Reich eins und anders beschauen, das meinesgleichen ohnzweifel seltsam sein würde, so sollte ich in seiner Jurisdiction sicher hinbegleitet werden, wohin ich nur wollte, und alsdann so wollte er mich mit einer Verehrung abfertigen, daß ich damit zufrieden sein könnte. Da ich mich aber nichts entschließen und ihm nicht antworten konnte, wandte er sich zu etlichen, die eben in den Abgrund des Mare del Zur sich begeben und dorten wie aus einem Garten und wie von einer Jagd Nahrung holen sollten; zu denen sagte er: „Nehmet ihn mit und bringet ihn bald wieder her, damit er noch heut wieder auf den Erdboden gestellet werde." Zu mir aber sagte er, ich könnte mich indessen auf etwas besinnen, das in seiner Macht stünde, um solches mir zum Recompens und einer ewigen Gedächtnüs mit auf den Erdboden zu geben.

Also wischte ich mit den Sylphis davon durch ein Loch, welches etliche hundert Meilen lang war, eh wir auf den Grund des obgedachten friedsamen Meers kamen; darauf stunden Corallenzinken so groß als die Eichbäume, von welchen sie zur Speise mit sich nahmen, was noch nicht erhartet und gefärbet war; denn sie pflegen sie zu essen wie wir die jungen Hirschgeweihe. Da sahe man Schnekken-Häuslein so hoch als ein ziemlich Rondel und so breit als ein Scheuertor. Item Perlen so dick als Fäuste, welche sie anstatt der Eier aßen, und andere viel seltsamere Meerwunder, die ich nicht alle erzählen kann; der Boden lag überall mit Smaragden, Türkis, Rubinen, Diamanten, Saphiren und andern dergleichen Steinen überstreuet, gemeiniglich in der Größe wie bei uns Wackensteine, so hin und wieder in den fließenden Bächen liegen. Da sahe man hier und dort gewaltige Schroffen viel Meilwegs hoch in die Höhe ragen, welche vor das Wasser hinausgingen und lustige Insuln trugen; diese waren rundherum mit allerhand lustigen und wunderbarlichen Meergewächsen gezieret und von mancherlei seltsamen kriechenden, stehenden und gehenden Creaturen bewohnet, gleichsam als wie der Erdboden mit Menschen und Tieren; die Fische aber, deren wir groß und klein und von unzählbarer Art eine große Menge hin und wider über uns im Wasser herumvagiren sahen, ermahneten mich allerdings an so vielerlei Vögel, die sich Frühlingszeit und im Herbst bei uns in der Luft erlustiren; und weil es eben Vollmond und eine helle Zeit war (denn die Sonne war damals über unserem Horizont, also daß ich damals mit unsern Antipodibus Nacht, die Europäer aber Tag hatten), konnte ich durch das Wasser hinauf den Mond und das Gestirn samt dem Polo antarctico sehen, dessen ich mich wohl verwundern mußte. Aber der, dem ich in seine Obhut befohlen war, sagte mir, wann wir sowohl den Tag hätten als die Nacht, so würde mir alles noch verwunderlicher vorkommen, denn man könnte alsdann von weitem sehen, wie es sowohl im Abgrund des Meers als auf dem Land schöne Berge und Täler abgebe, welches schöner schiene, als die schönsten Landschaften auf dem Erdboden. Als er auch sahe, daß ich mich über ihn und alle die, so mit ihm waren, verwunderte, daß sie als Peruaner, Brasilianer, Mexicaner und Insulaner de los Latronos aufgezogen und dennoch so gut teutsch redeten, da sagte er, daß sie nicht mehr als eine Sprache könnten, die aber alle Völker auf dem ganzen Umkreis der Erden in ihrer Sprache verstünden und sie hingegen dieselben hinwiederum, welches daher komme, dieweil ihr Geschlecht mit der Torheit, so bei den babylonischen Turn vorgangen, nichts zu schaffen hätte.

Als sich nun meine Convoi genugsam proviantirt hatte, kehreten wir wiederum durch eine andere Höhle aus dem Meer in das Centrum terrae; unterwegs erzählete ich ihrer etlichen, daß ich vermeint hätte, das Centrum der Erden wäre inwendig hohl, in welchem hohlen Teil die Pigmäi wie in einem Kranrad herumliefen und also die ganze Erdkugel herum drilleten, damit sie überall von der Sonne, welche nach Aristarchi und Copernici Meinung mitten am Himmel unbeweglich stillstünde, beschienen würde. Welcher Einfalt wegen ich schröcklich ausgelachet ward, mit Bericht, ich sollte sowohl deren obigen beiden Gelehrten Meinung als meine gehabte Einbildung mir einen eitelen Traum sein lassen. Ich sollte mich, sagten sie, anstatt dieser Gedanken besinnen, was ich von ihrem König vor eine Gabe begehren wollte, damit ich nicht mit leerer Hand wiederum auf den Erdboden dörfe. Ich antwortete, die Wunder, die ich seithero gesehen, hätten mich so gar aus mir selbst gebracht, daß ich mich auf nichts bedenken könnte, mit Bitte, sie wollten mir doch raten, was ich von dem König begehren sollte. Meine Meinung wäre (sintemal er alle Brunnenquellen in der Welt zu dirigiren hätte) von ihm einen Gesund-Brunn auf meinen Hof zu begehren, wie derjenige wäre, der neulich von sich selbst in Teutschland entsprungen, der gleichwohl doch nur Süßwasser führe. Der Fürst oder Regent über das stille Meer und dessen Höhlen antwortete, solches würde in seines Königs Macht nicht stehen, und wanngleich es bei ihm stünde und er mir gern gratifiziren wollte, so hätten jedoch dergleichen Heilbrünnen in die Länge keinen Bestand und so weiter. Ich bat ihn, er wollte mir doch unbeschwert die Ursache erzählen; da antwortete er: „Es befinden sich hin und wieder in der Erden leere Stätten, die sich nach und nach mit allerhand Metallen ausfüllen, weil sie daselbst aus einer exhalatione humida viscosa et crassa generiret werden; indem nun solche Generation geschiehet, schläget sich zu Zeiten durch die Spälte der Marchasitae aureae vel argenteae aus dem centro, davon alle Quellen getrieben werden, Wasser darzu, welches dann um und zwischen den Metallis viel hundert Jahr sich enthält und der Metalle edle Art und heilsame Eigenschaften an sich nimmt; wann sich dann das Wasser aus dem centro je länger, je mehr vermehret und durch seinen starken Trieb einen Auslauf auf dem Erdboden sucht und findet, so wird das Wasser, welches soviel hundert oder tausend Jahre zwischen den Metallen verschlossen gewesen und dessen Kräfte an sich genommen, zum allerersten ausgestoßen und tut alsdann an denen menschlichen Körpern diejenige wunderbarliche Würkung, die man an solchen neuen Heilbrünnen siehet; sobald nun solches Wasser, das sich so lang zwischen den Metallen enthalten, verflossen, folget gemein Wasser hernach, welches zwar auch durch dieselbigen Gänge passiret, in seinem schnellen Lauf aber keine Tugenden oder Kräfte von den Metallen an sich nehmen und also auch nicht wie das erste heilsam sein kann. Wann ich (sagte er) die Gesundheit so sehr affectire, so sollte ich seinen König ersuchen, daß er mich dem König der Salamandrae, mit welchem er in guter Correspondenz stünde, in eine Cur recommendire; derselbe konne die menschlichen corpora zurichten und durch ein Edelgestein begaben, daß sie in keinem Feur verbrennen mögen wie eine sonderbare Leinwat, die wir auf Erden hätten und im Feur zu reinigen pflegten, wann sie schmutzig worden wäre; alsdann setze man einen solchen Menschen wie eine schleimige alte, stinkende

Tabakpfeife mitten ins Feur, da verzehreten sich dann alle bösen Humores und schädlichen Feuchtigkeiten, und komme der Patient wieder so jung, frisch, gesund und neugeschaffen hervor, als wann er das Elixier Theophrasti eingenommen hätte.

Ich wußte nicht, ob mich der Kerl foppete oder ob es ihm ernst war, doch bedankte ich mich der vertraulichen Communikation und sagte, ich besorge, diese Cur sei mir als einem Cholerico zu hitzig; mir würde nichts liebers sein, als wann ich meinen Mit-Menschen eine heilsame, rare Quelle mit mir auf den Erdboden bringen könnte, welches ihnen zu Nutz, ihrem König zur Ehre, mir aber zu einem unsterblichen Namen und ewigen Gedächtnus gereichen würde. Darauf antwortete mir der Fürst, wann ich solches suche, so wolle er mir schon ein gut Wort verleihen, wiewohl ihr König so beschaffen, daß er der Ehre oder Schande, so ihm auf Erden zugeleget werde, gleich viel achte. Mithin kamen wir wiederum in den Mittelpunkt der Erden und vor des Königs Angesicht, als er und seine Prinzen sich eben speisen wollten. Es war ein Imbiß wie die griechische Nephalia, da man weder Wein noch stark Getränke brauchte, aber anstatt dessen tranken sie Perlen wie rohe oder weichgesottene Eier aus, als welche noch nicht erhartet waren und treffliche Stärke gaben oder (wie die Bauren sagen) fütterten.

Da observirte ich, wie die Sonne einen See nach dem andern beschiene und ihre Strahlen durch dieselbigen bis in diese schröckliche Tiefe hinunterwarf, also daß es diesen Sylphis niemal an keinem Licht nicht mangelte. Man sah sie in diesem Abgrund so heiter wie auf dem Erdboden leuchten, also daß sie auch einen Schatten warf, so daß ihnen, den Sylphis die Seen wie Taglöcher oder Fenster taugten, durch welche sie Helle und Wärme empfingen; und wann sich solches nicht überall schickte, weil etliche Seen gar krumm hinumgingen, ward solches durch die Reflexion ersetzt, weil die Natur hin und wieder in die Winkel ganze Felsen von Crystall, Diamanten und Carfunklen geordnet, so die Helling und Heitere hinunterfertigten.

Das XVII. Kapitel

Simplex wird wieder auf die Erd gebracht;
er Luftgebräu, Grillen, Calender macht

Indessen hatte sich die Zeit genähert, daß ich wieder heim sollte; derhalben befahl der König, ich sollte mich vernehmen lassen, womit ich vermeine, daß er mir einen Gefallen tun könnte? Da sagte ich, es könnte mir keine größere Gnade widerfahren, als wann er mir einen rechtschaffenen medicinalischen Sauerbrunn auf meinen Hof würde zukommen lassen. „Ist es nur das?" antwortete der König. „Ich hätte vermeint, du würdest etliche große Smaragden aus dem Americanischen Meer mit dir genommen und gebeten haben, dir solche auf den Erdboden passiren zu lassen. Jetzt sehe ich, daß kein Geiz bei euch Christen ist." Mithin reichte er mir einen Stein von seltsamen variirenden Farben und sagte: „Diesen stecke zu dir, und wo du ihn hin auf den Erdboden legen wirst, daselbst wird er anfahen, das Centrum wieder zu suchen, und die bequemsten Mineralia durchgehen, bis er wieder zu uns kommt und dir unsertwegen eine herrliche Saurbrunnquelle zuschicket, die dir so wohl bekommen und zuschlagen soll, als du mit Eröffnung der Wahrheit um uns verdienet hast." Darauf nahm mich der Fürst vom Mummel-See alsbald wieder in sein Geleit und passirte mit mir den Weg und See wieder zurück, durch welchen wir herkommen waren.

Diese Heimfahrt dünkte mich viel weiter als die Hinfahrt, also daß ich auf dritthalb-tausend wohlgemessener teutscher Schweizer-Meilen rechnete; es war aber gewiß die Ursache, daß mir die Zeit so lang ward, weil ich nichts mit meiner Convoi redete als blößlich, daß ich von ihnen vernahm, sie würden bis auf drei-, vier- oder fünf-hundert Jahre alt, und solche Zeit lebten sie ohn einzige Krankheit. Im übrigen war ich im Sinn mit meinem Saurbrunn so reich, daß alle meine Gedanken und Witz genug zu tun hatten zu beratschlagen, wo ich ihn hinsetzen und wie ich mir ihn zunutz machen wollte. Da hatte ich allbereit meine Anschläge wegen der ansehnlichen Ge-bäue, die ich darzu setzen müßte, damit die Badgäste auch recht-schaffen accommodirt sein und ich hingegen ein großes Losament-geld aufheben möchte. Ich ersann schon, durch was vor Schmieralia ich die Medicos persuadiren wollte, daß sie meinen Wunder-Saur-brunn allen andern, ja gar dem Schwalbacher vorziehen und mir einen Haufen reiche Badgäste zuschaffen sollten. Ich machte schon ganze Berge eben, damit sich die Ab- und Zufahrenden über keinen mühesamen Weg beschwereten. Ich dingete schon verschmitzte Hausknechte, geizige Köchinnen, vorsichtige Bett-Mägde, wacht-same Stallknechte, saubere Bad- und Brunnen-Verwalter, und sahe auch allbereits einen Platz aus, auf welchen ich mitten im wilden Gebürge bei meinem Hof einen schönen, ebenen Lust-Garten pflan-zen und allerlei rare Gewächse darin ziehen wollte, damit sich die fremden Herren Badgäste und ihre Frauen darin erspaziren, die

Kranken erfrischen und die Gesunden mit allerhand kurzweiligen Spielen ergetzen und errammlen können. Da mußten mir die Medici, doch um die Gebühr, einen herrlichen Tractat von meinem Brunn und dessen köstlichen Qualitäten zu Papier bringen, welchen ich alsdann neben einem schönen Kupferstück, darein mein Baurnhof im Grundriß entworfen, wollt drucken lassen, aus welchem ein jeder abwesende Kranke sich gleichsam halb gesund lesen und hoffen möchte. Ich ließ alle meine Kinder von L. holen, sie allerhand lernen zu lassen, das sich zu meinem Bad schickte; doch dorfte mir keiner kein Bader werden, denn ich hatte mir vorgenommen, meinen Gästen obzwar nicht den Rücken, doch aber ihren Beutel tapfer zu schröpfen.

Mit solchen reichen Gedanken und über-glückseligem Sinn-Handel erreichte ich wiederum die Luft, maßen mich der vielgedachte Prinz allerdings mit trockenen Kleidern aus seinem Mummelsee ans Land satzte; doch mußte ich das Kleinod, so er mir anfänglich geben, als er mich abgeholet, stracks von mir tun, denn ich hätte sonst in der Luft entweder ersaufen oder, Atem zu holen, den Kopf wieder ins Wasser stecken müssen, weil gedachter Stein solche Wirkung vermochte. Da nun solches geschehen und er denselben wieder zu sich genommen, beschirmten wir einander als Leute, die einander nimmermehr wiederzusehen würden bekommen; er duckte sich und fuhr wieder mit den Seinigen in seinen Abgrund, ich aber ging mit meinem Lapide, den mir der König geben hatte, so voller Freuden davon, als wenn ich das Göldene Fell aus der Insul Colchis davongebracht hätte.

Aber ach! Meine Freude, die sich selbst vergeblich auf eine immerwährende Beständigkeit gründete, währete gar nicht lang, denn ich war kaum von diesem Wunder-See hinweg, als ich bereits anfing in dem ungeheuren Wald zu verirren, weil ich nicht Achtung geben hatte, von wannen her mein Knan mich zum See gebracht. Ich ging ein gut Stück Wegs fort, eh ich meiner Verirrung gewahr ward, und machte noch immerfort Calender, wie ich den köstlichen Saurbrunn auf meinen Hof setzen, wohl anlegen und mir dabei einen geruhigen Herrnhandel schaffen möchte. Dergestalt kam ich unvermerkt je länger, je weiter von dem Ort, wohin ich am allermeisten begehrete; und was das schlimmste war, ward ich's nicht eher inn, bis sich die Sonne neigete und ich mir nicht mehr zu helfen wußte. Da stund ich mitten in einer Wildnus wie Matz von Dresden, ohn Speis und Gewehr, dessen ich gegen die bevorstehende Nacht wohl bedörftig gewesen wäre. Doch tröstete mich mein

Stein, den ich mit mir aus dem innersten Eingeweide der Erde her-
ausgebracht hatte: „Geduld, Geduld!" sagte ich zu mir selber.
„Dieser wird dich aller überstandenen Not wiederum ergetzen; gut
Ding will Weile haben, und vortreffliche Sachen werden ohn große
Mühe und Arbeit nicht erworben, sonst würde jeder Narr ohn
Schnaufens und Bartwischens einen solchen edlen Saurbrunn, wie
du einen bei dir in der Tasche hast, seines Gefallens zuwege brin-
gen."

Da ich mir nun solchergestalt zugesprochen, faßte ich zugleich
mit der neuen Resolution auch neue Kräfte, maßen ich weit tapferer
als zuvor auf die Sohlen trat, obgleich mich die Nacht darüber er-
eilete. Der Vollmond leuchtete mir zwar fein, aber die hohen Tan-
nen ließen mir sein Licht nicht so wohl gedeihen, als denselben Tag
das tiefe Meer getan hatte; doch kam ich so weit fort, bis ich um
Mitternacht von weitem ein Feur gewahr ward, auf welches ich den
geraden Weg zuzing, und von fern sahe, daß sich etliche Wald-Bau-
ren darbei befanden, die mit dem Harz zu tun hatten. Wiewohl nun
solchen Gesellen nicht allzeit zu trauen, so zwang mich doch die
Not und riet mir meine eigene Courage, ihnen zuzusprechen. Ich
hinterschlich sie unversehens und sagte: „Gute Nacht oder guten
Tag oder guten Morgen oder guten Abend, ihr Herren! Saget mir
zuvor, um welche Zeit es sei, damit ich euch darnach zu grüßen
wisse?" Da stunden und saßen sie alle sechse vor Schröcken zitternd
und wußten nicht, was sie mir antworten sollten; denn weil ich
einer von den Längsten bin und eben damals noch wegen meines
jüngstverstorbenen Weibleins selig ein schwarz Traur-Kleid anhatte, zumalen einen schröcklichen Prügel in Händen trug, auf welchen ich mich wie ein wilder Mann steurete, kam ihnen meine Gestalt entsetzlich vor. „Wie?" sagte ich. „Will mir denn keiner antworten?" Sie verblieben aber noch eine gute Weile erstaunt, bis sich
endlich einer erholete und sagte: „Wear ischt dann der Hair?" Da
hörete ich, daß es eine schwäbische Nation sein müßte, die man
zwar (aber vergeblich) vor einfältig schätzet, sagte derowegen, ich
sei ein fahrender Schüler, der jetzo erst aus dem Venus-Berg komme
und einen ganzen Haufen wunderliche Künste gelernet hätte.
„Oho!" antwortete der älteste Baur. „Jetzt glaube ich, gottlob,
daß ich den Frieden wieder erleben werde, weil die fahrenden Schü
ler wieder anfangen zu reisen."

Das XVIII. Kapitel

Simplex verzettelt am unrechten Ort
seinen Saurbronnen und geht weiter fort

Also kamen wir miteinander ins Gespräch, und ich genoß so vieler
Höflichkeit von ihnen, daß sie mich hießen zum Feur niedersitzen
und mir ein Stück schwarz Brot und magern Küh-Käs anboten, welches ich dann alle beide acceptirte. Endlich wurden sie so verträulich, daß sie mir zumuteten, ich sollte ihnen als ein fahrender Schüler gute Wahrheit sagen. Und weil ich mich sowohl auf die Physiognomiam als Chiromantiam um etwas verstund, fing ich an, einem
nach dem andern aufzuschneiden, was ich meinete, daß sie contenti-
ren würde, damit ich bei ihnen meinen Credit nicht verliere, denn es
war mir bei diesen wilden Waldburschen nicht allerdings heimlich.
Sie begehreten allerhand fürwitzige Künste von mir zu lernen, ich
aber vertröstete sie auf den künftigen Tag und begehrete, daß sie
mich ein wenig wollten ruhen lassen. Und demnach ich solchergestalt einen Zigeiner agirt hatte, legte ich mich ein wenig beiseits,
mehr zu horchen und zu vernehmen, wie sie gesinnet, als daß ich
großen Willen (wiewohl es am Appetit nicht mangelte) zu schlafen
gehabt hätte. Je mehr ich nun schnarchte, je wachtsamer sie sich erzeigeten; sie stießen die Köpfe zusammen und fingen an um die
Wette zu raten, wer ich doch sein möchte? Vor keinen Soldaten
wollten sie mich halten, weil ich ein schwarz Kleid antrug, und vor
keinen Burgers-Kerl konnten sie mich nicht schätzen, weil ich zu
einer solchen ungewöhnlichen Zeit so fern von den Leuten in das
Mücken-Loch (so heißet der Wald) angestochen käme. Zuletzt beschlossen sie, ich müßte ein lateinischer Handwerks-Geselle sein, der
verirret wäre, oder meinem eigenen Vorgeben nach ein fahrender
Schüler, weil ich so trefflich wahrsagen könnte. „Ja", fing dann
ein anderer an und sagte: „Er hat darum nicht alles gewußt, er ist
etwan ein loser Krieger und hat sich so verkleidet, unser Vieh und
die Schlich im Wald auszukündigen. Ach daß wir es wüßten, wir
wollten ihn schlafen legen, daß er das Aufwachen vergessen sollte!"
Geschwind war ein anderer da, der diesem Widerstand hielt und
mich vor etwas anders ansahe. Indessen lag ich dort und spitzte die
Ohren; ich gedachte: Werden mich diese Knollfinken angreifen, so
muß mir zuvor einer oder drei ins Gras beißen, eh sie mich aufopfern.

Demnach nun diese so ratschlagten und ich mich mit Sorgen ängstigte, ward mir gähling, als ob einer bei mir läge, der ins Bette

brunzte, denn ich lag unversehens ganz naß. O mirum! Da war Troja verloren, und alle meine trefflichen Anschläge waren dahin, denn ich merkte am Geruch, daß es mein Saurbrunn war. Da geriet ich vor Zorn und Unwillen in eine solche Raserei, daß ich mich beinahe allein hinter die sechs Baurn gelassen und mit ihnen herumgeschlagen hätte: „Ihr gottlose Flegel" (sagte ich zu ihnen, als ich mit meinem schröcklichen Prügel aufgesprungen war), „an diesem Saurbrunn der auf meiner Lagerstatt hervorquillet, könnet ihr merken, wer ich sei! Es wäre kein Wunder, ich strafte euch alle, daß euch der Teufel holen möchte! Weil ihr so böse Gedanken in Sinn nehmen dörfen." Machte darauf so bedrohliche und erschröckliche Mienen, daß sie sich alle vor mir entsatzten. Doch kam ich gleich wieder zu mir selber und merkte, was ich vor eine Torheit beging. Nein (gedachte ich), besser ist es den Saurbrunn als das Leben verloren, das du leicht einbüßen kannst, wann du dich hinter diese Lümmel machest. Gab ihnen derhalben wieder gute Worte und sagte, eh sie sich etwas anders entsinnen konnten: „Stehet auf und versuchet den herrlichen Saurbrunn, den ihr und alle Harz- und Holzmacher hinfort in dieser Wildnus meinetwegen zu genießen haben werdet!"

Sie konnten sich in mein Gespräch nicht richten, sondern sahen einander an wie lebendige Stockfische, bis sie sahen, daß ich fein nüchtern aus meinem Hut den ersten Trunk tät; da stunden sie nacheinander vom Feur auf, darum sie gesessen, besahen das Wunder und versuchten das Wasser, und anstatt daß sie mir darum hätten dankbar sein sollen, fingen sie an zu lästern und sagten: sie wollten, daß ich mit meinem Saurbrunn an ein ander Ort geraten wäre; denn sollte ihre Herrschaft dessen inwerden, so müßte das ganze Amt Dornstett frönen und Wege darzu machen, welches ihnen dann eine große Beschwerlichkeit sein würde. „Hingegen (sagte ich) habet ihr dessen alle zu genießen; euere Hühner, Eier, Butter, Viehe und anders könnt ihr besser ans Geld bringen." – „Nein, nein", sagten sie, „nein! Die Herrschaft setzt einen Wirt hin, der wird allein reich, und wir müssen seine Narren sein, ihm Wege und Stege erhalten und werden noch keinen Dank darzu davon haben!" Zuletzt entzweiten sie sich, zween wollten den Saurbrunn behalten, und ihrer vier muteten mir zu, ich sollte ihn wieder abschaffen. Welches, da es in meiner Macht gestanden wäre, ich wohl ohn sie wollte getan haben, es wäre ihnen gleich lieb oder leid gewesen.

Weil dann nunmehr der Tag vorhanden war und ich nichts mehr da zu tun hatte, zumalen besorgen müßte, wir würden, da es noch lang herumging, einander endlich in die Haare geraten, sagte ich:

wann sie nicht wollten, daß alle Kühe im ganzen Bayersbronner Tal rote Milch geben sollten, so lang der Brunn liefe, so sollten sie mir alsobald den Weg nach Seebach weisen; dessen sie dann wohl zufrieden und mir zu solchem Ende zwei mitgaben, weil sich einer allein bei mir förchtete.

Also schied ich von dannen, und obzwar dieselbe ganze Gegend unfruchtbar war und nichts als Tannzapfen trug, so hätte ich sie doch noch elender verfluchen mögen, weil ich alle meine Hoffnung daselbst verloren; doch ging ich stillschweigend mit meinen Wegweisern fort, bis ich auf die Höh des Gebürgs kam, allwo ich mich dem Geländ nach wieder ein wenig erkennen konnte. Da sagte ich zu ihnen: „Ihr Herren könnet euch euren neuen Saurbrunn trefflich zunutz machen, wann ihr nämlich hingehet und eurer Obrigkeit dessen Ursprung anzeiget; denn da würde es eine treffliche Verehrung setzen, weil alsdann der Fürst selbigen zu Zierde und Nutz des Landes aufbauen und zu Vermehrung seines Interesses aller Welt wird bekanntmachen lassen." – „Ja", sagten sie, „da wären wir wohl Narren, daß wir uns eine Rute auf unsern eigenen Hintern machten; wir wollten lieber, daß dich der Teufel mitsamt deinem Saurbrunn holete, du hast genug gehört, warum wir ihn nicht gern sehen!" – Ich antwortete: „Ach, ihr heillose Tropfen, sollte ich euch nicht meineidige Schelmen schelten, daß ihr aus der Art euerer frommen Vor-Eltern so fern abtretet! Dieselbigen waren ihrem Fürsten so getreu, daß er sich ihrer rühmen dorfte, Er getraue in eines jeden seiner Untertanen Schoß seinen Kopf zu legen und darin sicherlich zu schlafen; und ihr Mausköpfe seid nicht so ehrlich einer besorgenden geringen Arbeit willen, darum ihr doch mit der Zeit wieder ergetzt würdet und deren all eure Nachkömmlinge reichlich zu genießen hätten: eurem Hochlöblichen Fürsten zu Nutz und manchem elenden Kranken zur Wohlfahrt und Gesundheit diesen heilsamen Saurbrunn zu offenbaren. Was sollte es sein, wanngleich etwan jeder ein paar Tage darzu frönte?" – „Was", sagten sie, „wir wollten dich, damit dein Saurbrunn verborgen bleibe, ehender im Fron totschlagen!" – „Ihr Vögel" (sagte ich), „es müßten eurer mehr sein!" zuckte darauf meinen Prügel und jagte sie damit für alle Sanct Velten hinweg; ging folgends gegen Niedergang und Mittag bergabwärts und kam nach vieler Mühe und Arbeit gegen Abend wieder heim auf meinen Bauren-Hof, im Werk wahr befindend, was mir mein Knan zuvor gesaget hatte: daß ich nämlich von dieser Wallfahrt nichts als müde Beine und den Hergang vor den Hingang haben würde.

Das XIX. Kapitel

Simplex von den Wiedertäufern erzählet,
welche in Ungarn zu wohnen erwählet

Nach meiner Heimkunft hielt ich mich gar eingezogen; meine größeste Freude und Ergetzung war, hinter den Büchern zu sitzen, deren ich mir dann viel beischaffte, die von allerhand Sachen tractirten, sonderlich solche, die eines großen Nachsinnens bedörfen. Das
was die Grammatici und Schulfüchse wissen müßten, war mir bald
erleidet, und eben also ward ich der Arithmeticae auch gleich überdrüssig; was aber die Musicam anbelanget, haßte ich dieselbe vorlängst wie die Pestilenze, wie ich denn meine Laute zu tausend Stük-
kern schmiß; die Mathematica und Geometria fand noch Platz bei
mir, sobald ich aber von diesen ein wenig zu der Astronomia geleitet ward, gab ich ihnen auch Feirabend und hing dieser samt der
Astrologia eine Zeitlang an, welche mich dann trefflich delectire-
ten; endlich kamen sie mir auch falsch und ungewiß vor, also daß
ich mich auch nicht länger mit ihnen schleppen mochte, sondern
griff nach der Kunst Raymundi Lulli, fand aber viel Geschrei und
wenig Wolle; und weil ich sie vor eine Topicam hielt, ließ ich sie
fahren und machte mich hinter die Cabalam der Hebräer und Hie-
roglyphicas der Egyptier, fand aber die allerletzte und aus meinen
Künsten und Wissenschaften, daß keine bessere Kunst sei, als die
Theologia, wann man vermittelst derselbigen Gott liebet und ihm
dienet.

Nach der Richtschnur derselbigen erfand ich vor die Menschen
eine Art, zu leben, die mehr englisch als menschlich sein könnte,
wann sich nämlich eine Gesellschaft zusammentäte, beides von Verehelichten und Ledigen, so Manns- als Weibsperson, die auf Manier
der Wiedertäufer allein sich befliessen, unter einem verständigen
Vorsteher durch ihrer Hände Arbeit ihren leiblichen Unterhalt zu
gewinnen und sich die übrigen Zeiten mit dem Lob und Dienst Gottes und ihrer Seelen Seligkeit zu bemühen. Denn ich hatte hiebevor
in Ungarn auf den wiedertäuferischen Höfen ein solches Leben gesehen, also daß ich, wofern dieselben guten Leute mit andern falschen und der allgemeinen christlichen Kirchen widerwärtigen ketzerischen Meinung nicht wären verwickelt und vertieft gewesen, ich
mich von freien Stücken zu ihnen geschlagen oder wenigst ihr Leben
vor das seligste in der ganzen Welt geschätzet hätte; denn sie
kamen mir in ihrem Tun und Leben allerdings für, wie Josephus
und andere mehr die jüdischen Essäer beschrieben. Sie hatten erst-

375

lich große Schätze und überflüssige Nahrung, die sie aber keineswegs verschwendeten; kein Fluch, Murmelung noch Ungeduld ward bei ihnen gespüret, ja man hörete kein unnützes Wort; da sahe ich die Handwerker in ihren Werkstätten arbeiten, als wann sie es verdingt hätten; ihr Schulmeister unterrichtete die Jugend, als wann sie alle seine leiblichen Kinder gewesen wären; nirgends sahe ich Manns- und Weibsbilder untereinander vermischt, sondern an jedem bestimmten Ort auch jedes Geschlecht absonderlich seine obliegende Arbeit verrichten.

Ich fand Zimmer, in welchen nur Kindbetterinnen waren, die ohn Obsorge ihrer Männer durch ihre Mitschwestern mit aller notwendigen Pflege samt ihren Kindern reichlich versehen wurden; andere sonderbare Säle hatten nichts anders in sich als viele Wiegen mit Säuglingen, die von hierzu bestimmten Weibern mit Wischen und Speisen beobachtet wurden, daß sich deren Mütter ferners nicht um sie bekümmern dorften, als wann sie täglich zu dreien gewissen Zeiten kamen, ihnen ihre milchreichen Brüste zu bieten; und dieses Geschäfte, den Kindbetterinnen und Kindern abzuwarten, war allein den Witwen anbefohlen. Anderswo sahe ich das weibliche Geschlecht sonst nichts tun als spinnen, also daß man über die hundert Kunkeln oder Spinnrocken in einem Zimmer beieinander antraf; da war eine Wäscherin, die andre eine Bettmacherin, die dritte Vieh-Magd, die vierte Schüsselwäscherin, die fünfte Kellerin, die sechste hatte das weiße Zeug zu verwalten, und also auch die übrigen alle wußten eine jedwedre, was sie tun sollte. Und gleichwie die Ämter unter dem weiblichen Geschlecht ordentlich ausgeteilet waren, also wußte auch unter den Männern und Jünglingen jeder sein Geschäft. Ward einer oder eine krank, so hatte er oder dieselbe einen sonderbaren Krankenwarter oder Warterin, auch beide Teile einen allgemeinen Medicum und Apotheker; wiewohl sie wegen löblicher Diät und guter Ordnung selten erkranken, wie ich denn manchen feinen Mann in hohem, gesundem und geruhigem Alter bei ihnen sahe, dergleichen anderswo wenig anzutreffen. Sie hatten ihre gewissen Stunden zum Essen, ihre gewissen Stunden zum Schlafen, aber keine einzige Minute zum Spielen noch Spazieren, außerhalb die Jugend, welche mit ihrem Praeceptor jedesmal nach dem Essen der Gesundheit halber eine Stunde spazierengehen, mithin aber beten und geistliche Gesänge singen mußte.

Da war kein Zorn, kein Eifer, keine Rachgier, kein Neid, keine Feindschaft, keine Sorge um Zeitliches, keine Hoffart, keine Reue! In summa, es war durchaus eine solche liebliche Harmonia, die auf nichts anders angestimmt zu sein schien, als das menschliche Geschlecht und das Reich Gottes in aller Ehrbarkeit zu vermehren. Kein Mann sahe sein Weib, als wann er auf die bestimmte Zeit sich mit derselbigen in seiner Schlafkammer befand, in welcher er sein zugerichtes Bett und sonst nichts dabei als sein Nachtgeschirr neben einem Wasserkrug und weißen Handtuch fand, damit er mit gewaschenen Händen schlafen gehen und den Morgen wieder an seine Arbeit aufstehen möchte. Über das hießen sie alle einander Schwestern und Brüder, und war doch eine solche ehrbare Verträulichkeit keine Ursache, unkeusch zu sein.

Ein solch seliges Leben, wie diese wiedertäuferischen Ketzer führen, hätte ich gern auch aufgebracht, denn soviel mich dünkte, so übertraf es auch das klösterliche. Ich gedachte, könntestu ein solches ehrbares christliches Tun aufbringen unter dem Schutz deiner Obrigkeit, so wärest du ein anderer Dominicus oder Franciscus. Ach, sagte ich oft, könntest du doch die Wiedertäufer bekehren, daß sie unsere Glaubensgenossen ihre Manier, zu leben, lerneten, wie wärest du doch so ein seliger Mensch! Oder wenn du nur deine Mit-Christen bereden könntest, daß sie wie diese Wiedertäufer ein solches (dem Schein nach) christliches und ehrbares Leben führeten, was hättestu nicht ausgerichtet? Ich sagte zwar zu mir selber: Narr, was gehen dich andere Leute an; werde ein Capuziner; dir sind ohndas alle Weibsbilder erleidet. Aber bald gedachte ich: Du bist morgen nicht wie heut, und wer weiß, was du künftig vor Mittel bedörftig, den Weg Christi recht zu gehen? Heut bistu geneigt zur Keuschheit, morgen aber kannstu brennen!

Mit solchen und dergleichen Gedanken ging ich lang um und hätte gern so einer vereinigten christlichen Gesellschaft meinen Hof und ganzes Vermögen zum besten gegeben, unter derselben ein Mitglied zu sein. Aber mein Knan prophezeite mir stracks, daß ich wohl nimmermehr solche Bursche zusammenbringen würde.

Das XX. Kapitel

Simplex vom Schwarzwald nach Moscau in Reußen reiset; die Reis ist kurzweilig zu heißen

Denselbigen Herbst näherten sich französische, schwedische und hessische Völker, sich bei uns zu erfrischen und zugleich die Reichs-Stadt in unsrer Nachbarschaft, die von einem engländischen König erbauet und nach seinem Namen gennennet worden, blocquirt zu halten, deswegen dann jedermann sich selbst samt seinem Vieh und besten Sachen in die hohen Wälder flehnte. Ich machte es wie meine Nachbarn und ließ das Haus ziemlich leer stehen, in welches ein reformirter schwedischer Obrist logiret ward. Derselbige fand in meinem Cabinet noch etliche Bücher, da ich in der Eil nicht alles hinwegbringen konnte, und unter andern einige mathematische und geometrische Abrisse, auch etwas vom Fortification-Wesen, womit vornehmlich die Ingenieurs umgehen, schloß derhalben gleich, daß sein Quartier keinem gemeinen Baur zuständig sein müßte; fing derowegen an, sich um meine Beschaffenheit zu erkündigen und meiner Person selbsten nachzutrachten, maßen er selbsten durch courtoise Entbietungen und untermischte Drohworte mich dahin brachte, daß ich mich zu ihm auf meinen Hof begab. Daselbst tractirte er mich gar höflich und hielt seine Leute dahin, daß sie mir nichts unnützlich verderben oder umbringen sollten. Mit solcher Freundlichkeit brachte er zuwege, daß ich ihm alle meine Beschaffenheit, vornehmlich aber mein Geschlecht und Herkommen vertraute. Darauf verwunderte er sich, daß ich mitten im Krieg so unter den Bauren wohnen und zusehen möcht, daß ein anderer sein Pferd an meinen Zaun binde, da ich doch mit bessern Ehren das meinige an eines andern binden könnte; ich sollte (sagte er) den Degen wieder anhenken und meine Gaben, die mir Gott verliehen hätte, nicht so hinter dem Ofen und bei dem Pflug verschimmlen lassen; er wüßte, wann ich schwedische Dienste annehmen würde, daß mich meine Qualitäten und Kriegs-Wissenschaften bald hoch anbringen würden.

Ich ließ mich hierzu gar kaltsinnig an und sagte, daß die Beförderung in weitem Feld stünde, wann einer keine Freunde hätte, die einem unter die Arme griffen. Hingegen replicirte er, meine Beschaffenheit würde mir schon beides Freunde und Beförderung schaffen; über das zweifle er nicht, daß ich nicht Verwandte bei der schwedischen Haupt-Armee antreffen würde, die auch etwas gelten, da bei derselben viel vornehme Schottische von Adel sich befänden. Ihm zwar (sagte er ferner) sei vom Torstensohn ein Regiment versprochen; wann solches gehalten würde, woran er denn gar nicht zweifele, so wollte er mich alsbald zu seinem Obrist-Leutenant machen. Mit solchen und dergleichen Worten machte er mir das Maul ganz wässerig, und weilen noch schlechte Hoffnung auf den Frieden zu machen war und ich deswegen sowohl fernerer Einquartierung als gänzlichem Ruin unterworfen, also resolvirete ich mich, wiederum mitzumachen, und versprach dem Obristen, mich mit ihm zu begeben, wofern er mir seine Parola halten und die Obrist-Leutenant-stelle bei seinem künftigen Regiment geben wollte.

Also ward die Glocke gegossen; ich ließ meinen Knan oder Petter holen; derselbe war noch mit meinem Vieh zu Bayrischbrunn; dem und seinem Weib verschrieb ich meinen Hof vor Eigentum, doch daß ihn nach seinem Tod mein Bastard Simplicius, der mir vor die Türe geleget worden, samt aller Zugehörde erben sollte, weil keine ehelichen Erben vorhanden. Folgends holete ich mein Pferd, und was ich noch vor Geld und Kleinodien hatte; und nachdem ich alle meine Sachen richtig und wegen Auferziehung erstermeldten meines wilden Sohns Anstalt gemachet, ward angeregte Blocquada unversehens aufgehoben, also daß wir aufbrechen und zu der Haupt-Armee marschiren mußten, eh wir's uns versahen. Ich agirte bei diesem Obristen einen Hofmeister und erhielt mit seinen Knechten und Pferden ihn und seine ganze Haushaltung mit Stehlen und Rauben, welches man auf soldatisch fouragiren nennet.

Die Torstensohnischen Promessen, mit denen er sich auf meinem Hof so breitgemachet, waren bei weitem nicht so groß, als er vorgeben, sondern wie mich bedünkte, ward er vielmehr nur über die Achsel angesehen. „Ach!" sagte er dann gegen mir. „Was vor ein schlimmer Hund hat mich bei der Generalität eingehauen! Da wird meines Verbleibens nicht lange sein." Und demnach er argwähnete, daß ich mich bei ihm in die Länge nicht gedulden würde, dichtete er Brief, als wann er in Liffland, allwo er dann zu Haus war, ein frisch Regiment zu werben hätte, und überredete mich damit, daß ich gleich ihm zu Wismar aufsaß und mit ihm nach Liffland fuhr. Da war es nun auch „nobis", denn er hatte nicht allein kein Regiment zu werben, sondern war auch sonsten ein blutarmer Edelmann, und was er hatte, war seines Weibes Habe und zugebrachtes Gut.

Obzwar nun ich mich zweimal betrügen und so weit hinwegführen lassen, so ging ich doch auch das dritte Mal an, denn er wiese mir Schreiben vor, die er aus der Moscau bekommen, in welchen ihm (seinem Vorgeben nach) hohe Kriegs-Chargen angetragen wurden, maßen er mir dieselbigen Schreiben so verteutschte und von richtiger und guter Bezahlung trefflich aufschnitte. Und weiln er gleich mit Weib und Kindern aufbrach, dachte ich, er wird ja um der Gänse willen nicht hinziehen! Begab mich derowegen voll guter Hoffnung mit ihm auf den Weg, weil ich ohn das kein Mittel und Gelegenheit sahe, vor diesmal wieder zurück nach Teutschland zu kehren. Sobald wir aber über die Reußische Grenze kamen und uns

379

unterschiedliche abgedankte teutsche Soldaten, vornehmlich Officirer begegneten, fing mir an zu graueln, und sagte zu meinem Obristen: „Was Teufels machen wir? Wo Krieg ist, da ziehen wir hinweg, und wo es Friede und die Soldaten unwert und abgedankt worden, da kommen wir hin!" Er aber gab mir noch immer gute Worte und sagte, ich sollte ihn nur sorgen lassen, er wisse besser, was zu tun sei, als diese Kerles, an denen nicht viel gelegen.

Nachdem wir nun sicher in der Stadt Moscau ankommen, sahe ich gleich, daß es gefehlet hatte; mein Obrister conferirte zwar täglich mit den Magnaten, aber vielmehr mit den Metropoliten als den Knesen, welches mir gar nicht spanisch, aber viel zu pfäffisch vorkam; so mir auch allerhand Grillen und Nachdenkens erweckte, wiewohl ich nicht ersinnen konnte, nach was vor einem Zweck er zielete. Endlich notificirte er mir, daß es nichts mehr mit dem Krieg wäre und daß ihn sein Gewissen treibe, die griechische Religion anzunehmen. Sein treuherziger Rat wäre, weil er mir ohnedas nunmehr nicht helfen könnte, wie er versprochen, ich sollte ihm nachfolgen. Des Zarn Majestät hätte bereits gute Nachricht von meiner Person und guten Qualitäten; die würden gnädigst belieben, wofern ich mich accomodiren wollte, mich als einen Cavalier mit einem stattlichen adeligen Gut und vielen Untertanen zu begnädigen. Welches allergnädigste Anerbieten nicht auszuschlagen wäre, indem einem jedweder ratsamer wäre, an einem solchen großen Monarchen mehr einen allergnädigsten Herrn als einen ungeneigten Groß-Fürsten zu haben.

Ich ward hierüber ganz bestürzt und wußte nichts zu antworten, weil ich dem Obristen, wann ich ihn an einem andern Ort gehabt, die Antwort lieber im Gefühl als im Gehör zu verstehen geben hätte; mußte aber meine Leier anders stimmen und mich nach demjenigen Ort richten, darin ich mich gleichsam wie ein Gefangener befand, weswegen ich dann eher ich mich auf eine Antwort resolviren konnte, so lang stillschwieg. Endlich sagte ich zu ihm, ich wäre zwar der Meinung kommen, Ihrer Zarischen Majestät als ein Soldat zu dienen, worzu er, der Herr Obrister, mich daselbst veranlaßt hätte; sein nun Dieselbe meiner Kriegsdienste nicht bedörftig, so könnte ich's nicht ändern, viel weniger Derselben Schuld zumessen, daß ich Ihretwegen einen so weiten Weg vergeblich gezogen, weil Sie mich nicht zu Ihro zu kommen beschrieben; daß aber Dieselbe mir eine so hohe Zarische Gnade allergnädigst widerfahren zu lassen geruheten, wäre mir mehr rühmlich, aller Welt zu rühmen, als solche allerunterтänigst zu acceptiren und zu verdienen, weil ich mich meine Religion zu mutiren noch zur Zeit nicht entschließen könne, wünschend, daß ich wiederum am Schwarzwald auf meinem Baurenhof säße, und niemanden einiges Anliegen noch Ungelegenheiten zu machen. Hierauf antwortete er: „Der Herr tue nach seinem Belieben; allein hätte ich vermeinet, wann Ihn Gott und das Glück grüßete, so sollte er beiden billig danken; wann Er sich aber ja nicht helfen lassen noch gleichsam wie ein Prinz leben will, so verhoffe ich gleichwohl, Er werde davorhalten, ich habe an Ihm das Meinige nach äußerstem Vermögen zu tun keinen Fleiß gesparet." Darauf hin machte er einen tiefen Bückling, ging seines Wegs und ließ mich dort sitzen, ohn daß er zulassen wollte, ihm nur bis vor die Türe das Geleite zu geben.

Als ich nun ganz perplex dort saß und meinen damaligen Zustand betrachtete, hörete ich zween reußische Wägen vor unserm Losament, sahe darauf zum Fenster hinaus und wie mein guter Herr Obrister mit seinen Söhnen in den einen und die Frau Obristin mit ihren Töchtern in den andern einstieg; es waren des Groß-Fürsten Fuhren und Liverei, zumalen etliche Geistliche dabei, so diesem Ehevolk gleichsam aufwarteten und allen guten geneigten Willen erzeigeten.

Das XXI. Kapitel

Simplex sagt, wie's ihm in Moscau ergangen;
Pulver zu machen hat er angefangen

Von dieser Zeit an ward ich zwar nicht öffentlich, sondern heimlich durch etliche Strelitzen verwachet, ohn daß ich's einmal gewußt hätte, und mein Obrister oder die Seinigen wurden mir nicht einmal mehr zu sehen, also daß ich's nicht wissen konnte, wo er hinkommen; damals satzte es, wie leicht zu erachten, seltsame Grillen und ohn Zweifel auch viele graue Haare auf meinem Kopf. Ich machte Kundschaft mit den Teutschen, die sich von Kauf- und Handwerksleuten in der Moscau ordinari aufhalten, und klagte denselben mein Anliegen und welchergestalt ich mit Gefährten hintergangen worden; die gaben mir Trost und Anleitung, wie ich wieder mit guter Gelegenheit nach Teutschland kommen könnte. Sobald sie aber Wind bekamen, daß der Zar mich im Land zu behalten entschlossen und mich hierzu dringen wollte, wurden sie alle zu Stummen an mir; ja sie äußerten sich auch meiner, und ward mir schwer, auch nur vor meinen Leib Herberge zu bekommen, denn ich hatte mein

Pferd samt Sattel und Zeug bereits verzehret und trennete heut einen und morgen den andern Ducaten aus, die ich hiebevor zum Vorrat so weislich in meine Kleider vernähet hatte. Zuletzt fing ich auch an, meine Ringe und Kleinodien zu versilbern, als der Hoffnung, mich so lang zu enthalten, bis ich eine gute Gelegenheit wieder nach Teutschland zu kommen, erharren möchte. Indessen lief ein Viertel-Jahr herum, nach welchem oftgemeldeter Obrister samt seinem Hausgesind wieder umgetauft und mit einem ansehenlichen adeligen Gut und vielen Untertanen wieder versehen ward.

Damals ging ein Mandat aus, daß man gleichwie unter den Einheimischen also auch unter den Fremden keine Müßiggänger bei hoher unausbleiblicher Strafe mehr leiden sollte, als die den Arbeitenden nur das Brot vor dem Maul wegfressen; und was von Fremden nicht arbeiten wollte, das sollte das Land in einem Monat, die Stadt aber in vierundzwanzig Stunden raumen. Also schlugen sich unserer bei fünfzig zusammen, der Meinung, unsern Weg in Gottes Namen durch Podoliam nacher Teutschland miteinanderzunehmen. Wir wurden aber nicht gar zwo Stunden weit von der Stadt von etlichen reußischen Reutern wieder eingeholet, mit dem Vorwand, daß Ihre Zarische Majestät ein groß Mißfallen hätte, daß wir uns frevelhafter Weise unterstanden, in so starker Anzahl uns zusammenzurotten und ohn Paß unsers Gefallens Dero Land zu durchziehen, mit fernerm Anhang, daß Ihre Majestät nicht unbefügt wären, uns unsers groben Beginnens halber nach Siberien zu schicken.

Auf demselbigen Zurückweg erfuhr ich, wie mein Handel beschaffen war, denn derjenige, so den Truppen Reuter führete, sagte mir ausdrücklich, daß Ihre Zarische Majestät mich nicht aus dem Land lassen würden; seine treuherziger Rat wäre, ich sollte mich nach Dero Allergnädigstem Willen accommodiren, zu ihrer Religion verfügen und, wie der Obrister getan, ein solch ansehenlich adelig Gut nicht verachten, mit Versicherung, wo ich dieses ausschlagen und bei ihnen nicht als ein Herr leben wollte, daß ich wider meinen Willen als ein Knecht dienen müßte. Und würden auch Ihrer Zarischen Majestät nicht zu verdenken sein, daß Sie einen solchen wohlerfahrnen Mann, wie mich der oftgemeldte Obrister beschaffen zu sein beschrieben, nicht aus dem Land lassen wollten. Ich verringerte mich hierauf und sagte, der Herr Obrister würde mir vielleicht mehr Künste, Tugenden und Wissenschaften zugeschrieben haben, als ich vermöchte; zwar wäre ich darum ins Land kommen, Ihrer Zarischen Majestät und der löblichen reußischen Nation auch mit Darsetzung meines Bluts wider Dero Feinde zu dienen, daß ich aber meine Religion ändern sollte, könnte ich mich noch nicht entschließen; wofern ich aber in einzigerlei Weg Ihrer Zarischen Majestät ohn Beschwerung meines Gewissens würde dienen können, würde ich an meinem äußersten Vermögen nichts erwinden lassen.

Ich ward von den andern abgesondert und zu einem Kaufherrn logiret, allwo ich nunmehr offentlich verwacht, hingegen aber täglich mit herrlichen Speisen und köstlichem Getränk von Hof aus versehen wurde; hatte auch täglich Leute, die mir zusprachen und mich hin und wieder zu Gast luden; sonderlich war einer, dem ich ohnzweifel insonderheit befohlen war (ein schlauer Mann), der unterhielt mich täglich mit freundlichem Gespräch, denn ich konnte schon ziemlich reußisch reden; dieser discurirte mehrenteils mit mir von allerhand mechanischen Künsten, item von Kriegs- und andern Maschinen, vom Fortification-Wesen und der Artollerei etcetera. Zuletzt als er unterschiedlich mal auf den Busch geklopft, um zu vernehmen, ob ich mich endlich nicht ihres Zaren Intention nach bequemen wollte, und keine Hoffnung fassen konnte, daß ich mich im geringsten ändern würde, begehrete er, wenn ich ja nicht Reußisch werden wollte, so sollte ich doch dem großen Zar zu Ehren ihrer Nation etwas von meinen Wissenschaften communiciren und mitteilen; ihr Zar würde meine Willfährigkeit mit hohen kaiserlichen Gnaden erkennen. Darauf antwortete ich, meine Affection wäre jederzeit dahin gestanden, Ihrer Zarischen Majestät untertänigst zu dienen, maßen ich zu solchem Ende in Dero Land kommen wäre, sei auch noch solchergestalt intentioniret, wiewohl ich sähe, daß man mich gleichsam wie einen Gefangenen aufhalte. „Ei nicht so, Herr", antwortete er, „Ihr seid nicht gefangen, sondern Ihre Zarische Majestät lieben Euch so hoch, daß Sie Eurer Person schier nicht wissen zu entbehren." – „Warum (sagte ich) werde ich dann verwachet?" – „Darum", antwortete er, „weil Ihre Zarische Majestät besorgen, es möchte Euch etwas Leids widerfahren."

Als er nun meine Offerten verstund, sagte er, daß Ihre Zarische Majestät allergnädigst bedacht wären, in Dero Landen selber Salpeter graben und Pulver zurichten zu lassen; weil aber niemand unter ihnen wäre, der damit umgehen könnte, würde ich der Zarischen Majestät einen angenehmen Dienst erweisen, wann ich mich des Werks unterfinge; sie würden mir hierzu Leute und Mittel genug an die Hand schaffen, und er vor seine Person wollte mich aufs treuherzigste gebeten haben, ich wollte solches Allergnädigstes Ansinnen nicht abschlagen, dieweilen sie bereits gnugsame Nachricht hätten, daß ich mich auf diese Sachen trefflich wohl verstünde. Darauf antwortete ich: „Herr, ich sage vor wie nach, wann der Zarischen Majestät ich in etwas dienen kann, außer daß sie gnädigst geruhen, mich in meiner Religion passiren zu lassen, so soll an meinem Fleiß nichts erwinden." Hierauf ward dieser Reuße (welcher einer von den vornehmsten Knesen war) trefflich lustig, also daß er mir mit dem Trunk mehr zusprach als ein Teutscher.

Den andern Tag kamen vom Zar zween Knesen und ein Dolmetsch, die ein Endliches mit mir beschlossen und von wegen des Zaren mir ein köstliches reußisches Kleid verehreten. Also fing ich gleich etliche Tage hernach an, Salpeter-Erde zu suchen und diejenigen Reußen, so mir zugegeben waren, zu lernen, wie sie denselben von der Erde separiren und läutern sollten; und mithin verfertigte ich die Abrisse zu einer Pulver-Mühle und lehrete andere die Kohlen brennen, daß wir also in gar kurzer Zeit sowohl des besten Bürsch- als des groben Stück-Pulvers eine ziemliche Quantität verfertigten; denn ich hatte Leute genug und darneben auch meine sonderbaren Diener, die mir aufwarten oder, besser und teutscher zu sagen, die mich hüten und verwahren sollten.

Als ich mich nun so wohl anließ, kam der vielgemeldte Obrister zu mir, in reußischen Kleidern und mit vielen Dienern ganz prächtig aufgezogen, ohne Zweifel durch solche scheinbarliche Herrlichkeit mich zu persuadiren, daß ich mich auch sollte umtaufen lassen. Aber ich wußte wohl, daß die Kleider aus des Zars Kleider-Kasten und ihm nur angeliehen waren, mir die Zähne wässerig zu machen, weil solches an dem Zarischen Hof der allergewöhnlichste Brauch ist.

Und damit der Leser verstehe, wie es damit pfleget herzugehen, will ich ein Exempel von mir selbst erzählen: Ich war einsmals geschäftig auf den Pulver-Mühlen, die ich außerhalb Moscau an den Fluß bauen lassen, Verordnung zu tun, was der ein und ander von meinen zugegebenen Leuten denselben und folgenden Tag vor Arbeit verrichten sollte; da ward unversehens Alarm, weilen sich die Tartarn bereits vier Meilen weit auf hunderttausend Pferde stark befanden, das Land plünderten und also immerhin fortavancirten; da mußten ich und meine Leute sich alsobald nach Hof begeben, allwo wir aus des Zars Rüst-Kammer und Marstall montirt wurden. Ich zwar ward anstatt des Kürisses mit einem gesteppten seidenen Panzer angetan, welcher einen jeden Pfeil aufhielt, aber vor keiner Kugel schußfrei sein konnte; Stiefel, Sporen und eine fürstliche Hauptzierde mit einem Reigerbusch, samt einem Säbel, der Haare schur, mit lauter Gold beschlagen und mit Edelgesteinen versetzt, wurden mir dargegeben, und von des Zaren Pferden ein solches untergezogen, dergleichen ich zuvor mein Lebtag keins gesehen, geschweige beritten. Ich und das Pferdgezeug glänzten von Gold, Silber, Edelgesteinen und Perlen; ich hatte eine stählerne Streitkolbe anhangen, die glitzerte wie ein Spiegel und war so wohl gemacht und so gewichtig, daß ich einen jeden, dem ich eins damit versatzte, gar leicht totschlug, also daß der Zar selbst besser montiert daher nicht reiten können. Mir folgte eine weiße Fahne mit einem doppelten Adler, welcher von allen Orten und Winkeln gleichsam Volk zuschnie, also daß wir, eher zwei Stunden vergingen, bei vierzig-, und nach vier Stunden bei sechzigtausend Pferde stark waren, mit welchen wir gegen die Tartarn fortruckten. Ich hatte alle Viertelstunden neue mündliche Ordre von dem Groß-Fürsten, die nichts anders in sich hielten als: ich sollte mich heut als ein Soldat erzeigen, weil ich mich vor einen ausgegeben, damit Seine Majestät mich auch vor einen halten und erkennen könnten. Alle Augenblicke vermehrete sich unser Haufe von Kleinen und Großen, so Truppen als Personen, und ich konnte doch in solcher Eile keinen einzigen erkennen, der das ganze Corpus commandiren und die Battalia anordnen sollte.

Ich mag eben nicht alles erzählen, denn es ist meiner Histori an diesem Treffen nicht viel gelegen; ich will allein dies sagen, daß wir die Tartarn mit müden Pferden und vielen Beuten beladen, urplötzlich in einem Tal oder ziemlich tiefen Gelände antrafen, als sie sich dessen am allerwenigsten versahen, und von allen Orten mit solcher Furie dareingingen, daß wir sie gleich im Anfang trenneten. Im ersten Angriff sagte ich zu meinen Nachfolgern auf reußische Sprache: „Nun wohlan! Es tue jeder wie ich!" Solches schrien sie einander alle zu, und damit rannte ich mit verhängtem Zaum an die Feinde und schlug dem ersten, den ich antraf, welcher ein Mirsa war, den Kopf entzwei, also daß sein Hirn an meiner stählernen Kolbe hängenblieb. Die Reußen folgten meinem heroischen Exempel, so daß die Tartarn ihren Angriff nicht erleiden mochten, sondern sich in eine allgemeine Flucht wandten.

Ich tät wie ein Rasender oder vielmehr wie einer der aus Desperation den Tod suchte und nicht finden kann. Ich schlug alles nieder, was mir vorkam, es wäre gleich Tartar oder Reuße gewesen. Und die, so vom Zar auf mich bestellet waren, drangen mir so fleißig nach, daß ich allezeit einen sichern Rücken behielt; die Luft flog so voller Pfeile, als wann Immen oder Bienen geschwärmt hätten,

wovon mir dann einer in Arm zuteil ward, denn ich hatte meine
Ärmel hintersich gestreift, damit ich mit meinem Säbel und Streit-
Kolben desto unverhinderlicher metzlen und totschlagen könnte. Eh
ich den Pfeil auffing, lachte mir's Herz in meinem Leib an solcher
Blutvergießung, da ich aber mein eigen Blut fließen sahe, verkehrete
sich das Lachen in eine unsinnige Wut. Demnach sich aber diese
grimmigen Feinde in eine hauptsächliche Flucht wandten, ward mir
von etlichen Knesen im Namen des Zars befohlen, ihrem Kaiser die
Botschaft zu bringen, wasgestalt wir die Tartarn überwunden.

Also kehrete ich auf ihr Wort zurück und hatte ungefähr hundert
Pferde zur Nachfolge. Ich ritte durch die Stadt der zarischen Wohnung zu und ward von allen Menschen mit Frohlocken und Glück-
wünschung empfangen; sobald ich aber von dem Treffen Relation
getan hatte, obzwar der Groß-Fürst von allem Verlauf schon Nachricht hatte, mußte ich meine fürstlichen Kleider fein sauber wieder
ablegen, welche wiederum in des Zars Kleider-Behaltnüs aufgeha-
ben wurden, wiewohl sie samt dem Pferd-Gezeug über und über mit
Blut besprengt und besudelt und also fast gar zunichte gemachet
waren und ich also nicht anders vermeint hätte, weil ich mich so ritterlich in diesem Treffen gehalten, sie sollten mir zum wenigsten
samt dem Pferd zum Recompens überlassen worden sein.

Konnte demnach hieraus wohl abnehmen, wie es mit der Reußen
Kleider-Pracht beschaffen, deren sich mein Obrister bedient, weil es
lauter gelehnte Ware ist, die dem Zar, wie auch alle anderen Sachen
in ganz Reußen, allein zuständig.

Das XXII. Kapitel

Simplex erzählt, durch was vor einen Gang
er zum Knan kommen, von dem er war lang

Solang meine Wunde zu heilen hatte, ward ich allerdings fürstlich
tractiret; ich ging allezeit in einem Schlafpelz von göldenem Stück
mit Zobeln gefüttert, wiewohl der Schade weder tödlich noch gefährlich war, und ich habe die Tage meines Lebens niemals keiner
solchen fetten Küchen genossen als eben damals. Solches waren aber
alle meine Beuten, die ich von meiner Arbeit hatte, ohn das Lob, so
mir der Zar verliehe, welches mir aber aus Neid etlicher Knesen
verbittert ward.

Als ich aber gänzlich heil war, ward ich mit einem Schiff die
Walga hinunter nach Astrachan geschickt, daselbsten wie in der

Moscau eine Pulvermacherei anzuordnen, weil dem Zar unmüglich war, dieselbe Grenz-Festungen allezeit von Moscau aus mit frischem und gerechtem Pulver, das man einen so weiten Weg auf dem Wasser durch viel Gefährlichkeit hinführen mußte, zu versehen. Ich ließ mich gern gebrauchen, weil ich Promessen hatte, der Zar würde mich nach Verrichtung solches Geschäfts wiederum nach Holland fertigen und mir seiner Hochheit und meinen Verdiensten gemäß ein namhaftes Stück Geld mitgeben. Aber ach! Wann wir in unseren Hoffnungen und gemachten Concepten am allersichersten und gewissesten zu stehen vermeinen, so kommt unversehens ein Wind, der allen Bettel auf einmal übern Haufen wehet, woran wir so lange Zeit gebauet.

Der Gubernator in Astrachan tractirte mich wie seinen Zar, und ich stellete alles in Kürze auf einen guten Fuß; seine verlegene Munition, die allerdings faul und versport war und keinen Effekt mehr tun konnte, goß ich gleichsam wieder von neuem um, wie ein Spengler aus dem alten neue zinnerne Löffel machet, so bei den Reußen damals ein unerhörtes Ding war, weswegen und anderer Wissenschaften mehr mich dann teils vor einen Zauberer, andere vor einen neuen Heiligen oder Propheten und aber andere vor einen andern Empedoclem oder Gorgiam Leontinum hielten.

Als ich aber im besten Tun war und mich außerhalb der Festung über Nacht in einer Pulvermühle befand, ward ich von einer Schar Tartarn diebischerweise gestohlen und aufgehoben, welche mich samt andern mehr so weit in ihr Land hineinführeten, daß ich auch das Schafgewächs Borametz nicht allein wachsen sehen konnte, sondern auch davon essen dorfte. Diese vertauschten mich mit den niuchischen Tartarn um etliche chinesische Kaufmanns-Waren, welche mich hernach dem König in Corea, mit welchem sie eben Stillstand der Waffen gemachet hatten, vor ein sonderbares Präsent verehreten; daselbst ward ich wertgehalten, weil keiner meinesgleichen in Duseken sich befinden ließ und ich den König lernete, wie er mit dem Rohr auf der Achsel liegend und den Rucken gegen die Scheibe kehrend dannoch das Schwarze treffen könnte, weswegen er mir dann auch auf mein untertäniges Anhalten die Freiheit wieder schenkte und mich durch Japonia nach Macao zu den Portugesen gefertigt, die aber meiner wenig achteten. Ging derowegen bei ihnen herum wie ein Schaf, das sich von seiner Herde verirret, bis ich endlich wunderbarlicherweise von etlichen türkischen oder mahometanischen Meer-Räubern gefangen und (nachdem sie mich wohl ein ganzes Jahr auf dem Meer bei seltsamen fremden Völkern, so die

387

ost-indianischen Insuln bewohne, herumgeschleppet) von denselben etlichen Kaufleuten von Alexandria in Egypten verhandelt ward. Dieselben nahmen mich mit ihren Kaufmanns-Waren mit sich nach Constantinopel, und weil der türkische Kaiser eben damaln etliche Galeeren wider die Venediger ausrüstete und Mangel an Rudern erschien, mußten viel türkische Kaufleute ihre christliche Sclaven, jedoch um bare Bezahlung, hergeben, worunter ich mich dann als ein junger starker Kerl auch befand. Also mußte ich lernen rudern; aber solche schwere Dienstbarkeit währete nicht über zween Monat, denn unsre Galeera ward in Levante von den Venetianern ritterlich übermannet und ich samt allen meinen Gespanen aus der Türken Gewalt erlediget. Als nun besagte Galeera zu Venedig mit reicher Beute und etlichen vornehmen türkischen Gefangenen aufgebracht ward, war ich auf freien Fuß gestellet, weil ich nach Rom und Loretta pilgersweis wollte, selbige Oerter zu beschauen und Gott um meine Erledigung zu danken. Zu solchem Ende bekam ich gar leichtlich einen Paß und von ehrlichen Leuten, sonderlich etlichen Teutschen, eine ziemliche Steur, also daß ich mich mit einem langen Pilgerkleid versehen und meine Reise antreten konnte.

Demnach begab ich mich den nächsten Weg auf Rom, allwo mir's trefflich zuschlug, weil ich von Großen und Kleinen viel erbettelte; und nachdem ich mich ungefähr sechs Wochen daselbst aufgehalten, nahm ich meinen Weg mit andern Pilgern, darunter auch Teutsche und sonderlich etliche Schweizer waren, die wieder nach Haus wollten, auf Loretto; von dannen kam ich über den Gotthard durch Schweizerland wieder auf den Schwarzwald zu meinem Knan, welcher meinen Hof bewahret und alles aufs beste verwaltet hatte, und brachte nichts Besonders mit heim als einen Bart, der mir in der Fremde gewachsen war.

Ich war drei Jahre etliche Monaten ausgewesen, in welcher Zeit ich etliche unterschiedliche Meere überfahren und vielerlei Völker gesehen, aber bei denenselben gemeiniglich mehr Böses als Gutes empfangen, von welchem allem ein großes Buch zu schreiben wäre. Indessen war der Teutsche Friede geschlossen worden, also daß ich bei meinem Knan in sichrer Ruhe leben konnte; denselben ließ ich sorgen und hausen, ich aber satzte mich hinter die Bücher, welches dann meine Arbeit und Ergetzung war.

Das XXIII. Kapitel

Simplex betrachtet sein mühsames Leben,
will sich bekehren, der Frömmkeit ergeben

Ich lase einsmals, wasmaßen das Oraculum Apollinis den römischen Abgesandten, als sie fragten, was sie tun müßten, damit ihre Untertanen friedlich regiret würden, zur Antwort geben: Nosce te ipsum; das ist, es sollte sich jeder selbst erkennen. Solches machte, daß ich mich hintersann und von mir selbst Rechnung über mein geführtes Leben begehrete, weil ich ohn das müßig war. Da sagte ich zu mir selber: Dein Leben ist kein Leben gewesen, sondern ein Tod; deine Tage ein schwerer Schatten, deine Jahre ein schwerer Traum, deine Wollüste schwere Sünden, deine Jugend eine Phantasei, und deine Wohlfahrt ein Alchimisten-Schatz, der zum Schornstein hinausfähret und dich verläßt, eh du dich dessen versiehest! Du bist durch viel Gefährlichkeiten dem Krieg nachgezogen und hast in demselbigen viel Glück und Unglück eingenommen; bist bald hoch, bald nieder, bald groß, bald klein, bald reich, bald arm, bald fröhlich, bald betrübt, bald beliebt, bald verhaßt, bald geehrt und bald veracht gewesen. Aber nun du, o meine arme Seele, was hastu von dieser ganzen Reise zuwege gebracht? Dies hat du gewonnen: Ich bin arm an Gut, mein Herz ist beschwert mit Sorgen, zu allem Guten bin ich faul, träg und verderbt, und was das allerelendeste, so ist mein Gewissen ängstig und beschwert; du selbsten aber bist mit vielen Sünden überhäuft und abscheulich besudelt! Der Leib ist müde, der Verstand verwirrt, die Unschuld ist hin, meine beste Jugend verschlissen, die edle Zeit verloren, nichts ist, das mich erfreuet, und über dies alles bin ich mir selber feind. Als ich nach meines Vaters seligen Tod in diese Welt kam, da war ich einfältig und rein, aufrecht und redlich, wahrhaftig, demütig, eingezogen, mäßig, keusch, schamhaftig, fromm und andächtig; bin aber bald boshaftig, falsch, verlogen, hoffärtig, unruhig und überall ganz gottlos geworden, welche Laster ich alle ohn einen Lehrmeister gelernet. Ich nahm meine Ehre in acht, nicht ihrer selbst, sondern meiner Erhöhung wegen. Ich beobachtete die Zeit, nicht solche zu meiner Seligkeit wohl anzulegen, sondern meinem Leib zunutz zu machen. Ich habe mein Leben vielmal in Gefahr geben und habe mich doch niemal befliessen, solches zu bessern, damit ich auch getrost und selig sterben könnte. Ich sahe nur auf das Gegenwärtige und meinen zeitlichen Nutz, und gedachte nicht einmal an das Zukünftige, viel weniger daß ich dermaleins vor Gottes Angesicht müsse Rechenschaft geben!

Mit solchen Gedanken quälete ich mich täglich, und ebendamals kamen mir etliche Schriften des Guevara unter die Hände, davon ich etwas hiehersetzen muß, weil sie so kräftig waren, mir die Welt vollends zu verleiden. Diese lauten also:

Das XXIV. Kapitel

Simplex vermeldet, warum er die Welt
wieder verlassen, weil's ihm nicht gefällt

Adieu, Welt! Denn auf dich ist nicht zu trauen noch von dir nichts zu hoffen! In deinem Haus ist das Vergangene schon verschwunden, das Gegenwärtige verschwindet uns unter den Händen, das Zukünftige hat nie angefangen, das Allerbeständigste fällt, das Allerstärkste zerbricht und das Allerewigste nimmt ein Ende. Also daß du ein Toter bist unter den Toten, und in hundert Jahren läßtu uns nicht eine Stunde leben.

Adieu, Welt! Denn du nimmst uns gefangen und läßt uns nicht wieder ledig, du bindest uns und lösest uns nicht wieder auf; du betrübest und tröstest nicht, du raubest und giebest nichts wieder, du verklagest uns und hast keine Ursache, du verurteilest und hörest keine Partei. Also daß du uns tötest ohn Urteil und begräbest uns ohn Sterben! Bei dir ist keine Freude ohn Kummer, kein Fried ohn Uneinigkeit, keine Liebe ohn Argwohn, keine Ruhe ohn Forcht, keine Fülle ohn Mängel, keine Ehre ohn Makel, kein Gut ohn bös Gewissen, kein Stand ohn Klage und keine Freundschaft ohn Falschheit.

Adieu, Welt! Denn in deinem Palast verheißet man ohn Willen zu geben, man dienet ohn Bezahlen, man liebkoset, um zu töten, man erhöhet, um zu stürzen, man hilft, um zu fällen, man ehret, um zu schänden, man entlehnet, um nicht wiederzugeben, man straft ohn Verzeihen.

Behüte dich Gott, Welt! Denn in deinem Haus werden die großen Herren und Favoriten gestürzet, die Unwürdigen herfürgezogen, die Verräter mit Gnaden angesehen, die Getreuen in Winkel gestellet, die Boshaftigen ledig gelassen und die Unschuldigen verurteilt; den Weisen und Qualificirten gibt man Urlaub und den Ungeschickten große Besoldung; den Hinterlistigen wird geglaubet, und die Aufrichtigen und Redlichen haben keinen Credit; ein jeder tut, was er will, und keiner, was er tun soll.

Adieu, Welt! Denn in dir wird niemand mit seinem rechten

Namen genennet; den Vermessenen nennet man kühn, den Verzagten fürsichtig, den Ungestümen emsig und den Nachlässigen friedsam. Einen Verschwender nennet man herrlich und einen Kargen eingezogen; einen hinterlistigen Schwätzer und Plauderer nennet man beredt und den Stillen einen Narrn oder Phantasten; einen Ehebrecher und Jungfrauenschänder nennet man einen Buhler; einen Unflat nennet man einen Hofmann, einen Rachgierigen nennet man einen Eifrigen und einen Sanftmütigen einen Phantasten, also daß du uns das Gäbige vor das Ungäbige und das Ungäbige vor das Gäbige verkaufest.

Adieu, Welt! Denn du verführest jedermann; den Ehrgeizigen verheißest du Ehre, den Unruhigen Veränderung, den Hochtragenden Gnade bei Fürsten, den Nachlässigen Ämter, den Geizhälsen viel Schätze, den Fressern und Unkeuschen Freude und Wollust, den Feinden Rache, den Dieben Heimlichkeit, den Jungen langes Leben und den Favoriten verheißestu beständige fürstliche Huld.

Adieu, Welt! Denn in deinem Palast findet weder Wahrheit noch Treue ihre Herberge! Wer mit dir redet, wird verschamt, wer dir trauet, wird betrogen, wer dir folget, wird verführet, wer dich förchtet, wird am allerübelsten gehalten, wer dich liebet, wird übel belohnet, und wer sich am allermeisten auf dich verläßt, wird auch am allermeisten zuschanden gemachet; an dir hilft kein Geschenk, so man dir giebet, kein Dienst, so man dir erweist, keine liebliche Worte, so man dir zuredet, keine Treue, so man dir hält, und keine Freundschaft, so man dir erzeiget, sondern du betreugst, stürzest, schändest, besudelst, drohest, verzehrest und vergißt jedermann; dannenhero weinet, seufzet, jammert, klaget und verdirbt jedermann, und jedermann nimmt ein Ende. Bei dir siehet und lernet man nichts als einander hassen bis zum Würgen, reden bis zum Lügen, lieben bis zum Verzweifeln, handlen bis zum Stehlen, bitten bis zum Betrügen und sündigen bis zum Sterben.

Behüte dich Gott, Welt! Denn dieweil man dir nachgehet, verzehret man die Zeit in Vergessenheit, die Jugend mit Rennen, Laufen und Springen über Zaun und Steige, über Weg und Stege, über Berg und Tal, durch Wald und Wildnus, über See und Wasser, in Regen und Schnee, in Hitze und Kälte, in Wind und Ungewitter; die Mannheit wird verzehret mit Erzschneiden und -schmelzen, mit Steinhauen und -schneiden, Hacken und Zimmern, Pflanzen und Bauen, in Gedankendichten und Trachten, in Ratschlägen-Ordnen, Sorgen und Klagen, in Kaufen und Verkaufen, Zanken, Hadern, Kriegen, Lügen und Betrügen. Das Alter verzehret man in Jammer

391

und Elend, der Geist wird schwach, der Atem übelrüchend, das Angesicht runzlicht, die Länge krumm, und die Augen werden dunkel, die Glieder zittern, die Nase trieft, der Kopf wird kahl, das Gehör verfällt, der Geruch verliert sich, der Geschmack gehet hinweg; er seufzet und ächzet, ist faul und schwach und hat in summa nichts als Mühe und Arbeit bis in Tod.

Adieu, Welt! Denn niemand will in dir fromm sein; täglich richtet man die Mörder, vierteilt die Verräter, hänget die Diebe, Straßenräuber und Freibeuter, köpft Totschläger, verbrennet Zauberer, straft Meineidige und verjaget Aufrührer.

Behüte dich Gott, Welt! Denn deine Diener haben keine andere Arbeit noch Kurzweile als faulenzen, einander vexiren und ausrichten, den Jungfern hofiren, den schönen Frauen aufwarten, mit denselben liebäugeln, mit Würfeln und Karten spielen, mit Kupplern tractiren, mit den Nachbarn kriegen, neue Zeitungen erzählen, neue Fünde erdenken, mit dem Judenspieß rennen, neue Trachten ersinnen, neue List aufbringen und neue Laster einführen.

Adieu, Welt! Denn niemand ist mit dir content oder zufrieden; ist er arm, so will er haben; ist er reich, so will er viel gelten; ist er veracht, so will er hochsteigen; ist er injurirt, so will er sich rächen; ist er in Gnaden, so will er viel gebieten; ist er lasterhaftig, so will er nur bei gutem Mut sein.

Adieu, Welt! Denn bei dir ist nichts Beständiges. Die hohen Türne werden vom Blitz erschlagen, die Mühlen vom Wasser hinweggeführet, das Holz wird von den Würmern, das Korn von Mäusen, die Früchte von Raupen und die Kleider von Schaben gefressen; das Viehe verdirbt vor Alter und der arme Mensch vor Krankheit. Der eine hat den Grind, der ander den Krebs, der dritte den Wolf, der vierte die Franzosen, der fünfte das Podagram, der sechste die Gicht, der siebente die Wassersucht, der achte den Stein, der neunte das Gries, der zehente die Lungensucht, der eilfte das Fieber, der zwölfte den Aussatz, der dreizehnte das Hinfallen und der vierzehente die Torheit! In dir, o Welt, tut nicht einer, was der ander tut; denn wann einer weinet, so lachet der ander; einer seufzet, der ander ist fröhlich, einer fastet, der ander zechet; einer banquetirt, der ander leidet Hunger; einer reutet, der ander gehet; einer redet, der ander schweiget; einer spielet, der ander arbeitet; und wann der eine geboren wird, so stirbt der ander. Also lebet auch nicht einer wie der ander; der eine herrschet, der ander dienet; einer weidet die Menschen, ein ander hütet der Schweine; einer folget dem Hof, der ander dem Pflug; einer reist auf dem Meer, der ander fährt über

Land auf die Jahr- und Wochen-Märkte; einer arbeitet im Feur, der ander in der Erde; einer fischt im Wasser, und der ander fängt Vögel in der Luft; einer arbeitet härtiglich, und der ander stiehlet und beraubet das Land.

O Welt, behüte dich Gott! Denn in deinem Haus führet man weder ein heilig Leben noch einen gleichmäßigen Tod. Der eine stirbt in der Wiege, der ander in der Jugend auf dem Bette, der dritte am Strick, der vierte am Schwert, der fünfte auf dem Rad, der sechste auf dem Scheiterhaufen, der siebente im Weinglas, der achte in einem Wasserfluß, der neunte erstickt im Freß-Haufen, der zehente erworgt am Gift, der eilfte stirbt gähling, der zwölfte in einer Schlacht, der dreizehente durch Zauberei, und der vierzehente ertränkt seine arme Seele im Tintenfaß.

Behüte dich Gott, Welt! Denn mich verdreußt deine Conversation. Das Leben, so du uns giebest, ist eine elende Pilgerfahrt, ein unbeständiges, ungewisses, hartes, rauhes, hinflüchtiges und unreines Leben voll Armseligkeit und Irrtum, welches vielmehr ein Tod als ein Leben zu nennen; in welchem wir alle Augenblicke sterben durch viel Gebrechen der Unbeständigkeit und durch mancherlei Wege des Todes! Du lässest dich der Bitterkeit des Todes, mit deren du umgeben und durchsalzen bist, nicht genügen, sondern betreugst noch darzu die meisten mit deinem Schmeicheln, Anreizung und falschen Verheißungen; du giebest aus dem goldenen Kelch, den du in deiner Hand hast, Bitterkeit und Falschheit zu trinken und machest sie blind, taub, toll, voll und sinnlos. Ach, wie wohl denen, die deine Gemeinschaft ausschlagen, deine schnelle, augenblicklich hinfahrende Freude verachten, deine Gesellschaft verwerfen und nicht mit einer solchen arglistigen verlornen Betrügerin zu Grund gehen. Denn du machest aus uns einen finstern Abgrund, ein elendes Erdreich, ein Kind des Zorns, ein stinkendes Aas, ein unreines Geschirr in der Mistgrube, ein Geschirr der Verwesung, voller Gestank und Greuel; denn wenn du uns lang mit Schmeicheln, Liebkosen, Drohen, Schlagen, Plagen, Martern und Peinigen umgezogen und gequälet hast, so überantwortest du den ausgemergelten Körper dem Grab und setzest die Seele in eine ungewisse Chance. Denn obwohl nichts Gewissers ist als der Tod, so ist doch der Mensch nicht versichert, wie, wann und wo er sterben und (welches das erbärmlichste ist) wo seine Seele hinfahren und wie es derselben ergehen wird. Wehe aber alsdann der armen Seele, welche dir, o Welt, hat gedienet, gehorsamt und deinen Lüsten und Üppigkeiten gefolget; denn nachdem eine solche sündige und unbekehrte arme Seele mit einem schnellen und unversehenen Schröcken aus dem armseligen Leib ist geschieden, wird sie nicht wie der Leib im Leben mit Dienern und Befreunden umgeben sein, sondern von der Schar ihrer allergreulichsten Feinde für den sonderbaren Richterstuhl Christi geführet werden. Darum, o Welt, behüte dich Gott, weil ich versichert bin, daß du dermaleins von mir wirst aussetzen und mich verlassen, nicht allein zwar, wann meine arme Seele vor dem Angesicht des strengen Richters erscheinen, sondern auch wann das allerschröcklichste Urteil: „Gehet hin ihr Verfluchten ins ewige Feur!" gefällt und ausgesprochen wird.

Adieu, o Welt, o schnöde, arge Welt, o stinkendes, elendes Fleisch. Denn von deinetwegen, und um daß man dir gefolget, gedienet und gehorsamet hat, wird der gottlose Unbußfertige zur ewigen Verdammnus verurteilt, in welcher in Ewigkeit anders nichts zu gewarten als anstatt der verbrachten Freude Leid ohn Trost, anstatt des Zechens Durst ohn Labung, anstatt des Fressens Hunger ohn Fülle, anstatt der Herrlichkeit und Pracht Finsternus ohn Licht, anstatt der Wollüste Schmerzen ohn Linderung, anstatt des Dominirens und Triumphirens Heulen, Weinen und Weheklagen ohn Aufhören; Hitze ohn Kühlung, Feur ohn Leschung, Kälte ohn Maß und Elend ohn Ende.

Behüte dich Gott, o Welt! Denn anstatt deiner verheißenen Freude und Wollüste werden die bösen Geister an die unbußfertige verdammte Seele Hand anlegen und sie in einem Augenblick in Abgrund der Höllen reißen; daselbst wird sie anders nichts sehen und hören als lauter erschröckliche Gestalten der Teufel und Verdammten, eitele Finsternus und Dampf, Feur ohn Glanz, Schreien, Heulen, Zähnklappern und Gottslästern. Alsdann ist alle Hoffnung der Gnade und Milderung aus; kein Ansehen der Person ist vorhanden; je höher einer gestiegen und je schwerer einer gesündigt, je tiefer er wird gestürzt; und je härtere Pein er muß leiden; dem viel geben ist, von dem wird viel gefodert, und je mehr einer sich bei dir, o arge schnöde Welt!, hat herrlich gemachet, je mehr schenket man ihm Qual und Leiden ein, denn also erfordert's die göttliche Gerechtigkeit.

Behüte dich Gott, o Welt! Denn obwohl der Leib bei dir eine Zeitlang in der Erde liegenbleibet und verfaulet, so wird er doch am Jüngsten Tag wieder aufstehen und nach dem letzten Urteil mit der Seele ein ewiger Höllenbrand sein müssen. Alsdann wird die arme Seele sagen: Verflucht seist du Welt!, weil ich durch dein Anstiften Gottes und meiner selbst vergessen, und dir in aller Üppigkeit, Bosheit, Sünde und Schande die Tage meines Lebens gefolget habe. Verflucht sei die Stunde, in deren mich Gott erschuf! Verflucht sei der Tag, darin ich in dir, o arge, böse Welt, geboren bin! O ihr Berge, Hügel und Felsen fallet auf mich und verberget mich vor dem grimmigen Zorn des Lamms, vor dem Angesicht dessen, der auf dem Stuhl sitzet. Ach Wehe und aber Wehe in Ewigkeit!

O Welt! Du unreine Welt, derhalben beschwöre ich dich, ich bitte dich, ich ersuche dich, ich ermahne und protestire wider dich, du wollest kein Teil mehr an mir haben. Und hingegen begehre ich auch nicht mehr, in dich zu hoffen; denn du weißt, daß ich mir habe fürgenommen, nämlich dieses: Posui finem curis; spes et fortuna valete!

Alle diese Worte erwog ich mit Fleiß und stetigem Nachdenken, und bewogen mich dermaßen, daß ich die Welt verließ und wieder ein Einsiedel ward. Ich hätte gern bei meinem Saurbrunn im Mukkenloch gewohnet, aber die Bauren in der Nachbarschaft wollten es nicht leiden, wiewohl es vor mich eine angenehme Wildnus war. Sie besorgten, ich würde den Brunn verraten und ihre Obrigkeit dahin vermögen, daß sie wegen nunmehr erlangten Friedens Weg und Steg darzu machen müßten. Begab mich derhalben in eine andere Wildnus und fing mein Spesserter Leben wieder an; ob ich aber wie mein Vater Selig bis an mein Ende darin verharren werde, stehet dahin.

Gott verleihe uns allen seine Gnade,

daß wir allesamt dasjenige von

ihm erlangen, woran uns

am meisten gelegen,

nämlich ein seliges

ENDE

SECHSTES BUCH

oder

Fortsetzung und Schluß

des abenteuerlichen

Simplicissimi

O wunderbares Tun! O unbeständigs Stehen!
Wann einer wähnt er steh, so muß er fürder gehen.
O schlüpferigster Stand! Dem vorvermeinte Ruh
Schnell und zugleich der Fall sich nähert immerzu,
Gleich wie der Tod selbst tut. Was solch hinflüchtig Wesen
Mir habe zugefügt, wird hierin auch gelesen.
Woraus zu sehen ist, daß Unbeständigkeit
Allein beständig sei sowohl in Freud als Leid.

Das I. Kapitel

> Simplex in einer Vorred zeigt an,
> Was er im Einsiedlerstand hab' getan

Wenn sich jemand einbildet, ich erzähle nur darum meinen Lebens-
Lauf, damit ich einem andern die Zeit kürzen oder wie die Schalks-
Narren und Possen-Reißer zu tun pflegen, die Leute zum Lachen
bewegen möchte: so findet sich derselbe weit betrogen! Denn viel
Lachen ist mir selbst ein Ekel, und wer die edle unwiederbringliche
Zeit vergeblich hinstreichen lässet, der verschwendet diejenige göttliche Gabe unnützlich, die uns verliehen wird, unsrer Seelen Heil in-
und vermittelst derselbigen zu würken. Warum sollte ich dann zu
solcher eitelen Torheit verhelfen und ohn Ursache vergebens anderer Leute kurzweiliger Rat sein? Gleichsam als ob ich nicht wüßte,
daß ich mich hierdurch fremder Sünden teilhaftig machte! Mein lieber Leser, ich bedünke mich gleichwohl zu solcher Profession um
etwas zu gut zu sein. Wer derowegen einen Narren haben will, der
kaufe sich zween, so hat er einen zum besten; daß ich aber zuzeiten
etwas possierlich aufziehe, geschiehet der Zärtling halber, die keine
heilsamen Pillulen können verschlucken, sie sein denn zuvor über-
zuckert und vergöldt; geschweige daß auch etwan die allergravitä-
tischsten Männer, wann sie lauter ernstliche Schriften lesen sollen,

das Buch ehender hinweg zu legen pflegen als ein anders, das bei ihnen bisweilen ein kleines Lächlen herauspresset.

Ich möchte vielleicht auch beschuldiget werden, als ging ich zuviel satirice darein; dessen bin ich aber gar nicht zu verdenken, weil männiglich lieber geduldet, daß die allgemeinen Laster generaliter durchgehechlet und gestrafet als die eignen Untugenden freundlich corrigiret werden. So ist der theologische Stylus bei Herrn Omnis (dem ich aber diese meine Histori erzähle) zu jetzigen Zeiten leider auch nicht so gar angenehm, daß ich mich dessen gebrauchen sollte; solches kann man an einem Marktschreier oder Quacksalber (welche sich selbst vornehme Ärzte, Oculisten, Brüch- und Steinschneider nennen, auch ihre gute pergamentinen Briefe und Siegel darüber haben) augenscheinlich abnehmen, wann er am offnen Markt mit seinem Hans-Wurst oder Hans-Supp auftritt und auf den ersten Schrei und phantastischen krummen Sprung seines Narrn mehr Zulaufs und Anhörer bekommt als der eiferigste Seelen-Hirt, der mit allen Glocken dreimal zusammenläuten lassen, seinen anvertrauten Schäflein eine fruchtbare heilsame Predigt zu tun.

Dem sei nun wie ihm wolle: Ich protestire hiemit vor aller Welt, keine Schuld zu haben, wann sich jemand deswegen ärgert, daß ich den Simplicissimum auf diejenige Mode ausstaffirt, welche die Leute selbst erfodern, wenn man ihnen etwas Nutzliches beibringen will. Lässet sich aber indessen ein und anderer der Hülsen genügen und achtet der Kern nicht, die darin verborgen stecken, so wird er zwar als von einer kurzweiligen Histori seine Zufriedenheit, aber gleichwohl dasjenige bei weitem nicht erlangen, was ich ihn zu berichten eigentlich bedacht gewesen. Fahe darnach wiederum an, wo ich's im End des fünften Buchs bewenden lassen.

Daselbst hat der geliebte Leser verstanden, daß ich wiederum ein Einsiedel worden, auch warum solches geschehen; gebühret mir derowegen nunmehr zu erzählen, wie ich mich in solchem Stand verhalten. Die ersten paar Monat, alldieweil auch die erste Hitze noch dauret, ging's trefflich wohl ab. Die Begierde der fleischlichen Wollüste oder besser zu sagen, Unlüste, denen ich sonst trefflich ergeben gewesen, dämpfte ich gleich anfangs mit ziemlich geringer Mühe; denn weil ich dem Baccho und der Cereri nicht mehr dienete, wollte Venus auch nicht mehr bei mir einkehren. Aber darmit war ich darum bei weitem nicht vollkommen, sondern hatte stündlich tausendfältige Anfechtungen; wann ich etwan an meine alten begangenen losen Stücklein gedachte, um eine Reue dadurch zu erwekken, so kamen mir zugleich die Wollüste mit ins Gedächtnus, deren ich etwan da und dort genossen, welches mir nit allemal gesund war, noch zu meinem geistlichen Fortgang auferbaulich. Wie ich mich seithero erinnert und der Sache nachgedacht, ist der Müßiggang mein größter Feind und die Freiheit (weil ich keinem Geistlichen unterworfen, der meiner gepflegt und wahrgenommen hätte) die Ursach gewesen, daß ich nicht in meinem angefangenen Leben beständig verharret.

Ich wohnte auf einem hohen Gebürg, die Mooß genannt, so ein Stück vom Schwarzwald und überall mit einem finstern Tannen-Wald überwachsen ist. Von demselben hatte ich ein schönes Aussehen gegen Aufgang in das Oppenauer Tal und dessen Neben-Zinken; gegen Mittag in das Kinziger Tal und die Grafschaft Geroldseck, allwo dasselbe hohe Schloß zwischen seinen benachbarten Bergen das Ansehen hat wie der König in einem aufgesetzten Kegel-Spiel; gegen Niedergang konnte ich das Ober- und Unter-Elsaß übersehen, und gegen Mitternacht der Niedern Marggrafschaft Baden zu den Rheinstrom hinunter, in welcher Gegend die Stadt Straßburg mit ihrem hohen Münster-Turn gleichsam wie das Herz mitten mit einem Leib beschlossen hervorspranget. Mit solchem Aussehen und Betrachtungen so schöner Landes-Gegend delectirte ich mich mehr, als ich eiferig betete, worzu mich mein Perspectiv, dem ich noch nit resignirt, trefflich anfrischte. Wann ich mich aber desselbigen wegen der dunklen Nacht nicht mehr gebrauchen konnte, so nahm ich mein Instrument, welches ich zu Stärkung des Gehörs erfunden, zuhanden und horchte dadurch, wie etwan auf etliche Stunden Wegs weit von mir die Bauren-Hunde bellten oder sich ein Gewild in meiner Nachbarschaft regte. Mit solcher Torheit ging ich um und ließ mit der Zeit zugleich arbeiten und beten bleiben, wodurch sich hiebevor die alten egyptischen Einsiedel leib- und geistlicher Weise erhalten.

Anfänglich als ich noch neu war, ging ich von Haus zu Haus in den nächsten Tälern herum und suchte zu Aufenthaltung meines Lebens das Almosen; nahm auch nit mehr, als was ich blößlich bedorfte, und sonderlich verachtete ich das Geld, welches die umliegenden Nachbarn vor ein groß Wunder, ja für eine sonderbare apostolische Heiligkeit an mir schätzten. Sobald aber meine Wohnung bekannt ward, kam kein Waldgenoß mehr in Wald, der mir nit etwas von Essen-Speisen mit sich gebracht hätte; diese rühmeten meine Heiligkeit und ungewöhnliches einsiedlerisches Leben auch anderwärts, also daß auch die etwas weiters wohnenden Leute entweder aus Fürwitz oder Andacht getrieben mit großer Mühe zu mir kamen und mich mit ihren Verehrungen besuchten. Da hatte ich an Brot, Salz, Käs, Speck, Eiern und dergleichen nicht allein keinen Mangel sondern auch einen Überfluß; ward aber darum nicht desto gottseliger, sondern je länger, je kälter, saumseliger und schlimmer, also daß man mich beinahe einen Heuchler oder heiligen Schalk hätte nennen mögen. Doch unterließ ich nicht, die Tugenden und Laster zu betrachten und zu gedenken, was mir zu tun sein möchte, wann ich in Himmel wollte. Es geschahe aber alles unordentlich, ohne rechtschaffenen Rat und einen festen Vorsatz, hierzu einen Ernst anzulegen, welchen mein Stand und dessen Verbesserung von mir erforderte.

Das II. Kapitel

Simplex meld't Luzifers ganzes Verhalten,
als er vom teutschen Fried Zeitung erhalten

Wir lesen, daß vorzeiten bei denen gottergebenen heiligen Gliedern der christlichen Kirche die Mortification oder Abtötung des Fleisches vornehmlich in Beten, Fasten und Wachen bestanden; gleichwie nun aber ich mich der ersten beiden Stücke wenig beflisse, also ließ ich mich auch durch die süße Betöberung des Schlafs stracks überwinden, sooft mir nur zugemutet ward, solche Schuldigkeit (das wir dann mit allen Tieren gemein haben) der Natur abzulegen. Einsmals faulenzte ich unter einer Tanne im Schatten und gab meinen unnützen Gedanken Gehör, die mich fragten, ob der Geiz oder die Verschwendung das größte oder ärgste Laster seie? Ich habe gesagt meinen unnützen Gedanken, und das sage ich noch! Denn, Lieber, was hatte ich mich um die Verschwendung zu bekümmern, da ich doch nichts zu verschwenden vermochte? Und was ging mich der Geiz an, indem mein Stand, den ich mir selbst freiwillig erwählet, von mir erfoderte, in Armut und Dürftigkeit zu leben? Aber, o Torheit, ich war dennoch so hart verbeißt, solches zu wissen, daß ich mir dieselbigen Gedanken nicht mehr ausschlagen konnte, sondern darüber einschlummerte! Womit einer wachend hantiret, damit pfleget einer gemeiniglich auch träumend vexirt zu werden; und solches widerfuhr mir damals auch. Denn sobald ich die Augen zugetan hatte, sahe ich in einer tiefen, abscheulichen Gruft das klingende höllische Heer, und unter denenselben den Groß-Fürsten Luzifer zwar auf seinem Regiments-Stuhl sitzen, aber mit einer Ketten angebunden, daß er seines Gefallens in der Welt nicht wüten könnte. Die vielen der höllischen Geister, mit denen er umgeben, be-

399

gnügten durch ihr fleißiges Aufwarten die Größe seiner höllischen Macht. Als ich nun dieses Hof-Gesind betrachtete, kam unversehens ein schneller Postillion durch die Luft geflogen, der ließ sich vorm Luzifer nieder und sagte: „O großer Fürst, der geschlossene teutsche Friede hat beinahe ganz Europam wiederum in Ruhe gesetzt; das Gloria in excelsis und Te Deum Laudamus erschallet aller Orten gen Himmel, und jedermann wird sich befleißen, unter seinem Weinstock und Feigenbaum hinförder Gott zu dienen."

Sobald Luzifer diese Zeitung kriegte, erschrak er anfänglich, ja so sehr, als heftig er den Menschen solche Glückseligkeit mißgönnet; indem er sich aber wieder ein wenig erholete und bei sich selbst erwug, was vor Nachteil und Schaden sein höllisches Reich am bishero gewohnten Interesse leiden müßte, griesgramete er schröcklich! Er knarpelte mit den Zähnen so greulich, daß es weit und breit förchterlich zu hören war, und seine Augen funkelten so grausam vor Zorn und Ungeduld, daß ihm schwefelichte Feurflammen gleichsam wie der Blitz herausschlugen und seine ganze Wohnung erfülleten; also daß sich nicht allein die armen, verdammten Menschen und geringen höllischen Geister, sondern auch seine vornehmsten Fürsten und geheimsten Räte selbst davor entsatzten. Zuletzt lief er mit den Hörnern wider die Felsen, daß die ganze Hölle davon zitterte, und fing dergestalt an zu wüten und toben, daß die Seinigen sich nichts anders einbilden konnten, als er würde entweder gar abreißen oder ganz toll und töricht werden: maßen sich eine Zeitlang niemand erkühnen dorfte, zu ihm zu nahen, weniger ein einziges Wörtlein mit ihm zu sprechen.

Endlich ward Belial so keck und sagte: „Großmächtiger Fürst, was seind das vor Gebärden von einer solchen unvergleichlichen Hochheit? Wie? Hat der größte Herr seiner selbsten vergessen? Oder was soll uns doch diese ungewöhnliche Weise bedeuten, die eurer herrlichen Majestät weder nutzlich noch rühmlich sein kann?" – „Ach!" antwortete Luzifer. „Ach! Ach! Wir haben allesamt verschlafen und durch unsere eigene Faulheit zugelassen, daß Lerna malorum, unser liebstes Gewächs, das wir auf dem ganzen Erdboden hatten und mit so großer Mühe gepflanzet, mit so großem Fleiß erhalten und die Früchte davon jeweils mit so großem Wucher eingesammlet, nunmehr aus den teutschen Grenzen gereutet, auch wann wir nicht anders darzutun, besorglich aus ganz Europa geworfen wird! Und gleichwohl ist keiner unter euch allen, der solches recht beherzige! Ist es uns nicht allein eine Schande, daß wir die wenigen Täglin, welche die Welt noch vor sich hat, so liederlich verstreichen lassen? Ihr schläferigen Maulaffen, wisset ihr nicht, daß wir in dieser letzten Zeit unsre reicheste Ernte haben sollen? Das ist mir gegen dem Ende der Welt auf Erden schön dominiret, wann wir wie die alten Hunde zur Jagd verdrossen und untüchtig werden wollen! Der Anfang und Fortgang des Kriegs sahe unserm verhofften fetten Schnitt zwar gleich, was haben wir aber jetzt zu hoffen, da Mars Europam bis auf Polen quittiert?"

Als er diese Meinung vor Bosheit und Zorn mehr herausgedonnert als geredet hatte, wollte er die vorige Wut wieder angehen; aber Belial machte, daß er sich's noch enthielt, da er sagte: „Wir müssen deswegen den Mut nicht sinken lassen noch uns gleichstellen wie die schwachen Menschen, die ein widerwärtiger Wind anbläset! Weißt du nit, o großer Fürst, daß mehr durch den Wein als durchs Schwert fallen? Sollte dem Menschen, und zwar den Christen, ein ungeruhiger Friede, welcher die Wohllust auf dem Rucken mit sich bringet, nicht schädlicher sein als der Mars? Ist nicht gnug bekannt, daß die Tugenden der Braut Christi nie heller leuchten als mitten in höchstem Trübsal?" – „Mein Wunsch und Wille aber ist", antwortete Luzifer, „daß die Menschen sowohl in ihrem zeitlichen Leben in lauter Unglück als nach ihrem Hinsterben in ewiger Qual sein sollen; dahingegen unsere Saumsal endlich zugeben wird, daß sie zeitliche Wohlfahrt genießen und endlich darzu die ewige Seligkeit besitzen werden!" – „Ha", antwortete Belial, „wir wissen ja beide meine Profession, vermittelst deren ich wenig Feiertäge halten, sondern mich dergestalt tummeln werde, deinen Willen und Wunsch zu erlangen, daß Lerna malorum noch länger bei Europa verbleiben oder doch diese Dam' andere Kletten ins Haar kriegen soll; allein wird deine Hochheit auch bedenken, daß ich nichts erzwingen kann, wann ihr das Numen ein anders gönnet!"

Das III. Kapitel

Simplex sieht Aufzüg der höllischen Geister
voller Entsetzen samt ihren Meister

Das freundliche Gespräch dieser zweien höllischen Geister war so ungestüm und schröcklich, daß es einen Haupt-Lärmen in der ganzen Höllen erregte, maßen in einer Geschwinde das ganze höllische Heer zusammenkam, um zu vernehmen, was etwan zu tun sein möchte. Da erschien Luzifers erstes Kind, die Hoffart mit ihren Töchtern; der Geiz mit seinen Kindern; der Zorn samt Neid und

Haß, Rachgier, Mißgunst, Verleumdung, und was ihnen weiters verwandt war, sodann auch Wohllust mit seinem Anhang, als Geilheit, Fraß, Müßiggang und dergleichen, item die Faulheit, die Untreue, der Mutwill, die Lügen, der Fürwitz, so Jungfern teur machet, die Falschheit mit ihrem lieblichen Töchterlein der Schmeichelei, die anstatt der Windfach einen Fuchsschwanz trug, welches alles einen seltsamen Aufzug abgab und verwunderlich zu sehen war, denn jedes kam in sonderbarer eigner Liverei daher. Ein Teil war aufs prächtigste herausgeputzt, das ander ganz bettelhaftig angetan, und das dritte, als die Unschamhaftigkeit und dergleichen, ging beinahe überall nackend; ein Teil war so fett und wohlleibig wie ein Bacchus, das ander so gelb, bleich und mager wie eine alte dürre Ackermäre; ein Teil schien so lieblich und anmutig wie eine Venus, das ander sahe so saur wie Saturnus, das dritte so grimmig wie Mars, das vierte so tückisch und dockmäusig wie Mercurius; ein Teil war stark wie Hercules, oder so gerad und schnell wie Hippomenes, das ander lahm und hinkend wie Vulcanus; also daß man so unterschiedlicher seltsamer Arten und Aufzüge halber vermeinen hätte mögen, es wäre das wütende Heer gewesen, davon uns die Alten soviel wunderliches Dings erzählet haben; und ohne diese Obgenannten erschienen noch viel, die ich nicht kannte noch zu nennen weiß, maßen auch etliche ganz vermummet und verkappt aufzogen.

Zu diesem ungeheuren Schwarm tät Luzifer eine scharfe Rede, in welcher er den ganzen Haufen in genere und einer jeden Person insonderheit ihre Nachlässigkeit verwiese und allen aufrupfte, daß durch ihre Saumsal Lerna malorum Europam raumen müssen. Er musterte auch gleich die Faulheit aus als einen untüchtigen Bankert, der ihm die Seinigen verderbe, ja er verwiese ihr sein höllisches Reich auf ewig mit Befelch, daß sie gleichwohl ihren Unterschleif auf dem Erdboden suchen sollte.

Demnach hetzte er die übrigen alles Ernstes zu größerem Fleiß, als sie bishero bezeuget, sich bei den Menschen einzunisteln; bedrohete darneben schröcklich, mit was vor Strafen er diejenigen ansehen wollte, von welchen er künftig im geringsten verspüre, daß durch deren Amts-Geschäfte seiner Intention gemäß nicht eiferig genug verfahren worden wäre. Er teilete ihnen benebens auch neue Instructiones und Memorias aus und tat stattliche Promessen gegen denen, die sich tapfer gebrauchen würden.

Da es nun sahe, als wann diese Reichs-Versammlung sich endigen und alle höllischen Stände wiederum an ihre Geschäfte gehen wollten, ritt ein zerlumpter und von Angesicht sehr bleicher Kerl auf einem alten schäbigen Wolf hervor; Roß und Mann sahe so verhungert, mager, matt und hinfällig aus, als wann beides schon lange Zeit in einem Grab oder auf der Schindgrube gelegen wäre. Dieser beklagte sich über eine ansehnliche Dame, die sich auf einem neapolitanischen Pferd von hundert Pistoletten Wert tapfer vor ihm tummlete; alles an ihren und des Pferdes Kleidungen und Zierden glänzte von Perlen und Edelgesteinen, die Stegreifen, die Buckeln, die Stangen, alle Rinken, das Mundstück oder Gebiß samt der Kinnketten war von klarem Gold, die Hufbeschläge aber an des Pferdes Füßen von feinem Silber, dahero man sie auch keine Hufeisen nennen kann. Sie selbst sahe ganz herrlich prächtig und trotzig aus, blühete darneben im Angesicht wie eine Rose am Stock, oder war doch wenigst anzusehen, als wann sie einen halben Rausch gehabt hätte, maßen sie sich auch sonst in allen ihren Gebärden so frisch stellte; es roch um sie herum so stark nach Haarpulver, Balsam, Bisam, Ambra und andern Aromaten, daß wohl einer andern, als sie war, die Mutter hätte rebellisch werden mögen. In summa, es war alles so kostbarlich um sie bestellt, daß ich sie vor die allermächtigste Königin gehalten hätte, wann sie nur auch wäre gekrönet gewesen, wie sie denn auch eine sein muß, weil man von ihr saget, sie allein herrsche über das Geld und das Geld nit über sie. Gab mich derowegen anfänglich wunder, daß obengedachter elender Schindhund auf dem Wolf wider sie mutzen dorfte, aber er machte sich mausiger, als ich ihm zugetraut.

Das IV. Kapitel

Simplex hört einen verdrüßlichen Streit
zwischen Verschwendung und Geizigkeit

Denn er drang sich vor den Luzifer selbsten und sagte: „Großmächtiger Fürst! Beinahe auf dem ganzen Erdboden ist mir niemand mehr zuwider als eben gegenwärtige Bräckin, die sich bei den Menschen vor die Freigebigkeit ausgiebet, um unter solchem Namen mit Hülfe der Hoffart, des Wohllustes und des Fraßes mich allerdings in Verachtung zu bringen und zu unterdrucken. Diese ist, die sich überall wie das Gebrösel in einer Wanne hervorwirft, mich in meinen Werken und Geschäften zu verhindern und wieder niederzureißen, was ich zu Aufnehmung und Nutzen deines Reichs mit großer Mühe und Arbeit auferbaue! Ist nicht dem ganzen höllischen Reich bekannt, daß mich die Menschen-Kinder selbst eine Wurzel alles Übels nennen? Was vor Freude oder was vor Ehre habe ich mich aber von einem solchen herrlichen Titul zu getrösten, wann mir diese junge Rotz-Nase will vorgezogen werden? Soll ich erleben, daß ich, ich sage ich! Ich, der wohlverdientesten Rats-Personen und vornehmsten Diener einer oder größester Beförderer deines Staats und höllischen Interessen, dieser Jungen, in Wohllust und Hoffart erzeugten, müßte von meinem Gedenken und Tun jetzt in meinem Alter weichen? Und ihr den Vorzug lassen? Nimmermehr nit! Großmächtiger Fürst, würde es deiner Hochheit anstehen, noch deiner Intention nach gelebet sein, die du hast, das menschliche Geschlecht sowohl hie als dort zu quälen, wann du dieser Aller-Moden-Närrin gewonnen gäbest, daß sie in ihrer Verfahrung wider mich recht handele! Ich habe zwar mißgeredet, indem ich gesagt, recht handele; denn mir ist Recht und Unrecht eines wie das ander; ich wollte soviel damit sagen, es gereiche zu Schmälerung deines Reichs, wann mein Fleiß, den ich von unvordenklichen Jahren her bis auf diese Stunde so unverdrossen vorgespannet, mit solcher Verachtung belohnet, mein Ansehen, Ästimation und Valor bei den Menschen dadurch verringert und endlich ich selbsten auf solche Weise aus ihrer aller Herzen gar ausgelöschet und vertrieben werden sollte. Befiehl derohalben dieser jungen, unverständigen Landläuferin, daß sie mir als einem Ältern weichen, forthin meinem Beginnen nachgeben und mich in deinen Reichs-Geschäften unverhindert fürfahren lassen solle in aller Maß und Form, als vor diesem beschehen, da man in der ganzen Welt von ihr nichts wußte."

Demnach der Geiz diese Meinung mit noch weit mehrern Umständen vorgebracht hatte, antwortete die Verschwendung: es verwundere sie nichts mehrers, als daß ihr Großvater so unverschämt in sein eigen Geschlecht hinein, gleichwie ein anderer Herodes Ascalonita in das seinige wüten dörfe. „Er nennet mich" (sagt sie), „eine Bräckin! Solcher Titul gebührt mir zwar, weil ich seine Enkelin bin, meiner eignen Qualitäten halber aber wird mir derselbe nimmermehr zugeschrieben werden können. Er rucket mir auf, daß ich mich bisweilen vor die Freigebigkeit ausgebe und unter solchem Schein meine Geschäfte verrichte. Ach, einfältiges Anbringen eines alten Gecken, welches mehr zu verlachen als meine Handlungen zu bestrafen. Weiß der alte Narr nicht, daß keiner unter allen höllischen Geistern ist, der sich nit zuzeiten nach Gestaltsam der Sach und erheischender Notdurft in einen Engel des Lichts verstelle? Zwar mein ehrbarer Herr Ähne nehme sich bei der Nasen; überredet er nicht die Menschen, wann er anklopft, Herberge bei ihnen zu suchen, er sei die Gesparsamkeit? Sollte ich ihn darum deswegen tadeln oder gar verklagen? Nein mit nichten; ich bin ihm deswegen nit einmal gehässig! Sintemaln wir uns alle mit dergleichen Vörteln und Betrügereien behelfen müssen, bis wir bei den Menschen einen Zutritt bekommen, und uns unvermerkt eingeschleichet haben. Und möchte ich mir wohl einen rechtschaffenen, frommen Menschen (die wir aber allein zu hintergehen haben, denn die Gottlosen werden uns ohndas nit entlaufen) hören, was er sagte, wann einer von uns angestochen käme und sagte: Ich bin der Geiz, ich will dich zur Höllen bringen! Ich bin die Verschwendung, ich will dich verderben. Ich bin der Neid, folge mir, so kommstu in die ewige Verdammnus; ich bin die Hoffart, laß mich bei dir einkehren, so mache ich dich dem Teufel gleich, der von Gottes Angesicht verstoßen worden; ich bin dieser oder der, wann du mir nachahmest, so wird es dich viel zu spat reuen, weil du alsdann der ewigen Pein nimmermehr wirst entrinnen können! Meinestu nit (sagte sie zum Luzifer), großmächtiger Fürst, ein solcher Mensch werde sagen: Trolle dich geschwind in aller hundertentausenden Namen in Abgrund der Höllen zu deinem Großvater hinunter, der dich gesandt hat, und laß mich zufrieden! Wer ist unter euch allen (sprach sie darauf zum ganzen Umstand), dem nit solchergestalt abgedankt worden, wann er mit der Wahrheit, die ohndas überall verhaßt ist, aufzuziehen sich unterstanden? Sollte ich dann allein der Narr sein, mich mit der Wahrheit schleppen? Und unser aller Großvater nicht nachfolgen dörfen, dessen größeste Arcana die Lügen sind?

Ebenso kahl kommt es, wann der alte Pfetzpfenning zu meiner Verkleinerung vorgeben will, die Hoffart und die Wohllust sein meine Beiständer. Und zwar wann sie es sein, so tun sie erst, was ihre Schuldigkeit und die Vermehrung des höllischen Reichs von ihnen erfodert. Das giebet mich aber wunder, daß er mir mißgönnen will, was er selbst nit entbehren kann! Weiset es nit das höllische Protocoll aus, daß diese beiden manchem armen Tropfen ins Herz gestiegen und dem Geiz den Weg bereitet, eh er, der Geiz, einmal gedachte oder sich erkühnen dorfte, einen solchen Menschen zu attackiren? Man schlage nur nach, so wird man finden, daß denen, so der Geiz verführt, entweder zuvor die Hoffart eingeblasen, sie müssen zuvor etwas haben, eh sie sich sehen lassen, zu prangen; oder daß ihnen die Reizung des Wohllusts geraten, sie müssen zuvor etwas zusammenschachern, eh sie in Freude und Wohllust leben können. Warum will mir dann nun dieser mein schöner Großvater diejenigen nit helfen lassen, die ihm doch selbst so manchen guten

Dienst getan? Was aber den Fraß und die Füllerei anbelangt, kann ich nichts davor, daß der Geiz seine Untersassen so hart hält, das sie sich ihrer, wie die meinigen, nit ebensowohl annehmen dörfen. Ich zwar halte sie darzu, weil es meiner Profession ist; und er läßt die Seinigen sie auch nit ausschlagen, wann es nur nit über ihren Seckel gehet; und ich sage dennoch nicht, daß er etwas Ungereimtes daran begehe, sintemal es in unserm höllischen Reich ein altes Herkommen, daß je ein Mitglied dem andern die Hand bieten und wir allesamt gleichsam wie eine Kette aneinanderhangen sollen. Betreffend meines Ahnherrn Titul, daß er nämlich je und allwege wie dann auch noch, die Wurzel alles Übels genennet worden und daß ich besorglich ihn durch mein Aufnehmen verkleinern oder ihm gar vorgezogen werden möchte: darüber ist meine Antwort, daß ich ihm seine gebührende und wohlhergebrachte Ehre, die ihm die Menschenkinder selbst geben, weder mißgönne noch ihm solche abzurauben trachte. Allein wird mir auch niemand unter allen höllischen Geistern verdenken, wann ich mich befleiße, durch meine eigenen Qualitäten meinen Großvater zu übertreffen oder ihm doch wenigst gleichgeschätzt zu werden; welches ihm dann mehr zur Ehr als Schande gereichen wird, weil ich aus ihm meinen Ursprung zu haben bekenne. Zwar hat er meines Herkommens halber etwas Irriges auf die Bahn gebracht, weil er sich meiner schämet: indem ich nicht, wie er vorgiebt, des Wohllusts, sondern eigentlich seines Sohnes, des Überflusses Tochter bin, welcher mich aus der Hoffart des allergrößten Fürsten ältister Tochter, und eben damals die Wohllust aus der Torheit erzeuget. Dieweil ich dann nun Geschlechtes und Herkommens halber ebenso edel bin, als Mammon immer sein mag, zumalen durch meine Beschaffenheiten (obzwar ich nit so gar klug zu sein scheine) ebensoviel, ja noch wohl mehr als dieser alte Kracher zu nutzen getraue: also gedenke ich ihm nicht zu weichen, sondern noch gar den Vorzug zu behaupten! Versehe mich auch gänzlich, der Groß-Fürst und das ganze höllische Heer werde mir Beifall geben und ihm auferlegen, daß er die wider mich ausgegossenen Schmähworte widerrufen, mich hinfort in meinem Tun unmolestiret und als einen hohen Stand und vornehmstes Mitglied des höllischen Reichs passiren lassen solle!"

„Welchen wollte es nicht schmerzen", antwortete der Geiz auf dem Wolf, „wann einer so widerwärtige Kinder erzeuget, die so gar aus seiner Art schlagen! Und ich soll mich noch darzu verkriechen und stillschweigen, wann dieser Schleppsack mir nit allein alles, was er nur erdenken kann, zuwider tut, sondern, was mehr ist, noch drüberhin durch solche Widerspenstigkeit mein ansehnlich Alter zu vernützen und über mich selbst zu steigen gedenket?" – „O Alter", antwortete die Verschwendung, „es hat wohl eher ein Vater Kinder erzeuget, die besser gewesen als er!" – „Aber noch öfter", antwortete Mammon, „haben die Eltern über ihre ungeratenen Kinder zu klagen gehabt!"

„Worzu dienet dies Gezänk?" sagte Luzifer. „Jedes Teil erweise, was es vor dem andern unserm Reich vor Nutzen schaffe, so wollen wir daraus judiziren, welchem unter euch der Vorzug gebühre, als um welchen es vornehmlich zu tun. Und in solchem unserm Urteil wollen wir weder Alter noch Jugend, noch Geschlecht, noch ichtwas anders ansehen; denn wer dem großen Numen am allermeisten zuwider und den Menschen am schädlichsten befunden wird, soll unserm alten Gebrauch und Herkommen nach auch der vornehmste Hahn im Korb sein."

„Sintemal, großer Fürst, mir zugelassen ist", antwortete Mammon, „meine Qualitäten, und auf wie vielerlei Weise ich mich dadurch bei dem höllischen Staat verdient mache, an Tag zu legen, so zweifelt mir nicht, wann ich anders recht gehöret und alles umständlich und glücklich genug vorbringen würde, daß mir nit allein das ganze höllische Reich den Vorzug vor der Verschwendung zusprechen, sondern noch darzu die Ehre und den Sitz des alten, abgangnen Plutos, unter welchem Namen ich ehemalen vor das höchste Oberhaupt allhier respektirt worden, wiederum gönnen und einräumen werde, als welcher Stand mir billig gebühret. Zwar will ich nit rühmen, daß mich die Menschen selbst die Wurzel alles Übels, das ist einen Ursprung, Kloak und Grundsuppe nennen alles desjenigen, was ihnen an Leib und Seele schädlich und hingegen unserm höllischen Reich nutz sein mag, denn solches seind nun allbereit so bekannte Sachen, daß sie auch die Kinder wissen! Will auch nicht herausstreichen, wie mich deswegen die, so dem großen Numen beigetan sein, täglich loben und wie das saure Bier ausschreien, mich bei allen Menschen verhaßt zu machen; wiewohl mir zu nicht geringer Ehre gereichet, wann hieraus erscheinet, daß ich unangesehen aller solchen Numinalischen Verfolgungen, dennoch bei den Menschen meinen Zugang erprakticire, mir einen festen Sitz stelle und auch endlich wider alle solche Sturmwinde behaupte. Wäre mir dieses allein nit Ehre genug, daß ich diejenigen gleichwohl beherrsche, denen das Numen selbst treuherziger Warnungs-Weise sagte, sie könnten ihm und mir nit zugleich dienen? Und daß sein Wort unter mir wie der gute Samen unter den Dörnen erstickt? Hiervon aber

407

will ich durchaus stillschweigen, weil es, wie gemeldet, schon so alte Possen sein, die bereits gar zu bekannt! Aber dessen! Dessen, sage ich, will ich mich rühmen, daß keiner unter allen Geistern und Mitgliedern des höllischen Reichs die Intention unsers Groß-Fürsten besser ins Werk setze als eben ich, denn derselbe will und wünschet nichts anders, als daß die Menschen sowohl in ihrer Zeitlichkeit kein geruhiges, vergnügsames und friedliches als auch in der Ewigkeit kein seliges Leben haben und genießen sollen.

Sehet doch alle euren blauen Wunder! Wie sich diejenigen anfahen zu quälen, bei denen ich nur einen geringen Zutritt bekomme; wie unablässig sich diejenigen ängstigen, die mir ihr Herz zum Quartier beginnen einzuraumen. Und betrachtet nur ein wenig die Wege dessen, den ich ganz besitze und eingenommen; darnach saget mir, ob auch eine elendre Creatur auf Erden lebe oder ob jemalen ein einziger höllischer Geist einen größern oder standhaftigern Martyrer vermocht und zugerichtet habe, als ebenderselbige einer ist, den ich zu unserem Reich ziehe. Ich benehme ihm continuirlich den Schlaf, welchen doch seine eigne Natur selbst so ernstlich von ihm erfodert, und wanngleich er solche Schuldigkeit nach Notdurft abzulegen gezwungen wird, so tribulire und vexire ich ihn jedoch dergestalt mit allerhand sorgsamen und beschwerlichen Träumen, daß er nit allein nicht ruhen kann, sondern auch schlafend viel mehr als mancher wachend sündiget. Mit Speise und Trank, auch allen andern angenehmen Leibesverpflegungen tractire ich die Wohlhäbigen viel schmäler, als andere Dürftigste zu genießen pflegen. Und wann ich der Hoffart zu Gefallen nicht bisweilen ein Auge zutäte, so müßten sie sich auch elender bekleiden als die armseligsten Bettler. Ich gönne ihnen keine Freude, keine Ruhe, keinen Frieden, keine Lust und in summa nichts, das gut genennet und ihren Leibern geschweige denen Seelen zum besten gedeihen mag, ja auch aufs äußerste diejenigen Wohllüste nicht, die andere Welt-Kinder suchen und sich dadurch zu uns stürzen. Die fleischlichen Wohllüste selbst, denen doch alles von Natur nachhänget, was sich nur auf Erden reget, versalze ich ihnen mit Bitterkeit, indem ich die blühenden Jünglinge mit alten, abgelebten, unfruchtbaren, garstigen Vetteln, die allerholdseligsten Jungfern aber mit eisgrauen, eifersüchtigen Hahnreiern verkuppele und beunselige. Ihre größeste Ergötzung muß sein, sich mit Sorg und Bekümmernus zu grämen, und ihr höchstes Contentament, ihr Leben mit schwerer, saurer Mühe und Arbeit zu verschleißen und um ein wenig roter Erde, die sie doch nicht mitnehmen können, die Hölle härtiglich zu erarnen.

Ich gestatte ihnen kein rechtschaffenes Gebiet, noch weniger, daß sie aus guter Meinung Almosen geben, und obzwar sie oft fasten oder, besser zu reden, Hunger leiden, so geschiehet jedoch solches nicht Andacht halber, sondern mir zu Gefallen etwas zu ersparen. Ich jage sie in Gefährlichkeit Leibes und Lebens, nicht allein mit Schiffen über Meer, sondern auch gar unter die Wellen in denselbigen Abgrund hinunter; ja sie müssen mir das innerste Eingeweid der Erde durchwühlen, und wann etwas in der Luft zu fischen wäre, so müßten sie mir auch fischen lernen. Ich will nichts sagen von den Kriegen, die ich anstifte, noch von dem Übel, das daraus entstehet, denn solches ist aller Welt bekannt! Will auch nicht erzählen, wieviel Wucherer, Beutelschneider, Diebe, Räuber und Mörder ich mache, weil ich mich dessen zum höchsten rühme, daß sich alles, was mir beigetan ist, mit bittrer Sorge, Angst, Not, Mühe und Arbeit schleppen muß; und gleichwie ich sie am Leib so greulich martere, daß sie keines andern Henkers bedörfen, also peinige ich sie auch in ihrem Gemüt, daß kein anderer höllischer Geist weiters vonnöten, sie den Vorgeschmack der Hölle empfinden zu lassen, geschweige in unsrer Andacht zu behalten. Ich ängstige den Reichen! Ich unterdrücke den Armen! Ich verblende die Justitia, ich verjage die christliche Liebe, ohn welche niemand selig wird; die Barmherzigkeit findet bei mir keine Statt!"

Das V. Kapitel

Simplex kommt aus seiner Wildnus aufs Meer,
fährt zwischen England und Frankreich daher

Indem der Geiz so daherplauderte, sich selbst zu loben und der Verschwendung vorzuziehen, kam ein höllischer Gast dahergefladert, der vor Alter gleichsam hinfällig ausgemergelt, lahm und buckelt zu sein schiene; er schnaufte wie ein Bär, oder als wann er einen Hasen erloffen hätte; weswegen denn alle Anwesenden die Ohren spitzeten, zu vernehmen, was er Neues brächte oder vor ein Wildpret gefangen hätte, denn er hatte hierzu vor andern Geistern den Ruhm einer sonderbaren Dexterität. Da sie es aber bei Licht besahen, war es nihil und ein nisi darhinter, das ihn an seiner Verrichtung verhindert; denn da ihm stattgeben ward, Relation zu tun, verstunde man gleich, daß er Julus einem Edelmann aus England und seinem Diener Avaro (die miteinander aus ihrem Vaterland nach Frankreich reiseten) vergeblich aufgewartet, entweder beide oder einen allein zu berücken; dem ersten hätte er wegen seiner edlen Art und tugendlichen Auferziehung, dem andern aber wegen seiner einfältigen Frömmigkeit nicht beikommen mögen; bat derowegen den Lucifer, daß er ihm mehr Succurs zuordnen wollte.

Eben damals hatte es das Ansehen, als wenn Mammon seinen Discurs beschließen und die Verschwendung den ihrigen hätte anfahen wollen. Aber Lucifer sagte: „Es bedarf nicht vieler Worte, das Werk lobet den Meister! Einem jeden von euch beiden Gegenteilen sei auferlegt, einen von diesen Engländern vor die Hand zu nehmen, ihn anzuwenden, zu versuchen, zu hetzen und durch seine Kunst und Geschicklichkeit anzufechten, solang und soviel, bis daß ein und ander Teil den seinigen angefesselt, in seine Stricke gebracht und unserem höllischen Reich einverleibt habe; und welches Teil den seinigen alsdann am gewissesten und festesten anherschaffet oder heimbringet, der soll den Preis gewonnen und die Präeminenz vor den andern haben."

Diesen Bescheid lobten alle höllischen Geister, und die beiden streitigen Parteien verglichen sich selbst gütlich aus Rat der Hoffart, daß Mammon den Avarus und die Verschwendung den Julus vor die Hand nehmen sollten, mit dem ausdrücklichen Geding und Vorbehalt, daß kein Teil dem andern bei dem seinigen den geringsten Eintrag nicht tun noch sich unterstehen sollte, solchen auf seine anderwärtige Art zu neigen, es sei denn Sache, daß des höllischen Reichs Interesse dasselbige ausdrücklich erfodere. Da sollte man wunder gesehen haben, wie die anderen Laster diesen beiden Glück wünschten und ihnen ihre Gesellschaft, Hilfe und Dienst anboten. Mithin schied die ganze höllische Versammlung voneinander, worauf sich ein starker Wind erhub, der mich mitsamt der Verschwendung und dem Geiz samt ihren Anhängern und Beiständern in einem Nun zwischen England und Frankreich führete und in dasjenige Schiff niederließ, worin beide Engeländer überfuhren und gleich aussteigen wollten.

Die Hoffart machte sich den geraden Weg zum Julus und sagte: „Tapferer Cavalier, ich bin die Reputation, und weil Ihr jetzt ein fremd Land betretet, wird mir nicht übel anstehen, wann Ihr mich zur Hofmeisterin behaltet. Hier könnt Ihr die Einwohner durch eine sonderbare Pereleganz sehen lassen, daß Ihr kein schlechter Edelmann, sondern aus dem Stamm der alten Könige entsprossen seid! Und wanngleich solches nicht wäre, so würde Euch jedoch gebühren, Eurer Nation zu Ehren den Franzosen zu weisen, was Engeland vor wackere Leute trage."

Darauf ließ Julus durch Avarus, seinen Diener, dem Schiff-Patron die Fracht in lauter wiewohl groben jedoch anmütig- und holdseligen Geldsorten entrichten, weswegen dann der Schiff-Herr dem Julus einen demütigen Bückling machte und ihn gar vielmal einen gnädigen Herrn nannte. Solches machte sich die Hoffahrt zunutz und sagte zum Avarus: „Schaue, wie einer geehret wird, der dieser Gesellen viel herberget!" Der Geiz aber sagte zu ihm: „Hättestu solcher Gäste soviel besessen, als dein Herr nun jetzt ausgiebet, du solltest sie wohl anders angelegt haben; denn weit besser ist es, der Vorrat und Überfluß werde zuhaus auf ein gewisses Interesse angeleget, damit man künftig etwas davon zu genießen habe, als daß man denselbigen auf einer Reise, die ohndas voller Mühe, Sorge und Gefahr stecket, so unnützlich durchjaget."

Sobald betraten beide Jünglinge das feste Land nicht, als Hoffahrt die Verschwendung vertreulich avisierte, daß sie nicht allein einen Zutritt, sondern, allem Vermuten nach, einen unbeweglichen Sitz auf ihr erstes Anklopfen in des Julus Herzen bekommen; mit angehenkter Erinnerung, sie möchte noch mehrer anderwärtlichen Assistenz sich bewerben, damit sie desto sicherer und gewisser ihr Vorhaben ins Werk stellen könnte; sie wolle ihr zwar nicht weit von der Hand gehen, aber gleichwohl müßte sie ihrem Gegenteil, dem Geiz, ebenso große Hilfe leisten, als sie (die Verschwendung) von ihr zu hoffen.

Mein großgünstiger, hochgeehrter Leser, wann ich eine Histori zu erzählen hätte, so wollte ich's kürzer begreifen und hier nicht soviel Umstände machen; ich muß selbst gestehen, daß mein eigner Vorwitz von jedem Geschicht-Schreiber stracks erfodert, mit seinen Schriften niemand lang aufzuhalten. Aber dieses, was ich vortrage, ist eine Vision oder Traum und also weit ein anders; ich darf nit so geschwind zum Ende eilen, sondern muß etliche geringe Particularitäten und Umstände mit einbringen, damit ich etwas vollkommner erzählen möge, was ich den Leuten dieses Orts zu communiciren vorhabens: welches denn nicht anders ist, als ein Exempel zu weisen, wie aus einem geringen Fünklein allgemach ein groß Feur werde, wann man die Vorsichtigkeit nit beobachtet. Denn gleichwie selten jemand in dieser Welt auf einmal den höchsten Grad der Heiligkeit erlanget, also wird auch keiner gähling und sozusagen in einem Augenblick aus einem Frommen zu einem Schelmen, sondern jeder Teil steiget allgemach sacht und sacht fein staffelweise hinan. Welche Staffeln des Verderbens denn in diesem meinem Gesicht billig nicht außer acht zu lassen, damit sich ein jeder zeitlich davor zu hüten wisse, zu welchem Ende ich denn vornehmlich solche beschreibe. Maßen es diesen beiden Jünglingen gangen wie einem jungen Stück Wild, welches, wann es den Jäger siehet, anfänglich nicht weiß, ob es fliehen oder stehen soll, oder doch ehender gefället wird, als es den Schützen erkennet. Zwar gingen sie etwas geschwinder als gewöhnlich ins Netz, aber solches war die Ursache, daß bei jedem der Zunder bequem war, die Funken des einen und andern Lasters allsogleich zu fangen. Denn wie das junge Vieh, wann es wohl ausgewintert ist und im Frühling aus dem verdrüßlichen Stall auf die lustige Weide gelassen wird, anfähet zu gumpen, und sollte es auch zu seinem Verderben in eine Spalte oder Zaunstecken springen: also machet es auch die unbesonnene Jugend, wann sie sich nicht mehr unter der Rute der väterlichen Zucht, sondern aus der Eltern Augen in der lang erwünschten Freiheit befindet, als der gemeinigliche Erfahrenheit und Vorsichtigkeit manglet.

Das Obgemeldte sagte die Hoffart nicht nur vor die Langeweile zu der Verschwendung, sondern wandte sich gleich zu dem Avarus selbsten, bei dem sie den Neid und Mißgunst fand, welche Cameraden der Geiz geschickt hatte, ihm den Weg zu bereiten. Derowegen richtete sie ihren Discurs darnach ein und sagte zu ihm: „Höre du, Avarus, bist du nicht so wohl ein Mensch als dein Herr? Bist du nicht so wohl ein Engeländer als Julus? Was ist dann das, daß man ihn einen gnädigen Herrn und dich seinen Knecht nennet? Hat euch beide denn nicht Engeland, und zwar den einen wie den andern, geboren und auf die Welt gebracht? Wo kommt es her, daß er hier im Land, da er so wenig Eignes hat als du, vor einen gnädigen Herrn gehalten, du aber als ein Sklav tractiret würdest? Seid ihr nicht beide einer wie der ander über Meer herkommen? Hätte er nicht sowohl als du und ihr beide als Menschen zugleich ersaufen müssen, wenn euer Schiff unterwegs gescheitert? Oder wäre er, weil er ein Edelmann ist, etwan wie ein Delphin unter den Wellen der Ungestüme in einen sichern Port entrunnen? Oder hätte er sich vielleicht als ein Adler über die Wolken (darin sich der Anfang und die grausame Ursache euers Schiffbruchs enthalten) schwingen und also dem Untergang entgehen können? Nein Avarus! Julus ist so wohl ein Mensch als du, und du bist so wohl ein Mensch als er! Warum aber wird er dir so weit vorgezogen?" Mit dem fiel Mammon der Hoffart in die Rede und sagte: „Was ist das vor ein Handel, einen zum Fliegen anzuspornen, eh ihm die Federn gewachsen? Gleichsam als wenn man nicht wüßte, daß solches das Geld sei, was Julus ist! Sein Geld, sein Geld ist es, was er ist, und sonst ist er nichts! Nichts, sage ich, ist er, als was sein Geld aus ihm machet. Der gute Geselle harre nur ein wenig und lasse mich gewähren, ob ich dem Avarus durch Fleiß und Gehorsamkeit nicht ebensoviel Geld, als Julus verschwendet, zuwege bringen und ihn dadurch zu einem solchen Stutzer, wie Julus einer ist, gleichmachen möchte."

So hatten des Avarus erste Anfechtungen eine Gestalt, denen er nicht allein fleißig Gehör gab, sondern sich auch entschloß, denselben nachzuhängen; so unterließ Julus auch nicht, demjenigen mit allem Fleiß nachzuleben, was ihm die Hoffart eingab.

Das VI. Kapitel

Simplex des Julus sein Reisen beschreibet,
auch wie sich Avarus die Zeit vertreibet

Der gnädige Herr, das ist Herr Julus, übernachtete an demjenigen Ort, da wir angeländet, und verblieb den andern Tag und die folgende Nacht noch daselbsten, damit er ausruhen, seinen Wechsel empfangen und Anstalt machen möchte, von dar durch die spanischen Niederlande nach Holland zu passiren, welche vereinigte Provinzen er nicht allein zu besehen verlangte, sondern auch, daß er solches tun sollte, von seinem Herrn Vater ausdrücklichen Befelch hatte. Hierzu dingte er eine sonderbare Land-Kutsche zwar nur allein vor sich und seinen Diener Avarus, aber Hoffart und Verschwendung samt dem Geiz und ihrer aller Anhänger wollten gleichwohl nicht zuruckverbleiben, sondern ein jeder Teil satzte sich, wohin er konnte; Hoffart oben an die Decke, Verschwendung an des Julus Seiten, der Geiz in des Avarus Herz, und ich hockte und behalf mich auf dem Narren-Kistlein, weil Demut nicht vorhanden war, denselbigen Platz einzunehmen.

Also hatte ich das Glück, im Schlaf viele schöne Städte zu beschauen, die unter Tausenden kaum einem wachend ins Gesicht kommen oder zu sehen werden. Die Reise ging glücklich ab, und wannschon gefährliche Ungelegenheiten sich ereigneten, so überwand jedoch des Julus schwerer Säckel solche alle, weil er sich kein Geld dauern ließe und sich um solches (weil wir durch unterschiedliche widerwärtige Garnisonen reisen mußten) aller Orten mit notwendigen Convoyen und Paß-Briefen versehen ließe. Ich achtete derjenigen Sachen, so sonst in diesen Landen sehenswürdig sein, nicht sonderlich, sondern betrachtete nur, wie beide Jünglinge nach und nach von den obgemeldten Lastern je mehr und mehr einge-

413

nommen wurden, zu welchem sich je länger, je mehr sammleten. Da sahe ich, wie Julus auch von dem Vorwitz und der Unkeuschheit (welche davor gehalten wird, daß sie eine Sünde sei, damit die Hoffart gestraft werde) angerennet und eingenommen ward, weswegen wir dann oft an den Örtern, da sich die leichten Dirnen befanden, länger stilliegen mußten und mehr Geldes vertäten, als sonst wohl die Notdurft erfoderte. Andernteils quälete sich Avarus, Geld zusammenzuschrapen, wie er mochte; er bezwackte nicht allein seinen Herrn, sondern auch die Wirte und Gastgeber, wo er zukommen mochte; gab mithin einen trefflichen Kuppler ab und scheuete sich nicht, hie und da unterwegs unsere Herberger zu bestehlen, und hätte es auch nur ein silberner Löffel sein sollen. Solchergestalt passirten wir durch Flandern, Brabant, Hennegau, Holland, Seeland, Zütphen, Geldern, Mecheln und folgends an die französische Grenze, endlich gar auf Paris, allwo Julus das lustigste und bequemste Losament bestellete, das er haben konnte; seinen Avarus kleidete er edelmännisch und nennete ihn einen Junker, damit jedermann ihn selbst desto höher halten und gedenken sollt, er müßte kein kleiner Hans sein, weil ihm einer von Adel aufwartete, der ihn einen gnädigen Herrn hieß, maßen er auch vor einen Grafen gehalten ward. Er verdingte sich gleich einem Lautenisten, einem Fechter, einem Tanzmeister, einem Bereiter und einem Ballmeister, mehr sich sehen zu lassen als ihnen ihre Künste und Wissenschaften abzulernen. Diese waren lauter solche Kauzen, die dergleichen neu ausgeflogenen Gästen das Ihrige abzulausen vor Meister passirten; sie machten ihn bald beim Frauenzimmer bekannt, da es ohn Spendiren nicht abging, und brachten ihn auch sonst zu allerlei Gesellschaften, da man dem Beutel zu schröpfen pflegte und er allein den Riemen ziehen mußte; denn die Verschwendung hatte bereits die Wohllust mit allen ihren Töchtern eingeladen, diesen Julum bestreiten und caput machen zu helfen.

Anfänglich zwar ließ er sich nur mit dem Ballschlagen, Ringelrennen, den Comoedien, Balleten und dergleichen zulässigen und ehrlichen Übungen, denen er beiwohnete und selbst mitmachte, genügen; da er aber erwarmete und bekannt ward, kam er auch an denjenigen Örter, da man seinem Geld mit Würfeln und Karten zusatzte, bis er endlich auch die vornehmsten Huren-Häuser durchschwärmte. In seinem Losament aber ging es zu, wie bei des Königs Artur Hof-Haltung, da er täglich viel Schmarotzer nicht schlecht hinweg mit Kraut oder Rüben, sondern mit teuren franzischen Potagen und spanischen Olla Podriden köstlich tractirte; maßen ihn

414

oft ein einziger Imbiß 25 Pistoletten gestund, sonderlich wann man die Spielleut rechnete, die er gemeiniglich dabei zu haben pflegte. Über dieses brachten ihn die neuen Moden der Kleidungen, welche geschwind nacheinander folgten und aufstunden und sich bald wieder veränderten, um ein großes Geld, mit welcher Torheit er desto mehr prangte, weil ihm als einem fremden Cavalier keine Tracht verboten war. Da mußte alles mit Gold gestickt und verbrämt sein, und verging kein Monat, in dem er nicht ein neues Kleid angezogen, und kein Tag, daran er nicht seine Parücke etlichemal gepudert hätte; denn wiewohl er von Natur ein schönes Haar hatte, so beredete ihn doch die Hoffart, daß er solches abschneiden und sich mit fremdem zieren lassen, weil es so der Brauch war; denn sie sagte, die Sonderlinge, so sich mit ihrem natürlichen Haar behelfen, wann solches gleichwohl schön sei, geben damit nichts anders zu verstehen, als daß sie arme Schurken sein, die nit soviel vermöchten, ein kahl hundert Dukaten an ein paar schöne Parücken zu verwenden. In summa, es mußte alles so kostbarlich hergehen und bestellet sein, als es die Hoffart immermehr ersinnen und ihm die Verschwendung eingeben konnte.

Obzwar nun dem Geiz, welcher den Avarus schon ganz besaß, eine solche Art, zu leben, durchaus widerwärtig zu sein erschien, so ließ er, Avarus, sich jedoch solche wohl gefallen, weil er sie sich wohl zunutz zu machen gedachte. Denn Mammon hatte ihn allbereit bewegt, sich der Untreu zu ergeben, wann er anders etwas prosperiren wollte; weswegen er dann keine Gelegenheit vorüberlaufen ließ, seinem Herrn, der ohndas sein Geld so unnützlich hinausschlauderte, abzuzwacken, was er konnte. Im wenigstens bezahlete er keine Näherin oder Wäscherin, deren er ihren gewöhnlichen Lohn nicht allein ringerte, und was er denen abbrach, heimlich in seine Beutel steckte; kein Kleidflicker- oder Schuhschmiererlohn war so klein, den er seinem Herrn nicht vergrößerte und den Überfluß zu sich schob; geschweige wie er in großen Ausgaben per fas et nefas zu sich rappte und sackte, wo er nur konnte und möchte. Die Sesselträger, mit denen sein Herr viel Geld hinrichtete, veränderte er gleich, wann sie ihm nit Part an ihrem Verdienst gaben; der Pastetenbecker, der Garkoch, der Weinschänker, der Holzhändler, der Fischverkaufer, der Becker und also andere Viktualisten mußten beinahe ihren Gewinn mit ihm teilen, wollten sie anders an dem Julus länger einen guten Kunden behalten. Denn er war dergestalt eingenommen, seinem Herrn durch Besitzung vielen Geldes und Guts gleich zu werden, als etwan hiebevor Luzifer, da er wegen seiner vom Allerhöchsten verliehenen Gaben erkühnete, seinen Stuhl an den mächtigen Thron des großen Gottes zu setzen. Also lebten beide Jünglinge ohn alle andere Anfechtungen zwar dahin, eh sie wahrnahmen, wie sie lebeten. Denn Julus war an zeitlicher Habe ja so reich als Avarus bedörftig, und deswegen vermeinte jeder, er verführe seinem Stand nach gar recht und wohl, ich will sagen, wie es eines jeden Stand und Gelegenheit erfordere: jener zwar seinem Reichtum gemäß sich herrlich und prächtig zu erzeigen, dieser aber seiner Armut zuhülfe zu kommen und etwas zu prosperiren und sich der gegenwärtigen Gelegenheit zu bedienen, die ihm sein vertunlicher Herr an die Hand gab. Jedoch unterließ der innerliche Wächter, das Licht der Vernunft, der Zeuge, der nimmer gar stillschweiget, nämlich das Gewissen, indessen nicht, einem jeden seine Fehler zeitlich genug vorzuhalten und ihn eines andern zu erinnern.

„Gemach, gemach!" ward zu dem Julus gesprochen; „halt ein, dasjenige so unnützlich zu verschwenden, welches deine Vorderen vielleicht mit saurer Mühe und Arbeit, ja vielleicht mit Verlust ihrer Seligkeit erworben und dir so getreulich vorgesparet haben; vielmehr lege es also an, damit du künftig deswegen vor Gott, der ehrbarn Welt und deinen Nachkommen bestehen und Rechenschaft darum geben mögest!" Aber diesen und dergleichen heilsamen Erinnerungen oder innerlichen guten Einsprechungen, die Julum zur Mäßigkeit reizen wollten, ward geantwortet: „Was! Ich bin kein Bärnhäuter noch Schimmel-Jud sondern ein Cavalier! Sollte ich meine adeligen Übungen in Gestalt eines Bettelhundes oder Schurken begreifen? Nein, das ist nicht der Gebrauch noch Herkommens! Ich bin nit hier, Hunger und Durst zu leiden, viel weniger wie ein alter karger Filz zu schachern, sondern als ein rechtschaffener Kerl von meinen Renten zu leben!" Wann aber die guten Einfälle, die er melancholische Gedanken zu nennen pflegte, auf solche Gegenwürfe dennoch nicht ablassen wollten, ihn aufs beste zu ermahnen, so ließ er sich das Lied „Laßt uns unser Tag genießen, Gott weiß, wo wir morgen sein..." aufspielen, oder besuchte das Frauenzimmer oder sonst eine lustige Gesellschaft, mit deren er einen Rausch soff, wovon er je länger, je ärger und endlich gar zu einem Epicurer ward.

Nicht weniger ward anderteils Avarus von innerlichen Zusprechen erinnert, daß dieser Weg, den er zum Besitz der Reichtüm zu gehen antrete, die allergrößte Untreu von der Welt sei, mit fernerer Ermahnung, er sei seinem Herrn nit allein mitgeben worden, ihm zu dienen, sondern auch durchaus seinen Schaden zu wenden, seinen Nutzen zu fördern, ihn zu allen ehrlichen Tugenden anzureizen, vor allen schändlichen Lastern zu warnen und vornehmlich seine zeitliche Habe nach müglichstem Fleiß zusammenzuheben und beobachten, welche er aber im Gegenteil selbst zu sich reiße und ihn, Julum, noch darzu in allerhand Laster stürzen helfe. Item, auf was Weise er wohl vermeinte, daß er solches gegen Gott, dem er um alles Rechenschaft geben müßte, gegen des Juli frommen Eltern, die ihm ihren einzigen Sohn anvertrauet und getreulich zu beobachten befohlen, und endlich gegen dem Julo selbsten zu verantworten getraue, wann derselbe zu seinen Tagen kommen und heut oder morgen verstehen werde, daß aus seiner Verwahrlosung und Untreue seine Person zu allem Guten verderbt und sein Reichtum unnützlich verschwendet worden? Hiemit zwar, o Avarus, ist es noch nicht genug! Denn über solche schwere Verantwortung, die du dir des Juli Person und Geldes wegen aufbürdest, besudelstu dich selbst auch mit dem schändlichen Laster des Diebstahls und machest dich des Strangs und Galgens würdig. Du unterwirfst deine vernünftige, ja himmlische Seele dem Schlamm der irdischen Güter, die du ungetreuer und hochsträflicher Weise zusammenzuscharren gedenkest, welche doch der Heide Crates Thebanus ins Meer warf, damit sie ihn nit verderben sollten, wiewohl er solche rechtmäßig besaß. Wieviel mehr, kannstu wohl erachten, werden sie dein Untergang sein, indem du solche im Gegenspiel aus dem großen Meer deiner Untreue erfischen willst! Solltestu dir wohl einbilden dörfen, sie werden dir wohl gedeihen?

Solche und dergleichen mehr guter Ermahnungen von der gesunden Vernunft und seinem Gewissen empfand zwar Avarus in sich selbsten; aber es mangelte ihm hingegen mitnichten an Entschuldigungen, sein böses Beginnen zu beschönen und gut zu sprechen. „Was?" sagte er mit Salomone Proverbior. 26, wegen des Juli Person. „Wie doch! Was soll den Narren Ehre, Geld und gute Tage? Sie können's doch nicht brauchen! Zudem hat er ohndas genug! Und wer weiß, wie es seine Eltern gewonnen haben? Ist es nicht besser, ich packe selbst dasjenige an, das er doch sonst ohn mich verschwendet, als daß ich's unter Fremde kommen lasse?"

Dergestalt folgten beide Jünglinge ihren verblendeten Begierden und ersäuften sich mithin im Abgrund der Wohllust, bis endlich Julus die lieben Franzosen bekam und eine Woche oder vier schwitzen und seinen Leib und Beutel purgiren lassen mußte, welches ihn darum nit besser machte oder ihm zur Warnung gediehe; denn er machte das gemeine Sprichwort wahr: Da der Kranke genas, je ärger er was.

Das VII. Kapitel

Simplex sieht, wie Avarus stiehlt,
Julus hingegen die Schulden fühlt

Avarus stahl so viel Geld zusammen, daß ihm angst dabei war,
maßen er nicht wußte, wo er damit hin sollte, damit dem Julo seine
Untreue verborgen bliebe; ersonn derowegen diese List, ihm ein
Auge zu verkleiben: Er verwechselte zum Teil sein Gold in grobe
teutsche silberne Sorten, tät solche in ein großes Felleisen und kam
damit bei nächtlicher Weile vor seines Herren Bette geloffen mit gelehrten Worten daher lügend oder, höflicher zu reden, daher erzäh-
lend, was ihm vor ein Fund geraten wäre. „Gnädiger Herr", sagte
er, „ich stolperte über diese Beute, als ich von etlichen von dero
Liebsten Losament gejagt ward, und wann der Ton des gemünzten
Metalls nit einen andern Klang von sich geben hätte, als das Eingeweid eines Abgestorbenen nicht tut, so hätte ich geschworen, ich
wäre über einen Toten geloffen." Damit schüttete er das Geld aus
und sagte ferner: „Was geben mir Euer Gnaden wohl für einen
Rat, daß dies Geld seinem rechtmäßigen Herrn wieder zukommt?
Ich verhoffe, derselbe sollte mir wohl ein stattlich Trinkgeld davon
zukommen lassen." – „Narr", antwortete Julus, „hast du was,
so behalt's; was bringst du aber vor eine Resolution von der Jungfer?" – „Ich konnte", antwortete Avarus, „diesen Abend mit ihr
nicht zu sprechen kommen, weil ich, wie gehört, etlichen mit großer
Gefahr entrinnen müssen und mir dieses Geld unversehens zugestanden." Also behalf sich Avarus mit Lügen, so gut er konnte, wie es
alle jungen angehenden Diebe zu machen pflegen, wann sie vorgeben, sie haben gefunden, was sie gestohlen.

Eben damal bekam Julus von seinem Vater Briefe, und in denselbigen einen scharfen Verweis, daß er so ärgerlich lebe und so
schröcklich viel Geldes verschwende; denn er hatte von den englischen Kaufherren, die mit ihm correspondirten und dem Julo
jeweils seine Wechsel entrichteten, alles des Juli und seines Avari
Tun erfahren, ohn daß dieser seinen Herrn bestahl, jener aber solches nit merkte; weswegen er sich dann solchergestalt bekümmerte,
daß er darüber in eine schwere Krankheit fiel. Er schrieb bemeldten
Kaufherren, daß sie forthin seinem Sohn mehrers nicht geben sollten als die bloße Notdurft, die ein gemeiner Edelmann haben
müßte, sich in Paris zu behelfen, mit dem Anhang, wofern sie ihm
mehr reichen würden, daß er ihnen solches nit wiedergutmachen
wollte. Den Julum aber bedrohete er, wofern er sich nit bessern und

ein ander Leben anstellen würde, daß er ihn alsdann gar enterben und nimmermehr vor seinen Sohn halten wollte.

Julus ward zwar darüber trefflich bestürzt, fassete aber darum keinen Vorsatz, gesparsamer zu leben; und wann er gleich seinen Vater zu benügen, vor den gewöhnlichen großen Ausgaben hätte sein wollen, so wäre es ihm vor diesmal doch unmüglich gewesen, weil er schon allbereit viel zu tief in den Schulden stak. Er hätte dann seinen Credit erstlich bei seinen Creditoren und consequenter auch bei jedermann verlieren wollen, welches ihm aber die Hoffart mächtig widerriet, weil es wider seine Reputation war, die er mit vielen Spendieren erworben. Derowegen redete er seine Lands-Leute an und sagte: „Ihr Herren wisset, daß mein Herr Vater an vielen Schiffen, die nach Ost- und West-Indien gehen, nicht allein Part, sondern auch in unsrer Heimat auf seinen Gütern jährlich bei vier- bis fünftausend Schafe zu scheeren hat, also daß es ihm auch kein Cavalier im Land gleich noch weniger vorzutun vermag; ich geschweige jetzt der Barschaft und der liegenden Güter, so er besitzet! Auch wisset ihr, daß ich alles seines Vermögens heut oder morgen ein einziger Erbe bin und daß gedachter mein Herr Vater allerdings auf der Grube gehet. Wer wollte mir dann nun zumuten, daß ich hier als ein Bärnhäuter leben sollte? Wäre solches, wann ich es täte, nicht unserer ganzen Nation eine Schande? Ihr Herren, ich bitte, lasset mich in solche Schande nicht geraten, sondern helfet mir auch wie bisher mit einem Stück Geld, welches ich euch wieder dankbarlich ersetzen und bis zur Bezahlung mit Kaufmanns-Interesse verpensionieren, auch einem jeden insonderheit mit einer solcher Verehrung begegnen will, daß er mit mir zufrieden sein wird.“

Hierüber zogen etliche die Achsel ein und entschuldigten sich, sie hätten derzeit nicht übrige Mittel; in Wahrheit aber waren sie ehrlich gesinnet und wollten des Juli Vater nit erzörnen; die anderen aber gedachten, was sie vor einen Vogel zu rupfen bekämen, wann sie den Julum in die Klauen kriegten. Wer weiß, sagten sie zu sich selbsten, wielang der Alte lebet, zudem will ein Sparer einen Verzehrer haben; will ihn der Vater gleich enterben, so kann er ihm doch das Mütterliche nicht benehmen! In summa, diese schossen dem Julo noch tausend Ducaten dar, wovor er ihnen verpfändete, was sie selbst begehrten, und ihnen jährlich acht Procento versprach, welches dann alles in bester Form verschrieben ward. Damit reichte Julus nit weit hinaus, denn bis er seine Schulden bezahlte und Avarus sein Part hinwegzwackte, verbleibt wenig mehr übrig. Maßen er in Bälde wieder entlehnen und neue Unterpfande geben mußte; welches seinem Vater von andern Engeländern, die nit interessirt waren, zeitlich avisirt ward, darüber sich der Alte dergestalt erzörnete, daß er denen, so seinem Sohn über eine Ordre Geld geben hätten, eine Protestation insinuiren und sie seines vorigen Schreibens erinnern, benebens andeuten ließ, daß er ihnen keinen Heller wiederum davor gutmachen, sondern sie noch darzu, wann sie wieder in Engeland anlangen würden, als Verderber der Jugend, und die seinem Sohn zu solcher Verschwendung verholfen gewesen, vorm Parlament verklagen wollte. Dem Julo selbst aber schrieb er mit eigner Hand, daß er sich hinfüro nit seinen Sohn mehr nennen noch vor sein Angesicht kommen sollte.

Als solche Zeitungen einliefen, fing des Juli Sache abermal an zu hinken; er hatte zwar noch ein wenig Geld, aber viel zuwenig, weder seinen verschwenderischen Pracht hinauszuführen noch sich auf eine Reise zu montiren, irgends einem Herrn mit einem Paar Pferden im Krieg zu dienen, worzu ihn Hoffart und Verschwendung anhetze. Und weil ihm auch hierzu niemand nichts vorsetzen wollte, flehete er seinen getreuen Avarus an, ihm von dem, was er gefunden, die Notdurft vorzustrecken. Avarus antwortete: „Eure Gnaden wissen wohl, daß ich ein armer Schüler bin gewesen und sonst nichts vermag, als was mir neulich Gott bescheret." (Ach heuchlerischer Schalk! gedachte ich, hätte dir das nun Gott beschéret, was du deinem Herrn abgestohlen hast, solltestu ihm in seinen Nöten nit mit dem Seinigen zuhülfe kommen? Und das um soviel desto ehender, dieweil du, solang er etwas hatte, mitgemachet und das Seinige hast verfressen, versaufen, verhuren, verbuben, verspielen und verbanketiren helfen? O Vogel, gedachte ich, du bist zwar aus Engeland kommen wie ein Schaf, aber seither dich der Geiz besessen, in Frankreich zu einem Fuchs, ja gar zu einem Wolf worden!) „Sollte ich nun", sagte er weiter, „solche Gaben Gottes nit in acht nehmen und zu meines künftigen Lebens Aufenthalt anlegen, so müßte ich sorgen, ich möchte mich dadurch alles meines künftigen Glücks unwürdig machen, das ich noch etwan zu hoffen. Wen Gott grüßet, der soll ihm danken; es dörfte mir vielleicht mein lebelang kein solcher Fund wieder geraten; soll ich nun dieses an ein Ort hingeben, dahin auch reiche Engeländer nichts mehr lehnen wollen, weil sie die besten Unterpfande bereits hinweg haben, wer wollte mir solches raten? Zudem haben mir Euer Gnaden selbst gesagt, wann ich etwas habe, so sollte ich's behalten; und über dies alles lieget mein Geld auf der Wechselbank, welches ich nit kriegen kann, wann ich will, ich wollte mich denn eines großen Interesses verzeihen."

Diese Worte waren dem Julo zwar schwer zu verdauen, als deren er sich weder von seinem getreuen Diener versehen noch von andern zu hören gewohnet war. Aber der Schuh, den ihm Hoffart und Verschwendung angeleget, druckte ihn so hart, daß er sie leichtlich verschmerzete, vor billig hielt und durch Bitten so viel vom Avaro brachte, daß er ihm alles sein erschundenes und abgestohlenes Geld vorliehe, mit dem Geding, daß sein, des Avari Lidlohn samt demjenigen, so er noch in vier Wochen an Interessen davon haben können, zur Haupt-Summa geschlagen, mit acht Procento jährlich verzinset und, damit er um Haupt-Summa und Pension versichert sein möchte, ihm ein freiadelig Gut, so Julo von seiner Mutter Schwester vermachet worden, verpfändet werden sollte, welches auch alsobalden in Gegenwart der andern Engeländer als erbetene Zeugen in der allerbesten Form geschahe; und belief sich die Summa allerdings auf sechshundert Pfund Sterling, welche nach unsrer Münze ein namhaftes Stück Geldes machet.

Kaum war obiger Contract geschlossen, die Verschreibung verfertiget und das Geld dargezählt, da kam Julo die Verkündigung eines erfreulichen Leides, daß nämlich sein Herr Vater die Schuld der Natur bezahlet hätte. Weswegen er dann gleichsam eine fürstliche Trauer anlegte und sich gefaßt machte, ehistens nach Engeland zu verreisen, mehr die Erbschaft anzutreten als seine Mutter zu trösten. Da sahe ich meinen Wunder, wie Julus wieder einen Haufen Freunde bekam, weder er vor etlichen Tagen gehabt; auch ward ich gewahr, wie er heuchlen konnte, denn wann er bei den Leuten war, so stellete er sich um seinen Vater gar leidig; aber bei dem Avaro allein sagte er: „Wäre der Alte noch länger lebendig blieben, so hätte ich endlich heim bettlen müssen; sonderlich wann du Avarus mir mit deinem Geld nit wärest zuhülfe kommen."

Das VIII. Kapitel

Simplex dem Julus den Kopf sieht abschlagen
und den Avarus am Galgen verzagen

Demnach machte sich Julus mit Avarus schleunig auf den Weg, nachdem er zuvor sein ander Gesinde als Laquaien, Pagen und dergleichen unnützer, gefräßiger oder vertunlicher Leute mit guten Ehren abgeschaffet. Wollte ich nun der Histori ein Ende sehen, so mußte ich wohl mit, aber wir reiseten mit gar ungleicher Comodität. Julus ritt auf einem ansehentlichen Hengst, weil er nunmehr nichts Bessers als das Reuten gelernet hatte, und hinter ihm saße die Verschwendung, gleichsam als ob sie seine Hochzeiterin oder Liebste gewesen wäre. Avarus saß auf einem Minchen oder Wallachen, wie man sie nennet, und führete hinter sich den Geiz; das hatte eben ein Ansehen, als wann ein Marktschreier oder Storcher mit seinem Affen auf eine Kirchmesse geritten wäre. Die Hoffart hingegen flog hoch in der Luft daher, eben als wann sie die Reise nit sonderlich angangen hätte; die übrigen assistirenden Laster aber marschirten beneben her, wie die Beiläufer zu tun pflegen; ich aber hielt mich bald da, bald dort einem Pferd an den Schwanz, damit ich auch mit fortkommen und Engeland beschauen möchte, dieweil ich mir einbildete, ich hätte bereits viel Länder gesehen, dagegen mir dieses Enge ein seltener Anblick sein würde. Wir erlangten bald den Ort der Schifflände, allwo wir hiebevor auch ausgestiegen waren, und segelten in kurzer Zeit mit gutem Wind glücklich über.

Julus fand seine Frau Mutter zu seiner Ankunft auch in letzten Zügen, maßen sie noch gleich denselben Tag ihren Abschied nahm, also daß er als ein einziger Erbe, der nunmehr aus seinen vogtbaren Jahren getreten, zu einemmal Herr und Meister über seiner Eltern Verlassenschaft ward. Da ging nun das gute Leben wieder besser an als zu Paris, weil er eine namhafte Barschaft ererbet. Er lebete wie der reiche Mann, Lucae am 16., ja wie ein mächtiger Prinz; bald hatte er Gäste, und bald ward er wieder zu Gast geladen, und nahm seine Conversation fast täglich zu. Er führete zu Wasser und Land anderer Leut Töchter und Weiber nach engeländischem Gebrauch spaziren, hielte einen eignen Trompeter, Bereiter, Kammerdiener, Schalksnarrn, Reitknecht, Kutscher, zween Laquaien, einen Pagen, Jäger, Koch und dergleichen Hofgesind. Gegen solche (insonderheit aber gegen den Avarus, den er als seinen getreuen Reis-Gesellen zu seinem Hofmeister und Factor oder Factotum gemachet hatte) erzeigte er sich gar mild, wie denn auch gedachtem Avarus dasjenige adelige Gut, so er ihm zuvor in Frankreich verhypothekiret vor Haupt-Summa, Interesse und seinen Lidlohn vor freiledig und eigen gab und verschreiben ließ, wiewohl es viel ein Mehrers wert war. In summa, er verhielt sich gegen jedermann, daß ich nicht allein glaubte, er müßte aus dem Geschlechte der alten Könige sein geboren worden, wie er sich dessen in Frankreich oft gerühmet, sondern ich hielt festiglich davor, er wäre aus dem Stamm Arturs entsprossen, welcher das Lob seiner Freigebigkeit bis an das End der Welt behalten wird.

Anderteils unterließe Avarus nicht, in solchem Wasser zu fischen und seine Chance in acht zu nehmen; er bestahl seinen Herrn mehr als zuvor und schacherte darneben ärger als ein fünfzigjähriger Jud. Das losestes Stücklein aber, das er dem Julus tät, war dieses, daß er sich mit einer Dame von ehrlichem Geschlecht verplemperte, folgends selbige seinem Herrn kuppelte und demselben über dreiviertel Jahr den jungen Balg zuschreiben ließ, den er ihr doch selbst angehenkt hatte; und weil sich Julus gar nicht entschließen konnte, selbige zu ehelichen, gleichwohl aber ihrer Befreunden halber in Gefahr stehen mußte, trat der aufrichtige Avarus ins Mittel, ließ sich bereden, diejenige wieder zu Ehren zu bringen, deren er ehender und mehr als Julus genossen und sie selbst zu Fall gebracht, wodurch er abermalen ein Namhafts von des Julus Gütern zu sich zwackte und durch solche Treue seines Herrn Gunst verdoppelte. Und dennoch unterließ er nicht, da und dort zu rupfen, solang Flaumfedern vorhanden, und als es auf die Stupflen los ging, verschonete er deren auch nicht.

Einsmals fuhr Julus auf der Thems in einem Lust-Schiff mit seinen nähesten Verwandten spazieren, unter welchen sich seines Vaters Bruder, ein sehr weiser und verständiger Herr, auch befand. Dieser redete damal etwas vertreulicher mit ihm als sonsten und führete ihm mit höflichen Worten und glimpflicher Strafe zu Gemüt, daß er keinen guten Haushalter abgeben werde; er sollte sich und das Seinige besser beobachten, als er bishero getan etcetera; wann die Jugend wüßte, was das Alter brauchet, so würde sie einen Ducaten eher hundertmal umkehren als einmal ausgeben etcetera. Julus lachte darüber, zog einen Ring vom Finger, warf ihn in die Thems und sagte: „Herr Vetter, sowenig als mir dieser Ring wieder zuhanden kommen mag, sowenig werde ich das Meinige vertun können." Aber der Alte seufzete und antwortete: „Gemach, Herr Vetter, es lässet sich wohl eines Königs Gut vertun und ein Brunn erschöpfen, sehet was ihr tuet." Aber Julus kehrete sich von ihm und hassete ihn solcher getreuen Vermahnung wegen mehr, als er ihn darum sollte geliebet haben.

Unlängst hernach kamen etliche Kaufherrn aus Frankreich, die wollten um das Hauptgut, so sie ihm zu Paris vorgesetzet, samt dem Interesse bezahlt sein, weil sie gewisse Zeitung hatten, wie Julus lebte und daß ihm ein reich beladenes Schiff, so seine Eltern nach Alexandriam geschicket hatten, von den Seeräubern auf dem Mit-

423

telländischen Meer wäre hinweggenommen worden. Er bezahlete sie mit lauter Kleinodien, welches eine gewisse Anzeigung war, daß es mit der Barschaft an die Neige ging. Über das kam eine gewisse Nachricht ein, daß ihm ein ander Schiff am Gestad von Brasilien gescheitert und eine englische Flotte, an der des Julus Eltern am allermeisten interessiert gewesen, unweit den moluccischen Insulen von den Holländern zum Teil ruinirt und der Rest gefangen worden. Solches alles ward bald landkündig, dannenhero ein jeder, der etwas an Julus zu prätendiren hatte, sich umb die Bezahlung anmeldete, also daß es das Ansehen hatte, als wann ihn das Unglück von allen Enden der Welt her bestreiten wollte. Aber alle solche Stürme erschröckten ihn nicht so sehr als sein Koch, der ihm Wunders wegen einen göldenen Ring wiese, den er in einem Fisch gefunden, weil er denselbigen gleich vor den seinigen erkannte und sich noch nur zu wohl zu erinnern wußte, mit was vor Worten er denselbigen in die Thems geworfen!

Er war zwar ganz betrübt und beinahe desperat, schämte sich aber doch, vor den Leuten scheinen zu lassen, wie es ihm ums Herz war. Indem vernimmt er, daß des enthaupten Königs ältister Prinz mit einer Armee in Schottland ankommen wäre, hätte auch glücklichen Succeß und gute Hoffnung, seines Herrn Vaters Königreich wiederum zu erobern. Solche Occasion gedachte sich Julus zunutz zu machen und seine Reputation dadurch zu erhalten. Derowegen montirte er sich und seine Leute mit demjenigen, so er noch übrig hatte, und brachte eine schöne Compagnie Reuter zusammen, über welche er Avarus zum Leutenant machte und ihm göldene Berge verhieß, daß er mitging, alles unter dem Vorwand, dem Protector zu dienen. Als er aber sich reisefertig befand, ging er mit seiner Compagnia in schnellem Marsch dem jungen schottischen König entgegen und conjungirte sich mit dessen Corpo, hätte auch wohl gehandelt gehabt, wann es dem König damals geglückt; als aber Cromwell dieselbe Kriegsmacht zerstöberte, entrannen Julus und Avarus kaum mit dem Leben und dorften sich doch beide nirgends mehr sehen lassen. Derowegen mußten sie sich wie die wilden Tiere in den Wäldern behelfen und sich mit Rauben und Stehlen ernähren, bis sie endlich darüber ertappt und gerichtet wurden: Julus zwar mit dem Beil und Avarus mit dem Strang, welchen er schon längst verdient hatte.

Hierüber kam ich wieder zu mir selber oder erwachte aufs wenigste aus dem Schlaf und dachte meinem Traum oder Geschichte nach; hielt endlich dafür, daß die Freigebigkeit leichtlich zu einer

Verschwendung und die Gesparsamkeit leicht zu Geiz werden könne, wann die Weisheit nicht vorhanden, welche Freigebigkeit und Gesparsamkeit durch Mäßigkeit regire und im Zaum halte. Ob aber der Geiz oder die Verschwendung den Preis davongetragen, kann ich nicht sagen, glaube aber wohl, daß sie noch täglich miteinander zu Feld liegen und um den Vorzug streiten.

Das IX. Kapitel

Simplex mit Baldanders viel discuriret,
bei dem er treffliche Künste verspüret

Ich spazirte einsmals im Wald herum, meinen eitelen Gedanken Gehör zu geben; da fand ich ein steinern Bildnus liegen in Lebensgröße, das hatte das Ansehen, als wann es irgends eine Statua eines alten teutschen Helden gewesen wäre, denn es hatte eine altfränkische Tracht von romanischer Soldaten-Kleidung vorn mit einem großen Schwaben-Latz, und war meinem Bedünken nach überaus künstlich und natürlich ausgehauen. Wie ich nun so dastund, das Bild betrachtete und mich verwunderte, wie es doch in diese Wildnus kommen sein möchte, kam mir in Sinn, es müßte irgends auf diesem Gebürg vor langen Jahren ein heidnischer Tempel gestanden und dieses der Abgott darin gewesen sein. Sahe mich derowegen um, ob ich nichts mehr von dessen Fundament sehen kunnte, ward aber nichts dergleichen gewahr, sondern, dieweil ich einen Hebel fand, den etwan ein Holzbaur liegenlassen, nahm ich denselben und trat an dies Bildnus es umzukehren, um zu sehen, wie es auf der andern Seite eine Beschaffenheit hätte; ich hatte aber demselben den Hebel kaum untern Hals gesteckt und zu lupfen angefangen, da fing es selbst an, sich zu regen und zu sagen: „Laß mich mit Frieden! Ich bin Baldanders."

Ich erschrak zwar heftig, doch erholte ich mich gleich wiederum und sagte: „Ich sehe wohl, daß du bald anders bist; denn erst warstu ein toter Stein, jetzt aber bist du ein beweglicher Leib; wer bist du aber sonst: der Teufel oder seine Mutter?" – „Nein", antwortete er, „ich bin deren keins, sondern Baldanders, maßen du mich selbst so genannt und davor erkannt hast; und könnte es auch wohl müglich sein, daß du mich nit kennen solltest, da ich doch alle Zeit und Täge deines Lebens bin bei dir gewesen? Daß ich aber niemal mit dir mündlich geredet habe, wie etwan Anno fünfzehnhundertvierunddreißig den letzten Julij mit Hans Sachsen, dem Schuster

425

von Nürnberg, ist die Ursache, daß du meiner niemalen geachtet hast; unangesehen ich dich mehr als andere Leute bald groß, bald klein; bald reich, bald arm; bald hoch, bald nieder; bald lustig, bald traurig; bald bös, bald gut und in summa bald so und bald anders gemachet habe." Ich sagte: „Wenn du sonst nichts kannst als dies, so wärestu wohl vor diesmal auch von mir blieben." Baldanders antwortete: „Gleichwie mein Ursprung aus dem Paradeis ist und mein Tun und Wesen bestehet, solang die Welt bleibet, also werde ich dich auch nimmermehr gar verlassen, bis du wieder zur Erde wirst, davon du herkommen, es sei dir gleich lieb oder leid." Ich fragte ihn, ob er denn den Menschen zu sonst nichts tauge, als sie und alle ihre Händel so mannigfaltig zu verändern? „O ja", antwortete Baldanders, „ich kann sie eine Kunst lehren, dadurch sie mit allen Sachen, so sonst von Natur stumm sein, als mit Stühlen und Bänken, Kesseln und Häfen und so weiter reden können, maßen ich solches Hans Sachsen auch unterwiesen, wie denn in seinem Buch zu sehen, darin er ein paar Gespräche erzählet, die er mit einem Ducaten und mit einer Roßhaut gehalten." – „Ach", sagte ich, „lieber Baldanders, wann du mich dies Kunst mit Gottes Hülfe auch lernen könntest, so wollte ich dich mein Lebtag liebhaben." – „Ja freilich", antwortet er, „das will ich gern tun." Nahm darauf mein Buch, so ich eben bei mir hatte, und nachdem er sich in einen Schreiber verwandelt, schrieb er mir nachfolgende Worte darein:

Ich bin der Anfang und das Ende und gelte an allen Orten. *Manoha gilos timad isaser sale lacob salet enni nacob idil dadele neuaw ide eges Eli neme meodj elidid emonatan Desi negogag editor goga naneg eriden, hohe ritatan avilac hohe ilamen eriden Diledi sisac usur sodaled avar amu salif ononor macheli retoran, vlidon dad amv ossosson Gedal amu bede neuaw alijs dilede ronodaw agnoh regnoh eni tatœ hyn lamini celotah isis tolostabas oronatah assis tobulu, Wiera saladid egrivi nanon œgar rimini sisac heliosole ramelv ononor windelishi timinituz bagoge gagoe hananor elimitat.*

Als er dies geschrieben, ward er zu einem großen Eichbaum, bald darauf zu einer Sau, geschwind zu einer Bratwurst und unversehens zu einem großen Baurendreck (mit Gunst); er machte sich zu einem schönen Kleewasen, und eh ich mich versahe, zu einem Kühefladen; item zu einer schönen Blume oder Zweig, zu einem Maulbeerbaum und darauf zu einem schönen seidenen Teppich, bis er sich endlich wieder in menschliche Gestalten veränderte und dieselben öfter verwechselte, als solches gedachter Hans Sachs von ihm beschrieben. Und weil ich von so unterschiedlichen schnellen Verwandlungen weder in Ovidio noch sonsten nirgends gelesen (denn den mehrgedachten Hans Sachsen hatte ich damals noch nit gesehen) gedachte ich, der alte Proteus sei wieder von den Toten auferstanden, mich mit seiner Gaukelei zu äffen; oder es sei vielleicht der Teufel selbst, mich als einen Einsiedel zu versuchen und zu betrügen. Nachdem ich aber von ihm verstanden, daß er mit bessern Ehren den Mond in seinem Wappen führe als der türkische Kaiser, item daß die Unbeständigkeit sein Aufenthalt, die Beständigkeit aber seine ärgste Feindin sei, um welche er sich gleichwohl keine Schnalle schere, weil er mehrenteils sie flüchtig mache, veränderte er sich in einen Vogel, floh schnell davon und ließ mir das Nachsehen.

Darauf satzte ich mich wieder in das Gras und fing an, diejenigen Worte zu betrachten, die mir Baldanders hinterlassen, die Kunst, so ich von ihm zu lernen hatte, daraus zu begreifen; ich hatte aber nicht das Herz, selbige auszusprechen, weil sie mir vorkamen wie diejenigen, damit die Teufelsbanner die höllischen Geister beschwören und andere Zauberei treiben, maßen sie denn auch ebenso seltsam unteutsch und unverständlich scheinen. Ich sagte zu mir selber: Wirstu sie anfahen zu reden, wer weiß, was du alsdann vor Hexengespenst damit herbeilockest; vielleicht ist dieser Baldanders der Satan gewesen, der dich hierdurch verführen will; weißtu nicht, wie es den alten Einsiedeln ergangen?

Aber gleichwohl unterließ mein Vorwitz nicht, die geschriebenen Worte stetig anzuschauen und zu betrachten, weil ich gern mit stummen Dingen hätte reden können, sintemalen auch andere die unvernünftigen Tiere verstanden haben sollen; ward demnach je länger, je verpichter darauf, und weil ich, ohn Ruhm zu melden, ein ziemlicher Zifferant bin und meine geringste Kunst ist, einen Brief auf einen Faden oder wohl gar auf ein Haar zu schreiben, den wohl kein Mensch wird aussinnen oder erraten können, zumalen auch vorlängsten wohl andere verborgene Schriften ausspeculiret, als die Steganographia Trythemii sein mag: also sah ich auch diese Schrift mit anderen Augen an und fand gleich, daß Baldanders mir die Kunst nicht allein mit Exempln, sondern auch in obiger Schrift mit guten teutschen Worten viel aufrichtiger communiciret, als ich ihm zugetrauet. Damit war ich nun wohl zufrieden und achtete meiner neuen Wissenschaft nit sonderlich, sondern ging zu meiner Wohnung und las die Legenden der alten Heiligen, nicht allein durch gute Beispiele mich in meinem abgesonderten Leben geistlich zu erbauen, sondern auch die Zeit zu passiren.

Das X. Kapitel

Simplex der Wald- wird ein Wallbruder,
gerät drob wieder ziemlich ins Luder

Das Leben des heiligen Alexii kam mir im ersten Griff unter die Augen; als ich das Buch aufschlug, da fand ich, mit was vor einer Verachtung der Ruhe er das reiche Haus seines Vaters verlassen, die heiligen Örter hin und wieder mit großer Andacht besuchet und endlich beides seine Pilgerschaft und Leben unter einer Stiegen in höchster Armut mit unvergleichlicher Geduld und wunderbarer Beständigkeit seliglich beschlossen hatte. Ach! sagte ich zu mir selbst, Simplici, was tust du? Du liegst hier auf der faulen Bärenhaut und dienest weder Gott noch Menschen! Wer allein ist, wann derselbe fället, wer wird ihm wieder aufhelfen? Ist es nicht besser, du dienest deinen Neben-Menschen und sie dir hingegen hinwiederum, als daß du hir ohn alle Leutseligkeit in der Einsame sitzest wie eine Nacht-Eule? Bist du nicht ein totes Glied des menschlichen Geschlechtes, wann du hier verharrest? Und zwar wie wirstu den Winter ausdauren können, wann dies Gebirge mit Schnee bedeckt und dir nicht mehr wie jetzt von den Nachbarn dein Unterhalt gebracht wird? Zwar diese ehren dich jetzunder wie ein Oracul: wann du aber verneujahret hast, werden sie dich nicht mehr würdigen, über eine Achsel anzuschauen, sondern, anstatt dessen das sie dir jetzt hertragen, dich vor ihren Türen mit Helf dir Gott abspeisen. Vielleicht ist dir Baldanders darum persönlich erschienen, damit du dich beizeiten vorsehen und in die Unbeständigkeit dieser Welt schicken sollest. Mit solchen und dergleichen Anfechtungen und Gedanken ward ich gequält, bis ich mich entschloß, aus einem Wald- ein Wallbruder oder Pilger zu werden.

Demnach ertappte ich unversehens meine Schere und stutzte meinen langen Rock, der mir allerdings auf die Füße ging und, solang ich ein Einsiedel gewesen, anstatt eines Kleides auch Unter- und Oberbetts gedienet hatte. Die abgeschnittenen Stücke aber satzte ich darauf und darunter, wie es sich schickte, doch also daß es mir zugleich Säcke und Taschen abgab, dasjenige so ich etwan erbettlen möchte, darin zu verwahren. Und weil ich keinen proportionirlichen Jacobs-Stab mit feinen gedreheten Knöpfen haben konnte,

überkam ich einen wilden Äpfel-Stamm, darmit ich einen wanngleich er seinen Degen in der Faust gehabt, gar wohl schlafen zu
legen getrauet; welchen böhmischen Ohrlöffel mir folgends ein
frommer Schlosser auf meiner Wanderschaft mit einer starken
Spitze trefflich versehen, damit ich mich vor den Wölfen, die mir
etwan unterwegs begegnen möchten, erwehren konnte.

Solchergestalt austaffirt, machte ich mich in das wilde Schappach
und erbettlete von selbigem Pastor einen Schein oder Urkund, daß
ich mich unweit seiner Pfarr als ein Eremit erzeiget und gelebet
hätte, nunmehr aber Willens wäre, die heiligen Örter hin und wider
andächtig zu besuchen, unangesehen mir derselbe vorhielt, daß er
mir nicht recht traue. „Ich schätze, mein Freund", sagte er, „du
habest entweder ein schlimm Stück begangen, daß du deine Wohnung so urplötzlich verlässest, oder habest im Sinn, einen andern
Empedoclem Agrigentinum abzugeben, welcher sich in den Feuer-
berg Ätnam stürzete, damit man glauben sollte, er wäre, weil man
ihn sonst nirgends finden könnte, gen Himmel gefahren. Wie wäre
es, wann es mit dir eine von solchen Meinungen hätte und ich dir mit
Erteilung meiner bessern Zeugnus darin hülfe?" Ich wußte ihm aber
mit meinem guten Maul-Leder unter dem Schein frommer Einfalt
und heiliger aufrichtiger Meinung dergestalt zu begegnen, daß er mir
gleichwohl angeregte Urkund mitteilete; und bedünkte mich, ich
spürete einen heiligen Neid oder Eifer an ihm und daß er meine
Wegkunft gern sähe, weil der gemeine Mann wegen eines so ungewöhnlichen, strengen und exemplarischen Lebens mehr von mir
hielt als von etlichen Geistlichen in der Nachbarschaft, unangesehen
ich ein schlimmer liederlicher Kund war, wenn man mich gegen die
rechten wahren Geistlichen und Diener Gottes hätte abschätzen sollen.

Damals war ich zwar noch nicht so gar gottlos, wie ich hernach
ward, sondern hätte mich noch wohl vor einen solchen, der eine
gute Meinung und Vorsatz hat, passiren können. Sobald ich aber
mit andern alten Landstörzern bekannt ward und mit denselben
vielfältig umging und conversirte, ward ich je länger, je ärger; also
daß ich zuletzt gar wohl vor einen Vorsteher, Zunftmeister und
Praeceptor derjenigen Gesellschaft hätte passiren mögen, die aus
der Landfahrerei zu keinen andern Ende eine Profession machen,
als ihre Nahrung damit zu gewinnen. Hierzu war mein Habit und
Leibes-Gestalt fast bequem und beförderlich, sonderlich die Leute
zur Freigebigkeit zu bewegen. Wenn ich dann in einen Flecken kam
oder in eine Stadt gelassen ward, vornehmlich an den Sonn- und

Feiertägen, so kriegte ich gleich von Jungen und Alten einen größern Umstand als der beste Marktschreier, der ein paar Narren, Affen und Meerkatzen mit sich führet. Alsdann hielten sie mich teils wegen meines langen Haars und wilden Barts vor einen alten Propheten, weil ich, es war gleich Wetter, wie es wollte, barhäuptig ging, andere vor sonst einen seltsamen Wundermann, die allermeisten aber vor den ewigen Juden, der bis an den Jüngsten Tag in der Welt herumlaufen soll. Ich nahm kein Geld zum Almosen an, weil ich wußte, was mir solche Gewohnheit in meiner Eremitage genutzt, und wann mich jemand dessen etwas zu nehmen dringen wollte, sagte ich: Die Bettler sollen kein Geld haben. Damit brachte ich zuwege, wo ich etwan ein paar Heller verschmähete, daß mir hingegen an Speise und Trank mehrers geben ward, weder ich sonst um ein paar Kopfstücke hätte kaufen mögen.

Also marschirte ich die Gutach hinauf über den Schwarzwald auf Villingen dem Schweizerland zu, auf welchem Weg mir nichts Notabels oder Ungewöhnlichs begegenete, als was ich allererst gemeldet. Von dannen wußte ich den Weg selbst auf Einsiedlen, daß ich deswegen niemand fragen dorfte; und da ich Schaffhausen erlangte, ward ich nicht allein eingelassen, sondern auch nach vielem Fatzwerk, so das Volk mit mir hatte, von einem ehrlichen wohlhäbigen Burger freundlich zu Herberge aufgenommen; und zwar so war es Zeit, daß er kam und sich meiner als ein wohlgereister Junker (der ohn Zweifel in der Fremde auf seinen Reisen viel Saurs und Süßes erfahren) erbarmete, weil gegen Abend etlich böse Buben anfingen, mich mit Gassen-Kot zu werfen.

Das XI. Kapitel

> Simplex wird von eim von Adel gastirt.
> Discurs mit einem Schermesser führt

Mein Gast-Herr hatte eine halbes Tümmelchen, da er mich heimbrachte, dahero wollte er desto genauer von mir wissen, woher, wohin, was Profession und dergleichen; und da er hörete, daß ich ihm von so vielen unterschiedlichen Ländern, die ich mein Tage durchstrichen, zu sagen wußte, welche sonst nicht bald einem jeden zu sehen werden, als von der Moscau, Tartarei, Persien, China, Türkei und unsern Antipodibus, verwunderte er sich trefflich und tractirte mich mit lauter Veltliner und Oetsch-Wein. Er hatte selbst Rom, Venedig, Ragusa, Constantinopel und Alexandriam gesehen;

als derowegen ich ihm viel Wahrzeichen und Gebräuche von solchen Orten zu sagen wußte, glaubte er mir auch, was ich ihm von fernern Ländern und Städten aufschnitt, denn ich regulirete mich nach Salomons von Logau Reim, wann er spricht:

> Wer lügen will, der lüg von fern!
> Wer zieht dahin, erfährt's gern.

Und da ich sahe, daß es mir so wohl gelung, kam ich mit meiner Erzählung fast in der ganzen Welt herum. Da war ich selbst in des Plinii dickem Wald gewesen, welchen man bisweilen bei den Aquis Cutiliis antreffe, denselben aber hernach, wenn man ihn mit höchstem Fleiß suche, gleichwohl weder bei Tag noch Nacht mehr finden könne. Ich hatte selbst von dem lieblichen Wunder-Gewächs Borametz in der Tartarei gessen; und wiewohl ich dasselbe meine Tage nicht gesehen, so konnte ich jedoch meinem Wirt von dessen anmütigen Geschmack dermaßen discuriren, daß ihm das Maul wässerig davon ward. Ich sagte, es hat ein Fleischlein wie ein Krebs, eine Farbe wie ein Rubin oder roter Pfersich und einen Geruch, der sich den Melonen und Pomeranzen vergleichet. Benebens erzählete ich ihm auch, in was Schlachten, Scharmützlen und Belägerungen ich mein Tage gewesen wäre, log aber auch etwas Mehrers dazu, weil ich sahe, daß er's so haben wollte; maßen er sich mit solchem und dergleichen Geschwätz wie die Kinder mit den Märlein aufziehen ließ, bis er darüber entschlief und ich in eine wohl accomodirte Kammer geführet ward, da ich dann in einem sanften Bett uneingewiegt einschlief, welches mir lange nit widerfahren war.

Ich erwachte viel früher als die Haus-Genossen selbst, kunnte aber darum nicht aus der Kammer kommen, eine Last abzulegen, die zwar nicht groß, aber doch sehr beschwerlich war, sie über die bestimmte Zeit zu tragen; fand mich aber hinter einer Tapezerei mit einem hierzu bestimmten Ort, welchen etliche eine Canzlei zu nennen pflegen, viel besser versehen, als ich in solcher Not hätte hoffen dörfen. Daselbst hinsatzte ich mich eilends zu Gericht und bedachte, wie weit meine edle Wildnus dieser wohlgezierten Kammer vorzuziehen wäre, als in welcher sowohl Fremd und Heimisch an jedem Ort und Ende ohn Erduldung einer solchen Angst und Drangsal, die ich dazumal überstanden hatte, stracks niederhocken könnte. Nach Erörterung der Sache, als ich eben an des Baldanders Lehre und Kunst gedachte, langte ich aus einem neben mir hangenden Carnier ein Octav von einem Bogen Papier, an demselbigen zu exequiren, worzu es neben andern mehr seiner Cameraden condemniret und daselbst gefangen war. „Ach!" sagte dasselbige. „So muß ich denn nun auch vor meine treu geleisten Dienste und lange Zeit überstandene vielfältigen Peinigungen, zugenötigte Gefahren, Arbeiten, Ängsten, Elend und Jammer nun erst den allgemeinen Dank der ungetreuen Welt erfahren und einnehmen? Ach warum hat mich nit gleich in meiner Jugend ein Fink oder Goll aufgefressen und alsobald Dreck aus mir gemachet, so hätte ich doch meiner Mutter, der Erden, gleich wiederum dienen und durch meine angeborne Feistigkeit ihro ein liebliches Waldblümlein oder Kräutlein herfür bringen helfen können, eh daß ich einem solchen Landfahrer den Hintern hätte wischen und meinen endlichen Untergang im Scheißhaus nehmen müssen! Oder warum werde ich nicht in eines Königs von Frankreich Sekret gebrauchet, dem der von Navarra den Arsch wischet? Wovon ich dann viel größere Ehre gehabt hätte, als einem entlaufenen Monacho zu Dienst zu stehen!"

Ich antwortete: „Ich höre an deinen Reden wohl, daß du ein nichtswertiger Gesell und keiner andern Begräbnus würdig seist als ebenderjenigen, darin ich dich jetzunder senden werde; und wird gleich gelten, ob du durch einen König oder Bettler an einen solchen stinkenden Ort begraben wirst, davon du so grob und unhöflich sprechen darfst, dessen aber ich mich hingegen herzlich gefreuet. Hastu aber etwas deiner Unschuld und dem menschlichen Geschlecht treu geleister Dienste wegen vorzubringen, so magstu es tun. Ich will dir gern, weil noch jedermann im Hause schläft, Audienz geben und dich nach befindenden Dingen von deinem gegenwärtigen Untergang und Verderben conserviren."

Hierauf antwortete das Schermesser: „Meine Voreltern seind erstlich nach Plinii Zeugnus lib. 10 cap. 23 in einem gewaltigen Wald, da sie auf ihrem eignen Erdreich in erster Freiheit wohneten und ihr Geschlecht ausbreiteten, gefunden, in menschliche Dienste als ein wildes Gewächs gezwungen und sämtlich Hanf genennet worden; von denselbigen bin ich zu Zeiten Wenceslai in dem Dorf Goldscheur als ein Samen entsprossen und erzielt, von welchem Ort man sagt, daß der beste Hanfsamen in der Welt wachse. Daselbst nahm mich mein Erzieler von den Stengeln meiner Eltern und verkaufte mich gegen den Frühling einem Kramer, der mich unter andern fremden Hanfsamen mischte und mit uns schacherte. Derselbe Kramer gab mich folgends einem Baur in der Nachbarschaft zu kaufen und gewann an jedem Sester einen halben Goldgülden, weil wir unversehens aufschlugen und teur wurden. War also gemeldter

Kramer der zweite, so an mir gewann, weil mein Erzieler, der mich anfänglich verkaufte, den ersten Gewinn schon hinweg hatte. Der Bauer aber, so mich vom Kramer erhandelt, warf mich in einen wohlgebauten fruchtbarn Acker, allwo ich im Gestank des Roß-, Schwein-, Kühe- und andern Mists vermodern und ersterben mußte; doch brachte ich aus mir selbsten einen hohen stolzen Hanfstengel hervor, in welchen ich mich nach und nach veränderte, und stracks zu mir selbst in meiner Jugend sagte: Nun wirstu gleich deinen Urahnen einen fruchtbarer Vermehrer deines Geschlechts werden und mehr Körnlein Samen hervorbringen, als jemals einer aus ihnen nicht getan. Aber kaum hatte sich meine Freiheit mit solcher eingebildeten Hoffnung ein wenig gekitzelt, da mußte ich von vielen Vorübergehenden hören: Schauet! was vor ein großer Acker voll Galgenkraut! Welches ich und meine Brüder alsobalden vor kein gut Omen vor uns hielten; doch trösteten uns hinwiederum etlicher ehrbaren alten Bauren Reden, wann sie sagten: Sehet! Was vor ein schöner trefflicher Hanf ist das? Aber leider! Wir wurden bald hernach gewahr, daß wir von den Menschen wegen ihres Geizes und ihrer armseligen Bedörftigkeit nit dagelassen würden, unser Geschlecht ferners zu propagieren; allermaßen, als wir bald Samen zu bringen vermeinten, wir von unterschiedlichen starken Gesellen ganz unbarmherzigerweise aus dem Erdreich gezogen und als gefangene Übeltäter in große Gebund zusammen gekuppelt worden, vor welche Arbeit sie dann ihren Lohn und also den dritten Gewinn empfingen, so die Menschen von uns einzuziehen pflegen.

Damit aber war es noch lang nit genug, sondern unser Leiden und der Menschen Tyrannei fing erst an, aus uns, einem namhaften Gewächs, ein pures Menschen-Gedicht (wie etliche das liebe Bier nennen) zu verkünsteln! Denn man schleppte uns in eine tiefe Grube, packte uns übereinander und beschwerte uns dermaßen mit Steinen, gleichsam als wann wir in einer Presse gestecket wären; und hiervon kam der vierte Gewinn denjenigen zu, die solche Arbeit verrichteten. Folgends ließ man die Gruben voll Wasser laufen, also daß wir überall überschwemmt wurden, gleichsam als ob man uns ererst hätte ertränken wollen, unangesehen allbereit schwache Kräfte mehr bei uns waren. In solcher Beize ließ man uns sitzen, bis die Zierde unserer ohndas bereits verwelkten Blätter folgends verfaulte und wir selbst beinahe erstickten und verdurben. Alsdann ließ man ererst das Wasser wieder ablaufen, trug uns aus und setzte uns auf einen grünen Wasen, allwo uns bald Sonne, bald Regen, bald Wind zusetzte, also daß sich die liebliche Luft selbsten ob unserem Elend und

Jammer entsatzte, veränderte und alles um uns herum verstänkerte, daß schier niemand bei uns vorüberging, der nit die Nase zuhielt oder doch wenigst sagte: Pfui Teufel! Aber gleichwohl bekamen diejenigen, so mit uns umgingen, den fünften Gewinn zu Lohn. In solchem Stand mußten wir verharren, bis beides, Sonne und Wind, uns unser letzten Feuchtigkeit beraubet und uns mitsamt dem Regen wohl gebleicht hatten. Darauf wurden wir von unseren Bauren einem Hänfer oder Hanfbereiter um den sechsten Gewinn verkauft. Also bekamen wir den vierten Herrn, seit ich nur ein Samkörnlein gewesen war. Derselbe legte uns unter einen Schopf in eine kurze Ruhe, nämlich so lang, bis er anderer Geschäften halber der Weil hatte und Taglöhner haben könnte, uns ferners zu quälen. Da dann der Herbst und alle andern Feldarbeiten vorbei waren, nahm er uns nacheinander hervor, stellete uns zweidutzetweis in ein kleines Stübel hinter dem Ofen und heizte dermaßen ein, als wann wir die Franzosen hätten ausschwitzen sollen, in welcher höllischen Not und Gefahr ich oft gedachte, wir würden dermaleins samt dem Haus in Flammen gen Himmel fahren, wie denn auch oft geschiehet. Wenn wir dann durch solche Hitze viel feuer-fähiger wurden als die besten Schwefel-Hölzlein, überantwortete er uns noch einem strengen Henker, welcher uns handvollweis unter die Breche nahm und alle unsere innerlichen Gliedmaßen hunderttausendmal kleiner zerstieße, als man dem ärgsten Erz-Mörder mit dem Rad zu tun pfleget, uns hernach aus allen Kräften um einen Stock herum schlagend, damit unsere zerbrochenen Gliedmaßen sauber herausfallen sollten, also daß es ein Ansehn hatte, als wann er unsinnig worden wäre, und ihm der Schweiß und zuzeiten auch ein Ding, so sich darauf reimet, darüber ausging. Hierdurch ward dieses der siebente, so unsertwegen ein Gewinn hintrug.

Wir gedachten, nunmehr könnte nichts mehr ersonnen werden, uns ärger zu peinigen, vornehmlich weil wir dergestalt voneinander separirt und hingegen doch miteinander also conjungirt und verwirret waren, daß jeder sich selbst und das Seinige nicht mehr kannte, sondern jedweder Haar oder Bast gestehen mußte, wir wären gebrechter Hanf. Aber man brachte uns erst auf eine Blaul, allda wir solchermaßen gestampft, gestoßen, zerquetscht, geschwungen, und mit einem Wort zu sagen, zerrieben und abgeblaulet worden, als wenn man lauter Amianthum, Asbeston, Byssum, Seiden oder wenigst einen zarten Flachs aus uns hätte machen wollen. Und von solcher Arbeit genoß der Blauler den achten Gewinn, den die Menschen von mir und meinesgleichen schöpfen. Noch selbigen Tag ward ich als ein wohl geblauleter und geschwungner Hanf ererst etlichen alten Weibern und jungen Lehr-Dirnen übergeben, die mir erst die allergrößte Marter antäten, als ich noch nie erfahren; denn sie anatomirten mich auf ihren unterschiedlichen Hechlen dermaßen, daß es nit auszusprechen ist. Da hechelte man erstlich den groben Kuder, folgends den Spinnhanf und zuletzt den schlechten Hanf von mir hinweg, bis ich endlich als ein zarter Hanf und feines Kaufmanns-Gut gelobt und zum Verkauf zierlich gestrichen, eingepackt und in einen feuchten Keller gelegt ward, damit ich im Angriff desto linder und am Gewicht desto schwerer sein sollte. Solchergestalt erlangte ich abermals eine kurze Ruhe und freute mich, daß ich dermaleins durch Überstehung so vielen Leides und Leidens zu einer Materi worden, die euch Menschen so nötig und nützlich wäre. Indessen hatten besagte Weibs-Bilder den neunten Lohn von mir dahin, welches mir einen sonderbaren Trost und Hoffnung gab, wir würden nunmehr (weil wir die neunte als eine engelische und allerwunderbarlichste Zahl erlanget und erstritten hätten) aller Marter überhoben sein.

Das XII. Kapitel

Obige Materia wird continuiret
und das Urtel exequiret

Den nächsten Markt-Tag trug mich mein Herr in ein Zimmer, welches man eine Faß- oder Pack-Kammer nennet, da ward ich geschauet, vor gerechte Kaufmanns-Ware erkannt und abgewogen, folgends einem Fürkaufler verhandelt, verzollet, auf einen Wagen verdingt, nach Straßburg geführt, ins Kaufhaus geliefert, abermals geschauet, vor gut erkannt, verzollet und einem Kaufherrn verkauft, welcher mich durch die Kärchelzieher nach Haus führen und in ein sauber Zimmer aufheben ließ: bei welchem Actu mein gewesener Herr, der Hänfer, den zehenten, der Hanf-Schauer den elften, der Wäger den zwölften, der Zöller den dreizehenten, der Vorkäufler den vierzehenten, der Fuhrmann den fünfzehenten, das Kaufhaus den sechszehenten und die Kärchelzieher, die mich dem Kaufmann heimführeten, den siebenzehenten Gewinn bekamen; dieselben nahmen auch mit ihrem Lohn den achtzehenten Gewinn hin, da sie mich auf ihren Kärchen zu Schiff brachten, auf welchem ich den Rhein hinunter bis nach Zwoll gebracht ward, und ist mir unmöglich, alles zu erzählen, wer als unterwegs sein Gebühr an Zöllen und anderen und also auch einen Gewinn von meinetwegen empfangen, denn ich war dergestalt eingepackt, daß ich's nicht wissen konnte.

Zu Zwoll genoß ich wiederum eine kurze Ruhe, denn ich ward daselbsten von der mittlern oder engeländischen Ware ausgesondert, wiederum von neuem anatomirt und gemartert, in der Mitten voneinander gerissen, geklopft und gehechelt, bis ich so rein und zart war, daß man wohl reiner Ding als Kloster-Zwirn aus mir hätte spinnen mögen; darnach ward ich nach Amsterdam gefertiget, alldorten gekauft und verkauft und dem weiblichen Geschlecht übergeben, welche mich auch zu zartem Garn machten und mich unter solcher Arbeit gleichsam alle Augenblicke küßten und leckten; also daß ich mir einbilden mußte, alles mein Leiden würde dermal seine Endschaft erreichet haben. Aber kurz darnach ward ich gewaschen, gewunden, dem Weber unter die Hände geben, gespult, mit einer Schlicht gestrichen, an Weber-Stuhl gespannet, gewebet und zu einem feinen holländischen Leinwat gemachet, folgends gebleicht und einem Kaufherrn verkauft, welcher mich wiederum ellenweis verhandelte; bis ich aber so weit kam, erlitt ich viel Abgang. Das erste und gröbste Werk, so von mir abging, ward zu Lunten gesponnen, in Kühdreck gesotten und hernach verbrannt; aus dem andern Abgang spannen die alten Weiber ein grobes Garn, welches zu Zwilch und Sacktafel gewebet ward, der dritte Abgang gab ein ziemlich grobes Garn, welches man Bärtlen-Garn nennet und doch vor Hänfen verkauft ward; aus dem vierten Abgang ward zwar ein feines Garn und Tuch gemachet, es mochte mir aber nit gleichen (geschweige jetzt der gewaltigen Seiler, die aus meinen Cameraden den anderen Hanfstengelen, daraus man Schleiß-Hanf machte, zugerichtet wurden: also daß mein Geschlecht den Menschen trefflich nutz, ich auch beinahe nicht erzählen kann, was ein und anders vor Gewinn von denselbigen schöpfet). Den letzten Abgang litte ich selbst, als der Weber ein paar Knäul Garn von mir nach den diebischen Mäusen warf.

Von obgemeldtem Kaufherrn erhandelte mich eine Edelfrau, welche das ganze Stück Tuch zerschnitt und ihrem Gesind zum neuen Jahr verehrete; da ward derjenige Particul, davon ich mehrenteils meinen Ursprung habe, der Kammer-Magd zuteil, welche ein Hemd daraus machte und trefflich mit mir prangte. Da erfuhr ich, daß es nicht alle Jungfern sein, die man so nennet, denn nicht allein der Schreiber, sondern auch der Herr selbsten wußten sich bei ihr zu behelfen, weil sie nicht häßlich war; solches hatte aber die Länge keinen Bestand, denn die Frau sah einsmals selbsten, wie ihre Magd ihre Stelle vertrat. Sie bollerte aber deswegen darum nit so gar greulich, sondern tät als eine vernünftige Dame, zahlte ihre Magd aus und gab ihr einen freundlichen Abschied. Dem Junker aber gefiel es nicht beim besten, daß ihm solch Fleisch aus den Zähnen gezogen ward, sagte derowegen zu seiner Frau, warum sie diese Magd abschaffe, die doch ein so hurtig, geschicktes und fleißiges Mensch sei; sie aber antwortete: „Lieber Junker, seid nur unbekümmert, ich will hinfort ihre Arbeit schon selber versehen."

Hierauf begab sich meine Jungfer mit ihrer Bagage, darunter ich ihr bestes Hemd war, in ihre Heimat nach Cammerich und brachte einen ziemlich schweren Beutel mit sich, weil sie vom Herrn und der Frau ziemlich viel verdienet und solchen ihren Lohn fleißig zusammengesparet hatte. Daselbst fand sie keine so fette Küchen, als sie eine verlassen müssen, aber wohl etliche Buhler, die sich in sie vernarreten und ihr zu wäschen und zu nähen brachten, weil sie eine Profession daraus machte und sich damit zu ernähren gedachte. Unter solchen war ein junger Schnauzhahn, dem sie das Seil über die Hörner warf und sich vor ein Jungfer verkaufte. Die Hochzeit ward gehalten; weil aber nach verflossenem Küßmonat genugsam erschien, daß sich bei den jungen Eheleuten das Vermügen und Einkommen nit so weit erstrecke, sie zu unterhalten, wie sie bisher bei ihren Herrn gewohnet gewesen, zumalen eben damal im Land von Luxemburg Mangel an Soldaten erschiene; also ward meiner jungen Frau ihr Mann ein Cornet, vielleicht deswegen, weil ihm ein anderer den Rahm abgehoben und Hörner aufgesetzet hatte. Damal fing ich an, ziemlich dürr und brechhaftig zu werden; derowegen zerschnitt mich meine Frau zu Windeln, weil sie ehistens eines jungen Erben gewärtig war. Von demselben Bankart ward ich nachgehends, als sie genesen, täglich verunreinigt, und ebensooft wieder ausgewaschen, welches uns dann endlich so blöd machte, daß wir hierzu auch nichts mehr taugten. Und derowegen wurden wir von meiner Frau gar hingeworfen, von der Wirtin im Haus aber (welche gar eine gute Haushalterin war) wieder aufgehoben, ausgewäschen und zu andern dergleichen alten Lumpen auf die obere Bühne geleget; daselbst mußten wir verharren, bis ein Kerl von Epinal kam, der uns von allen Orten und Enden her versammelte und mit sich heim in eine Papiermühle führete. Daselbst wurden wir etlichen alten Weibern übergeben, die uns gleichsam zu lauter Streichbletzen zerrissen, allwo wir dann mit einem rechten Jammer-Geschrei unser Elend einander klagten. Damit hatte es aber darum noch kein Ende, sondern wir wurden in der Papiermühle gleich einem Kinderbrei zerstoßen, daß man uns wohl vor keinen Hanf oder Flachsgewächs mehr hätte erkennen mögen, ja endlich eingebeizt, in Kalk und Alaun und gar in Wasser zerflößt, also daß man wohl von uns mit Wahrheit hätte sagen können, wir sein ganz vergangen gewesen. Aber unversehens ward ich zu einem feinen Bogen Schreibpapier creïrt, durch andere Arbeiten, neben anderen meinen Cameraden mehr, erstlich in ein Buch, endlich in ein Rieß und als dann ererst wieder unter die Presse gefördert, zuletzt zu einem Ballen gepackt und die einstehende Messe nach Zurzach gebracht, daselbst einem Kaufmann nach Zürich verhandelt, welcher uns nach Haus brachte und dasjenige Rieß, darin ich mich befand, einem Faktor oder Haushalter eines großen Herrn wieder verkaufte, der ein groß Buch oder Journal aus mir machte. Bis aber solches geschahe, ging ich den Leuten wohl sechs und dreißigmal durch die Hände, seither ich ein Lumpen gewesen.

Dieses Buch nun, worin ich als ein rechtschaffener Bogen Papier auch die Stelle zweier Blätter vertrat, liebte der Factor so hoch als Alexander Magnus den Homerun; es war sein Virgilius, darin Augustus so fleißig studirt, sein Oppianus, darin Antonius Kaisers Severi Sohn so emsig gelesen; seine Commentarii Plinii Junioris, welche Largius Licinius so wertgehalten; sein Tertullianus, den Caprianus allezeit in Händen gehabt; seine Paedia Cyri, welche sich Scipio so gemein gemachet; sein Philolaus Pythagoricus, daran Plato so großen Wohlgefallen getragen; sein Speusippus, den Aristoteles so hoch geliebet; sein Cornelius Tacitus, der Kaiser Tacitum so höchlich erfreuet; sein Comminaeus, den Carolus Quintus vor allen Scribenten hochgeachtet, und in summa summarum seine Bibel, darin er Tag und Nacht studirete, zwar nicht deswegen, daß die Rechnung aufrichtig und just sei, sondern daß er seine Diebsgriffe bemänteln, seine Untreue und Bubenstücke bedecken und alles dergestalt setzen möchte, daß es mit dem Journale übereinstimme.

Nachdem nun bemeldtes Buch überschrieben war, ward es hingestellet, bis Herr und Frau den Weg aller Welt gingen, und damit genoß ich eine ziemliche Ruhe; als aber die Erben geteilet hatten, ward das Buch von denselben zerrissen und zu allerhand Pack-Papier gebraucht, bei welcher Occasion ich zwischen einen verbrämten Rock geleget ward, damit beides, Zeug und Posamenten, keinen Schaden litten; und also ward ich hierhergeführet und nach der Wiederauspackung an diesen Ort condemnirt, den Lohn meiner dem menschlichen Geschlecht treu geleisten Dienste mit meinem endlichen Untergang und Verderben zu empfangen: wovor du mich aber wohl erretten könntest."

Ich antwortete: „Weil dein Wachstum und Fortzielung aus Feistigkeit der Erde, welche durch die Excrementa der Animalien erhalten werden muß, ihren Ursprung, Herkommen und Nahrung empfangen, zumalen du auch ohn das solcher Materi gewohnet und von solchen Sachen zu reden ein grober Gesell bist, so ist billig, daß du wieder zu deinem Ursprung kehrest; worzu dich denn auch dein eigner Herr verdammt hat!" Damit exequirte ich das Urtel. Aber das Schermesser sagte: „Gleichwie du jetzunder mit mir procedirest, also wird auch der Tod mit dir verfahren, wann er dich nämlich wieder zur Erde machen wird, davon du genommen worden bist; und davor wird dich nichts fristen mögen, wie du mich vor diesmal hättest erhalten können!"

Das XIII. Kapitel

Simplex erzählet, was vor eine Kunst
er seinem Gastwirt gelehrt vor die Gunst

Ich hatte den Abend zuvor eine Specification verloren aller meiner gewissen Künste, die ich etwan hiebevor geübet und aufgeschrieben hatte, damit ich solche nicht so leichtlich vergessen sollte; es stund aber darum nit dabei, welchergestalt und durch was Mittel solche zu practiciren; zum Exempel setz ich den Anfang solcher Verzeichnus hieher.

Lunten oder Zündstrick zuzurichten, daß sie nicht riechen, als durch welchen Geruch oft die Musquetirer verraten und dero Anschläge zunicht werden. – Lunten zuzurichten, daß sie brenne, wanngleich sie naß wird. – Pulver zuzurichten, daß es nicht brenne, wanngleich man einen glühenden Stahl hineinstecket, welches den Festungen nützlich, die des gefährlichen Gastes eine große Quantität herbergen müssen. – Menschen oder Vögel allein mit Pulver zu schießen, daß sie eine Zeitlang vor tot liegen bleiben, hernach aber ohn allen Schaden wieder aufstehen. – Einem Menschen eine doppelte Stärke ohn Ebers-Wurzel und dergleichen verbotene Sachen zuwegen zu bringen. – Wann man in Ausfällen verhindert wird, dem Feind seine Stücke zu vernageln, solche in Eil zuzurichten, daß sie zerspringen müssen. – Einem ein Rohr zu verderben, daß er alles Wildpret damit zu Holz scheußt, bis es wiederum mit einer andern gewissen Materi ausgeputzt wird. – Das Schwarze in

der Scheibe ehender zu treffen, wenn man das Rohr auf die Achsel
leget und der Scheibe den Rücken kehret, als wenn man gemeinem
Gebrauch nach aufleget und anschläget. – Eine gewisse Kunst, daß
dich keine Kugel treffe. – Ein Instrument zuzurichten, vermittelst
dessen man, sonderlich bei stiller Nacht, wunderbarlicher Weise
alles hören kann, was in unglaublicher Ferne tönet oder geredet
wird, so sonst unmenschlich und unmöglich, den Schildwachten und
sonderlich in den Belägerungen sehr nützlich.

Solchergestalt waren in besagter Spezification viel Künste beschrieben, welche mein Gast-Herr gefunden und aufgehoben hatte.
Derowegen trat er selber zu mir in die Kammer, wiese mir die Verzeichnus und fragte, ob wohl müglich sei, daß diese Stücke natürlicher Weise verrichtet werden könnten; er zwar könnte es schwerlich glauben, doch müsse er gestehen, daß in seiner Jugend, als er
sich knabenweise bei dem Feldmarschall von Schauenburg in Italia
aufgehalten, von etlichen wäre ausgeben worden, die Fürsten von
Savoya sein alle vor den Kuglen versichert. Solches hätte gedachter
Feldmarschall an Prinz Thomae versuchen wollen, den er in einer
Festung belägert gehalten, denn als sie einsmals beiderseits eine
Stunde Stillstand beliebet, die Tote zu begraben und Unterredung
miteinander zu pflegen, hätte er einem Corporal von seinem Regiment, der vor den gewissesten Schützen unter der ganzen Armee gehalten worden, Befelch geben, mit seinem Rohr, damit er auf fünfzig Schritte eine brennende Kerze unausgelöscht butzen können, gedachtem Prinzen, der sich zur Conferenz auf die Brustwehr des
Walls begeben, aufzupassen und, sobald die bestimmte Stunde des
Stillstandes verflossen, ihm eine Kugel zuzuschicken. Dieser Corporal nun hatte die Zeit fleißig in acht genommen, und mehr ermeld-
ten Prinzen die ganze Zeit des Stillstandes fleißig im Gesicht und
vor seinem Absehen behalten: auch, als sich der Stillstand mit dem
ersten Glockenstreich geendet, und jeder von beiden Teilen sich in
Sicherheit retirirt, auf ihn losgedruckt. Das Rohr hätte ihm aber
wider alles Vermuten versagt, und sei der Prinz, bis der Corporal
wieder gespannt, hinter die Brustwehr kommen. Worauf der Corporal dem Feldmarschall, der sich auch zu ihm in den Laufgraben begeben gehabt, einen Schweizer aus des Prinzen Garde gewiesen, auf
welchen er gezielet und denselben dergestalt getroffen, daß er über
und über geburzelt: woraus dann handgreiflich abzunehmen gewesen, daß etwas an der Sache sei, daß nämlich kein Fürst von Savoya
von Büchsen-Schüssen getroffen oder beschädiget werden möge. Ob
nun solches auch durch dergleichen Künste zuging oder ob vielleicht

dasselbe hohe fürstliche Haus eine absonderliche Gnade von Gott habe, weil es, wie man saget, aus dem Geschlecht des königlichen Propheten David entsprossen, könnte er nicht wissen.

Ich antwortete: „So weiß ich's auch nicht; aber dies weiß ich gewiß, daß die verzeichneten Künste natürlich und keine Zauberei sein." Und wann er ja solches nicht glauben wollte, so sollte er mir nur sagen, welche er vor die wunderlichste und unmüglichste halte, so wollte ich ihm dieselbige gleich probiren, doch sofern es eine sei, die nicht längre Zeit und andre Gelegenheit erfodere, als ich übrig hätte, solche ins Werk zu setzen, weil ich gleich fortwandern und meine vorhabende Reise befördern müßte. Darauf sagte er, dies käme ihm am unmüglichsten vor, daß das Büchsen-Pulver nicht brennen soll, wann Feur darzukomme, ich würde denn zuvor das Pulver ins Wasser schütten; wann ich solches natürlicherweise probiren könne, so wolle er von den andern Künsten allen, deren gleichwohl über die sechzig waren, glauben, was er nicht sehe und vor solcher Prob nicht glauben könne. Ich antwortete, er solle mir nur geschwind einen einzigen Schuß Pulver und noch eine Materia, die ich darzu brauchen müßte, samt Feur herbeibringen, so würde er gleich sehen, daß die Kunst just sei. Als solches geschahe, ließ ich ihn der Behör nach procediren, folgends anzünden; aber da vermochte er nicht mehr, als etwa nach und nach ein paar Körnlein zu verbrennen, wiewohl er eine Viertel Stunde damit umging und damit nichts anders ausrichtete, als daß er sowohl glühende Eisen als Lunten und Kohlen im Pulver selbst über solcher Arbeit auslöschete. „Ja", sagte er zuletzt, „jetzt ist aber das Pulver verderbt!" Ich aber antwortete ihm mit dem Werk und machte das Pulver ohn einzigen Kosten, ehender man sechzehn zählen konnte, daß es hinbrannte, da er's mit dem Feur kaum anrührete. „Ach!" sagte er. „Hätte Zürch diese Kunst gewußt, so hätten sie verwichen so großen Schaden nicht gelitten, als das Wetter in ihren Pulver-Turm schlug."

Wie er nun die Gewißheit dieser natürlichen Kunst gesehen, wollte er kurzum auch wissen, durch was Mittel ein Mensch sich vor den Büchsen-Kuglen versichern könnte. Aber solches ihm zu communiciren war mir ungelegen. Er satzte mir zu mit Liebkosungen und Verheißungen; ich aber sagte, ich bedörfe weder Geld noch Reichtum. Er wandte sich zu Bedrohungen, ich aber antwortete, man müßte die Pilger nach Einsiedlen passiren lassen. Er ruckte mir die Undankbarkeit vor empfangene freundliche Bewirtung vor, hingegen hielt ich ihm vor, er hätte bereits genug von mir davor gelernet. Demnach er aber gar nicht von mir ablassen wollte, gedachte ich ihn zu betrügen. Denn wer solche Kunst von mir entweder mit Liebe oder Gewalt erfahren wöllen, hätte eine höhere Person sein müssen; und weil ich merkte, daß er's nicht achtete, ob's mit Wörtern oder Kreuzen zuging, wann er nur nicht geschossen würde, beschlug ich ihn auf den Schlag, wie mich Baldanders beschlagen, damit ich gleichwohl nicht zum Lügner würde und er doch die rechte Kunst nicht wüßte; maßen ich ihm folgenden Zettel davor gab.

> Das Mittel folgender Schrift
> behüt, daß dich kein Kugel trifft.

Asa vitom rahoremathi ahe, menalem renah oremi nasiore ene nahores, ore ita, ardes inabe ine nie, nei alomade sas ani ida, ahe elime arnam, asa locre rahel nei vivet aroseli ditan: Veloselas Herodan ebi menises, asa elitira, eue, harsari erida sacer elachimai nei elerisa.

Als ich ihm diesen Zettel zustellete, gab er demselbigen auch Glauben, weil es so kauderwälsche Worte waren, die niemand verstehet, wie er vermeinete. Aber gleichwohl würkte ich mich solchergestalt von ihm los und verdiente die Gnade, daß er mir ein paar Taler auf den Weg zur Zehrung mitgeben wollte; aber ich schlug die Annehmung ab und ließ mich mehr als zehenmal bitten, doch endlich nur mit einem Frühstück abfertigen. Also marschirte ich den Rhein hinunter auf Eglisau zu; unterwegs aber blieb ich sitzen, wo der Rhein seinen Fall hat und mit großem Sausen und Brausen teils seines Wassers gleichsam in Staub verwandelt.

Damals fing ich an zu bedenken, ob ich der Sache nicht zuviel getan, indem ich meinen Gast-Herrn, der mich gleichwohl so freundlich bewürtet, mit Dargebung der Kunst hinters Licht geführt. Vielleicht, gedachte ich, wird er diese Schrift und närrischen Wörter künftig seinen Kindern oder sonst seinen Freunden als eine gewisse Sache communiciren, die sich alsdann darauf verlassen, in unnötige Gefahr geben und darüber ins Gras beißen werden, eh sie zeitig; wer wäre alsdann an ihrem frühen Tod anders schuldig als du? Wollte derowegen wiederum zurücklaufen, Widerruf zu tun; weil ich aber sorgen mußte, wann ich ihm wieder in die Kluppen käme, würde er mich härter als zuvor halten oder mir doch wenigst den Betrug einträncken; also begab ich mich ferners nach Eglisau. Daselbst erbettelte ich Speise, Trank, Nachtherberge und einen halben Bogen Papier, darauf schrieb ich folgends:

Edler, frommer und hochgeehrter Herr, ich bedanke mich nochmalen der guten Herberge und bitte Gott, daß er's dem Herrn wieder tausendfältig vergelten wolle; sonst habe ich Sorge, der Herr möchte sich vielleicht künftig zu weit in Gefahr wagen und Gott versuchen, weil er so eine treffliche Kunst von mir wider das Schießen gelernet. Also habe ich den Herrn warnen und ihm die Kunst erläutern wollen, damit sie ihm vielleicht nicht zu Unstatten und Schaden gereiche; ich habe geschrieben: Das Mittel der folgenden Schrift behüt, daß dich kein Kugel trifft.

Solches verstehe der Herr recht und nehme aus jedem unteutschen Wort, als welche weder zauberisch noch sonst von Kräften sein, den mittlern Buchstaben heraus, setzte sie der Ordnung nach zusammen, so wird es heißen: „Steh an ein Ort, da niemand hinscheußt, so bistu sicher." Dem folge der Herr, denke meiner zum besten und bezeihe mich keines Betrugs; womit ich uns beiderseits Gottes Schutz befehle, der allein beschützet, welchen er will. Datum etcetera.

Des andern Tages wollte man mich nicht passiren lassen, weil ich kein Geld hatte, den Zoll zu entrichten, mußte derowegen wohl zwo Stunden sitzenbleiben, bis ein ehrlicher Mann kam, der die Gebühr um Gotteswillen vor mich darlegte. Dasselbe muß mir aber sonst niemand als ein Henker gewesen sein, denn der Zoller sagte zu ihm: „Wie dunkt Euch, Meister Christian, getrauet Ihr wohl, an diesem Kerl einen zeitlichen Feirabend zu machen?" – „Ich weiß nicht", antwortete Meister Christian, „ich habe meine Kunst noch nie an den Pilgern probiret wie an Euersgleichen Zöllnern." Davon kriegte der Zöllner eine lange Nase, ich aber trollte fort Zürich zu, allwo ich auch erst mein Schreiben zurück auf Schaffhausen bestellete, weil mir nicht geheuer bei der Sache war.

Das XIV. Kapitel

Simplex possierliche Sachen bringt vor,
welche nur glaubt ein einfältiger Tor

Damal erfuhr ich, daß einer nicht wohl in der Welt fortkommt, der kein Geld hat, wanngleich einer dessen zu seines Lebens Aufenthalt gern entbehren wollte; andere Pilger, die Geld hatten und auch nach Einsiedeln wollten, saßen zu Schiff und ließen sich den See

hinaufführen, dahingegen mußte ich durch Umwege zu Fuß fort-
tanzen keiner andern Ursache halber, als weil ich den Fergen nit zu
bezahlen vermochte; ich ließ mich solches aber mitnichten anfech-
ten, sondern machte desto kürzere Tagreisen und nahm mit allen
Herbergen vorlieb, wie sie mir anstunden, und hätte ich auch in
einen Beinhäusel übernachten sollen. Wann mich aber irgends ein
Fürwitziger meiner Seltsamkeit wegen aufnahm, um etwas Wun-
derlichs von mir zu hören, so tractirte ich denselben, wie er's haben
wollte, und erzählete ihm allerhand Storien, die ich hin und wieder
auf meinen weiten Reisen gesehen, gehöret und erfahren zu haben
vorgab; schämte mich auch gar nicht, die Einfälle, Lügen und Grillen der alten Scribenten und Poeten vorzubringen und vor eine
Wahrheit darzugeben, als wann ich selbst überall mit- und dabeigewesen wäre. Exempelsweise: Ich hatte ein Geschlecht der ponti-
schen Völker, so Typhi genannt, gesehen, die in einem Aug zween
Aug-Äpfel, in dem andern die Bildnus eines Pferds haben, und be-
wiese solches mit Philarchi Zeugnus. Ich war bei dem Ursprung des
Flußes Gangis bei den Astomis gewesen, die weder Essen noch Mäuler haben, sondern nach Plinii Zeugnus allein durch die Nase vom
Geruch sich ernähren. Item bei den bythinischen Weibern in Scythia
und den Tribalis in Illyra, die zween Augen-Äpfel in jedem Aug
haben, maßen solches Appollonides und Hesigonus bezeugen. Ich
hatte vor etlichen Jahren mit den Einwohnern des Berges Myli gute
Kundschaft gehabt, welche wie Megasthenes saget, Füße haben wie
die Füchse und an jeden Fuß acht Zehen. Bei den Troglodytis gegen
Niedergang wohnhaftig hatte ich mich auch eine Weile aufgehalten, welche wie Ctesias bezeuget, weder Kopf noch Hals, sondern
Augen, Maul und Nase auf der Brust stehen haben; nicht weniger
bei Monoscelidis oder Sciopodibus, die nur einen Fuß haben, damit
sie den ganzen Leib vor Regen und Sonnenschein beschirmen, und
dennoch mit solchem einzigen großen Fuß einen Hirsch überlaufen
können. Ich hatte gesehen die Anthropophagi in Scythia und die
Caffres in India, die Menschen-Fleisch fressen; die Andabati, so mit
zugetanen Augen streiten und in den Haufen schlagen; Agriophagi,
die Löwen und Pantertier-Fleisch fressen; die Arimphei, so unter
den Bäumen ohn alle Verwahrung sicher hineinschlafen; die Bac-
triani, welche so mäßig leben, daß bei ihnen kein Laster verhaßter
ist als Fressen und Saufen; die Samojeden, die hinter der Moscau
unter dem Schnee wohnen; die Insulaner im Sinu Persarum als zu
Ormus, die wegen großer Hitze im Wasser schlafen; die Grünländer, deren Weiber Hosen tragen; die Perbeti, welche alle die, so

über fünfzig Jahre leben, schlachten und ihren Göttern opfern; die Indianer hinter der Magellanischen Straße am Mare Pacifico, deren Weiber kurze Haare, die Männer selbst aber lange Zöpfe tragen; die Candei, die sich von Schlangen ernähren; die Unteutschen hinter Lifland, die sich zu gewissen Zeiten des Jahrs in Werwölfe verwandlen, die Gapii, welche ihre Alten nach erlangtem siebenzigstem Jahr mit Hunger hinrichten; die schwarzen Tartern, deren Kinder ihre Zähne mit auf die Welt bringen; die Getae, so alle Dinge, auch die Weiber, gemein haben; die Himantopodes, welche auf der Erde kriechen wie die Schlangen; Brasilianer, so die Fremden mit Weinen, und die Mosineci, so ihre Gäste mit Prügeln empfangen; ja ich hatte auch die selenitischen Weiber gesehen, welche (wie Herodotus behauptet) Eier legen und Menschen daraus hecken, die zehenmal größer werden als wie in Europa.

Also hatte ich auch viel wunderbarliche Brunnen gesehen, als am Ursprung der Weixel einen, dessen Wasser zu Stein wird, daraus man Häuser bauet; item den Brunn bei Zepusio in Ungarn, welches Wasser Eisen verzehret oder, besser zu reden, in eine Materiam verändert, aus der hernach durchs Feuer Kupfer gemachet wird, da sich der Regen in Vitriol verändert; mehr daselbst einen giftigen Brunn, dessen Wasser, wo der Erdboden damit gewässert wird, nichts anders als Wolfskraut herfürbringet, welcher wie der Mond ab- und zunimmt; mehr daselbst einen Brunnen, der Winterszeit warm, im Sommer aber nichts als lauter Eis ist, den Wein damit zu kühlen. Ich hatte die zween Brünnen in Irland gesehen, darin das eine Wasser, wann es getrunken wird, alt und grau, das ander aber hübsch jung machet; den Brunnen zu Aengstlen im Schweizerland welcher nie lauft, als wann das Vieh auf der Weide zur Tränke kommt; item unterschiedliche Brünnen in Island, da einer heiß, der ander kalt Wasser, der dritte Schwefel, der vierte geschmolzen Wachs herfürbringet; mehr die Wasser-Gruben zu St. Stephen gegen Sarnen-Land in der Eidgenoßschaft, welche die Leute vor einen Kalender brauchen, weil das Wasser trüb wird, wann es regnen will, und hingegen sich klar erzeiget, wann schön Wetter obhanden; nit weniger den Schantlibach bei Ober-Nähenheim im Elsaß, welcher nit eh'r fleußt, es soll denn ein groß Unglück, als Hunger, Sterben oder Krieg, übers Land gehen, den giftigen Brunn in Arcadia, der Alexandrum Magnum ums Leben brachte; die Wasser zu Sibaris, welche die grauen Haare wieder schwarz machen; die Aquae Sinuessanä, die den Weibern die Unfruchtbarkeit benehmen; die Wasser in der Insul Enaria, welche Grieß und Stein vertreiben; die zu Clytumno, darin die Ochsen weiß werden, wann man sie damit badet; die zu Solennio, welche die Wunden der Liebe heilen; den Brunn Aleos, dadurch das Feuer der Liebe entzündet wird; der Brunn in Persia, daraus lauter Öl, und einen unfern von Kronweißenburg, daraus nur Karchsalb und Wagenschmier quillet; die Wasser in der Insul Naxo, darin man sich kann trunken trinken; den Brunnen Arethusam, darin lauter Zucker-Wasser. Auch wußte ich alle berühmten Paludes, Seen, Sümpfe und Lachen zu beschreiben, als den See bei Zirkmitz in Kärnten, dessen Wasser Fisch, zwo Ellen lang, hinterläßt, folgends wann solche gefangen, von den Bauren besamet, abgemähet und eingeerntet, hernach aber auf den Herbst wieder von sich selbst achtzehn Ellen tief mit Wasser angefüllet wird, welches den künftigen Frühling abermal eine solche Menge Fische zum besten giebet; das Tote Meer in Judäa; den See Leomondo in der Landschaft Lemnos, welche vierundzwanzig Meilen lang und viel Insuln, darunter auch eine schwimmende Insul hat, die mit Vieh und allem, was drauf ist, vom Wind hin und her getrieben wird. Ich wußte zu sagen vom Feder-See in Schwaben, vom Bodensee bei Costnitz, vom Pilatus-See auf dem Berg Fractmont, vom Camarin in Sicilia, von dem Lacu Bebeide in Thessalia, vom Gigeo in Thydia, vom Mareote in Ägypten, vom Stymphalide in Arcadia, vom Lasconio in Bythinia, vom Icomede in Äthiopia; vom Thesprotio in Ambratia; vom Trasimeno in Umbria; vom Meotide in Scythia und vielen andern mehr.

So hatte ich auch alle namhaften Flüsse in der Welt gesehen, als Rhein und Donau in Teutschland, die Elbe in Sachsen, die Moldau in Böhmen, den Inn in Bayern, die Wolgau in Reußen, die Thems in England, den Tagum in Hispania, dem Amphrisum in Thessalia, den Nil in Aegypten, den Jordan in Judäa, den Hypanim in Scythia, den Bagradam in Africa, den Ganges in India, Rio de la Plata in America, den Eurotam in Laconia, den Euphrat in Mesopotamia, die Tiber in Italia, den Cidnum in Cilicia, den Acheloum zwischen Aetolia und Acarnania, den Boristhenem in Thracia und den Sabbathicum in Syria, der nur sechs Tage fleußt und den siebenten verschwindet; item in Sicilia einen Fluß, in welchem nach Aristotelis Zeugnus die erwürgten und erstickten Vögel und Tiere wieder lebendig werden; so dann auch den Gallum in Phrygia, welcher nach Ovidii Meinung unsinnig machet, wann man daraus trinket. Ich hatte auch des Plinii Brunnen zu Dodona gesehen und selbst probiret, daß sich die brennenden Kerzen auslöschen, die ausgelöschten aber anzünden, wann man solche daranhält. So war ich auch bei den Brunn zu Apollonia gewesen, des Nymphaei Becher genannt, welcher denen, so daraus trinken, wie Theopompus meldet, alles Unglück zu verstehen giebet, so ihnen noch begegnen wird.

Gleichermaßen wußte ich auch von andern wunderbarlichen Dingen in der Welt aufzuschneiden, als von den Calaminischen Wäldern, die sich von einem Ort zum andern treiben lassen, wo man sie nur haben will. So war ich auch in dem Ciminischen Wald gewesen, allwo ich meinen Pilgerstab nicht in die Erde stecken dorfte, weil alles, was dort in die Erde kommt, stracks einwurzelt, daß man es nicht wieder herauskriegen kann, sondern geschwind zu einem großen Baum wird. So hatte ich auch die zween Wälder gesehen, deren Plinius gedenket, welche bisweilen dreieckicht und bisweilen stumpf sein, nicht weniger den Felsen, den man zuzeiten mit einem Finger, bisweilen aber mit keiner Gewalt bewegen kann.

In summa summarum, ich wußte von seltsamen und verwunderungswürdigen Sachen nicht allein etwas daherzulügen, sondern hatte alles selbst mit meinen eignen Augen gesehen, und sollten es auch berühmte Gebäu als die sieben Wunder-Werke der Welt, der babylonische Turm und dergleichen Sachen gewesen sein, so vor vielen hundert Jahren abgangen. Also machte ich es auch, wann ich von Vögeln, Tieren, Fischen und Erdgewächsen zu reden kam, meinen Beherbergern, die solches begehrten, die Ohren damit zu krauen; wann ich aber verständige Leute vor mir hatte, so hieb ich bei weitem nicht soweit über die Schnur, und also brachte ich mich nach Einsiedlen, verrichtete dort meine Andacht und begab mich gegen Bern zu, nicht allein auch dieselbe Stadt zu besehen, sondern von dar durch Savoya nach Italia zu gehen.

Das XV. Kapitel

Simplex sieht ein Gespenst auf seinem Schloß,
das ihm die Angst und die Furcht macht groß

Es glückte mir ziemlich auf dem Weg, weil ich treuherzige Leute fand, die mir von ihrem Überfluß beides, Herberge und Nahrung, gern mitteileten und das um soviel desto lieber, weil sie sahen, daß ich nirgends weder Geld foderte noch annahm, wanngleich man mir einen Angster oder zween geben wollte. In der Stadt sahe ich einen sehr jungen wohlgeputzten Menschen stehen, um welchen etliche Kinder liefen, die ihn Vater nenneten, weswegen ich mich denn verwundern mußte; denn ich wußte noch nit, daß solche Söhn darum so jung heiraten, damit sie desto ehener Staats-Personen abgeben und desto früher auf die Präfekturen gesetzt werden möchten. Dieser sah mich vor etlichen Türen bettln, und da ich mit einem tiefen Bückling (denn ich konnte keinen Hut vor ihm abziehen, weil ich barhäuptig ging) bei ihm vorüber passiren wollte, ohn daß ich etlicher unverschämten Bettler Brauch nach, ihn auf der Gasse angeloffen hätte, griff er in Sack und sagte: „Ha! Warum foderstu mir kein Almosen ab? Siehe hier, da hast du auch ein Lutzer." Ich antwortete: „Herr, ich konnte mir leicht einbilden, daß er kein Brot bei sich träget, darum habe ich ihn auch nicht bemühet; so trachte ich auch nicht nach Geld, weil den Bettlern solches zu haben nicht gebühret." Indessen sammlete sich ein Umstand von allerhand Personen, dessen ich denn schon wohl gewohnet war; er aber antwortete mir: „Du magst mir wohl ein stolzer Bettler sein, wann du das Geld verschmähest." – „Nein, Herr, er beliebe nur zu glauben", sagte ich, „daß ich dasselbe darum verachte, damit es mich nicht stolz machen soll." Er fragte: „Wo willstu aber herbergen, wann du kein Geld hast?" Ich antwortete: „Wann mir Gott und gute Leute gönnen, unter diesem Schopf meine Ruhe zu nehmen, die ich jetzt trefflich wohl bedarf, so bin ich schon versorgt und wohl content." Er sagte: „Wann ich wüßte, daß du keine Läuse hättest, so wollte ich dich herbergen und in ein gut Bett legen." Ich hingegen antwortete, ich hätte zwar so wenig Läuse als Heller, wüßte aber gleichwohl nicht, ob mir ratsam wäre in einem Bette zu schlafen, weil mich solches verleckern und von meiner Gewohnheit, hart zu leben, abziehen möchte.

Mit dem kam noch ein feiner, reputirlicher alter Herr daher, zu dem sagte der junge: „Schauet um Gottes willen einen andern Diogenem Cynicum!" – „Ei, ei, Herr Vetter", sagte der Alte, „was redet Ihr? Hat er denn schon jemand angebollen oder gebissen? Gebet ihm davor ein Almosen und lasset ihn seines Wegs gehn." Der Junge antwortete: „Herr Vettter, er will kein Geld, auch sonst nichts annehmen, was man ihm Gutes tun will", erzählete dem Alten darauf alles, was ich geredet und getan hatte. „Ha!" sagte der Alte. „Viel Köpfe, viel Sinne", gab darauf seinen Dienern Befelch, mich in ein Wirtshaus zu führen und dem Wirt gutzusprechen, vor alles, was ich dieselbe Nacht über verzehren würde; der Junge aber schrie mir nach, ich sollte bei Leib und Leben morgen frühe wieder zu ihm kommen, er wollte mir eine gute kalte Küche mit auf den Weg geben.

Also entrann ich aus meinem Umstand, da man mich mehr gehetzet, als ich beschreibe; kam aber aus dem Fegfeur in die Hölle, denn das Wirtshaus stak voller trunkener und toller Leute, die mir mehr Dampfs antäten, als ich noch nie auf meiner Pilgerschaft erfahren. Jeder wollte wissen, wer ich wäre; der eine sagte, ich wäre ein Spion oder Kundschafter; der ander sagte, ich sei ein Wiedertäufer; der dritte hielt mich vor einen Narrn; der vierte schätzte mich vor einen heiligen Propheten; die allermeisten aber glaubten, ich wäre der ewige Jude, davon ich bereits oben Meldung getan, also daß sie mich beinahe dahin brachten aufzuweisen, daß ich nicht beschnitten wäre. Endlich erbarmete sich der Wirt über mich, riß mich von ihnen und sagte: „Lasset mir den Mann ungeheiet; ich weiß nicht ob er oder ihr die größten Narren seind", und damit ließ er mich schlafen führen.

Den folgenden Tag verfügte ich mich vor des jungen Herrn Haus, das versprochene Frühstück zu empfangen; aber der Herr war nicht daheim, doch kam seine Frau mit ihren Kindern herunter, vielleicht meine Seltsamkeit zu sehen, davon ihr der Mann gesagt haben möchte. Ich verstund gleich aus ihrem Discurs (gleichsam als ob ich's hätte wissen müssen), daß ihr Mann beim Senat wäre und ungezweifelte Hoffnung hätte, denselben Tag die Stelle eines Land-Vogts oder Land-Amtmanns zu bekommen; ich sollte, sagte sie, nur noch ein wenig verziehen, er würde bald wieder daheim sein. Wie wir nun so miteinander redeten, tritt er die Gassen dort her und sahe meinem Bedunken bei weitem so lustig nicht aus als gester-abend. Sobald er unter die Türe kam, sagte sie zu ihm: „Ach Schatz, was seid Ihr worden?" Er aber lief die Stiege hinauf und im Vorbeige-hen sagte er zu ihr: „Ein Hundsfutt bin ich worden." Da gedachte ich, hie wird es vor diesmal schlechten guten Willen setzen, schlich derowegen allgemach von der Türe hinweg, die Kinder aber folgten mir nach, sich übergnug zu verwundern, denn es geselleten sich an-dere zu, welchen sie mit großen Freuden rühmten, was ihr Vater vor ein Ehren-Amt bekommen: „Ja", sagten sie zu jeglichem, das zu ihnen kam, „unser Vater ist ein Hundsfutt worden", welcher Ein-falt und Torheit ich wohl lachen mußte.

Da ich nun merkte, daß es mir in den Städten bei weitem nicht so wohl ging als auf dem Land, setzte ich mir vor, auch in keine Stadt mehr zu kommen, wann es anders müglich sein könnte, solche um-zugehen. Also behalf ich mich auf dem Land mit Milch, Käs, Ziger-Butter und etwan ein wenig Brot, das mir der Landmann mitteilete, bis ich beinahe die Savoysche Grenzen überschritten hatte. Einsmals wandelte ich in derselben Gegend im Kot daher bis über die Knö-

449

chel gegen einem adeligen Sitz, als es eben regnete, als wann man's mit Kübeln heruntergegossen hätte. Da ich mich nun demselben adeligen Haus näherte, sahe mich zu allem Glück der Schloß-Herr selbsten; dieser verwunderte sich nicht allein über meinen seltsamen Aufzug, sondern auch über meine Geduld; und weil ich in solchem starken Regenwetter nicht einmal unterzustehen begehrte, unangesehen ich daselbst Gelegenheit genug darzu hatte, hielt er mich beinahe vor einen puren Narren. Doch schickte er einen von seinen Dienern herunter, nicht weiß ich, ob es aus Mitleiden oder Fürwitz geschahe; der sagte, sein Herr begehre zu wissen, wer ich sei und was es zu bedeuten habe, daß ich so in dem grausamen Regenwetter um sein Haus daherumgehe.

Ich antwortete: „Mein Freund, saget Euerm Herrn wiederum, ich sei ein Ball des wandelbaren Glücks, ein Exemplar der Veränderung und ein Spiegel der Unbeständigkeit des menschlichen Wesens; daß ich aber so im Ungewitter wandele, bedeute nichts anders, als daß mich, seit es zu regnen angefangen, noch niemand zur Herberge eingenommen." Als der Diener solches seinem Herrn wieder hinterbrachte, sagte er: „Dies seind keine Worte eines Narrn, zudem ist es gegen Nacht und so elend Wetter, daß man keinen Hund hinausjagen sollte!" Ließ mich derowegen ins Schloß und in die Gesind-Stube führen, allwo ich meine Füße wusch und meinen Rock wieder tröcknete.

Dieser Cavalier hatte einen Kerl, der war sein Schaffner, seiner Kinder Praeceptor und zugleich sein Schreiber, oder wie sie jetzt heißen wollen: sein Secretarius. Der examinirte mich: „Woher, wohin, was Landes und was Standes?" Ich aber bekannte ihm alles, wie meine Sache beschaffen, wo ich nämlich haushäblich und auch als Einsiedler gewohnet, und daß ich nunmehr willens wäre, die heiligen Oerter hin und wieder zu besuchen. Solches alles hinterbrachte er seinem Herrn wiederum; derowegen ließ mich derselbe bei dem Nachtessen an seine Tafel sitzen, da ich nicht übel tractirt ward und auf des Schloß-Herrn Begehren alles wiederholen mußte, was ich zuvor seinem Schreiber von meinem Tun und Wesen erzählet hatte. Er fragte auch allen Particularitäten so genau nach, als wann er auch dort zuhaus gewesen wäre; und da man mich schlafen führete, ging er selbsten mit dem Diener, der mir vorleuchtete, und führete mich in ein solch wohl gerüstetes Gemach, daß auch ein Graf darin hätte vorlieb nehmen können: über welche allzu große Höflichkeit ich mich verwunderte und mir nichts anders einbilden konnte, als täte er solches gegen mir aus lautrer Andacht, weil ich meiner Einbildung nach das Ansehen eines gottseligen Pilgers hätte. Aber es stak ein ander Que dahinter; denn da er mit dem Licht und seinem Diener unter die Türe kam, ich mich auch bereits geleget hatte, sagte er: „Nun wohlan, Herr Simplici! Er schlafe wohl; ich weiß zwar, daß er kein Gespenst zu förchten pfleget, aber ich versichere ihn, daß diejenigen, so in diesem Zimmer gehen, sich mit keiner Karbatsch verjagen lassen." Damit schloß er das Zimmer zu und ließ mich in Sorg und Angst liegen.

Ich gedachte hin und her und konnte lang nicht ersinnen, woher mich dieser Herr erkennen müßte oder gekannt haben möchte, daß er mich so eigentlich mit meinem vorigen Namen nannte. Aber nach langem Nachdenken fiel mir ein, daß ich einsmals, nachdem mein Freund Herzbruder gestorben, im Saur-Brunn von den Nachtgeistern mit etlichen Cavalieren und Studenten zu reden kommen, unter welchen zween Schweizer, so Gebrüder gewesen, Wunder erzählet, welchergestalt es in ihres Vaters Haus nicht nur bei Nacht, sondern auch oft bei Tag rumore, denen ich aber Widerpart gehalten und mehr als vermessen behauptet, daß derjenige, so sich vor Nachtgeistern förchte, sonst ein feiger Tropf sei. Darauf sich der eine aus ihnen weiß angezogen, bei Nacht in mein Zimmer practicirt und angefangen zu rumpeln, der Meinung, mich zu ängstigen, und alsdann wann ich mich entsetzen und aus Forcht still liegen bleiben würde, mir die Decke zu nehmen, nachgehends aber wann der Posse solchergestalt abgehe, mich schrecklich zu vexieren und also meine Vermessenheit zu strafen. Aber wie dieser anfing zu agiren, also daß ich darüber erwachte, wischte ich aus dem Bette und ertappte ungefähr eine Karbatsche, kriegte auch gleich den Geist beim Flügel und sagte: „Holla Kerl, wann die Geister weiß gehen, so pflegen die Mägde, wie man sagt, zu Weibern zu werden; aber hier wird der Herr Geist irr sein gangen", schlug tamit tapfer zu, bis er sich endlich von mir entriß und die Türe traf.

Da ich nun an diese Histori gedachte und meines Gast-Herrn letzte Worte betrachtete, konnte ich mir unschwer einbilden, was die Glocke geschlagen. Ich sagte zu mir selber: Haben sie von den förchterlichen Gespenstern in ihres Vaters Haus die Wahrheit gesaget, so liegstu ohn Zweifel in eben demjenigen Zimmer, darin sie am allerärgsten poltern; haben sie aber nur vor die Langeweile aufgeschnitten, so werden sie dich gewißlich wieder karbaitschen lassen, daß du eine Weile daran zu dauen haben wirst! In solchen Gedanken stund ich auf, der Meinung irgends zum Fenster hinauszuspringen; es war aber überall mit Eisen so wohl vergittert, daß mir's unmüglich ins Werk zu setzen und, was das ärgste war, so hatte ich auch kein Gewehr, ja aufs äußerste auch meinen kräftigen Pilgerstab nit bei mir, mit welchem ich mich auf den Notfall trefflich wollte gewehret haben; legte mich derowegen wieder ins Bette, wiewohl ich nicht schlafen konnte, mit Sorg und Angst erwartend, wie mir diese herbe Nacht gedeihen würde.

Als es nun um Mitternacht ward, öffnete sich die Türe, wiewohl ich sie inwendig wohl verriegelt hatte. Der erste, so hineintrat, war eine ansehnliche gravitätische Person mit einem langen, weißen Bart, auf die antiquitätische Manier mit einem langen Talar von weißem Atlas und goldenen Blumen, mit Pelz gefüttert, bekleidet. Ihm folgten drei auch ansehnliche Männer; und indem sie eingingen, ward auch das ganze Zimmer so hell, als wann sie Fackeln mit sich gebracht hätten, obwohl ich eigentlich kein Licht oder etwas dergleichen sah. Ich steckte die Schnauze unter die Decke und behielt nichts haußen als die Augen wie ein erschrockenes und forchtsames Mäuslein, das da in seiner Höhle sitzet und aufpasset, zu sehen, ob es plasy sei oder nicht, hervorzukommen. Sie hingegen traten vor mein Bette und beschaueten mich wohl und ich sie hingegen auch; als solches eine gar kleine Weile gewähret hatte, traten sie miteinander in eine Ecke des Zimmers, huben eine steinerne Platte auf, damit der Ort besetzt war und langten dort alles Zugehör heraus, das ein Barbierer zu brauchen pfleget, wann er jemand den Bart putzet. Mit solchen Instrumenten kamen sie wieder zu mir, satzten einen Stuhl in die Mitte des Zimmers und gaben mit Winken und Deuten zu verstehen, daß ich mich aus dem Bette begeben, auf den Stuhl sitzen und mich von ihnen barbiren lassen sollte. Weil ich aber still liegen blieb, griff der Vornehmste selbst an das Deckbett, solches aufzuheben und mich mit Gewalt auf den Stuhl zu setzen. Da kann jeder wohl denken, wie mir die Katze den Rucken hinaufgeloffen; ich hielt die Decke fest und sagte: „Ihr, Herren, was wollet ihr, was habt ihr mich zu scheren? Ich bin ein armer Pilger, der sonst nichts als seine eigenen Haare hat, seinen Kopf vor Regen, Wind und Sonnenschein zu beschirmen. Zudem siehe ich euch auch vor kein Scherer-Gesindel an. Darum lasset mich ungeschoren!" Darauf antwortete der Vornehmste: „Wir seind freilich Erz-Scherer, aber du kannst uns helfen, mußt uns auch zu helfen versprechen, wann du anderst ungeschoren bleiben willst." Ich antwortete: „Wann eure Hilfe in meiner Macht stehet, so verspreche ich zu tun, alles was mir müglich und zu eurer Hilfe vonnöten sei; werdet mir derowegen sagen, wie ich euch helfen soll." Hierauf sagte der Alte: „Ich bin des jetzigen Schloß-Herrn Urahne gewesen und habe mit meinem Vetter vom Geschlecht N. um zwei Dörfer N. N., die er rechtmäßig inhatte, einen unrechtmäßigen Hader angefangen und durch Arglist und Spitzfindigkeit die Sache dahin gebracht, daß diese drei zu unsern willkürlichen Richtern erwählet wurden, welche ich sowohl durch Verheißung als Bedrohung dahin brachte, daß sie mir bemeldte beiden Dörfer zuerkannten; darauf fing ich an, dieselbigen Untertanen dergestalt zu scheren, schröpfen und zwacken, daß ich ein merklich Stück Geld zusammenbrachte; solches nun lieget in jener Ecke und ist bisher mein Scherzeug gewesen, damit mir meine Schererei widergolten werde; wann nun dies Geld wieder unter die Menschen kommt (denn beide Dorfschaften seind gleich nach meinem Tode wieder an ihre rechtmäßigen Herren gelangt), so ist mir so weit geholfen, als du mir helfen kannst, wann du nämlich diese Beschaffenheit meinem Urenkel erzählest; und damit er dir desto bessern Glauben zustelle, so laß dich morgen in den sogenannten grünen Saal führen, da wirstu mein Conterfeit finden; vor demselben erzähle ihm, was du von mir gehöret hast." Da er solches vorgebracht hatte, streckte er mir die Hand dar und begehrete, ich sollte ihm mit gegebener Hand-Treue versichern, daß ich solches alles verrichten wollte; weil ich aber vielmal gehöret hatte, daß man keinem Geist die Hand geben sollte, streckte ich ihm den Zipfel vom Leilachen dar; das brannte alsobald hinweg, so weit er's in die Hand kriegte. Die Geister aber trugen ihre Scher-Instrumenten wieder an voriges Ort, deckten den Stein darüber, stelleten auch den Stuhl hin, wo er zuvor gestanden, und gingen wieder nacheinander zum Zimmer hinaus. Indessen schwitzte ich wie ein Braten beim Feur und war doch noch so kühn, in solcher Angst einzuschlafen.

Das XVI. Kapitel

Simplex aus dem Schloß wieder abscheidet,
wird mit gefüttertem Rock bekleidet

Es war schon ziemlich lang Tag gewesen, als der Schloß-Herr mit seinem Diener wieder vor mein Bette kam. „Wohl! Herr Simplici", sagte er, „wie hat's ihm heint Nacht zugeschlagen, hat er keine Karbatsch vonnöten gehabt?" – „Nein, Monsieur", antwortete ich, „diese so hierin zu wohnen pflegen, brauchten es nicht wie derjenige, so mich im Saurbrunn foppen wollte." – „Wie ist es aber abgegangen?" fragte er weiters. „Förchtet er sich noch nicht vor den Geistern?" Ich antwortete: „Daß es ein kurzweilig Ding um die Geister sei, werde ich nimmermehr sagen; daß ich sie darum aber eben förchte, werde ich nimmermehr gestehen; aber wie es abgangen, bezeuget zum Teil dies verbrannte Leilachen, und ich werde es dem Herrn erzählen, sobald er mich nur in seinen grünen Saal führet, allwo ich ihm des Principal-Geistes, der bisher hieringangen, wahres Conterfeit weisen soll." Er sahe mich mit Verwunderung an und konnte sich leicht einbilden, daß ich mit den Geistern geredet haben müßte, weil ich nicht allein vom grünen Saal zu sagen wußte, den ich noch nie sonst von jemand hatte nennen hören, sondern auch weil das verbrannte Leilachen solches bezeugte. „So glaubet er denn nun", sagte er, „was ich ihm hievor im Saur-Brunn erzählet habe?" Ich antwortete: „Was bedarf ich des Glaubens, wann ich ein Ding selbst weiß und erfahren habe?" – „Ja", sagte er weiters, „tausend Gülden wollte ich darum schuldig sein, wann ich dies Kreuz aus dem Haus hätte!" Ich antwortete: „Der Herr gebe sich nur zufrieden, er wird davon erlediget werden, ohne daß es ihn einen Heller kosten solle; ja er wird noch Geld darzu empfangen."

Mithin stund ich auf, und wir gingen stracks miteinander dem grünen Saal zu, welches zugleich ein Lust-Zimmer und eine Kunst-Kammer war; unterwegs kam des Schloß-Herrn Bruder an, den ich im Saurbrunn karbaischt hatte; da ihn sein Bruder meinetwegen von seinem Sitz, der etwan zwo Stunden von dannen lag, eilends holen lassen und weil er ziemlich mürrisch aussahe, besorgte ich mich, er sei etwan auf eine Rache bedacht. Doch erzeigte ich im geringsten keine Forcht, sondern als wir in den gedachten Saal kamen, sahe ich unter anderen kunstreichen Gemälden und Antiquitäten ebendasjenige Conterfeit, das ich suchte. „Dieser", sagte ich zu beiden Gebrüdern, „ist euer Urahne gewesen und hat dem Geschlecht von N. zwei Dörfer als N. und N. unrechtmäßigerweise abgedrungen, welche Dörfer aber jetzunder ihre rechtmäßige Herren wieder inhaben; von denen Dörfern hat euer Urahne ein namhaftes Stück Geld erhoben und bei seinen Lebzeiten in demjenigen Zimmer, darin ich heint gebüßet, was ich hiebevor im Saurbrunn mit der Karbatsch begangen, einmauren lassen, weswegen er dann samt seinen Helfern bishero an hiesigem Haus so schröcklich sich erzeiget." Wollten sie nun, daß er zur Ruhe komme und das Haus hinfort geheuer sei, so möchten sie das Geld erheben und anlegen, wie sie vermeinten, daß sie es gegen Gott verantworten können; ich zwar wollte ihnen weisen, wo es läge, und alsdann in Gottes Namen meinen Weg weiters suchen.

Weilen ich nun wegen der Person ihres Urahnen und beider Dörfer die Wahrheit geredet hatte, gedachten sie wohl, ich würde des verborgenen Schatzes halber auch nicht lügen; verfügten sich derowegen mit mir wiederum in mein Schlaf-Zimmer, allwo wir die steinerne Platte erhuben, daraus die Geister das Scherer-Zeug genommen und wieder hingestecket hatten; wir fanden aber anders nichts als zween irdene Häfen, so noch ganz neu schienen, davon der eine mit rotem, der ander aber mit weißem Sand gefüllt war, weswegen beide Brüder die gefaßte Hoffnung, dies Orts einen Schatz zu fischen, allerdings fallenließen. Ich aber verzagete darum nicht, sondern freuete mich, dermaleins die Gelegenheit zu haben, daß ich probiren könnte, was der wunderbarliche Theophrastus Paracelsus in seinen Schriften Tom. 9 in Philosophia occulta von der Transmutation der verborgenen Schätze schreibet. Wanderte derowegen mit den beiden Häfen und in sich habenden Materien in die Schmiede, die der Schloß-Herr im Vor-Hof des Schlosses stehen hatte; satzte sie ins Feur und gab ihnen ihre gebührliche Hitze, wie man sonst zu prociren pfleget, wenn man Metall schmelzen will; und nachdem ich's von sich selbsten erkalten ließ, fanden wir in dem einen Hafen eine große Masse Ducaten Gold, in dem andern aber einen Klumpen vierzehnlötig Silber und konnten also nicht wissen, was es vor Münze gewesen war. Bis wir nun mit dieser Arbeit fertig wurden, kam der Mittag herbei, bei welchem Imbiß mir nicht allein weder Essen noch Trinken schmecken wollte, sondern mir ward auch so übel, daß man mich zu Bette bringen mußte; nicht weiß ich, war es die Ursache, daß ich mich etliche Tage zuvor im Regenwetter gar unbescheiden mortificiret oder daß mich die verwichne Nacht die Geister so erschröcket hatten.

Ich mußte wohl zwölf Tage des Bettes hüten und hätte ohn Sterben nicht kränker werden können. Eine einzige Aderlässe bekam mir trefflich neben der Gutwartung, die ich empfing. Indessen hatten beide Gebrüder ohn mein Wissen einen Goldschmied holen und die zusammengeschmolzenen Massaten probiren lassen, weil sie sich eines Betrugs besorgeten; nachdem sie nun dieselbigen just befunden, zumalen sich kein Gespenst im ganzen Haus mehr merken ließ, wußten sie beinahe nicht zu ersinnen, was sie mir nur vor Ehr und Dienst erweisen sollten. Ja sie hielten mich allerdings vor einen heiligen Mann, dem alle Heimlichkeiten unverborgen und der ihnen von Gott insonderheit wäre zugeschickt worden, ihr Haus wiederum in richtigen Stand zu setzen. Derowegen kam der Schloß-Herr selbst schier nie von meinem Bette, sondern freuete sich, wann er nur mit mir discuriren konnte; solches währete, bis ich meine vorige Gesundheit wieder völlig erlangete.

In solcher Zeit erzählete mir der Schloß-Herr ganz offenherzig, daß (als er noch ein junger Knabe gewesen) sich ein frevler Land-störzer bei seinem Herrn Vater angemeldet und versprochen, den Geist zu fragen und dadurch das Haus von solchem Ungeheur zu entledigen; wie er sich dann auch zu solchem Ende in das Zimmer, darin ich über Nacht liegen müssen, einsperren lassen; da sein aber ebendiejenigen Geister in solcher Gestalt, wie ich sie beschrieben hätte, über ihn hergewischet, hätten ihn aus dem Bette gezogen, auf einen Sessel gesetzt, ihn seines Bedunkens gezwackt, geschoren und bei etlichen Stunden dergestalt tribuliret und geängstiget, daß man ihn am Morgen halbtot dort liegend gefunden; es sei ihm auch Bart und Haar dieselbe Nacht ganz grau worden, wiewohl er den Abend als ein dreißigjähriger Mann mit schwarzen Haaren zu Bette gangen sei. Gestund mir auch darneben, daß er mich keiner andern Ur-sachen halber in solches Zimmer geleget, als seinen Bruder an mir zu revanchiren und mich glauben zu machen, was er vor etlichen Jah-ren von diesen Geistern erzählet und ich nicht glauben wollen; bat mich mithin gleich um Verzeihung und obligirte sich, die Tage sei-nes Lebens mein getreuer Freund und Diener zu sein.

Als ich nun wiederum allerdings gesund worden und meinen Weg ferner nehmen wollte, offerirte er mir Pferd, Kleidung und ein Stück Geld zur Zehrung. Weil ich aber alles rund abschlug, wollte er mich auch nicht hinweglassen, mit Bitte, ich wollte ihn doch nicht zum allerundankbarsten Menschen in der Welt machen, sondern aufs wenigste ein Stück Geld mit auf den Weg annehmen, wann ich je in solchem armseligen Habit meine Wallfahrt zu vollenden be-dacht wäre. „Wer weiß", sagte er, „wo es der Herr bedarf?" Ich mußte lachen und sagte: „Mein Herr, es giebet mich Wunder, wie er mich einen Herrn nennen mag, da er doch siehet, daß ich mit Fleiß ein armer Bettler zu verbleiben suche." – „Wohl", antwor-tete er, „so verbleibe er dann sein Lebtag bei mir und nehme sein Almosen täglich an meiner Tafel." – „Herr", sagte ich hingegen, „wann ich solches täte, so wäre ich ein größerer Herr als er selb-sten! Wie würde aber alsdann mein tierischer Leib bestehen, wann er so ohn Sorge wie der reiche Mann auf den alten Kaiser hinein lebte? Würden ihn so gute Tage nicht üppig machen? Will mein Herr mir aber je eine Verehrung tun, so bitte ich, er lasse mir meinen Rock füttern, weil es jetzt auf den Winter los gehet." – „Nun Gottlob", antwortete er, „daß sich gleichwohl etwas findet, meine Dankbarkeit zu bezeugen." Darauf ließ er mir einen Schlafpelz geben, bis mein Rock gefüttert ward, welches mit wüllenem Tuch geschahe, weil ich kein ander Futter annehmen wollte. Als solches geschehen, ließ er mich passiren und gab mir etliche Schreiben mit, selbige unterwegs an seine Verwandten zu bestellen, mehr mich ihnen zu recommendiren, als daß er viel Nötiges zu berichten gehabt hätte.

Das XVII. Kapitel

Simplex nun über das Mittelmeer reist,
wird verführt an ein Ort, das Rotes Meer heißt

Also wanderte ich dahin des Vorsatzes, die allerheiligsten und berühmtesten Örter der Welt in solchem armen Stand zu besuchen, denn ich bildete mir ein, daß Gott einen sonderbaren gnädigen Blick auf mich geworfen. Ich gedachte, er hätte ein Wohlgefallen an meiner Geduld und freiwilligen Armut und würde mir derowegen wohl durchhelfen, wie ich denn dessen Hilfe und Gnade handgreiflich verspürt und genossen. In meiner ersten Nacht-Herberge gesellete sich ein Botenläufer zu mir, der vorgab, er sei bedacht, ebenden Weg zu gehen, den ich vor mir hätte, nämlich nach Loretto; weilen ich nun den Weg nicht wußte, noch die Sprache recht verstund, er aber vorgab, daß er kein sonderlich schneller Läufer wäre, wurden wir eins, beieinander zu bleiben und einander Gesellschaft zu leisten. Dieser hatte gemeiniglich auch an den Enden zu tun, wo ich meines Schloß-Herrn Schreiben abzulegen hatte, allwo man uns dann fürstlich traktirte; wann er aber in einem Wirtshaus einkehren mußte, nötigte er mich zu sich und zahlte vor mich aus, welches ich die Länge nicht annehmen wollte, weil mich däuchte, ich würde ihm auf solche Weise seinen Lohn, den er so säurlich verdienen mußte, verschwenden helfen. Er aber sagte, er genieße meiner auch, wo ich Schreiben zu bestellen habe, als wo er meinetwegen schmarotzen und sein Geld sparen können.

Solchergestalt überwanden wir das hohe Gebürge und kamen miteinander in das fruchtbare Italia, da mir mein Gefährt erst erzählete, daß er von obgedachtem Schloß-Herren abgefertigt wäre, mich zu begleiten und zehrfrei zu halten, bat mich derowegen, daß ich ja bei ihm vorliebnehmen und das freiwillige Almosen, das mir sein Herr nachschickte, nicht verschmähen, sondern lieber als dasjenige genießen wollte, das ich erst von allerhand unwilligen Leuten erpressen müßte. Ich verwunderte mich über dieses Herrn redlich Gemüt, wollte aber darum nicht, daß der verstellte Bot länger bei mir bleiben noch etwas Mehrers vor mich auslegen sollte, mit Vorwand, daß ich allbereit mehr als zuviel Ehr und Guttaten von ihm empfangen, die ich nicht zu widergelten getraute. In Wahrheit aber hatte ich mir vorgesetzt, allen menschlichen Trost zu verschmähen und in niedrigster Demut Kreuz und Leiden mich allein an den lieben Gott zu ergeben und mich ihm zugelassen. Ich hätte auch von diesem Gefährten weder Wegweisung noch Zehrung angenommen, wann mir bekanntgewesen, daß er zu solchem End wäre abgefertigt worden.

Als er nun sah, daß ich kurz rund seine Beiwohnung nicht mehr haben wollte, sondern mich von ihm wandte, mit Bitt seinen Herrn meinetwegen zu grüßen und ihm nachmalen vor alle erzeigten Wohltaten zu danken, nahm er einen traurigen Abschied und sagte: „Nun denn wohlan, werter Simplici, ob zwar Ihr jetzt nicht glauben möchtet, wie herzlich gern Euch mein Herr Gutes tun möchte, so werdet Ihr's jedoch erfahren, wann Euch das Futter im Rock zerbricht oder Ihr denselben sonst ausbessern wollet." Und damit ging er davon, als wann ihn der Wind hinjagte.

Ich gedachte: Was mag der Kerl mit diesen Worten andeuten? Ich will ja nimmermehr glauben, daß seinen Herrn dies Futter reuen werde. Nein, Simplici, sagte ich zu mir selbst, er hat diesen Boten einen so weiten Weg auf seine Kosten nicht geschickt, mir ererst hier aufzurufen, daß er meinen Rock füttern lassen, es stecket etwas anders dahinter. Wie ich nun den Rock visitirte, befand ich, daß er unter die Näht einen Ducaten an den andern hatte nähen lassen, also daß ich ohn mein Wissen ein groß Stück Geld mit mir davongetragen. Davon wurd mir mein Gemüt ganz unruhig, also daß ich gewollt, er hätte das Seinige behalten; ich machte allerhand Gedanken, worzu ich solches Geld anlegen und gebrauchen wollte; bald gedachte ich's wieder zurückzutragen, und bald vermeinte ich wieder, eine Haushaltung damit anzustellen oder mir irgend eine Pfründ zu kaufen. Aber endlich beschloß ich, durch solche Mittel Jerusalem zu beschauen, welche Reise ohn Geld nicht zu vollbringen.

Demnach begab ich mich den geraden Weg auf Loretto und von dannen nach Rom. Als ich mich daselbst eine Zeitlang aufgehalten, meine Andacht verrichtet und Kundschaft zu etlichen Pilgern gemachet hatte, die auch gesinnet waren, das Heilige Land zu beschauen, ging ich mit einem Genueser aus ihnen in sein Vaterland. Daselbst sahen wir uns nach Gelegenheit um, über das Mittelländische Meer zu kommen; trafen auch auf geringe Nachfrage gleich ein geladen Schiff an, welches fertig stund, mit Kaufmanns-Gütern nach Alexandriam zu fahren, und nur auf guten Wind wartete. Ein wunderliches, ja göttliches Ding ist's ums Geld bei den Weltmenschen: der Patron oder Schiffherr hätte mich meines elenden Aufzugs halber nit angenommen, wanngleich ich eine göldene Andacht und hingegen nur bleiern Geld gehabt hätte; denn da er mich das erste Mal sah und hörete, schlug er mein Begehren rund ab; sobald ich ihm aber eine Handvoll Ducaten wiese, die zu meiner Reise employirt werden sollen, war der Handel ohn einziges ferneres Bitten bei ihm schon richtig, ohne daß wir uns um den Schifflohn miteinander verglichen; worauf er mich selber instruirte, mit was vor Proviant und andern Notwendigkeiten ich mich auf die Reise versehen sollte. Ich folgete ihm, wie er mir geraten, und fuhr also in Gottes Namen dahin.

Wir hatten auf der ganzen Fahrt Ungewitters oder widerwärtigen Windes halber keine einzige Gefahr; aber den Meerräubern, die sich etliche Mal merken ließen und Mienen machten, uns anzugreifen, mußte unser Schiffherr oft entgehen, maßen er wohl wußte, daß er wegen seines Schiffs Geschwindigkeit, mehr mit der Flucht, als sich zu wehren, gewinnen könnte; und also langten wir zu Alexandria an, ehender als sich's alle Seefahrer auf unserm Schiff versehen hatten, welches ich vor ein gut Omen hielt, meine Reise glücklich zu vollenden. Ich bezahlte meine Fracht und kehrete bei den Franzosen ein, die alldorten jeweils sich aufzuhalten pflegen, von welchen ich erfuhr, daß vor diesmal meine Reise nach Jerusalem fortzusetzen unmüglich sei, indem der türkische Bassa zu Damasco eben damals in armis begriffen und gegen seinem Kaiser rebellisch war, also daß keine Karawane, sie wäre gleich stark oder schwach gewesen, aus Egypten nach Judäam passiren mögen, sie hätte sich denn freventlich, alles zu verlieren, in Gefahr geben wollen.

Es war damals eben zu Alexandria, welches ohn das ungesunde Luft zu haben pfleget, eine giftige Contagion eingerissen, weswegen sich viele von dar anderwärtlichen hin retirirten, sonderlich europäische Kaufleute, so das Sterben mehr förchten als Türken und Araber. Mit einer solchen Compagnia begab ich mich über Land auf Rosseten, einen großen Flecken am Nil gelegen; daselbst saßen wir zu Schiff und fuhren auf dem Nil mit völligem Segel aufwärts bis an ein Ort, so ungefähr eine Stunde Wegs von der großen Stadt

Alkairo gelegen auch Alt-Alkair genennet wird; und nachdem wir allda schier um Mitternacht ausgestiegen, unsere Herbergen genommen und des Tags erwartet, begaben wir uns vollends nach Alkairo, der jetzigen rechten Stadt, in welcher ich gleichsam allerhand Nationen antraf. Daselbst giebet es auch ebenso vielerlei seltsame Gewächse als Leute, aber was mir am allerseltsamsten vorkam, war dieses, daß die Einwohner hin und wider in darzu gemachten Öfen viel hundert junge Hühner ausbrüteten, zu welchen Eiern nit einmal die Hennen kamen, seit sie solches gelegt hatten; und solchem Geschäft warten gemeiniglich alte Weiber ab.

Ich habe zwar niemalen keine so große volkreiche Stadt gesehen, da es wohlfeiler zu zehren als eben an diesem Ort; gleichwie aber nichtsdestoweniger meine übrigen Ducaten nach und nach zusammengingen, wann's schon nit teur war, also konnte ich mir auch leicht die Rechnung machen, daß ich nit würde erharren können, bis sich der Aufruhr des Bassae von Damasco legen und der Weg sicher werden würde, meinem Vorhaben nach Jerusalem zu besuchen; verhängte derowegen meinen Begierden den Zügel, andere Sachen zu beschauen, worzu mich der Vorwitz anreizete. Unter andern war jenseit des Nil ein Ort, da man die Mumia gräbt; das besichtigte ich etlichemal, item an einem Ort die beiden Pyramides Pharaonis und Rhodope; machte mir auch den Weg dahin so gemein, daß ich Fremde und Unkenntliche alleinig dahinführen dorfte. Aber es gelung mir zum letzten Mal nit beim besten; denn als ich einsmals mit etlichen zu den egyptischen Gräbern ging, Mumia zu holen, wobei auch fünf Pyramides stehen, kamen uns einige arabische Räuber auf die Haube, welche der Orten die Straußenfänger zu fangen ausgangen waren; diese kriegten uns bei den Köpfen und führten uns durch Wildnussen und Abwege an das Rote Meer, allwo sie den einen hier, den andern dort verkauften.

Das XVIII. Kapitel

Simplex als wilder Mann umhergeführt
wird wieder frei und groß Glück verspürt

Ich allein blieb übrig, denn als vier vornehmste Räuber sahen, daß die närrischen Leute sich über meinen großmächtigen Schweizer- oder Capuciner-Bart und langes Haar, dergleichen sie zu sehen nicht gewohnt waren, verwunderten, gedachten sie sich solches zunutz zu machen; nahmen mich derowegen vor ihren Part, sonderten sich von ihrer übrigen Gesellschaft, zogen mir meinen Rock aus und bekleideten mich um die Scham mit einer schönen Art Moos, so in Arabia Felix in den Wäldern an etlichen Bäumen zu wachsen pfleget, und weil ich ohne das barfuß und barhäuptig zu gehen gewohnet war, gab solches ein überaus seltsames und fremdes Ansehen. Solchergestalt führeten sie mich als einen wilden Mann in den Flekken und Städten am Roten Meer herumer und ließen mich um Geld sehen mit Vorgeben, sie hätten mich in Arabia Deserta fern von aller menschlichen Wohnung gefunden und gefangen bekommen. Ich dorfte bei den Leuten kein Wort reden, weil sie mir, wann ich es tun würden, den Tod droheten, welches mich schwer ankam, dieweil ich allbereit etwas wenigs Arabisch lallen konnte; hingegen war es mir erlaubt, wann ich mich allein bei ihnen befand. Da ließe ich mich denn gegen ihnen vernehmen, daß mir ihr Handel wohlgefalle, dessen ich auch genoß, denn sie unterhielten mich mit Speise und Trank, so gut als sie es selbst gebrauchten, welches gemeiniglich Reis und Schaffleisch war. So erhielte ich auch von ihnen, daß ich mich bei Nacht und sonst unter Tags auf der Reise, wann es etwas kalt war, mit meinem Rock beschirmen dorfte, in welchem noch etliche Ducaten staken.

Solchergestalt fuhr ich über das Rote Meer, weil meine vier Herren den Städten und Marktflecken, die beiderseits daran gelegen, nachzogen; diese sammleten mit mir in kurzer Zeit ein großes Geld, bis wir endlich in eine große Handelstadt kamen, allwo ein türkischer Bassa Hof hält und sich eine Menge Leut von allerhand Nationen aus der ganzen Welt befinden, weil alldorten die indianischen Kaufmanns-Güter ausgeladen und von dannen über Land nach Aleppo und Alkairo, von dorten aber fürders auf das Mittelländische Meer geschaffet werden. Daselbsten gingen zween von meinen Herren, nachdem sie Erlaubnis von der Obrigkeit bekommen, mit Schalmeien an die fürnehmsten Örter der Stadt und schrieen ihrer Gewohnheit nach aus: wer einen wilden Mann sehen wollte, der in der Wüstenei des steinigten Arabiae wäre gefangen worden, der sollte sich da und dahin verfügen. Indessen saßen die andern beide bei mir im Losament und zierten mich, das ist, sie kämpelten mir Haare und Bart beim zierlichsten und hatten größere Sorge darzu, als ich meine Tage jemal getan, damit ja kein Härlein davon verloren wurde, weil es ihnen soviel eintrug. Hernach sammlete sich das Volk in unglaublicher Menge mit großem Gedräng, unter welchem sich auch Herren befanden, denen ich an der Kleidung wohl ansähe, daß es Europäer waren.

Nun, gedachte ich, jetzt wird deine Erlösung nahen und deiner Herren Betrug und Buberei sich offenbaren; jedoch schwieg ich noch so lange stille, bis ich etliche aus ihnen hoch- und niederteutsch, etliche franzisch und andere italienisch reden hörete. Als nun einer dies und der andere jenes Urteil von mir fällete, konnte ich mich nicht länger enthalten, sondern brachte von so viel verlegen Latein (damit mich alle Nationen in Europa auf einmal verstehen sollen) zusammen, daß ich sagen konnte: „Ihr Herren, ich bitte euch allesamt um Christi unsers Erlösers willen, daß ihr mich aus den Händen dieser Räuber errettet wollet, die schelmischer Weise ein Spectacul mit mir anstellen!" Sobald ich solches gesagt, wischte einer von meinen Herren mit dem Säbel heraus, mir das Reden zu legen, wiewohl er mich nicht verstanden; aber die redlichen Europäer verhinderten sein Beginnen. Darauf sagte ich ferner auf franzisch: „Ich bin ein Teutscher, und als ich pilgersweis nach Jerusalem wallfahrten wollte, auch mit genugsamen Paßbriefen von denen Bassen zu Alexandria und dem zu Alkairo versehen gewesen, aber wegen des damascenischen Kriegs nicht fortkommen möchte, sondern mich eine zeitlang zu Alkairo aufhielt, Gelegenheit zu erwarten, meine Reise zu vollenden, haben mich diese Kerl unweit besagter Stadt neben andern mehr ehrlichen Leuten diebischerweise hinweggeführet und bisher Geld mit mir zu sammlen, viel tausend Menschen betrogen." Folgends bat ich die Teutschen, sie wollten mich doch der Landsmannschaft wegen nicht verlassen. Interim wollten sich meine unrechtmäßigen Herren nicht zufriedengeben, weilen aber unterm Umstand Leute von der Obrigkeit von Alkair hervortraten, die bezeugeten, daß sie mich vor einem halben Jahr in ihrem Vaterland bekleidet gesehen hätten: hierauf beruften sich die Europäer vor den Bassa, vor welchem zu erscheinen meine vier Herren genötigt worden. Von demselben ward nach gehörter Klage und Antwort auch der beiden Zeugen Aussage zu Recht erkannt und ausgesprochen: daß ich wieder auf freien Fuß gestellet, die vier Räuber, weil sie der Bassen Paßbrief violiret, auf die Galeeren im Mittelländischen Meer verdammt, ihr zusammengebrachtes Geld halber dem Fisco verfallen sein, der ander halbe Teil aber in zwei Teile geteilet, mir ein Teil vor mein ausgestanden Elend zugestellet, aus dem andern aber diejenigen Personen, so mit mir gefangen und verkauft worden, wieder ausgelöset werden sollten. Die Urteil ward nicht allein offentlich ausgesprochen, sondern auch alsobald vollzogen, wodurch mir neben meiner Freiheit mein Rock und eine schöne Summa Geldes zustund.

Als ich nun meiner Ketten, daran mich die Mausköpfe wie einen wilden Mann herumgeschleppet, entledigt, mit meinem alten Rock wiederum bekleidet und mir das Geld, das mir der Bassa zuerkannt, eingehändigt worden, wollte mich einer jeden europäischen Nation Vorsteher oder Resident mit sich heimführen. Die Holländer zwar darum, weil sie mich vor ihren Landsmann hielten, die übrigen aber, weil ich ihrer Religion zu sein schien. Ich bedankte mich gegen allen, vornehmlich aber darumb, daß sie mich gesamterhand so christlich aus meiner zwar närrischen, aber doch gefährlichen Gefangenschaft entledigt hatten; bedachte mich anbei, wie ich etwan meine Sache anstellen möchte, weil ich nunmehr auch wider meinen Willen und Hoffnung wiederum viel Geld und Freunde bekommen hatte.

Das XIX. Kapitel

Simplex leidt Schiffbruch mit eim Zimmermann;
kommen auf ein Insul, richten sich an

Meine Landsleut sprachen mir zu, daß ich mich anders kleiden ließe, und weil ich nichts zu tun hatte, machte ich Kundschaft zu allen Europäern, die mich aus christlicher Liebe und meiner wunderbarlichen Begegnus halber gern um sich hatten und oft zu Gast luden. Und demnach sich schlechte Hoffnung erzeigte, daß der damascenische Krieg in Syria und Judäa bald ein Loch gewinnen würde, damit ich meine Reise nach Jerusalem wiederum vornehmen und vollenden möchte, ward ich andern Sinnes und entschloß mich, mit einer großen portugesischen Kracke (so mit großem Kaufmannschatz nach Haus zu fahren wegfertig stund) mich nach Portugal zu begeben und anstatt der Wallfahrt nach Jerusalem St. Jacob zu Compostella besuchen, nachgehend aber mich irgends in Ruhe zu setzen und dasjenige, so mir Gott bescheret, zu verzehren. Und damit solches ohn meine sondern Kosten (denn sobald ich soviel Geld kriegte, fing ich an zu kargen) beschehen könnte, überkam ich mit dem portugesischen Ober-Kaufmann auf dem Schiff, daß er alles mein Geld annehmen, selbiges in seinen Nutzen verwenden, mir aber solches in Portugal wieder zustellen und interim anstatt Interesse mich auf das Schiff an seine Tafel nehmen und mit sich nach Haus führen sollte. Dahingegen sollte ich mich zu allen Diensten zu Wasser und Land, wie es die Gelegenheit und des Schiffs Notdurft erfordern würde, unverdrossen gebrauchen lassen. Also machte ich

463

die Zeche ohn den Wirt, weil ich nicht wußte, was der liebe Gott mit mir zu verschaffen vorhatte; und nahm ich diese weite und gefährliche Reise um soviel desto begieriger vor, weil die verwichene auf dem Mittelländischen Meer so glücklich abgangen.

Als wir nun zu Schiff gangen, vom Sinu Arabico oder Roten Meer auf den Oceanum kommen und erwünschten Wind hatten, nahmen wir unsern Lauf, das Caput bonae Speranzae zu passiren, segelten auch etliche Wochen so glücklich dahin, daß wir uns kein ander Wetter hätten wünschen können. Da wir aber vermeinten, nunmehr bald gegen der Insul Madagascar über zu sein, erhub sich gähling solch ein Ungestüm, daß wir kaum Zeit hatten, die Segel einzunehmen. Solches vermehrete sich je länger, je mehr, also daß wir auch die Mast abhauen und das Schiff dem Willen und Gewalt der Wellen lassen mußten. Dieselben führten uns in die Höhe gleichsam an die Wolken, und im Augenblick senkten sie uns wiederum bis auf den Abgrund hinunter, welches bei einer halben Stunde währete und uns trefflich andächtig beten lernete. Endlich warfen sie uns auf eine verborgene Stein-Klippe mit solcher Stärke, daß das Schiff mit grausamen Krachen zu Stücken zerbrach, wovon sich ein jämmerliches und elendes Geschrei erhub. Da ward dieselbe Gegend gleichsam in einem Augenblick mit Kisten, Ballen und Trümmern vom Schiff überstreuet; da sahe und hörte man hie und dort, oben auf den Wellen und unten in der Tiefe die unglückseligen Leute an denjenigen Sachen hangen, die ihnen in solcher Not am allerersten in die Hände geraten waren, welche mit elendem Geheul ihren Untergang bejammerten und ihre Seelen Gott befahlen.

Ich und ein Zimmermann lagen auf einem großen Stück vom Schiff, welches etliche Zwerchhölzer behalten hatte, daran wir uns festhielten und einander zusprachen. Mithin legten sich die grausamen Winde allgemach, davon die wütenden Wellen des zornigen Meers sich nach und nach besänftigten und geringer wurden; hingegen aber folgte die stickfinstere Nacht mit einem schröcklichen Platz-Regen, daß es das Ansehen hatte, als hätten wir mitten im Meer von oben herab ersauft werden sollen. Das währete bis um Mitternacht, in welcher Zeit wir große Not erlitten hatten; darauf ward der Himmel wieder klar, also daß wir das Gestirn sehen konnten, an welchem wir vermerkten, daß uns der Wind je länger, je mehr von der Seiten Afrikas in das weite Meer gegen Terram Australem incognitam hineintriebe, welches uns beide sehr bestürzt machte. Gegen Tag wurd es abermal so dunkel, daß wir einander nicht sehen konnten, wiewohl wir nahe beieinanderlagen. In dieser

Finsternus und erbärmlichem Zustand trieben wir immer fort, bis wir unversehens innwurden, daß wir auf dem Grund sitzenblieben und stillhielten.

Der Zimmermann hatte eine Axt in seinem Gürtel stecken, damit visitirte er die Tiefe des Wassers und fand auf der einen Seite nicht wohl Schuhtief Wassers: welches uns herzlich erfreuete und unzweifelige Hoffnung gab, Gott hätte uns irgens hin an Land geholfen, das uns auch ein lieblicher Geruch zu verstehen gab, den wir empfanden, als wir wieder ein wenig zu uns selbst kamen. Weil es aber so finster und wir beide ganz abgemattet, zumalen des Tags ehistes gewärtig waren, hatten wir nicht das Herz, uns ins Wasser zu legen und solches Land zu suchen, unangesehen wir allbereit weit von uns etliche Vögel singen zu hören vermeineten, wie es denn auch nicht anders war. Sobald sich aber der liebe Tag im Osten ein wenig erzeigte, sahen wir durch die Düstere ein wenig Land, mit Büschen bewachsen, allernächst vor uns liegen; derowegen begaben wir uns alsobald gegen demselbigen ins Wasser, welches je länger, je seichter ward, bis wir endlich mit großen Freuden auf das truckene Land kamen. Da fielen wir nieder auf die Knie, küßten den Erdboden und danketen Gott im Himmel, daß er uns so väterlich erhalten und ans Land gebracht hatte. Und solchergestalt bin ich in diese Insul kommen.

Wir konnten noch nicht wissen, ob wir auf einem bewohnten oder unbewohnten, auf einem festen Land, oder nur auf einer Insul waren; aber das merkten wir gleich, daß es ein trefflicher fruchtbarer Erdboden sein müßte, weil alles vor uns gleichsam so dick wie ein Hanf-Acker mit Büschen und Bäumen bewachsen war, also daß wir kaum dadurchkommen konnten. Als es aber völlig Tag worden und wir etwan eine Viertel-Stunde Wegs vom Gestad an durch die Büsche geschloffen waren und der Orten nicht allein keine einzige Anzeigung menschlicher Wohnung verspüren konnten, sondern noch darzu hin und wieder viel fremde Vögel, die sich gar nichts vor uns scheueten, ja mit den Händen fangen ließen, antrafen: konnten wir unschwer erachten, daß wir auf einer zwar unbekannten, jedoch aber sehr fruchtbaren Insul sein müßten. Wir fanden Citronen, Pomeranzen und Coquos, mit welchen Früchten wir uns trefflich wohl erquickten; und als die Sonne aufging, kamen wir auf eine Ebne, welche überall mit Palmen (davon man den Vin de Palme hat) bewachsen war, welches mein Camerad, der denselbigen nur viel zu gern trank, auch mehr als zuviel erfreuete. Daselbst hin satzten wir uns nieder an die Sonne, unsere Kleider zu trücknen, welche wir auszogen und zu solchem Ende an die Bäume aufhängten, vor uns selbst aber in Hemdern herumspazierten. Mein Zimmermann hieb mit seiner Axt in einen Palmiten-Baum und befand, daß sie reich von Wein waren; wir hatten aber darum kein Geschirr, solchen aufzufangen, wie wir denn auch beide unsere Hüte im Schiffbruch verloren.

Als die liebe Sonne nun unsere Kleider wieder getrücknet, zogen wir selbige an und stiegen auf das felsichte hohe Gebürge, so auf der rechten Hand gegen Mitternacht zwischen dieser Ebne und dem Meer lieget, und sahen uns um; befanden auch gleich, daß wir auf keinem festen Land, sondern nur in dieser Insul waren, welche im Umkreis über anderhalb Stund Gehens nicht begriff; und weil wir weder nahe noch fern keine Landschaft, sondern nur Wasser und Himmel sahen, wurden wir beide betrübt und verloren alle Hoffnung, inskünftig wiederum Menschen zu sehen. Doch tröstete uns hinwiederum, daß uns die Güte Gottes an diesen gleichsam sichern und allerfruchtbarsten, und nicht an einen solchen Ort gesendet hatte, der etwan unfruchtbar oder mit Menschen-Fressern bewohnet gewesen wäre. Darauf fingen wir an zu gedenken, was uns zu tun oder zu lassen sein möchte, und weil wir gleichsam wie Gefangene in dieser Insul beieinander leben mußten, schwuren wir einander beständige Treue.

Das besagte Gebürge saß und flog nicht allein voller Vögel von unterschiedlichen Geschlechten, sondern es lag auch so voll Nester mit Eiern, daß wir uns nicht genugsam darüber verwundern konnten; wir tranken deren Eier etliche aus und nahmen noch mehr mit uns das Gebürge herunter, an welchem wir die Quelle des süßen Wassers fanden, welches sich gegen Osten so stark, daß es wohl ein geringes Mühl-Rad treiben könnte, in das Meer ergeußt, darüber wir abermal eine neue Freude empfingen und miteinander beschlossen, bei derselbigen Quell unsre Wohnung anzustellen.

Zu solcher neuen Haushaltung hatten wir beide keinen andern Hausrat als eine Axt, einen Löffel, drei Messer, eine Piron oder Gabel und eine Scher, sonst war nichts vorhanden. Mein Camerad hatte zwar ein Ducaten oder dreißig bei sich, welche wir gern vor ein Feuerzeug gegeben, wann wir nur eins davor zu kaufen gewußt hätten; aber sie waren uns nirgends zu nichts nütz, ja weniger wert als mein Pulver-Horn, welches noch mit Zündkraut gefüllet; dasselbe dürrete ich (weil es so weich als ein Brei war) an der Sonne, zettelte davon auf einen Stein, belegte es mit leichtbrennender

Materia, deren es von Moos und Baumwolle von den Coquos-Bäumen gnugsam gab, strich darauf mit einem Messer durch das Pulver und fing also Feuer, welches uns so hoch erfreuete als die Erlösung aus dem Meer. Und wann wir nur Salz, Brot und Geschirr gehabt hätten, unser Getränke hineinzufassen, so hätten wir uns vor die allerglückseligsten Kerl in der Welt geschätzet, obwohl wir vor vierundzwanzig Stunden unter die unglücklichsten gerechnet werden mögen: so gut getreu und barmherzig ist Gott, dem sei Ehre in Ewigkeit. Amen.

Wir fingen gleich etwas von Geflügel, dessen die Menge bei uns ohn Scheu herumging, rupften's wuschen's und steckten's an ein hölzernen Spieß; da fing ich an, Braten zu wenden, mein Cameräd aber schaffte mir indessen Holz herbei und verfertigte eine Hütte, uns, wann es vielleicht wieder regnen würde, vor demselben zu beschirmen, weil der indianische Regen gegen Africam sehr ungesund zu sein pfleget; und was uns an Salz abging, ersatzten wir mit Citronen-Saft, unsere Speisen geschmacksam zu machen.

Das XX. Kapitel

Simplex ein Köchin erlanget und kriegt,
die sie vergnüget, doch endlich betrügt

Dieses war der erste Imbiß, den wir auf unsrer Insul einnahmen; und nachdem wir solchen vollbracht, täten wir nichts anders, als dürr Holz zusammensuchen, unser Feuer zu unterhalten. Wir hätten gern gleich die ganze Insul vollends besichtigt, aber wegen überstandener Abmattung drang uns der Schlaf, daß wir uns zur Ruhe legen mußten, welche wir auch continuirten bis an den lichten Morgen. Als wir solchen erlebet, gingen wir dem Bächlein nach hinunter bis an Mund, da es sich ins Meer ergeußt, und sahen mit höchster Verwunderung, wie sich eine unsägliche Menge Fische in der Größe als mittelmäßige Salmen oder große Karpfen dem süßen Wasser nach ins Flüßlein hinaufzog, also daß es schiene, als ob man eine große Herde Schweine mit Gewalt hineingetrieben hätte. Und weil wir auch etliche Bananas und Datalas antrafen, so treffliche gute Früchten sein, sagten wir zusammen, wir hätten Schlauraffenland genug, obzwar kein vierfüßig Tier vorhanden, wann wir nur Gesellschaft hätten, die Fruchtbarkeit als auch die vorhandenen Fische und Vögel dieser edlen Insul genießen zu helfen. Wir konnten aber kein einzig Merkzeichen spüren, daß jemalen Menschen daselbst gewesen wären.

Als wir derowegen anfingen zu beratschlagen, wie wir unsre Haushaltung ferner anstellen und wo wir Geschirr nehmen wollten, sowohl darin zu kochen als den Wein von Palmen hineinzufangen und seiner Art nach verjähren zu lassen, damit wir ihn recht genießen könnten, und in solchem Gespräch so am Ufer herumspazireten: sahen wir auf der Weite des Meeres etwas daher treiben, welches wir in der Fern nicht sehen konnten, wiewohl es größer schien als es an sich selbsten war. Denn nachdem es sich näherte und an unsrer Insul gestrandet, war es ein halbtotes Weibsbild, welches auf einer Kisten lag und beide Hände in die Handhaben an der Kisten eingeschlossen hatte. Wir zogen sie aus christlicher Liebe auf trucken Land, und demnach wir sie wegen der Kleidung und etlicher Zeichen halber, die sie im Angesicht hatte, vor eine Äbyssiner-Christin hielten, waren wir desto geschäftiger, sie wieder zu sich selbst zu bringen; maßen wir sie, jedoch mit aller Ehrbarkeit, als sich solches mit ehrlichen Weibsbildern in solchen Fällen zu tun geziemet, auf den Kopf stelleten, bis eine ziemliche Menge Wasser von ihr geloffen. Und obzwar wir nichts Lebhaftiges zu ferner Erquickung bei uns hatten als Citronen, so ließen wir doch nit nach, ihro die spiritualische Feuchtigkeit, die sich in den äußersten Enden der Citronen-Schelfe enthält, unter die Nase zu drücken und sie mit Schütteln zu bewegen, bis sie sich endlich von sich selbst regte und portugiesisch anfing zu reden.

Sobald mein Camerad solches hörete und sich in ihrem Angesicht wiederum eine lebhafte Farbe erzeigete, sagte er zu mir: „Diese Abyssinerin ist einmal auf unserm Schiff bei einer vornehmen portugiesischen Frau eine Magd gewesen, denn ich habe sie beide wohl gekannt; sie seind zu Macao aufgesessen und waren willens, mit uns in die Insul Annabon zu schiffen." Sobald jene diesen reden hörete, erzeigete sie sich sehr fröhlich, nannte ihn mit Namen und erzählete nicht allein ihre ganze Reise, sondern auch wie sie so wohl, daß sie und er noch im Leben als auch daß sie als Bekannte einander auf truckenem Land und außer aller Gefahr wieder angetroffen hätten. Hierauf fragte mein Zimmermann, was wohl vor Waren in der Kiste sein möchten; darauf antwortete sie, es wären etliche chinesische Stücke Gewand, etliche Gewehr und Waffen und dann unterschiedliche so große als kleine Porcelanen Geschirr, so nach Portugal einem vornehmen Fürsten von ihrem Herrn hätten geschickt werden sollen. Solches erfreuete uns trefflich, weil es lauter Sachen, deren wir am allermeisten bedürftig waren. Demnach ersuchte sie uns, wir wollten ihr doch solche Leutseligkeit erweisen und sie bei uns behalten, sie wollte uns gern mit Kochen, Wäschen und andern Diensten als eine Magd an die Hand gehen und uns als eine leibeigene Sklavin untertänig sein, wann wir sie nur in unserm Schutz behalten und ihr den Lebens-Unterhalt so gut, als es das Glück und die Natur in dieser Gegend beschere, neben uns mitzugenießen gönnen wollten.

Darauf trugen wir beide mit großer Mühe und Arbeit die Kiste an denjenigen Ort, den wir uns zur Wohnung auserkoren hatten; daselbsten öffneten wir sie und fanden so beschaffene Sachen darin, die wir zu unserm damaligen Zustand und Behuf unsrer Haushaltung nimmermehr anders hätten wünschen mögen. Wir packten aus und trückneten solche Ware an der Sonnen, wozu sich unsre neue Köchin gar fleißig und dienstbar erzeigte. Folgends fingen wir an, Geflügel zu metzgen, zu sieden und zu braten, und indem mein Zimmermann hinging, Palm-Wein zu gewinnen, stieg ich aufs Gebürge vor uns, Eier auszunehmen, solche hart zu sieden und anstatt des lieben Brots zu brauchen. Unterwegs betrachtete ich mit herzlicher Danksagung die großen Gaben und Gnaden Gottes, die uns dessen barmherzige Vorsehung so vätermildiglich mitgeteilet und ferners zu genießen vor Augen stellete. Ich fiel nieder auf das Angesicht und sagte mit ausgestreckten Armen und erhabenem Herzen: „Ach, ach! Du allergütigster himmlischer Vater, nun empfinde ich im Werk selbsten, daß du williger bist, uns zu geben, als wir von dir zu bitten! Ja allerliebster Herr! Du hast uns mit dem Überfluß deiner göttlichen Reichtümer ehender und mehrers versehen, als wir armen Creaturen bedacht waren, im geringsten etwas dergleichen von dir zu begehren. Ach getreuer Vater, deiner unaussprechlichen Barmherzigkeit wolle allergnädigst gefallen, uns zu verleihen, daß wir diese deine Gaben und Gnaden nicht anders gebrauchen, als wie es deinem allerheiligsten Willen und Wohlgefallen beliebet und zu deines großen unaussprechlichen Namens Ehre gereichet, damit wir dich neben allen Auserwählten hier zeitlich und dort ewiglich loben, ehren und preisen mögen."

Mit solchen und viel mehr dergleichen Worten, die alle aus dem innersten Grund meiner Seelen ganz herzlich und andächtiglich daherflossen, ging ich um, bis ich die Notdurft an Eiern hatte und damit wiederum zu unsrer Hütte kam, allwo die Abendmahlzeit auf der Kiste (die wir selbigen Tag samt der Köchin aus dem Meer gefischet und mein Camerad anstatt eines Tisches gebrauchte) bestens bereitstund.

Indessen ich nun um obige Eier aus gewesen, hatte mein Camerad (welcher ein Kerl von etlich zwanzig Jahren, ich aber über die vierzig Jahr alt) mit unsrer Köchin einen Accord gemachet, der beides zu seinem und meinem Verderben gereichen sollte. Denn nachdem sie sich in meiner Abwesenheit allein befanden und von alten Geschichten, zugleich aber auch von der Fruchtbarkeit und großen Nutznießung dieser überaus gesegneten, ja mehr als glückseligen Insul miteinander gesprochen, wurden sie so verträulich, daß sie auch von einer Trauung zwischen sich beiden zu reden begunnten, von welcher aber die vermeinte Abyssinerin nichts hören wollte, es wäre denn Sache, daß mein Camerad, der Zimmermann, sich allein zum Herrn der Insul mache und mich aus dem Weg raume. Es wäre, sagte sie, unmüglich, daß sie eine friedsame Ehe miteinander haben können, wann noch ein Unverheurateter neben ihnen wohnen sollte. „Er bedenke nur selbst", sagte sie ferner zu meinem Camerad, „wie ihn Argwahn und Eifersucht plagen würde, wann er mich heuratet und der Alte täglich mit mir conversiret, obgleich er ihn zum Cornuto zu machen niemal in Sinn nähme. Zwar weiß ich einen bessern Rat, wann ich mich je vermählen und auf dieser Insul (die wohl tausend oder mehr Personen ernähren kann) das menschliche Geschlecht vermehren soll; nämlich diesen, daß mich der Alte eheliche. Denn wann solches geschehe, so wäre es nur um ein Jahr oder zwölf oder längst vierzehn zu tun, in welcher Zeit wir etwan eine Tochter miteinander erzeugen werden, ihm solche, verstehe dem Zimmermann, ehelich beizulegen. Alsdann wird er nicht so bei Jahren sein, als jetzunder der Alte ist; und würde interim zwischen euch beiden die unzweiflige Hoffnung, daß der erste des andern Schwäher-Vater und der ander des ersten Tochtermann werden sollte, allen bösen Argwahn aus dem Weg tun und mich aller Gefahr, darin ich anderwärts geraten möchte, befreien. Zwar ist es natürlich, daß ein junges Weibs-Bild, wie ich bin, lieber einen jungen als alten Mann nehmen wird; aber wir müssen uns jetzunder miteinander in die Sache schicken, wie es unser gegenwärtiger Zustand erfodert, um vorzusehen, daß ich und die, so aus mir geboren werden möchten, das Sichere spielen."

Durch diesen Discurs, der sich weit auf ein Mehrers erstreckte und auseinander zohe, als ich jetzunder beschreibe, wie auch durch der vermeinten Abyssinerin Schönheit (so beim Feur in meines Camerads Augen viel vortrefflicher herumglänzete als zuvor) und durch ihre hurtigen Gebärden ward mein guter Zimmermann dergestalt eingenommen und betöret, daß er sich nicht entblödete, zu sagen, er wollte eh'r den Alten (mich vermeinend) ins Meer werfen und die ganze Insul ruinieren, eh er eine solche Dame, wie sie wäre, überlassen wollte. Und hierauf ward auch obengedachter Accord zwischen ihnen beiden beschlossen, doch dergestalt, daß er mich hinterrucks oder im Schlaf mit seiner Axt erschlagen sollte, weil er sich sowohl vor meiner Leibs-Stärke als meinem Stab, den er mir selbst wie einen böhmischen Ohrlöffel verfertiget, entsatzte.

Nach solchem Vergleich zeigte sie meinem Camerad zunähest an unsrer Wohnung eine schöne Art Hafner-Erde, aus welcher sie nach Art der indianischen Weiber, so am guineïschen Gestad wohnen, schön irden Geschirr zu machen getraue; täte auch allerlei Vorschläge, wie sie sich und ihr Geschlecht auf dieser Insul ausbringen, ernähren und bis in das hundertste Glied ihnen ein geruhiges und vergnügsames Leben verschaffen wollte. Da wußte sie genugsam zu rühmen, was sie vor Nutzen aus den Coquos-Bäumen ziehen und aus der Baumwolle, so selbige tragen oder hervorbringen, sich und all ihrer Nachkömmlingen Nachkömmlinge mit Kleidungen versehen könnte.

Ich armer Stern kam und wußte kein Haar von diesem Schluß und Laugen-Guß, sondern satzte mich, zu genießen, was zugerichtet dastund, sprach auch nach christlichem und hochlöblichem Brauch das Benedicite; sobald ich aber das Kreuz über die Speisen und meine Mit-Esser machte und den göttlichen Segen anrufte, verschwand beides, unsre Köchin und die Kiste, samt allem dem, was in besagter Kiste gewesen war, und ließ einen solchen grausamen Gestank hinter sich, daß meinem Camerad ganz unmächtig davon ward.

Das XXI. Kapitel

Simplex und Zimmermann müssen allein
sein auf der Insul und schicken sich drein

Sobald er sich wiederum erkobert hatte und zu seinen sieben Sinnen kommen war, kniete er vor mir nieder, faltete beide Hände und sagte wohl eine halbe Viertelstunde nacheinander sonst nichts, als: „Ach Vater! Ach Bruder! Ach Vater! Ach Bruder!" und fing darauf an, mit Wiederholung solcher Worte so inniglich zu weinen, daß er vor Schluxen kein verständliches Wort mehr herausbringen konnte; also daß ich mir einbildete, er müßte durch Schröcken und Gestank seines Verstandes sein beraubt worden. Wie er aber mit solcher Weise nicht nachlassen wollte und mich immerhin um Verzeihung bat, antwortete ich: „Liebster Freund, was soll ich Euch verzeihen, da Ihr mich doch Euere Lebetage niemal beleidigt habet? Saget mir doch nur, wie Euch zu helfen sei?" – „Verzeihung", sagte er, „bitte ich, denn ich habe wider Gott, wider Euch und wider mich selbst gesündiget!", und damit fing er seine vorige Klage wieder an, continuirte sie auch so lang, bis ich sagte, ich wüßte nichts Böses von ihm, und dafern er gleichwohl etwas begangen, deswegen er sich ein Gewissen machen möchte, so wollte ich's ihm nicht allein, soviel es mich beträfe, von Grund meines Herzens verziehen und vergeben haben, sondern auch, wann er sich wider Gott vergriffen, neben ihm dessen Barmherzigkeit um Begnädigung anrufen. Auf solche Worte fassete er meine Schenkel in seine Arme, küssete meine Knie und sahe mich so sehnlich und beweglich darauf an, daß ich darüber gleichsam erstummete und nicht wissen oder erraten konnte, was es doch immermehr mit dem Kerl vor eine Beschaffenheit haben möchte. Demnach ich ihn aber freundlich in die Arme nahm und an meine Brust druckte, mit Bitte, mir zu erzählen, was ihm anläge und wie ihm zu helfen sein möchte, beichtete er mir alles haarklein heraus, was er mit der vermeinten Abyssinerin vor einen Discurs geführet und über mich, wider Gott, wider die Natur, wider die christliche Liebe und wider das Gesetz treuer Freundschaft, die wir einander solenniter geschworen, bei sich selbst beschlossen gehabt hatte; und solches tat er mit solchen Worten und Gebärden, daraus seine inbrünstige Reue und zerknirschtes Herz leicht zu mutmaßen oder abzunehmen war.

Ich tröstete ihn, so gut ich immer konnte und sagte, Gott hätte vielleicht solches zur Warnung über uns verhängt, damit wir uns künftig vor des Teufels Stricken und Versuchungen desto besser vorsehen und in stätiger Gottesforcht leben sollten; er hätte zwar Ursache, seiner bösen Einwilligung halber Gott herzlich um Verzeihung zu bitten, aber noch eine größere Schuldigkeit sei es, daß er ihm um seine Hut und Barmherzigkeit danke, indem er ihn so väterlich aus des leidigen Satans List und Fallstrick gerissen und ihn vor seinem zeitlichen und ewigen Fall behütet hätte. Es würde uns vonnöten sein, vorsichtiger zu wandeln, als wann wir mitten in der Welt unter dem Volk wohneten. Denn sollte einer oder der ander oder wir alle beide fallen, so würde niemand vorhanden sein, der uns wiederum aufhülfe als der liebe Gott, den wir derowegen desto fleißiger vor Augen haben und ihn ohn Unterlaß um Hilfe und Beistand anflehen müßten.

Von solchem und dergleichem Zusprechen ward er zwar um etwas getröstet, er wollte sich aber nichtsdestoweniger nicht allerdings zufriedengeben, sondern bat aufs demütigste, ich wollte ihm doch wegen seines Verbrechens eine Buße auflegen. Damit ich nun sein niedergeschagenes Gemüt nach Müglichkeit wiederum etwas aufrichten möchte, sagte ich, dieweil er ohndas ein Zimmermann sei und seine Axt noch im Vorrat hätte, so sollte er an demjenigen Ort, wo sowohl wir als unsere teuflische Köchin gestrandet, am Ufer des Meers ein Kreuz aufrichten; damit würde er nicht allein ein Gott wohlgefällig Bußwerk verrichten, sondern auch zuwegen bringen, daß künftig der böse Geist, welcher das Zeichen des heiligen Kreuzes scheue, unsre Insul nicht mehr so leichtlich anfallen würde. "Ach!" antwortete er. "Nicht nur ein Kreuz in die Niedere, sondern auch zwei auf das Gebürge sollen von mir verfertiget und aufgerichtet werden; wann ich nur, o Vater, deine Huld und Gnade wiederhabe und mich der Verzeihung von Gott getrösten darf." Er ging in solchem Eifer auch gleich hin und hörete nicht auf zu arbeiten, bis er die drei Kreuze verfertigt hatte, davon wir eins am Strand des Meers und die andern zwei jedes besonder auf die höchsten Gipfel des Gebürges mit folgender Inscription aufrichteten:

"Gott dem Allmächtigen zu Ehren und dem Feind des menschlichen Geschlechtes zu Verdruß, hat Simon Meron von Lisabon aus Portugal mit Rat und Hilfe seines getreuen Freundes Simplici Simplicissimi, eines Hochteutschen, dies Zeichen des Leidens unsers Erlösers aus christlicher Wohlmeinung verfertiget und hieher aufgerichtet."

Von dar an fingen wir an, etwas gottseliger zu leben, weder wir zuvor getan hatten; und damit wir den Sabbath auch heiligen und feiern möchten, schnitt ich anstatt eines Calenders alle Tage eine Kerbe auf einen Stecken und am Sonntag ein Kreuz. Alsdann saßen wir zusammen und redeten miteinander von heiligen und göttlichen Sachen; und diese Weise mußte ich gebrauchen, weil ich noch nichts ersonnen hatte, mich damit anstatt Papiers und Dinten zu behelfen, dadurch ich etwas Christliches hätte zu unsrer Nachricht aufzeichnen mögen.

Hier muß ich zum Beschluß dieses Capitels einer artlichen Sache gedenken, die uns den Abend, als unsre feine Köchin von uns abschied, gewaltig erschröckte und ängstigte, deren wir die erste Nacht nicht wahrgenommen, weil uns der Schlaf wegen überstan-

dener Abmattung und großer Müdigkeit gleich überwunden; es war
aber dieses: Als wir noch vor Augen hatten, durch was vor tausend
List uns der leidige Teufel in Gestalt der Abyssinerin verderben
wollen, und dannenhero nicht schlafen konnten, sondern lang
wachend die Zeit, und zwar mehrenteils im Gebet zubrachten,
sahen wir, sobald es ein wenig finster ward, umb uns her einen un-
zähligen Haufen Lichter in der Luft herumschweben, welche auch
einen solchen hellen Glanz von sich gaben, daß wir die Früchte an
den Bäumen vor dem Laub unterscheiden konnten. Da vermeineten
wir, es wär abermal ein neuer Fund des Widersachers, uns zu quälen, wurden derowegen ganz still und ruhsam, befanden aber endlich, daß es eine Art der Johannes-Fünklein oder Zindwürmlein
(wie man sie in Teutschland nennet) waren, welche aus einer sonderbaren Art faulen Holzes entstehen, so auf dieser Insul wächset.
Diese leuchteten so hell, daß man sie gar wohl anstatt einer hell-
brennenden Kerze gebrauchen kann, maßen ich nachgehends dies
Buch mehrenteils dabei geschrieben; und wann sie in Europa, Asia
und Afrika so gemein wären als hier, so würden die Licht-Krämer
schlechte Losung haben.

Das XXII. Kapitel

Simplex allein auf der Insul verbleibet,
weil der Tod seinen Zimmermann auftreibet

Dieweil wir nun sahen, daß wir verbleiben mußten, wo wir waren,
fingen wir auch unsre Haushaltung anderst an. Mein Camerad
machte von einem schwarzen Holz, welches sich beinahe dem Eisen
vergleichet, wann es dürr wird, vor uns beide Hauen und Schaufeln,
durch welche wir erstlich die obgesetzten drei Kreuze eingruben,
zweitens das Meer in Gruben leiteten, da es sich, wie ich zu Alexandria in Ägypten gesehen, in Salz verwandelte; drittens fingen wir
an, einen lustigen Garten zu machen, weil wir den Müßiggang vor
den Anfang unseres Verderbens schätzten; viertens gruben wir das
Bächlein ab, also daß wir dasselbe nach unserm Belieben anderwärts
hinwenden, den alten Fluß ganz truckenlegen und Fische und
Krebse, soviel wir wollten, gleichsam mit trockenen Händen und
Füßen darauf aufheben konnten; fünftens befanden wir neben dem
besagten Flüßlein eine überaus schöne Hafner-Erde; und obzwar
wir weder Scheibe noch Rad, zumalen auch keinen Bohrer oder andere Instrumenten hatten, uns dergleichen etwas zuzurichten, um
uns allerhand Geschirr zu drehen, obwohl wir das Handwerk nicht

gelernet: so ersonnen wir doch einen Vortel, durch welchen wir zuwegen brachten, was wir wollten; denn nachdem wir die Erde geknetet und zubereitet hatten, wie sie sein sollte, machten wir Würste daraus in der Dicke und Länge, wie die englischen Tabaks-Pfeifen sein; solche kleibten wir schneckenweis aufeinander und formirten Geschirr draus, wie wir's haben wollten, groß und klein, Häfen und Schüßlein, zum Kochen und Trinken. Wie uns nun der erste Brand geriet, hatten wir keine Ursache mehr, uns über einigen Mangel zu beklagen, denn obwohl uns das Brot abging, hatten wir jedoch hingegen dürre Fische vollauf, die wir vor Brot brauchten.

Mit der Zeit ging uns der Vortel mit dem Salz auch an, also daß wir endlich gar nichts zu klagen hatten, sondern wie die Leute in der ersten göldenen Zeit lebeten. Da lerneten wir nach und nach, wie wir aus Eiern, dürren Fischen und Citronen-Schalen, welche beide letzteren Stücke wir zwischen zweien Steinen zu zarterem Mehl rieben, in Vögel-Schmalz, so wir von den Walchen, so genannten Vögeln, bekamen, anstatt des Brots wohlgeschmackte Kuchen backen sollten. So wußte mein Camerad den Palmwein gar artlich in große Häfen zu gewinnen und denselben ein paar Tage stehenzulassen, bis er vergoren; hernach soff er sich so voll darin, daß er dorkelte, und solches tät er auf die Letzte gleichsam alle Tage, Gott gebe, was ich darwider redete. Denn er sagte, wann man ihn über die Zeit stehenließe, so würde er zu Essig, welches zwar nicht ohn ist. Antwortete ich ihm dann, er sollte auf einmal nicht soviel, sondern die bloße Notdurft gewinnen, so sagte er hingegen, es sei Sünde, wenn man die Gaben Gottes verachte; man müsse den Palmen beizeiten zu Ader lassen, damit sie nicht in ihrem eignen Blut erstickten. Also mußte ich seinen Begierden den Zaum lassen, wollte ich anderst nicht mehr hören, ich gönne ihm nicht, was wir in Völle umsonst hätten.

Also lebten wir, wie obgemeldet, als die ersten Menschen in der göldenen Zeit, da der gütige Himmel denselbigen ohn einzige Arbeit alles Gute aus der Erde hervorwachsen lassen. Gleichwie aber in dieser Welt kein Leben so süß und glückselig ist, das nit bisweilen mit Galle des Leidens verbittert werde, also geschahe uns auch. Denn um wieviel sich täglich unsre Küche und Keller besserte, um so viel wurden unsere Kleidungen von Tag zu Tag je länger, je blöder, bis sie uns endlich gar an den Leibern verfauleten. Das beste vor uns war dieses, daß wir bishero noch niemal keinen Winter, ja nicht die geringste Kälte innworden, wiewohl wir damal, als wir anfingen nackend zu werden, meinen Kerbhölzern nach bereits über an-

475

derthalb Jahr auf dieser Insul zugebracht; sondern es war jederzeit Wetter, wie es bei den Europäern im Mai und Juni zu sein pflegt, außer daß es ungefähr im August und etwas Zeit zuvor gewaltig stark zu regnen und zu wittern pfleget; so wird auch allhier von einem Solstitio zum andern Tag und Nacht nicht wohl über fünf Viertelstunden länger oder kürzer als das andermal.

Wiewohl wir uns nun allein auf der Insul befanden, so wollten wir doch nicht wie das unvernünftige Vieh nackend, sondern als ehrliche Christen aus Europa bekleidet gehen; hätten wir nun vier-füßige Tiere gehabt, so wäre uns schon geholfen gewesen, ihre Bälge zu Kleidung anzuwenden; in Mangel derselbigen aber zogen wir dem großen Geflügel, als den Walchen und Pingwins, die Häute ab und machten uns Niederkleider draus; weil wir sie aber aus Mangel der Instrumenten und zugehörigen Materialien nit recht auf die Daur bereiten konnten, wurden sie hart unbequem und zersto-ben uns vom Leib hinweg, eh wir uns dessen versahen. Die Coquos-Bäume trugen uns zwar Baumwolle genug, wir konnten sie aber weder weben noch spinnen; aber mein Camerad, welcher etliche Jahre in Indien gewesen, wies mir an denen Blättern vorn an den Spitzen ein Ding wie ein scharfer Dorn; wann man selbiges abbricht und am Grat des Blattes hinzeucht, gleichsam wie man mit den Boh-nen-Schelfen, Phaseoli genannt, umgehet, wann man selbige von ihren Gräten reiniget, so verbleibet an demselbigen spitzigen Dorn ein Faden hangen, so lang als der Grat oder das Blatt ist, also daß man dasselbige anstatt Nadel und Faden brauchen kann. Solches gab mir Ursache und Gelegenheit an die Hand, daß ich uns aus den-selben Blättern Niederkleider machte und solche mit obgemeldten Faden ihres eigenen Gewächses zusammenstach.

Indem wir nun so miteinander hausten und unsre Sach so weit ge-bracht, daß wir keine Ursache mehr hatten, uns über einige Arbeit-seligkeit, Abgang, Mangel oder Trübsal zu beschweren, zechte mein Camerad im Palm-Wein immerhin täglich fort, wie er's angefangen und nunmehr gewohnt hatte, bis er endlich Lung und Leber entzün-dete und, eh ich mich recht versahe, mich, die Insul und den Vin de Palme durch einen frühzeitigen Tod zugleich quittirte. Ich begrub ihn so gut, als ich konnte, und indem ich des menschlichen Wesens Unbeständigkeit und anders mehr betrachtete, machte ich ihm fol-gende Grabschrift:

Daß ich hier und nicht ins Meer bin worden begraben
auch nicht in d'Höll, macht, daß um mich gestritten haben

drei Ding! Das erste der wütende Ocean!
Das zweit der grausam Feind, der höllische Satan.
Diesen entrann ich durch Gottes Hülf aus meinen Nöten;
aber vom Palmwein, dem dritten, ließ ich mich töten!

Also ward ich allein ein Herr der ganzen Insul und fing wiederum ein einsiedlerisches Leben an, worzu ich dann nicht allein mehr als gnugsame Gelegenheit, sondern auch einen steifen Willen und Vorsatz hatte. Ich machte mir die Güter und Gaben dieses Orts zwar wohl zunutz mit herzlicher Danksagung gegen Gott, als dessen Güte und Allmacht allein mir solche so reichlich bescheret hatte; befliß mich aber darneben, daß ich deren Überfluß nicht mißbrauchte. Ich wünschte oft, daß ehrliche Christen-Menschen bei mir wären, die anderwärts Armut und Mangel leiden müssen, sich der gegenwärtigen Gaben Gottes zu gebrauchen. Weil ich aber wohl wußte, daß Gott dem Allmächtigen mehr als müglich (dafern es anders sein göttlicher Wille wäre), mehr Menschen leichtlicher und wunderbarlicher Weise hierherzuversetzen, als ich hergebracht worden: gab mir solches oft Ursache, ihm um seine göttliche Vorsehung, und daß er mich so väterlich vor andern viel tausend Menschen versorget und in einen solchen geruhigen und friedsamen Stand gesetzet hatte, demütig zu danken.

Das XXIII. Kapitel

Simplex, der Mönch, die Histori beschleußt,
darmit das End seiner sechs Bücher erweist

Mein Camerad war noch keine Woche tot gewesen, als ich ein Ungeheur um meine Wohnung herum vermerkte. Nun wohlan, gedachte ich, Simplici du bist allein; sollte dich nicht der böse Geist zu vexiren unterstehen? Vermeinestu nicht, dieser Schadenfroh werde dir dein Leben saur machen? Was fragstu aber nach ihm, wann du Gott zum Freund hast? Du mußt nur etwas haben, das dich übet, denn sonst würde dich Müßiggang und Überfluß zu Fall stürzen! Hast du doch ohn diesen sonst niemand zum Feind als dich selbsten und dieser Insul Überfluß und Lustbarkeit, darum mache dich nur gefaßt, zu streiten mit demjenigen, der sich am allerstärksten zu sein bedünkt. Wird derselbige durch Gottes Hilfe überwunden, so würdestu ja, ob Gott will, vermittels dessen Gnade auch dein eigner Meister verbleiben.

Mit solchen Gedanken ging ich ein paar Tage um, welche mich um ein Ziemliches besserten und andächtig machten, weil ich mich einer Rencontra versah, die ich ohnzweifel mit dem bösen Geist ausstehen müßte, aber ich betrog mich vor diesmal selbsten, denn als ich an einem Abend abermals etwas vermerkete, das sich hören ließ, ging ich vor meine Hütte, welche zunähest an einem Felsen des Gebürgs stund, worunter die Hauptquelle des süßen Wassers, das vom Gebürg durch diese Insul ins Meer rinnet. Da sahe ich meinen Camerad an der steinern Wand stehen, wie er mit den Fingern in deren Spalt grübelte; ich erschrak (wie leicht zu gedenken), doch fassete ich stracks wieder ein Herz, befahl mich mit Bezeichnung des heiligen Kreuzes in Gottes Schutz und dachte: Es muß doch einmal sein, besser ist es heut als morgen; ging darauf zum Geist und brauchte gegen ihm diejenigen Worte, die man in solchen Begebenheiten zu reden pfleget. Da verstund ich alsobald, daß es mein verstorbener Camerad war, welcher bei seinen Lebzeiten seine Ducaten dorthin verborgen hatte, der Meinung, wann etwan über kurz oder lang ein Schiff an die Insul kommen würde, daß er alsdann solche wieder erheben und mit sich davonnehmen wollte. Er gab mir auch zu verstehen, daß er auf dies wenige Geld, als dadurch er wieder nach Haus zu kommen verhoffet, sich mehr als auf Gott verlassen, wessentwegen er dann mit solcher Unruhe nach seinem Tod büßen und mir auch wider seinen Willen Ungelegenheit machen müssen. Ich nahm auf sein Begehren das Gold heraus, achtete es aber weniger als nichts; welches man mir desto ehender glauben kann, weil ich's auch zu nichts zu gebrauchen wußte. Dieses nun war der erste Schröcken, den ich einnahm, seither ich mich allein befand; aber nachgehends ward mir wohl von andern Geistern zugesetzt, als dieser einer gewesen: davon ich aber weiter nichts melden, sondern nur noch dieses sagen will, daß ich vermittels göttlicher Hilf und Gnade dahin kam, daß ich keinen einzigen Feind mehr spürete als meine eigenen Gedanken, die oft gar variabel stunden; denn diese seind nicht zollfrei vor Gott, wie man sonst zu sagen pfleget, sondern es wird zu seiner Zeit ihrentwegen auch Rechenschaft gefordert werden.

Damit mich nun dieselbigen desto weniger mit Sünden beflecken sollten, befliß ich mich nicht allein auszuschlagen, was nichts taugte, sondern ich gab mir selbst alle Tage eine leibliche Arbeit auf, solche neben dem gewöhnlichen Gebet zu verrichten. Denn gleichwie der Mensch zur Arbeit wie der Vogel zum Fliegen geboren ist, also verursachet hingegen der Müßiggang beides der Seelen und dem Leib ihre Krankheiten und zuletzt, wann man es am wenigsten wahrnimmt, das endliche Verderben. Derowegen pflanzete ich einen Garten, dessen ich doch weniger als der Wagen des fünften Rads bedorfte, weilen die ganze Insul nichts anders als ein lieblicher Lustgarten hätte mögen genannt werden. Meine Arbeit taugte auch zu sonst nichts, als daß ich eins und anders in eine wohlständigere Ordnung brachte, obwohl manchem die natürliche Unordnung der Gewächse, wie sie da untereinander stunden, anmutiger vorkommen sein möchte; und dann daß ich, wie obgemeldet, den Müßiggang abschaffte.

O wie oft wünschte ich mir, wann ich meinen Leib abgemattet hatte und demselben seine Ruhe geben mußte, geistliche Bücher, mich selbst darin zu trösten, zu ergetzen und aufzubauen, aber ich hatte solche darum nicht. Demnach ich aber vor diesem von einem heiligen Mann gelesen, daß er gesagt, die ganze weite Welt sei ihm ein großes Buch, darin er die Wunderwerke Gottes erkennen und zu dessen Lob angefrischet werden möchte: also gedachte ich demselbigen nachzufolgen, wiewohl ich sozusagen nicht mehr in der Welt war. Die kleine Insul mußte mir die ganze Welt sein und in derselbigen ein jedes Ding, ja ein jeder Baum ein Antrieb zur Gottseligkeit und eine Erinnerung zu denen Gedanken, die ein rechter Christ haben soll! Also, sah ich ein stachelicht Gewächs, so erinnert ich mich der Dörnen-Krone Christi; sahe ich einen Apfel oder Granat, so gedachte ich an den Fall unserer ersten Eltern und bejammerte denselbigen; gewann ich Palmwein aus einem Baum, so bildete ich mir vor, wie mildiglich mein Erlöser am Stamm des Heiligen Kreuzes sein Blut vor mich vergossen; sahe ich das Meer oder die Berge, so erinnerte ich mich des einen oder anderen Wunderzeichens und Geschichten, so unser Heiland an dergleichen Orten begangen; fand ich einen oder mehr Steine, so zum Werfen bequem waren, so stellete ich mir vor Augen, wie die Juden Christum steinigen wollten; war ich in meinem Garten, so gedachte ich an das ängstige Gebet am Ölberg oder an das Grab Christi, und wie er nach der Auferstehung Maria Magdalena im Garten erschienen. Mit solchen und dergleichen Gedanken hantierte ich täglich; ich aß nie, daß ich nicht an das letzte Abendmahl Christi gedachte, und kochte mir niemal keine Speise, daß mich das gegenwärtige Feur nicht an die ewige Pein der Höllen erinnert hätte.

Endlich erfand ich, daß mit Brasilien-Saft, dessen es unterschiedliche Gattungen auf dieser Insul giebet, wann solcher mit Citronen-Saft vermischt wird, gar wohl auf eine Art großer Palmblätter zu schreiben sei, welches mich höchlich erfreuete, weil ich nunmehr ordentliche Gebet concipiren und aufschreiben konnte. Zuletzt als ich mit herzlicher Reue meinen ganzen geführten Lebens-Lauf betrachtete und meine Bubenstücke, die ich von Jugend auf begangen, mir selbsten vor Augen stellete und zu Gemüt führete, daß gleichwohl der barmherzige Gott unangesehen aller solchen groben Sünden mich bisher nicht allein vor der ewigen Verdammnus bewahret, sondern auch Zeit und Gelegenheit geben hatte, mich zu bessern, zu bekehren, ihn um Verzeihung zu bitten und um seine Guttaten zu danken: beschrieb ich alles, was mir noch eingefallen, in dieses Buch, so ich von obgemeldten Blättern gemachet, und legte es samt obgedachten meines Cameraden hinterlassenen Ducaten an diesen Ort, damit wann vielleicht über kurz oder lang Leute hierherkommen sollten, sie solches finden und daraus abnehmen können, wer etwa hiebevor diese Insul bewohnet.

Wird nun heut oder morgen entweder vor oder nach meinem Tod jemand dies finden und lesen, denselben bitte ich, dafern er etwan Wörter darin antrifft, die einem, der sich gern besserte, nicht zu reden, geschweige zu schreiben, wohl anstehen: er wolle sich darum nicht ärgern, sondern gedenken, daß die Erzählung leichter Händel und Geschichten auch bequeme Worte erfordere, solche an Tag zu gehen; und gleichwie die Mauer-Raut von keinem Regen leichtlich naß wird, also kann auch ein rechtschaffenes, gottseliges Gemüt nicht sogleich von einem jedwedern Discurs, er scheine auch so leichtfertig, als er wolle, angesteckt, vergiftet und verderbet werden. Ein ehrlich gesinnter, christlicher Leser wird sich vielmehr verwundern und die göttliche Barmherzigkeit preisen, wann er findet, daß so ein schlimmer Gesell, wie ich gewesen, dennoch die Gnade von Gott gehabt, der Welt zu resigniren und in einem solchen Stand zu leben, darin er vermittels dem heiligen Leiden des Erlösers zur ewigen Gloria zu kommen und die selige Ewigkeit zu erlangen erhoffet, durch ein seliges Ende!

Relation Jan Cornelissen von Harlem

eines holländischen Schiff-Capitains an German
Schleiffheim von Sulsfort, seinen guten Freund,
vom Simplicissimo.

Das XXIV. Kapitel

Jan Cornelissen, ein Schiff-Capitain
kommt an das Ort, wo Simplex war allein

Es weiß sich ohn Zweifel Derselbe noch wohl zu erinnern, wasmaßen
ich bei unsrer Abreise versprochen, Ihm die allergrößte Rarität mit-
zubringen, die mir in ganz India oder auf unsrer Reise zustehe. Nun
habe ich zwar etliche seltsame Meer- und Erd-Gewächse gesammlet,
damit der Herr wohl seine Kunst-Kammer zieren mag; aber was
mich am allermeisten verwunderungs- und aufhebenswert zu sein
bedünket, ist gegenwärtiges Buch, welches ein hochteutscher Mann
in einer Insul gleichsam mitten im Meer allein wohnhaftig wegen
Mangel Papiers aus Palmblättern gemachet und seinen ganzen
Lebens-Lauf darin beschrieben. Wie mir aber solches Buch zuhanden kommen, auch was besagter Teutscher vor ein Mann sei und
was er vor ein Leben führe, muß ich dem Herrn ein wenig ausführlich erzählen, obzwar er selbst solches in gemeldten seinem Buch
ziemlichermaßen an Tag gegeben.

Als wir in denen moluccischen Insulen unsre Ladung völlig bekommen und unsern Lauf gegen dem Capo bonae Esperanzae zu-
nahmen, spüreten wir, daß sich unsre Heimreise nicht beschleunigen
wollte, wie wir wohl anfangs gehoffet, da die Winde mehrenteils
contrari und so variabel gingen, daß wir lang umgetrieben und aufgehalten wurden; wessentwegen denn auf allen Schiffen der
Armada wir merklich viel Kranke bekamen. Unser Admiral tät
einen Schuß, steckte eine Flagge aus und ließ so alle Capitains von
der Flotte auf sein Schiff kommen; da ward geratschlaget und beschlossen, daß man sich die Insul Sankt Helenae zu erlangen und
daselbsten die Kranken zu erfrischen und anständiges Wetter zu erwarten bemühen sollte. Item es sollten (wann die Armada vielleicht
durch Ungewitter, dessen wir uns nicht vergebens versahen, zertren-
net würde) die ersten Schiffe, so an bemeldte Insul kämen, eine Zeit
von vierzehn Tagen auf die übrigen warten, welches denn wohl ausgesonnen und beschlossen worden; maßen es uns erging, wie wir be-

sorget hatten, indem durch einen Sturm die Flotte dergestalt zerstreuet ward, daß kein einziges Schiff bei dem andern verblieb. Als ich mich nun mit meinem anvertrauten Schiff allein befand und zugleich mit widerwärtigem Wind, Mangel an süßem Wasser und vielen Kranken geplaget ward, mußte ich mich kümmerlich mit Laviren behelfen, womit ich aber wenig ausrichtete, mehrbesagte Insul Helenae zu erlangen (von der wir noch vierhundert Meilen zu sein schätzeten), es hätte sich denn der Wind geändert.

In solchem Umschweifen und schlechtem Zustand, in dem es sich mit den Kranken ärgerte und ihrer täglich mehr wurden, sahen wir gegen Osten weit im Meer hinein unsers Bedünkens einen einzigen Felsen liegen; dahin richteten wir unsern Lauf, der Hoffnung, etwan ein Land deren Enden anzutreffen, wiewohl wir nichts dergleichen in unseren Mappen angezeiget fanden, so der Enden gelegen. Da wir uns nun demselben Felsen auf der mitternächtigen Seite näherten, schätzten wir dem Ansehen nach, daß es ein steinechtes, hohes, unfruchtbares Gebürge sein müßte, welches so einzig im Meer läge, daß auch an derselben Seite zu besteigen oder daran anzuländen unmüglich schiene. Doch empfanden wir am Geruch, daß wir nahe an einem guten Geländ sein müßten; in bemeldtem Gebürge saß und flogs voller Vögel, und indem wir dieselben betrachteten, wurden wir auf den höchsten Gipfel zweier Kreuze gewahr, daran wir wohl abnehmen konnten, daß solche durch menschliche Hände aufgerichtet worden und dannenhero das Gebürge wohl zu besteigen wäre. Derowegen schifften wir oft hinum und fanden auf der andern Seite des gemeldten Gebürges ein zwar kleines aber solches lustiges Geländ, dergleichen ich mein Tag weder in Ost- noch West-Indien nicht gesehen. Wir legten uns zehn Klafter tief auf den Anker in gutem Sandgrund und schickten einen Nachen mit acht Männern zu Land, um zu sehen, ob daselbsten keine Erfrischung zu bekommen.

Diese kamen bald wieder und brachten einen großen Überfluß von allerhand Früchten, als Citronen, Pomeranzen, Coquos, Bananes, Batates und, was uns zum höchsten erfreuete, auch die Zeitung mit sich, daß trefflich-gut Trink-Wasser auf der Insul zu bekommen. Item, obzwar sie einen Hochteutschen auf der Insul angetroffen, der allem Ansehen nach sich schon lange Zeit allda befunden, so laufe jedoch der Ort so voller Geflügel, die sich mit den Händen fangen lassen, daß sie den Nachen vollzubekommen und mit Stekken totzuschlagen getrauet hätten; von gemeldtem Teutschen, glaubten sie, daß er irgends auf einem Schiff eine Übeltat begangen und dannenhero zur Strafe auf diese Insul gesetzet worden: welches wir dann auch darvorhielten. Überdas sagten sie vor gewiß, daß der Kerl nicht bei sich selbst, sondern ein purer Narr sein müßte, als von welchem sie keine einzige richtige Rede und Antwort haben mögen.

Gleichwie nun durch diese Zeitung das ganze Schiffs-Volk, insonderheit aber die Kranken herzlich erfreuet wurden, also verlangete auch jedermann aufs Land, sich wiederum zu erquicken. Ich schickte derowegen einen Nachen voll nach dem andern hin, nicht allein, den Kranken ihre Gesundheit wiederzuerholen, sondern auch das Schiff mit frischem Wasser zu versehen, welches uns beides nötig war: also daß wir mehrenteils auf die Insul kamen. Da fanden wir mehr ein irdisch Paradeis als einen öden unbekannten Ort! Ich vermerkte auch gleich, daß bemeldter Teutscher kein solcher Tor sein müßte, viel weniger ein Übeltäter, wie die Unserigen anfangs davorgehalten, denn alle Bäume, die von Art eine glatte Rinde trugen, hatte er mit biblischen und andern schönen Sprüchen gezeichnet, seinen christlichen Geist dadurch aufzumuntern und das Gemüt zu Gott zu erheben. Wo aber keine ganzen Sprüche stunden, da befanden sich wenigst die vier Buchstaben der Überschrift Christi am Kreuz, als INRI, oder der Name Jesu und Mariä, als irgends nur ein Instrument des Leidens Christi, daraus wir mutmaßeten, daß er ohn Zweifel ein Papist sein müßte, weil uns alles so päpstlich vorkam. Da stund Memento Mori auf latein, dorten Ieschua Hanosri Melech Haijehudim auf hebräisch, an einem andern Ort dergleichen etwas auf griechisch, teutsch, arabisch oder moluccisch (welche Sprache durch ganz Indien gehet) zu keinem andern Ende, als sich der himmlischen göttlichen Dinge dabei christlich zu erinnern. Wir fanden auch seines Cameradens Grabmal, davon dieser Teutsche selbst in seines Lebens Erzählung meldet, nicht weniger auch die drei Kreuze, welche sie beide miteinander am Ufer des Meeres aufgerichtet hatten, wessentwegen denn unser Schiff-Volk den Ort (vornehmlich weil gleichsam an allen Bäumen auch Kreuze eingeschnitten stunden) die Creuz-Insel nannten. Doch waren uns alle solche kurzen und sinnreichen Sprüche lauter räterische und dunkele Oracula, aus denen wir aber gleichwohl abnehmen konnten, daß ihr Autor kein Narr, sondern ein sinnreicher Poet, insonderheit aber ein gottseliger Christ sein müsse, der viel mit Betrachtung himmlischer Dinge umgehe. Folgender Reim, den wir auch in einem Baum eingeschnitten fanden, bedünkte unsern Siechen-Tröster, der mit mir herumging und viel aufschrieb, was er fand, der vornehmste zu sein, vielleicht weil er ihm was Neues war; er lautet also:

Ach allerhöchstes Gut! Du wohnst in solchem Licht,
daß man vor Klarheit groß den Glanz kann sehen nicht.

Denn er, der Siechen-Tröster, welcher ein überaus gelehrter Mann
war, sagte: So weit kommt ein Mensch auf dieser Welt und nicht
höher, es wolle ihm denn Gott, das höchste Gut, aus Gnaden mehr
offenbaren!

Indessen durchstrichen meine gesunden Schiff-Bursche die ganze
Insul, allerhand Erfrischungen vor sich und die Kranken zusam-
menzubringen und bemeldten Teutschen zu suchen, den alle Princi-
pale des Schiffs zu sehen und mit ihm zu conferiren ein großes Verlangen trugen. Sie trafen ihn dennoch nicht an, aber wohl eine ungeheure Höhle voller Wasser im Steinfelsen, darin sie schätzten, daß
er sein müßte, weil ein ziemlich enger Fußpfad hineinging; in dieselbe konnte man aber wegen des darin stehenden Wassers und großer Finsternus nicht kommen; und wanngleich man Fackeln und
Pech-Ringe anzündete, sich damit zu behelfen und die Höhle zu
visitiren, so löschte jedoch alles aus, ehe sie einen halben Steinwurf
weit hineinkamen, mit welcher Arbeit sie viel Zeit umsonst hin-
brachten.

Das XXV. Kapitel

Simplex sich in seiner Festung hielt,
die Leute wurden indessen ganz wild

Als mir nun unsere Leute von dieser ihrer vergeblichen Arbeit Relation täten und ich selber hingehen wollte, den Ort zu besichtigen
und zu sehen, was etwan zu tun sein möchte, damit wir den besagten Teutschen zur Hand bringen könnten, erregte sich nit allein ein
grausames Erdbidem, daß meine Leute vermeineten, die ganze Insul
würde alle Augenblick untergehen, sondern ich ward auch eiligst
zum Schiff-Volk berufen, welche sich mehrenteils so viel deren auf
dem Land waren, in einem fast wunderlichen und sehr sorgsamen
Zustand befanden. Denn da stund einer mit bloßem Degen vor
einem Baum, focht mit demselbigen und gab vor, er hätte den allergrößten Riesen zu bestreiten; an einem andern Ort sah einer mit
fröhlichem Angesicht gen Himmel und zeigte den andern vor eine
gründliche Wahrheit an, er sähe Gott und das ganze himmlische
Heer in der himmlischen Freude beisammen; hingegen sah ein anderer auf den Erdboden mit Forcht und Zittern vorgebend, er sehe in
vor sich habender schröcklichen Grube den leidigen Teufel samt sei-

nem Anhang, die wie in einem Abgrund herumwimmelten; ein anderer hatte einen Prügel und schlug um sich, daß ihm niemand nähern dorfte, und schrie doch, man sollte ihm wider die vielen Wölfe helfen, die ihn zerreißen wollten; hier saß einer auf einem Wasser-Faß (als welche wir zuzurichten und zu füllen an Land gebracht hatten), gab demselben die Sporen und wollte es wie ein Pferd tummeln; dort fischte einer auf trockenem Land mit dem Angel und zeigete den andern, was ihm vor Fische anbeißen würden: in summa, da hieß es wohl, viel Köpfe, viel Sinne, denn ein jeder hatte seine sonderbare Anfechtung, welche sich des andern im wenigsten nicht verglich. Es kam einer zu mir geloffen, der sagte ganz ernstlich: „Herr Capitain, ich bitte Ihn doch um hunderttausend Gottes willen, Er wolle Justitiam administriren und mich vor den greulichen Kerlen beschützen!" Als ich ihn nun fragte, wer ihn beleidiget hätte, antwortete er und wies mit der Hand auf die übrigen, die ebenso närrisch und vertollet in den Köpfen waren als er: „Diese Tyrannen wollen mich zwingen, ich soll zwo Tonnen Häringe, sechs westphälische Schünken und zwölf holländische Käse samt einer Tonne Butter auf einmal auffressen. Herr Capitain", sagte er ferner, „wie wollte das Ding sein können? Es ist ja unmüglich, und ich müßte ja erworgen oder zerbersten!" Mit solchen und dergleichen Grillen gingen sie um, welches recht kurzweilig gewesen wäre, dafern man nur gewüßt hätte, daß es auch wieder ein Ende nehmen und ohn Schaden abgehen würde. Aber was mich und die übrigen, so noch beim Verstand waren, anbelanget, ward uns rechtschaffen Angst, vornehmlich weil wir dieser verrückten Leute je länger, je mehr kriegten und selbsten nicht wußten, wie lange wir vor solchem seltsamen Zustand würden befreit sein.

Unser Siechen-Tröster, der ein sanftmütiger, frommer Mann war, und etliche andere hielten davor, der oft berührte Teutsche, den die Unserigen anfänglich auf der Insul angetroffen, müßte ein heiliger Mann und Gottes wohlgefälliger Diener und Freund sein, deswegen wir dann, weil ihm die Unserigen mit Abhauung der Bäume, Erlösung der Früchte und Totschlagung des Geflügels seine Wohnung ruinirten, mit solcher Strafe vom Himmel herab beleget würden. Hingegen aber sagten andere Officianten, er könnte auch wohl ein Zauberer sein, welcher uns durch seine Künste mit Erdbidmen und solcher Wahnwitzigkeit plage, um uns wiederum desto elender von der Insul zu bringen oder uns gar darauf zu verderben; es wäre am besten, sagten sie, daß man ihn gefangen kriegt und zwinge, den Unserigen wieder zum Verstand zu helfen. In solchem Zwiespalt behauptete jedes Teil seine Meinung, die mich beide ängstigten; denn ich gedachte: Ist er ein Freund Gottes und diese Strafe uns seinethalben zukommen, so wird ihn auch Gott wohl vor uns beschützen; ist er aber ein Zauberer und kann solche Sachen verrichten, die wir vor Augen sehen und in den Leibern empfinden, so wird er ohn Zweifel noch mehr können, daß wir ihn nicht erhaschen mögen; und wer weiß! Vielleicht stehet er unsichtbar unter uns? Endlich beschlossen wir, ihn zu suchen und in unsere Gewalt zu bringen, es geschehe gleich mit Güte oder Gewalt; gingen demnach wieder mit Fackeln, Pech-Kränzen und Lichtern in Laternen in obengenannte Höhle. Es ging uns aber wieder, wie es zuvor den andern ergangen war, daß wir nämlich kein Licht hineinbringen und also auch selbst vor Wasser, Finsternus und scharfen Felsen nicht förderskommen konnten, obzwar wir solches oft probireten. Da fing ein Teil aus uns an zu beten, das andere aber vielmehr zu schwören, und wußten wir nicht, was wir zu diesen unsern Ängsten tun oder lassen sollten.

Da wir nun so in der finstern Höhle stunden und wußten nicht, wo aus, noch ein, maßen jeder nichts anders tät, als daß er lamentirte: höreten wir noch weit von uns den Teutschen uns folgendergestalt aus der finstern Höhe zuschreien: „Ihr Herren", sagte er, „was bemühet ihr euch umsonst zu mir oder sonst hereinzukommen? Sehet ihr denn nit, daß es eine pure Unmüglichkeit ist? Wann ihr euch mit denen Erfrischungen, die euch Gott auf dem Land bescheret, nicht vergnügen lassen, sondern an mir, einem nackenden armen Mann, der nichts als das Leben hat, reich werden wollet, so versichere ich euch, daß ihr leer Stroh dreschet. Darum bitte ich euch um Christi unsers Erlösers willen, lasset ab von euerm Beginnen, genießet gleichwohl die Früchte des Landes zu euerr Erfrischung und lasset mich in dieser meiner Sicherheit, dahin mich eure beinahe tyrannischen und sonst bedrohlichen Reden (die ich gestern in meiner Hütte vernehmen müssen) zu fliehen verursachet, mit Frieden, eh ihr (da der liebe Gott vor sein wolle) darüber in Unglück kommet!"

Da war nun guter Rat teuer; aber unser Siechentröster schrie ihm hinwider zu und sagte: „Hat Euch gestern jemand molestiret, so ist es uns von Grund unsers Herzens leid; es ist von grobem Schiffvolk geschehen, das von keiner Discretion nichts weiß! Wir kommen nicht, Euch zu plündern noch Beute zu machen, sondern nur um Rat zu bitten, wie den Unserigen wieder zu helfen sei, die mehrenteils auf dieser Insul ihre Sinne verloren; ohn daß wir auch gern mit Euch als einem Christen und Landsmann reden, Euch dem letzten

Gebot unsers Erlösers gemäß, alle Liebe, Ehre, Treue und Freundschaft erweisen und, wann es Euch beliebet, wieder mit uns in Euer Vaterland heimführen möchten!"

Hierauf kriegten wir zur Antwort, er hätte gestern zwar wohl vernommen, wie wir gegen ihm gesinnet wären; doch wollte er dem Gesetz unsers Heilandes zufolge Böses mit Gutem bezahlen und uns nicht verhalten, wie den Unserigen wieder von ihrem unsinnigen Wahnwitz zu helfen sei. Wir sollten, sagte er, diejenigen, so mit solchem Zustand behaftet wären, nur von den Pflaumen, darin sie ihren Verstand verfressen, die Kernen essen lassen, so würde es sich mit allen in einem Augenblick wieder bessern, welches wir ohn seinen Rat an den Pfersichen hätten abnehmen sollen, als an welchen die hitzigen Kern, wann man sie mitgenieße, die schädliche Kälte des Pfersichs selbst hintertreiben. Dafern wir auch vielleicht die Bäume, so solche Pflaumen trugen, nicht kennen würden, so sollten wir nur Achtung geben, an welchen geschrieben stünde:

> Verwundere dich über meine Natur!
> Ich mach es wie Circe, die zaubrisch Hur.

Durch diese Antwort und des Teutschen erste Rede konnten wir uns wohl versichert halten, daß er von den Unserigen, so wir erstmals auf die Insul gesandt, erschrecket und gemüßiget worden, in diese Höhle sich zu retiriren; item, daß er ein Kerl von rechtschaffnem teutschem Gemüt sein müsse, weil er uns, unangesehen er von den Unserigen molestiret worden, nichtsdestoweniger erzeigte, durch was die Unserigen ihre Sinne verloren und wodurch sie wieder zurechtgebracht werden möchten. Da bedachten wir erst mit höchster Reue, was vor böse Gedanken und falsches Urteil wir von ihm gefasset und dessentwegen zu billiger Strafe in diese gefährliche finstere Höhle geraten wären, aus welcher ohn Licht zu kommen unmüglich zu sein schiene, weil wir uns viel zu weit hineinvertieft hatten. Derowegen erhub unser Siechen-Tröster seine Stimme wiederum ganz erbärmlich und sagte: „Ach redlicher Landsmann, diejenigen, so Euch gestern mit ihren ungeschliffenen Reden beleidiget haben, seind grobe, und zwar die ungeschliffensten Leute von unserm Schiff gewesen. Hingegen stehet jetzt hier der Capitain samt denen vornehmsten Officiern, Euch wiederum um Verzeihung zu bitten, auch freundlich zu begrüßen und zu tractiren, auch mitzuteilen, was etwan in unserm Vermögen befindlich und Euch dienlich sein möchte. Ja, wann Ihr selber wöllet, Euch wiederum aus dieser verdrüßlichen Einsamkeit mit uns nach Europam zu nehmen!"

Aber es ward uns zur Antwort: er bedanke sich zwar des guten Anerbietens, sei aber ganz nicht bedacht, etwas von unsern Offerten anzunehmen; denn gleichwie er vermittelst göttlicher Gnade nunmehr über fünfzehen Jahr lang mit höchster Vergnügung aller menschlichen Hilf und Beiwohnung an diesem Ort entbehren können, also begehre er auch noch nicht, wieder nach Europa zu kehren, um so törichter Weise seinen jetzigen vergnügsamen Stand durch eine so weite und gefährliche Reise in ein unruhiges immerwährendes Elend zu verwechslen.

Das XXVI. Kapitel

Simplex mit Cornelissen wohl accordirt;
seiner Leute jeder Vernunft wieder spürt

Nach Vernehmung dieser Meinung wäre uns der Teutsche zwar wohl gesessen gewesen, wann wir nur wieder aus seiner Höhle hätten kommen können. Aber solches war uns unmüglich; denn gleichwie wir ohn Licht nichts vermochten, also dorften wir auch auf keine Hilfe von den Unserigen hoffen, welche auf der Insul in ihrer Tollerei noch herumraseten. Derowegen stunden wir in großen Ängsten und suchten die allerbesten Worte herfür, den Teutschen zu persuadiren, daß er uns aus der Höhle helfen sollte, welche er aber alle nichts achtete, bis wir endlich (nachdem wir ihm unsern und der Unserigen Zustand gar beweglich zu Gemüt geführt, er auch selbst ermaß, daß kein Teil dem andern von uns ohn seinen Beistand nicht helfen würde können) vor Gott dem Allmächtigen protestirten, daß er uns aus Hartnäckigkeit sterben und verderben ließe und daß er dessentwegen am Jüngsten Gericht würde Rechenschaft geben müssen, mit dem Anhang, wollte er uns nicht lebendig aus der Höhle helfen, so müßte er uns doch endlich, wann wir darin verdorben und gestorben wären, tot herausschleppen; wie er dann auch besorglich auf der Insul Tote genug finden würde, die ewige Rache über ihn zu schreien Ursache hätten, um willen er ihnen nicht zu Hilfe kommen, eh sie einander vielleicht, wie zu förchten, in ihrem unsinnigen Zustand selbsten entleibten! Durch dies Zusprechen erlangten wir endlich, daß er versprach, uns aus der Höhle zu führen; jedoch mußten wir ihm zuvor folgende fünf Punkte wahr, stät, fest und

488

unzerbrüchlich zu halten, bei christlicher Treue und altteutschem Biedermanns-Glauben versprechen:

Erstlich, daß wir diejenigen, so wir anfänglich auf die Insul gesendet, wegen dessen damit sie sich gegen ihn vergriffen, weder mit Worten noch Werken nicht strafen sollten; zweitens daß hingegen auch vergessen, tot und ab sein sollte, daß er, der Teutsche, sich vor uns verborgen und so lang nicht in unser Bitten und Begehren verwilligen wollen; drittens, daß wir ihn als eine freie Person, die niemand unterworfen, wider seinen Willen nicht müßigen wollten, mit uns wiederum nach Europa zu schiffen; viertens, daß wir keinen aus den Unserigen auf der Insul hinterlassen wollten, und fünftens, daß wir niemand weder schrift- noch mündlich, viel weniger durch eine Mappa kund oder offenbar machen wollten, wo und unter welchem Gradu diese Insul gelegen.

Nachdem wir nun solches zu halten beteuret, ließ er sich gleich mit vielen Lichtern sehen, welche aus dem Finstern wie die hellen Sterne hervorglänzeten. Wir sahen wohl, daß es kein Feur war, weil ihm Haar und Bart voll hing, welches auf solchen Fall verbrannt wäre; hielten es derowegen vor eitel Carfunkelsteine, die, wie man saget, im Finstern leuchten sollen. Da stieg er einen Felsen auf den andern ab und mußte auch an etlichen Orten durchs Wasser waten, also daß er durch seltsame Krümmen und Umwege (welche uns unmüglich zu finden gewesen wären, wanngleich wir wie er mit solchen Lichtern versehen gewesen wären) sich gegen uns nähern mußte. Es sahe alles mehr einem Traum als einer wahren Geschichte, der Teutsche selbst aber mehr einem Gespenst als einem wahrhaftigen Menschen gleich: also daß sich etliche einbildeten, wir wären auch gleich unseren Leuten auf der Insul mit einer aberwitzigen Wahnsucht behaftet.

Als er nun nach einer halben Stunde (denn so lange Zeit mußte er mit Auf- und Absteigen zubringen, eh er zu uns kommen konnte) bei uns anlangte, gab er jedem nach teutschem Gebrauch die Hand, hieß uns freundlich willkommen und bat, wir wollten ihm verzeihen, daß er aus Mißtrauen so lang verzogen hätte, uns wieder an des Tages Licht zu bringen; reichte darauf jedem eins von seinen Lichtern, welches aber keine Edelgesteine, sondern schwarze Käfer waren in der Größe als die Schröter in Teutschland; diese hatten unten am Hals einen weißen Flecken so groß als einen Pfennig, der leuchtete in der Finstere viel heller als ein Kerze, maßen wir durch diese wunderbarlichen Lichter mit unserm Teutschen wieder glücklich aus der grausamen Höhle kamen.

489

Dieser war ein langer, starker, wohlproportionirter Mann mit geraden Gliedern, lebhafter schöner Farbe, korallenroten Lefzen, lieblichen schwarzen Augen, sehr heller Stimme und einem langen schwarzen Haar und Bart, hier und da mit sehr wenigen grauen Haaren besprenget; die Haupthaare hingen ihm bis über die Hüfte, der Bart bis über den Nabel hinunter; um die Scham hatte er einen Schurz von Palmblättern und auf dem Haupt einen breiten Hut, den er aus Binsen geflochten und mit Gummi überzogen hatte, der ihn wie ein Parasol beides vor Regen und Sonnenschein beschützen konnte; und im übrigen sahe er beinahe aus, wie die Papisten ihren St. Onoffrium abzumalen pflegen. Er wollte in der Höhle mit uns nicht reden, aber sobald er herauskam, sagte er uns die Ursache, nämlich daß sie die Art an sich: wann man darin ein großes Getöse hätte, daß alsdann die ganze Insul davon erschüttere und ein solches Erdbidem erzeige, daß diejenigen, so darauf sein, vermeinen, sie würde untergehen, so er bei Lebzeiten seines Cameraden vielmal probiret hätte; welches uns erinnerte an dasjenige Loch in der Erden unweit der Stadt Vieborg in Finnland, davon Johann Rauhe in seiner Cosmographia am 22. Cap. schreibet. Er verwiese uns darneben, daß wir uns so freventlich hineinbegeben, und erzählte zugleich, daß er und sein Camerad wohl ein ganz Jahr zugebracht, eh sie sich des Weges hinein erkündiget, welches ihnen aber gleichwohl ohn gedachte Käfer, weil sonst alle Feuer darin auslöschen, in vielen Jahren nimmermehr müglich gewesen wäre.

Mithin näherten wir uns zu seiner Hütten; die hatten die Unserigen spoliret und allerdings ruiniret, welches mich heftig verdroß; er aber sahe sie kaltsinnig an und tät nicht dergleichen, daß ihm ein Leid dardurch widerfahren wäre. Doch tröstete er sich selbst mit Entschuldigung, daß solches wider meinen Willen und Befelch geschehen, Gott gebe aus was Verhängnus oder Befelch, vielleicht ihm zu erkennen zu geben, wieweit er sich der Gegenwart und Beiwohnung der Menschen, vornehmlich aber der Christen, und zwar seiner europäischen Landsleute, zu erfreuen! Die Beut, so die Zerstörer in seiner armen Wohnung gemachet hätten, würde über dreißig Ducaten in specie nicht sein, die er ihnen gern gönne; hingegen wäre der größte Verlust, den er erlitten, ein Buch, das er mit großer Mühe von seinem ganzen Lebens-Lauf, und wie er in diese Insul kommen, beschrieben. Doch könnte er's auch leicht verschmerzen, weil er ein anders verfertigen könnte, wann wir ihm anders die Palm-Blätter nicht alle abhauen und ihm selbst das Leben lassen würden. Darauf erinnerte er selbst zu eilen, damit wir denen, so ihre Vernunft in den

Pflaumen verfressen hatten, fein zeitlich wieder zu Hilf kommen möchten.

Also gelangten wir zu angeregten Bäumen, dabei die Unserigen, beides Kranke und Gesunde, ihr Lager aufgerichtet. Da sahe man nun ein wunderbarliches, abenteuerliches Wesen; kein einziger unter allen war noch bei Sinnen; diejenigen aber, so ihre Vernunft noch hatten, waren zerstoben und von den Verruckten entweder auf das Schiff oder sonstenhin in die Insul geflohen. Der erste, der uns aufstieß, war ein Büchsenmeister, der kroch auf allen vieren daher, krächzete wie eine Sau und sagte immerfort: „Malz, Malz!", der Meinung, weil er sich einbildete, er wäre zu einer Sau worden, wir sollten ihm Malz zu fressen geben. Derohalben gab ich ihm auf Rat des Hochteutschen ein paar Kernen von denen Pflaumen, darin sie alle ihren Witz verfressen, mit Versprechen, wann er solche würde gessen haben, er alsobald gesund werde. Da er nun solche zu sich genommen, also daß sie kaum warm bei ihm worden, richtete er sich wieder auf und fing an, vernünftig zu reden. Und solchergestalt brachten wir alle ehender als in einer Stunde wieder zurecht. Da kann sich nun jeder wohl einbilden, wie hoch mich solches erfreuete und wasgestalten ich mich obgedachtem Hochteutschen verbunden zu sein erkannte, sintemal wir ohne seine Hilfe und Rat mit allem Volk samt dem Schiff und Gütern ohn allen Zweifel hätten verderben müssen!

Das XXVII. Kapitel

Simplex wünscht Glück den Holländern zur Reis, er selbsten bleibt auf der Insul mit Fleiß

Da ich mich nun wiederum in einem solchen guten Stand befand, ließ ich durch den Trompeter dem Volk zusammenblasen, weil die wenigen Gesunden, so noch ihre Witze behalten, wie obgemeldet, hin und wider auf der Insel zerstreut umgingen. Als sie sich nun sammleten, fand ich, daß in solcher Tollerei kein einziger verloren worden; derowegen tät unser Caplan oder Siechen-Tröster eine schöne Predigt, in der er die Wunder Gottes priese, vornehmlich aber vielgemeldten Teutschen, der zwar alles beinahe mit einem Verdruß anhörete, dergestalt lobete, daß derjenige Matrose, so sein Buch und dreißig Ducaten angepacket, solches von freien Stücken wieder hervorbrachte und zu seinen Füßen legte. Er wollte aber das Geld nicht wieder annehmen, sondern bat mich, ich wollte es mit nach Holland nehmen und wegen seines verstorbenen Cameraden armen Leuten geben. „Denn wanngleich ich", sagte er, „viel Tonnen Goldes hätte, wüßte ich's doch nicht zu brauchen." Was aber das gegenwärtige Buch, so der Herr hiebei empfängt, anbelanget, schenkete er mir dasselbige, seiner dabei im besten zu gedenken.

Ich ließe vom Schiff Arak, spanischen Wein, ein paar westphälische Schünken, Reis und anders bringen, auch darauf sieden und braten, diesen Teutschen zu gastirn und ihm alle Ehre anzutun; aber er nahm allerdings keine Courtoisie an, sondern behalf sich mit sehr wenigen, und zwar mit der allerschlechtsten Speise, welches, wie man saget, wider aller Teutschen Art und Gewohnheit lauft. Die Unserigen hatten ihm seinen vorrätigen Vin de Palme ausgesoffen, derowegen betrug er sich mit Wasser und wollte weder spanischen noch rheinischen Wein trinken; doch erzeigte er sich fröhlich, weil er sahe, daß wir lustig waren! Seine größeste Freude erwies er, mit den Kranken umzugehen, die er alle einer schnellen Gesundheit vertröstete und sagte, er erfreue sich dermaleins, daß er den Menschen, vornehmlich aber Christen und sonderlich seinen Landsleuten, einmal dienen könnte, welcher er schon lange Jahr beraubt gewesen wäre. Er war ihr Koch und Arzt, maßen er mit unserm Medico und Barbierer fleißig conferirte, was etwan an dem einen und andern zu tun und zu lassen sein möchte, weswegen ihn dann die Officianten und das Volk gleichsam wie einen Abgott ehreten.

Ich selbst bedachte mich, wie ich ihm dienen möchte. Ich behielt ihn bei mir und ließ ohn sein Wissen durch unsere Zimmerleute wiederum eine neue Hütte aufrichten in der Form, wie die lustigen Garten-Häuser bei uns ein Ansehen haben. Denn ich sahe wohl, daß er weit ein Mehrers meritirte, als ich ihm antun könnte oder er annehmen wollte. Seine Conversation war sehr holdselig, hingegen aber mehr als viel zu kurz, und wann ich ihn etwas seiner Person halber fragte, wies er mich in gegenwärtiges Buch und sagte, in demselbigen hätte er nach Gnüge beschrieben, davon ihn jetzt zu gedenken verdrieße. Als ich ihn aber erinnerte, er sollte sich gleichwohl wieder zu den Leuten begeben, damit er nicht so einsam wie ein unvernünftig Vieh dahinsterbe, worzu er denn jetzt gute Gelegenheit hätte, sich mit uns wieder in sein Vaterland zu machen, antwortete er: „Mein Gott, was wollet ihr mich ziehen? Hier ist Friede, dort ist Krieg; hier weiß ich nichts von Hoffart, vom Geiz, vom Zorn, vom Neid, vom Eifer, von Falschheit, von Betrug, von allerhand Sorgen um Nahrung und Kleidung noch um Ehre und Reputation. Hier ist eine stille Einsame ohne Zorn, Hader und

Zank; eine Sicherheit von eitlen Begierden, eine Festung wider alles unordentliche Verlangen; ein Schutz wider die vielfältigen Stricke der Welt und eine stille Ruhe, darin man dem Allerhöchsten allein dienen, seine Wunder betrachten und ihn loben und preisen kann. Als ich noch in Europa lebete, war alles (ach Jammer, daß ich solches von Christen zeugen soll) mit Krieg, Brand, Mord, Raub, Plünderung, Frauen- und Jungfernschänden etcetera erfüllet! Als aber die Güte Gottes solche Plagen samt der schröcklichen Pestilenz und dem grausamen Hunger hinwegnahm und dem armen bedrängten Volk zum besten den edlen Frieden wieder sandte, da kamen allerhand Laster der Wollust, als Fressen, Saufen und Spielen, Huren, Buben und Ehebrechen, welche den ganzen Schwarm der anderen Laster alle nach sich ziehen, bis es endlich so weit kommen, daß je einer durch Unterdrückung des andern sich großzumachen offentlich prakticiret, dabei dann keine List, kein Betrug und keine politische Spitzfindigkeit gespart wird. Und was das allerärgste, ist dieses, daß keine Besserung zu hoffen, indem jeder vermeinet, wann er nur alle acht Tage, wann es wohl gerät, dem Gottesdienst beiwohne, und sich etwan das Jahr einmal vermeintlich mit Gott versühne, er habe es als ein frommer Christ nit allein alles wohl ausgerichtet, sondern Gott sei ihm noch darzu um solche laue Andacht viel schuldig! Sollte ich nun wieder zu solchem Volk verlangen? Müßte ich nicht besorgen, wann ich diese Insul, in welche mich der liebe Gott ganz wunderbarlicher Weise versetzet, wiederum quittirte, es würde mir auf dem Meer wie dem Jonas ergehen? Nein!" sagte er. „Vor solchem Beginnen wolle mich Gott behüten!"

Wie ich nun sah, daß er so gar keine Lust hatte, mit uns abzufahren, fing ich einen andern Discurs an und fragte ihn, wie er sich denn so einzig und allein ernähren und behelfen könnte? Item, ob er sich, indem er so viel hundert und tausend Meilen von andern lieben Christen-Menschen abgesondert lebe, nicht förchte; sonderlich ob er nicht bedenke, wann sein Sterbstündlein herbeikomme, wer ihm alsdann mit Trost, Gebet, geschweige der Handreichung, so ihm in seiner Krankheit vonnöten sein würde, zu Hülfe und zustatten kommen werde; ob er alsdann nit von aller Welt verlassen sein und wie ein wildes Tier oder Vieh dahinsterben müßte? Darauf antwortete er mir: was seine Nahrung anlangete, versorge ihn die Güte Gottes mit mehrerm, als seiner Tausend genießen könnten; er hätte gleichsam alle Monate durch das Jahr eine sondere Art Fische zu genießen, die in und vor dem süßen Wasser der Insul zu laichen ankämen; solche Wohltaten Gottes genieße er auch von dem Geflügel, so von einer Zeit zu der andern sich bei ihm niederlasse, entweder zu ruhen und sich zu speisen oder Eier zu legen und Junge zu hecken; er wollte jetzt von der Insul Fruchtbarkeit, als die ich selbst vor Augen sähe, nichts melden; betreffend die Hülfe der Menschen, deren er bei seinem Abschied beraubt sein müßte, bekümmere ihn solches im geringsten nichts, wann er nur Gott zum Freund habe; solang er bei den Menschen in der Welt gewesen, hätte er jeweils mehr Verdruß von Feinden als Vergnügungen von Freunden empfangen, und machten einem die Freunde selbst oft mehr Ungelegenheit, als einer Freundschaft von ihnen zu hoffen; hätte er hier keine Freunde, die ihn liebten und bedienten, so hätte er doch auch keine Feinde, die ihn hassen, welche beide Arten der Menschen einen jeden zum Sündigen bringen könnten, deren beiden aber er überhoben und also Gott desto geruhiger dienen könnte; zwar hätte er anfänglich viel Versuchungen beides, von sich selbsten und dem Erbfeind aller Menschen, erdulden und überstehen müssen, er hätte aber allwegen durch göttliche Gnade in den Wunden seines Erlösers (dahin noch seine einzige Zuflucht gestellet sei) Hülfe, Trost und Errettung gefunden und empfangen.

Mit solchem und gleichmäßigem mehrerm Gespräch brachte ich meine Zeit mit dem Teutschen zu; indessen ward es mit unsern Kranken von Stund zu Stund besser, so daß wir den vierten Tag auch keinen einzigen mehr hatten, der sich klagte. Wir besserten im Schiff, was zu bessern war, nahmen frisch Wasser und anders von der Insul ein und fuhren, nachdem wir sechs Tage uns auf der Insul gnugsam ergetzet und erfrischet, den siebenten Tag aber gegen die Insul St. Helenae, allwo wir teils Schiffe von unsrer Armada fanden, die auch ihrer Kranken pflegten und der übrigen Schiffe erwarteten; von dannen wir nachgehends glücklich allhier in Holland ankamen.

Hierbei hat der Herr auch ein paar von den leuchtenden Käfern zu empfangen, vermittelst deren ich mit oftgemeldtem Teutschen in obgesagte Höhle kommen, welches wohl eine grausame Wunderspelunke ist; sie war ziemlich proviantiret mit Eiern, welche sich, wie mir der Teutsche sagte, in derselbigen übers Jahr halten, weil das Ort mehr kühl als kalt ist; in dem hintersten Winkel der Höhle hatte er viel hundert dieser Käfer, davon es so hell war als in einem Zimmer, darin überflüssig Lichter brennen. Er berichtete mich, daß sie zu einer gewissen Zeit des Jahrs auf der Insul von einer sondern Art Holz wachsen, würden aber innerhalb vier Wochen von einer Gattung fremder Vögel, die zu derselben Zeit ankommen und Junge hecken, alle miteinander aufgefressen; alsdann müsse er die Notdurft fahnden, sich deren das Jahr hindurch anstatt der Lichter, sonderlich in besagter Höhle, zu bedienen; in der Höhle behalten sie ihre Kraft übers Jahr, in der Luft aber trücknet die leuchtende Feuchtigkeit aus, daß sie den geringsten Schein nicht mehr von sich geben, wann sie nur acht Tage tot gewesen; und gleichwie allein durch diese geringen Käfer der Teutsche sich der Höhlen erkündiget und sich selbige zu einem sichern Aufenthalt zunutz gemachet: also hätten wir ihn auch mit keiner menschlichen Gewalt, wanngleich wir hundert Tausend Mann stark gewesen wären, ohn seinen Willen nicht herausbringen können. Wir schenkten ihm bei unsrer Abreise eine englische Brille, damit er Feuer von der Sonne anzünden könnte, welches auch das einzige war, so er von uns bittlich begehrete; und obzwar er sonst nichts von uns annehmen wollte, so hinterließen wir ihm doch eine Axt, eine Schaufel, eine Haue, zwei Stücke baumwollene Zeuge von Bengala, ein halb Dutzend Messer, eine Schere, zween küpferne Häfen und ein paar Kaninchen, zu probieren, ob sie sich auf der Insul vermehren wollten; womit wir dann einen sehr freundlichen Abschied voneinander genommen. Und halte ich diese Insul vor den allergesündesten Ort in der Welt, weil unsere Kranken innerhalb fünf Tage alle miteinander wiederum zu Kräften kommen und der Teutsche selbst die ganze Zeit, so er daselbst gewesen, von Krankheit nichts gewahr worden.

BESCHLUSS

Hochgeehrter, großgünstiger, lieber Leser!

Dieser

Simplicissimus

ist das Werk von

Samuel Greifnson von Hirschfelt

maßen ich nicht allein dieses nach seinem Absterben
unter seinen nachlassenen Schriften gefunden habe;
sondern er bezeucht sich auch selbst in diesem Buch auf
den ‚Keuschen Joseph' und in seinem ‚Satyrischen Pilger' auf diesen seinen „Simplicissimus", welchen er in
seiner Jugend zum Teil geschrieben, als er noch ein
Musquetirer gewesen.

Aus was Ursach er aber seinen Namen, durch
Versetzung der Buchstaben verändert und G e r m a n
S c h l e i f h e i m von S u l s f o r t anstatt dessen auf
den Titulum gesetzet, ist mir unwissend. Sonsten hat
er noch mehr seine satyrische Gedichte hinterlassen,
welche, wann dies Werk beliebt wird, wohl auch durch
den Druck an Tag gegeben werden kunnten, so ich
dem Leser zur Nachricht nicht bergen wollen.

Diesen Schluß hab' ich nicht hinterhalten mögen,
weil er die erste fünf Teile bereits bei seinen Lebzeiten
in Druck gegeben.

Der Leser lebe wohl, vale

Datum Rheinnec, den 22. Aprilis Anno 1668

H. J. C. V. G.

P. zu Cernheim

Verehrter Leser,

senden Sie bitte diese Karte ausgefüllt an den Verlag. Sie erhalten kostenlos unsere Verlagsverzeichnisse zugestellt.

WILHELM GOLDMANN VERLAG · 8 MÜNCHEN 80

Bitte hier abschneiden

Diese Karte entnahm ich dem Buch

Kritik + Anregungen

Ich wünsche die kostenlose und unverbindliche Zusendung des Verlagskataloges und laufende Unterrichtung über die Neuerscheinungen des Wilhelm Goldmann Verlages.

Name

Beruf   Ort

Straße

Ich empfehle, den Katalog auch an die nachstehende Adresse zu senden:

Name

Beruf   Ort

Straße

Goldmann Taschenbücher sind mit über 4000 Titeln die größte deutsche Taschenbuchreihe. Jeden Monat etwa 25 Neuerscheinungen. Gesamtauflage über 138 Millionen.

Aus dem WILHELM GOLDMANN VERLAG
8 München 80, Postfach 80 07 09 bestelle ich
durch die Buchhandlung

Anzahl	Titel bzw. Band-Nr.	Preis

Datum:

Unterschrift:

4807 · 7049 · 3.000

Wilhelm Goldmann Verlag

8000 MÜNCHEN 80
Postfach 80 07 09

Bitte mit
Postkarten-
Porto
frankieren.